BASTEI
LÜBBE
TASCHENBUCH

Über die Autorin:

Helen Russell ist Autorin des britischen Sachbuch-Bestsellers »The Year of Living Danishly«. Vor ihrer Karriere als freie Autorin war sie Redakteurin bei der *Marie Claire*. Heute lebt sie in Dänemark, wo sie als Korrespondentin und Kolumnistin für mehrere große Tageszeitschriften und Magazine arbeitet, unter anderem für die *London Times*, den *Guardian*, das *Wall Street Journal* und den *Independent*.

HELEN RUSSELL

ZWISCHEN MIR UND DEM GLÜCK STEH NUR NOCH ICH

ROMAN

Aus dem Englischen
von Antonia Zauner

BASTEI LÜBBE
TASCHENBUCH

BASTEI LÜBBE TASCHENBUCH
Band 17862

MIX
Papier aus verantwortungsvollen Quellen
FSC® C083411
FSC
www.fsc.org

Dieser Titel ist auch als E-Book erschienen

Vollständige Taschenbuchausgabe

Deutsche Erstausgabe

Titel der englischen Originalausgabe: »Gone Viking«
Originalverlag: Ebury Press, London, UK

Textredaktion: Ilse Wagner
Titelillustration: © semper smile, München
Umschlaggestaltung: semper smile, München
Satz: hanseatenSatz-bremen, Bremen
Gesetzt aus der Adobe Garamond Pro
Druck und Verarbeitung: CPI books GmbH, Leck – Germany
ISBN 978-3-404-17862-9

2 4 5 3 1

Sie finden uns im Internet unter
www.luebbe.de
Bitte beachten Sie auch: www.lesejury.de

ANMERKUNG DER AUTORIN

Dies ist ein fiktionales Werk.

Liebe Puristen: Ich behandle die Kultur der alten Wikinger in diesem Buch auf spielerische – aber liebevolle – Weise, um die *Essenz* dieser Kultur im modernen Skandinavien zu übermitteln. Findet euch damit ab und steht drüber.

Liebe alle anderen: Kommt rein, das Wasser ist wunderbar – falls es zu kalt ist, hey, wir sind in Skandinavien –, und macht euch bereit, zum Berserker zu werden …

PROLOG

Zweige knacken unter meinen Füßen, während ich Äste zur Seite schlage und renne. Richtig renne. Mein Herz rast so schnell, dass ich befürchte, es könnte jeden Moment aus meiner Brust schießen und mich überholen. Es regnet in Strömen, und ich bin nass bis auf die Haut. Es ist die Art Nässe, die normalerweise Reibungswärme erzeugen würde, aber mir ist so kalt, dass ich unterhalb des Bauchnabels kein Gefühl mehr habe. Alles, was ich wahrnehme, ist mein Gehirn, das bei jedem Schritt auf nackten Sohlen in meinem Schädel herumgeschleudert wird, und auch, dass ich mich bereits in den Zweigen so vieler Bäume verfangen habe, dass in meinem Haar genug Reisig für ein ganzes Lagerfeuer hängt.

Nebel steigt auf, und ein unheimliches Geräusch dringt an mein Ohr, während ich durch das Halbdunkel hetze. Krähen krächzen, und Donner grollt. Das hier ist kein geheimnisumwobener Märchenwald voller Prinzessinnen und hilfsbereiter sprechender Kreaturen. Mehr *Blair Witch Project* als *Schneewittchen,* geht es mir durch den Kopf.

Dann rutsche ich auf etwas Braunem und Schleimigem aus.

Bitte lass es eine Nacktschnecke gewesen sein, bete ich, höre aber nicht auf, mir auszumalen, was es stattdessen gewesen sein könnte. *Ich muss zu der Lichtung,* denke ich und beschleunige. Mein Adrenalinspiegel erreicht den Höchststand, und es fühlt sich – beinahe – an, als würde ich fliegen. Dann stolpere ich über eine Baumwurzel und lande mit einem Krachen auf dem Boden.

So geht es also mit mir zu Ende, denke ich, das Gesicht im Morast. *Auf Wiedersehen, Welt, war schön mit dir.*

Ich warte ab, aber nichts passiert.

Mist, ich bin gar nicht tot? Das bedeutet ja, dass ich weiterrennen muss …

Ein uralter Selbsterhaltungstrieb erfasst mich, und ich bringe die Energie auf, mich zu bewegen. Scheint nichts gebrochen zu sein – abgesehen vielleicht von meiner Nase –, also rapple ich mich auf. Ich berühre meine Lippe und stelle fest, dass sie heftig blutet. Doch das spielt jetzt keine Rolle, ich renne weiter, auf das flackernde Licht zu.

»Arrrrgh!«

In der Ferne höre ich eine Stimme, und ich lege mich noch mehr ins Zeug, ehe ein weiteres Heulen erklingt.

»Arrrrgh!«

Ich stolpere weiter, bis der grüne Baldachin über mir durchlässig wird und das Licht helle Sprenkel auf den Laubteppich wirft. Brennende Fackeln geben eine willkommene Wärme ab, und Dampf steigt von meinen Kleidern auf.

»Hallo?« Ich habe seit zwölf Stunden kein Wort gesprochen und bin mir nicht mehr ganz sicher, ob ich es noch kann. Ich versuche es noch einmal mit unsicherer Stimme.

»Ist hier jemand?«

Ich breite die Arme aus, um meiner Brust den nötigen Raum zu geben, dann brülle ich: *»Arrrrgh!«*

Zwei mit Schlamm bedeckte Frauen, die aussehen wie Wilde, treten aus dem Laubwerk hervor und erwidern den Schrei: »Arrrrgh!« Die eine ist klein, dunkelhaarig und stämmig. Die andere ist groß, hat eine Modelfigur und ist unverschämt jung – ihr karamellbraunes Haar scheint selbst unter all dem Schlamm noch zu glänzen.

Wir sehen uns in die Augen, und uns allen ist in diesem Moment klar: Was auch immer als Nächstes passiert, unser Leben wird nie wieder dasselbe sein. Nach einigen Sekunden gutturalen Brüllens humpelt eine dritte Gestalt heran – eine etwas ältere Blondine, das Haar von den Büschen nach hinten gekämmt, Haut in der Farbe von Mahagoni.

Sie stößt ein halbherziges Grollen aus, ehe sie zusammensinkt und sich auf den Knien abstützt. »O Gott, ein Krampf …«

Sie hält sich die Wade und versucht, zu Atem zu kommen. »Ich brauche …« Ich befürchte schon, dass sie *»einen Arzt«* sagt und man mich dann dazu zwingen wird, etwas zu unternehmen, doch stattdessen stößt sie japsend *»Gin«* aus, und plötzlich ist ein langsames Klatschen zu hören.

Aus einem Baum taucht ein Mann mit breiter Brust und nichts als Haremshosen am Leib auf. Mit affengleicher Grazie schwingt er sich an den Ästen zu Boden und schreitet dann über die Lichtung. Er trägt das Haar in einem Dutt und rückt sich eine geschmacklose Hei-Matau-Kette, die um seinen Hals hängt, zurecht.

Wichser.

Männern mit Dutt habe ich schon immer misstraut, genau wie Frauen mit Bandanas, die zu viel stöhnen.

»Gut gerannt, Wikingerinnen!«, sagt der Männerdutt jetzt mit leichtem Akzent. »Und, fühlt ihr euch nicht großartig?«

Meine Beine zittern wie ein Hund beim Kacken, ich bin mir sicher, gleich an einem Herzinfarkt zu sterben, und von meiner Kopfhaut geht ein seltsam kribbelndes Gefühl aus.

Ich ziehe es vor, ihm nicht zu antworten.

»Oh, du hast da was im Haar!«, meldet sich die junge Frau mit der Modelfigur hilfsbereit zu Wort. »Aaah, eine Spinne. Sie denkt wohl, sie sitzt in einem Netz!«

»Toll. Danke.«

»Lasst mich euer Brüllen hören!«, verlangt der Halbnackte.

Drei von uns werfen ihm einen Blick zu, als wollten wir ihn gleich verdreschen, doch das spinnenfixierte Model gehorcht.

»Aaah!«, schreit sie glückselig.

»Kommt schon, jetzt auch ihr anderen!« Der Männerdutt

kommt auf mich zu, bis er fast mein Gesicht berührt, und brüllt: »Arrrrgh!«

Ich wische mir Speicheltropfen aus dem Gesicht.

»Kostet vom Geschmack der Freiheit!«

Freiheit schmeckt also nach Schlamm und Brathering?

»Werdet eins mit dem uralten Wald!«

Im Moment will ich eigentlich nur mit einer heißen Dusche eins werden, denke ich und blicke auf meine versifften Klamotten, Blutergüsse und blutigen Knie hinab. *Wie bin ich nur hier gelandet? Mein Leben war doch bisher so … sauber. Geordnet. Insektenfrei.* Ich denke nach und kratze mir den Kopf. *Trotzdem …*

Ich sehe zu der kleineren Frau mit den zurückgekämmten braunen Haaren hinüber, die ich schon ewig kenne. Ihre Augen verengen sich, als sie auf mich zukommt, ihre geröteten Wangen und die Grübchen verraten, wie sehr sie das hier genießt. Sie ballt die Hände zu Fäusten, öffnet den Mund und stößt einen urtümlichen Schrei aus. Fünfunddreißig Jahre liegen in diesem Brüllen. Es ist so laut, dass ich leicht zurückzucke und einen Moment brauche, bis ich mich wieder im Griff habe und die Kraft aufbringe zurückzuschreien. Aber dann tue ich es. Mit aller Macht. All die Anspannung, die Furcht und der Schmerz der letzten Tage – und der letzten Jahre – brechen in einem langen Kriegsgeheul aus meiner Lunge hervor.

»Arrrrgh!«

Der Männerdutt scheint beeindruckt. »So ist's richtig, werdet zu Berserkern!«

Wir machen immer weiter, bis wir die Letzten sind, die noch schreien.

Ich habe vielleicht nicht ihr Lungenvolumen, aber ich habe zwei Geburten hinter mir. Eher sterbe ich, als sie beim Schreien gewinnen zu lassen …

Ihr Brüllen wird zu einem Grollen und schließlich zu einem Prusten, sie schüttelt die Arme aus, ist erledigt.

Aber ich mache immer weiter.

Da ist mehr Gebrüll in mir, als ich es je für möglich gehalten hätte. Mit der Wildheit von fast vier Dekaden im Rücken brülle ich: »Arrrrgh!«

Während ich in den Wald hineinbrülle, wird es an den Rändern meines Sichtfelds langsam unscharf.

»Arrrrgh!«

Mir wird schwindelig, und schon bald fühle ich mich, als wäre meine Schädeldecke aufgeklappt wie die Spitze eines gekochten Eis.

»Arrrrgh!«

Und dann schwebe ich. Höher und höher, bis ich unser Grüppchen von oben sehen kann. Bäume werden zu Klecksen. Menschen zu Ameisen. Bis schließlich … meine Knie nachgeben und mein Kopf mit einem dumpfen Geräusch auf den Boden trifft.

Alles ist schwarz.

Und ich verliere das Bewusstsein.

1

Drei Wochen zuvor …

»Mein Name schreibt sich R-A-Y – ›Ray‹.«

Während ich mich erkläre, kratzt die unfassbar gelangweilte Frau vor mir sich mit einem Stift den Kopf. Über mir summen die Neonröhren. Meine »Smartshoes« drücken, und in meiner Tasche vibriert das Handy – kein unangenehmes Gefühl – und erinnert mich mit jedem Pulsieren daran, dass ich vielleicht gerade wichtige Nachrichten verpasse, während ich ganze *Sekunden* mit dieser Diskussion hier verschwende.

»Noch mal, bitte?«, meint die Frau seufzend.

Also erkläre ich es ihr noch einmal, und während ich spreche, schweift ihr Blick in die Ferne.

»Hier steht ›Rat‹. ›Rat‹ wie Ratte.« Ich lasse das laminierte Kärtchen an einem Schlüsselband vor ihrer Nase baumeln, um der Sache Nachdruck zu verleihen. »Mein Name ist aber Alice Ray.«

»Nicht ›Rat‹?«

»Nein.«

»Hm …« Sie kratzt sich erneut und begutachtet dann das Ende ihres Stifts. »Können wir es nicht einfach so lassen?«

»Sie verlangen ernsthaft von mir, dass ich zwei Tage mit einem Namensschild herumlaufe, auf dem ›Alice Rat‹ steht?«

»Ja.«

»Auf einem Kongress mit dem Titel: ›Wie Sie zu einem gewinnenden Lächeln kommen‹?«

»Nein?«

»Nein.«

Sie verlagert das Gewicht in ihrem Plastikstuhl und streckt mir dann, ohne mich anzusehen, die Hand entgegen.

»Vielen Dank.« Ich gebe ihr das Namensschild und füge in etwas sanfterem Tonfall hinzu: »Ich will Ihnen keine Schwierigkeiten machen, es ist nur einfach so, dass viele Kollegen – Leute aus meiner Branche – hier sind und dass ich einen Vortrag …«

Mir verschlägt es die Sprache, als ich zusehe, wie sie einen wasserfesten Stift aus einer Tupperbox holt. Sie zieht die Kappe mit den Zähnen ab und streicht den Buchstaben »t« durch. Dann fügt sie ein »y« und einen Smiley hinzu.

Ernsthaft? Das ist ihre Lösung?

»Wie wäre es, wenn Sie mir einfach ein neues Schild geben?«

Sie wirft mir einen derart hasserfüllten Blick zu, dass ich das Gefühl habe, von einem Kraftfeld zurückgeworfen zu werden. Zögernd trete ich den Rückzug an, aber nicht, ohne ihr einen Todesblick zugeworfen zu haben, vom dem ich hoffe, dass er ausdrückt: *Du landest auf meiner mentalen Liste von absoluten Arschlöchern, die es verdienen, in Pfützen zu treten und Türen auf die Nase zu bekommen.* Sie kratzt sich erneut am Kopf. *Und Läuse noch obendrauf.*

»Nächster!«, bellt sie, und damit bin ich entlassen.

Vor der Podiumsdiskussion, an der ich teilnehmen soll, ist noch ein wenig Zeit, und ich habe mir im Vorfeld geschworen, dass ich mein Bestes geben und mich diesmal unters Volk mischen werde, anstatt wie sonst dem Tisch mit den zuckerfreien Keksen sehnsüchtige Blicke zuzuwerfen, während ich an Karotten-Sticks und überteuerten Paleo-Riegeln nage.

Ich sollte networken, sage ich mir. *Ich sollte den Leuten zulächeln und einen aufgeschlossenen, nahbaren Eindruck machen.* Es ist nicht so, dass ich Angst davor hätte, mit meinen Mitmenschen zu interagieren, es ist nur …

»Oh, hallo!«

Ach du Scheiße.

»Alice?« Ein Mann mit Brille kneift die Augen zusammen und versucht, das Namensschild zu lesen, das genau auf meinen Brüsten liegt, und ich erinnere mich mit einem Mal wieder an Grund 142, warum ich Kongresse hasse: Irgendein Scherzkeks schafft es immer, dass die Namensschilder ganz zufällig auf Brusthöhe baumeln. Das gibt NKPs – Notgeilen Kongress-Perverslingen, Grund 141 – den perfekten Vorwand, um zu glotzen und gelegentlich auch zu grabschen – Grund 143. Jetzt vollführt der Brillenmann eine Art seltsame Kniebeuge, sodass er sich auf Augenhöhe mit meinen A-Körbchen befindet, ehe er zu mir hochschaut und fragend meint: »Alice … Rat?«

»Ray.«

»Stimmt! Ja! Wir haben uns doch schon mal getroffen!« Er streckt die Hand aus, um meine zu ergreifen.

»Oh, natürlich, ich erinnere mich!« Tue ich nicht.

Nach minutenlangem Händeschütteln beginnt er, mir von der Zahnseide zu erzählen, die seine Firma gerade auf den Markt gebracht hat. »*ZahnzwischenRaumgleiter* wurde von der NASA entwickelt! Es ist die Zukunft der Hygiene-Filamente!« Ich nicke höflich, und als ich mein Handy vibrieren fühle, hole ich es heraus, um es als Vorwand für meine Flucht zu nutzen. »Entschuldigen Sie bitte. Ich muss da rangehen, und danach beginnt mein Podium.«

Tatsächlich ist noch mindestens eine halbe Stunde Zeit, bevor »Das schwierige Feld der Wurzelspitzenresektion« losgeht.

»Sind Sie danach noch da? Es hieß, wir würden Malala für die Grundsatzrede bekommen, aber ich habe gerade den Magier vom letzten Jahr gesehen, es könnte also sein, dass uns Loch-im-Hut 2.0 erwartet …«

Die Neonröhre über mir flackert, und bei dem Gedanken an weitere vierundzwanzig Stunden an diesem Ort ohne Tageslicht, an dem die Delegierten sich mit industriell verarbeiteten Lebensmitteln und Zahnmedizin-Wortspielen über Wasser halten, bin ich plötzlich schrecklich müde. Ich verspreche, mein Möglichstes zu tun, seine Veranstaltung »Die Rückkehr der Plaque« zu besuchen, dann verabschiede ich mich. Ich habe den Anruf verpasst, aber das macht nichts. Ich mag telefonieren ebenso wenig, wie ich ein »Schwätzchen« im wahren Leben mag.

Ich war nicht immer so. Aber in letzter Zeit fühle ich mich ausgelaugt. Als hätte ich alle Nettigkeit im Behandlungsraum und als Mutter aufgebraucht, sodass jetzt nichts mehr davon übrig ist. Die Folgen von acht Jahren Mutterschaft und fünfzehn Jahren Zahnmedizin. *Ganz zu schweigen von Ehe lebenslänglich …*

»Entschuldigen Sie«, bitte ich einen großen Mann mit Schnauzbart, der den Zugang zu den heiligen Hallen des Backstage-Bereichs bewacht, wo, wie man mir versichert hat, kostenloses Wi-Fi und »der gute Kaffee« auf mich warten. »Darf ich eintreten?«

»Nur Besucher mit einem VIP-Pass haben hier Zutritt, werte Dame«, informiert er mich.

Ach du meine Güte, jetzt bin ich schon eine »werte Dame«? Oder anders gesagt: Ich habe meine besten Jahre hinter mir …

»Ich habe eines dieser besonderen blauen Namensschilder …« Ich lasse es hoffnungsvoll vor seiner Nase baumeln.

»Rat?« Er runzelt die Stirn und tippt dann mit seinen Wurstfingern auf einem iPad herum. Also auf meiner Liste gibt es keine Mrs Rat …«

»Es soll Ray heißen.«

»Hier steht aber Rat.«

»Ich weiß. Aber der richtige Name ist Ray.«

»Sicher?«

»Ziemlich sicher.«

Einen langen Moment starrt er konzentriert auf meine Brust,

vermutlich, um herauszufinden, ob ich die Wahrheit sage, dann tritt er zur Seite, um mich ins Allerheiligste einzulassen. Es riecht stark nach Sandwiches und den Pheromonen einiger anderer »Experten«, die die unterschiedlichsten Rituale praktizieren, die sie durch die nächsten neunzig Minuten bringen sollen.

Eine stark geschminkte Frau in Hosen, die so eng sind, dass sie sich vermutlich eine Blasenentzündung holen wird, stöckelt an mir vorbei. *Da wird wohl eine Preiselbeersaft-Infusion nötig …*

»Sind Sie …?«, fragt sie und zeigt auf mein Namensschild, während sie versucht, ihre gebotoxte Stirn zu runzeln.

»Das ist ein Schreibfehler. Ich bin Alice Ray. Hi!«

»Ah! Wie schön. Sie nehmen an dem Podium teil, das ich moderieren werde.« Sie klatscht in die Hände, wobei sich ihre Finger nicht berühren.

Merkwürdig …

»Ah, toll.« *Sprich mit ihr,* ermahne ich mich selbst, *sag mehr. Schnell. Unterhalte dich so wie normale Leute.* »Ähmmm …« Ich suche fieberhaft nach einem Gesprächsthema. »Ist das da drüben Spritzgebäck?«

Großartig, wie ich die Leute immer mit meinem umwerfenden Charme und meinem Talent für Smalltalk bezaubere …

»Äh, nun, ja. Nehmen Sie sich bitte.«

»Danke, gern.« Ich werde es nicht tun. Die Wahrscheinlichkeit, dass ich Spritzgebäck zu mir nehme, ist in etwa so hoch wie die, dass ich den Teller, auf dem es liegt, esse.

Ich esse keinen Zucker, zumindest offiziell nicht. Und kein Brot. Keine Kartoffeln. Keine Nudeln. Keinen Reis. Keine Milchprodukte. Oder Transfette. Oder gesättigte Fette. Oder Fleisch. Unsere Eckzähne mögen dafür gemacht sein, Fleisch von den Knochen von Tieren zu reißen, aber ich habe in genug Mundhöhlen geschaut, um mich für den Rest meines Lebens vor dem Geruch von zwischen Zähnen steckendem, verrottendem Fleisch zu ekeln. Außerdem habe ich immer wieder gelesen, dass es die

Verdauung träge macht, und für Trägheit habe ich keine Zeit. Egal, in welchem Bereich meines Lebens. Natürlich gibt es den einen oder anderen Aussetzer. Da wäre der Viertelpfünder letzten Monat … aber es war dunkel, und die Kinder waren nicht dabei. *Und wenn man es im Auto isst und keiner dabei ist, dann zählt es nicht. Das weiß doch jeder.* Das ist meine bevorzugte Art zu essen: mit einer ordentlichen Portion Scham.

»Also gut. Es war schön, Sie kennenzulernen«, sagt die Preiselbeerhose und reißt mich damit aus meinen Gedanken.

»Wunderbar«, antworte ich mit einem Nicken.

Sie legt den Kopf schräg und schürzt die Lippen, als wäre ich eine streunende Katze, die gerade einen toten Vogel ins Haus geschleppt hat. »Und viel Glück, ja? ›Keine Zahnreinigung ohne Airflow‹ läuft noch etwa fünfzehn Minuten, und nach einer kleinen Pinkelpause startet dann unsere Veranstaltung.« Sie tätschelt mir den Arm und stakst von dannen.

»Wunderbar …«, sage ich noch einmal und halte Ausschau nach der einsamsten, dunkelsten Ecke, wo ich möglichst mit niemandem interagieren muss. Ich klemme mich zwischen eine Wand und einen schwarzen Vorhang und beobachte den Herausgeber des *Magazins für Zahnheilkunde,* wie er sich mit einigen Karateschlägen selbst motiviert, während ein Promizahnarzt, den ich im Morgenmagazin gesehen habe, auf einem Minitrampolin auf und ab springt. Die Referenten von »Neue Trends in der Nebenhöhlenpflege« verlassen gerade die gegenüberliegende Bühne, und ein »Alternativer Zahnmediziner« öffnet den Mund wie ein Vögelchen und legt den Kopf in den Nacken, damit seine winzige Assistentin – *Sein Kind? Seine Frau? Seine Kindsfrau?* – ihm mit einer Pipette etwas von einem magischen Gebräu einflößen kann.

Business as usual, denke ich, senke den Kopf und hoffe, dass die anderen Referenten mich nicht ansprechen werden. Aber im Grunde ist das hier eine Ehre. *Ein Privileg,* erinnere ich mich selbst. *Ich spreche für die Praxis – und für die Zahnmediziner an der Basis, die in den niedersten Regionen der Mundhygiene praktizieren.* Es ist eine Leistung, überhaupt gefragt worden zu sein. All die harte Arbeit – all die Überstunden, die freiwilligen Fortbildungen und das Übernehmen von mehr Verantwortung – für das hier. *Ich werde endlich ernst genommen auf meinem Gebiet,* sage ich mir.

Und dann erklingt das Titellied von *Frozen.*

Ich reagiere nicht sofort, denn das Lieblingsspiel meiner Tochter »Welchen Klingelton verpasse ich Mama heute?« bringt es mit sich, dass ich nicht sicher sein kann, aus wessen Handy da Elsa plärrt – letzte Woche waren es noch Little Mix. Aber als der Herausgeber in seinem Luftkampf innehält und der Vögelchenmann herüberstarrt, wird mir klar, dass es nur eine Person gibt, von der dieses Geräusch ausgehen kann: mich.

Mist … Ich angle nach meinem Handy und zupfe eine zermatschte Rosine ab, bevor ich rangehe.

»Hallo?«

»Hi«, sagte eine Stimme, die nach I-Aah aus Winnie Puuh klingt, am anderen Ende der Leitung. »Bin nur ich.«

Es ist immer »nur« er.

»Hi. Meine Podiumsdiskussion fängt gleich an. Ich habe gerade nicht wirklich Zeit zum Reden. Ist alles okay?«

»Ja, ich wollte nur wissen, wann du zurück…«

»Ich komme morgen, so früh wie möglich, zurück. Wie geplant …«

»Es ist nur, die Züge …«

»Ich habe ein Ticket und eine Reservierung.« *Wunderbarerweise schaffe* ich *es, mich um meine Sachen zu kümmern …*

»… fahren nicht.«

»Oh.«

»Es gibt Schienenersatzverkehr mit Bussen. Sie haben es bei *South East Today* gebracht, gleich nach einem Beitrag über

Parkverbote in Brent.« Wir leben nicht einmal in der Nähe von Brent, aber mein Mann achtet darauf, dass der Fernseher JEDERZEIT läuft, weil er sonst ja etwas »wirklich Wichtiges« verpassen könnte. Vermutlich etwas, das mit Parken zu tun hat. »Wie dem auch sei«, fährt er fort, »es ist besser, wenn dich jemand heimfährt …«

»Ich komme zurecht, danke.«

»Also wenn du willst, dann rufe ich …«

»Ich weiß, dass ich sie anrufen könnte. Aber das würde ich lieber vermeiden.« Er meint Melissa. Die meiste Zeit kann ich ihr zum Glück aus dem Weg gehen, aber wie Murphys Gesetz es so will, wohnt sie hier in der Gegend. Ich habe aber nicht vor, sie anzurufen. Wir haben seit Monaten kaum miteinander gesprochen, und das Letzte, was ich nach einem zweitägigen zahnmedizinischen Kongress will, ist, ihr zu erörtern, warum das so ist. Oder noch schlimmer – Interesse für ihre aktuelle Obsession zu heucheln. Oder ihre neueste Verschwörungstheorie. Oder ihr neuestes Haustier.

Greg seufzt laut, dann meint er zögerlich: »Also, wenn etwas ist, dann könnte auch ich …«

»Nein, nein, ich komme zurecht.«

»Okay, wenn du dir da sicher bist«, antwortet er – viel zu hastig – und klingt dabei erleichtert.

»Ja, also, hör zu, ich muss jetzt. Hier hüpfen Leute auf Trampolinen herum, ich sollte mich wohl auch irgendwie vorbereiten.«

»Klar …«

»Also gut, dann … bye.«

»Willst du nicht wissen, wie es den Ki…«

Die Preiselbeerhose kommt mit einem verkrampften Lächeln und einem Beanbag in der Hand auf mich zu. Sie tippt auf ihre Uhr, um mich anzutreiben.

»Ich muss …«

Ich will gerade auf das rote Symbol tippen, um das Gespräch zu beenden, als ich ein hastiges »Den Kindern geht es gut, danke, dass du gefragt hast« höre. Damit legt er auf.

Verdammt … ich bin EIN SCHRECKLICHER MENSCH.

Ich liebe sie, natürlich liebe ich sie. *Obwohl ich seit 2009 nicht mehr länger als bis 5:30 Uhr geschlafen habe …*

Ich setze mich selbst auf die Arschloch-Liste und habe plötzlich das dringende Bedürfnis, mich am Kopf zu kratzen. *Wenn ich jetzt Läuse von der Tante am Empfang habe, nun, dann ist das Karma,* denke ich. Aber dann präsentiert mir Preiselbeerhose all ihre weißen Zähne und versucht, die Brauen zu einem auffordernden »Sollen wir los?« zu heben, bevor sie mich im Polizeigriff abführt. Und dann geht es los.

Nur fürs Protokoll sei erwähnt, dass eine Podiumsdiskussion über Wurzelbehandlungen in etwa so spaßig ist, wie man sich das gemeinhin vorstellt.

Hinterher ist schwer zu sagen, wer erleichterter ist: die Diskussionsteilnehmer oder die Zuschauer.

»Schön, schön …« Die Preiselbeerhose klingt angestrengt, während sie versucht, den Promizahnarzt vor dem Herausgeber des *Magazins für Zahnmedizin* zu retten und dann zu gehen, ohne dabei von ihrer Hose in zwei Teile gespalten zu werden. »Also dann, Essen?«

Sie zeigt auf mehrere Platten, die dicht mit Kuchen und Sandwiches belegt sind. Hier hinten im Backstage-Bereich ist es heiß und stickig, und obwohl es keine Fenster gibt, hat sich eine alarmierende Anzahl Fliegen eingefunden, die sich gerade auf einer Platte mit Törtchen versammeln, die laut Schildchen *»Zahnfreundlich!* ☺« sind. Der Promizahnarzt verscheucht eine Schmeißfliege, während eine Mitarbeiterin des Caterings einige weitere mit einem Löffel erschlägt und von der Platte schubst, in dem Glauben, dass niemand es gesehen hat.

Ich habe es gesehen.

Es gibt nichts hier, das ich essen kann. Oder besser: das ich mir erlauben würde zu essen. Also esse ich nichts. Das ist ein Fehler. Denn stattdessen trinke ich. Und schon bald stelle ich fest, dass der warme Weißwein, den sie hier anbieten, gar nicht mehr so schlecht schmeckt, wenn man ein paar Gläser davon intus hat. Dann gibt mir eine Frau mit zu viel Haarspray auf dem Kopf ein pinkfarbenes *»Zahnärzte rocken!«*-Glas, das an einer Kordel baumelt, die man sich um den Hals hängen kann. Die deutlich größeren Biergläser an Männerbändern sind wohl den männlichen Besuchern vorbehalten, nicht dass ich mir am Ende noch mein kleines Frauenmündchen dran verletze. Aber es kümmert mich nicht. *Denn ich habe jetzt stets WEIN zur Hand. Nicht einmal zur »Hand«!,* denke ich und bin ganz aufgeregt ob dieses Fortschritts … *Freihändig!*

Damit wird dann auch das Seminar mit dem Titel *»Sag Nein zu Zahnstein«* gleich interessanter, und selbst der Loch-im-Hut-Zauberkünstler kommt mir in angetrunkenem Zustand nicht mehr ganz so beschissen vor (*also das mit den Tauben … wie MACHT er das nur?*). Auch die Preisverleihung – »Der Höhepunkt des zahnmedizinischen Jahres!« – ist deutlich erträglicher als sonst, und ich beginne Klischee-Bingo mit mir selbst zu spielen, indem ich jedes Mal trinke, wenn jemand »setzt ganz neue Maßstäbe«, »Spitzenleistung« oder »hat einhundertzehn Prozent gegeben« sagt. *Es ist wie in dieser Reality Show,* The Apprentice, stelle ich erstaunt fest, *nur dass alle nicht so schicke Frisuren haben.*

Schon bald senkt sich der Nebel wie eine tröstende Decke auf mich herab, dämpft meine Sinne und sorgt dafür, dass ich mich noch langsamer – und weicher – als sonst fühle.

Ah, Alkohol, denke ich nun voller Zuneigung. *Hallo, alter Freund …*

Ich bin weitaus geselliger, wenn ich getrunken habe. Aber

nach einer überraschend netten Unterhaltung mit dem Promizahnarzt und einer Frau, die ihre Praxis in Peckham hat, lande ich irgendwann bei einem Typen, der aussieht, als hätte er schon mehrere Urlaube im Wohnmobil hinter sich, und einem anderen, der eindeutig Bronzer – und vermutlich auch Mascara – trägt. Mascaramann legt mir fortwährend die Hand auf den Ellbogen und erzählt mir, er sei Lebensberater.

»Ich bin auf präoperative Visualisierung spezialisiert«, sagt der Typ, der aussieht wie ein junger Simon le Bon, enthusiastisch. »Schließen Sie die Augen, ich werde es Ihnen zeigen.«

Und weil ich übertrieben hilfsbereit, unbeholfen im Umgang mit Menschen und betrunken bin, schließe ich tatsächlich die Augen.

Und wenn ich sie wieder aufmache, bete ich stumm, *hoffe ich, dass du nicht deinen Penis rausgeholt hast.* Er faselt etwas von »aus dem Becken atmen«, und als ich die Augen einen Spaltbreit öffne, stelle ich fest, dass sein kleiner Freund glücklicherweise noch immer von Hosen verhüllt wird, die aussehen, als wären sie leicht entflammbar. Dafür entdecke ich aber einen weißen Streifen an seinem Finger. So etwas sieht man häufiger bei Veranstaltungen wie dieser: Man streift sich das Namensschild über und den Ehering ab.

Höflich lehne ich sein Angebot ab, die Cocktailkarte auszutesten, aber dann nuschelt er etwas von »sexy Zahnmedizinerinnen«.

Ach du meine Güte …

Das ist a) widerlich, b) eine Beleidigung für meine feministischen Prinzipien und c) widerlich. Niemand, der älter als fünfundzwanzig ist, sollte je das Wort »sexy« in den Mund nehmen. Unter keinen Umständen.

Hastig suche ich in meinem mentalen Rolodex nach einer Ausrede, um so schnell wie möglich von hier verschwinden zu können, aber nach fünf Gläsern freihändigem Wein hat sich meine Denkleistung erheblich zurückgefahren, und als ein großer, attraktiver Mann mit wirklich außerordentlich schönen Zähnen sich einmischt und vorschlägt, »zur Disco« im anderen Raum zu wechseln, stimme ich zu.

»Uff, danke«, wispere ich ihm zu. Obwohl ich mich redlich bemühe, in einer geraden Linie zu laufen, torkele ich leicht. »Sie haben mich vor einer weiteren Demonstration seiner Hypnosekünste gerettet. Und seiner Lebensberaterkünste. Und seinem Ehering-verschwinden-lassen-Zaubertrick …«

Mr Teeth, wie ich ihn in Gedanken wegen seiner schönen Zähne nenne, macht einen Witz darüber, dass man sich auf solchen Events vor der »Pampasgras-Lobby«[1] in Acht nehmen muss, und ich lache. Es beeindruckt mich immer wieder, wenn attraktive Menschen auch noch witzig sind – als hätten sie das gar nicht nötig. *Sie haben uns anderen ohnehin schon so viel voraus. Und. So. Schöne. Zähne …*

Unter dem Einfluss des Alkohols verschwimmt er vor meinen Augen, verdoppelt sich, überschneidet sich mit sich selbst und wird dann wieder zu einer Person. Das macht es noch herausfordernder, geradeaus zu gehen, aber am Ende schaffen wir es doch.

Im »Partyraum« spielen *Roxy Musik* – nicht in Persona übrigens, so viel Budget hat man in der Zahnmedizin dann doch nicht –, und es ist ungefähr zu dieser Zeit des Abends, dass mein Glas Shiraz beginnt, mir verschwörerisch zuzuwispern.

Shiraz: »Hey, du! Na, wie wär's, wenn wir ein wenig das Tanzbein schwingen? Ein bisschen Leben in die Bude bringen?«

Ich: »Nein, geh weg. Du bist betrunken …«

---

[1] Vor einigen Jahren kam das Gerücht auf, Pampasgras sei das geheime Erkennungszeichen von Swingern, seitdem verzeichnen britische Gärtnereien einen dramatischen Rückgang im Absatz des Vorgarten-Klassikers …

Shiraz (unterbricht mich): »Nein, DU bist betrunken! Vertrau mir: Du bist eine begnadete Tänzerin …«

Ich: »Nein. Ich darf nicht die Kontrolle verlieren. Auf keinen Fall. Selbstbeherrschung ist eine meiner wichtigsten Eigenschaften. Und die Angewohnheit, mich auf Veranstaltungen wie dieser auf dem Klo zu verstecken.«

Shiraz: »Pah! Das ist dein altes Ich. Das laaangweilige Ich, das ständig arbeitet und gestresst ist und seit Wochen nicht gelächelt hat! Das hier ist dein neues, fröhliches Ich!«

Ich: »Ich werde NICHT tanzen …«

Shiraz: »Bullshit!« (Mein Glas Shiraz hat ein ziemlich derbes Mundwerk.)

Ich bin benommen und verwirrt, und die Musik ist laut. Deshalb ist alles, was von diesem Moment an passiert, eigentlich Bryan Ferrys Schuld – und die des Weins. Habe ich schon den Wein erwähnt? Aber was ich »glaube«, dass dann passiert ist:

1) Mr Teeth nimmt meine Hand, und wir bewegen uns auf den Rand der Tanzfläche zu.
2) Jemand füllt das freihändige Glas um meinen Hals auf, und Mr Teeth organisiert sogar noch einen Strohhalm für mich, sodass ich nur noch den Kopf senken und (quasi) saugen muss, um an meinen Shiraz zu kommen. Das bedeutet natürlich, dass ich den ganzen Wein trinke, bis Mr Teeth anbietet, mir nachzuschenken. Ich nehme dankbar an und trinke weiter. Das wiederholt sich noch mehrere Male, bis ich nichts mehr fühle. *Besitze ich noch Zehen?,* frage ich mich seltsam distanziert. *In jedem Fall habe ich sie seit einer halben Stunde nicht mehr gespürt …*
3) Viele weitere Zahnmediziner drängen in den Raum, bis wir dicht zusammengequetscht sind.
4) Und dann … und dann …

Ich blicke auf eine Frau hinab, die den gleichen zehn Jahre alten ZARA-Rock trägt wie ich, mit der gleichen zehn Jahre alten Frisur und dem gleichen nervösen Lachen, das ich mir in der letzten Dekade angewöhnt habe (Spoiler: Das BIN ich), und ich schreie sie an: DU BIST GERADE DABEI, EINEN MANN ZU KÜSSEN, DER DEFINITIV NICHT DEIN EHEMANN IST! HÖR AUF! HÖR SOFORT DAMIT AUF! DAS IST ABSOLUT UND UNBESTREITBAR NICHT DER VATER DEINER KINDER! LASS ES SEIN!

Doch sie hört nicht auf mich.

Etwa zwanzig Sekunden lang weiß ich nicht, was ich davon halten soll. *Sollte ich schockiert sein? Sollte ich mich schuldig fühlen? Das sollte ich doch. Oder etwa nicht? Sollte ich mich nicht losreißen und mit Tränen in den Augen davonstürmen? Das ist es, was in einem Richard-Curtis-Film passieren würde, oder? Schnell! Jemand sollte nachsehen …*

Aber ich bin müde. So müde. Und das sieht mir gar nicht ähnlich. Denn wer will diese Rolle schon haben? Eine verheiratete Mutter mit zwei Kindern, die auf einem zahnmedizinischen Kongress mit einem Fremden herumknutscht?

Und dann denke ich an all die Auseinandersetzungen, die Greg und ich während der letzten zehn Jahre in immer kürzer werdenden Intervallen ausgefochten haben. Auseinandersetzungen darüber, wer mehr tut – *ich* – und ob der Partner das wertschätzt oder nicht – *tut er nicht.* Und dann denke ich: War es das jetzt? Geht es immer so weiter? Die nächsten achtzehn Jahre? Oder noch länger? Mit den hohen Haus- und Grundstückspreisen und der wirtschaftlichen Unsicherheit und den Kindern, die ewig bei uns wohnen bleiben – *Verdammt seiest du, wirtschaftliche Lage!* Und danach können wir uns auf eine wundervolle Zukunft freuen, während der wir uns schweigend in die Augen sehen, uns nichts zu sagen haben und die Stunden zählen, bis wir schlafen gehen können? Ich habe ihm gelobt, bei ihm zu bleiben, bis der Tod uns scheidet. Aber die Leute leben heutzutage doch ewig, oder?

Ich kann das Engelchen und das Teufelchen auf meinen Schultern förmlich vor mir sehen:

Engelchen – Eine kleine Blonde in einem Metallic-Kleid. Im Prinzip Kylie Minogue: »Ihr könnt euch nicht trennen – das Badezimmer ist doch gerade erst fertig geworden! Im Frühling wollt ihr anbauen; und ihr habt zwei wundervolle Kinder – und du willst doch nicht die Frau sein, die ihre Ehe bei einem zahnmedizinischen Kongress beendet!«

Teufelchen – aka Shiraz: »Papperlapapp … Was du eigentlich willst, ist, dass dir einer den Rock hochschiebt und es dir so richtig besorgt. Das letzte Mal ist ja schon eine ganze Weile her. Das war definitiv noch vor dem Brexit …«

Und dann … nichts mehr.

Als ich wieder zu mir komme, liege ich nackt bis auf mein »Alice Rat«-Namensschild in meinem Zimmer in dem an das Kongresszentrum angeschlossenen *Premier Inn*. Unter mir eine Überdecke mit verdächtigen Flecken unbekannten Ursprungs. Allem Anschein nach bin ich allein. An den farblich gekennzeichneten Kosmetikartikeln auf dem Nachttisch erkenne ich, dass ich tatsächlich in meinem eigenen Zimmer bin. Abgesehen davon … sieht es nicht gut für mich aus.

Ich fühle mich grauenhaft, und mein Kopf ist so schwer, dass ich ihn kaum vom Kissen heben kann. Stattdessen stemme ich mich auf die Ellbogen hoch und vollführe dann so etwas wie eine Rolle seitwärts, um auf die andere Seite des Bettes zu gelangen, wo es mir schließlich gelingt, mich aufzusetzen. Das Zimmer dreht sich einmal um dreihundertsechzig Grad, und ich beschließe, dass es besser ist, heute nicht zu hoch hinauszuwollen, und lasse mich auf den Boden gleiten. Ich habe einen galligen Geschmack im Mund, und ein vager Geruch nach Selbsthass dringt aus jeder meiner Poren. Ich krieche ins Badezimmer und spritze mir Wasser ins Gesicht. Als ich aufsehe, blicke ich in das Gesicht einer anderen Frau. Ihr Mund ist eine dünne Linie, ihr Teint hat die Färbung von Erbsensuppe, und auf ihrem Kopf sitzt ein Mopp trockener, strähniger Haare. Sie wirkt ausgezehrt – man kann jede ihrer Rippen deutlich sehen –, aber um die Mitte herum wabbelt es, weil sie seit 2009 keine Zeit mehr gefunden hat, zum Sport zu gehen. Und vermutlich auch wegen der mitternächtlichen Süßkram/Buletten-Orgien. Ihre Augen sind zwei schmale, gerötete Schlitze, und sie hat das, was in der Klatschpresse gern als »Weingesicht« bezeichnet wird.

»So fertig will ich niemals in meinem Leben aussehen«, sage ich laut, und die Vogelscheuche im Spiegel ahmt meine Lippenbewegungen nach.

Oooh …

Dieses neue Spiegelbild erkenne ich nicht wieder. Beziehungsweise, ich will es nicht wiedererkennen. Aber in meinem Kopf herrscht Chaos. Ich zwinge mich dazu, tief durchzuatmen, und versuche, mich nicht zu übergeben, als die Luft um mich herum dick wird. Ich drehe die Dusche auf und lasse das Wasser so heiß wie möglich werden, bis der Wasserdampf sich auf den Spiegel legt und mich vor mir selbst rettet. Dann schäle ich das Namensschild von meiner klammen Brust, verfluche die Cellulitis an meinen Oberschenkeln und beginne – fest – mit einem Hotelwaschlappen zu rubbeln, der schon bessere Zeiten gesehen hat.

Sich zu waschen tut gut, denke ich. *Richtig gut. Ich sollte mich noch mehr waschen …* Ich wünschte, ich könnte das auch mit meinem Inneren tun, begnüge mich aber damit, alle erreichbaren Stellen einer gründlichen Reinigung zu unterziehen. Dann fische ich eine Zahnbürste mit harten Borsten aus meinem Goodie-Bag und schrubbe damit gnadenlos meinen verräterischen Knutschmund, der mich letzte Nacht so hintergangen hat. Kurz muss ich würgen, doch dann beschließe ich, dass es die Sache wert ist, wenn dafür mein Mund sauber wird.

Und dann stellen sich die Schuldgefühle ein.

Bleischwer brechen sie über mich herein, rammen zuerst meine Brust und sinken dann hinab in meinen Bauch, bis ich beschließe, meinen Beinen ihren Willen zu lassen, und wieder auf den kalten Fliesenboden des Badezimmers sinke.

Charlotte und Thomas.

Sieben und fünf Jahre alt.

Lachend. Mit winzigen, verschlafenen Augen am Morgen. Wie sie mit flatternden Morgenmänteln die Treppe herunterpoltern. Wie sie Eier und Toastbrotstreifen essen. Wie ich ihnen das Gesicht wasche, bis sie frisch und rosig aussehen. Oder wie sie, wenn alles nach Plan gelaufen ist, genau jetzt nach zwei Minuten mit den elektrischen Zahnbürsten, die sie zu Weihnachten bekommen haben, nach Minze duften. Sie fehlen mir. Und der Gedanke, dass ich etwas getan haben könnte, das ihnen schaden wird, schmerzt wie ein Stachel im Fleisch. Denn ganz egal, was für Probleme Greg und ich haben, er ist noch immer ihr Dad. Also werde ich mich mit ihm arrangieren müssen. Irgendwie. Besser als bisher.

Als er noch Arbeit hatte, war es einfacher. Er hat sich angestrengt, sich rasiert und manchmal seine Hemden gebügelt. Er wollte nur vorübergehend zu Hause bleiben. »Bis ich was anderes finde«, hat er gesagt. Also übernahm ich mehr Verantwortung in der Praxis und arbeitete länger. Ich wurde befördert, und mit meiner neuen Position kam auch die »Ehre«, bei Veranstaltungen wie dieser sprechen zu dürfen. Greg sagte, er werde sich um die Kinder kümmern und die Gelegenheit nutzen, um mit seinem »Großen Standardwerk zu Stonehenge« zu beginnen, ein Projekt, das er anscheinend schon in Studententagen geplant, dann aber vertagt hatte, weil ihm, nun ja, *das Leben* dazwischengekommen war. Und so wurde aus dem zusätzlichen Schlafzimmer ein Schrein für Druidentempel, Bilder von Felsformationen und Wissenschaftsjournale. Nur dass er das mit dem »Sich um die Kinder kümmern« jetzt nicht mehr allzu angestrengt verfolgte. Weiterhin bin ich es, die kocht, putzt und sie zur Schule bringt. Er muss sich lediglich daran erinnern, sie von der Tagesmutter abzuholen, bevor er sich wieder aufs Sofa fallen lässt oder in seinem »Arbeitszimmer« auf seinem »Ruhebett« wegpennt. Wobei er Letzteres zunehmend auch nachts nutzt.

Seit Monaten hat er sich für keine Stelle mehr beworben. Und als ich anbot, mal in das Buch reinzulesen – beziehungsweise in die Kapitel, die er schon fertig hatte –, wurde er plötzlich kleinlaut. Er stammelte etwas von wegen »ist besser, es im Ganzen zu lesen«. Und das war es dann.

Deshalb: Ja, ich bin ein schrecklicher Mensch, aber ich plädiere auf mildernde Umstände. Und ich gelange zunehmend zu der Überzeugung, dass der gigantische Kater heute Morgen der erste Teil meiner Strafe ist.

Ich wühle in meiner Tasche nach Schmerztabletten, finde sie und schlucke gleich zwei davon. Im nächsten Moment fällt mir ein, dass es die von der Arbeit mit der großen, fetten Warnung darauf sind: *Nur eine pro Tag. ÜBERSCHREITEN SIE NICHT DIE EMPFOHLENE DOSIS.*

Ich versuche, eine davon wieder hochzuwürgen. Oder gleich beide. Was, natürlich, nicht klappt, woraufhin meine Panik und mein Schwindelgefühl sich nur noch weiter steigern.

Schlau. Wirklich ganz schlau … Ich ergehe mich in Selbstvorwürfen, bis mir einfällt, dass ich vielleicht versuchen sollte, etwas zu essen. Normalerweise frühstücke ich nicht, aber ich sage mir, dass dies einer der Tage ist, die nach einer Ausnahme verlangen. *Obst? Vielleicht eine halbe Grapefruit?*

Im »Restaurant« – einem weiteren Raum ohne Fenster – wimmelt es nur so von Kindern und ihren Eltern, deren Reiseziel der nahe Vergnügungspark ist. Es riecht nach Feuchttüchern und Verzweiflung, und der Lärmpegel ist ohrenbetäubend.

»Araminta? Möchtest du heute Kuhmilch zu deinen Frühstücksflocken? Gibt Mama dir sonst die normale oder die fettreduzierte Milch? Probier das mal, und sag mir, ob es wie sonst schmeckt …«, sagt ein Mann, der ein Jackett und Manschettenknöpfe zu einem Premier-Inn-Frühstücksbüfett trägt, zu einer Zweijährigen. Eine Frau schaufelt so viele Bagels wie nur möglich in eine Handtasche, während eine weitere fünf hart gekochte Eier seziert, den Dotter herausholt und den Rest entsorgt.

Die Menschen sind so lächerlich.

Mehrere Dutzend Löffel prallen klirrend gegen die Innenseiten von Müslischalen, als lieferten sie sich einen Wettbewerb, wer als Erster einen Toast aussprechen darf. Lautstark wird Kindergartenkindern zu der Fähigkeit, eine bestimmte Menge Frühstückskekse zu verdrücken, gratuliert. »Gleich vier, Felix? Guter Junge![2]«

Mir explodiert gleich der Kopf, denke ich. *Gleich hier und jetzt. Oder ich erleide eine Gehirnblutung oder so etwas …* Ich massiere mir die Schläfen. *Aber wenigstens habe ich jetzt meine Übelkeit im Griff.* Ich klopfe mir innerlich selbst auf die Schulter.

Ich bin fast bei der »Obst-und-Müsli-Theke« angekommen, als es das erste Mal passiert. Wie ein Angelhaken bohrt sich die Übelkeit in meinen Magen und versucht, mir den einzelnen Rohkostriegel, den ich in meiner Tasche aufgetrieben habe, wieder zu entreißen – die einzige feste Nahrung, die ich seit gestern elf Uhr zu mir genommen habe. Mein Kopf pocht weiterhin heftig, während ich die kleinen Schalen beäuge, in denen matschiges Obst in einer trüben Flüssigkeit schwimmt. Zwar würde ich mir gerade lieber den Kopf mit einem Melonenausstecher

---

[2] Nach der Rezension kehrt sogar das Feinkostladen-Klientel gern in einem Premier Inn ein.

aushöhlen, aber dann greife ich doch entschlossen nach einer der Schalen: *Du schaffst das!*

Leider stellt sich heraus, dass ich es nicht schaffe.

Alles kommt hoch – und zwar so schnell, dass ich es nicht aufhalten kann, und mit einer Mächtigkeit, von der ich gar nicht wusste, dass ich dazu fähig bin. Der Spuckschutz der Theke kann es nicht einmal annähernd mit mir aufnehmen und leistet kaum Widerstand. Große Brocken Paleopampe, Magenschleimhaut und Shiraz – *zur Hölle mit dir, Shiraz* – brechen aus mir hervor und verteilen sich großzügig über Obst, Frühstücksflocken und die Umstehenden.

Ich kann die Schlagzeile förmlich vor mir sehen:

Sturzbetrunkene zweifache Mutter erbricht vor einem Dutzend geschockter Gäste auf Frühstücksbüfett. »Ich bin eine Schande«, gesteht Alice Rat, eine Zahnärztin aus Streatham …

»O mein Gott, es tut mir so leid.« Hastig suche ich nach etwas zum Aufwischen und beginne sogleich, an dem im Gerinnungsprozess befindlichen Erbrochenen auf den Wildlederschuhen des Manschettenknopftypen herumzuwischen. *Ich möchte wetten, er bereut es, nicht bei den Frühstücksflocken geblieben zu sein,* denke ich mir. *Vermutlich bereut er es bitterlich, Araminta ein Fruchtdessert angeboten zu haben …*

»Ich bin das Letzte«, murmele ich und schlage dann die Hand vor den Mund, als mir klar wird, dass die Sache noch lange nicht erledigt ist. *Da ist noch mehr?* Und dann: *Jep, da ist noch mehr.*

»Ich denke, Sie sollten besser gehen, Madam«, schlägt ein hagerer Mann in einem zu großen Anzug vor, der einen Anstecker mit der Aufschrift »*Ich bin für Sie da!*« trägt. Ich stimme ihm aus vollem Herzen zu und trete dann die Flucht zu den Aufzügen an, in der Hoffnung, dass ich es bis zu meinem Zimmer schaffe, bevor der Kotz-a-thon in die nächste Runde geht.

Ich hänge gerade über der Keramik meines Badezimmers und halte meine Haare zur Seite, während ich hoffentlich den letzten Rest hervorwürge, als ich eine vertraute Stimme höre.

»Nett hier.«

Nein. Oh. Mein. Gott. Das soll wohl ein Witz sein …

Mit dem Ärmel wische ich mir den Mund ab und drehe mich um.

Eine füllige Brünette in Gummistiefeln lehnt im Türrahmen. Sie hat die Arme verschränkt und riecht nach Landluft und Missbilligung.

»Was tust *du* hier?«, krächze ich, ordne mein Haar und versuche, irgendwie präsentabel auszusehen. In diesem Moment wird mir klar, dass ich es vorhin so eilig hatte, dass ich *unter Umständen* vergessen habe, die Tür zu schließen. Besser gesagt, ich habe vergessen, dass die Gratisausgabe der *Daily Mail,* die man mir in einer durchsichtigen Plastiktüte an die Klinke gehängt hat, dafür sorgen würde, dass die Tür einen Spalt offen bleibt – *zur Hölle mit Terrordrohungen und Urlaubsfotos von Helen Mirren!*

»Du bist ganz schön unfreundlich«, erklärt mir die kleine, dunkelhaarige Frau.

»Und du bist ganz schön *laut.*« Ich zucke zusammen, weil mein Kopf wieder heftiger zu pochen beginnt.

»Greg hat mich angerufen.«

Ich erhebe mich auf wackeligen Beinen und bemühe mich sehr, sie nicht in eine Geruchswolke aus Alkohol und Erbrochenem zu hüllen, während sie mich ungefragt in eine energische Umarmung zerrt, bevor sie mir einen Schlag gegen den Arm verpasst, der in ihrer Welt wohl so etwas wie eine angemessene Begrüßung darstellt. In meiner Welt tut er einfach nur verdammt weh. Sie ist knapp eins sechzig groß, hat aber Arme wie ein Metzger und Muskeln wie ein Matrose. Für jemanden, der sich praktisch nur von Sheperd's Pie und Sponge Pudding ernährt, ist sie überraschend gut in Form. Ihre Umarmung mit darauffolgender Linker raubt mir den Atem, und der intensive Geruch nach Pferd, der sie stets umweht, lässt mich sofort wieder zur Kloschüssel stürmen.

»Freut mich auch, dich zu sehen«, sagt sie, während ich mir – einmal mehr – die Seele aus dem Leib kotze.

Ich mag es nicht, wenn Leute mich in diesem Zustand sehen. Nie. Nicht mal sie. Das weiß sie genau, und ich vermute, dass ein Teil von ihr das hier genießt.

»Tut mir leid«, nuschele ich. »Wie geht es dir?«

Ihr Mundwinkel zuckt. »Besser als dir. Komm, schauen wir, dass wir dich wieder auf die Beine kriegen.«

So sollte es nicht sein … Ich bin die Erwachsene, ich bin diejenige, die sicherstellt, dass jeder auf dem Klo war, bevor wir das Haus verlassen. Ich bin die, die vier Jutetaschen im Auto hat. Immer! Ich sollte diejenige sein, die die Führung übernimmt. Nicht sie …

Als wir uns einigermaßen sicher sind, dass ich mich nicht noch mal übergeben muss – beziehungsweise nichts mehr in mir habe, das ich erbrechen könnte, abgesehen von meinen Nieren vielleicht –, sagt sie zu mir, ich solle packen, damit wir »loskönnen«.

»Ich kann nicht weg!«, sage ich zu ihr. »Der Kongress dauert noch einen weiteren Tag. Ich soll bei den Themen ›Gegen die Kuchenmanie‹ und ›Atemberaubend: Mundgeruch den Stinkefinger zeigen‹ reden …« Ich höre mich diese Worte laut aussprechen, und mir wird klar, dass ich auf keinen Fall den Vormittag in einem stickigen Raum inmitten von Zahnmedizinern verbringen kann. »Okay, ja, vielleicht eher nicht. Aber du brauchst mich nicht fahren. Ich nehme einfach die Bahn.«

»Die fährt erst morgen wieder. Der Betrieb ist noch den ganzen Tag eingestellt.«

Verdammt noch mal. Das hatte ich ja ganz vergessen bei all dem freihändigen Wein, Mr Teeth und dem … *O Gott, Mr Teeth …*

»Nun, du hast Glück«, fährt sie fort, »ich wollte ohnehin in den Süden runter.« Sie sagt immer »in den Sünden runter«, als hätte ich unsere nördlichen Wurzeln verraten. Das habe ich nicht: Wir stammen aus Leamington Spa.

Und das ist Melissa. Meine Schwester.

»Ich treffe mich mit einem Mann wegen eines Hundes«, fährt sie fort. Und ich zweifle keine Sekunde daran, dass sie das wortwörtlich meint. »Also, was ist letzte Nacht passiert? Hast du dich allein betrunken?«

»Nein«, sage ich etwa zu schnell, »mit einem Freund.«

»Heißt dein Freund Tequila?«

»Nein«, fauche ich und füge dann deutlich leiser hinzu: *»Shiraz …«*

Ein leises Lächeln erscheint auf ihrem Gesicht, und ihre Grübchen zeigen sich.

»Was?«

»Was?« Sie macht sich über mich lustig und sieht dabei so unschuldig aus wie ein Botticelli-Engel. »Übrigens«, meint sie, »hast du dein Shirt verkehrt herum an und Karottenbröckchen dort, wo dein Dekolleté sein sollte.« Sie weist auf ihren eigenen imposanten Vorbau, um meine Defizite in diesem Bereich noch einmal hervorzuheben.

»O verdammt!« Ich beginne, Bröckchen von etwas Undefinierbarem aus meinem Dekolleté zu klauben. »Ich habe nur einen klitzekleinen Kater, mehr nicht.«

»Ach ja? Weil der Mann an der Rezeption meinte, er wäre mir ›sehr verbunden‹, wenn ich die ›Verrückte aus 204 mitnähme‹, und deine Augenringe erzählen eine ganz andere Geschichte. Sie sagen« – sie spricht plötzlich mit ganz hoher Stimme – »›*O hi! Mein Name ist Alice, und ich arbeite rund um die Uhr, und möglicherweise stehe ich kurz davor, den Verstand zu verlieren …*‹«

»Das sagen meine *Augen?*«

»Das sagen sie.« Sie nickt, als wolle sie darauf hinweisen, dass es nicht ihre Schuld ist, wenn meine Augen meinen derzeitigen geistigen Zustand verraten. *Wäre ich ein Foto, würde sie mir jetzt einen Schnurrbart und ein Monokel malen …* Ich kneife mich in den Nasenrücken und bin mir nicht sicher, ob ich krank werde oder weinen muss. »Hör zu«, fährt sie fort, »wie wäre es, wenn du dich jetzt anziehst und mit deiner Lebenskrise wartest, bis wir im Auto sitzen? Die Parkgebühren hier sind nicht von dieser Welt …«

Ich fühle mich zu mies, um ihr zu widersprechen, also tausche ich meine vollgekotzten Kleider gegen mein einziges anderes Outfit, das zehn Jahre alte Kostüm von gestern Abend, aus. Danach lege ich so viel Make-up auf, wie es mir schicklich erscheint, und frage dann in einem Moment des Wahnsinns Melissa, ob ich annehmbar aussehe.

»Du siehst aus, als würdest du gleich sagen: ›Wie auch Sie mit Immobilien reich werden …‹«, erklärt sie mir mit einer typisch amerikanischen Infomercial-Stimme.

»Vielen Dank. Jetzt fühle ich mich gleich viel besser, wenn ich nach unten gehe und mich der Welt stelle«, murmele ich. *Wenigstens habe ich noch nicht angefangen, mich in der »Ich habe aufgegeben«-Abteilung mit Thermowesten und elastischen Taillenbündchen einzudecken. Wer ist gestorben und hat sie zur Generalbeauftragten für Mode gemacht?*

Ich packe meine sorgsam angeordneten Kosmetika ein und stecke die beschmutzten Kleider in eine der kostenlosen Duschhauben aus dem Bad, um Kreuzkontamination mit den anderen Sachen in meiner Reisetasche zu vermeiden. Nachdem ich mein Päckchen der Schande sicherheitshalber auch noch in ein paar Lagen Kosmetiktücher eingewickelt habe, ziehe ich den Reißverschluss der Tasche zu und verlasse das Zimmer.

Ich vermeide jeglichen Augenkontakt, bis mein »Walk of Shame« endlich in der Tiefgarage endet. Ich werde zu einem ehemals weißen Pick-up geführt, der offenbar mein Streitwagen sein wird, und räume erst einmal Bonbonpapiere, alte Zeitungen – *»die Hunde fahren gern vorn mit«* – und eine angebissene Pastete vom Beifahrersitz.

»O Gott, das stinkt …« Angeekelt weiche ich zurück.

»Lecker. Es riecht unglaublich lecker, meinst du!«, sagt sie.

»… nach Diabetes Typ zwei …«, murmele ich.

»Gib mir das bitte. Man darf nichts verkommen lassen.« Sie stopft sich die Fleischpastete in den Mund. »Was?«

»Nichts. Du siehst … nun …«

»Danke. Das ist meine Trennungs-Rachegedanken-Figur«, nuschelt sie durch einen Mundvoll Blätterteig. »Ich fresse wie Elvis nach dem Ramadan.«

Ich nicke, als würde das alles erklären. Ich frage sie nicht mehr nach ihrem Liebesleben. Ich gehe einfach davon aus, dass sie es mir erzählen wird, wenn es jemand Wichtigen in ihrem Leben gibt. *Wenn es jemand Wichtigen in ihrem Leben gibt, wird sie es allen erzählen.* Also gehe ich davon aus, dass die Rachegedanken einem kleinen Techtelmechtel gelten, das die Hunde nicht mit der angebrachten Verehrung behandelt hat oder allergisch gegen das Pferd war. Oder die »Haushasen«. Mich schaudert bei dem Gedanken. (»Wusstest du, dass Hasen ihren eigenen Kot fressen?«, habe ich ihr einmal erzählt, nachdem ich einen Artikel darüber im Netz gelesen hatte.[3] Sie sagte nur: »Und?«)

Melissa legt einen Arm hinter die Kopfstütze des Beifahrersitzes, und wir ruckeln rückwärts los. Als wir uns vor der Ausfahrt in den Verkehr einreihen, fällt mir auf, dass sie mich ansieht. Genau ansieht.

»Was? Warum starrst du so?«

»Geht es dir gut?«

---

[3]Wie übrigens auch: Nacktmulle, Chinchillas, Biberhörnchen, Babyelefanten, Babyflusspferde, Orang-Utans und Rhesusäffchen. Zumindest laut dem *Cornell Veterinarian Journal.*

»Ja!« Meine Stimme klingt schrill. »Mir geht's super. Total super!«

Damit ist die Unterhaltung beendet, und wir blinzeln erst einmal gegen das Licht an. Ich patsche auf meine Tasche, bis ich meine Sonnenbrille ertasten kann – ein riesiges fliegenaugenähnliches Ding, das zum Glück die Hälfte meines Gesichts bedeckt, gleichzeitig aber auch aussieht, als würde ich hastig den Ort eines Verbrechens verlassen, um den Paparazzi zu entkommen. Ich hätte in dem verdreckten weißen Pick-up nicht deplatzierter wirken können.

»Ist recht hell, nicht wahr, Jackie O?«, sagt Melissa. Laut.

Meine Antwort ist lediglich ein Wimmern.

Das dumpfe Dröhnen, durchsetzt von einem hohen Trillern, das ich für das Geräusch des alten Motors gehalten habe, wird klarer, als wir die mehrstöckige Tiefgarage verlassen, und entpuppt sich als niemand anderes als Celine Dion.

Melissa versichert mir, dass sie das nicht bewusst hört. »Lokale Radiostation.« Sie weist mit dem Kopf in Richtung Radio, als wir anhalten und wieder losfahren und uns dann ruckelnd einen Weg durch die verstopften Straßen der Stadt bahnen. Die vielen Autos und das allgegenwärtige Hupen tragen nicht gerade dazu bei, meinen Kater zu lindern. Ich hole mein Handy heraus, und mir wird klar, dass ich nicht mehr darauf geschaut habe, seit ich nüchtern genug war, mich daran zu erinnern, dass ich ein Handy *besitze.*

Es ist ausgeschaltet. *Aus!* Ich mache mein Handy sonst nie aus. *Nie.* Mich schaudert, und ich halte den winzigen Einschaltknopf gedrückt und warte darauf, dass das schwarze Apple-Icon auf weißem Hintergrund erscheint. Mit fahrigen Fingern gebe ich mein Passwort ein, und mein Herz wird bei jeder Meldung eines verpassten Anrufs schwerer.

Ping!

Ping!

Ping-ping-ping-ping-ping!

Eine weitere Flut von Benachrichtigungen bricht über mich herein und informiert mich über Sprachnachrichten.

»Sie haben … ZWÖLF … neue … Nachrichten. Erste Nachricht, gestern, sechzehn Uhr sechzehn …«

Neeeeeeiiiiiinnn …

Das ist der Haken daran, wenn man sich zu jemandem macht, der immer die Kontrolle über alles hat, jemandem, auf den die Leute sich verlassen können: Irgendwann verlassen sie sich immer auf einen, man wird geradezu unentbehrlich. Und wenn es dann doch mal vorkommt, dass nicht alles ganz nach Plan läuft oder man, zum Beispiel, auf einem zahnmedizinischen Kongress ganz plötzlich spurlos verschwindet, dann fällt es den Leuten auf. Hätte ich einen Mann geheiratet, der weiß, wo der Staubsauger steht, und sich in einem Vorratsfach zurechtfindet, hätte ich wohl nicht schon heute Morgen drei Anrufe von zu Hause gehabt. Hätte ich in der Arbeit mehr an andere delegiert, dann, da bin ich ziemlich sicher, hätten sich um die neun Memos aus der Praxis auch andere Kollegen kümmern können – wenn auch mit einem geringen Qualitätsstandard. Aber so, wie die Dinge liegen, kommen sie eben zu mir. Alle.

Ich drücke auf den roten Knopf, weil ich noch nicht bereit für den Ansturm bin. Normalerweise habe ich etwa ein bis zwei Tage, um mich von den Vorträgen zu erholen, die man offenbar als Vollprofi im zahnmedizinischen Bereich zu halten hat. Normalerweise verbringe ich die ersten vierundzwanzig Stunden nach einer Arbeitswoche in weitgehender Stille damit, das Haus wieder auf Vordermann zu bringen – dabei ignoriere ich meinen Gatten und tausche lediglich ein paar Worte mit meinen teenagermäßig einsilbigen Kindern. Bis Montag habe ich dann meine Energiereserven wieder aufgeladen und kann mich einer weiteren Woche zwischenmenschlicher Kommunikation stellen. Aber heute ist erst Samstag. Ich habe meine »Rede«-Quote gestern mehr als erfüllt, und meine Batterie ist leer bis auf eine bebende, mir die Luft abschnürende Panik. Kurz gesagt: Ich bin überfordert.

Wenn sie wollen, dass ich heute einspringe, dann können sie mich mal, denke ich und reibe mir die Schläfen. *Wenn Mark wieder Rückenschmerzen hat, dann ist das sein Problem. Ich kann nicht für ihn einspringen. Ich bin nicht in der Verfassung, heute Patienten Shiraz ins Gesicht zu atmen …*

Wenn es was Wichtiges gibt, können sie mir eine Textnachricht schreiben. Oder eine E-Mail. Oder ein Flugzeug mit einem Banner schicken. Egal was, nur nichts, für das Sprechen notwendig ist …

Ich überprüfe meinen Posteingang und beantworte so viele Arbeitsmails, wie ich kann, um mich ein wenig nützlicher zu fühlen und mir selbst zu versichern, dass ich mein Leben zumindest einigermaßen unter Kontrolle habe. Unglücklicherweise wird damit das Rumoren in meinem Magen wieder zum Leben erweckt.

Na wunderbar, jetzt habe ich nicht nur einen Kater, sondern auch noch die Reisekrankheit …

Ich kurbele das altmodische Fenster runter, um ein wenig gar nicht mal so frische Stadtluft einzuatmen, während Celine Dions »Think Twice« langsam verklingt. Auf voller Lautstärke.

»Darf ich?« Ich zeige auf das Autoradio. »Mir geht es nicht gut.«

»Ach ne …«

»Ich meine, könnten wir vielleicht etwas weniger *Schrilles* hören?«

»Wir haben die Auswahl zwischen Celine, Ronan Keating und UB40.«

»Oder vielleicht auch ›nichts‹?«

»Nö.« Sie schüttelt den Kopf und verpasst dem alten Radio ein paar Schläge mit dem Handballen, bis *UB40* erklingt. »Der

Ausschaltknopf ist kaputt, und man hat nur die Wahl zwischen den lokalen Sendern.«

»Und woher weißt du, was sie spielen?«

Sie sieht mich an, als hätte ich den Verstand verloren. »Es ist *immer* Celine Dion, Ronan Keating oder UB40.«

»Oh.«

»Nicht jeder hat *digitales* …«

Meine Antwort besteht aus einem spontanen Niesanfall, ausgelöst von den Tierhaaren im Auto. Meine Augen beginnen zu brennen, mein Atem wird flach, und ich weiß nicht genau, ob ich gleich ersticken oder spontan in Flammen aufgehen werde. *Vielleicht auch beides?* Ich bin froh, dass die Sonnenbrille meine zunehmend geröteten Augen verdeckt, und im nächsten Moment erwacht mein Handy wieder zum Leben.

Ach, fick dich, Elsa!

Ich sehe auf dem Display, dass es jemand aus der Arbeit ist, und stelle das Handy schnell auf lautlos.

Ich fühle mich ohnehin schon schuldig, weil ich nicht wie versprochen gestern nach der Podiumsdiskussion nach dem Rechten gefragt habe. *Aber im Ernst? An einem Samstag? Wetten, das war Steve, der Manager der Praxis. Leg dir ein Privatleben zu, Steve …*

Ein dritter Anruf von einer Nummer, die ich nicht kenne.

Im ersten Moment befürchte ich, *er* könnte es sein. Nicht Steve, sondern *er*. Mr Teeth.

Ich habe ihm meine Nummer gar nicht gegeben. Oder doch? Wie alt bin ich eigentlich? Sechzehn? Wobei, als ich sechzehn war, waren Handys noch nicht einmal wirklich erfunden, also wären es Melissa oder Dad gewesen, die den Festnetzanruf entgegengenommen hätten. Ich winde mich innerlich bei der Erinnerung – sowohl an letzte Nacht als auch an die unangenehmen Jahre, als jeder darauf lauerte, dass ich mich endlich für Jungs interessiere. Kein Wunder, dass ich so keusch geblieben war, bis ich von zu Hause auszog.

Nach ein paarmal Klingeln gibt der Anrufer auf, und ich atme erleichtert tief durch.

Bestimmt war das Steve. Vermutlich hat er es vom Handy seiner Frau aus probiert. Oder auf seinem Privathandy, von dem wir nichts wissen dürfen, weil er darauf garantiert niemals Tinder installiert hätte. Dabei hat Beverly von der Rezeption ihn letzte Woche mindestens zweimal dabei ertappt, wie er nach rechts gewischt hat …

Doch dann erscheint die Nummer wieder auf dem Display, und ich drücke auf »Gespräch beenden«, während eiskalte Panik mich durchströmt – nicht nur habe ich letzte Nacht einen elementaren Fehler begangen, es könnte sein, dass dieser Fehler mich nun verfolgt. Sogar … bis nach Hause.

Bitte mach, dass er keine Textnachricht schreibt, bete ich zu welcher Gottheit auch immer, denn im Grunde habe ich seit Mitte der Neunziger aufgehört an … na ja, irgendwas … zu glauben.

Ich rufe meine Nachrichten auf und werde noch panischer, als ich die vertrauten drei Pünktchen sehe, die andeuten, dass mir gerade jemand schreibt.

Er schreibt etwas …

Bist du okay? Mehr nicht. Ich blicke in die Ferne, um die aufsteigende Übelkeit zu mindern, ehe ich wieder auf das Display sehe und die mysteriöse Nummer betrachte.

Wer ist da?, schreibe ich zurück.

Nichts.

Dann tauchen die drei Pünktchen wieder auf und hören gar nicht mehr auf, unheilvoll zu pulsieren. Erneut nehme ich mir eine Pause, um den Blick in die Ferne zu richten und die aufsteigende Galle wieder nach unten zu drängen, ehe ich auf das Display schaue.

Er schreibt immer noch? Das kann nichts Gutes bedeuten, denke ich. Aber dann hört es auf.

Er hat aufgegeben. Und ich habe meinen Seelenfrieden zurückbekommen. Na ja, zumindest so viel Seelenfrieden, wie man als zweifache, verheiratete Mutter, die gerade etwas schrecklich Dummes getan hat, haben kann.

An der nächsten Ampel bemerkt Melissa, dass ich nicht mehr auf mein Handy starre, und verpasst mir einen aufmunternden Schlag gegen das Handgelenk, der mal eben meinen halben Arm taub werden lässt, und sagt, ich könne mich an den Törtchen im Handschuhfach bedienen. In ihrer Welt ist das ein Zeichen der Zuneigung.

»Nein danke.«

»Möglicherweise sind auch noch schottische Eier drin, falls du die lieber magst?«

»Ich habe keinen Hunger, aber danke.«

»Selbst schuld«, murmelt sie. »Übrigens hast du noch ein bisschen Erbrochenes am Hals.«

Na wunderbar …

»Nun, und du hast noch Hackfleisch von der Pastete an der Wange«, antworte ich. Es ist nur ein schwacher Sieg. *Melissa schert sich vermutlich nicht darum, dass sie irgendwo Fleisch kleben hat. Wahrscheinlich denkt sie, dass sie damit in ihrem großen Truck exzentrisch und ausgeflippt wirkt. Während ich eine Zahnärztin bin. Die Kotze am …* Ich lege eine Hand auf mein Schlüsselbein und übe Druck aus, um das unangenehme Gefühl zu lindern.

»Was ist?«

»Nichts«, bringe ich mit schwacher Stimme hervor. »Es ist nur … mir ist nur etwas eng in der Brust.«

»Hast du bei deinem BH die falschen Häkchen erwischt? Das kenne ich.«

»Nein, mit meinem BH ist alles in Ordnung.« Ich sage nichts von den Herzrhythmusstörungen, die ich in den letzten zwei Jahren immer mal wieder hatte. Die offenbar nicht normal für eine Frau in ihren Dreißigern sind. Sagte der männliche Arzt in seinen Fünfzigern. *Ihn möchte ich mal sehen, wenn er nach fünf*

Stunden Schlaf pünktlich zwei Kinder mit angezogenen Schuhen aus dem Haus haben soll, um dann nach einer 16-Stunden-Schicht neben einem Mann ins Bett zu fallen, der Stonehenge aufregender findet als seine Ehefrau. Und dann sehen wir mal, wessen Herz Belastungen ausgesetzt ist …

Ich bekomme einen weiteren Niesanfall und bin mir sicher, dass mein Inneres sich gleich explosionsartig nach außen kehren wird. Schon wieder. Entweder das, oder ich verfalle in eine dieser Panikattacken, die sich anfühlen, als würde ich gleichzeitig fallen und ertrinken.

Ich habe keine Zeit für so was …

In meinem Terminplan – einer scrollbaren Tabelle mit farblichen Kennzeichnungen, die jeden nur denkbaren Aspekt des modernen Lebens abdeckt – ist kein Feld, in dem steht: *Schieß dir selbst ins Knie, indem du dich betrinkst und auf die Hilfe deiner kleinen Schwestern angewiesen bist.* Ich habe Dinge zu erledigen. Die Kinder müssen zum Schwimmen. *Was Greg sicher vergessen hat …* Außerdem zum Klavierunterricht. Und danach sind sie vermutlich noch mit anderen Kindern zum Spielen verabredet. *Ich kann mich einfach nicht erinnern, ob das heute oder morgen war … verdammt …* Ich blicke auf mein Handy, um nachzusehen, als die unbekannte Nummer erneut auftaucht. Ich drücke auf »Gespräch beenden«. Wieder. Und dann noch ein Anruf von der Arbeit.

Bestimmt ist es nur dieser dämliche Steve, sage ich mir. *Die Anrufe von Unbekannt stammen sicher auch von Steve. Von wem auch sonst?*

Ich gehe trotzdem nicht ran. Und dann ruft Esme, die oberste Chefin, an. *Jetzt solltest du wirklich rangehen. Es ist deine Chefin, es ist deine Chefin, es ist deine Chefin …* Und doch …

Sie können mich ohnehin nicht feuern: Ich bin die Einzige, die eine Ahnung hat, wie das neue Poliergerät funktioniert. Und wo die Reserve-Röntgenplatten sind. Und der Kaffee … Im Grunde können sie mich nicht feuern. Oder etwa doch?

Ich drücke wieder auf »Anruf beenden«. Und noch mal. Und noch mal. Und schon bald hämmere ich wie eine Wilde auf mein Handy ein, um es zum Schweigen zu bringen. *Ich. Kann. Heute. Einfach. Nicht. Reden.*

»Kannst du nicht mal für fünf Minuten das Handy weglegen?«, beschwert Melissa sich. »Damit wir uns unterhalten können? Wie *normale* Leute – wie früher.«

Ehrlicherweise würde Melissa am liebsten alles wieder so haben *wie früher.* Ich hege den leisen Verdacht, dass sie selbst elektrisches Licht für überbewertet hält und auf ewig versuchen wird, mich in Unterhaltungen zu verwickeln, die sich um Dinge drehen, die passiert sind, als wir noch Kinder waren. Genau wie jetzt …

»Erinnerst du dich noch, als wir Frösche im Garten fanden und ihnen aus Auflaufförmchen ein ganzes Erlebnisbad gebaut haben?«, beginnt sie. »Oder als wir im Wald auf unseren Fahrrädern Verstecken gespielt haben?«

Ich schaudere. Ich hasse Wald. *Zu viele Sporen. Und Schatten. Und Insekten …*

»… und wie du dich dann verirrt hast und in Panik geraten bist, weil ich dich nicht rechtzeitig gefunden habe? Und wie du dann Eulenrufe imitiert hast, als Hilferuf?«

Ich mache ein ausdrucksloses Gesicht. *Ich kann mich nicht erinnern, aber die ganze Sache klingt fürchterlich …*

»Das weißt du doch noch! Das war der Sommer, in dem der Nachbarsjunge uns seinen Penis zeigen wollte. Aber wir haben dankend abgelehnt, weil unsere Lieblingssendung im Fernsehen kam.«

Nein. Nichts. Anscheinend habe ich Ereignisse unserer gemeinsamen Vergangenheit einfach gelöscht. Beginnend bei kindlichen Albereien bis hin zu dem Punkt, als ich gezwungen wurde, erwachsen zu werden, obwohl ich noch nicht bereit dafür war, gibt es Dinge, an die ich mich nicht einmal erinnern könnte, wenn ich es wirklich wollte. Und ich will es größtenteils auch nicht. Ich bin mir nicht sicher, ob Kindsein ein Zustand war, der wirklich zu mir passte. *Außerdem hat es keinen Sinn, ständig in der Vergangenheit herumzustochern, nicht wahr?* Ich bevorzuge es, nach vorn zu blicken. Wie jetzt gerade …

Mein Herz beginnt zu rasen, als ich das Lenkrad packe. »Pass auf!«

»Was?«

»Schau auf die Straße!«

Das Auto schlingert um einen Poller und erklimmt dann den Bordstein, bevor ich es wieder auf Kurs bringen kann. Und dann landen wir, begleitet vom Knirschen einer Radkappe, wieder auf der Straße.

»Alles klar, nun mach dir nur mal nicht ins Höschen. Alles ist gut. Nichts passiert!«

»Es ist nur …«, murmele ich, während eine Taube mit protestierendem Krächzen unsere Windschutzscheibe streift.

Den Rest der Fahrt verbringen wir schweigend. Mit Celine, Ali Campbell und Ronan Keating als »Unterhaltung«. Ist besser für alle Beteiligten.

Melissa und ich, wir sind so unterschiedlich, wie man nur sein kann. Ich habe mein ganzes Leben in ein Minenfeld aus Menschen verwandelt, die von mir abhängig sind, ständig, während sie sorgsam darauf bedacht war, dass niemand – zumindest kein Mensch – von ihr abhängig ist, damit sie ihre Freiheit behalten kann. Im Grunde lebt sie wie eine Figur aus einem Enid-Blyton-Roman oder wie einer von D. H. Lawrence' Wildhütern – wie Sean Bean, nur mit größeren Brüsten. Sie lebt ein einfaches – manche würden sagen, zu einfaches – Leben. Als ich sie das letzte Mal besucht habe, musste ich volle acht Minuten warten, bis das Wasser in ihrem Kessel auf dem Herd kochte, und selbst dann bestand sie noch auf losen Teeblättern.

Nirgendwo auch nur ein Teebeutel! Ich fragte sie nach dem Passwort für das WLAN, weil mein Empfang schlecht war, und sie meinte, sie glaube nicht an WLAN. Sie hatte einmal etwas über einen Mann in Leicester gelesen, der allergisch dagegen war und deshalb einen Aluminiumanzug tragen musste, um sich vor der Strahlung abzuschirmen. Vorletztes Weihnachten habe ich ihr eine Mikrowelle gekauft, aber sie nutzt sie nur zur Aufbewahrung. (»Nein danke, ich habe keine Lust auf verstrahlte Backkartoffeln.«) Sie hasst alles, was »neu« ist, und liebt alles, was »alt« ist (»Magst du auch Rachitis? Oder die Todesstrafe?«, habe ich sie einmal aus Frust gefragt), und ab und an zieht sie es vor, sich aus der »modernen Wohlstandsgesellschaft« auszuklinken, indem sie ihr Konto bei der Bausparkasse kündigt, damit man sie nicht zurückverfolgen kann. Und das alles mit der Begründung, »frei« sein zu wollen.

Freiheit kam mir immer wie ein überschätztes Konzept vor. Ich mag Ordnung. Ich bin gern drinnen. *Und ich mag saubere, desinfizierte Oberflächen,* denke ich, als ich im Fußraum des Beifahrersitzes gegen etwas Alarmierendes stoße, von dem ich inständig hoffe, dass es eine Bananenschale und nichts Schlimmeres sein möge.

Das Einzige, was meine Schwester und ich gemein haben, sind unsere Gene. *Und davon nicht viele,* denke ich und mustere sie von der Seite.

Man kann sagen, dass ich mir Melissa nicht als meine Schwester ausgesucht hätte, auch nicht nach einem atomaren Fallout. Und sie mich umgekehrt auch nicht. Aber offenbar wurde »definitiv niemand auf der Säuglingsstation vertauscht«, und es ist auch niemand adoptiert worden, das hat sie mit zwölf Jahren nachgeprüft. Deshalb müssen Melissa und ich uns wohl oder übel miteinander arrangieren. Und normalerweise stellt das auch kein Problem dar. Normalerweise kann ich mein Leben leben und mich um andere kümmern, während ich Melissa einfach ans Ende meiner Liste setze, wenn wir uns zweimal im Jahr treffen und einmal im Vierteljahr telefonieren. Damit kann ich umgehen, es ist klar geregelt. Genau, wie ich es mag. Aber all das sollte nicht so bleiben.

2

Die Kinder sind mit einem iPad beschäftigt und sehen kaum auf, als ich nach Hause komme. Die tolle Tante Melissa weckt da schon mehr Begeisterung. Innerhalb von nicht einmal fünf Sekunden haben sie sie zu Boden gerungen, und den Geräuschen nach zu schließen veranstalten sie kurz darauf eine wilde Rangelei im Flur. Greg kommt herein und blickt stirnrunzelnd auf das Display eines Smartphones, bis er uns sieht und es hastig wegsteckt.

»Oh. Hi …«, sagt er und klingt dabei noch mehr wie I-Aah als sonst.

»Sind das da Kissenabdrücke auf deiner Wange?«

»Ähm … möglicherweise bin ich kurz weggenickt.« Er errötet.

Heißer Anwärter auf den Preis für den Vater des Jahres, denke ich.

»Ich halte auch gern hin und wieder ein kleines Nickerchen«, meint Melissa nachsichtig. »Das ist wie zwei Tage an einem.«

»Äh … ja. Mag jemand Tee?«

»Gern. Grünen bitte«, sage ich, während er in die Küche schlurft, um das Wasser aufzusetzen. Nirgendwo Schwimmsachen in Sicht, und auch die Tasche mit Charlottes Klavierübungen steht noch genau an der Stelle, wo ich sie gestern zurückgelassen habe. *Offensichtlich hat Greg beides vergessen, weil er zu sehr damit beschäftigt war, der Kellogg's Mischpackung, die ich gestern für die Kinder gekauft habe, den Garaus zu machen.*

Vorsichtig lasse ich mich auf einem Küchenstuhl nieder, wachsam wegen der leichten Übelkeitswogen, die sich jederzeit wieder zum Tsunami steigern könnten. *Am liebsten würde ich mich mit einer Flasche Diätlimo ins Bett verkriechen,* denke ich. *Aber ich bin zweifache Mutter und habe daher eine Verantwortung. Und vermutlich auch noch irgendwo Erbrochenes im BH …*

Ich atme ein paarmal tief durch und schlucke, um die Galle zurückzudrängen, dann sehe ich mich um. Eine wilde Mischung aus halb leeren Lieferdienstbehältern und Sandwichverpackungen liegt wie eine moderne Kunstinstallation über die ganze Küche verstreut.

»Wie ich sehe, habt ihr euch äußerst ausgewogen ernährt …«

»Was?«

»Hast du während meiner Abwesenheit auch nur eine Pfanne angesehen?«

Greg setzt seine übliche Miene resignierter Müdigkeit auf, während ich mich um meinen bestens einstudierten, nachsichtigen Ausdruck bemühe. Diese Kombination hat uns durch die letzten Jahre gebracht. *Es hat keinen Sinn, jetzt Stress zu machen,* denke ich und stehe auf, um nach Paracetamol zu suchen. *Oder einer Lobotomie. Oder einer Magenpumpe,* denke ich. *Ich würde gerade alles nehmen.*

Und in diesem Moment entdecke ich die Spur braunen Schlamms – Erde? Mist? –, der sich über die weißen Küchenfliesen schlängelt und sich an die Fersen meiner Schwester geheftet hat.

»Hey! Runter mit den Schuhen! Sofort!«

Widerstrebend zieht sie die Stiefel aus und erweckt dabei eine Erinnerung aus der Vergangenheit zum Leben.

»Himmel, deine Füße stinken immer noch so.« Ich presse die Hand auf den Mund, weil ich befürchte, mich gleich wieder übergeben zu müssen.

»Was? Das sind meine Glückssocken!«

»Wäschst du diese Glückssocken auch mal?«

Sie blickt mich entsetzt an. »Aber dann würde ich doch das Glück rauswaschen!«

»Okay, mir egal. Zieh die Schuhe wieder an.« Ich zeige auf den Fußabtreter. »Ich besorge dir ein Paar saubere Socken.«

»Die sind nicht schmutzig, nur nicht gewaschen«, erklärt Melissa.

»Wo ist der Unterschied?«, frage ich zweifelnd. Mittlerweile ist mir nur noch schlecht. Meine Schwester sieht mich an, als wäre ich der dümmste Mensch auf Erden.

»Egal. Bleib da. Ich leihe dir ein Paar von meinen. Ich muss mich ohnehin umziehen.«

So schnell es mit dem Kater geht, eile ich die Treppen hinauf und komme an Wäschebergen und dem Arbeitszimmer vorbei, aus dem ein modriger Geruch strömt und in dem die Rollläden noch immer unten sind. Panik flackert in mir auf, und ich fühle eine vertraute Enge in der Kehle. Automatisch greife ich zu meinem Telefon, ich brauche jetzt etwas, das mich beruhigt. Verdammt, es ist noch in meiner Handtasche … Ich fühle mich beraubt. Während ich Jeans und ein frisches Shirt anziehe, beginne ich, mir Sorgen zu machen, dass der unbekannte Anrufer sich wieder gemeldet haben könnte. Oder noch schlimmer: dass Greg rangegangen ist. Mir wird klar, dass mir nichts anderes übrig bleibt, als mit den Socken zurück nach unten zu gehen. *Und mich meinem Leben zu stellen …*

»Was gibt es zu Mittag?«, begrüßt Greg mich, als ich Melissa die Socken übergebe und in die Küche zurückkehre. Ich hole das Handy aus der Tasche und schaue aufs Display: zwei weitere verpasste Anrufe, einer aus der Praxis, das andere ist eine Textnachricht.

Ich bin's. ☺

Mir wird schlecht.

Und dann: *Du weißt schon, letzte Nacht?*

Das ist definitiv nicht Steve aus der Praxis. *Mr Teeth …* Seinen richtigen Namen will ich gar nicht wissen. Ich will gar nichts über ihn wissen. Ich will mich einfach nur noch einmal übergeben und mir dann die Finger in die Ohren stecken und mich unter dem Tisch verkriechen, bis alles und jeder weg ist. Aber das kann ich nicht tun. *Schließlich bin ich die Erwachsene hier …*

Ruf mich nie wieder an, schreibe ich hastig zurück und füge dann noch ein nachträgliches *Bitte* hinzu.

Ein bisschen Höflichkeit schadet nie.

Ich ramme das Handy in meine Hosentasche, damit ich es von jetzt an nahe am Körper trage, und setze meine beste Unschuldsmiene auf. Das Wasser hat bereits gekocht, und neben der Spüle stehen Tassen. Offensichtlich ist dies das Maximum, was ich heute von Greg in Sachen Teekochen erwarten kann.

»Ich habe dich gefragt, was es zu Mittag gibt«, wiederholt er.

»Das weiß ich nicht«, fahre ich ihn an. »Welches gesunde, nährstoffreiche Gericht hast du denn vorbereitet?«

»Äh …«

»Na gut.« Ich reiße den Kühlschrank auf und begutachte seinen Inhalt. »Dann übernehme wohl ich das.« Ich beginne, Päckchen in verschiedenen Farben und Formen herauszuziehen und sie so aufzureihen, dass hoffentlich so etwas wie ein Essen dabei herauskommt. »Kinder? Essen! Melissa? Wenn … du willst, kannst du zum Essen bleiben …«

Ich hoffe, dass sie ablehnt.

»Ich könnte vielleicht das« – sie linst zu den Packungen herüber – »die Tofu-Bolognese probieren …«

Ich sehe ihr an, dass sie es bereits bereut, als ich die Folie auf dem Plastikbehälter mit einer Gabel einsteche und ihn dann in die Mikrowelle befördere.

»Keine Sorge«, versichere ich ihr, »ein paar ›Mikro-Wellen‹ bringen dich schon nicht um. Außerdem habe ich hier noch eine Version mit Fleisch.« Ich sehe, wie ihre Schultern vor Erleichterung herabsacken. Greg schlurft davon, um zu tun, was immer er tut, und Melissa legt widerstrebend ihre Glückssocken auf den Wäscheberg. Während ich darauf warte, dass das Essen mit einem »Ping« fertig wird, nehme ich einen in Cellophan verpackten Kopf Brokkoli in Angriff – das Einzige, was ich heute frisch zubereite – und dünste die Röschen über einem Topf Spaghetti.

»Alles klar. Es gibt Essen!«

Keine Reaktion.

»Mittagessen!«, versuche ich es noch einmal.

»Nein!«, quiekt eines der Kinder und kichert.

»Ja!«

»Nein!«

»Okay …« Ich atme einige Male tief durch und massiere meine Schläfen, um das Pochen zu lindern, während hinter mir das Spaghettiwasser überkocht.

»Wir sehen uns ein Taylor-Swift-Video an!«, ruft meine Älteste klagend.

»Taylor wer?« Popkultur ist nicht so ganz die Stärke meiner Schwester.

»Swift. Lange Beine. Lukrative Trennungen.« Ich bringe sie auf den aktuellen Stand, während ich die Nudeln abgieße und mich am Wasserdampf verbrühe. »Die Kinder sehen ihre Videos gern auf YouTube.«

»Sind sie dafür nicht etwas jung? Als wir in dem Alter waren, haben wir noch mit Puppen gespielt.«

»Wirklich?«, sage ich, abgelenkt durch den Schmerz, der sich jetzt in meinen Augenhöhlen und meinem verbrühten Handgelenk niedergelassen zu haben scheint.

Verdammt noch mal, das ist kein Kater, das ist die reinste Folter …

»Aber natürlich hatten *wir* nicht all diese moderne *Technik …*« Melissa spricht das Wort aus, als wäre es ein Modebegriff für etwas, mit dem sie nichts zu tun haben will.

»Jetzt kommt schon!« Ich starte einen neuen Versuch. »Wer will Brokkoli?« Stille. »Hmm, lecker Brokkoli … ich *liebe* Brokkoli!«

»Als ob das je ein Kind sagen würde …«, scherzt Melissa. Ich werfe ihr einen Blick zu, der besagt: *Wage es ja nicht, hier in mein Haus zu kommen und dann die Wahl meines Gemüses zu kritisieren.* »Tut mir leid. Tut mir leid. Okay, ich hätte gern welchen.«

Ich decke den Tisch für sie mit, und während ich Messer, Gabeln, Servietten und Gewürze auf den Tisch lege, hoffe ich, so die Kontrolle über einen Tag zurückzugewinnen, der schon jetzt auf der falschen Spur ist. *Wir können uns einfach alle gemeinsam hinsetzen und essen. Wie im Film. Wie sie es in den Zeitschriften immer empfehlen. Wir reden. Und essen. Und haben eine gute Zeit zusammen,* beschließe ich.

Greg taucht im Türrahmen auf und grinst leicht. »Warum deckst du den Tisch?«

»Wie bitte?«

»Warum essen wir nicht mit dem Teller auf dem Schoß vor dem Fernseher wie normale Leute?«

»Weil es Samstagmittag ist und wir ausnahmsweise mal alle gemeinsam zu Hause sind, und« – meine Stimme droht zu versagen, ehe ich sie wieder in den Griff bekomme und etwas schärfer fortfahre – »da *dachte* ich, wir könnten mal zusammen zu Mittag essen. Dass das wirklich *nett* wäre. Aber bitte, hier steht das Essen. Mach damit, was du willst.«

Und das tut er dann auch. Er lädt sich den Teller voll und trägt ihn zum Sofa, wo er sich das Essen mit dem Fernseher als Gesellschaft in den Mund schaufelt. Wie aufs Stichwort nehmen sich Charlotte und Thomas ein Beispiel an ihrem Vater: Sie kommen kichernd in die Küche, reißen sich die Teller, die ich für sie vorbereitet habe, unter den Nagel und trotten damit zurück zu Taylor Swift. Lediglich Melissa setzt sich zu mir an den Tisch und kaut genüsslich.

»Weißt du, was die wichtigste Zutat eines Essens ist?«, fragt sie mit vollem Mund.

Ich blicke verwirrt auf ihren Teller. »Rindfleisch?«

»Nein!« Sie hebt feierlich ihre Gabel und stößt mit meinem Wasserglas an. »Gute Gesellschaft!«

»Oh.« Mir ist klar, dass sie versucht, mich aufzumuntern, aber es klappt leider nicht.

Ihr hängt irgendetwas zwischen den Zähnen, fällt mir auf. *Und das sieht nicht nach Bolognese aus … oder nach Pastete … Ich möchte wetten, sie hat den Vorratspack Zahnseide, den ich ihr geschickt habe, nie benutzt …*

Ich esse ohne Genuss oder Appetit. Brokkoli mit etwas Tofu-Bolognese. Weil ich etwas essen sollte. Weil es das ist, das eine verantwortungsvolle zweifache Mutter tun würde. Eine, die keinen überdimensionalen Kater hat. Ich muss deutlich entschlossener als sonst schlucken und einen harten mentalen Kampf mit meiner Speiseröhre ausfechten, bei dem es darum geht, was *runter* soll und was dringend *rauf* will. Aber ich gehe als Siegerin hervor. Wie immer. Beziehungsweise wie früher. Dann jage ich mit einer Schale Brokkoli hinter den Kindern her und gebe es schließlich auf.

Statt einem gemeinsamen Familienessen widme ich mich der Aufgabe, das saubere Geschirr aus der Spülmaschine zu räumen – Greg glaubt, dass ein Hauself das erledigt – und das frisch benutzte Geschirr zusammen mit dem, das sich während meiner Abwesenheit auf dem Fensterbrett gestapelt hat, einzuräumen.

Als schließlich Ordnung und Symmetrie wieder hergestellt sind, ist es Zeit, nach oben zu gehen. Melissa folgt mir.

»Ist das immer so? Greg isst einfach nur und schaut fern, während die Kinder vor ihrem iPad sitzen?«

»Nun … nicht unbedingt immer …« Ich gerate ins Stottern.

»Sie schienen nicht sehr glücklich zu sein, dich zu sehen.«

»Danke vielmals«, sage ich, als ich die Treppe hinaufgehe. *Meine Schwester: eine menschliche Wahrheitsbombe.*

Als ich oben ankomme, ergreift mich beim Anblick des Massakers ein seltsamer Schwindel. *Du schaffst das,* bestärke ich mich selbst. *Räum auf, kümmere dich um die Wäsche, erledige ein paar Sachen, dann Abendessen, dann Baden, die Kinder ins Bett bringen, und dann kannst du schlafen. Das lässt den Tag schneller vorbeigehen,* sage ich mir. Ich bin antriebslos und müde, also kneife ich mich in den Ballen der rechten Hand, um mich wieder fokussieren zu können. *Du musst einfach nur immer weitermachen, immer einen Pflasterstein vor den anderen, so kommst du ans Ziel …*

Und was, wenn ich mein ganzes Leben damit verbringe, die Spülmaschine ein- und auszuräumen? Oder die Waschmaschine zu füllen, sie auszuräumen und die Wäsche aufzuhängen – der schlimmste Teil. Ich erledige Dinge, halte meine Karriere am Laufen, kümmere mich um meine Familie, bis irgendwann in der Zukunft, an einem magischen Wendepunkt, alles einfacher wird? Wenn ich in Rente gehe. Oder sterbe …

Ich kämpfe gerade mit einem Doppelbettbezug und lese nebenher meine Mails – Esme möchte wissen, warum ich untergetaucht bin; wenn ich wollte, könnte ich mir den Penis für »sehr, sehr wenig Geld«[4] vergrößern lassen, außerdem sind unsere Büchereibücher überfällig; Positiv: Ich habe zwei neue Empfehlungen auf LinkedIn erhalten! –, als Melissa sich zu Wort meldet.

»Hast du nicht auch schon mal gedacht, dass das moderne Leben vielleicht zu komfortabel ist?«

Ich stecke in meinem Zelt aus ägyptischer Baumwolle – ein Hochzeitsgeschenk –, beide Arme in einer Kreuzigungshaltung ausgestreckt, während ich versuche, das tückische Manöver zu meistern, die Ecken des Bezugs von innen festzuhalten, bevor ich ihn über die Decke ziehe. Und ich koche vor Wut.

»Nein.« Ich hoffe, dass die riesige Baumwollhülle den Ärger in meiner Stimme dämpft. »Ich hatte nie den Gedanken, dass das moderne Leben ›zu komfortabel‹ sein könnte …« Ich lege alle Kraft in das Umstülpen und Schütteln, und meine gesamte

---

[4] Wäre tatsächlich kein schlechtes Angebot, wenn ich den Bedarf hätte …

weibliche Spannweite ist gefragt, um die Decke letztendlich in die Hülle zu zwingen, bis ich schließlich wieder frische Luft atmen kann und mein elektrisiertes Haar schmeichelhaft um meinen Kopf absteht. Melissa verpasst meinen Triumph, sie ist damit beschäftigt, durch einen Stapel alter Fotos zu blättern, die sie in ihrem Portemonnaie aufbewahrt, als wäre es noch 1990.

»Nun, dann erklär mir mal das«, beginnt sie, und ich wappne mich. »Schau dir mal dieses Foto von Oma an, wie glücklich sie da lächelt.« Sie wedelt mit einem gelblichen, gebogenen Viereck, das eine junge Frau in Sepia zeigt, die keine von uns wirklich kannte. Ihre Haare sind zu Victory Rolls frisiert, und sie trägt ein Sommerkleid. Sie steht hoch aufgerichtet an irgendeinem Pier. »Sie macht sich keine Gedanken darum, wie viele Likes ihre Facebook-Posts bekommen oder wie es in ihrem Posteingang aussieht«, fährt Melissa fort. »Sie freut sich einfach nur, weil der Krieg zu Ende ist und Opa bald zurückkommen wird und sie Zwillinge erwartet!«

Ich möchte wetten, dass sie nicht mehr gelächelt hat, als die Zwillinge dann da waren, schließlich gab es damals noch keine Wegwerfwindeln, schießt es mir durch den Kopf.

»Ihr Leben war einfacher!«

»Nun, gut für Oma – einige von uns müssen eine Hypothek abbezahlen.«

Das kann ich sagen, weil Melissa praktisch in einem Gartenhäuschen wohnt, das auf einem Grundstück steht, für das sie im Jahr ein paar Groschen bezahlt. Soweit ich das sagen kann, besteht ihr »Job« darin, mit einer Horde Tiere im Schlepptau herumzuziehen und sich das Wenige zu verdienen, das sie braucht, um Pasteten zu kaufen und einen weißen 1980er Pick-up zu unterhalten.

»Außerdem bin ich glücklich«, widerspreche ich. »Wir fahren in den Urlaub …« In Wahrheit kann ich mich an den letzten Urlaub nicht einmal mehr erinnern. Urlaube sind mir immer wie riesige Zeitfresser vorgekommen – etwas, das einem von der Arbeit/vom Erwachsensein abhält. »Und demnächst macht hier in der Nähe ein Starbucks auf«, füge ich hinzu.

Melissa wirkt nicht besonders beeindruckt, und es ärgert mich, dass ausgerechnet sie Zeugin des Augenblicks ist, in dem mir klar wird, dass mein bisheriges Leben ziemlich enttäuschend war.

»Unternimmst du viel mit den Leuten von der Arbeit?«, fragt sie. Ich schüttele den Kopf. »Alte Schulfreunde?«

»Welche Schulfreunde?«

Melissa verschränkt die Arme, und ihre Miene scheint zu sagen: Ich bleibe bei meiner Meinung.

In mir rumort es, und für einen Moment befürchte ich, mich wieder übergeben zu müssen. Aber dann wird mir klar, was dieses Gefühl ist: *nicht Übelkeit, sondern Traurigkeit …*

Ich kann mich nicht erinnern, wann ich das letzte Mal einen Abend mit meinen Freundinnen verbracht habe. Oder einfach nur einen Kaffee trinken gegangen bin. Oder mit jemandem telefoniert habe. *Liegt es an mir?*, frage ich mich. *Habe ich die Dinge schleifen lassen? Oder liegt es an ihnen? Oder haben wir einfach alle versagt?*

»Du und Greg, geht ihr viel aus? Zum Essen und so?«

»Gott, nein!«, schnaube ich und bin dann beschämt, das Versagen meiner Ehe so offen zugegeben zu haben. »Wir haben eben beide sehr viel zu tun. Ich habe viel zu tun. Und es gibt immer … Sinnvolleres zu tun.« Sobald ich diese Worte ausspreche, wird mir klar, dass sie nur weitere Munition für Melissa sind, mein Leben niederzumachen. »Ja gut, wir sind nicht übertrieben glücklich«, fahre ich fort. Ich habe Greg seit Monaten nicht mehr laut lachen hören. Er sieht den ganzen Tag *News 24* und isst Junkfood. Die Art Essen, die ihn stinken lässt wie eine verwesende Milchkuh. Und mich stört nicht nur die Qualität des Essens, das er sich in seinen nicht lächelnden I-Aah-Mund schaufelt, mich stört auch die Masse. Ich habe einen sehr hungrigen Mann geheiratet. Ich schaudere, als ich an den Stapel Pizzakartons denke, den ich letzte Woche hinter den Mülltonnen gefunden habe. Oder die Schokoladenriegelverpackungen, die er in seine Hosentaschen stopft, wo sie dann alles verkleben, bis eine Dumme – ich – daran denkt, sie vor dem Waschen herauszuholen. Ich habe immer angenommen, das sei normal – eine der weniger schönen Seiten des Ehelebens.

Aber was, wenn ich mich geirrt habe?

Ich bin keine naive Teenagerin im Rausch der ersten Liebe: Ich bin nicht so dumm, zu glauben, dass man sein ganzes Leben lang nur eine Person lieben kann. Nach der Geburt der Kinder haben wir angefangen, uns auseinanderzuleben – aber das ist nun mal das Leben. Oder etwa nicht? Und ich kann damit umgehen. Wie ich verhindere, dass sich in meinem Bauch Stress und Ärger aufbauen, wann immer ein Buchprojekt scheitert oder er sich für den politischen Konflikt eines Landes interessiert, das ich nicht mal auf der Landkarte lokalisieren könnte. Neulich Abend im Bett, ich hatte mir die Beine rasiert, aber meinen Retainer noch nicht eingesetzt – nach zwei Kindern ist das alles, was an Vorspiel noch läuft –, erzählte er mir, dass Tschechien eine Arbeitslosenquote von nur drei Prozent habe. Ich fragte ihn, ob das ein Witz sei, und er meinte: »Das Land hat eine sehr rege Wirtschaft.« Also hörte ich einen Podcast über Frauen, die ihre Männer ermordeten, und schlief dem Rücken zu ihm ein. Am nächsten Morgen verbrannte ich absichtlich seinen nährstoffarmen Weißmehltoast, und die folgende Nacht verbrachte er in seinem Arbeitszimmer.

Vielleicht wird es wieder romantischer, wenn die schwierige Zeit vorbei ist, sage ich mir. *Wenn er einen Job findet oder wieder in Form kommt, oder wenn wir anfangen, uns wieder zu mögen …*

Ich meine, unsere Beziehung war nie wirklich *Casablanca.* Ich hatte nie die Zeit für lange Klaviersolos oder Nahaufnahmen mit Weichzeichner. Greg hätte ein vernünftiger Lebensgefährte sein sollen, der einen Job hatte, mich ausreichend wertschätzte und bereit war, sich ein Leben mit mir aufzubauen und ein guter Vater zu sein. Ich weiß, das klingt wie aus einem Coldplay-Song. Greg tauchte auf, nachdem die Beziehung mit diesem einen festen Freund zu Ende gegangen war, den wir alle mal hatten. Den ich in meiner ersten Woche an der Uni kennengelernt hatte, der Gitarre spielte, sich jede Menge Gel ins Haar schmierte und am Ende jeden Semesters mit mir Schluss machte, damit er in den Ferien Single sein konnte. Sie kennen diese Typen. Und als ich dann Greg traf – den ruhigen, unkomplizierten Greg, der nach Right Guard roch –, war ich bereit für ihn. Er schien mir okay zu sein. Und als mich die ersten Zweifel überkamen, hatte ich das Gefühl, es sei bereits zu spät dafür. Als wäre ich eine dieser Personen, die Probleme sehen, wo keine sind. Aber in letzter Zeit kommt es mir oft so vor, als müsste ich alles noch einmal neu bewerten. Vor Kurzem habe ich begonnen, mich zu fragen, was wäre, wenn wir uns nie wieder mögen würden.

Was, wenn es das war? In meinem Magen ballt sich ein dicker Knoten zusammen – aber noch erschreckender ist, dass ich mir kein anderes Leben vorstellen kann. Ich bin erst Tochter gewesen, dann Ehefrau, dann Mutter. Und Zahnärztin. Das ist alles, was ich kenne.

Schon im Alter von fünf Jahren war klar gewesen, dass ich einmal Zahnärztin werden würde. Mir gefiel es, in einem weißen, sauberen Raum zu sitzen, in dem kein Geräusch zu hören war – abgesehen vom gelegentlichen Summen der elektrischen Jalousien, die man mit einem Knopfdruck herabfahren konnte. Selbst als ich als Teenager eine Zahnspange hatte, machten mir die zweimonatlichen Arztbesuche nichts aus. Natürlich tat es weh, aber es war ein guter Schmerz. Er lenkte mich von dem gähnenden, hohlen Schmerz ab, der mich zu Hause zu erfassen begann. Schon früh war klar: Ich würde meinen Lebensunterhalt einmal damit verdienen, weiße Clogs zu tragen und einen hydraulischen Behandlungsstuhl zu bedienen. Und genau das tue ich heute, und darüber hinaus halte ich einen Haushalt am Laufen und kümmere mich um meine Familie. Wie eine gut geölte Maschine. Ich arbeite hart und höre nicht auf zu arbeiten, bis jeder Punkt auf meiner To-do-Liste abgehakt ist. Bis vor Kurzem zumindest. Bis die Aufgaben der einzelnen Tage begannen, sich zu überlappen wie die Schuppen eines Fisches.

Plötzlich bin ich es wahnsinnig leid, Zahnärztin zu sein. Und Ehefrau …

»Du solltest was anderes machen«, schlägt mein menschlicher Labrador von einer Schwester vor. »Du brauchst eine Pause.«

»Wir sind hier nicht im Film ›Sie liebt ihn – sie liebt ihn nicht‹«, erkläre ich ihr. »Das hier ist mein Leben! Ich habe mir das ausgesucht. Ich habe zwei Kinder, die mich ignorieren, und Rechnungen zu bezahlen. Ich kann mir nicht einfach einen Pixie-Schnitt verpassen lassen und eine Tapas-Bar aufmachen …«

Melissa sieht mich an wie ein getretener Hund, und mir ist schon wieder zum Heulen zumute. Aber das tue ich nicht. Weil ich das nie tue. Ich bin eine Expertin darin, alles zu unternehmen, um keine Szene zu machen. Manche sagen dazu, die Dinge in sich hineinfressen. Ich nenne es lieber »Unbeschwertheit«. *Wir können doch nicht alle die Nerven verlieren …* Egal, wie sehr mir nach Schreien und Heulen ist, ich tue immer mein Möglichstes, mich zusammenzureißen und mich nicht der Wut zu ergeben. Diese Haltung hat mich vieles überstehen lassen: Tragisches – den Tod meiner Mutter, Beschämendes – den Kotzathon am Frühstücksbüfett; die Ehe mit jemandem, der lieber Quizshows schaut als Sex hat, und das Unmögliche – eine Wurzelbehandlung an einem extrem widerspenstigen Kiefer; die Kinder wenigstens einmal im Monat dazu bringen, dass sie Gemüse essen, um Skorbut vorzubeugen. Meine Art, mit den Dingen fertig zu werden, ist, mich zusammenzureißen. Ich darf nicht die

Kontrolle verlieren. Denn sonst … nun, sonst verlieren auch alle anderen die Kontrolle.

Und ich bin diejenige mit den vier Jutetaschen im Auto …

Nach dem Tod meiner Mutter sagten alle: »Nimm dir Zeit zum Weinen« … »Lass dir etwas Freiraum für die Trauer.« Aber das habe ich nicht getan. Weil Melissa das für uns beide mehr als ausreichend erledigt hat. Ich konnte mit ihrem übertrieben präsentierten Kummer nicht mithalten. Also musste ich die Dinge am Laufen halten. Denn, so beschloss ich, das war das Beste für uns alle. Und im Großen und Ganzen geht es mir *gut.* Und sollte ich je auch nur einen Augenblick daran zweifeln, erinnere ich mich selbst immer und immer wieder daran: *Mir geht es gut, mir geht es gut, mir geht es gut …* Wenn mir also zwischendurch doch einmal alles zu viel wird, dann implodiere ich. Mein Herz bricht nach innen, so gibt es keine Sauerei und auch kein Drama. Ich bin derart rücksichtsvoll.

Es gibt viele Dinge, die ich gut kann: Mundhöhlen untersuchen, ich sehe mir die weichen, fleischigen Teile von Menschen in einer Position und unter Umständen an, in denen die meisten Menschen sich besonders ausgeliefert und verletzlich fühlen. Ich kann einen Familienplaner zwei Jahre im Voraus füllen, kann innerhalb von fünf Minuten ein Fertiggericht für vier Personen zubereiten, kann mit einer Erfolgsrate von hundert Prozent eingezogene Holzsplitter aus der Haut entfernen. Ja, ja, ich weiß, nennt mich einfach Peggy Lee.[5] Ich kann anderer Leute Dreck wegmachen und, wenn es nötig ist, auch Schmerzen verursachen. Aber wenn jemand gebraucht wird, mit dem man bei Eiscreme und mit *Freundinnen* über die guten alten Zeiten sinnieren kann? Dann bin ich nicht die Richtige. Ich habe zu tun. Ich muss Dinge erledigen. Der nächste Punkt auf der Liste wartet schon …

---

[5] Sie haben einen schlechten Tag/es nur mit Idioten zu tun? Hören Sie einfach Peggy Lees »I'm A Woman«. Gern geschehen.

»Kinder«, krächze ich in Richtung Treppe, »kommt und kümmert euch um die Kissenbezüge, bitte.«

»Du meine Güte, bei dir herrscht ja ein strenges Regiment ... Brokkoli *und* Bettbeziehen?«

»Es ist erwiesen, dass beruflicher Erfolg damit zusammenhängt, ob man als Kind mithelfen musste«, erkläre ich Melissa und tue so, als hätte ich den Sarkasmus in ihren Worten nicht bemerkt. »Besser, man fängt früh damit an.«

»Gähn!« Sie streckt sich übertrieben ausgiebig und tut dann so, als würde sie einschlafen.

Ich beschließe, dass jetzt nicht der richtige Zeitpunkt ist zu erwähnen, dass ich jeden Abend zwanzig Minuten lang Matheaufgaben mit ihnen übe, oder sie in mein Mantra einzuweihen, dass »jede Minute des Tages eine Chance ist, etwas zu lernen«. Stattdessen gebe ich meinen anderen Lieblingswahlspruch zum Besten: »Bemühen ist wie eine Zahnpastatube – man kann immer noch etwas mehr herauspressen.«

Sie tut so, als würde sie sich vor Verzweiflung aufhängen.

»Als wir uns kennenlernten, wusste Greg nicht, wie man eine Waschmaschine bedient«, beharre ich, weil ich das Bedürfnis verspüre, mich zu verteidigen. »Willst du das wirklich auch anderen zumuten?«

»Nein«, räumt Melissa ein und fügt dann etwas leiser hinzu: »Obwohl ich mir nicht sicher bin, ob ich Greg anderen zumuten wollen würde ...«

»Diese Sache, die du immer machst, dieses Murmeln aus dem Mundwinkel? Du weißt, dass ich trotzdem verstehen kann, was du sagst? Es ist nicht so, als würdest du wirklich leiser sprechen«, erkläre ich ihr, ehe ich noch einmal nach den Kindern rufe. Die Anstrengung lässt mich schwindeln. Also halte ich von da an den Mund und fahre fort, die Haufen hoffentlich gewaschener Wäsche zusammenzufalten, und grüble für einen Moment darüber nach, ob die blaue Unterhose mir oder meiner Tochter gehört.

Ich halte sie in die Höhe, um sie einer genaueren Betrachtung zu unterziehen.

»Was tust du da?« Melissa sieht mich an, als hätte ich den Verstand verloren, deshalb erkläre ich es ihr.

»Die hier – ich hatte sie letzte Woche an, aber ich frage mich gerade, ob sie nicht Charlotte gehört.«

»Das ist eine Kindergröße …« Sie lässt das so stehen.

»Sie waren schon etwas eng …«, gebe ich zu.

Melissa sieht mich weiterhin an, als wäre ich verrückt.

»Also, das ist gruselig.«

»Nein, ist es nicht!«

»Doch, ist es.«

»Nein …?«

»Doch.«

»Oh.«

»Diese Frage sollte sich niemals stellen«, erklärt sie, »also, ob Unterwäsche einer Sechsjährigen gehört oder …«

»Eigentlich ist sie sieben. Fast acht«, unterbreche ich sie, aber Melissa lässt sich nicht beirren.

»Oder einer *erwachsenen Frau.* Denn das bedeutet a) dein Hintern ist zu klein, und b) du musst mehr essen. Du hast das Mittagessen kaum angerührt. Was hält dich am Laufen? Dampfkraft? Stöpselst du dich jeden Abend an die Steckdose und lädst dich auf wie eines deiner Geräte?«

Ich sage, dass ich diese Vorstellung gerade sehr verlockend finde, und sie zieht eine Grimasse und bläht die Backen.

»Hier gibt es eine Menge Holz zu hacken …«

Ich setze sie darüber in Kenntnis, dass mir ihre guten, alten Märchen-Holzhackermetaphern nicht geläufig sind, also übersetzt sie: »Es ist einfach nur so, dass es so klingt, als wäre dein Leben im Moment ein bisschen beschissen. Und das meine ich liebevoll …«

»Ach du meine Güte. Wie klingt es erst, wenn du etwas nicht liebevoll meinst?«

Sie hebt die Hände, als wollte sie sagen »Nicht den Überbringer schlechter Nachrichten erschießen«, und ich will protestieren. Aber ich habe zunehmend das Gefühl, dass sie recht haben könnte. Ich arbeite. Ständig. Oft bin ich so erschöpft, dass ich mich krank fühle. Und das auch, wenn ich mich nicht gerade in einem Bottich Shiraz gewälzt habe. Meine klar definierten Hüftknochen waren nach der Geburt meiner Kinder mein ganzer Stolz, und andere Mütter, die mit dem Schwangerschaftsspeck kämpften, beneideten mich dafür, aber jetzt ragen sie hervor, und es tut weh, wenn ich mich versehentlich irgendwo anstoße. Was ich tue. Und zwar immer häufiger, siehe »Erschöpfung«. Und in letzter Zeit hat es Momente gegeben, da packte mich beim Anblick von Greg, der auf seinem Ruhebett Nachrichten glotzt oder den Sandwichmacher anstarrt, das Bedürfnis, mit dem Kopf gegen eine Wand zu rennen, so sehr verabscheue ich ihn.

»Wie soll ich es ausdrücken, ohne dass es gemein klingt …«, fährt Melissa fort. »Okay, ich kann es nicht: Dein Ehemann ist ein Volltrottel.«

Melissa hatte nie viel für Greg übrig, deshalb kommt das nicht überraschend, dennoch packt mich das Bedürfnis, meine Lebensentscheidungen irgendwie zu verteidigen.

»Ich habe überlegt … vielleicht hat er eine Depression.«

»Ich denke, dass er vielleicht ein Volltrottel ist.«

»Okay, vielleicht. Aber er ist mein Volltrottel. Zumindest auf dem Papier.« Ganz automatisch greife ich nach der nächsten Unterhose, um sie zusammenzufalten, bis mir klar wird, dass es Gregs ist und dass sie definitiv nicht frisch aus der Wäsche kommt.«

»Igitt, sind das Bremsspuren?«

»Hmm«, sage ich ausdruckslos. Mysterium: Dein Name ist nicht der des Mannes, mit dem ich seit Jahren verheiratet bin.

»Ist ja widerlich!«

Ernsthaft? Das von der Frau, die mir an ihren Schuhen Exkre-

mente ins Haus getragen hat und angebissene Pasteten isst? Ach du meine Güte …

»Das verstehst du nicht. So etwas gehört nun mal zum Familienleben dazu.« In dem Versuch, mich selbst zu überzeugen, werfe ich die Unterhose auf den Wäschehaufen und rufe dann noch ein letztes Mal nach meinem Nachwuchs: »KINDER!«

»Oh, Verzeihung, kann ja nicht jede Kinder haben.«

»Nein! Nein, das wollte ich damit nicht …«, stammele ich. Einen großen Teil der wenigen Zeit, die ich mit meiner Schwester verbringe, versuche ich, ihr nicht unter die Nase zu reiben, dass ich Familie habe und sie nicht. Sie hat stets behauptet, dass sie keine Kinder wolle, aber, nun, vielleicht ist ihr der Kinderwunsch nicht bewusst, denke ich gönnerhaft. Also versuche ich, das Thema Kinder zu meiden.

Danach herrscht gespannte Stille. Deshalb erwischt Melissa mich auch vollkommen unvorbereitet, als sie wieder das Wort ergreift. »Also, hör mal zu, Roboterfrau. Warum haust du nicht mal für eine gewisse Zeit ab? Nimmst dir frei von der Arbeit, den Kindern und Bremsspur-Greg? Das würde dir guttun!«

Ich bin derart erleichtert, weil die Anspannung zwischen uns verschwunden ist, dass meine Reaktion positiv ausfällt: »Hmm, vielleicht, irgendwann mal.«

Ich plane eine Menge Dinge »irgendwann mal« zu tun – im vollen Bewusstsein, dass es in meinem Zwei-Jahres-Familienplaner keinen freien Slot für ein Verwöhnprogramm für mich selbst gibt.

»Großartig«, hakt Melissa gleich ein. »Wir könnten was zusammen machen. Das wird wie im Zeltlager der jungen Pfadfinderinnen!«

»Wie? Von den älteren Pfadfinderinnen getriezt werden und angebrannte Baked Beans essen?«

Sie wirkt verletzt. »Du könntest Spaß haben!«, erwidert sie.

Nie im Leben, denke ich. *»Keinen Spaß haben« ist meine große Stärke …*

»Will du nicht für eine Woche mit mir kommen?«, sagt sie flehend.

Eine Woche? So lange?, will ich sagen. Stattdessen versuche ich es anders: »Ich fahre mit dir weg, wenn du dir deinen Weisheitszahn entfernen lässt.«

Wir wissen beide, wie unwahrscheinlich das ist.

Melissa hat panische Angst vor Ärzten und allem, was damit zusammenhängt, etwas, das sie darauf zurückführt, dass unsere Mutter sie in unserer Kindheit zu einer Diätistin geschickt hat.

»Wenn man dich jeden Monat wie eine Preiskuh gewogen hätte, würdest du auch keine Spezialisten mögen«, sagt Melissa.

»Das ist was völlig anderes!«

Und dann beginne ich einmal mehr damit, eine Tote gegen Anschuldigungen zu verteidigen, für oder gegen die keine von uns Beweise hat, aus einer Zeit, an die ich mich kaum erinnere. »Wenn du das mit deinem Zahn machen lässt, dann hast du keine Schmerzen mehr!«

»Ich habe keine Schmerzen«, behauptet Melissa. »Es tut nur manchmal etwas weh. Und zieht ein bisschen.« Sie umfasst ihren Unterkiefer. »Ich mag einfach keine Ärzte. Nimm es nicht persönlich.«

»Tue ich aber.«

»Außerdem bin ich gesund wie ein Fisch im Wasser.« Abgesehen von dem Weisheitszahn stimmt das wahrscheinlich sogar.

»Schade. Du hättest auch einen Sticker oder einen Spielzeugdino bekommen.«

Melissa wird hellhörig. »Echt?«

»Nein, weil du keine fünf mehr bist.«

»Dann werde ich das definitiv nicht machen lassen.«

»Meinetwegen. Dann behältst du eben deinen dahinrottenden Zahn, deinen angeschwollenen Kiefer und das entzündete Zahnfleisch, und ich bleibe bei meiner täglichen Routine.«

Puh, gerade noch mal davongekommen, denke ich.

»Macht es nicht einsam, immer recht zu haben?«, gibt sie zurück.

»Keine Ahnung, wirklich.«

Sie denkt eine Weile darüber nach, während ich zwei Einzelbetten mit Leintüchern beziehe und die Wäsche in drei Häufchen sortiere – Weißes, Farbiges, Feinwäsche –, kurz durchsauge und schließlich vor Erschöpfung zu wanken beginne. Irgendwann blinzelt Melissa unglaublich langsam. *Das ist, wie Ferien im Gehirn eines Teletubbies zu machen,* denke ich.

Dann sagt sie: »Okay, ich mach's.«

»Was?« Ich habe eine Hand im Innern eines Bettbezugs nach oben gereckt und in der anderen den Zipfel eines Federbetts.

»Ich lasse mir einen Termin geben. Nächste Woche. Und buche einen Urlaub. Für uns beide.«

Oh, Mist.

»Damit wir dich wieder auf die Reihe kriegen.«

Ich will protestieren, dass es bei mir nichts auf die Reihe zu kriegen gibt, als mir mehrere Momente in der letzten Zeit einfallen, die darauf hinweisen, dass ich dieser Tage vielleicht doch etwas neben der Spur bin. Unter anderem wären das:

– Neulich Abend habe ich nach *»Best of Bublé«*[6] gegoogelt,
– Unachtsamkeiten und/oder Tippfehler, wie etwa eine Mail an einen Pharmavertreter mit ›Gruß und Kuss‹ zu unterschreiben oder dem neuen Kieferorthopäden nach einem kleinen Zusammenstoß zu sagen, dass an mir »alles noch geil« ist. Natürlich meinte ich »heil«.
– Ich war nicht wütend, nicht einmal überrascht, als Greg die Sandwiches aß, die ich für Thomas' Geburtstagsparty vorbereitet hatte, weil er dachte, sie würden »übrig bleiben«.

---

[6] »Haven't met you yet« ist wirklich ein totaler Ohrwurm. Okay, erschießt mich bitte, erschießt mich jetzt …

– im Sitzen duschen
– *Mr Teeth …*

Bei der Erinnerung an ihn beginnt es wieder in meinem Magen zu rumoren. Also tue ich, was ich immer tue: Ich verdränge es. *Zack! Weg.* Ich habe eine Menge negativer Gefühle im Keller vergraben. Aber dass ich in letzter Zeit meine Emotionen so wenig unter Kontrolle habe, weckt in mir den Verdacht, dass ich vielleicht ein kleines bisschen den Verstand verliere. Wie ein Frosch in einem Topf mit Wasser, das man langsam zum Kochen bringt. *Was, wenn ich einen Nervenzusammenbruch erleide, ohne dass es jemandem auffällt? So bin ich nun mal.* Still panike ich ein wenig vor mich hin, bis ich mich zu Melissa umdrehe und sie sagen höre: »… und heutzutage ist es ja so einfach, Hilfe zu bekommen …«

»Hilfe? Ich brauche keine Therapie!«

»Wer hat was von Therapie gesagt?«

»Oh …« Meine Stimme klingt jetzt angespannt. »Nein. Niemand natürlich …«

»Ich meinte, Hilfe beim Buchen von etwas. Oh, wir könnten zum Ultimate Paintball gehen!«

»Nein.«

»Abenteuerurlaub?«

»Nein.«

»Ponymalen?«

»Malen? Auf einem Pony?« *Hat die Kleber geschnüffelt?*

»Ja, genau. Denen macht das angeblich nichts aus. Finden sie entspannend. Wie eine Massage.«

»Ähm, wie wäre es mit einem Wellness-Urlaub?« *Wellness würde ich aushalten,* denke ich. *Da wäre es ruhig. Es gäbe Bademäntel. Und ich müsste mit niemandem reden.* Von da an bin ich zwar körperlich anwesend, aber mental stecke ich in einem flauschigen weißen Bademantel und höre mir irgendwo Walgesänge an. Allein.

»Okay«, sage ich zu ihr und überrasche mich damit selbst. »Ich fahre mit dir weg.« *Was soll schon passieren?* Vielleicht ist ein Wellness-Urlaub genau das, was ich brauche.

»Prima! Überlass alles mir«, sagt sie.

»Sicher? Ich kann mich auch um die Organisation kümmern.« Ich reiße förmlich mein Handy aus der Tasche, um a) nachzusehen, ob es Nachrichten von der Arbeit oder Mr Teeth gibt, b) das Organisieren auf meine To-do-Liste zu schreiben und c) mir zu überlegen, wie ich auf ein Wochenende verkürze, als Melissa mich unterbricht.

»Vertraust du mir etwa nicht?«

Hast du sie noch alle? Ich vertraue niemandem! Nach letzter Nacht traue ich mir ja selbst nicht mehr!

Mein Handy vibriert, um mich über eine neue Nachricht zu informieren, und ich stelle fest, dass ich bis in die Fingerspitzen angespannt bin. *Bitte lass es nicht ihn sein, bitte lass es …*, beginne ich mein inneres Mantra und beherzige den Ratschlag meines Kardiologen: … *nicht das Atmen vergessen …*

»Natürlich vertraue ich dir«, lüge ich.

»Nun denn, dann kümmere ich mich darum.«

»Wellness-Urlaub, okay?«

»Klar.« Sie zuckt die Schultern.

»Okay, abgemacht.«

Ich sehe auf mein Handy: Es ist jemand, der fragt, ob man mir fälschlicherweise eine Restschuldversicherung verkauft hat. Ich stoße den angehaltenen Atem aus, und mein Herzschlag normalisiert sich wieder.

»Abgemacht.« Melissa strahlt, und ich bemühe mich redlich, ihr Lächeln zu erwidern.

Atme.

Kaum dass ich jemand anderem die Zügel überlassen habe, durchströmt mich ein ganz neues Gefühl. *Erleichterung? Könnte das Erleichterung sein?* Nach dem Auftritt letzte Nacht wird mir mehr und mehr klar, dass es so nicht weitergehen kann. *Und wenn alles, was es braucht, um mich wieder auf die Reihe zu kriegen – und das bedeutet DIE VOLLE KONTROLLE ZURÜCKZUERLANGEN –, ein Wellness-Urlaub mit meiner Schwester ist, nun, dann ist es das vielleicht wert.* Klar, ich habe gerade ein ganzes Wochenende meines Lebens jemandem anvertraut, der denkt, Instantnudeln seien eine Delikatesse, und Spaß daran hat, Tierkacke wegzuschaufeln, und doch ist da so ein warmes, zittriges Gefühl in meiner Kehle, als ob …

»Du fängst ja gleich an zu weinen!« Melissa springt erschrocken auf. Das letzte Mal, dass ich vor einem anderen menschlichen Wesen geweint habe, war 1992 – und das war, als ich mir einen Knochen vierfach gebrochen hatte. »Ist das da eine … Träne?«

»Absolut nicht.« Ich tupfe an meinem Auge herum. Es ist eine Lüge. Ich kann spüren, wie ich in meinen Achselhöhlen Shiraz ausschwitze, so angestrengt versuche ich, nicht zu weinen. »Macht es dir was aus, zu gehen?«

»Ooookay, bin ja schon weg«, sagt sie und verpasst meinem Arm einen gut gemeinten rechten Haken. »Nun, bis bald – ich fasse mal die nächsten zwei Wochen ins Auge.«

»Die nächsten zwei Wochen?« Ich reibe mir den Arm. Wenigstes lenkt mich der Schmerz von dem Bedürfnis zu weinen ab. »Ich weiß nicht, ob das geht«, sage ich zu ihr. »Ich muss in meinen Kalender schauen. Ich kann nicht einfach alles liegen und stehen …«

Sie hört mir gar nicht zu. Stattdessen nickt sie, als wäre ich ein kleines Kind.

»Du machst dir zu viele Gedanken. Es wird genau wie früher«, sagt sie zu mir.

»Ha! Na großartig!«

Genau davor habe ich Angst, denke ich finster.

3

Zwei Wochen später …

»Ich habe ein tolles Angebot gefunden«, sagte sie.

»Eine volle Woche lohnt sich mehr, wegen des Rabatts«, sagte sie.

»Bring deinen Reisepass mit«, sagte sie.

Ich dachte, das bedeutet, dass wir an einen besonders noblen Ort fahren würden. Irgendwo, wo der Concierge zusätzliche Sicherheiten verlangt und sämtliche Angaben samt Kreditkarte schon bei der Ankunft erfasst, für den Fall, dass man die Minibar um eine Packung Nüsschen für fünfhundert Pfund erleichtert oder die Handtücher mitgehen lässt. Ich hoffte auf »fünf Sterne« und »Luxus«. Ich schwelgte in dieser irrtümlichen Annahme und träumte bis zu unserer Abreise von Infinity Pools und Massagestühlen. Und dann bog der schlammige weiße Pick-up in die Ausfahrt zu Terminal 5 des Flughafens Heathrow ein.

»Fliegen? Wir fliegen?«, jammerte ich.

»Mmhm«, antwortete Melissa mit einem Lächeln, bei dem ihre Grübchen zum Vorschein kamen.

»Du hast nie erwähnt, dass …«

»Du hast ja auch nie gefragt«, antwortete sie und hatte noch immer dieses unverschämte Grinsen auf den Lippen, bevor sie mir versicherte, dass sie Greg eine Nachricht zukommen lassen würde und dass es in »Skandinavien um diese Zeit ganz toll« sei.

»Skandinavien? Wa-warum?«

»Keine Sorge, du wirst Dänemark lieben!«

»Dänemark?«, quiekte ich. »Moment, warst du da schon mal?« Davon hörte ich zum ersten Mal.

»Ja, schon oft! Kopenhagen ist toll – sogar besser als der Song!«, begeisterte Melissa sich.

»Okay. Na dann.« Ich versuchte, positiv zu bleiben und mich auf eine kleine Städtereise einzustimmen. »Dann kannst du mir ja die Stadt zeigen …«

»Oh, nein, wir reisen nicht nach Kopenhagen«, korrigierte sie mich.

»Tun wir nicht?«

»Nein«, sagte sie, »nicht ganz …«

Wir hatten unser Gepäck bereits aufgegeben, als sie mir endlich unser Ziel verriet. Aber da war es schon zu spät.

»Was?« Ich hatte Mühe, die Fassung zu wahren, als ich erfuhr, dass das Ziel unserer Reise so weit von der stylischen Metropole Dänemarks entfernt lag, wie es nur möglich war. Melissa versuchte, mich mit dem größten Kaffee, den man bei Costa kriegen konnte, zu besänftigen, ehe sie mir offenbarte, dass es nicht nur weit und breit kein flauschiges Handtuch geben, sondern dass auch noch andere Menschen beteiligt sein würden. »Reisegruppe? Leben ohne jeden Komfort? Das ist nicht, was wir vereinbart hatten!«, zischte ich und bemühte mich, keine Szene zu machen.

»Ach, echt nicht?« Melissa setzte ihre beste Unschuldsmiene auf. »Da habe ich mich wohl falsch erinnert. Oder vielleicht warst du ja auch noch betrunken …«, fügte sie spitz hinzu. Dann meinte sie in einem Versuch, mich zu besänftigen: »Hier, ich hab dir etwas gekauft.« Sie wühlte in ihrem Rucksack und holte etwas hervor, das aussah wie ein Kostüm für einen Junggesellinnenabschied: eine silberne Plastikhalbkugel mit zwei absurd langen Hörnern darauf.

Durch zusammengebissene Zähne fragte ich: »Was, zur Hölle, soll das sein?«

»Ein Wikingerhelm!« Sie strahlte und knallte ihn mir so hart auf den Kopf, dass die Plastikränder einen Kratzer auf meiner Stirn hinterließen und der Helm nach vorn kippte, sodass ich nichts mehr sehen konnte. »Hoppla, ist wohl etwas groß. Du hattest schon immer einen Erbsenkopf.«

»Na, wenigstens habe ich kein Erbsenhirn«, gab ich zurück, als ich wieder sehen konnte und einen dieser Helme auf ihrem Kopf entdeckte. Melissa erwiderte unverdrossen: »Wir werden auf den Spuren der Wikinger wandeln! Die tragen so was!«

An dieser Aussage waren so viele Dinge falsch, dass ich gar nicht wusste, wo ich anfangen sollte.

»Also, erstens: Wikinger hatten nie Kopfbedeckungen mit Hörnern …«

»Doch, das hatten sie! Ich habe *Asterix, der Gallier* gelesen!«

Anscheinend meinte sie das ernst.

»Das ist ein Comic! Den ein Franzose gezeichnet hat!« Ich verschluckte mich fast. »Wikingerhelme mit Hörnern sind ein Mythos!« Melissa wirkte verdrossen ob dieser Neuigkeit. »Und du weißt, dass es keine Wikinger mehr gibt, ja? Sie sind schon vor tausend Jahren von der Bildfläche verschwunden!«

»Ganz sicher?«, fragte Melissa.

»Ja!«

Ich hatte mit Greg genug History Channel geschaut, um mir da ziemlich sicher zu sein.

»Oder vielleicht *möchten* die einfach nur, dass wir das glauben?«

»Was?«

»Sonst würde doch jeder nach Skandinavien ziehen wollen!«

»Würde das jeder wollen? Wirklich?« Gereizt nahm ich den unbequemen Helm ab, und Melissa setze ihn mir sofort wieder auf. Und an dieser Stelle entbrannte dann zwischen zwei erwachsenen Frauen eine ziemlich unwürdige Rangelei um ein extravagantes Accessoire, bis die Nummer unseres Flugs angekündigt wurde und wir uns dann den Rest der Reise anschwiegen.

Es war mühselig genug gewesen, Greg zu erklären, dass er sich eine ganze Woche lang allein um sich und die zwei Kinder – also im Grunde um *drei* Kinder – würde kümmern müssen und dabei nur ein Arsenal an Fertiggerichten als Unterstützung haben würde.

»Aber du verreist doch nie«, antwortete er.

»Exakt«, sagte ich. »Und deshalb verreise ich jetzt. Das habe ich mir *verdient.*«

Ich kaufte so viele Fertiggerichte ein, wie unser Gefrierschrank aufnehmen konnte, und zeigte dann Charlotte und Thomas, wie sie sie im Notfall auftauen konnten. Ich informierte die Tagesmutter darüber, dass vielleicht zusätzliche Arbeitsstunden auf sie zukommen könnten, falls Greg einmal mehr vergessen sollte, die Kinder abzuholen, und bat sie, mich im Notfall anzurufen.

»Ich bin nur etwa eine Stunde weit weg«, sagte ich ihr. »Ich kann jederzeit nach Hause kommen.«

Ha!

Womit ich nicht gerechnet habe, war, tausend Kilometer weit zu reisen, um die Woche mit mir völlig Fremden zu verbringen.

Ich hoffte, den Kindern würde es gut gehen.

Ich hoffte, Greg wäre in der Lage, sie mit Essen und Wasser zu versorgen und sicherzustellen, dass sie am Ende der Woche noch in einem Stück und am Leben waren.

Nach vollen sieben Tagen …

Und jetzt kauere ich mit nassem Hintern und Knien, die sich anfühlen, als würden sie jeden Moment unter mir nachgeben, in einem Feld. Es regnet. Mal wieder. Es ist die Art unablässiger Nieselregen, der die ganze Welt wie ein Dixiklo stinken lässt. Und wir werden angeschrien. Mal wieder.

»In die Knie! Ganz tief runter! Bringt euren inneren Primaten zum Vorschein!«, kläfft der Hipster mit dem Männerdutt und den Haremshosen uns an, während er auf und ab läuft und unsere Versuche im »Affenlauf« überwacht. »Das ist eine ganz natürliche Bewegung«, erklärt er uns, während er sich in mehr als affenartiger Manier im Gesichtshaar kratzt. »Ihr lernt ganz grundlegende Bewegungsabläufe.«

Schon möglich, aber ich komme mir dämlich dabei vor. Außerdem ist mir kalt, ich habe die Nase voll, und ich hege ein tiefgehendes Misstrauen gegen Leute, die einen Bart als Ersatz für einen Charakter tragen. Ich weiß jetzt schon, dass dieser Ausflug eine ganz blöde Idee war.

»Siehst du, keine gehörnten Helme«, zische ich Melissa zu.

»Vielleicht haben sie die ja nur zu besonderen Anlässen getragen«, antwortet sie, am Boden kauernd, und weicht meinem Blick aus.

»Na klar. Bestimmt haben sie das«, murmele ich und stoße kaum hörbar ein paar erstklassige Flüche aus.

Der Männerdutt erklärt, wir sollen ihn »Magnus« nennen und dass er unser »spiritueller und körperlicher Führer« der nächsten sieben Tage sein wird.

Nun, das klingt nach einem Gerichtsverfahren mit Ansage, denke ich.

»Ich will euch auf allen vieren!«, verlangt er, und die vollbusige, etwas ältere Blonde neben mir wirft mir einen Seitenblick zu und kichert.

»Ich will eure Beine breit und den Hintern tief unten!« Stichwort für weiteres Gekicher. »Ich will euch kriechend, die Brust am Boden!«, sagt er.

Und wenn er »am Boden« sagt, dann meint er »im Schlamm«.

In einem vom Regen aufgeweichten Niemandsland auf einer Insel irgendwo in der Nordsee sage ich den letzten Resten meiner Würde auf Wiedersehen. Und für jemanden, der bereits seit

Jahren im Schützengraben einer frühen Mutterschaft kauert, ist das ein ganz neuer Tiefpunkt.

Ich will aufstehen und schreien: »Was machen wir hier? Das kann doch keinem ernsthaft Spaß machen?« Aber ich tue es nicht. Weil ich ich bin. *Mein dummes altes Ich.*

»Und jetzt: Krabbengang!«

»Die Übung kenne ich schon«, brummt die ältere Blonde und zerrt am Zwickel ihrer Leggins. »Schrecklich.«

Magnus ignoriert sie und zeigt uns so etwas wie eine mobile Brücke, er stemmt sich, den Hintern nach oben gerichtet, auf Händen und Füßen hoch und bewegt sich scheinbar mühelos umher, als ob es das Normalste der Welt wäre, so zu »gehen«. »Ihr müsst auf mögliche Notsituationen und Verletzungen vorbereitet sein!«, ruft er, ohne sich aus der Position zu lösen. Mir fällt keine einzige Notsituation ein, die einen Krabbengang nötig machen könnte. *Vielleicht, wenn ein irrer Soziopath mit dem Finger auf dem Knopf für die Atombombe droht, die Welt zu zerstören, wenn nicht sofort jeder wie eine Krabbe läuft. Oder eine reale Version der Szene aus dem Film* Verlockende Falle, *in der wir alle in einem Limbo unter Lasern hindurchmüssen …*

Magnus redet weiter. »Schaut nach oben in den Himmel! Da draußen ist eine ganze Welt! Schaut nur!«

Ich versuche es. Aber es regnet, und zwar mittlerweile ziemlich heftig. Also muss ich die Augen zusammenkneifen.

»Ich bin sehr, sehr nass«, höre ich mich selbst jammern.

»Das ist nur Wasser«, meint Melissa abfällig. »Wäschst du dich etwa nie?«

»*Ich* wasche mich. *Du* wäschst dich nicht …«

»Nein, *du* wäschst dich nicht.«

O Gott, ist das albern, wir können uns doch nicht schon am ersten Tag streiten wie Kleinkinder. Wohin soll das nur führen?

»Spielt keine Rolle.« Ich bereite dem Ganzen ein Ende, ich bin zu erschöpft, um mich jetzt auf einen Kleinkrieg einzulassen, vor allem nicht vor Publikum. »Ich hatte nur gehofft, dass wir irgendwo hinfahren, wo es … wärmer ist.«

Noch immer in der Krabbenposition, legt Melissa den Kopf schräg. »Ich bin eine Frau, der schon in den Midlands der Schweiß ausbricht! Ich kann nicht in ein warmes Land.«

»Es ist einfach nur so … trist hier.« Meine Krabbe kommt zum Einsturz, als ich über das unebene Feld zu dem abweisenden Waldstück hinter uns und zu einer aufgewühlten See vor uns blicke. Mein Traum von flauschigen Bademänteln und einem gepflegten Rasen scheint sehr weit weg zu sein. »Als wären wir in einem Schwarz-Weiß-Film«, sage ich und sehe mich um. »Das Meer, der Himmel – sogar unsere Kleidung – alles eine Farbe«, flüstere ich.

»Wir sind nicht in Schwarz-Weiß«, verbessert sie mich. »Wir sind in *Skandinavien.*«

»Oh.«

Bevor wir hier ankamen, hatte ich allenfalls marginale Kenntnisse über die Region, doch die Gegend hier hat tatsächlich etwas von neuzeitlichen Wikingern kombiniert mit miserablem Wetter und einer Allergie gegen Farben. Selbst das Hotel, in dem wir letzte Nacht übernachtet haben, war vornehmlich in einer Farbe gehalten: nämlich grau. Alles an diesem Ort war in gewisser Weise »funktional«. Es war zwar sauber, ordentlich und minimalistisch, aber definitiv keine Wellness-Oase. Jetzt ist mir kalt bis in die Knochen, und ich trauere Einwegpantoffeln, Gesichtsmasken und einer kleinen Pause mit winzigen Portionen auf riesigen Tellern nach.

»Okay, und jetzt steht auf und streift die Schuhe ab!«, schreit unser Anführer gegen den heulenden Wind an.

Das soll wohl ein Witz sein.

»Aber es ist eiskalt!«

»Und wenn es einen halben Pelikan bläst, mir egal. Ihr müsst euch wieder mit der Natur verbinden, die Erde unter euren Füßen spüren!«

Ich blicke nach unten und sehe kleine Rinnsale, die sich ihren Weg durch Gras und Flechten bahnen. Ich habe nicht das Bedürfnis, mich *damit* zu verbinden. *Gibt es nicht irgendwelche Sicherheits- und Hygienevorschriften, die so etwas verbieten?* Aber Magnus lässt sich nicht umstimmen. »Hier wirst du auf keine – wie sagt man? – Sicherheits- und Hygienekontrolleure treffen. Wir sind Wikinger.« Er fährt fort: »Unsere Arbeitswelt hat sich von der Kuh an den Computer verlagert – wir haben vergessen, wie man lebt. Wir spüren nicht einmal mehr unsere Körper, es sei denn, wir sind im Urlaub, und dann werden wir krank, weil wir so erschöpft sind.«

Das ist wahr. Seit Jahren muss ich mich in den Ferien mit Antibiotika behandeln lassen.

»Wir fürchten uns davor, zur Erde zurückzukehren! Fürchten uns, uns die Hände schmutzig zu machen …«

»Ich nicht«, murmelt Melissa.

Ich rümpfe die Nase und erwische mich dabei, wie ich mir die Hände an meiner Hose abwische und mir wünsche, Desinfektionsmittel mitgenommen zu haben.

»Wir sind Fitnessstudio-Ratten, die vergessen haben, wie man springt und rennt. Bürohamster, die vergessen haben, wie man auf einen Baum klettert!« Ich bin mir sicher, dass jetzt nicht der richtige Zeitpunkt ist, um anzumerken, dass ich noch nie in der Lage war, auf einen Baum zu klettern. Und es auch nicht schätze, mit Nagetieren verglichen zu werden. Aber Magnus macht weiter. »Jeder Mann – sogar jede Frau – ist vollständig domestiziert worden, und uns geht es deshalb schlecht!«

»Sogar« jede Frau? Unverschämtheit.

»Du!« Er zeigt mit dem Finger auf mich, als ob er meinen Widerspruch spürt.

Oh, Mist: Bestimmt soll ich jetzt was tun. Oder noch schlimmer: Etwas sagen …

»Kannst du mir guten Gewissens versichern, dass du stark

genug bist, um sie« – er weist auf Melissa – »aus dem Wald zu tragen, sobald sie sich das Bein bricht?«

»Sobald?«, fragt Melissa erschrocken. »Sollte das nicht heißen ›für den Fall, dass‹?«

»Oder dass du gegen die Strömung anschwimmen könntest, sobald sie ins Meer fällt.«

»Wieder ›sobald‹?«

»Oder dass du aus dem zweiten Stock springen könntest und dich bei der Landung nicht verletzen würdest?«

»Nein …« Ich sacke in mich zusammen, auch wenn ich mir ziemlich sicher bin, dass das nicht so bald passieren wird – die einzigen Gebäude, die ich seit unserer Ankunft gesehen habe, sind Bungalows.

»Ich bin mir sicher, einige von euch sind mit einem Laufband vertraut.« Jetzt sieht er die jüngste Teilnehmerin an, eine Mittzwanzigerin mit Modelfigur und karamellfarbenem Haar. »Aber *freies* Laufen ist die grundlegendste und wichtigste aller menschlichen Fähigkeiten.«

Das scheint mir etwas extrem. *Was ist mit der Fähigkeit, die Plastikfolie von einem Mikrowellengericht zu reißen, während man eine E-Mail schreibt, die Hausaufgaben einer Siebenjährigen erledigt und einen Fünfjährigen maßregelt – und das alles gleichzeitig? Oder Zahnmedizin, zum Beispiel?*

»Das Sprichwort besagt, dass man ›um sein Leben rennt‹, nicht klettert oder schwimmt. Deshalb lernt ihr hier, so zu rennen, wie die Natur es vorgesehen hat. Ihr werdet lernen, wie man Hügel hinaufrennt, Felsbrocken schleppt …«

Felsbrocken? Was, zur Hölle …

»Wie man auf Bäume klettert, durch Unterholz kriecht, auf Baumstämmen balanciert – all die Fähigkeiten, die unsere Vorfahren lernen mussten, um zu überleben, lange bevor es Reality-TV, Pensionen und Wi-Fi gab. Ihr werdet lernen«, brüllt er weiter und ähnelt dabei einem Kommandanten beim Militär, »was für eine alles verändernde Macht KÖRPERLICHE AUSDAUER ist« – diese letzten Worte spuckt er uns beinahe entgegen – »und ihr werdet die instinktiven Bewegungsmuster lernen, die in unser URGEDÄCHTNIS eingeprägt sind. Ihr werdet euch wieder mit den Elementen verbinden, mit eurem Selbst und letztendlich auch mit dem UNIVERSUM.«

»Ach du Scheiße«, flüstere ich Melissa zu. »Sind wir in einer Sekte gelandet?«

»Schsch!«

»Ihr werdet die SIEBEN STUFEN des Wikingertrainings durchlaufen.« Er hebt einen Finger für jede davon. »STUFE EINS: ein Dach über dem Kopf. STUFE ZWEI: Nahrung sammeln. STUFE DREI: Handarbeiten …«

»Handarbeiten?« Melissa zieht ein Gesicht.

»Handarbeiten«, wiederholt Magnus und wirkt verärgert. »Die Leute reden immer nur übers Plündern, aber Handarbeiten ist ein essenzieller Teil des Wikinger-Daseins! Ihr wollt doch gut aussehen, wenn ihr in den Kampf zieht, nicht wahr? Nun, Wikinger – vor allem die Männer – legten großen Wert auf ihre Erscheinung und schmückten sich gern.« Er streicht über seinen Bart.

Das erklärt eine Menge, denke ich.

»Nicht-Skandinavier denken gern, hier wären alle Männer schwul, aber nein, wir wissen einfach nur, wie man sich pflegt.« Er umfasst schützend seinen Anhänger und streicht sich dann übers Haar.

Dieser Wikinger protestiert ein wenig zu vehement …

»STUFE VIER: Waffen …«

»Das gefällt mir schon eher!« Melissa grinst.

»STUFE FÜNF: Bootsbau. STUFE SECHS: Navigieren. Und schließlich STUFE SIEBEN: zum Berserker werden.«

Magnus reagiert abweisend, als die vollbusige ältere Blonde ihn bittet, den letzten Punkt noch etwas genauer zu erläutern, und in seiner »Ihr werdet«-Rede unterbrochen zu werden, bringt ihn ziemlich aus dem Konzept. »Später!« Mehr sagt er nicht, ehe er fortfährt: »IHR werdet euch nicht nur grundlegende Überlebenstechniken aneignen, euch wird auch der Wikinger-Verhaltenskodex in Herz und Nieren übergehen …« Ich hoffe inständig, dass Rauben und Plündern kein Teil davon sein werden, und glücklicherweise gibt er Entwarnung. »… Ehrlichkeit, Ehre, Disziplin, Mut, Gastfreundschaft, Eigenständigkeit, Fleiß und Durchhaltevermögen.« Ich gehe die Liste schnell in Gedanken durch und weiß jetzt schon, dass ich bei mindestens zwei Punkten davon Hilfe brauchen werde. »Am Ende der Woche werdet ihr vier nicht mehr dieselben sein!«

Das ist so was von eine Sekte, denke ich.

»Verzeihung«, meldet sich die ältere Blonde noch einmal und hebt dabei die Hand. »Sagtest du, nur wir vier?«

»Ja.«

»Das war's? Es gibt keine anderen?«

»Es gab noch eine weitere Teilnehmerin, aber sie hat sich bei einem Fitness-Bootcamp den Knöchel verstaucht.«

Bootcamp? Was stimmt nicht mit den Leuten?

»Es gibt keine … nun … Männer?«

»Diese Woche? Nein. Und jetzt die Schuhe!«

Die ältere Blonde seufzt tief, bevor auch sie abkommandiert wird, ihre Schuhe auszuziehen und sie in einen Beutel aus Sackleinen zu werfen.

»Auch die Socken?«, fragt sie widerstrebend.

»Auch die Socken.« Magnus nickt, und dann kommen wir alle in den Genuss der Demonstration einer der Fertigkeiten, die er uns abverlangen will: Er rennt auf den Wald zu. Seine Hände durchschneiden die Luft wie die Usain Bolts.

»Die Füße müssen unter den Hüften sein!«, ruft er, während er in der Ferne verschwindet. Er schreit jetzt, damit wir ihn inmitten des Nichts noch hören können. »Aus den Knöcheln heraus. Lasst eure Fersen die Erde küssen«, ist sein vorletztes Jappsen, bevor er hinzufügt: »LANDET AUF DEN BALLEN!«, und sich einen Baum hinaufhangelt.

»Guter Gott«, murmele ich.

»Ist er …? War das …?«, fragt Melissa, als er im Unterholz verschwindet. Dann dreht sie sich zu uns anderen um: »*Warum?*«

»Ich denke, dass er uns seine Technik demonstriert«, meldet sich die modelhafte Mittzwanzigerin mit dem karamellfarbenen Haar zu Wort.

»Das kannst du laut sagen«, sagte die ältere Blonde und fächelt sich Luft zu. Die andere Hand hebt sie, um uns zu grüßen, wobei sie den Blick keine Sekunde von Magnus' geschmeidiger Gestalt löst – die gerade die oberen Äste des Baums erklimmt. »Hi, ich bin Tricia.«

»Alice«, antworte ich.

»Und ich bin Melissa!« Meine Schwester beugt sich vor und streckt eine ihrer Hände aus, um Tricia die Hand zu schütteln.

Als Magnus außer Sicht gerät, wendet Tricia sich uns zu und schenkt uns ihre volle Aufmerksamkeit. Dabei rückt sie ihre üppige Oberweite zurecht.

»Toll, euch kennenzulernen. Das ist Margot.« Sie zeigt auf das Model, das gerade dabei ist, ihren Krabbengang zu perfektionieren, und dabei entschlossen und durchnässt aussieht, gleichzeitig aber auch unglaublich schön – trotz des sintflutartigen Regens.

»Sie sieht aus, wie ein Kind eine Lady zeichnen würde«, meint Melissa fasziniert.

Sie sieht aus wie eine tierische Nervensäge, stelle ich fest. Auf ihren Händen und Füßen balancierend, den beneidenswert flachen Bauch zum Himmel gereckt, mit zurückgelegtem Kopf und scheinbar mühelos angehobenem Becken, probiert sie ein paar Krabbenschritte vorwärts und ein paar rückwärts. Zunächst bewegt sie sich noch zögerlich, bis sie Fahrt aufnimmt und dann stoppt, um sich umzusehen. Im nächsten Moment scheint sie sich wieder daran zu erinnern, dass sie eine Krabbe sein soll, und beginnt, sich von links nach rechts zu bewegen. Wir anderen recken synchron die Hälse und legen die Köpfe schräg, um ihren Bewegungen zu folgen.

»Wie … kann sie sich nur so verbiegen?«, frage ich mich laut.

»Es ist wie Magie«, murmelt Melissa.

»Es ist wie Zwanzigsein«, korrigiert Tricia sie.

Wir blicken auf, als Tricia uns eine Zusammenfassung gibt und dabei wirkt, als würde sie die Nachrichten herunterlesen: »Das ist ihre natürliche Haarfarbe. Ich weiß, allein davon kann einem schlecht werden. Und ja, sie wurde mehr als einmal als Model gebucht. Außerdem macht sie regelmäßig Pilates – fit wie ein Turnschuh, kommt aus dem Kleinadel und ist stinkreich.«

Melissa und ich starren sie verblüfft an und fragen uns, woher Tricia so viel über Margot weiß – und ob sie uns der gleichen Prüfung unterziehen wird.

Zum Glück löst Tricia das Rätsel. »Hab mir mit ihr am Flughafen ein Taxi geteilt. Goldene Kreditkarten. Mehrere davon. Und ihre Haut ist so straff, das ist nicht von dieser Welt …«

Ich schaue zu Margot und ihrer großartigen Haut und ihren großartigen karamellfarbenen Haaren hinüber. *Die Art selbstbewusste junge Frau, die sogar im Haus noch Hüte trägt,* denke ich, *und Culottes.*

»Wow! Glaubst du, sie kennt die Königsfamilie persönlich?«, fragt meine Schwester. Melissa hat nicht nur eine ausgeprägte Abneigung gegen moderne Technologien und Popkultur aus der Zeit nach 1997, auch kulturell hat sie den Geschmack einer Frau, die doppelt so alt ist wie sie. Sie liebt: Julie Andrews, Shortbread und die Queen. Hin und wieder bezeichnet sie Fergie als »etwas wild«, und den Tod von Diana hat sie bis heute nicht ganz verwunden. Als Edward und Sophie heirateten, hat Dad sie mit Gedenktellern und ähnlichem Kram angefixt, und als Kate und Will dann an der Reihe waren, hatte sie eindeutig zu viele Tassen im Schrank. Kurz gesagt: Sie ist die leidenschaftlichste Monarchistin, die ich je das Unglück hatte zu kennen.

Tricia bückt sich, um ihren nackten Fuß zu betasten, der schon jetzt unangenehm ausgekühlt zu sein scheint, also nutze ich die Gelegenheit und zische Melissa zu: »Hör auf, dich so komisch zu benehmen und so beeindruckt von reichen Leuten zu sein.«

»Ich kann nicht«, flüstert Melissa zurück und schüttelt den Kopf. »Ich liebe das Wort ›Kummerbund‹.«

»Wer nicht?« Tricia, die unsere Unterhaltung offensichtlich mitgehört hat, schnellt wieder nach oben. »Ich finde ja ›Lacrosse‹ ganz toll. Also, seid ihr zwei Freundinnen?«

»Schwestern.«

»Aaah …« Sie nickt, ehe sie hinzufügt: »Oh, es geht weiter.« Ich folge ihrem Blick und sehe, wie Magnus aus einem Baum auftaucht und aus keinem erkennbaren Grund mit einem Rückwärtssalto herunterspringt. »Niemand über fünfundzwanzig sollte so beweglich sein«, fügt Tricia verträumt hinzu. »Er ist wie Spaghetti.«

Er ist wie ein mächtiger Angeber, denke ich.

»Puh! Ganz schön anstrengend, hey, Ladys?« Magnus ist zurück, und bevor auch nur eine von uns antworten kann, hat er sein »New Romantics«-Shirt ausgezogen und macht Sit-ups. Weil er es kann.

Tricia beginnt zu sabbern. Unübersehbar.

»Schaut ihn euch nur mal an, wie er sich uns präsentiert. Wie ein Festmahl!« Sie schmilzt unter seinem Blick förmlich dahin.

»Also bitte …!« Es ist einfach zu viel, und ich fühle mich moralisch dazu verpflichtet, meinen Schwur zu brechen, mich bei Leuten außerhalb meiner Familie zurückzuhalten.

»Was?«, verteidigt Tricia sich, während er mit einer Reihe

von Sternsprüngen beginnt. »Er ist einfach verdammt heiß! Ich könnte ihm diese Haremshosen mit den Zähnen vom Leib …«

»Du spinnst doch«, murmele ich. »Er sieht aus wie Aladin …«

Sie schnaubt leise und lächelt mich an, also lächele ich zurück. Dann beginnt Magnus, auf seine Brust zu trommeln wie ein skandinavischer Silberrücken, und kündigt an, dass er gern unsere »Ausgangsbalance« testen möchte, indem er uns auf einer Slackline balancieren lässt. Mit Margots Hilfe spannt er ein Seil zwischen zwei riesigen Tannen.

Tricia rückt ihre Brüste zurecht, als wollte sie sichergehen, dass sie noch auf einer Höhe sind, und meldet sich freiwillig, es als Erste zu versuchen. Es läuft nicht gut, und sie klammert sich eindeutig enger an Magnus, als eigentlich notwendig gewesen wäre.

»Was denkst du, wie alt Tricia ist?«, zischt Melissa, als die ältere Frau außer Hörweite ist.

»Welcher Teil von ihr?«, frage ich, aber Melissa ist zu nett, um zu verstehen, was ich damit andeute.

»Denkst du, sie hat ihre Zähne machen lassen?«, fährt sie fort.

»Und alles andere!« Ich versuche, meine Aussage mit eindeutigen Gesten zu verdeutlichen, werde jedoch mittendrin durch ein lautes »Du!« unterbrochen.

»Ich?« Hastig höre ich mit meiner Plastiktitten-Pantomime auf.

»Ja, du!« Magnus zeigt auf mich. »Du bist dran.«

Scheiße …

Er instruiert mich, auf dem hastig gespannten Freiluft-Hochseil meine »innere Balance« zu finden. Und obwohl es sich gerade mal knapp einen halben Meter über dem Boden befindet, ängstigt es mich zu Tode.

Was ist, wenn ich stürze? Was ist, wenn ich mir wehtue? Was ist, wenn ich dumm dabei aussehe? Mein Herz rast, als ich hinaufsteige … und sofort stürze. Und mir wehtue. Und dumm dabei aussehe.

»Versuch es weiter!«, weist Magnus mich an. »Immer weiter!« Also tue ich es. Aber ich bin so schlecht darin, die Balance auf einem Hochseil zu finden, wie ich es bei der Balance meines sonstigen Lebens auch bin. Und die Woche damit zu beginnen, zusammen mit Tricia die schlechteste der Gruppe zu sein, führt auch nicht dazu, dass ich mich bei dieser Unternehmung hier wohler fühle.

Und dann nimmt Magnus mir das Smartphone weg. Und das tut weh. Körperlich.

Eigentlich hätte ich es schon bei meiner Ankunft hier abgeben sollen, hatte es aber ganz zufällig »vergessen«. Dank einer praktischen Tasche in den einzigen ansatzweise fitnesstauglichen Hosen, die ich besitze, war es mir gelungen, das Handy zu verbergen – bis jetzt, als eine Facebook-Benachrichtigung mit einem hellen, künstlichen »Ting!« eintrifft und mich auffliegen lässt.

»In den Sack!«, verlangt Magnus, der Gnadenlose.

Mein geliebtes weißes Telefon/tragbare Internetverbindung/Lebensplaner/Unterhaltungsgerät/Rettungsanker/klaren Verstand in einen Kartoffelsack zu werfen, das fühlt sich an, wie ein geliebtes Haustier wegzugeben. Wenn ich je ein geliebtes Haustier gehabt hätte. Oder so weit gegangen wäre, mein geliebtes Smartphone mit einem nahen Familienangehörigen und Kind zu vergleichen. Was ich natürlich niemals tun würde. Ist doch klar. Trotzdem: Es tut weh.

»Und nun ist es Zeit, dass dieser lebensspendende Regen euch auf eure neuen Wikingernamen tauft!«, ruft Magnus.

Sekte, denke ich. *Ohne Zweifel eine Sekte.*

»Du!« Er wendet sich Tricia zu. »Du hörst von jetzt an auf den Namen ›Stolze Brust‹.« Freudestrahlend reckt sie ihre gepimpten Brüste.

»Bei dir« – er mustert Margot von oben bis unten – »kommt mir ›Ulf‹ in den Sinn, das bedeutet ›Nachtwolf‹.« Margot nickt sehr ernsthaft, als wäre sie dabei, sich ihrem neuen Charakter anzupassen.

»Das hier ist ›Starke Beine‹!« Melissa wirkt zufrieden und gibt eine sehr unglückliche Peter-Pan-Pose zum Besten.

Und schließlich kommt er zu mir. »Bei dir kommt mir ›Aslög‹ in den Sinn.«

Ich starre ihn an. *Meint er das ernst?*

»Arschloch?«

»Aslög«, wiederholt er noch einmal, und es klingt immer noch nicht besser. »Das ist altnordisch und bedeutet ›Verlobte Gottes‹«

»Mir ist egal, was das auf Altnordisch bedeutet, ich lasse mich nicht …«, beginne ich zu protestieren, aber da hat er sich schon den Kartoffelsack über die Schulter geworfen und zieht ab.

Stolze Brust und Starke Beine versuchen, mich zu trösten, und Nachtwolf will mich davon überzeugen, dass »Aslög« genannt zu werden ein Kompliment ist. *»Ach hau ab, du darfst Nachtwolf heißen wie so ein heißer Fernsehgladiator«,* will ich sie am liebsten anfahren. Ich versichere ihr, dass ich mich ganz bestimmt nicht die nächsten fünf Tage so nennen lasse. *Und ich habe auch nicht vor, euch mit euren dämlichen Wikingernamen anzusprechen,* denke ich.

»Mach dir keine Sorgen«, meint Tricia gutmütig. »Wir werden diese Woche noch so manchen Busch zu sehen bekommen, es spielt also keine Rolle, dass dein Name klingt wie eine Körperöffnung.«

»Was? Ich bin nicht hier, um … um … was mit jemandem anzufangen!« Ich bin mir nicht sicher, wie man das am besten ausdrückt – wie würde Taylor Swift es wohl formulieren?, frage ich mich –, aber ich hoffe, dass deutlich wird, was ich meine.

»Nicht? Nein. Natürlich nicht. Also … also gut.« Tricia stammelt ein wenig, und ich fühle mich schlecht, deshalb bin ich froh, als Melissa sich einmischt.

»Warst du schon auf vielen solcher Retreats?«

Tricia nickt. »Auf ein paar. Der Letzte drehte sich um Chia-Beeren und Darmspülungen. Davor ging es um transformationales Atmen – darum, meine Schlüsselbeine zu spüren und meinen Bauch zu bemühen. Außerdem war da noch ›Familienkonstellationen‹, wo ich eine Frau aus Watford angeschrien habe, als ich so tat, als wäre sie mein Ex. Hab sie zum Weinen gebracht. Fühlte mich mies dabei. Im letzten Jahr war ich bei einer Kristalltherapie in Kroatien. Detox in Arizona. Yoga im Himalaya. Und natürlich noch das Bootcamp in Ibiza. Und jetzt bin ich hier.«

»Wow.« Melissa scheint überwältigt zu sein.

»Warum bist du ausgerechnet hierhergekommen?«, frage ich sie.

»Ach, das war so eine Last-Minute-Sache. Hab mir die Beschreibung nicht allzu genau durchgelesen. Ich hab einfach geschaut, was innerhalb des Zeitraums so verfügbar ist, und dann gebucht.«

»Oh, da hattest du ja Glück – es war ein totaler Aufwand, und wir mussten Alice' Scheißkalender ein Dutzend Mal umstellen, damit sie sich freinehmen und hierherkommen konnte.« Wie gewöhnlich erzählt Melissa zu viel, und für einen Moment sorge ich mich, Tricia könnte denken, ich hätte tatsächlich einen »Scheißkalender« – so was wie einen Menstruationskalender für Fäkalienfixierte. Also bin ich erleichtert, als sie fortfährt.

»Ich hatte noch Resturlaub, den ich nehmen musste ... Nun, man hat mir kurzfristig freigegeben«, widerspricht Tricia sich selbst. »Und hier bin ich.«

Das ist sehr merkwürdig, denke ich. Ich habe es nur einmal erlebt, dass jemandem »kurzfristig« freigegeben wurde, und das war, als man Steve bei der Weihnachtsparty mit Janet, der Pharmareferentin, in einer kompromittierenden Position auf seinem neuen verstellbaren Zahnarztstuhl erwischte. Esme wies ihn an, mit seiner Frau in den Urlaub zu fahren, und zwar »pronto«. »Und sieh zu, dass du sie irgendwohin entführst, wo es schick ist«, befahl sie ihm. Er musste lange auf Knien rutschen, bis man ihn zurück in die Praxis ließ – und zudem für die Grundreinigung des Stuhls bezahlen.

Ich mustere Tricia neugierig. *Möglicherweise hat sie ja eine ganz eigene Zahnarztstuhl-/Kongress-Geschichte zu verbergen?*

Mich würde interessieren, womit sie ihren Lebensunterhalt verdient, aber ich lasse sie zuerst Melissa bezüglich ihres Berufs ausfragen, einfach nur, weil es so schön ist.

»Ähm … ich bin so was wie ein Platzwart«, lautet die vage Antwort, die Melissa gibt.

»Und wie verdienst du deine Brötchen?«, will Tricia von mir wissen.

Wenn ich den Leuten erzähle, dass ich Zahnärztin bin, dann verwandeln sie sich ausnahmslos erst einmal zehn Minuten lang in Bauchredner, aus Furcht, man könnte sie be- und verurteilen. Danach überschütten sie einen im Flüsterton mit ihrer dentalen Geschichte und den oralen Problemen, die sie aktuell plagen. Tricia stellt da keine Ausnahme dar, und wir unterhalten uns eine ganze Weile über Zahnstein, bis Melissa schließlich fragt: »Und was machst du so?«

Tricia mustert sie aus zusammengekniffenen Augen, als versuchte sie herauszufinden, ob die Frage ernst gemeint ist. Ob der arglosen Miene meiner Schwester – siehe Teletubbies – antwortet sie jedoch: »Oh, Radio. Derzeit auch nur Lokalradio.«

»Cool.« Melissa nickt. »Dann kannst du mir sicher sagen, warum ihr immer nur Celine Dion, Ronan Keating und UB-40 spielt?«

»Was?«

»Auf den Lokalsendern«, fährt Melissa fort. »Gibt es ein Gesetz, dass das vorschreibt, oder so?«

Tricia schaut entsprechend verwirrt aus der Wäsche, sie wird jedoch von einem Schrei aus etwa hundert Metern Entfernung gerettet.

»Wikingerregel Nummer eins: Immer in Bewegung bleiben!«, donnert Magnus.

»Verzeihung!«, ruft Melissa zurück und fügt dann hinzu: »Wo gehen wir hin?«

»Wo gehen wir alle hin?«, antwortet er. »Darin besteht die Reise. Darin besteht das Abenteuer!«

»Schon klar, aber im Ernst, was sollen wir jetzt tun?«, hakt Tricia nach. Ich nehme an, dass sie an etwas mehr Struktur gewöhnt ist und die Sicherheit von *»Maniküre um vier, danach Cocktailstunde um fünf Uhr dreißig«* vermisst.

»Okay«, lenkt Magnus ein, weil ihm offenbar langsam klar wird, dass er es hier mit verweichlichten Briten und nicht mit abgehärteten Skandinaviern zu tun hat. »Ich nehme an, einige von euch sind nach der langen Reise erschöpft.« Das ist der erste vernünftige Satz, den ich ihn seit unserer Ankunft habe sagen hören. »Also fangen wir damit an, uns ein Nachtlager im Wald zu bauen.«

Wir werden die Nacht im Wald verbringen? Wir werden DIE NACHT IM WALD VERBRINGEN?

Das hier verwandelt sich mit rasanter Geschwindigkeit in meinen absoluten Albtraum. Und offenbar bin ich da nicht allein.

»Du willst, dass wir unsere Unterkunft *selbst* bauen?« Tricia blinzelt.

»Ja.«

»Aber was, wenn wir nicht wissen, wie das geht?«

»Ich werde euch anleiten.« Das erfüllt mich nicht gerade mit Vertrauen. »Ich will euch empowern, ihr müsst lernen, etwas mit euren eigenen Händen zu erschaffen«, sagt er und sieht mich an, ehe er hinzufügt: »Ihr sollt euch bewusst werden, dass das Leben noch mehr zu bieten hat als Tabellen und Pläne! Die Sonne, zum Beispiel, den Himmel und die Erde!«

Woher weiß er von meinen Tabellen mit den farbigen Kennzeichnungen?, denke ich wütend. *Und wann, bitte, lässt sich die Sonne mal blicken?* Ich ziehe eine Grimasse in Richtung des Grau-in-Grau des Himmels.

»Es ist ein unglaublich tolles Gefühl«, fährt Magnus fort, »in etwas zu schlafen, das man selbst geschaffen hat. Excel kann einem das nicht geben. Also kommt! Lasst es uns anpacken!«

Wir folgen ihm grummelnd (ich), tratschend, ob Magnus unter der Sonnenbank war oder nicht (Tricia mit einer verwirrten Melissa), und hüpfend, um mit unserem geheiligten Führer Schritt halten zu können (Margot, deren übersprudelndes Naturell mich nervt. *Sie … hüpft. Ständig. Zu viel Elan,* denke ich gereizt).

Er führt uns zu einem Haufen Baumstämme, die säuberlich zu einer Pyramide gestapelt sind.

»Da wären wir!«, sagt Magnus und zeigt auf den Stapel.

»Das ist es?«

»Das ist es.«

»Ich kann nicht mal Ikea-Möbel zusammenbauen!« Tricia sieht besorgt aus. »Außerdem bin ich Handmodel …«

»Oh, für was?«, will Melissa wissen.

»Saga Magazine.«

»Oh …« Melissa hat keine Ahnung, was das sein soll.

»Und, äh, worauf schlafen wir?«, frage ich optimistisch.

Magnus weist auf die matschige Erde, und ich muss schlucken.

»Ha! Nein, nicht wirklich. Ich scherze nur ein wenig!«, sagt er. *O ja, wir können uns vor Lachen kaum halten …*

»Wartet hier.« Hinter dem Holzstapel holt er einen Berg beunruhigend rustikal aussehender, grauer Decken hervor, zusammen mit vier einfachen Luftmatratzen, die er optimistisch als »Luftbetten« bezeichnet.

»Was ist mit Insekten?«, presse ich leise hervor.

»In Skandinavien gibt es keine gefährlichen Insekten«, versichert Melissa mir. »Nicht mal gruselige.«

»Stimmt«, sagt Tricia. »Das ist hier nicht *Ich bin ein Star* … Es gibt keine giftigen Spinnen, und für die Produktion dieser Wikingerfreizeit kamen keine Känguruhoden zu Schaden. Habe ich nachgeprüft …« Auch das sagt Melissa nichts.

Mir läuft ein kalter Schauer den Rücken hinunter.

»Also gut«, meint Melissa und knufft mich gegen den Arm. *Ich wünschte, sie würde das lassen* … »Los geht's!« Sie klopft auf den nächsten Baumstamm und erklärt bestimmt: »Jep, sehr gute Bäume, gute Qualität.« Dann hebt sie sich einen Stamm auf die Schulter und gibt mir zu verstehen, das andere Ende zu nehmen. Widerstrebend gehe ich darauf zu und umfasse das kalte, feuchte Holz, auf dem es vor Insekten nur so wimmelt.

Ich wünschte, ich hätte ein Paar von den Latexhandschuhen aus der Praxis dabei, denke ich und verfluche mich selbst dafür, nicht einen kleinen Vorrat eingepackt zu haben. Wie ich es sonst immer für den Notfall tue, zusammen mit dem antibakteriellen Handgel mit Zitronenduft.

So bleibt mir nichts anderes übrig, als mit meinen bloßen, nicht desinfizierten Händen zuzupacken und zu ziehen. Feuchte, braune Rindenstücke bröckeln unter meinen Händen ab, aber abgesehen davon rührt das Holz sich keinen Millimeter. Ich ziehe fester. Nichts passiert.

»Komm, streng dich an«, drängt Melissa.

»Ich versuch's ja«, protestiere ich und spüre, dass ich vor Anstrengung rot anlaufe und mein Herz zu rasen beginnt. *Reiß dich zusammen,* weise ich mich selbst zurecht, während ich den Baumstamm mit aller Kraft … absolut nirgendwohin bewege.

»Meine Güte, du bist wirklich ein Schwächling. Ich hab dir gesagt, dass du eine gute Mahlzeit brauchst«, sagt meine Schwester hilfreich.

Margot kommt, um mir zu helfen, und sie ist unverschämt

stark für ein Mädchen mit einem so kleinen Hintern. *Sie hat … einen ziemlichen Trizeps,* staune ich, als sie ihre Ärmel hochkrempelt und perfekt definierte Arme enthüllt. Sie gibt aber auch echt ein bisschen an, oder? So nach dem Motto: *»Seht meinen überlegenen Genpool!« *Pfeil nach oben**

Tricia schließt sich uns an, aber – wie vermutet – ist sie in etwa so nützlich wie ein Kropf. Irgendwie schaffen wir es alle gemeinsam, das verdammte Ding auf unsere Schultern zu hieven. Was für vier Frauen, deren Größen von Halbzwerg (Melissa) bis zu mir (ein Ex nannte mich mal »schlaksig«) reichen, eine ganz schöne Leistung ist.

Als wir einen Stamm an Ort und Stelle haben, erfasst uns ein stilles Selbstvertrauen, dass wir in der Lage sind, einen weiteren Stamm zu transportieren. Und noch einen. Und noch einen. Bis wir, vielleicht, hoffentlich, etwas gebaut haben, das uns trocken hält. Ansatzweise. Außerdem werden wir angewiesen, einen Felsbrocken als »Tür« zu finden, da Magnus offenbar eine recht biblische Vorstellung von unserer ersten Unterkunft hat.

So zumindest der Plan.

Zwölf Stunden später erwache ich, weil Melissa sich von hinten an mich kuschelt und mich ein fremder Zeh im Gesicht kitzelt.

»Arghh … was? Weg von mir!« Ich schiebe erst den Fuß zur Seite, dann Melissas Bein, das quer über meinem Körper liegt. »Ich habe geträumt, ich wäre in einem Wellness-Hotel …«

Am anderen Ende unserer winzigen Unterkunft hebt sich ein Kopf mit zerzausten Haaren, und Margot kommt blinzelnd zu sich.

»Morgen!«

»Oh, hi …«

»O Gott … wie viel Uhr ist es?«, stöhnt Tricia, und die Beine neben meinem Gesicht bewegen sich.

»Ich weiß es nicht«, antworte ich kurz angebunden, weil mir

gerade klar wird, dass ich die kommende Woche exakt null Privatsphäre haben werde. Außerdem ist mir kalt, ich bin schmutzig, und ich liege unter einer unbequemen, kratzigen Decke auf einer Luftmatratze, die langsam die Luft verliert … *Ich berühre definitiv den Boden*, denke ich und untersuche meinen Körper nach schmerzenden Stellen, von denen es, wie sich herausstellt, gleich mehrere gibt. Steine von der Größe einer kleinen Insel bohren sich in meinen Rücken, mein Kopf pocht, und irgendwer hat einen fahren lassen.

»Ups, tut mir leid«, entschuldigt Melissa sich und wedelt mit der Hand, um den Geruch zu vertreiben.

Igitt.

»Ist es nicht schnuckelig hier?«, fährt sie fort, während sie sich auf einen Ellbogen hochstemmt.

Ich konnte Camping noch nie etwas abgewinnen. Das war immer Dads und Melissas Ding. Mom und ich waren lieber drinnen. Wo es Betten gibt. Und Laken. Melissa fährt immer noch gern mit Dad aufs Land, und zusammen unternehmen sie wohl Abenteuer in der Wildnis. Mich laden sie nie ein, aber ich habe auch kein gesteigertes Interesse daran. Ich sehe Dad einmal im Jahr, manchmal zweimal, und ich lade ihn immer ein, Weihnachten und Ostern bei uns zu verbringen. Nie besuche ich ihn. Denn das würde bedeuten, in ein Haus heimzukehren, das vor Sentimentalität und Trauer förmlich überquillt. Das Haus, in dem Mom gestorben ist. Und ich gebe mich grundsätzlich nicht mit Traurigkeit ab.

Dad hat sich nie darüber beschwert, auf der anderen Seite beschwert Dad sich nie über irgendetwas. Die Hälfte der Zeit merkt man nicht mal, dass er da ist. Es ist, als wäre ein Teil von ihm mit Mum gestorben. Als wäre er gemeinsam mit Mum krank gewesen, nur auf andere Weise – seine Prognose war eine chronische, keine tödliche. Er erwartete weniger vom Leben und hatte weniger Freude daran. Ganz egal, welche Möglichkeiten sich ihm boten. Und so geht es bis heute. Aber das bedeutet auch, dass ich mir einreden kann, dass er die Dinge, so wie sie sind, in Ordnung findet. Dass alles gut ist. Dass es allen gut geht. Ich kann »unten im Süden« bleiben, versunken in ein Leben, das ich mir selbst aufgebaut habe – während er und Melissa ihren Spaß dabei haben, das Leben in der Wildnis zu erproben oder sich in dem Haus voller Erinnerungen in Nostalgie zu suhlen. Wie dem auch sei, ich suhle mich nicht, und ich campe nicht.

»Ich bin viel zu weit in der Mitte meiner Dreißiger, um auf dem Fußboden zu schlafen«, knurre ich.

»Eigentlich ist es Erde, kein Fußboden«, berichtigt Melissa mich. »Und im Grunde bist du eher am Ende deiner Dreißiger …«

Der Blick, den ich ihr zuwerfe, lässt sie abrupt verstummen.

Margot bietet freiwillig an, sich um das Feuer zu kümmern, während wir anderen aus unserem Halbschlaf erwachen.

»Wenn ich ehrlich bin, dann ist das hier auch nicht das, was ich mir bei der Buchung erhofft hatte«, gibt Tricia zu. »Ich dachte, es würden vielleicht ein paar Typen rumlaufen, die aussehen wie Mads Mikkelsen. Oder ein Haufen gut aussehender Menschen, die Zeug schnitzen. Vielleicht auch Schwerter schmieden. Aber nicht so was. Definitiv nicht so was.« Sie klopft auf die Haut unter ihren Augen, um sie »abzuschwellen«, wie sie uns erklärt, und ergeht sich dann in bizarrer Gesichtsakrobatik, die sie aussehen lässt, als würde sie eine schlechte Synchro mimen – »Was? Der Putz ist gut, aber ab einem bestimmten Alter können wir alle etwas strukturelle Unterstützung gebrauchen …«

»Ich dachte, es gäbe massenweise Pasteten, doch das war wohl nichts«, sagt Melissa. »Aber es ist trotzdem aufregend, oder etwa nicht? So zu leben, wie die Menschen vor Hunderten von Jahren gelebt haben?«

Ja? Auf Luftmatratzen made in Taiwan?, liegt mir auf der Zunge, aber ich stelle fest, dass mir die Lust auf sarkastische Bemerkungen vergangen ist.

Tricia schüttelt den Kopf, und es tröstet mich zu wissen, dass ich vielleicht eine verwandte Seele bei meinem Wikingerverdruss habe.

»Ich vermisse ein wolkenweiches Bett und seidene Kissenbezüge«, sagt sie. »Und externen Kaffee.«

»Extern?«

»Nicht selbst gemacht. In einem Papierbecher.«

»Ah.« Ich nicke. »Ich vermisse mein Handy«, gestehe ich und füge dann hastig hinzu: »Und natürlich meine Kinder. Ganz klar.«

»O ja. Und die Hunde.« Dann überdenkt Tricia ihre Auflistung noch einmal. »Und meinen Sohn.«

»Oh, du hast Hunde?« Melissa wird hellhörig.

Das ist ihre oberste Priorität bei Tricias Auflistung? Die verdammten Hunde? Ich würde gern mehr über Tricias familiäre Situation wissen. Aber auf Melissa trifft das eindeutig nicht zu.

»Was für eine Rasse?«, will sie wissen.

»Vier kleine Shih Tzus.« Tricia strahlt.

»Ah …« Melissa nickt enttäuscht. Ich vermute, sie hat auf etwas Robusteres gehofft.

»Und dein Sohn?«, entfährt es mir.

»Ed? Ach, dem geht es gut. Er ist mittlerweile erwachsen, aber, nun ja, wirklich nett.«

Ich bin jetzt keine Übermutter, aber das scheint mir eine seltsame Beschreibung des eigenen Nachwuchses zu sein …

Wenn ich jemand wäre, dem Small Talk liegt, dann würde ich jetzt eine ganze Reihe anderer Dinge erfragen – was er so beruflich macht, oder was Menschen eben sonst in solchen Situationen fragen. Aber das bin ich nicht. Also tue ich es nicht.

Stattdessen sitze ich da, in den gleichen Klamotten, die

ich gestern getragen habe, wickle mich in eine Decke ein und schiebe meine Füße zu den anderen verirrten Gliedmaßen. Ich kann meinen Atem im Inneren unserer »Unterkunft« sehen, da wir keine Zeit und Energie mehr hatten, so etwas Ähnliches wie eine Tür zu organisieren – sei es ein biblischer Felsbrocken oder sonst etwas. Deshalb muss ich mich nur unter einem reichlich wackeligen Balken hindurchbücken, um hinauszukommen. Tricia und Melissa folgen mir, und wir stochern in der Glut des Feuers herum, das Margot erfolgreich neu entfacht hat, in der Hoffnung, ihm dringend benötigte Wärme abringen zu können.

Tricia hustet gerade unter ziemlich fiesen Geräuschen Schleim hoch – »Vor drei Monaten habe ich mit dem Rauchen aufgehört. Die Lunge muss noch aufholen«, erklärt sie –, als Margot auftaucht. Sie ist blass und läuft wie John Wayne.

»Was ist denn mit *dir* passiert?«, will Tricia wissen, und Margot läuft feuerrot an.

»Ameisennest. Pinkeln«, ist alles, was sie sagt.

»Aua!«

»Ich dachte, es gäbe hier keine gefährlichen Insekten?« Ich sehe Melissa an.

»Ich denke nicht, dass sie einen umbringen. Es juckt nur«, antwortet sie.

»Ist uns doch allen schon mal passiert«, sagt Tricia, und bei der Erinnerung erstarrt ihr Gesicht.

Gegen fünf Uhr dreißig – laut der altmodischen Armbanduhr, die Melissa statt eines Handys als Uhr mit sich trägt – brennt das Feuer lichterloh. Als die Morgendämmerung sich ausbreitet und ein bläuliches Licht durch die Baumreihen schickt, wird uns langsam wieder warm.

Ich reibe die Hände gegeneinander, um wieder etwas Gefühl in den Fingern zu bekommen, bis Melissa sich einmischt.

»Warte, ich helfe dir«, sagt sie, während mir bewusst wird,

dass ich in dieser Woche nicht nur keine Privatsphäre haben werde, sondern dass mir auch permanent Leute zu nahe kommen werden. »Du hattest schon immer eine beschissene Durchblutung. Das hat du von Mum.«

»Toll. Und was hast du von ihr bekommen?«

»Einen trägen Stoffwechsel und große Knochen.«

»Was für eine Bitch.« Tricia schüttelt den Kopf. »Ich habe einen Hallux valgus geerbt.«

»Also bitte! Wir sprechen hier über unsere verstorbene Mutter!«, wende ich ein.

»Oh, Verzeihung. Ich habe da wohl etwas projiziert.«

»Ach, mach dir keine Sorgen«, sagt Melissa. »Sie konnte wirklich eine ziemliche …« Als sie meinen Gesichtsausdruck sieht, unterbricht sie sich. »Na ja, das waren andere Zeiten …«

In diesem Moment kommt Magnus in unser Blickfeld geschlendert, und damit ist die Diskussion beendet. Trotz der Kälte erscheint er erneut mit nacktem Oberkörper und »Nippeln wie Gewehrkugeln«, wie Tricia sich genötigt fühlt, uns mitzuteilen. Heute trägt er seinen Bart zu einem langen Zopf geflochten, der mich an die Ketten erinnert, mit denen man früher die Klospülung bediente.

Er sagt, er hoffe, wir hätten »in der frischen Luft gut geschlafen«, und informiert uns, dass das »Infrarot des Feuers sehr heilsam für den Körper« ist.

»Tatsächlich?«, frage ich ihn skeptisch und teile ihm mit, dass es noch immer arschkalt hier draußen ist und dass ich mich fühle, als müsste ich sterben.

»Hier, trinkt das.« Er zieht ein Fläschchen aus einer der vielen voluminösen Falten seiner heutigen Haremshose, dazu vier Plastiktassen, die er mit einer Kermit-farbenen Flüssigkeit füllt.

»Was ist das denn?«, fragt Melissa.

»Grüner Saft!«, verkündet er. »Gemacht aus Nesseln und Heilkräutern.«

»Vermischt mit Shrek-Pisse?«, fragt Tricia Magnus und seine Brustmuskulatur. »Ich liebe Shrek-Pisse. Ich habe alles durch, Vegan, Steinzeitdiät, Clean'n'Green, Atkins …«, zählt sie auf. Melissa starrt sie an, als spräche sie Russisch. »Was? Was gut genug für Jessica Biel ist …«

Melissa nickt, als ergäbe das Sinn, wirkt aber noch immer verwirrt. Sie würde einen bestimmten nicht-royalen Promi unter fünfzig nicht in einer mit Namen beschrifteten Galerie erkennen, deshalb erbarme ich mich ausnahmsweise mal. »Sie ist so was wie eine moderne Olivia Newton-John. Oder vielleicht auch Elisabeth Shue«, erkläre ich, und Melissa geht mit einem lauten »Ahhh!« ein Licht auf.

Unser grüner Saft ist exakt so widerlich, wie es klingt, deshalb trinke ich meine Tasse aus, in der Überzeugung, dass es mir guttun wird. *Bestimmt wache ich morgen früh auf und sehe aus wie Margot …*

Danach werden wir zu einem Fluss am Rand des Waldes geführt, wo wir die Gelegenheit zu einer kleinen Katzenwäsche haben. Oder auch Sträflingswäsche, wie ich es nenne, denn unsere »Freizeit« hat so wenig Ähnlichkeit mit einem Wellness-Urlaub, dass es einem Gefängnisaufenthalt gleichkommt. Aber als wir schließlich desorientiert, schwindelig und mehr als nur ein wenig erschöpft aus dem Wald torkeln, kommen wir in den Genuss eines fast schon schmerzhaft schönen, kobaltfarbenen Meers, das mir den Atem raubt. Die Wolken sehen aus, als hätte jemand sie mit einem Schwamm aufgetupft, und ein immer größer werdender Lichtball steigt träge am Horizont auf – heller und klarer als jeder Sonnenaufgang, den ich je gesehen habe.

Aus einer weiteren Tasche seiner feudalen Hosen fördert Magnus Stift und Papier zutage.

»Was könnte er noch dadrin haben?« Tricias Augen werden groß wie Teller, als sie ihrer Fantasie freien Lauf lässt, und wir werden angewiesen, einen Brief an unser »zukünftiges Ich« zu schreiben.

»Mindestens zwei Seiten«, sagt er. »Die Briefe werden in sechs Monaten an eure Adressen geschickt.«

Das klingt wie eines dieser Zeitkapsel-Experimente aus dem Kinderprogramm, aber meine Mitstreiterinnen fügen sich der Aufgabe ohne Murren, also reiße ich mich zusammen und tue es ihnen gleich.

Nur, dass mir mittlerweile vor Hunger ganz schwindelig ist – trotz der Shrek-Pisse –, und der Kopfschmerz, der die ganzen letzten Tage am Rand meines Bewusstseins lauerte, breitet sich allmählich in meinem ganzen Schädel aus. Ich habe Schwierigkeiten, mich zu konzentrieren, und ich spüre, wie mein Magen sich zusammenzieht. *Vielleicht verdaut mein Körper sich gerade selbst,* überlege ich. *Interessant.*

»Überlegt euch, was ihr bis heute gelernt habt, was ihr aus dieser Woche mitnehmen wollt und wie euer Leben sich verändert haben soll, wenn ihr diesen Brief erhaltet«, weist Magnus uns an.

Das ist schwierig für mich, denn: a) versuche ich, nicht allzu viel über mein Leben nachzudenken, um nicht zu riskieren, von einem existenziellen Strudel aus Selbstreflexion und Schwäche erfasst zu werden, b) lenkt der zunehmende Hunger mich ab, und c) habe ich Angst. Angst, dass mein Leben in sechs Monaten noch genauso aussehen könnte wie jetzt.

Tatsächlich habe ich Panik davor, dass es sogar in *sechs Jahren* noch so aussehen wird wie jetzt. Das wäre vielleicht erträglich, wenn ich einfach mein Leben weiterleben und irgendwann im Alltag dieses nebulöse Datum überschreiten würde, während ich arbeite und mich beschäftigt halte. Denn dann wäre es nichts anderes als ein Weitermachen. Die Dinge erledigen. Und das ist eine Fähigkeit, bei der ich volle acht von zehn Punkten erhalten würde. Aber ich vermute mal, dass die Art, wie ich meine Zukunft gern plane (die Dinge bis ins Kleinste durchorganisieren und einen Terminplan mit farbigen Markierungen füllen), nicht ganz das ist, was unserem Wikinger vorschwebt. Wir sollen uns die großen Fragen des Lebens aus einer viel breiteren Perspektive stellen. *An Tag zwei, verdammt … Was,* sage ich mir, *mal so richtig unfair ist.* Aber ich versuche es trotzdem.

Als ich glaube, fertig zu sein *(Gilt ein Stichpunkt, dass ich die Einkäufe online bestellen und vom Supermarkt liefern lassen möchte, um an den Wochenenden Zeit zu sparen?),* blicke ich auf und stelle fest, dass alle anderen noch konzentriert am Werk sind. Also versuche ich es noch einmal. Und irgendwie beginnt mein Stift sich zu bewegen, er fliegt, tanzt beinahe über das Papier. Die Wörter fließen auf das Blatt, bis mein Gehirn sich leer anfühlt und die Sonne eine pinkrote Färbung angenommen hat. Beglückt stelle ich fest, dass mir endlich warm ist. Und dass ich die Letzte bin, die noch schreibt. Ich habe gar nicht bemerkt, wie die Zeit verflogen ist.

Magnus sammelt unsere Blätter ein und verstaut sie in seinen Hosen.

»Noch nie in meinem Leben wollte ich so sehr ein Brief sein …«, murmelt Tricia.

Dann verkündet Magnus, dass es Zeit für das Frühstück sei. Und das sind ausgezeichnete Neuigkeiten, weil ich das erste Mal seit Monaten – Jahren? – wirklich Appetit habe (siehe: »mein Körper verdaut sich selbst«).

»Großartig! Wo ist das Essen?«, will Melissa mit einer gewissen Dringlichkeit wissen, und ich höre, wie ihr Magen knurrt.

Magnus sagt nichts, hebt jedoch den Arm und zeigt auf den Wald.

»Ich habe auf dem Weg hierher nichts gesehen.« Meine Schwester runzelt die Stirn.

»Das liegt daran, dass ihr es erst finden müsst!«, verkündet unser Anführer. »Ihr werdet sammeln, wie es die Wikinger getan haben – im uralten Wald und im Buschland.«

Scheibenkleister …

Ich hoffe, der uralte Wald liefert. Oder dass es irgendwo da draußen einen geheimen Burger-Drive-Through gibt. Denn ausnahmsweise einmal bin ich fast am Verhungern.

4

Ausgehungert und leicht schwindelnd aufgrund von Koffeinentzug – zumindest was mich betrifft – schleppen wir uns zum Wald. Zusätzlich klopfe ich mich alle paar Minuten ab wie ein Sicherheitsbeamter am Flughafen, weil ich überzeugt bin, Vibrationen zu spüren, die ja schließlich eine physische Ursache haben müssen. Aber leider ist mein Phantom-Smartphone wirklich nur ein Phantom.

»Verdammt …«, murmele ich kopfschüttelnd.

Ich bin benebelt vor Müdigkeit, und der Hunger verlangsamt mein Gehirn, deshalb bekomme ich nur am Rand mit, dass Magnus begonnen hat, uns in die schöne neue Welt der essbaren Pflanzen einzuführen.

»Das Einfachste sind Pfifferlinge«, sagt er und sieht sich nach einem Exemplar um, das er uns zeigen könnte, muss sich jedoch geschlagen geben und macht eine Handbewegung, als wollte er sagen: *Egal, ihr kriegt das schon hin!* »Also, die sehen ein bisschen so aus, als hätten sie Rüschen. Also nicht wie die roten mit den weißen Pünktchen, die ihr aus Kinderbüchern kennt. *Die* dürft ihr nicht essen, die sind giftig!« Er kichert. »Aber Pfifferlinge sehen ganz anders aus, also ist es in der Regel unbedenklich, sie zu sammeln.«

»In der Regel?«, wiederholte ich. *Na toll …*

»Bärlauch, auch wilder Knoblauch genannt, ist ebenfalls leicht zu finden«, fährt er fort. »Sucht nach länglichen Blättern, die in der Mitte breit sind und zu den Enden hin spitz zulaufen.«

Nach dieser Beschreibung bin ich zwar noch immer ebenso ahnungslos wie zuvor, doch Magnus versichert uns, dass es sich um eine Delikatesse handelt und Bärlauch-Pesto einfach köstlich schmeckt.

»Zum Frühstück?«

Mit einem Obstteller und einem großen Americano hat das nicht viel gemein …

»Unsere Vorväter haben einfach eingesammelt, was sie finden konnten«, antwortet er.

Ja, vielleicht, aber ich bin mir sicher, unsere Vormütter waren da schon ein bisschen anspruchsvoller …

»Wikinger essen das, was Saison hat – und im Moment ist das Bärlauch. Man zerstößt ihn einfach«, sagt Magnus und beglückt uns mit der leidlich überzeugenden pantomimischen Darstellung eines Mannes, der noch nie Mörser und Stößel in der Hand hatte. »Richtig hart zustoßen …« Ich weiß, dass Tricia grinst, noch bevor ich in ihre Richtung schaue. » …dann ersetzt ihr den Basilikum durch euer gesammeltes Kraut und sucht euch ein paar Haselnüsse, die ihr statt Pinienkernen nehmen könnt, und den Parmesan denkt ihr euch einfach dazu …«

Sonst noch was … wenn ich mir das Essen jetzt schon denken muss, dann kann ich mir gleich einen Egg McMuffin vorstellen … oder einen Großeinkauf bei Sainsbury's …

Ein paar Momente lang besuche ich vor meinem inneren Auge einen imaginären Supermarkt und fülle einen imaginären Einkaufswagen mit allen möglichen imaginären Kohlehydraten und fleischhaltigen Produkten.

»Auch Giersch ist wirklich lecker – sehr erfrischend und etwas bitter«, fährt Magnus fort. »Und natürlich wachsen im Moment auch jede Menge Beeren.«

Endlich etwas, von dem ich wenigstens schon mal gehört habe.

Zum Schluss empfiehlt er uns noch, im seichten Wasser nach Muscheln Ausschau zu halten, da gerade Ebbe ist.

Mmm, Weichtiere im Morgengrauen …

Doch Melissa hat weitaus praktischere Vorbehalte: »Und das

alles sollen wir ohne Schuhe tun?« Sie blickt auf unsere nackten Füße.

»Nasse Füße sind besser als nasse Schuhe«, sagt Magnus.

»Nicht, wenn sie aus Gummi sind«, murmelt sie.

»Gummi?«

Irgendjemand verkneift sich schnaubend das Lachen.

»Gummistiefel. Schuhe aus Gummi …«

Tricia kann sich kaum noch halten.

Ernsthaft? Wir brechen jetzt schon bei dem Wort »Gummi« in Gekicher aus? Der Hunger treibt uns in den Wahnsinn.

»Ah, ich verstehe. Nun, denkt ihr, dass unsere Urväter Gummistiefel getragen haben?«

Melissa schüttelt den Kopf, während ich denke, dass unsere Vor*mütter* den Gummistiefel zweifellos innerhalb kürzester Zeit erfunden hätten, wären sie nicht in der patriarchalen Tyrannei ständigen Kinderkriegens gefangen gewesen und hätten sie Zugang zu einer Formanlage gehabt … Ich bin deutlich reizbarer als sonst. Was vermutlich daran liegt, dass ich seit … ich gebe die Rechenakrobatik auf, noch bevor ich überhaupt damit begonnen habe, denn allein die Aussicht auf Anstrengung ermüdet mich … *vielen* Stunden nichts mehr gegessen habe.

»Und deshalb sammeln wir barfuß«, fährt Magnus fort.

»Angeblich stärkt es die Füße, wenn man draufpinkelt«, schlägt Margot mit beunruhigender Begeisterung in der Stimme vor. »Das könnten wir doch ausprobieren?«

Sollte jemand es wagen, mir auf die Füße zu pinkeln, dann hau ich ihm eine rein, schwöre ich mir. Mittlerweile hat mich eine unheilvolle Mischung aus Hunger und Wut ergriffen.

»Und zur Not erinnert ihr euch an das, was ihr in der Schule gelernt habt!«, sagt Magnus zum Abschluss. »Als Kinder verbringen wir viel Zeit in der Natur und lernen etwas über Pflanzen, aber wenn wir dann erwachsen und ›zivilisiert‹ werden, vergessen wir diese wichtigen Fähigkeiten wieder.«

Das skandinavische Bildungssystem scheint sich eklatant vom britischen der frühen 1980er zu unterscheiden. Denn leider war alles, was ich in der Vorschule über die Natur gelernt habe, der Unterschied zwischen Hundekacke und Play-Doh – auf die harte Tour, und dass Brennnesseln sich nicht mit kurzen Hosen vertragen. Das Beste, was die St. Mary's Grundschule anzubieten hatte, war ein schäbiger »Naturtisch« mit Kresseköpfen in Eierschalen und – ein Mal – eine tote Wühlmaus, die Jonathan Harris' Vater auf den Weg zur Arbeit überfahren hatte. Die Leute in Leamington Spa verließen für das Sammeln ihrer Nahrungsmittel selten die vertrauten Gefilde des Supermarkts und hatten für gewöhnlich auch nicht das Wissen und die Fähigkeit, Nahrung in der Wildnis zu finden – ganz zu schweigen davon, dass sie sie weitergegeben hätten. Allerdings hat Melissa mal ein Snickers in den Büschen des Newbold Comyns gefunden. Mum sagte, sie solle es nicht essen, weil es vermutlich einem Drogenabhängigen gehöre (»Aber Mum, warum sollte ein Drogenabhängiger einen Schokoriegel im Park verstecken?«). Melissa stopfte ihn sich trotzdem in den Mund, obwohl meine Mutter ihre zwölfjährige Tochter gerade auf die Hay-Diät gesetzt hatte.

»Seht euch einfach um!«, meint Magnus. »Probiert die Pflanzen. Wenn ihr etwas Interessantes seht, esst einfach ein kleines Stückchen davon. Wenn es bitter schmeckt, esst es lieber nicht. Die meisten Dinge werden euch nicht schaden. Abgesehen von Giftpilzen. Oder Eibensamen. Und esst natürlich bitte auch keine Scheiße …«

Wie bitte? Hat er sie noch alle?

Als wir alle unsere Mimik wieder ausreichend im Griff haben, um ihm mitzuteilen, dass wir das nie vorhatten, fügt er hinzu: »Ich muss das aus rechtlichen Gründen erwähnen. Einige Tiere in der Gegend haben Bandwürmer … darunter Füchse und Marderhunde …«

»Marderhunde?«, fragt Melissa.

»So was gibt's?« Tricia sieht verblüfft aus.

»Ja«, versichert Magnus uns. »Wirklich. Gibt es die bei euch nicht?«

»Also zumindest nicht in Lewes …«

Er fährt fort, uns zu erklären, dass wir vermutlich ohnehin keine treffen werden – vor allem nicht bei Tageslicht –, aber dass wir sie im Fall des Falles ganz leicht erkennen können, weil sie wie »alte und kränkliche Waschbären« aussehen.

»Alles klar, gut zu wissen.«

»Aber das Risiko, sich anzustecken, ist relativ gering, und es kann nur etwas passieren, wenn ihr den Kot in den Mund bekommt. Was wiederum ziemlich unwahrscheinlich ist.«

»Na hoffentlich.« Tricia sieht Magnus an, als ob seine geölten, aufgepumpten Muskeln dabei wären, ein wenig den Glanz zu verlieren, und ich komme nicht umhin zu denken, dass rückblickend betrachtet mein Naturkundeunterricht in der Grundschule vielleicht doch gar nicht so schlecht war.

»Aber sollte es wirklich zu einer S-B-Z-O-Situation kommen –«

»S-B-Z-O?«

»Sollte euch die *Scheiße bis zur Oberlippe* stehen«, erklärt Magnus, und Margot wirkt unangenehm berührt, »dann können wir ihn herauslocken – den Wurm, meine ich – mit einer Taschenlampe im Hintern und etwas Zucker. Aber wir hoffen jetzt einfach mal, dass es dazu nicht kommt …«

»Ja, das hoffen wir«, murmele ich geschockt.

»Und nehmt euch vor Wölfen in Acht«, fügt er hinzu.

»Wie bitte?«, entfährt es Tricia.

Magnus seufzt, als hätte er bereits geahnt, dass das W-Wort für Aufruhr sorgen würde, und als bereute er bereits, es überhaupt erwähnt zu haben. »Angeblich wollen Leute hier in der Gegend Wölfe auf Nahrungssuche gesehen haben, aber solche Augenzeugenberichte sind *sehr selten,* und das Risiko, von einer entgleisten Bahn überrollt zu werden, ist höher als das, hier einem Wolf zu begegnen.«

Melissa schluckt.

»Sollte ich einen Wolf sehen, dann mache ich mir einfach in die Hosen …«, sagt Tricia entschlossen, als ob das eine Warnung für alle Raubtiere wäre, die es wagten, sich ihr zu nähern.

Damit ist unsere Unterrichtsstunde beendet, und wir bekommen alle einen Beutel aus grauem Leinen – »Ich fühle mich, als wäre ich Teil von Maos Armee«, stellt Tricia fest, während ich eher das Gefühl habe, bei den Hungerspielen gelandet zu sein – und eine Reihe von Anweisungen.

»Wir bilden jetzt Zweier-Teams«, verkündet Magnus. »Stolze Brust, du und Starke Beine seid ein Team.« *Mist.* »Und Aslög und Nachtwolf bilden das andere Team.«

Prima. Ganz großartig.

Margot strahlt und rückt näher zu mir, so nahe, dass ich ihre makellosen Poren sehen kann. Sie ist so jung und natürlich schlank, dass ich selbst die Muskulatur *ihres Gesichts* erkennen kann. Sogar nach einer Nacht in einer provisorischen Blockhütte strahlt ihre Haut. *Und dieses Haar! Nahaufnahme!* Es ist heller und dichter als erwartet und glänzt mehr als in jeder Pantene-Werbung. *Reiche Menschen haben wirklich schönes Haar,* denke ich. Sie strahlt Gesundheit aus und besitzt eine derart frische, natürliche Schönheit, dass in mir der Drang erwacht, mir meine eigene Haut abzuschälen. Oder für den Rest meines Lebens eine Sturmhaube zu tragen. *Oder ich stehle ihr Gesicht und trage es als Maske …*

In der Praxis bieten wir seit Kurzem auch Botox-Behandlungen an. Ich meine, wenn man jemanden schon in einer sterilen Umgebung auf einen Stuhl packt, dann kann man gleich auch das ganze Gesicht aufpolieren. Ich würde lügen, wenn ich behauptete, nicht versucht zu sein. *Mimik ist überbewertet,* denke ich. *Ich will gar nicht, dass jeder weiß, wenn ich besorgt, wütend oder ängstlich bin. Und wenn man es so sieht, dann ist Botox die ultimative Methode, seine Probleme nicht nach außen zu tragen – und das gleich für drei bis vier Monate. Und das ist doch sehr … effizient …*

Ich überlege schon, Tricia nach ihren Erfahrungen in dem Bereich zu fragen, aber dann erinnere ich mich, dass die Frau nicht einmal wirklich die Augenbrauen heben kann und daher wohl nicht die beste Ratgeberin darstellt. *Vielleicht ist das ein typischer Fall von »weniger ist weniger«.* Und doch habe ich das Gefühl, irgendetwas unternehmen zu müssen.

Ich blicke auf meine Hände mit der papiernen, blassbläulichen Haut hinab und dann zu Margots manikürten Plastikpuppenhänden. *Und ihre Arme!* Ich fahre mit meiner Bestandsaufnahme fort: *Die Frau hat Arme wie Michelle Obama, definierte Schultern, einen Torso, der noch keine Geburt über sich ergehen lassen musste, und lange, schlanke Beine. Schrecklich …* Befangen ziehe ich mein T-Shirt nach unten.

Irgendwann mal habe ich wie sie ausgesehen. Nur dass dazu unendliche Mühen notwendig gewesen waren und ich irgendwann so wenig gegessen hatte, dass meine Periode ausgeblieben war. Zehn Jahre lang. Und im Prinzip ist das das Dümmste, das ich je getan habe – doch einem Teil von mir ist es nie gelungen, diese Neigung vollkommen abzuschütteln. Die meiste Zeit komme ich gut zurecht. Ich kann die Stimmen in meinem Kopf zum Schweigen bringen und mich zusammenreißen – wie gesagt: stets vier Jutetaschen im Auto. Aber die vielstimmige Selbstverachtung ist noch immer da. Wie eine mittelmäßige Vorstellung einer altgriechischen Tragödie. Als Teenager sah ich ein bisschen aus wie eines dieser schwächlichen viktorianischen Mädchen, ich hatte so eine Art Schwindsucht-Schick an mir, und ich glaube, die Leute dachten, ich sei einfach von Natur aus so blass. Unterdessen wurde Melissa, gestärkt von starkem Tee und gebratenen Eiern mit Speck, mit jedem Tag rotwangiger. Wann immer meiner Schwester auffiel, dass ich noch mehr als üblich wie ein ausgemergeltes Straßenkind aussah, sagte sie: »Weißt du, was hilft, wenn man traurig ist?« Und dann hielt sie mir eine braune Papiertüte mit irgendeinem Gebäck darin unter die Nase.

Wir hatten immer das Gefühl, uns ähnlich sein zu müssen, weil wir Schwestern waren. Dass wir auf die gleiche Weise funktionieren und alles zusammen unternehmen sollten. Wie man es immer in Filmen sieht. Nur dass das für uns nicht funktionierte … Als Mom krank wurde, fiel die Schmach mir zu, der schwerhörigen Sprechstundenhilfe beim Arzt »ins Adipositas-Zentrum bitte« entgegenzubrüllen, wenn ich meine Schwester zu ihren monatlichen Terminen brachte. Ich hatte das Gefühl, dass ein ganzer Warteraum voll mit Grippepatienten mich zutiefst verurteilen würde, wenn ich von einem Termin zum anderen auch nur ein Milligramm zunähme. Also entschied ich mich für die Gegenrichtung, ich aß weniger und trainierte mehr.

Gut zehn Jahre später war es die Arbeit, die mich schließlich rettete. An den Zähnen eines Menschen kann man eine Menge ablesen, und rotes, geschwollenes Zahnfleisch ist das erste Anzeichen. Mein Körper räumte meinem Mund eine niedrigere Priorität ein – genau wie meinem reproduktiven System –, um irgendwie die Nährstoffe zusammenzubekommen, die den Rest von mir am Laufen hielten. Ich hätte nicht genug Vitamin D im Körper, um Kalzium ordentlich aufzunehmen, erklärte mir mein erster Chef mit einem angewiderten Gesichtsausdruck. Als Nächstes würde sich das Zahnfleisch zurückbilden, dann krank werden. »Und niemand will eine Zahnärztin mit Gingivitis«, meinte er. Wenn ich es in der Zahnmedizin zu etwas bringen wolle, müsse ich mich »in den Griff« kriegen. Also begann ich wieder zu essen. In Maßen. Und ich hörte auf, auszusehen wie die verdammte Margot …

»Hörst du mir zu, Aslög?«

O Gott, er meint mich …

»Ja, äh, klar … Sammeln?«

»Ich habe euch gerade erklärt, wo ihr suchen sollt …«

»Ja, klar. Ich weiß Bescheid«, versichere ich ihm, obwohl ich keinen blassen Schimmer habe, und dann schickt er uns auf unseren kleinen Ausflug.

Der Wind hat aufgefrischt und pfeift uns um die Ohren, als wir eine kleine Anhöhe ersteigen. Zusammen mit dem Loch in meinem Bauch ergibt das eine recht verwirrende Wanderung, zumal wir barfuß durch Buschland laufen, um zu einer Stelle zu kommen, wo Magnus uns »erstklassige Beute« versprochen hat.

Der durchdringende Geruch nach Schafdung begleitet uns den ganzen Weg – Margot läuft zielgerichtet voraus, während meine Augen nervös zwischen dem Horizont und dem Untergrund hin und her wandern, wo es Steine und seltsame Disteln gibt, die, wenn man darauf tritt, beinahe so wehtun wie die Legosteine meiner Kinder. *Im Grunde eigentlich die perfekte Vorbereitung auf eine Woche dänischen Survival-Urlaub …* Melissa und Tricia trennen sich von uns, um zur Küste zu laufen, aber Margot scheint sich ihres Wegs so sicher, dass ich ihn nicht hinterfrage, sondern einfach hinter ihr herlaufe, so schnell ich kann.

»Also, wie ist es so, Zahnärztin zu sein?«, fragt sie mich. Ich blicke stirnrunzelnd auf und trete prompt auf eine Distel. »Ich liebe es, wenn sie den Stuhl hoch- und runterfahren. Und diese kleinen Waschbecken, in die man das Mundwasser spuckt!« Sie redet schnell, entweder, um sich ihrem Marschtempo anzupassen, oder … *ist sie möglicherweise … nervös?* Ich bin mir nicht sicher. »Schluckt auch manchmal wer?«

»Wie bitte?«

»Na, das rosa Mundwasser!« Sie nickt, und ihr Haar wippt.

Toll. Jetzt sitze ich hier mit diesem Model mit überlegenem Genmaterial fest, das so jung ist, dass es quasi kaum aus dem Embryonalstadium heraus ist und ganz offensichtlich an verbalem Durchfall leidet …

»Das ist sicher ein sehr erfüllender Job!« Sie hört einfach nicht auf zu reden. »Ich hoffe, dass ich auch eine Karriere habe, wenn ich erst einmal über vierzig bin.«

Ich werfe ihr einen scharfen Blick zu und stelle fest, dass meine Muskeln sich angespannt haben, entweder, um zu fliehen, oder, um mich mit dieser exotischen Kreatur anzulegen. »Ich bin siebenunddreißig«, berichtige ich sie.

»Oh! Ja, genau! Ich dachte nur« – sie stößt ein helles Kichern aus – »na ja, du wirkst so *seriös* und alles … tut mir leid …« Sie spricht den Satz nicht zu Ende, schüttelt den Kopf und setzt eine Miene auf, die mir vermutlich *»Ich bin so ein Trampel!«* oder etwas in der Art vermitteln soll.

Lass dir bloß nichts anmerken, sage ich mir, während ich innerlich vor Wut koche. *Lass dir nichts anmerken.* Ich erinnere mich daran, dass ich früher auch schrecklich darin war, anderer Leute Alter zu schätzen, und annahm, dass jeder einfach uralt sein müsse. *Ich bin eine emotional gefestigte Erwachsene … Ich bin eine emotional gefestigte Erwachsene … Ich bin eine emotional gefestigte Erwachsene … die sie UMBRINGEN wird …*

Margot blinzelt sehr langsam, was ich natürlich als Kriegserklärung interpretiere, dann dreht sie sich um und läuft weiter den Berg hinauf. Sie ist bereits am Suchen, als ich keuchend oben ankomme, und stopft mit einer Geschwindigkeit Zeug in ihren Beutel, als wäre sie Kandidatin bei irgendeiner Gameshow, bei der es viel Geld zu gewinnen gibt. Also tue ich es ihr gleich – oder versuche es zumindest. Das Problem ist, dass ich bereits alles vergessen habe, was Magnus gesagt hat.

Weil es mir im Grunde egal ist.

Ich brauche diese Fähigkeiten allenfalls, um durch die nächsten paar Tage zu kommen, und danach nie wieder.

Ich bin eine sehr beschäftigte Frau, verteidige ich meine Verweigerungshaltung. *Ich könnte jetzt viel sinnvollere Dinge tun. Zum Beispiel Wurzelbehandlungen. Oder einen Zahn ziehen. Oder*

Füllungen, Implantate, Kronen – zur Hölle, ich würde lieber Zähne bleichen, als das hier tun. Wenn man davon ausgeht, dass jede Untersuchung etwa eine halbe Stunde einnimmt und die meisten Behandlungen mindestens eine Stunde dauern, komme ich zu dem Schluss, dass ich heute bereits zwölf Patienten vernachlässigt habe – oder vierundzwanzig, wenn man den gestrigen Tag noch dazunimmt. Ich arbeite oft sechs Tage die Woche, also werde ich am Ende dieses Debakels … *zweiundsiebzig Termine* verpasst haben, überschlage ich schnell. Kurz gesagt: Ich habe keine Zeit für den Scheiß.

Ich habe nicht vor, jemals in mehr als hundert Metern Entfernung zum nächsten Supermarkt zu leben oder zu arbeiten, deshalb steht – und stand – »sammeln« nie weit oben auf der Liste der Fähigkeiten, die ich mir dringend aneignen will. Ich mache mit, aber eigentlich bin ich nur wegen Melissa hier. Ich bin hier, weil sie mich dazu gezwungen hat. Ich bin hier, weil, angeblich, »in keinem Wellness-Hotel mehr etwas frei war« …

Aber niemand kann mich dazu zwingen, ernsthaftes Interesse an all dem hier aufzubringen.

Was ich allerdings tun kann – und nach Jahren der Übung und einem gefühlten Jahrtausend Ehe bin ich ziemlich gut darin –, ist, mir etwas anzueignen. Ich bin gut darin, Dinge durchzuziehen. *Es ist nur eine Woche,* sage ich mir, *was ist das Schlimmste, was passieren kann?*

Ich sehe mich suchend nach irgendeiner Art Snack um, den Mutter Natur auf diesem Flecken Buschland, zu dem Margot mich geführt hat, uns zu schenken gewillt ist.

Er hat irgendwas von Pesto gesagt, nicht wahr? Und von giftigen Pilzen … Aber welche waren das noch mal? Ich sehe mir ein paar mickrige Exemplare direkt vor mir genauer an, die eine eindeutig gräuliche Farbe aufweisen. *Wie so ziemlich alles in diesem Land.*

Ich schaue mich auf der Suche nach Inspiration um – soll heißen: ich spioniere, was Margot so pflückt – und bemühe mich, nicht auf die kleinen braunen Kügelchen zu treten, die überall auf dem Boden verstreut sind, als ich plötzlich direkt in das Antlitz einer riesigen, schrecklichen, übel riechenden Einhundert-Kilogramm-Bestie blicke.

Seit meiner Kindheit habe ich kein echtes Schaf mehr gesehen – einer der Vorteile, wenn man in der Stadt lebt und alle Ausflüge, die mit dem Geruch nach Mist zu tun haben könnten, der Schule und Greg – als er noch einen Finger gerührt hat – überlässt. Ich glaube aus Geschichten über das Landleben zu wissen, dass Schafe nicht gefährlich sind. Diese Ehre gebührt Elefanten, Tigern, Löwen, Nashörnern, Dinosauriern und so weiter, und einige davon sind wohl nicht mehr länger eine Gefahr. Im Gegensatz dazu sind Schafe harmlos, hat man mir versichert, und neigen dazu, einfach ihrer Herde zu folgen. *Warum also ist das hier ausgerissen? Warum hat es sich abgesondert wie so eine Art Mad Max der Schaf-Community?*

Das Vieh blickt mir direkt in die Augen, als wollte es sagen: »Du hast echt keine Ahnung, oder? Dabei weiß doch jeder …« Dann stößt es einen ohrenbetäubenden, tiefen Laut aus, vermutlich, um andere über mein Versagen zu informieren.

Baaaaaaaaaaaa!, blökt es ein wenig aggressiv und tritt dann zögerlich mit einem Huf auf mich zu, während es konzentriert auf etwas herumkaut und sich dabei nicht im Geringsten an den Kügelchen stört, die ihm aus dem Hintern fallen.

Esst keine Scheiße, esst keine Scheiße, esst keine Scheiße. Mein benebeltes Gehirn wiederholt in Dauerschleife die einzige Information, die es anscheinend von Magnus' Einführung behalten hat.

Baaaaaaaa!, blökt das Vieh noch einmal, und Margot dreht sich, die Fäuste voller grüner Blätter, nach mir um.

»Alles okay? Brauchst du Hilfe?«

»Alles gut!« Ich lächele angespannt und fühle mich peinlich berührt, bei der Konfrontation mit einem Schaf erwischt worden zu sein. Ich lächele weiter, bis sie den Blick endlich abwendet. *Gott, wie ich die Stadt vermisse,* denke ich. *Die allgegenwärtigen Lichter und Geräusche, und dass man fast überall Kaffee in Pappbechern bekommen kann … dagegen ist die beschissene Natur …*

Dem Schaf geht mein Fernweh nach der Stadt buchstäblich am Allerwertesten vorbei, aus dem im Übrigen noch immer Bohnen aus kaum verdauten Pflanzenfasern purzeln. Ich will gerade den Rückzug antreten, als mir hinter meiner Widersacherin ein Busch mit dicken, roten Beeren auffällt.

Nahrung! Richtige Nahrung! Essbare Nahrung!

Schon beim Gedanken daran läuft mir das Wasser im Mund zusammen. Diese Beeren sind das Erste, das ich heute sehe, was auch nur annähernd essbar aussieht, und ich bin mittlerweile so hungrig, dass ich so ziemlich alles tun würde, um an sie ranzukommen. Da gibt es nur ein Problem.

»Hier, Schaf! Schaf, Schaf, Schaf!« Ich versuche, das Vieh mit einer Handvoll zugegebenermaßen nur wenig reizvoll aussehendem Gras wegzulocken, aber es lässt sich davon nicht beeindrucken. *Muss ich mich etwa wirklich mit dem Vieh anlegen? Zahnärztin vs. Schaf? Bin ich so tief gesunken?*

Die Trauben milchig roter Früchte sehen aus wie die *richtigen* Himbeeren, die ich aus den Supermarktregalen kenne. Ich sage mir, dass ein Schaf mich vermutlich nicht umbringen wird (*es könnte mich allerdings verstümmeln,* denke ich, *was ein paar Wochen Genesung in einem Krankenhaus bedeuten würde. Vielleicht wäre es die kleine Auszeit wert, und wenigstens gäbe es dort richtiges Essen …*), und beschließe, es darauf ankommen zu lassen.

Falls Sie noch nie ein Schaf angegriffen haben, kann ich es Ihnen nur ans Herz legen. Ich wappne mich, verlagere das Gewicht auf die Fersen und schlage alle Vorsicht und die nackten Fußsohlen in den Wind, bevor ich mich abstoße und vorwärts schnelle, bis mein Körper so weit nach vorn gebeugt ist, dass ich rennen muss, wenn ich nicht umfallen will. Etwas wütend und ziemlich motiviert mache ich einen großen Schritt, dann noch einen, lege eine ganze Strecke zurück, ohne es richtig zu registrieren, bis das Schaf in meinem inneren Sucher immer größer und größer wird. Für einen kurzen Moment bin ich überzeugt, dass es nicht nachgeben wird, und seine kleinen Hörner kommen mir mit einem Mal unglaublich spitz und tückisch vor. Aber da ist es schon zu spät. Der Schwung trägt mich vorwärts, und ich bin nicht mehr aufzuhalten. Und dann, am Ende des seltsamsten Kräftemessens aller Zeiten, zieht sich das Schaf im letzten Moment zurück … und die Beeren sind mein!

Alle mein!

Vorsichtig löse ich ein paar der weichen, samtenen Kugeln und untersuche sie, ohne wirklich zu wissen, wonach ich eigentlich suche. Aber mein Landluftduell hat mich kühner gemacht, und, um ehrlich zu sein, bin ich am Verhungern. Ich stecke sie in den Mund und stelle freudig fest, dass sie auch sehr nach Himbeeren schmecken.

Ich stopfe mir eine Handvoll in den Mund. Und noch eine. Und noch eine. *Ich hab es wirklich geschafft!*, denke ich. *Ich sammle!* Ich wünschte, jemand wäre hier, der meinen kleinen Sieg beobachten und bezeugen könnte, doch Margot ist beschäftigt, sie klettert gerade in einem Baum herum, um irgendwelche Nüsse zu ernten.

Ich esse in etwa so viel, wie in eines dieser Obstschälchen im Supermarkt passt, und sammle dann noch einmal die doppelte Menge, die ich behutsam in meinem Beutel verstaue, um sie den anderen mitzubringen. Ich drehe mich um und entdecke Margot hinter mir, die mit einem vollgestopften Beutel voller Leckereien auf mich wartet und mich anstarrt.

»Wie lief es bei dir?«, fragt sie fröhlich.

»Gut, danke der Nachfrage«, antworte ich so selbstsicher wie nur möglich.

»Sehr schön«, sagt ihr Mund. Aber ich komme nicht umhin, zu denken, dass ihre Augen eine andere Botschaft senden: *»Mist …«*

»Und bei dir?«, frage ich im Gegenzug. Weil man das nun mal so macht, nicht wahr?

»Super!« Sie betont das Wort und macht eine kleine Pause, ehe sie hinzufügt: »Danke der Nachfrage.«

»Super …« Ich versuche, exakt so viel sarkastische Zweideutigkeit in meine Stimme zu legen, dass mir niemand vorwerfen könnte, es anders als absolut liebenswürdig gemeint zu haben.

Als wir in unser Basislager zurückkehren, sind Tricia und Melissa bereits dort. Sie sitzen auf Baumstämmen und stochern in einem Bottich herum. Tricia hat sich in mehrere Lagen grauer skandinavischer Qualitätsdecken eingewickelt und vollführt gerade eine imposante Yogaübung, um ihren Füßen das zu verpassen, was wir in der Familie »heiße Kartoffeln« nannten – unablässig reiben und anhauchen.

»Die Muschelsammelei«, erklärt sie, »war einigermaßen erfolgreich, zumindest, was Melissa betrifft, aber auch eine extrem *kalte* Angelegenheit.« Sie wechselt den Fuß und wedelt nun dem anderen heiße Luft zu, um die Blutzirkulation wieder in Gang zu setzen.

Melissa dagegen hat sich die Hosenbeine hochgerollt, und ihre übergroßen Hobbitfüße scheinen vollkommen unbeeindruckt von der eisigen Ostsee – sie ist vollkommen in ihrem Element und sitzt da wie ein moderner Bilbo Beutlin.

»Nehmt Platz!«, donnert Magnus, und ich sehe mich hoffnungsvoll nach Sitzgelegenheiten um.

»Gibt es hier *Stühle?«* Ich vermisse Stühle.

»Aber sicher!« Er weist auf den Stapel mit Holzstämmen. »Da drüben!«

»Oh, ja … na klar!«, sage ich und versuche zu lächeln, während ich innerlich in mich zusammensacke. Aber Margot ist schon mit Feuereifer dabei, einen Stamm ans Feuer zu rollen, und noch bevor ich reagieren kann, holt sie auch einen für mich. »Kein Problem, du musst das nicht für mich machen.« Ich lächele schwach.

»Keine Ursache, jetzt ist er schon hier.« Margot rollt meinen Baumstamm ans Feuer und wischt mit dem Ärmel ein wenig Moos ab, ehe sie einladend darauf zeigt. »Hier, bitte schön!«

Sie bietet mir sogar einen Arm an, auf den ich mich beim Hinsetzen stützen kann, als wäre ich ein altes Mütterchen.

Wenn ich Schuhe anhätte, würde ich ihr einen an den Kopf werfen …

»Danke dir«, antworte ich so würdevoll, wie ich kann. Aber innerlich koche ich vor Wut. Und spüre jedes einzelne meiner siebenunddreißig Lebensjahre.

Und dann essen wir.

Auf der Speisekarte stehen gedünstete Pilze, garniert mit geheimnisvollen Blättern, die nicht nur bräunlich aussehen, sondern auch so schmecken. Darauf folgt ein Festmahl von genau vier Muscheln für jede von uns. Meine Miene muss meine Überraschung verraten haben, denn Tricia fühlt sich zu einer Rechtfertigung bemüßigt: »Wir sind eine Ewigkeit da draußen rumgelaufen! Ich bekomme gerade erst wieder Gefühl in den Füßen!« Zum Abschluss darf sich die Gruppe eine Handvoll Haselnüsse und ein paar Dutzend Beeren schmecken lassen.

Das gesammelte Essen ist der Hit – gewissermaßen. Es könnte auch daran liegen, dass wir alle so ausgehungert sind, dass wir zu diesem Zeitpunkt alles essen würden, deshalb sind die Schalen auch nach wenigen Minuten leer.

Es ist überraschend befriedigend – wenn auch nicht im sättigenden Sinn –, eine ganze Mahlzeit nur mit dem eigenen Wissen zusammengestellt zu haben.

Hast du das gehört, Welt? Ich weiß jetzt, wie man überlebt. In der Wildnis! Und kein Tesco weit und breit!

Auf Koffeinentzug scheint mein Gehirn sich für so etwas begeistern zu können, und ich muss mich daran erinnern, dass mir solche Dinge in Wirklichkeit vollkommen egal sind.

Oder vielleicht doch nicht …?

»Gut gemacht, Nachtwolf.« Magnus legt eine Hand auf Margots Schulter.

Schmieriger Typ, denke ich. *Nein, es ist mir tatsächlich egal. Vollkommen egal.*

Als wir geringfügig weniger ausgehungert sind als zuvor, schlägt Magnus vor, noch einmal zum Strand zu gehen.

Tricia wickelt sich noch enger in die Decken ein und wirkt alles andere als erfreut. »Ich taue doch gerade erst auf!«

»Dieses Mal wollen wir nicht ins Wasser«, versichert er ihr. »Wir sehen uns am Strand um. Dort können wir Dinge für die nächste Stufe eures Wikinger-Trainings sammeln – die Handarbeitsstunde morgen!«

Juhu, immer was los hier …

»Dort, wo die Ostsee auf die Nordsee trifft, kann man häufig Lochsteine – oder ›Hulsten‹ – finden. Das sind Steine mit einem Loch darin. Das passiert, wenn eine riesige Welle« – dabei reckt er die Arme nach oben und zeigt uns beherzt, wie eine Welle aussehen würde, wenn sie ein Mensch mit Männerdutt wäre – »über einen Stein hinwegrauscht.« Er setzt zum Sturzflug auf Tricia an, die plötzlich seine Achselhöhle im Gesicht hat. Ich sehe, wie sie den Kopf leicht schräg legt und nach Pheromonen schnüffelt.

Igitt …

»Die Welle hat viele, viele kleine Kieselsteine im Gepäck, und wenn sie dann auf den Stein prallt …« Magnus schlingt die Arme um Tricia, die mittlerweile förmlich glüht, und fügt dann mit einem vollkommen unangemessenen Stoß hinzu: »… dringt sie tief ein …«

Oookay, ruhig, Brauner …

»Und auf diese Weise gelingt es im Laufe der Zeit einem kleinen Stein, einen anderen zu durchbohren.«

»Und äh … wenn wir dann die Steine haben, was dann?«

»Nun.« Magnus entlässt die entzückte Tricia aus seiner Umarmung und richtet sich auf, wobei er erst den einen, dann den anderen Brustmuskel anspannt. »Ihr könnt sie als Glücksbringer um den Hals tragen.« Er fummelt an seinem aktuellen Männerschmuck herum, was unsere Aufmerksamkeit auf die Monstrosität um seinen Hals lenkt. Dabei fällt mir auch eine Tätowierung dreier ineinander verschlungener Dreiecke direkt an seinem Haaransatz auf – ein altnordisches Symbol, wie Tricia mir später mitteilt. »Den glatten Stein auf der Haut zu spüren kann eine beruhigende Wirkung haben, und es ist eine Möglichkeit, jederzeit und überall mit der Natur verbunden zu sein.«

Wenn es nicht so eine Verschwendung knapper Nahrungsmittel gewesen wäre, hätte ich mich an diesem Punkt übergeben. *Die Natur kann mich mal.* Nahrungsentzug scheint sich bei mir in Form von zunehmender, durch Hunger bedingte Reizbarkeit und leichte Verwirrtheit bemerkbar zu machen, und ich bin nicht bereit, das Risiko einzugehen. Offensichtlich kann eine Frau nicht von gesammelten Himbeeren allein leben. Nicht einmal von gesammelten Himbeeren und einem Vier-Muschel-Amuse-Gueule.

»Außerdem können wir sie morgen benutzen, um die Kettfäden zu beschweren, wenn ihr eure ganz eigenen Wikingerkleider weben werdet!«

»Das ist ja wie Weihnachten und Ostern zusammen«, murmele ich Melissa zu.

»Nur dass du diesmal Probleme haben dürftest, meine Geschenke umzutauschen«, schießt sie zurück.

Danach machen wir uns auf den Weg zum Strand, wo wir zwei tote Krabben und einen angespülten Kugelschreiber finden. Also stellen wir uns stattdessen am Pier auf, um etwas zu »fangen«, das unsere nächste sogenannte Mahlzeit darstellen soll.

Es wurden bereits einige Netze ausgelegt, an denen wir uns

»einfach mal versuchen« sollen, aber nach zwanzig fruchtlosen Minuten hat Magnus ein Erbarmen und holt aus einer kleinen Höhle den Strand hinauf ein paar windige Ruten und ein Glas mit unbekanntem Inhalt. Zwei der Angelruten sind kaum mehr als längere Stöckchen mit einem Faden dran – wie Kinder sie für eine Schulaufführung basteln würden. Die anderen beiden haben dieses »Kurbeldingsbums«, wie ich es nenne, und sehen zumindest aus, als wären sie von jemandem gemacht worden, der schon mal eine Angelrute gesehen hat.

Ich bin wirklich am Arsch, wenn ich hier den Rest des Vormittags sitzen und mich an etwas festhalten muss, das man allenfalls einem Gartenzwerg in die Hand drücken würde, denke ich und schnappe mir hastig eine der »richtigen« Metallruten. Tricia tut es mir gleich, und damit sind es Melissa und Margot, die mit der Stock-und-Bindfaden-Variante vorliebnehmen müssen.

»Jetzt braucht ihr noch einen Köder, und dann müsst ihr die Schnur auswerfen«, sagt Magnus.

»Wo kriegen wir einen Köder …«, beginnt Margot, aber Magnus bringt sie zum Schweigen, indem er ihr einen Finger auf den Mund legt.

Ganz schön übergriffig, denke ich.

»Ich habe ein Geschenk für euch!«, antwortet Magnus und streckt uns ein Glas voller sich windender Engerlinge entgegen, bei deren Anblick ich die Hand auf den Mund pressen muss und die Tricia zu einem dramatischen Würgen veranlassen.

»Ein *Geschenk?*« Tricia würgt noch immer. »Wie wär's stattdessen mit einem Büchergutschein?«, murmelt sie. »Oder einer Maxi-Packung Toblerone?«

Zum Glück ist Melissa aus einem härteren Holz geschnitzt, deshalb meldet sie sich freiwillig, als Erste ihren Haken durch den Leib eines noch zuckenden Wurms zu bohren.

Widerlich …

Margot tut es ihr gleich, aber als weder ich noch Tricia Anstalten machen, uns dem Glas auch nur zu nähern, bietet Magnus an, uns zu »wurmen«.

»Ich …« Tricia zögert. »Nein, nichts …« Selbst Tricia kann aus einer Larve keine sexuelle Anspielung generieren.

Auf drei werfen wir unsere Leinen aus. Und dann warten wir. Eine Ewigkeit.

»Willkommen beim Angeln«, sagt Melissa, noch immer einigermaßen heiter, obwohl ich sehe, dass sie mittlerweile praktisch am Verhungern ist. »Bei mir zu Hause machen sie das jedes Wochenende. Das Warten ist Teil des Erlebnisses …«

Als irgendwann vollkommen und unabänderlich klar ist, dass wir nichts fangen werden und die Leinen der Holzruten sich nicht mal bis jenseits der Pierpfeiler auswerfen lassen, übernimmt Melissa die »richtige« Rute, und die beiden anderen Frauen bieten an, ein wenig im Landesinneren sammeln zu gehen – oder vielmehr ist es Margot, die das anbietet, und meine wikingerskeptische Schwester im Geiste, Tricia, läuft ihr einfach nach, sobald sie mir ins Ohr geflüstert hat, dass sie versuchen wird, einen kleinen »Power-Nap« einzulegen.

Einige Minuten lang sitzen wir schweigend da, bis ich spüre, dass Magnus auf dem klapprigen Pier mit dem Bein zappelt, und feststelle, dass ich mit den Zähnen knirsche. *Ich darf nicht vergessen, die Schiene heute Abend ein paar zusätzliche Stunden zu tragen …*

»Eigentlich solltet ihr hier einen guten Fang machen«, meint Magnus, als müsste er die ganze Unternehmung irgendwie rechtfertigen. »Da drüben gibt es auch noch eine echt gute Stelle.« Er zeigt auf eine Felsnase. »Wisst ihr was, ich gehe einfach mal rüber und versuche, einen Hering zu fangen. Oder eine Makrele! Enthält viele Fettsäuren – gut für Haare und Haut – nicht wahr, Ladys?« Er zieht das letzte Wort in die Länge, bis er klingt wie ein 70er-Jahre-DJ (»Lay-diiiiiiis«), dann springt er auf und macht sich aus dem Staub.

Kaum ist er außer Hörweite, lasse ich einem *Arrrrrgh,* das schon die ganzen letzten zehn Minuten in mir gebrodelt hat, freien Lauf.

»Warum stöhnst du so?«

»Was meinst du, warum? Wir haben Hunger, uns ist kalt, und wir sitzen seit einer Stunde hier, fern jeder Zivilisation …«

»Ach, du und deine Zivilisation«, meint Melissa abfällig.

»Was?«

»Die ist einfach nur überbewertet, sonst nichts.«

»Okay …« Meine Schwester ist nun offiziell eine Ludditin. »Ich meine nur, dass wir einen ganz schönen Aufwand betreiben für ein paar Machosprüche und Hering.«

»Ich mag Hering …«, schmollt Melissa.

»Und du magst es, wenn ein Mann mit einem überdimensionalen Ego ihn dir serviert?«

»Ich bin nicht wählerisch.« Sie schweigt einen Moment, dann sagt sie: »Weißt du, was dein Problem ist?«

»Nein, aber ich habe so einen Verdacht, dass du es mir gleich sagen wirst. Einen Moment, ich setze mich nur noch eben bequemer hin. Jetzt, schieß los.«

»Du bist zu *mies* drauf!« Melissa hat ein selbstzufriedenes Lächeln auf dem Gesicht.

»Ich habe den ganzen Morgen damit verbracht, Würmer im Meer zu ertränken, das trägt nicht gerade zu meiner Entspannung …«

»Nein! Mies? Miesmuschel? Wir sind am Meer, verstehst du?«

»Herr im Himmel …«

Melissa hat schlechte Witze schon immer geliebt. Vor allem die unseres Vaters – Kalauer, die so wehtun, dass Cracker-Fabrikanten und 90er-Jahre-Stieleis-Hersteller vor Neid erblassen würden. Ich habe nicht den geringsten Zweifel daran, dass es irgendwo in ihrem Haus mindestens einen Band mit den »Lustigsten Furzwitzen aller Zeiten« gibt.

»Soll ich noch einen erzählen?«

»Nein, danke.« Im Ernst: *Nein.*

»Welche Musik eignet sich am besten fürs Angeln?«

»Weiß ich nicht, interessiert mich auch n...«

»Ein Ohrwurm! Welcher Fisch ist der höflichste?« Sie steht kurz davor, vor Freude auf und ab zu hopsen. »Der Bückling!«

»Okay, genug jetzt. Sei still«, weise ich sie an, und es klingt schärfer als beabsichtigt, aber Melissa gehorcht, deshalb beschließe ich, dass ich mich immer noch später entschuldigen kann. Und dann starre ich aufs Meer hinaus, rüttle hin und wieder an meiner Angelrute und gehe im Geiste meine To-do-Liste durch.

Dieser sich stetig wandelnde Katalog an wichtigen Angelegenheiten besteht aktuell aus: *die Liste mit Parodontitis-Patienten aktualisieren; mit Esme über die Infokampagne zum Thema Mundwasser sprechen – zum tausendsten Mal: Weder ist Mundwasser ein Ersatz für richtiges Zähneputzen, noch sollte man es unmittelbar nach dem Putzen verwenden, da es das Fluorid aus der Zahnpasta wieder entfernt, das eigentlich die Zähe schützen soll. Ganz einfach, oder? Aber Sie wären überrascht, wie viele meiner Patienten das nicht wissen ...*

Dann gehe ich gewohnheitsmäßig dazu über, mich wegen all der Dinge im Haushalt zu stressen, die ich nicht erledigen kann, bevor ich wieder zu Hause bin. Ich frage mich, was Charlotte und Thomas gerade tun und ob sie die neuen Schlafanzüge mögen, die ich ihnen als »Ich habe ein schlechtes Gewissen, weil ich euch zurücklasse«-Geschenk gekauft habe. Ich frage mich, ob Greg es heute Morgen geschafft hat, Charlotte die Haare zu kämmen,[7] und ob er mit ihnen Mathe geübt hat. Ich frage mich, ob Thomas auch richtig isst. Ich frage mich, was sie zu Mittag essen, und gehe dann alle Möglichkeiten im Kopf durch, bis mir

---

[7] Wird mein Ehemann sich erinnern, beim Waschen des Haars seiner Tochter Spülung zu verwenden, wie ich es ihm erklärt habe? Können Schweine fliegen ...

klar ist, dass ich gerade Foodporn mit all den Dingen in meinem heimischen Kühlschrank veranstalte, für die ich jetzt einen Marderhund erdrosseln würde.

»Ich nehme an, das ist die echte nordische Erfahrung«, sagt Melissa, um mich aufzumuntern, während sie sich den Bauch reibt. »Das Jagen und Sammeln, meine ich.«

Ich schrecke aus meinem Tagtraum hoch und fühle mich bemüßigt zu widersprechen. »Ja. Ganz bestimmt ...«

»Was?«

»Du meinst, indem sie uns keinerlei Essen zur Verfügung stellen. Denk doch mal nach ...« Melissa tut für einen Moment genau das, obwohl sich ihre Miene dabei nicht verändert. »Das ist die perfekte Abzocke«, erkläre ich ihr. »Ich kann die Kassen förmlich klingeln hören ...«

»Nein!« Sie wirkt entsetzt. Ich hebe eine Augenbraue, und sie reibt sich erneut den Bauch, wirkt aber weniger überzeugt als noch zuvor. »Ich meine, sicher nicht ... Musst du immer so zynisch sein?«

Ich denke eine Weile darüber nach, ehe ich ihr antworte: »Ja. Ja, das muss ich.«

»Erinnerst du dich noch, als Mum mit Migräne im Bett lag und Dad mit uns einen Ausflug ins Aquarium gemacht hat? Und als du nicht glauben wolltest, dass die Fische echt sind?«, fragt Melissa. »Du hast die ganze Zeit jedem ›Das sind Marionetten!‹ entgegengerufen und nach den Schnüren gesucht. Und als du keine finden konntest, wolltest du wissen, wer die Hand in ihrem Hintern hat.«

Meine Mundwinkel zucken, denn ausnahmsweise erinnere ich mich tatsächlich an eine Zehnjährige, die um einen Glaskasten flitzte und fest davon überzeugt war, dass es sich nur um eine Fälschung handeln konnte.

»Schon damals hast du niemandem vertraut und jeden verdächtigt. Hast du je an den Weihnachtsmann geglaubt?«

»Ich weiß es nicht mehr«, sage ich (siehe: »große Flecken unserer gemeinsamen Vergangenheit aus meinem Gedächtnis gelöscht«). Aber da Melissa Ärzten misstraut und ich allen anderen misstraue, ist die Antwort auf diese Frage wohl Nein. »Vermutlich nicht«, sage ich zu ihr.

»Genau das! Das ist es, was ich meine.«

Dann widmet sie sich wieder der Angelrute. Die Sonne schiebt sich hinter den Wolken hervor, und für ein paar Augenblicke breitet sich ein Streifen hellen, weißen Lichts über das Wasser aus. Ich schließe die Augen und aale mich in der Wärme – solange sie mir vergönnt ist.

»Worüber lächelst du?«, will Melissa wissen.

»Lächeln? Ich lächele nicht.« Meine Augen fliegen wieder auf, und ich bin etwas verlegen.

»Nein, das tust du wirklich nicht oft«, räumt Melissa ein und rutscht zu mir rüber. »Aber ich habe da ein kleines Grinsen gesehen! Kann es sein, dass du tatsächlich eine *Millisekunde* dieses Ausflugs genossen hast?«

»Nein!«

»Okay …«, sagt sie mit einem Unterton, der andeutet, dass sie mir nicht glaubt.

Und mir wird klar, dass sie damit vermutlich recht hat.

Als Margot ins Camp zurückkehrt, wirkt sie geringfügig weniger gelassen als sonst, und Tricia weicht mit einem leichten Humpeln auf nackten Füßen spitzen Steinen, Tannenzapfen und vermutlich auch Schafskot aus.

»Wir haben was zu essen!«, brüllt Melissa, die gerade mit den Eingeweiden eines der Fische kämpft, die Magnus für uns gefangen hat. Mit dem Arm wischt sie sich das Haar aus dem Gesicht und schmiert sich dabei Gedärm auf die Stirn.

Ich habe ganz selbstlos angeboten, mich um das Feuer zu kümmern – mit Innereien hab ich's nicht so –, deshalb stochere ich jetzt mit einem Stock darin herum, um wenigstens so zu tun, als würde ich mich nützlich machen.

»Bist du okay?«, flüstere ich Tricia mit einem Blick auf Margots säuerliche Miene zu.

»Oh, na ja, wir haben halt nicht viel gefunden. Sie murmelt die ganze Zeit ›der Sieger schreibt die Geschichte‹ vor sich hin. Gott sei uns gnädig, sollte es zum Krieg kommen …«

Ich kann das nachvollziehen. Diese Sache, meine ich. *Margot ist sauer, weil sie dieses Mal nicht beim »Jagen und Sammeln« gewonnen hat.* Sie kommt mir vor wie ein Mädchen, das Siegen gewohnt ist. Jemand, der panische Angst vor dem Versagen hat. Und auf diesem Gebiet bin ich praktisch Expertin.

Mir ist klar, dass das keine meiner angenehmsten Eigenschaften ist. An manchen Tagen frage ich mich, ob ich überhaupt noch so etwas wie angenehme Eigenschaften habe. Aber es ist sehr lange her, seit ich das letzte Mal das Gefühl hatte, mir einen Fehltritt leisten zu können. Ich frage mich, wie es sich anfühlen mag, etwas falsch machen zu dürfen, Dinge in den Sand setzen zu können und einfach so durchs Leben zu spazieren und nur das zu tun, worauf man Lust hat. Ohne jede Konsequenz. Ohne Menschen, die sich auf einen verlassen. Und dann fällt mein Blick auf Melissa, und mir wird etwas klar. *Ah, so ist das also.* Ich bin zunehmend davon überzeugt, dass es sie zu einem netteren Menschen macht. Weniger reizbar. Weniger verkrampft. Fröhlicher. Besser in der Lage, nach den Dingen zu streben, die ihr Vergnügen bereiten. *Was auch immer das ist,* denke ich trübsinnig. Aber dann essen wir. Und ich stecke mir ein Stück warmen, leicht verkohlten Fisch in den Mund, und er schmeckt besser als jeder andere Fisch, den ich in meinem ganzen Leben gegessen habe … und sofort schelte ich mich, weil ich eine derartig selbstmitleidige Verliererin bin. *Vielleicht ist Vergnügen einfach nur das: kleine, scheinbar unbedeutende Momente der Freude …*

Dieses Mal essen wir, bis wir satt sind – ein ungewohntes Gefühl für mich, aber nicht unangenehm. Der Nachmittag folgt in etwa demselben Rhythmus wie der Vormittag, aber Magnus kann einfach nicht stillhalten, deshalb zieht er los um die Insel – gefolgt von einer übereifrigen Margot.

Mit Melissa und Tricia streife ich erneut am Strand herum. Letztere gönnt uns tatsächlich einige stille, nachdenkliche Minuten, ehe sie uns ausführlich über eine Hitzewallung, an der sie gerade leidet, in Kenntnis setzt und uns dann ganz allgemein über die Tücken perimenopausalen Datings aufklärt. »Ihr wisst schon, die Schlaflosigkeit, die unregelmäßigen Blutungen … man weiß gar nicht mehr, wo man steht. Und die Welt da draußen ist gnadenlos. Um ehrlich zu sein, ich habe so gut wie aufgegeben. Die Leute fragen mich immer: ›Tricia, wie sieht es mit deinem Liebesleben aus?‹ Und dann muss ich antworten: knochentrockene Wüste, Spinnweben-Mumu. Es ist buchstäblich *Wochen* her, seit die das letzte Mal ein bisschen Action gesehen hat. Und ich bin eine Frau mit einem ausgeprägten Trieb.« Dieses letzte Geständnis lässt mich erröten. »Aber ich lasse mich nicht gehen! Bei Gott nicht. Waxing, Sonnenbank. Und ich meine *überall,* nahtlos.« Ich nicke und richte meine Aufmerksamkeit auf ihren Teint, der verdächtig an ein Brathähnchen erinnert. »Aber wirklich, das hier ist kein Land für alte Frauen. Jüngere Männer haben keinen blassen Schimmer, und die Alten suchen sich entweder eine junge Frau, oder sie werden griesgrämig, weil sie keine abkriegen – zornig auf das Leben an sich. So oder so hast du das Nachsehen. Ach, Gott gebe mir das Selbstbewusstsein eines mittelalten weißen Mannes …«

»Ja, genau.« Melissa nickt und fügt dann hinzu: »Verstehe …« Ich frage mich, ob ihr gerade durch den Kopf geht, dass sie mit ihrer letzten »Frisst wie Elvis«-Trennung noch ganz gut davongekommen ist. Aber mir ist auch klar, dass Tricias Dilemma eines ist, vor dem ich mich ebenfalls fürchte: unsichtbar zu werden – vom Radar jeglichen romantischen Interesses zu verschwinden.

Und das ist vermutlich der Grund, denke ich schaudernd, *warum ich mit Mr Teeth …*

Scham prickelt in meinem Nacken. Ich schüttele den Gedanken ab, bevor er sich in meinem Gehirn festsetzen und eine neue Welle des Schuldgefühls lostreten kann, das seit Premier-Inn-Gate immer wieder wie Adrenalin meine Adern flutet, und presse meine Lippen zu einem angespannten Lächeln zusammen. *Bekanntlich verschwinden Probleme von selbst, wenn man einfach gegen den Schmerz anlächelt und sie ganz tief in sich vergräbt,* sage ich mir. Wieder und wieder. *Stopf die traurige, wütende, verwirrte Alice in eine Kiste und tu so, als würde es sie gar nicht geben … Simsalabim!* Sie droht gerade, wie ein Springteufel wieder aus der Kiste zu schnellen, als meine Aufmerksamkeit auf etwas gelenkt wird, das wie in Zeitlupe dem Wasser entsteigt: eine bewundernswerte Gestalt in knappen Shorts und Sport-BH, in einer Hand ein Messer, in der anderen etliche Muscheln.

»Ist das …? Sind wir …? Seht ihr, was ich sehe?« Ich blinzele mehrere Male, da es sich womöglich um ein durch dubiose Pilze hervorgerufenes Trugbild handelt.

»Ich denke schon …«, murmelte Tricia. »Entweder das, oder wir befinden uns in einer nordischen Version von *Dr. No.*«

Die skandinavische Ursula Andress schreitet mit starken, gebräunten Unterschenkeln, die in starke, gebräunte Oberschenkel übergehen – richtige Oberschenkel, die auch so aussehen und nicht wie die Arme einer Zwölfjährigen, wie ich sie so viele Jahre lang wollte –, durch das flache Wasser.

»Wow«, meint Melissa und weicht etwas zurück.

»Wie aus einem Hochglanzmagazin.« Mehr bringe ich nicht heraus, denn dann steht sie auch schon vor uns, diese ausgelassene, mit glänzenden Wonder-Woman-Haaren gesegnete Kriegerin von einer Frau – eine Amazonengöttin in menschlicher Gestalt.

»Inge.«

Sie spricht!

»Pardon?«, fragt Tricia.

»Inge«, sagt sie noch einmal. Wir haben keine Ahnung, was das heißen soll.

»Ich bin Magnus' Frau.«

Magnus hat eine Frau? Das ist Magnus' Ehefrau?

»Hat er mich nicht erwähnt?« Sie wirkt eher leicht amüsiert als verärgert. »Nein? Nun, das *vergisst* er gern … aber hier bin ich nun. Ich habe gesehen, dass er die Lebensmittelvorräte zurückgelassen hat. Mal wieder. Vermutlich hat er euch weisgemacht, dass ihr nur essen dürft, was ihr in den Wäldern findet, nicht wahr?« Wir nicken belämmert. »Ja nun, das stimmt so nicht. Er erlaubt sich gern mal einen Scherz mit Neuankömmlingen.«

Mistkerl!, denke ich. *Ich bringe ihn um … Ich bringe ihn, verdammt noch mal, um! Und dann esse ich ihn auf.*

»Nun, egal, dahinten gibt es einen Korb mit Haferflocken für Porridge, Mehl, Eiern, was man halt so braucht.« Sie zeigt den Strand hinunter. »Und ich würde gern die verdorbenen Muscheln aussortieren.« Sie blickt auf die Muscheln in ihrer Hand. »Will euch ja nicht umbringen!«

»Nein«, sage ich.

»Also, wie gefällt es euch bis jetzt?«

»Hm …«, macht Melissa verlegen. »Ganz gut, wobei ich auf ein paar mehr Wikingerhelme gehofft hatte …«

O Gott, nicht das schon wieder.

Ich beschwöre sie innerlich, den Mund zu halten. Was sie nicht tut.

»Du weißt schon«, fährt Melissa fort, »mit Hörnern und so.«

»Wikinger trugen keine Helme mit Hörnern«, antwortet Inge ausdruckslos.

Ich nicke eifrig, um deutlich zu machen, dass ich diesen *Asterix-der-Gallier*-Schwindel nie geglaubt habe.

»Wirklich nicht?« So leicht gibt Melissa nicht auf. »Nicht mal zu besonderen Anlässen? Um sich schick zu machen?«, fragt sie, noch immer mit einem Funken Hoffnung in der Stimme.

»Im Leben der Wikinger geht es nicht ums Schickmachen«, antwortet Inge und unterzieht Melissa einer Musterung. »Es geht um das Innere. Es geht darum, seinen Polarstern zu finden«, sagt sie und verstaut das Messer in einem Lederetui.

»Seinen was?«, fragt Melissa.

»Euren inneren Wegweiser«, erklärt Inge.

»Hat das was mit den sieben Stufen zu tun?«, fragt Tricia. »Handarbeiten und zum Berserker werden und diese Dinge?«

»In gewisser Weise«, sagt Inge. »Zum Berserker werden, alles abstreifen, bis man nackt zurückbleibt … es geht im Prinzip darum, zu seinem innersten Kern, seinem Wesen zu finden …«

»Oh«, sagt Tricia und klingt nachdenklich, doch ich kann nicht anders, ich muss da etwas klären.

»Verzeihung, aber was war das Letzte …?«

»Du meinst, zu seinem Wesen finden?«

Ja nun, auch, aber …

»Ich meine *das Andere.*«

»Nackt sein? Alles abstreifen?«

»Mmmh …« Ich schaudere.

Inge wirkt verwirrt, als könnte Nacktheit wohl kaum ein Grund zur Sorge sein. »Du hast Angst davor, *nackt* zu sein?«

Ja, ich habe Angst! Was für eine Hölle ist das hier?

Tricia und Melissa geben sich beide Mühe, so auszusehen, als würde ihnen der Gedanke nichts ausmachen – und vermutlich macht es ihnen tatsächlich nichts aus –, deshalb ist es mal wieder nur die »verkrampfte Alice«, die panisch wird, weil sie die Hosen fallen lassen soll.

»Das ist einfach nur dein Ich, die Person, die du unter allem wirklich bist. Nacktheit bringt eine gewisse Freiheit mit sich«, stellt Inge nüchtern fest, während sie Tricia und Melissa mit Vorräten bepackt, die wir in unser Basislager bringen sollen. »Egal, ob Firmenchefin oder Putzkraft, wenn wir nackt sind, sind wir alle gleich – und zweifellos sollten wir uns alle in unserer natürlichsten Form wohlfühlen.«

Zweifellos. Ich bemühe mich sehr, nicht wie eine Frau kurz vor dem Nervenzusammenbruch auszusehen.

Ich mache mich nicht nackt.

Es ist lange her, seit das letzte Mal überhaupt eine Notwendigkeit dazu bestand. Selbst Duschen ist eher so ein Rein-raus-auf-keinen-Fall-die-eigene-physische-Gestalt-nach-zwei-Kindern-im-Ganzkörperspiegel-aufblitzen-sehen-Ding. Die wenigen Male, die ich gezwungen bin, eine Gemeinschaftsumkleide zu nutzen, führe ich einen sorgsam einstudierten »Schnell rein in die Unterwäsche«-Tanz hinter vorgehaltenem Badetuch[8] auf.

Ich mache mich nicht nackt.

»Was ist mit Slips?«, frage ich hoffnungsvoll. »Könnte ich im Slip zum Berserker werden? Und vielleicht ein BH …« Aber Inge unterbricht mich.

»Nein. Hier, halt das.« Sie drückt mir einen Korb mit Eiern in die Hand, und es ist klar, dass es keine weiteren Erklärungen geben wird – und auch keine Diskussionen.

Ich breche innerlich zusammen, versuche aber, nach außen hin entspannt, ruhig und gefasst zu wirken – und versage in allen drei Punkten.

Melissa hat nie etwas von Ausziehen gesagt! Man wird mich zwingen, nackt zu sein. Vor Frauen, die gestern noch vollkommen Fremde für mich waren! In etwa … Ich versuche, mich zu erinnern, welcher Tag heute ist und wie viele Tage es folglich noch bis zu meiner fundamentalen Demütigung sind, versage aber auch hier. *Scheiß Rechnen. Scheiß Ausziehcountdown, für den ich rechnen müsste. Oh, und falls ich es noch nicht erwähnt habe: Wir müssen alle NACKT sein?!*

---

[8] Mein PR (persönlicher Rekord) liegt bei sechs Sekunden. Und Ihrer?

»Die meisten Leute«, scherzt Inge mit Melissa, »machen sich eher in die Hosen, wenn sie erfahren, dass sie irgendwo im Wald ausgesetzt werden.«

Mir stockt der Atem.

Was, zur Hölle?

Wälder und ich, wir sind keine Freunde (siehe »Sporen«). Aber in einem Wald ausgesetzt werden? Ich habe mich einmal in meinem Leben im Wald verirrt, und es war eine schreckliche Erfahrung, die sich tief in mein jugendliches Gehirn eingebrannt hat. Und seitdem habe ich alles getan, dass es nicht noch einmal passiert.

Ich war vierzehn Jahre alt und zornig auf die ganze Welt, weil sie es zugelassen hatte, dass meine Mom krank wurde. Und weil ich gern allein zornig war – besser gesagt: weil ich so erzogen worden war –, beschloss ich, mich zurückzuziehen und etwas zu tun, das Draußen-Menschen glaube ich als »Spaziergang« bezeichnen. Es wurde dunkel – Dunkelheit mag ich auch nicht, da ziehe ich die Lichtverschmutzung der Stadt allem anderen vor –, und ich bekam Angst. Ich glaubte, mich an eine Abkürzung zu erinnern, die wir einmal bei einem Wanderausflug mit der Familie, an dem ich mich nur widerwillig beteiligt hatte, gegangen waren, also nahm ich den Weg durch den Wald. Was dann folgte, waren die vielleicht schrecklichsten sechs Stunden meines Lebens.

Ich hatte noch nie einen großartigen Orientierungssinn, und das Problem an der scheiß Natur ist, dass sie, verdammt noch mal, überall gleich aussieht. Da waren keine Handyläden oder Häuser oder andere Orientierungspunkte, an denen ich sehen hätte können, dass ich an dieser Stelle des Waldes schon mal war oder dass ich gerade zurücklief und somit meine Leidenszeit noch verlängerte. Da waren nur immer noch mehr Bäume. Und Insekten. Und irgendwann auch Fledermäuse. Ich lief im Kreis, war bis auf die Knochen durchgefroren und hatte Angst, nie mehr herauszufinden. Hatte Angst, dass ich den Rest meiner Zeit mit Mom verpassen würde.

Damals erlitt ich meine erste Panikattacke.

Allein und verlassen in einem dunklen Wald kauerte ich mich zwischen das Laub auf dem Boden und versuchte verzweifelt, zu atmen und meine Beine zum Funktionieren zu bringen. Als sie schließlich wieder mitspielten, weinte ich vor Erleichterung. Ich weiß nicht, wie lange es dauerte, aber irgendwann lichtete sich die Baumhölle, und ich entdeckte in der Ferne ein Haus. Obwohl man mir in der Schule jahrelang beigebracht hatte, Fremden nicht zu trauen, überlegte ich, dass meine beste – und einzige – Hoffnung darin lag, seine Bewohner um Hilfe zu bitten. Mental bereitete ich mich darauf vor, dass sie mich danach kidnappen oder ermorden würden, aber ich sagte mir, solange sie mich zuvor zu Hause anrufen ließen, wäre es das wert. Es stellte sich heraus, dass meine Französischlehrerin Madame Dean – The Sex Machine[9] – dort zusammen mit ihrem Mann Clive wohnte. Sie befanden sich gerade mitten in einer Partie Boggle und waren mehr als ein wenig überrascht, als plötzlich eine bleiche Achtklässlerin an der Scheibe ihres Wintergartens auftauchte. Sie erlaubten mir, zu Hause anzurufen, und gaben mir Pfefferminztee zu trinken, während ich darauf wartete, dass ich abgeholt wurde. Mum war fuchsteufelswild – erfüllt von diesem seltsamen elterlichen Zorn, der sich aus Erleichterung nährt und den ich erst Jahre später begriff. Ich war so verheult und geschockt, dass ich noch zwei Stunden lang nicht sprechen konnte. Aber zumindest hatte mich keiner umgebracht.

Seitdem haben die Natur und ich kein gutes Verhältnis zuei-

---

[9] Das war ihr offizieller Titel. Keiner weiß, warum, aber es reimte sich, deshalb blieb er ihr. Was bei einer Gruppe pubertierender 90iger-Jahre-Teenies vom Land eben herauskommt. Madame Dean (TSM) selbst kam übrigens aus Basingtonstoke und hatte in ihrem ganzen Leben nie den Ärmelkanal überquert. *C'est la vie …*

nander. Es ist also kein Wunder, dass Inges Worte einen eisigen Stachel direkt in meine Seele jagen.

»Sieh an, wen ich gefunden habe«, ruft Inge, als wir ins Basislager zurückstolpern, wo wir Magnus und Margot vorfinden, die nach ihrem Lauf noch ein paar Gymnastikübungen dranhängen. Beim Anblick seiner Frau fährt er hoch und weg von Margot, dann verschwinden seine Hände in der Haremshose, um die Dinge ein wenig geradezurücken und etwas zu verbergen, was ich für eine Erektion halte.

»Du hast den Willkommenskorb vergessen«, teilt Inge ihm mit scharfem Unterton mit, ehe sie hinzufügt: »Schon wieder.«

Irgendwie beruhigt es mich, dass offenbar selbst Amazonengöttinnen ehelicher Zwist nicht fremd ist. Oder vielleicht eher Frust.

»Wie dem auch sei, hier.« Inge reicht ihm ihr Bündel und gibt uns anderen zu verstehen, dass auch wir die Vorräte abstellen können. »Ich gehe wieder und schaue nach den Kindern.«

»Okay«, murmelt Magnus ein wenig kleinlaut.

»Oh, ihr habt Kinder?«, fragt Margot.

»Drei.« Inge hebt die Augenbrauen. »Hat er das nicht erwähnt?«

»Nein, hat er nicht!« Margot schüttelt den Kopf und scheint sich des Unfriedens, den sie möglicherweise heraufbeschwört, nicht im Geringsten bewusst zu sein.

Inge sagt nichts, lächelt allerdings leicht.

»Wo sind sie denn jetzt?« Ich kann mich nicht zurückhalten. »Die Kinder, meine ich.«

»Ach, irgendwo da draußen.« Inge gestikuliert nachlässig mit der Hand. In diesem Moment verzerrt mein Gesicht sich offenbar zu so etwas wie einer schockierten Grimasse, denn sie fügt hinzu: »Sie spielen – Kinder sollten sich frei bewegen können. Wir nennen das ›gesunde Vernachlässigung‹.«

In diesem Moment ertönt ein lautes Brüllen, und ein flachsblonder Miniwikinger stürmt in unser Sichtfeld. Magnus geht auf ein Knie, um ihn mit offenen Armen aufzufangen, und wirft ihn, begleitet von begeistertem Quietschen und Lachen, in die Luft.

»Pass auf, er war Beeren pflücken«, beginnt Inge und mustert die verschmierten Hände ihres Sohnes, aber Magnus achtet nicht auf sie und wirft den Jungen noch einmal in die Luft, ehe er ihn an den Füßen packt und mit dem Kopf nach unten baumeln lässt. »Magnus, das Kind hat sich vermutlich gerade mit seinem eigenen Körpergewicht in Beeren vollgestopft«, sagt Inge noch einmal. »Wenn ich du wäre ...«

Magnus ignoriert sie weiterhin, deshalb dreht Inge sich um und geht weg. Dabei murmelt sie leise: »Drei, zwei, eins ...«

Und wie aufs Stichwort erbricht das Kind, und violette Kotze ergießt sich über die Beine seines Vaters.

»Bähhhh!« Magnus stellt seinen Sohn auf den Boden und versucht, sich das Erbrochene von der Hose zu wischen.

Inge beißt sich auf die Wangen, um ein Lächeln zu verbergen, ehe sie sagt: »Ich habe versucht, dich zu warnen.« Dann wendet sie sich an das nun vollständig entleerte Kind: »Komm, komm mit.« Zu uns anderen sagt sie: »Wir sehen uns bald wieder, da bin ich sicher.« Und dann ist sie verschwunden.

»Wow, sie ist ...« Zur Abwechslung fehlen Tricia die Worte.

»Ist sie nicht ...« Ich habe noch nie einen Menschen wie sie getroffen.

Melissa interessiert sich jedoch für etwas ganz anderes: »Was ist eigentlich in dem Korb? Sollen wir den mal auspacken?«

Und das tun wir dann auch.

Als es zu dämmern beginnt, kochen wir ein paar der Blätter, die Margot und Tricia zuvor gesammelt haben, und Magnus zeigt uns, wie wir aus dem Mehl in dem Korb Teig herstellen können. Er sagt uns, dass wir daraus Brot machen würden, das wir am Feuer backen.

Ich will gerade anmerken, dass ich kein Brot esse, und überlege, eine Glutenunverträglichkeit vorzuschieben, als Melissa mir gegen den Arm schlägt. Ich bin erschrocken – *so benehmen sich Erwachsene nicht!* – und habe Schmerzen, sodass ich die Lippen zusammenpresse und mir stattdessen den Arm reibe.

»Zieh jetzt keine Fresse, sondern iss einfach das verdammte Essen«, zischt sie.

Ich will etwas erwidern, aber ich bin schlicht zu erschöpft dafür. Und zu hungrig. Also verlege ich mich auf »iss einfach das verdammte Essen« – ich sehe den neuen Instagram-Hashtag schon vor mir: #issedve – und schiebe meine No-Carb-Prinzipien beiseite.

Magnus zeigt uns, wie wir Teigstreifen um Stöcke wickeln können, um Stockbrot oder *Snobrød*, wie er es nennt, auf die traditionelle Weise herzustellen.

»Wir haben hier ein Sprichwort«, erklärt er uns. »Wenn jemand sich beruhigen soll, sagen wir ihm, er soll ›*spis lige brød til*‹, das heißt, ›etwas Brot essen‹.« Er reißt ein Stückchen von dem rohen Teig ab und beginnt, darauf herumzukauen, um es uns zu demonstrieren. »Kohlehydrate helfen gegen die meisten Dinge«, erklärt er mit vollem Mund, und Melissa nickt eifrig.

Wusste ich's doch!, denke ich. *Kohlehydrate machen träge. Wenn ich wieder zurück in der Zivilisation bin, sollte ich doppelt entschlacken.* Aber bis dahin bin ich dabei.

Wir sitzen auf Baumstämmen in einem Kreis ums Feuer und drehen die Stöcke langsam, sodass der Teig zu einem perfekten Goldbraun bäckt – bei Margot – oder zu einem unförmigen Klumpen, der außen schwarz und innen schwer verdaulich oder sogar roh ist – bei uns anderen. Aber das spielt keine Rolle. Weil wir am Verhungern sind und weil wir das Essen selbst zubereitet haben, und deshalb ist es auch – beinahe – das beste Essen meines Lebens. Und während wir so ums Feuer kauern und die schwarze, feuchte Nacht sich um uns schließt, kommt mir der Gedanke, dass das hier vielleicht doch nicht so übel ist. Dann spricht Magnus über das, was vor uns liegt, und darüber, was es bedeutet, zum Berserker zu werden. Und ich ändere meine Meinung.

»Die Berserker waren wilde Wikingerkrieger, die sich in Wolfsfelle kleideten und im Kampf wie wilde Tiere heulten«, erklärt er uns so nebenbei, als würde er uns mitteilen, wie er seinen Hering mag – eingelegt, vermutlich.

»O-kay.« Melissa versucht zu erfassen, was er uns damit sagen will. »Und, ähm, was genau machen wir dann?«

Wir alle halten den Atem an, während Magnus eine scheinbar unendlich lange Pause macht, um seine Antwort zu formulieren. »Nuuuuun …«, beginnt er langsam und zieht das Wort in einer Art und Weise in die Länge, die uns nicht gerade mit Vertrauen erfüllt.

»Nun?«

Magnus meint, dass er nicht zu sehr ins Detail gehen will, weil es uns abschrecken könnte.

In diesem Moment ertönt ein dramatischer Chor in meinem Kopf, und Melissa merkt fürsorglich an: »Alice ist jetzt schon abgeschreckt, nach dem, was Inge gesagt hat!«

Danke auch, Melissa …

Magnus wirkt etwas verschnupft bei der Erkenntnis, dass bereits jemand anderes sein Pulver verschossen hat, deshalb lässt er sich dazu herab, uns ein paar weitere Informationsbröckchen hinzuwerfen. Er erklärt, dass in seiner Version das Rauslassen des inneren Berserkers etwas mit »stundenlang rennen«, »eins mit der WUT sein«, »Nacktheit«, »im Meer schwimmen« und »ausgelassen tanzen« zu tun hat. Jeder dieser Punkte für sich würde schon ausreichen, um Entsetzen im Herzen einer vernünftigen Engländerin zu wecken, alle zusammen haben sie die Wirkung von so etwas wie einer Paralyse.

Als Magnus nach Hause und – vermutlich auch – zu den Vorwürfen seiner Frau und seines Kindes wegen des Kotzunfalls und der Tatsache, dass er die Existenz seiner Familie verschwiegen hat, zurückkehrt, bleiben wir mit unseren eigenen Gedanken allein zurück. Etwas, das meiner Erfahrung nach nie ein gutes Ende nimmt. Unsere Gedanken drehen sich wie erwartet fast ausschließlich um das, was uns an Tag sieben unseres Wikingertrainings erwartet.

»Ich hörte, zum Berserker zu werden ist ein schamanisches Ritual«, erzählt Tricia und behauptet, dass sie einmal einen Typen getroffen hat, der das mal in einer Jurte in Arizona ausprobiert hat. »Drogen nehmen und halluzinieren und so was«, sagt sie und bleibt bei dem »und so was« reichlich vage.

»Ist es nicht eher ein Extremtriathlon?«, will Margot wissen. »Ich dachte, das ist so was wie ein nackter Iron Man/Woman mit Disco am Ende.«

Ich bin nicht sicher, was mir schlimmer vorkommt: das oder die Halluzinationen.

»Hat es nicht was mit Bären zu tun?«, meldet Melissa sich zu Wort, während ich blass werde. »Muss man nicht mit einem Bären ringen? Oder zumindest einem anderen wilden Tier? Vielleicht mit einem von den räudigen Marderhunden?«

Jetzt bin ich panisch.

Ein Bär? Ein verdammter Bär? Oder im besten Fall ein Marderhund mit Bandwurmbefall, der mich vielleicht oder vielleicht auch nicht erledigen wird, indem er mir ins Gesicht pinkelt? Ich habe doch schon mit einem Schaf gekämpft. Reicht das etwa nicht? Sicher gibt es Gesetze gegen Ringkämpfe mit Tieren … sogar in Skandinavien. Gibt es da nicht irgendwelche Sicherheits- und Hygienevorschriften? Und dann erinnere ich mich an Magnus' Worte: »Wikinger kümmern sich nicht um Sicherheit und Hygiene.«

Kurz darauf kehren wir in unsere »Unterkunft« zurück und bereiten uns einmal mehr auf die kalte Umarmung nächtlichen Campings vor, und meine Gedanken kommen einfach nicht zur Ruhe.

Wird es wie in Herr der Fliegen?, sorge ich mich. *Und wenn ja, wer bin ich dann?* Ich komme zu dem Schluss, dass es sich durchaus lohnt, darüber einen Moment nachzudenken. *Bin ich Ralph? Ich sollte Ralph sein, nicht wahr?* Ich wette, ein moderner Ralph hätte vier Jutetaschen im Auto. *Aber was ist, wenn ich im Geheimen doch Piggy bin? Oder sogar eines der Schweine? Was, wenn das Schiff nie kommt? Was, wenn ich die Kinder nie wiedersehe? Was, wenn ich auf* N24 *ende und Greg auf diese Weise von meinem Ableben erfährt?*

Ich liege reglos da, quäle mich mit diesen Fragen und versuche, mich warm zu halten, aber ich kann einfach nicht aufhören zu zittern – meine Muskeln können sich nicht entspannen. Ich spüre den Druck hinter den Augen.

Will sonst noch wer weinen? Irgendwer?, möchte ich fragen. Aber natürlich würde ich das nie aussprechen. Könnte ich auch gar nicht.

Und dann, von irgendwoher, kommt eine Hand aus dem Halbdunkel und drückt tröstend die meine.

»Alles wird gut«, flüstert Melissa.

Ich schlucke hart, während mir Tränen über die Wangen laufen und sich in meinem Ohr sammeln.

»Danke«, bringe ich schließlich hervor. Sie quetscht meine Hand noch einmal auf ihre typische Melissa-Art, ehe sie mich loslässt, und ich falle langsam in einen tiefen Schlaf, in dem ich von Schweinen träume, die mich mit Brot an handgeschnitzten Angelruten durch einen mir unbekannten Wald jagen.

5

Als wir näher kommen, laufen Hühner gackernd auseinander, und aus dem Augenwinkel nehme ich etwas wahr, das eventuell eine Maus sein könnte. Magnus öffnet die Tore einer heruntergekommenen Scheune und verkündet mit einer dramatischen Geste: »Willkommen in der Werkstatt!«

Es ist ein weiterer betongrauer Morgen im Camp, und wir haben bereits einen Marsch von der Dauer der Eisenzeit hinter uns, bis wir jetzt endlich etwas weiter den Strand hinunter einige im Kreis angeordnete Hütten erreichen, wo wir die nächste Stufe unserer Wikingerausbildung beginnen werden. Die Hütten machen einen sehr schlichten, rustikalen Eindruck und spucken schwarzen, krebserregenden Rauch aus ihren Kaminen, sodass ich meine Hoffnungen für den vor uns liegenden Tag nicht allzu hoch ansetze.

»Hat es so in der Wikingerzeit ausgesehen?«, will Margot wissen, die so aufgedreht ist wie eh und je.

»Na klar.« Magnus zuckt mit den Schultern. »Nur mit mehr Fliegen. Früher haben wir alte Knochen und Müll draußen hingeworfen, wie es die Wikinger getan haben, doch dann ist uns die Umwelthygiene aufs Dach gestiegen, und wir mussten damit aufhören.« Er wirkt äußerst betrübt bei der Erinnerung, obwohl das ganze Areal in meinen Augen noch immer einen reichlich rustikalen Eindruck macht. *Beinahe erwartet man, über jemanden zu stolpern, der die Laute spielt.*

Amüsiert stelle ich fest, dass unser Anführer seinen Bart heute zu zwei Zöpfen geflochten trägt, was aussieht, als hätte man ihm Pippi Langstrumpf ans Kinn geklebt.

Ist es möglich, dass Magnus ein Volltrottel erster Güte ist?, überlege ich und mustere die bärtige Kreatur in Haremshosen vor mir. *Vermutlich ja.*

Er entzündet eine Lampe, die jedoch nur wenig Licht spendet, und alles, was ich im Inneren ausmachen kann, ist ein schlichter Holzrahmen mit einigen Schnüren und Pedalen. Außerdem gibt es einen rußgeschwärzten Steinofen, etliche Körbe mit Stoff und etwas, das ich als Gerümpel, Melissa dagegen als »allerlei Nützliches« bezeichnen würde. Alles ist in dem undefinierten Farbspektrum gehalten, das wir von dieser Gegend gewohnt sind.

»Bedient euch!« Magnus hat die Arme weit ausgebreitet. Keiner rührt sich vom Fleck, bis auf Margot, die auf den »Webstuhl« zusteuert. Nachdem sie ihn einer kurzen Musterung unterzogen hat, setzt sie sich auf den kleinen Holzschemel und lockert Nacken und Schultern wie ein Konzertpianist vor einer Vorstellung. Dann legt sie die Hände auf den Mechanismus und beginnt wie wild die Pedale zu treten. Flink schiebt ihre rechte Hand eine Garnspule durch ein Spinnennetz aus Fäden und dann wieder zurück, während die Vorrichtung rattert und die Lochsteine klappern.

»Was …«, fängt Melissa einen Satz an, den Tricia für sie beendet: »… tut sie da?«

»Ah, ich sehe, Nachtwolf ist ein Naturtalent, wenn es ums Weben geht!« Magnus wirkt erfreut. »Ich habe mich schon gefragt, ob eine von euch Schuss- und Kettfäden auseinanderhalten kann!«

Zur Hölle! Wie kann jemand perfekte Oberarme und ein Talent fürs Nüssesammeln wie ein Disney-Eichhörnchen haben UND darüber hinaus noch gut im Weben sein? Wie ist das möglich? Sind junge Leute nicht damit beschäftigt, Selfies zu schießen? Oder Programmieren zu lernen? Wie viel Zeit bleibt ihnen da, um WEBEN zu lernen? Was STIMMT nicht mit ihr? Jetzt bin ich wild entschlossen, das herauszufinden.

Margot blickt auf, ohne aus dem Takt zu geraten oder langsamer zu werden. »Ach das? Das habe ich bei den Duke of Edinburgh Awards gelernt«, sagt sie beiläufig. »Ich habe Alpaka-Aufzucht für das Silberabzeichen belegt und wollte eigentlich Ballettkunde oder Aerodynamik für Gold nehmen, habe dann aber doch zu Weben und Spinnen gewechselt.«

Sie kann auch Spinnen? Wer tut so was?

»Sagtest du Duke of Edinburgh? Der Ehemann der Queen?« Melissas Begeisterung für die Königsfamilie ist einmal mehr geweckt. »Kennst du ihn etwa?«, fragt sie mit großen Augen.

»Nein«, beginne ich, »sie kennt ihn nicht. Die Duke of Edinburgh Awards sind einfach ein Jugendprogramm, das vor allem an besseren Schulen angeboten wird …« In diesem Moment fällt mir Margots verlegener Blick auf. »Ist doch so, oder?«

»Nun …« Margot zögert.

Willst du mich verarschen?

»Es ist nur so, dass mein Vater manchmal Landschaftsmalerei mit Phil betreibt.« Margot zuckt mit den Schultern und wirft ihr glänzendes, karamellfarbenes Haar zurück, als wollte sie sagen: Keine große Sache …

Jetzt reicht es aber langsam.

»Wow …« Mehr bringt die staunende Melissa nicht heraus.

»Nun, da hast du ein paar wirklich gute Verbindungen!« Tricia wirkt nicht weniger beeindruckt. »Ich saß auf der Ersatzbank für *It's a Royal Knockout,* dieser Charity-Show in den Achtzigern, aber um wirklich da reinzukommen, hätten sich erst Toyah Wilcox oder Barry McGuigan etwas brechen müssen. Ich hatte leider kein Glück. Hab nie mehr als einen behandschuhten Händedruck von ihnen bekommen«, fügt sie wehmütig hinzu. »Allerdings hat Duncan Goodhew mir ein Vol-au-vent vom Büfett aufgehoben.«

»Duncan-Good-wer?« Margot runzelt die Stirn.

»Ja, genau.« Tricia seufzt. »In den Achtzigern war der 'ne

große Nummer. Vor deiner Geburt. Wie niederschmetternd … Und wie schnell doch der Ruhm vorbei und vergessen ist …« Sie lässt den Satz in der Luft hängen und tippt sich ans Kinn, als wollte sie so die Zeit zurückdrehen. »Aber, nun ja, bei vielen großen Namen von damals stellte sich später heraus, dass es Pädophile waren … deshalb ist es eigentlich egal.«

Ich versuche, die Unterhaltung von diesen verstörenden Bildern und Margots illustrem Bekanntenkreis wegzulenken, indem ich Magnus frage: »Was gibt es sonst noch zu tun?«

»Nun, da wäre noch das Nähen«, sagt er.

Melissa sieht aus, als hätte ihr jemand einen Eimer kalter Kotze vors Gesicht gehalten, aber Magnus kennt keine Gnade: »Eine Frau, die zur Wikingerzeit romantisches Interesse an einem Mann hatte, nähte ihm ein Hemd.«

»Das ist nichts für mich, Schätzchen«, sagt Tricia. »Ich habe doch nicht eine Umstyling-Show für die Frauen in Greenham Common[10] moderiert, um jetzt einem Mann ein Hemd zu nähen.«

Ha!, denke ich. *Richtig so!* Dann erinnere ich mich an die vier Knöpfe, die ich Greg letzten Monat wieder angenäht habe. *Oh …*

»Ihr könnt auch Lederarbeiten machen«, fährt Magnus fort. »Zum Beispiel Geldbeutel – oder einen Gürtel, damit meine Hosen oben bleiben!« Er zeigt auf seine Haremshosen, die heute so tief hängen, dass wie bei Brad Pitt in *Thelma und Louise* seine Beckenknochen zu sehen sind. Ich sehe aus dem Augenwinkel, wie Tricia sich über die Lippen leckt.

Zur Hölle … was ist aus Greenham Common geworden?!

»Und dann wäre da noch Schmuckherstellung. Wikinger tru-

[10] »Da gab es ordentlich was zu tun, vor allem in Bezug auf riesige Brillen und Anoraks …« So beschreibt Tricia ihren persönlichen Beitrag zu dem Friedenscamp-Protesten 1981 am RAF *Greenham Common* in Berkshire.

gen eine Menge Bronze, und Broschen waren äußerst beliebt«, erklärt er. »Zuerst formt man etwas aus Wachs, dann umschließt man es mit Ton, brennt es im Ofen, bis das Wachs geschmolzen ist. Dann füllt man die Tonform mit Bronze, steckt sie in eine Socke und wirbelt sie über dem Kopf herum, solange das Metall noch flüssig ist.«

»Echt?«, fragt Melissa mit skeptischem Blick.

»Wenn es um geschmolzenes Metall geht, mache ich keine Witze«, sagt Magnus und liefert damit etwas, das ich für ein recht gutes Lebensmotto halte.

Seit Magnus uns die Schuhe weggenommen hat, haben wir unsere Socken nur zum Schlafen benutzt, deshalb muss jemand ins Lager zurück, um welche zu holen. Margot meldet sich freiwillig und läuft los.

»Aber bloß nicht Melissas!«, rufe ich ihr nach, weil es mir jetzt noch den Magen umdreht, wenn ich an das »Glückssocken«-Fiasko denke.

»Unverschämtheit!«, sagt Melissa und brüllt: »Hör nicht auf sie!«

Aber Margot ist schon außer Hörweite. Deshalb fangen wir an.

Es ist eine überraschend anstrengende Arbeit, und schon nach wenigen Minuten Wachsformens schäle ich mich aus den Schichten meiner Klamotten – ein Novum angesichts meiner schlechten Durchblutung und dem skandinavischen Klima.

»Du meine Güte, wie viel hast du an?«, fragt Tricia.

»Ich? Oh, die Kälte macht mir …«

»Das liegt daran, dass sie nicht genügend isst«, unterbricht Melissa mich.

»Danke auch«, antworte ich.

»Stimmt doch. Du siehst aus wie einer der Statisten bei *Les Misérables.*«

»Also … nun ja, wir haben hier ja nicht gerade ein Toby-Carvery-Restaurant um die Ecke.« Ich weiß gar nicht, warum ich das sage. Ich war sicherlich seit 1998 nicht mehr bei Toby Carvery. Dem Jahr, als Mom gestorben ist. Und Melissa weiß das.

»Weniger reden! Mehr arbeiten!«, unterbricht Magnus uns, und wir verstummen.

Ich matsche Ton um einen Wachs… äh …käfer.

Ist es denn ein Käfer?

Es ist ein Käfer, beschließe ich. Ich umhülle ihn eng mit Ton, schiebe ihn in den Ofen und verbrenne mich – weil ich die äußerst hilfreiche Zange, die seitlich am Ofen hängt, nicht bemerkt habe. Magnus weist mich an, den Arm in einen Eimer mit nicht besonders hygienisch wirkendem Wasser zu stecken, das er für Notfälle wie diesen stets bereithält, während ich eine Reihe von farbenfrohen Flüchen ausstoße.

Als Margot mit ihren eigenen Qualitätssocken zurückkehrt, hat Melissa eine eindrucksvoll detaillierte Hundeform gemacht und Tricia etwas, das auf den ersten Blick aussieht wie eine Blume, bis sie mit erklärt, dass es sich um ein Selbstporträt ihrer Genitalien handelt. Unterdessen sieht meine Käferform … nun ja … wie ein relativ undefiniertes Oval aus.

»Bereit?«, fragt Magnus, die Socke in der Hand.

»Bereit.« Melissa nickt und will beim »Sockenschleudern« auch gleich die Erste sein.

»Sollten wir das nicht vielleicht lieber draußen machen?«, fragt Tricia.

»Das … ist gar keine so schlechte Idee«, stimmt Magnus zu und blickt kurz ins Gebälk über uns, wo bereits einige Bronzeklumpen an den Dachsparren kleben, was vermuten lässt, dass vorangegangene Wikingernovizen nicht Tricias Voraussicht hatten. Oder Margots Qualitätssocken.

Wir gehen also nach draußen, wo Melissa mit zunehmender Geschwindigkeit die Socke herumzuwirbeln beginnt.

»Sehr gut, starke Beine, das machst du super!«, jubelt Magnus. »Ich denke, jetzt dürfte es gut sein«, fügt er dann hinzu. Aber Melissa macht keine Anstalten, langsamer zu werden.

»Wuuhuuu! Ich bin Clint Eastwood! Ich bin Yosemite Sam! Ich bin Billy Crystal in *City Slickers!* Ich bin … sagt mir eine Frau?«, brüllt sie, und die Socke mit geschmolzenem Metall zischt gefährlich nahe an meinem Kopf vorbei.

»Herr im Himmel …« Ich kann mich gerade noch wegducken.

»Ähm … Calamity Jane?«, schlägt Tricia vor.

»Oder Jessie aus *Toy Story 2?*«, meint Margot und sieht aus, als hätte sie ein wenig Angst vor meiner Schwester.

»Ja! Die bin ich! Jane und die andere![11] Yee-hah!« Melissa wirbelt weiter.

»Alles klar, lasst uns alle einfach ein Stück zurücktreten.« Magnus beginnt damit, uns zurückzuschieben wie die Zuschauer eines Feuerwerks, während mein wirbelnder Derwisch von einer Schwester nun auch noch herumzurennen beginnt. »Ich erlebe so was nicht zum ersten Mal«, vertraut er uns an. »Das Wirbeln steigt ihnen zu Kopf. Das und die Metalldämpfe. Wir lassen sie am besten einfach ausdrehen.«

Aus sicherer Entfernung sehen wir zu, wie Melissa eine kreisende Hula-Hoop-Bewegung hinlegt, der Socke noch ein letztes Mal Schwung gibt, ehe sie schwindelig und trunken von Endorphinen zurückstolpert.

Wie ein Kind, das in seinem Nikolausstrumpf nach einer Mandarine sucht, wühlt sie in Margots Socke herum, bis sie triumphierend die Hand hochreckt, in der sich ein kleiner Tonklumpen befindet, von dem wir alle hoffen, dass er in irgendeiner Form einen Hund enthält. Sie holt aus, lässt ihn auf den Boden knallen, um die Form zu zerbrechen, birgt die noch

---

[11] Toy Story 2 erschien nach der Abkehr meiner Schwester von aktueller Pop-Kultur, deshalb sagt ihr der Titel nichts. Aber das haben Sie sich vermutlich schon gedacht …

warme Bronzefigur und presst sie sich an die Brust. »Schaut!«, ruft sie und streckt sie uns entgegen, und wir alle versuchen, anerkennende Geräusche von uns zu geben.

»Mmmm …«

»Hat dein Hund zu Hause nur drei Beine?«, will Margot mit Unschuldsmiene wissen.

Melissa dreht die Figur in den Händen und zählt. Das weiß ich, weil sich ihre Lippen dabei immer bewegen, genau wie beim Lesen. Kurz zögert sie, doch dann beschließt meine stets grundehrliche Schwester aus irgendeinem Grund, dass sie heute mal eine Ausnahme macht.

»Ja«, sagte sie, »hat er. Genau so wollte ich ihn haben.«

»Toll.« Tricia klatscht in die Hände. »Jetzt bin ich dran.«

Leider habe ich keine positiven Nachrichten zu Tricias »Selbstporträt«, dem die Wirbelei nicht gut bekommen ist, doch Tricia versichert uns, dass es mit ein paar kleinen Reparatürchen hier und da »toppitippi« wird. Mein Käfer ist ähnlich abstrakt und hat eine entfernte Ähnlichkeit mit einem Plastikhäufchen aus dem Scherzartikelladen, wie Melissa mir mitteilt. Und doch ist es meiner. Ich habe etwas von Grund auf selbst gemacht.

Als Nächstes bekommen wir jede ein Stück Holz. Magnus zeigt uns Beispiele von geschnitzten Figuren, die Wikingermotiven nachempfunden sind, viele ineinander verschlungene Seile, verschnörkelte Kreise und Muster, die etwas eindeutig Phallisches an sich haben.

»Ihr zeichnet die Form zunächst mit einem Filzstift auf, dann schlagt ihr sie mit einem Beitel aus dem Holz.«

»Wikinger haben Filzstifte benutzt?«, fragt Melissa zweifelnd.

»Das hätten sie, hätten sie Zugang zu ihnen gehabt«, sagt Magnus entschieden. »Außerdem riechen sie ziemlich gut.« Er atmet einmal tief ein. »Hätten sie vermutlich für ein schamanisches Ritual oder so was benutzt …«

»Wusste ich's doch!«, zischt Tricia triumphierend, während

ich mich zu sorgen beginne. *Hat zum Berserker werden wirklich etwas mit Nacktsein, freiem Tanz, Wäldern und Filzstiften zu tun? Mist …*

»Willst du mal?«, fragt Tricia und wedelt mit einem Filzstift unter meiner Nase herum. Ich zucke reflexhaft zurück. »Was?« Sie mustert meinen Gesichtsausdruck. »Ich hatte seit Tagen keinen Drink. Da sage ich zu einem Filzstift nicht Nein.«

»Oh, na dann, mach ruhig«, rutscht es mir heraus.

Als wir alle ausreichend high von Permanentmarker-Dämpfen sind, hackt Margot wie ein geisteskranker Rodin auf ihren Holzblock ein, und wir anderen arbeiten schweigend – oder zumindest, soweit man den Froschchor knurrender Mägen, die sich jetzt bemerkbar machen, als Schweigen bezeichnen kann. Wir hatten uns am Morgen wie die Königinnen mit Porridge und Eiern vollgestopft, aber die frische Luft und die körperliche Anstrengung in Verbindung mit dem Aufwand, etwas Neues zu lernen, hat irgendwie dazu geführt, dass wir alle einen alarmierend gesunden Appetit entwickelt haben. Sogar ich! Ich kann Melissas innere Organe bis hier protestieren hören, und schließlich gibt sie nach. »Ich denke, wir haben es jetzt weitgehend drauf.« Sie legt ihre Werkzeuge weg. »Wie wäre es also mit Essen?«

»Nun, da wäre der Wald«, hebt Magnus an, und unsere Herzen – und Mägen – werden schwer.

»Du könntest aber auch einfach …« Tricia versucht es mit einer neuen Taktik. »Ich meine, du scheinst echt gut darin zu sein, Heringe zu fangen.« *Ich möchte wetten, dass sie nicht gedacht hat, so etwas mal zu sagen.* »Vielleicht könntest du ja noch ein paar fangen – und uns zeigen, wie man die so *lecker* zubereitet wie die gestern.«

Es ist offensichtlich, dass Magnus zu den Männern gehört, die einer Schmeichelei nur schwer widerstehen können. Nach einer halbherzigen Abwehr: »Ach, das waren doch nur ein paar

Fische …! Und eigentlich ist das ja nicht so gedacht, dass ich … aber wenn die Lay-diiiis sicher sind …?«, lässt er sich überzeugen und zieht pfeifend ab.

Tricia winkt ihm mit einem triumphierenden Lächeln nach und wendet sich dann, ihre Kreation in der Hand, die verdächtig nach einem Wikinger-Dildo aussieht, zu uns um. »Wir kamen, wir sahen, wir schnitzten!« Sie jauchzt, und ich frage mich, ob sie einmal zu oft am Filzstift geschnüffelt hat. *»Sisters are schnitzing it for themselves …«*, beginnt Tricia zu der Melodie des Duetts von Annie Lennox und Aretha Franklin zu singen, und ich kann mir ein Lächeln nicht verkneifen. *Sie hat definitiv noch mal dran geschnüffelt … »Standing on our own two feet … schnitzig Hooooolz …«*, fährt sie fort.

»Das ist fürchterlich!«, bringe ich lachend hervor.

»Sag das bloß nicht Annie Lennox.« Tricia hört auf zu singen. »Sie würde dir den Marsch blasen. Laut. In den Neunzigern sind wir zusammen rumgehangen, ungefähr acht Minuten lang. Dann habe ich irgendwas getan, das sie verärgert hat – und plötzlich waren wir keine Freundinnen mehr. Egal, ich hatte mal nach einer Nacht mit ihr einen Tinnitus, der eine Woche lang nicht weggehen wollte.«

»Du hast ja echt schon mit allen und jedem gearbeitet!«, sagt Melissa ganz ohne Ironie.

Wir schnitzen weiter, um uns vom Hunger abzulenken, und ich stelle fest, dass ich völlig in der Arbeit aufgehe und es wirklich genieße, das rauchig duftende Holz zu formen. Es ist eine interessante Erfahrung für jemanden, der sich seine ganze Schul- und Erwachsenenzeit von allem Kreativen ferngehalten hat, weil er Angst hatte, schlecht darin zu sein.

Und ich bin schlecht darin. Aber ich stelle auch fest, dass das vollkommen egal ist. Es ist irgendwie befriedigend, seine Hände für etwas zu benutzen, das nichts mit Zähnen zu tun hat, und einfach so irgendetwas herzustellen, ohne dass es ein festes Ziel gäbe. Während ich das tue, verfalle ich nicht in meinen üblichen Sorgenkreislauf, es ist fast so, als würde die Aktivität in meinem Gehirn einen Pausenknopf drücken.

Bis jetzt habe ich nie verstanden, was so toll an Hobbys sein soll. Sogar in der Schule, als Melissa unsere Eltern dazu überredete, uns bei irgendwelchen Nachmittagskursen oder beim Makramee anzumelden, hatte ich immer das Gefühl, meine Zeit besser nutzen zu können. Für Hausaufgaben oder Überstunden oder Online-Banking. Zu Hause hatte ich kaum mal fünf Minuten für mich, um aufs Klo zu gehen. Vor allem für eine längere Sitzung. Einmal hatte ich eine Woche lang Verstopfung. Ich war buchstäblich zu beschäftigt, um zu kacken. Meine »Hobbys« scheinen dieser Tage darin zu bestehen, das Wohnzimmer aufzuräumen und die Wäsche zu waschen.

Seit ich mich erinnern kann, saugt das Hamsterrad meines Lebens all meine Zeit und Energie auf. In meinem Ordnungssystem gibt es keine freien Felder und keine übrigen Farben mehr, die ich für Dinge verwenden könnte, die nicht essenziell sind. Ich mache nichts einfach nur aus Jux und Tollerei. Mir ein Hobby zu suchen wäre gleichbedeutend mit Aufgeben. Wenn Leute mich also fragen, was ich in meiner Freizeit unternehme, kann ich sie nur ausdruckslos anstarren.

»Haben Sie Hobbys? Oder sind Sie so mehr der Typ Frau, der sich hin und wieder mit der Freundin zum Kaffeeklatsch trifft?«, fragte mich letzte Woche eine allzu gesprächige Patientin, während wir versuchten, eine Anästhesie durchzuführen.

»Ich habe keine Freizeit!«, wollte ich ihr entgegenschleudern. Stattdessen rammte ich ihr die Nadel ins Fleisch, damit sie den Mund hielt. Und dann wurde mir klar, dass ich auch keine Freundinnen habe, wie Melissa mir freundlich mitteilte, als sie zum ersten Mal diese kleine Pause vorschlug. Ich kann mich nicht erinnern, wann ich das letzte Mal so wie hier Zeit mit einer Gruppe anderer Frauen verbracht habe.

Oft warten Freunde nicht, wenn man damit beschäftigt ist, zu viel zu arbeiten oder Kinder großzuziehen. Ich habe keinen rechten Zugang zu denjenigen, die vor mir Mutter wurden, und auch nicht zu denjenigen, die erst später – oder gar keine – Kinder bekommen haben. Alte Freundinnen zogen weg, weil die Mieten, Jobs, Familien oder das hektische Leben in der Stadt sie andere Richtungen einschlagen ließen. Meine sozialen Kontakte sind in den letzten Jahren stark zurückgegangen. Wäre ich mutiger oder klüger, dann hätte ich das kommen sehen und mir neue Freunde gesucht. Aber das hätte bedeutet, tatsächlich Zeit mit anderen Menschen verbringen zu müssen – Buchclubs, Weggehen, Dinnerpartys, sogar *Hobbys.* Mit anderen Menschen zu interagieren hätte bedeutet, Konversation betreiben zu müssen, etwas, das ich ohnehin als anstrengend empfinde. *Außerdem bin ich schrecklich in der Interaktion mit anderen Menschen,* denke ich niedergeschlagen und erinnere mich daran, wie ich mich bei dem Kongress hinter dem Vorhang versteckt hatte, um peinliche Situationen zu vermeiden.

Aber wenn dem so ist, denke ich, *warum breitet sich dann gerade so ein warmes und angenehmes Gefühl in mir aus? Fast so, als wäre ich … glücklich, in der Gesellschaft dieser Frauen zu sein und etwas nur zum Spaß zu tun.*

»Entspannend, nicht wahr?«, sagt Margot und schabt Stückchen von ihrem Holz ab, ohne hinzusehen.

Jetzt schnitzt sie schon blind?!

»Das ist das Dopamin«, erklärt sie. »Ein natürliches Antidepressivum, das ausgeschüttet wird, wenn man etwas Kreatives tut und sich wirklich konzentriert. Deshalb mag ich Holzarbeiten.« Sie zeigt uns ihre fertige Arbeit: ein unfassbar detaillierter Phönix, der sich aus flammengleichen Holzspanlocken erhebt.

»Was, zum Teufel!«, entfährt es mir, bevor ich mich stoppen kann. »Gibt es irgendetwas, in dem du nicht gut bist?«

Margot denkt länger nach, als der Anstand gebietet. Sie spitzt die Lippen, als wollte sie etwas sagen, entscheidet sich dann aber doch für: »Badminton.«

Magnus kommt nicht nur mit Heringen zurück, er hat auch eine Makrele dabei und bietet an, den Fisch zuzubereiten. Wir müssen also nur noch Blätter und Beeren als Beilage sammeln.

Da wir das mit dem Sammeln mittlerweile perfekt beherrschen, haben wir unseren Beitrag zum Abendessen in Nullkommanichts zusammen. Ich melde mich freiwillig fürs Beerensammeln, und gemeinsam raffen wir zusammen, was auch immer der Wald bereit ist, uns zu überlassen, ehe wir zum Lager zurückkehren, um uns den Bauch vollzuschlagen. Es ist immer noch kalt. Es ist immer noch nass. Und doch sitzen wir unter einem Himmel, der die Farbe einer ausgewaschenen Socke hat, um ein Lagerfeuer und essen Nahrungsmittel, die noch vor Kurzem in der freien Natur gewesen sind. Und irgendwie ist das … schön.

Als wir voll sind bis zum Anschlag, bleiben wir noch ein wenig zusammen und vergleichen unsere Kunstwerke und unsere zufriedenen, gefüllten Bäuche.

»War doch ein guter Tag, nicht, Ladys?«

Margot nickt. »Ich hatte noch nie so einen Spaß!«

Ich weiß nicht, ob ich gleich so weit gehen würde, denke ich, doch dann stelle ich fest, dass ich mich spontan nicht an eine Zeit erinnern kann, zu der ich mich so frei gefühlt habe wie jetzt in diesem Moment. *Ich bin gefährlich nahe am Enthusiasmus,* muss ich feststellen.

Nach Einbruch der Dämmerung kehrt Magnus nach Hause zurück – wo immer das auch sein mag –, und wir bleiben im Camp, um einer weiteren Nacht in der Wildnis zu trotzen. Aber dieses Mal habe ich keine Angst. Stattdessen liegen wir vier auf dem Rücken, wärmen unsere Füße am Feuer und blicken in den Sternenhimmel hinauf.

»Ist es nicht faszinierend, dass es da draußen noch ganz viele andere Welten gibt?« Margot ist noch immer unheimlich munter. »Oder dass Menschen dort oben waren, im Weltall?«

»Pft. Weltall.« Melissa zieht eine Grimasse, und ich atme tief ein.

Gleich geht's los …

»Wie bitte?«

»Oh, es ist nur so, dass ich nicht wirklich daran glaube«, sagt sie schlicht.

»An das *Weltall?*« Margot stemmt sich auf die Ellbogen hoch und wirkt verblüfft.

»Melissa glaubt, dass die Mondlandung ein Fake war«, sage ich so knapp wie nur möglich. Die Tatsache, dass meine Schwester dank astronomischer Fehlzeiten in der Schule nicht ans Weltall glaubt, ist kein Thema, mit dem ich mich länger aufhalten will.

Das ist das Letzte, was ich jetzt gebrauchen kann, denke ich, *mich vor Margot bis auf die Knochen zu blamieren …*

»Wirklich? Erzähl mal!« Tricia hat keine Skrupel, sich eingehender mit diesem wundervollen Thema zu befassen, und rollt sich erwartungsvoll zu Melissa herum.

»Na ja, ich meine, diese seltsamen Anzüge, und warum leben wir heute nicht auf dem Mars, wenn es doch vor *fünfzig Jahren* schon so einfach war, dorthin zu kommen!«, meint meine Schwester abfällig.

»Ah ja … nun … wir haben wohl alle so unseren Spleen …«, sagt Tricia düster.

»Was meinst du damit?«

»Nun, bei mir ist es genau andersherum, ich denke, dass uns das Weltall zu nahe ist.«

Ich hebe eine Augenbraue, und sie antwortet: »Habt ihr *Armageddon* gesehen? Ich meine, Bruce Willis ist ja auch nicht mehr der Jüngste, der wird uns wohl nicht mehr lange vor einem Meteoriteneinschlag retten können. Und Affleck ist ja derzeit mit anderen Dingen beschäftigt.« Sie wedelt mit der Hand, um damit die Gesamtheit von Mr Afflecks Tätigkeiten dieser Tage zusammenzufassen, ehe sie fortfährt: »Ich befürchte einfach, dass sie das nächste Mal nicht die Zeit haben werden, alles in Ordnung zu bringen – deshalb kaufe ich immer ein paar Dosen extra ein …«

Margots Augenbrauen sind mittlerweile irgendwo bei ihrem Haaransatz angelangt.

Sie haben ihr an ihrer Schule wohl nicht von Menschen wie diesen erzählt … Und jetzt wird sie mich auch einfach zu »Menschen wie diesen« zählen, weil ich mit der Mondlandungs-Leugnerin verwandt bin. Toll gemacht, Melissa …

»Du hamsterst Essen?«, fragt Margot vorsichtshalber noch mal nach. »Für den Fall, dass ein *Asteroid* einschlägt?«

»Nicht für den Fall«, entgegnet Tricia, »wenn er einschlägt!«

»Ich denke, wir sind in Sicherheit … für heute zumindest.« So vorsichtig wie möglich versuche ich, das Thema wieder zurück auf den Boden der Tatsachen zu holen.

»›Die‹ wollen doch nur, dass du das denkst«, sagt Tricia.

»*Tun* sie das?«

Tricia tippt sich auf die Nase, als wollte sie sagen: Das hat du nicht von mir.

Melissa nickt in eifriger Unterstützung für ihre Schwester im Geiste, und angesichts von zwei Verschwörungstheoretikerinnen bleibt mir nichts anderes übrig, als mich verzweifelt auf den Rücken fallen zu lassen.

Margot spürt wohl, dass sie mit wissenschaftlichen Diskussionen heute Abend nicht weit kommen würde, also lässt sie sich ebenfalls wieder langsam auf den Boden sinken, und wir starren schweigend in den Sternenhimmel.

»Die kann man bei uns zu Hause nicht sehen«, murmelt Tricia schließlich, und Melissa antwortet, dass man das schon könne, wenn man »richtig auf dem Land« lebe.

»Also nicht in Streatham?«, frage ich.

»Nein«, teilt sie mir entschieden mit, »tut mir leid.«

Die Natur hat mich nie groß interessiert. Aber unter einem derart prächtigen, scheinbar unendlichen Sternenhimmel zu liegen, weckt in mir den Gedanken, dass an Melissas Besessenheit vom Landleben vielleicht doch was dran ist.

»Der da leuchtet total hell!« Sie nickt vage in Richtung eines bestimmten Sterns.

»Pass auf, dass du nicht versehentlich doch anfängst, ans Weltall zu glauben«, necke ich sie, und sie streckt mir die Zunge heraus. Ich gähne, während eine angenehme Müdigkeit meinen Körper erfasst, dann blinzele ich einige Male und schließlich noch etwas mehr, denn ich bin überzeugt, eine Sternschnuppe gesehen zu haben.

Ich reibe mir die Augen.

»Hast du sie auch gesehen?«, fragt Melissa.

»Ich … ich glaube schon.«

»Wünscht euch was! Schnell! Alle!«

Und das tun wir dann auch.

6

Tröt-tröt-tröööt!

Der Ruf eines Horns erklingt: Ein Signal, sich zu sammeln, dem man sich kaum entziehen kann und das sich in meinen erschreckend realistischen Traum drängt, der sich um die Behandlung eines retinierten Weisheitszahns dreht.

Tröt-tröt-tröööt! Der Weckruf dauert eine gefühlte Ewigkeit an, bis ich endgültig wach bin und mit halb zusammengekniffenen Augen meine Umgebung mustere.

Tröt-tröt-tröööt …

Ich frage mich, wann das aufhört.

Tröt-tröt-TRÖÖÖT!

Oder ob es JEMALS aufhört?

Das Tröten wird lauter. Und lauter. Bis eine beeindruckende Gestalt mit etwas, das aussieht, als gehörte es mal einem ziemlich monströsen Stier, über uns aufragt.

»Beeindruckendes Lungenvolumen.« Mir gegenüber wühlt sich eine verschlafene Tricia aus ihren Decken und reibt sich die Augen. Margot und Melissa sind nirgendwo zu sehen, aber meine Schwester ist immerhin zu hören.

»Aufwachen! Es ist ein wunderschöner Tag! Die Sonne scheint, die Vögel singen!«, höre ich sie hinter der Hütte rufen.

»Schon gut, Schneewittchen, mach dir nicht ins Höschen«, murre ich und stütze mich auf einen Ellbogen. Gleich darauf beschließe ich allerdings, dass es draußen viel zu kalt ist, lasse mich wieder fallen und vergrabe die Hände in den Achselhöhlen, um sie zu wärmen. Nachdem ich weitere fünf Minuten Melissas unmelodischem, wenn auch enthusiastischem Summen zugehört habe, halte ich es schlicht nicht mehr aus. Ich werde wohl aufstehen müssen. Ich schlängele mich unter dem Pulli, in dem ich jetzt immer schlafe, in einen BH, und es gelingt mir, meinen Slip umzudrehen, damit ich ihn noch ein zweites Mal tragen kann. Ja, so weit ist es mit mir gekommen. Und überraschenderweise komme ich ziemlich gut damit klar.

Vielleicht bin ich ja wirklich eine Wikingerin …

Ich entdecke Margot, die die Hände in die Hüften gestemmt hat und von einem beinahe überweltlichen Leuchten umgeben ist. Ein Heiligenschein morgendlichen Sonnenlichts lässt ihre karamellfarbene Mähne noch mehr glänzen.

»Nach dem Laufen fühlt man sich immer gleich besser, nicht wahr?«

Tricia und ich tauschen einen Blick, der besagt, dass wir dazu aus eigener Erfahrung nichts beizusteuern haben, und beschließen dann einhellig: *Gott gebe mir Stärke und, noch besser, Espresso …*

Als Margot Magnus entdeckt, steht sie noch strammer, als sie es dank ihrer makellosen Haltung ohnehin schon tut. »Oh, hi! Wie geht es dir heute?«

Doch Magnus achtet nicht auf sie. Heute hat er keine Zeit für überflüssige Höflichkeiten, denn er hat uns etwas mitzuteilen: »Wir sind Krieger.«

»Wie wäre es mit Frühstück?«, frage ich. Ich! Eine Frau, die seit mehr als einer Dekade die erste Mahlzeit des Tages meidet wie der Teufel das Weihwasser! *Du hast dich ganz schön verändert, Alice,* denke ich.

»Ja!« Tricia versucht hastig, ihr vom Schlaf zerwühltes Haar zu ordnen. »Gibt es nicht so was wie ein Guten-Morgen-Ritual für Krieger?« Sie versucht, das Unvermeidliche hinauszuzögern. »So was wie eine Aufwärmphase?«, schlägt sie fast schon ein bisschen verzweifelt vor. »Oder irgend so ein ›Finde deinen inneren Krieger‹-Spiel? Irgendwas mit Wurfringen vielleicht?« Ich kann unserem Anführer vom Gesicht ablesen, dass das wohl nichts wird. »Nicht …?«

»Kommt mit«, sagt Magnus kurz angebunden und bietet uns seinen straffen Bizeps an, um uns auf die Beine zu helfen, als wären wir Marilyn Monroe und Jane Russell in *Blondinen bevorzugt.* Ich versichere ihm, dass ich allein zurechtkomme, Tricia jedoch nimmt das Angebot an und streift dabei zufällig-absichtlich seine nackte Brust.

»Glatter als ein Fischotter«, murmelt sie, während er sie hochhievt und dann die Hütte verlässt.

»Gewachst«, flüstere ich. »Nie im Leben hat ein Mann mit einer derart ausgeprägten Gesichtsbehaarung einen Körperteppich, der praktischerweise am Hals endet.«

Tricia grunzt vor Lachen, und in diesem Moment fällt mir auf, dass unser großer Anführer die besagte Gesichtsbehaarung heute zu nicht weniger als *drei* Zöpfen geflochten hat.

Wie ein Stativ …

»Sag, was du willst, wenn es um Haarentfernung bei Männern geht« – Tricia gewinnt ihre Fassung wieder – »aber es gibt einen Grund, warum das wollige Mammut ausgestorben ist …«

Nach einem weiteren ausgedehnten Marsch durch Buschland passieren wir die »Werkstätten« und kommen zu einer großen, mit einem Kamin versehenen … ja, was eigentlich? Hütte? »Haus« scheint mir dann doch etwas übertrieben. Aus dem Inneren ist das Brüllen von Flammen und das Pusten eines Blasebalgs zu hören, und ich huste, bis meine Lungen sich an die Luft gewöhnt haben, die voller bläulichem Rauch ist. Sobald meine Augen nicht mehr wegen des beißenden Rauchs tränen, nehme ich nackte Steinwände, Holzbalken mit Werkzeugen und eine vermutlich menschliche Gestalt etwas weiter hinten wahr.

»Ist hier jemand drin?«, flüstere ich.

»Oh, ja.« Magnus wirkt ein wenig verärgert. »Er hilft hier nur aus.« Dann sagt er etwas in einer Sprache, die ich nicht verstehe, aber es klingt so, als hätte er getrunken.

Entweder das, oder er löst gleich einen Mordfall in einer Serie mit Untertiteln vor einem tristen Himmel.

Die Gestalt am Blasebalg ist damit offenbar entlassen und verlässt schnell das Gebäude. Das rußverschmierte Gesicht hat sie dabei abgewandt, sodass der einzige Eindruck, der zurückbleibt, ein rauchiger, herber Geruch ist.

»Hmm.« Melissa saugt den Geruch ein. »Erinnert mich an einen Hufschmied.«

Ich weiß nicht, warum, aber die Erinnerung zaubert meiner Schwester einen träumerischen Ausdruck ins Gesicht.

Nun greift Magnus zum Blasebalg und versucht ihn ähnlich mühelos zu bewegen wie sein Vorgänger, dabei erklärt er uns: »Der Schmied war bei den Wikingern eine der wichtigsten Personen. Es gab sogar mal einen König« – er stöhnt bei jedem Stoß – »der seinem Schmied die Beine abhacken ließ, damit er das Dorf nicht verlassen konnte.«

Wir sind uns nicht ganz sicher, wie man auf so etwas reagieren soll, also sagen wir nichts.

»Also, so macht man Eisen«, keucht er.

»Gut. Und … äh … wie viel davon brauchen wir, um ein Schwert herzustellen?«, fragt Melissa.

Daraufhin wendet er sich ihr abrupt zu: »Ihr macht kein Schwert.«

»Tun wir nicht?«

»Nein!« Er lacht ihr ins Gesicht. Magnus schüttelt den Kopf, als wäre Melissas Frage einfach zu komisch, lenkt dann aber ein. »Die meisten Lehrlinge starten mit einem Nagel.«

»Einem *Nagel?*« Melissa zeigt sich wenig beeindruckt. »Wir machen einen *Nagel?* Am ›Waffentag‹?«

»Ja. Es braucht Jahre, um ein guter Schwertschmied zu werden.«

»Okay. Und wie lange machst du das schon?«

»Jahre«, antwortet er.

Melissa setzt ihre beste Schmollmiene auf, und sogar Margot wirkt pikiert. Tricia ist damit beschäftigt, dem Funkenflug von etwas auszuweichen, das aussieht wie ein paar Dutzend Feuerwerkskörper, aber ich muss feststellen, dass ich insgeheim auch enttäuscht bin, dass ich meine *Xena-Die-Kriegerprinzessin*-Fantasien nicht ausleben darf.

»Ich werde diesen Nagel nicht allein machen, nur damit ihr es wisst!«, blafft Magnus und schlägt einen Funken aus, der sich in seinem Bart niedergelassen hat. *Wenn irgendjemand dringend eine Schweißermaske benötigt, dann doch Hipster,* denke ich.

Magnus stöhnt und pumpt weiter. Er ist an diesem Morgen in einer seltsamen Stimmung, und sogar Tricias Schmeicheleien und Margots kurze Shorts lassen ihn kalt. Einen Nagel zu schmieden, das scheint tatsächlich »eine verdammte Ewigkeit« zu dauern, wie Tricia anmerkt, und irgendwann verkündet sie, eine kurze Pinkelpause zu brauchen. Da wir ohnehin unsere Arbeit unterbrechen, einigen wir uns auf ein frühes Mittagessen. In diesem Moment entschuldigt Magnus sich und verschwindet, eigenartig gehend, in den Wald.

Wir beenden unser Mittagessen – gesalzener Hering vom Tag zuvor und Brot, das gar nicht mal so fade schmeckt, nachdem es über dem Feuer geröstet wurde – und sitzen dann da und warten auf die »Highlights«, die uns heute noch bevorstehen, bis Tricia anmerkt, dass unser Anführer schon ein Weilchen weg ist.

Melissa, die die Einzige mit einer Uhr ist, meint, wir sollten ihm noch fünf Minuten geben.

Magnus, dessen Verdauungstrakt nicht weiß, dass er unter Zeitdruck steht, kehrt auch nach fünf Minuten nicht zurück. Aber irgendwann nach etwa sechs Minuten teilt Melissa uns mit, dass sie ein seltsames Wimmern gehört habe.

Bitte lass es kein wildes Tier sein, bete ich still. *Bitte lass Mag-*

nus nicht zu dem Schluss gekommen sein, dass wir so unersättliche Heringsfresser sind, dass er noch mal losgegangen ist, um ein Eichhörnchen aufzuspießen … oder das Kackschaf zu opfern … oder sich von einem Marderhund attackieren zu lassen … oder einem Wolf …

»Ohhhhhhhhh.« Das Stöhnen steigert sich und erreicht den Signalton einer Sirene.

»Magnus?« Margot wirkt besorgt. »Sollten wir nach ihm sehen?«

»Der Mann folgt dem Ruf der Natur«, sagt Tricia. »Ich denke, wir sollten ihm seine Privatsphäre lassen …«

»Arghhhhh!« Ein weiterer hervorgepresster Laut.

»Andererseits …«

Wir sind gerade in eine geflüsterte Debatte darüber vertieft, was wir tun könnten, als Magnus in unser Blickfeld taumelt, die Haremshosen auf Halbmast, was uns einen guten Eindruck davon verschafft, was dieser Wikinger zu bieten hat.

Er schwankt und kippt dann langsam zur Seite. Wir sehen zu, noch immer überzeugt, dass er sich wieder aufrichten wird, bis er an einen Punkt gelangt, an dem es kein Zurück mehr gibt und wir alle aufspringen.

»Er wird ohnmächtig! Er verliert das Bewusstsein!«, kommentiert Tricia das Geschehen, während Melissa zu einem beeindruckenden Sprint ansetzt, um ihn zu retten, um letztlich von einer an ihr vorbeischießenden Margot überholt zu werden. Sie erwischt ihn im Fallen, ganz knapp, bevor sein Kopf Bekanntschaft mit einem besonders spitzen Stein machen kann … und er verliert die Kontrolle über seinen Schließmuskel.

»Ach du …« Margot gelingt es nur mit Mühe, ihn zu halten und dabei nicht mit Exkrementen beschmutzt zu werden »… liebe Güte!«

»Scheiße trifft es eher.« Tricia übernimmt das Fluchen für Margot, während wir alle die bedauernswerte Gestalt unseres einstigen großen Anführers mustern. Ein hochroter Ausschlag zieht sich über beide Wangen und lässt ihn aussehen wie einen aknegeplagten Teenager, und er schwitzt. Dann übergibt er sich. Eine riesige, zähflüssige Lache von überwiegend grauvioletter Färbung und einer seltsamen Schliere gesammelter Blätter darin.

Ich bin angewidert, befürchte aber auch, dass eine Frau mit vier Jutetaschen im Auto eine Situation wie diese meistern können müsste, deshalb sage ich den einen Satz, den ich seit meinem siebzehnten Lebensjahr übe: »Lasst mich durch, ich bin Ärztin.«

Woraufhin Melissa einen Satz anbringt, den sie seit ihrem fünfzehnten Lebensjahr geübt hat: »Du bist keine richtige Ärztin, du bist *Zahnärztin* …«

»Zahnmediziner müssen sich regelmäßig einer ihren klinischen Aufgaben angemessenen Ausbildung in der Handhabung medizinischer Notfälle unterziehen!«, entgegne ich ungeduldig.

»Und in der Sprache normaler Menschen heißt das was?«

»Wir lernen Erste Hilfe!«, erwidere ich. »Warum, was willst du stattdessen tun? Ihn mit Pferdeflüstern heilen?« Das bringt sie zum Schweigen.

Um ehrlich zu sein, kann ich nicht viel mehr tun, als seine Stirn zu fühlen, festzustellen, dass er an Bauchkrämpfen leidet und zu schwach ist, um aufzustehen. Zum Glück befindet sich kein Blut in den Ausscheidungen beider Körperöffnungen. Doch er zittert mittlerweile, und die beerige Farbe des Erbrochenen lässt kaum einen Zweifel daran, was für seinen Zustand verantwortlich ist. Die Augen aller Anwesenden richten sich auf mich. Nun, mit Ausnahme derer, die gerade verdreht in den Höhlen unseres großen Anführers sitzen.

Mist …

»Was sollen wir jetzt tun?«, will Tricia wissen.

Ich versuche, schnell eine Antwort zu finden.

Was würde eine Frau mit vier Jutetaschen im Auto in so einer

Situation tun? Dann erinnere ich mich: *Survivalskills 101: Erst mal überprüfen, ob es den anderen gut geht.*

»Ist sonst noch jemandem schlecht?«

Alle schütteln die Köpfe, und abgesehen von leichter Übelkeit ob des kleinen Schlachtfelds vor mir, geht es auch meinem Magen relativ gut.

»Hat er dasselbe wie wir gegessen?«, fragt Margot.

»Ich glaube schon …«

»Na ja, er hat den Rest der Beeren gegessen …«

Ich beginne zu schwitzen. Nachdem ich ein bisschen übermütig geworden war, was diesen ganzen »essbare Pflanzen«-Quatsch angeht, sorge ich mich jetzt, dass ich Magnus vielleicht mit irgendeiner wilden Frucht von dem einen Baum, von dem ich nicht hätte pflücken sollen, unabsichtlich vergiftet habe.

Ich bin wie Eva im Garten Eden, denke ich, *nur dass ich nicht mal eine verdammte Schlange habe, auf die ich es schieben könnte …*

Tricia ist so nett, mir einen Rettungsanker zuzuwerfen. »Viele Männer haben in diesem Alter Probleme«, sagt sie voller Überzeugung. »Mein Ex rannte ständig wegen irgendeinem Zipperlein aufs Klo. Ihm schlug alles auf den Magen. Buchstäblich.«

Die anrollende Welle des Schuldgefühls wird vom einsetzenden Regen und erneutem Rumoren im Verdauungstrakt unseres kranken Wikingers gestoppt.

»Ich muss«, stöhnt er. »Noch mal …«

O Gott.

»Schaffst du es bis zu den Büschen dort?«, frage ich.

Magnus stöhnt nur.

»Ja?«

Er schüttelt den Kopf.

»Also gut«, sage ich, muss aber feststellen, dass ich mich ebenfalls nicht vom Fleck rühren kann.

Was stimmt nicht mit mir? Warum passiert nichts?

»Also gut.« Ich versuche noch einmal, überzeugend zu klingen, jedoch vergeblich. Ich bin wie festgefroren.

Bitte hab nicht wieder eine Panikattacke, bitte hab nicht wieder eine Panikattacke …

»Komm in die Hufe!«, weist Melissa mich zurecht. Dann krempelt sie sich die Ärmel hoch und schiebt den Kopf unter einen seiner Arme. Während sie versucht, ihn hochzuhieven, schimpft sie weiter in meine Richtung: »Du hast Kinder, du solltest doch menschliche Ausscheidungen gewohnt sein …«

»Aber das waren niedliche kleine Babys, kein Neunzig-Kilo-Wikinger!« Panik hat meinen Körper erfasst. »Außerdem hast du Tiere!«, gebe ich zurück.

»Na und? Hat Tricia doch auch! Und einen Sohn!«

»Deine Tiere sind größer!«, widerspreche ich. *Ein kleiner Shih Tzu fällt ja wohl kaum ins Gewicht.*

»Nun, das zeigt nur, dass du keine Ahnung hast, denn a) Pferdeäpfel bestehen vor allem aus Heu, b) Hasen essen ihren Kot, und c) meine Hunde sind sehr gut erzogen und gehen dafür in den Wald. Ich gebe mich mit keiner Art von Scheiße ab. Das ist einer meiner Grundsätze.«

»Sehr gut. Grundsätze sind wichtig.«

Tricia mischt sich ein, sie wirkt jetzt besorgt, und ihre Geilheit auf Magnus scheint mit jeder unangenehmen Ausdünstung ein wenig mehr abzukühlen. »Genug jetzt. Das hier ist eine Krisen-shit-uation. Wir können ihn nicht einfach hier liegen lassen …«

»Nein, das können wir nicht. Oder doch?«, frage ich hoffnungsvoll.

»Nein!« Alle drei Frauen wenden sich mir zu.

»Wir sind einfach beschissen im Fischen, der Vorratskorb wird bald leer sein, und ich will nicht noch mal Zeug essen, von dem ich nicht weiß, was es ist …«, beginnt Tricia, wird jedoch unterbrochen.

»Und am wichtigsten ist, dass er Hilfe braucht.« Margot sieht Tricia ungläubig an.

»Natürlich«, bestätigt sie schnell. »*Das.* Genau *das.*« Aber damit ist Tricia noch nicht am Ende. »Und wer weiß schon, wer von uns als Nächstes krank wird?«

Wir mustern uns gegenseitig und überlegen, wie wir den Putzdienst unter uns aufteilen werden – zumindest ich tue das.

»Nun, ich werde auf jeden Fall keine Beeren mehr essen«, behauptet Melissa.

»Oh, na vielen Dank!«, sage ich. »Was, wenn es die Muscheln waren?«

»Das waren erstklassige Meeresweichtiere!«

Bei der Beschreibung will selbst ich mich übergeben.

»Und was waren diese Blätter da …?« Tricia wendet sich an Margot.

»Bärlauch? Der Bärlauch war in Ordnung«, antwortet sie hastig.

»Sicher?«, will Tricia wissen.

»Ja!«, faucht Margot genervt. »Daddy hat ein Buch mit essbaren Pflanzen im Klo im Erdgeschoss« – ich sehe, wie Margot das Wort »mondän« murmelt – »und außerdem habe ich einen Kurs …«

Überraschung!

»Lass mich raten«, höre ich mich sagen. »Duke of Edinburgh?«

Margot nickt und scheint den Spott in meiner Stimme nicht wahrzunehmen. »Platin.«

»*Platin?* Gibt es das überhaupt?«

»Es gibt nicht viele, die davon wissen«, gesteht sie.

»Wer genug Schulgebühren zahlt, kann haben, was er will«, murmelt Tricia.

»Vermutlich waren es Samen von Eibenbeeren«, verkündet Margot.

Erwischt …

Wir nehmen uns alle gegenseitig misstrauisch in Augenschein, bis Melissa in genau dem Augenblick, als der Himmel seine Schleusen öffnet, sagt: »Die Natur kann grausam sein …«

Magnus stöhnt erneut, und es wird klar, dass er JETZT SOFORT MUSS. Er scheint nicht mehr in der Lage – oder Laune – zu sein zu sprechen, aber seinen Grimassen nach zu schließen ist die Lage ernst.

Melissa bietet sich an, der Gemeinschaft ihre gute Konstitution zur Verfügung zu stellen, und macht hinterher sogar mit Hilfe von Margot und jeglichem Laub, das sie finden kann, sauber.

Wie kann man, wenn man Kacke wegputzt, nur so gut aussehen?

Nach dem, was Melissa als eine weitere »Begegnung der braunen Art« bezeichnet, ist uns allen klar, dass wir Hilfe holen müssen. Meine Schwester, die langsam in ihrer Rolle als Enid-Blyton-Heldin aufgeht, beginnt damit, die Spurensuche zu planen.

»Wir müssen herausfinden, wo er wohnt. Das Haus muss ganz in der Nähe sein. Und was ist mit Inge? Sollten wir ihr nicht Bescheid sagen? Ihn zu ihr bringen?«

»Wenn wir nur wüssten, wo sie ist«, sage ich.

»Nun …«, überlegt Melissa. »Als Silas …«

»Silas?«

»Einer meiner Hunde. Läuft gern weg, wenn er spitz ist.«

»Und …?«

»Nun ja, wenn Silas dann irgendwann zurückkommt und erkennbar ist, dass er … Spaß hatte, muss ich häufiger nachsehen, wo genau er … sich amüsiert hat …«

»Du meist gerammelt hat?« Tricia fühlt sich bemüßigt, die Sache klarzustellen.

»Ja, ich meine gerammelt hat«, bestätigt Melissa. »Auf dem

Land ist es so, dass man nicht einfach seinen Hund mit einem anderen eine Familie gründen lassen kann, ohne sich zu entschuldigen …« *Ich bin mir relativ sicher, dass die Sache etwas komplexer ist.* »… also muss ich oft seinen Spuren folgen. Der Regen erschwert das natürlich …« Sie schaut zum Himmel und dann mit zusammengekniffenen Augen zum Horizont. »Aber Inge kam gestern aus *dieser* Richtung.« Sie nickt wissend, kniet sich hin und berührt die Erde. Dabei nimmt sie etwas auf und lässt es durch ihre Finger krümeln.

Ich muss jetzt stark sein …

»Und sie trug die Vorräte in einem Sack bei sich, das heißt, dass ein Fußabdruck vielleicht wegen des einseitig verteilten Gewichts etwas tiefer ist als der andere«, fährt sie mit großem Ernst fort. »Der Sack könnte am Boden entlanggeschleift sein …« Sie schnüffelt, als könnte sie eine Fährte wahrnehmen.

Okay, Sherlock …

»Außerdem hat Magnus riesige Füße, deshalb können wir uns sicher sein, dass es nicht unsere Spuren sind …«

»Ihr wisst ja, was man so sagt: große Füße, großer …«, beginnt Tricia, doch dann erbricht Magnus in einen Busch, und selbst sie kann sich nicht dazu überwinden, diesen Gedanken zu Ende zu denken.

Ich starre hilflos in den Matsch und bin nicht in der Lage, irgendwo klar erkennbare Fußspuren auszumachen. Aber Melissa scheint sich sicher zu sein. »Da lang!« Sie zeigt in eine Richtung. Margot widerspricht nicht, und wenn es eine Person gibt, auf die ich im Geheimen vertraue, uns mit irgendwelchen Duke of Edinburgh-Reiche-Prinzessin-Tricks lebend hier rauszukriegen, dann ist es Margot. *Das kann nur bedeuten, dass Melissa auf der richtigen Spur ist, oder?*

»Sicher?«, fragt Tricia.

»Ich bin mir sicher«, sagt Melissa und klingt dabei alles andere als sicher. Magnus stößt ein Jaulen aus, das uns schlagartig in Bewegung versetzt. Aus unerklärlichen Gründen geht Melissa auf alle vieren. »Ja, ich denke, das ist die richtige Richtung. Ich werde ihn Huckepack nehmen.«

»Schaffst du das denn?«

»Ich bin mir nicht sicher …«, sagt sie, versucht es aber trotzdem. *»Arrrrrgh …«*

Meine Schwester läuft puterrot an, während sie sich bemüht, den schlaffen, mit Exkrementen besudelten Wikinger auf ihren Rücken zu hieven. »Passt schon … ich schaff das …«, ächzt sie. »Ich … bin … Starke … Beine … außerdem musste ich schon mal einem Schäferhund ins Gesicht boxen. Hab ihn astrein ausgeknockt.«

»*Was?* Warum hast du so was getan?«, frage ich.

»Er hatte bereits den Gärtner in der Mangel und kam mit angelegten Ohren auf uns zu … deshalb … nun ja … ich liebe Hunde, aber eine Frau muss tun, was eine Frau tun muss … *arrrrgh* …« Sie nimmt noch einmal Schwung.

»Lass mich dir helfen.« Margot nimmt Magnus' Beine und erlaubt es Melissa so, sich unter ihn zu schieben und nach seinen Armen zu greifen. Dass die jüngere Frau übermenschlich stark zu sein scheint, verstimmt Melissa doch ein bisschen. »Meine Muskeln sind zum Anpacken, nicht zum Angeben da«, erklärt sie. Gemeinsam hieven sie Magnus hoch wie eine Lumpenpuppe und beginnen, sich in die Richtung zu bewegen, die Melissa zuvor bestimmt hat.

So gehen wir eine Weile. Tricia und ich bieten hin und wieder an zu übernehmen, aber ich muss feststellen, dass ich ihn höchstens ein paar Meter weit tragen kann.

»Ihr müsst entschuldigen, dass meine Schwester so wenig Kraft im Oberkörper hat«, erklärt Melissa. »Sie besteht zu achtzig Prozent aus Salat.«

Schon bald werden wir unserer Pflichten enthoben, und die Profis übernehmen wieder.

Margot und Melissa schlagen sich großartig, aber nach einer beträchtlichen Strecke lassen auch ihre Superkräfte nach.

Das wird so nichts. Was sollen wir nur tun?, frage ich mich.

Ich habe keine nennenswerten Ideen, also verfalle ich in den »Böser Bulle«-Modus.

Ich sage: WAS, ZUR HÖLLE, SOLLEN WIR TUN? Ich habe nicht vor, hier mit einem kackenden Wikinger im Wald herumzusitzen, hungrig und von Kopf bis Fuß mit Matsch beschmiert. Wir brauchen einen Plan. EINEN PLAN, SAGE ICH! Komm schon, Alice, DENK NACH!

»Ähm … vielleicht …«, beginne ich zunächst zögerlich, bis mir klar wird, dass niemand eine bessere Idee hat, ich es also einfach sagen kann. »Wir brauchen eine Trage.« Ich deute auf Magnus' schlaffen Körper, der stöhnend zwischen Margot und meiner Schwester baumelt.

»Eine Trage?«, fragt Melissa. »Und wo sollen wir die herkriegen?«

»Nun …«

Nachdenken, Alice! Du bist Ärztin, schon vergessen? Eine professionelle Lebenswissenschaftlerin! Du hast einen weißen Kittel … irgendwo. Und du trägst spezielle Clogs bei der Arbeit. Du kannst das! Du hast diese Sache laut ausgesprochen, und jetzt verlassen sich die Leute auf dich. Sag noch was. Etwas Gutes … und zwar schnell …

»Wir könnten … eine bauen!« Ich klinge … *überzeugend.* »Er ist dann leichter zu tragen, und jede von uns könnte eine Ecke übernehmen.«

Margot und Melissa sehen sich an, als müssten sie sich abstimmen, bevor sie einwilligen, und Tricia nickt eifrig.

»Also gut.« Melissa lässt den Patienten zu Boden sinken. »Wie stellen wir das an?«

Es hat funktioniert? Es hat funktioniert! Mein Plan wurde angenommen! Ich widerstehe dem Versuch, mit mir selbst abzuklatschen, denn jetzt wird es ernst: Es geht an die Durchführung.

Wie macht man eine Trage … Ich denke an alte Folgen der Krankenhausserie *Holby City* zurück.

»Nun, wir sollten mit zwei Stangen beginnen«, sage ich mit so viel Selbstbewusstsein, wie ich aufbringen kann.

»Also gut, du Genie«, sagt Melissa. »Und wo sollen wir Stangen herkriegen?«

»Ähm …« Ich mache eine unbestimmte Geste, die unsere Umgebung einschließt.

»Das sind Bäume«, faucht sie. »Wir können keine ganzen *Baumstämme* tragen!«

»Wir finden sicher etwas, das ein wenig … handlicher ist …« Ich werde mich jetzt nicht beirren lassen. Und wundersamerweise fügt sich die Truppe.

Wir finden ein paar stabil wirkende, jedoch nicht zu wuchtige Äste, die einigermaßen gerade und frei von Blattwerk sind – mit Ausnahme eines aussprießenden Endes, das wir zu bereinigen beginnen. Es läuft nicht alles glatt – der Regen, unsere vor Kälte starren Finger und im Hintergrund eine Geräuschkulisse, die an eine Deutsche Dogge mit Ruhr erinnert –, aber wir tun unser Bestes.

Da vermutlich etwas Stabilität nötig ist, um unseren Riesen von einem Patienten quer übers Land zu befördern, schlägt Melissa vor, dass wir noch ein Paar Äste diagonal über das Gestell legen, sodass sie ein Kreuz bilden.

»Sehr gute Idee!«, stimmt Margot zu. »Das Dreieck ist die Stärkste aller Formen, aufgrund der Stabilität seiner Seiten, die es erlauben, Kräfte gleichmäßiger auf seinen Umriss zu verteilen als bei anderen Formen!«

»J-aa …«, sagt Melissa, »genau das wollte ich damit sagen …«

»Gute alte Oberstufenphysik!«, ruft Margot begeistert, als wäre das eine Erinnerung, die uns alle verbindet. Tut sie nicht.

»Genau!«, bringe ich munter hervor. »Wir müssen nur alles zusammenbinden und dann noch mit Stoff überziehen«, fahre ich fort, während Margot bereits ihre äußeren Schichten abstreift und darunter ein figurbetontes Funktions-Tanktop mit Ringerrücken zum Vorschein kommt, das so eng ist, dass man ihren Waschbrettbauch erkennen kann.

»Was tust du da?«, will ich wissen.

»Wir werden unsere Kleider dafür verwenden müssen, oder?«, fragt sie unschuldig.

»Äh, ja.« Ich versuche, selbstsicher zu klingen. »Los jetzt, alle! Wir müssen jeder etwas finden, das wir ausziehen und dann zusammenknoten können!« Ich treibe die anderen an.

»Können wir nicht zurück und eine Decke oder so was holen?« Tricia sieht sich verzweifelt um.

»Wir sind schon zu weit.« Margot schüttelt den Kopf und sieht mich, auf Bestätigung wartend, an. »Nicht wahr?«

»Ja, das sind wir«, sage ich und hoffe, überzeugend zu klingen. »Es ist besser, wenn wir uns jetzt beeilen. Es kann nicht mehr weit bis zum Haus sein, wenn er es in unter einer Stunde nach Sonnenaufgang zu uns geschafft hat. Wir sind jetzt wie lange unterwegs? Eine halbe Stunde?« Meine Schwester sieht auf die Uhr und nickt. »Also sind wir schon halb da!«

Innerlich schüttele ich mich ob meiner völlig uncharakteristischen Pollyanna-Positivität. Äußerlich gebe ich mich lebhaft und fröhlich. *Du machst das super!* Ich gratuliere mir selbst zu meiner coolen, entspannten Vier-Jutetaschen-Ausstrahlung.

»Okay, dann mal los.« Tricia schält sich aus einer Lage Designer-Athleisure-Kleidung. »Mitgefangen, mitgehangen!« Ich opfere meinen Pulli der Rettungsmission und versuche, nicht daran zu denken, dass das gute Sweaty-Betty-Stück jetzt für eine Trage für einen Mann mit unkontrolliertem Stuhlgang herhalten muss. »Ich fühle deinen Schmerz«, vertraut Tricia mir an und hält meinen Pulli noch mal bewundernd hoch. »Wenn das Gesicht nicht mehr das ist, was es mal war, muss man in etwas teurere Klamotten investieren. Um das Auge auf etwas anderes zu lenken. Sonst kann es passieren, dass wir ein bisschen heruntergekommen aussehen, nicht wahr?«

Wir? Glaubt Tricia etwa, ich bin im gleichen Alter wie sie?! Warum denkt hier jeder, ich sei älter, als ich bin? Strahle ich was Altes aus? Strahle ich »Das Leben hat mich echt geschafft!« oder so was aus? Ich muss wirklich an meiner Ausstrahlung arbeiten …

»Melissa?« Tricia wendet ihre Aufmerksamkeit von mir ab. »Du bist dran!«

Aber Melissa schlingt die Arme schützend um ihren kastanienbraunen Fleece-Pulli. Einen Moment lang frage ich mich, ob ihr kalt ist, doch dann erinnere ich mich daran, dass Melissa nie kalt ist; dafür bin ich zuständig.

»Können wir bitte auch deinen Pulli haben, Melissa?«, fragt Margot mit unerschütterlicher Geduld und Höflichkeit.

Melissa murmelt etwas kaum Hörbares.

»Verzeihung?«

»Ich sagte: ›Nein‹.«

»Was?«

»Das ist mein Lieblingspulli!«

»Ernsthaft?«

»Das ist jetzt aber nichts Sexuelles oder so was …?« Tricia mustert entgeistert das fleckige, fusselige Kleidungsstück.

»Nein«, antworte ich für meine Schwester.

»Oh, du wärst überrascht. Ich komme schon klar.« Melissa hebt herausfordernd die Augenbrauen. »Ich habe ihn zu neun von zehn meiner letzten Dates getragen und habe, nebenbei bemerkt, hundert Prozent Trefferquote. Dieser Pulli rockt!«

»O-kay, na dann …«

Nun, die ganze Situation ist gerade noch etwas merkwürdiger geworden.

Sich seine kleine Schwester beim Sex vorzustellen – und dann noch in einem fusseligen kastanienbraunen Fleece-Pulli –, das ist in etwa so, wie sich seine Eltern dabei vorzustellen: abartig.

Gegen die natürliche Ordnung der Dinge. In meinem Kopf tollt sie mit Hunden und Pferden herum und trinkt Tee aus Kate-Middleton-Gedächtnistassen. In meinem Kopf ist sie genau wie alle anderen Familienmitglieder vollkommen unschuldig und asexuell. Sie hat nicht mal Genitalien. Genau wie Barbie und Action Man. In der Vorstellung vom Landleben meiner Schwester kamen nie Dates mit fremden Männern und darauffolgendes Kopulieren in einem kastanienbraunen Fleece-Pulli vor. Ich versuche, das Bild loszuwerden, verbanne es aus meinem Kopf, um mich wieder der vor uns liegenden Aufgabe zu widmen.

»Ich kann verstehen, dass der Pulli für dich sentimentalen Wert hat«, sagt Margot behutsam zu Melissa, während sie die gespendeten Kleider mit einer ziemlich ausgefeilten Technik an die Stangen knotet, »aber ich fürchte, wir werden noch etwas brauchen, etwas Stabiles, etwas, das die große Oberfläche der Trage ausfüllen kann …« Sie unterbricht sich. »Also, das war jetzt nicht böse gemeint …«

»Kein Sorge.« Melissa streicht über die Seiten ihres Pullis, als wollte sie bestätigen, dass er tatsächlich recht voluminös ist und aus hochwertigstem Polyester besteht. Widerstrebend öffnet sie den Reißverschluss, und ich höre ein statisches Knistern, als sie nacheinander beide Arme herauszieht. Darunter trägt sie ihr *»Keep Calm and think about Cary Grant«*-T-Shirt, das sie, wie ich hoffte, ein wenig über den Verlust hinwegtröstet. Aber sie hält das Kleidungsstück so fest, dass Margot es ihr förmlich aus der Hand reißen muss, ehe sie damit beginnen kann, es von einem »hässlichen Pulli« zu »medizinischer Notfallausrüstung« umzuwandeln. Wie vorhergesagt komplettiert er unsere provisorische Trage vorzüglich, und ich bin mir sicher, dass der Duke of Edinburgh stolz wäre.

Sobald wir unsere Fracht aufgeladen haben, machen wir uns eilig wieder auf den Weg: Magnus stöhnt und presst sich regelmäßig die Hand auf den Magen, während er toxische Emissionen ausstößt und wir ihn hoch in die Luft heben. Es ist einfacher, ihn auf diese Weise zu tragen, und mit einer von uns an jeder Ecke kommen wir ganz gut zurecht. Beziehungsweise, das würden wir, wäre Melissa nicht über einen Kopf kleiner als Margot und ich, sodass Magnus von Zeit zu Zeit zur herabhängenden Ecke unseres ambulanten Rechtecks rutscht.

»Ihr habt ziemlich lange Beine«, japst sie. »Es ist schwer, Schritt zu halten!«

Dieses Handicap erweist sich als besonders tückisch, als wir einen rauschenden Bach überqueren und unsere Anführerin beinahe an die Strömung verlieren, die direkt ins Meer hinausführt.

Das wäre eine Schlagzeile!, denke ich.

»Wikinger« stirbt in der Obhut vierer Engländerinnen bei experimentellem Selbstfindungsurlaub.

Eine der Frauen, Alice Rat [mutmaßlich], *Zahnärztin und zweifache Mutter aus Streatham, war erst vor Kurzem in einen Fall von Trunkenheit am Frühstücksbüfett verwickelt, woraufhin man sie bitten musste, das* Premier Inn, *in dem sich der Vorfall ereignete, zu verlassen. »Sie sah schrecklich aus«, berichteten mehrere Zeugen.*

Dann erinnere ich mich, dass es hier nicht um mich geht, und reiße mich zusammen. Wir lassen das Bach-Desaster hinter uns, finden langsam in einen Rhythmus und lernen uns der Schwächen der anderen – vor allem »Körpergröße« und »geringe physische Kräfte« – bewusst zu sein und uns darauf einzustellen, sodass wir schon bald im Einklang miteinander marschieren.

Wir manövrieren uns durch eine felsige Mulde und dann, als ich gerade an einen Punkt komme, an dem ich das Gefühl habe, dass meine Arme und Beine keinen Moment länger durchhalten, verkündet Tricia dramatisch, sie habe »das Licht gesehen«.

Wir marschieren noch ein paar Schritte durch den strömenden Regen, als wir in der Ferne Lichter flackern und einen kleinen Kamin Rauch ausstoßen sehen. Und dann, endlich, ist da ein Haus.

»Ziegelstein! Es besteht aus echtem Ziegelstein!« Tricia macht sich vor Begeisterung fast in die Hose. »Und es hat eine Tür! Und Fenster!«

Erleichterung erfasst uns, und ich breche in nervöses Lachen aus, das schon bald auch die anderen ansteckt. Mein Herz rast – ausnahmsweise mal aus einem guten Grund –, und ich bin völlig aus dem Häuschen.

»Wir haben's geschafft! Wir haben es wirklich geschafft!« Ich kann es kaum glauben.

»Wer braucht schon Schwertschmieden – wir haben gerade jemandem das Leben gerettet!«

»Eventuell«, fügt Tricia hinzu.

»Wir sind Wikinger!«, brüllt meine Schwester und reckt triumphierend eine Faust, wobei sie beinahe ihre Ecke der Trage loslässt.

Der daraus entstehende Aufruhr und Melissas Gejubel werden jäh von einem schrillen, primitiven Geräusch unterbrochen.

»Zur Hölle! Was war das?«

»Magnus?«

Wir setzen die Trage ab und sehen nach, ob der Lärm von unserem großen Anführer kommt, doch abgesehen von etwas Sabber und einigen weiteren verräterischen Flecken entdecken wir nichts Verdächtiges. Magnus schläft tief. *Entweder das oder er ist tot,* denke ich besorgt. Aber einigen wir uns erst einmal auf schlafen … So oder so, er ist nicht der Ursprung des unfassbar grauenhaften, scheinbar aus den Tiefen der Hölle zu uns heraufsteigenden Geräusches.

»Riiiiiiiiiiiiiiii-öööörrrrgh!«, schreit jemand – oder etwas. Ich packe hastig Melissas Arm. Nur für den Fall, dass sie sich fürchtet …

»Schon okay«, sagt sie. »Alles gut.« Sie drückt meine Hand,

während eine mit Schlamm verkrustete, korpulente Kreatur mit wogenden Fettwülsten in unser Blickfeld trottet. »Es ist nur ein Schwein.«

O Gott. Herr der Fliegen. Ich wusste es!

Das Ungetüm steckt den Kopf durch einen nicht besonders stabil wirkenden Zaun und schreit uns noch einmal an: *»Riiiiiiiiiiiiiiii-öööörrrrgh!«*, ehe es sich wieder dem Aufwühlen des Erdbodens und dem Verschrecken mehrerer Hühner widmet.

Nachdem wir nun also wissen, dass Magnus neben Hühnern auch Schweine hält, machen wir uns auf den Weg zur Tür des weiß getünchten Hauses und bleiben dann nervös stehen.

»Sollen wir anklopfen?«, fragt Margot.

»Natürlich sollten wir anklopfen«, sage ich und schiebe Melissa vor, damit sie anklopfen kann. Sie hämmert gegen die Tür, doch es erfolgt keine Reaktion. »Gib es eine Klingel?«

Es gibt keine. Also warten wir ab, wie höfliche Briten es tun, während wir gelegentlich einem wimmernden Wikinger mit Männerdutt und Kotzerei Mut machen.

»Okay, lass uns einfach versuchen reinzugehen«, sagt Melissa und greift nach der Klinke.

»Nein! Das können wir nicht tun!«, wende ich ein und schlage ihre Hand weg.

»Warum?«

»Das gehört sich nicht.«

»Er macht sich gleich in die Hosen! *Das* gehört sich nicht!«

Das ist ein Argument.

Melissa wendet sich wieder der schweren Holztür zu, als sie plötzlich aufgeht.

Es stellt sich heraus, dass Inge auch auf den zweiten Blick nicht weniger beeindruckend ist: Schwarzes Lycra umgibt sie wie eine zweite Haut, als könnte jederzeit ein Workout anstehen.

»Hmm, hi …«, murmelt Melissa überwältigt.

Ich schlage mich kaum besser.

»Ich mag euer Haus«, ist das Beste, was ich in Sachen »Wie ein normaler Mensch sprechen« hervorbringen kann. Zum Glück kommt uns Inge zu Hilfe. Sie hebt eine Hand, um unserem Geplapper Einhalt zu gebieten, und reckt dann den Hals wie ein Schwan, um an Melissa vorbei die traurige Gestalt auf der Trage in Augenschein zu nehmen.

»Ist das mein Ehemann?«

»O Gott. Ja!«, antwortet Tricia.

Wir fühlen uns sofort schuldig und verpflichtet, uns zu entschuldigen, weil wir zwischenzeitlich ganz vergessen haben, warum wir eigentlich hier sind.

»Es geht ihm nicht gut …«, setze ich an, doch es besteht keine Notwendigkeit für weitere Erklärungen, denn in diesem Moment demonstriert Magnus pflichtschuldigst sein Leiden, indem er in einem gewaltigen, violetten Ausbruch seinen Mageninhalt von sich gibt.

»Schon wieder?« Sie wirkt eher verärgert denn besorgt um das Wohlergehen ihres Mannes. »Ich habe es ihm so oft gesagt«, fährt Inge aufgebracht fort. »Ich sagte: ›Nimm die Lernkarten mit! Touristen haben keine Ahnung vom Sammeln und glauben, Beeren kämen aus dem Supermarkt!‹«

»Ha!«, lacht Melissa, eifrig darauf bedacht, klarzumachen, dass sie sich auf dem Land auskennt und nichts mit uns Touristen zu tun hat. Ziemlich unfair.

»Nun, im Grunde tun sie das …«, setze ich erneut an.

»Ich kaufe sie immer als zwei für eins im Supermarkt«, steht Tricia mir bei.

»Was heißt zwei für eins?«, fragt Margot ahnungslos.

Oh, das ist mal wieder typisch. Natürlich kauft sie keine Sonderangebote. Vermutlich kauft sie nicht mal selbst ein! Bestimmt hat sie jemanden, der das für sie erledigt. Einen Butler oder so was …

Inge, die sich herzlich wenig für unsere Einkaufsgewohnheiten interessiert, gibt uns zu verstehen, ihr aus dem Weg zu gehen, damit sie ihren leidenden Gatten in Empfang nehmen kann.

»Ich übernehme ihn jetzt.« Sie hievt Magnus mit scheinbarer Leichtigkeit vom Boden hoch und trägt ihn wie einen Rucksack ins Haus. Dabei ruft sie uns über die Schulter zu: »Ihr kommt besser rein!«

Wir folgen ihr in einen Flur, der bis oben hin mit Outdoor-Klamotten in allen Formen und Größen vollgestopft ist, dann kommen wir an einem Raum voller Schuhe vorbei, wo ich mit einiger Freude auch unsere Beinbekleidung entdecke. Ein pummeliges Kleinkind verfüttert Würmer an Küken unter einer Infrarotlampe und kriecht dabei über eine rostige Kettensäge und ein Paar Turnschuhe, um sicherzustellen, dass auch die Nachzügler noch etwas abbekommen.

Außerordentlich …

Der Flur führt in eine warme Küche, wo Holz dominiert, und Inge warnt uns vor möglichen seltsamen Geräuschen, die auf »das Lamm im Küchenschrank« zurückgeführt werden könnten.

Einen Moment lang vermute ich, dass es sich dabei um eine Redewendung handelt, die nach der Übersetzung keinen Sinn mehr ergibt. *Wie bei Magnus und den blasenden Pelikanen,* denke ich, bis ich ein zögerliches Blöken höre und eine kleine, rosa Nase sich aus dem Schrank unter der Spüle schiebt. Darauf folgt ein dürres Beinchen und noch eines, bis ein kleines, wolliges Gesicht zum Vorschein kommt. Zwei Knopfaugen mustern die Neuankömmlinge, dann blökt die Kreatur erneut, ehe sie sich in den Schrank zurückzieht. »Seine Mutter hat es verstoßen, also haben wir es jetzt erst mal hier drin«, erklärt Inge uns, während sie ihren Wikinger-Ballast hinter sich her zerrt.

»Das ist ja schrecklich!«, gurrt Tricia ob des süßen Wesens.

»Auf dem Land passiert so was nun mal«, versichert Melissa,

unsere Expertin in Sachen Landleben. Und ich weiß genau, dass sie Inge beeindrucken will. Ich beginne, mich zu fragen, ob die Schafs-Rabenmutter vielleicht mein Problemschaf von neulich ist.

Das Schaf, das versucht hat, mich von den Beeren zu vertreiben, und das überall hinkackt …

Auf dem grob behauenen Küchentisch entdecke ich einen Laib Brot und etwas Weißes, Schaumiges.

»Ziegenmilch«, erklärt Inge. »Frisch von heute Morgen. Gut zum Eintunken.«

»Ach du liebe Güte …«, sagt Tricia.

»Sind wir im Mittelalter gelandet?«, flüstere ich.

»Ich fürchte fast«, zischt sie zurück.

»Ihr habt auch Ziegen?«, fragt Melissa.

»Ja.«

»Wow.«

»Habt ihr gut hergefunden?«, fragt Inge, und wir nicken. »Habt ihr den Anhänger benutzt?«

»Anhänger? Nein … wir haben eine Trage gebaut«, sagt Margot ein bisschen zu eifrig für meinen Geschmack, um den Ruhm für meine Idee zu kassieren.

»Ihr habt ihn *getragen?* Bis hierher?«

»Ja.«

»Auf der Straße?«

»Es gibt eine *Straße?*« Melissa ist fassungslos.

Inge verlagert Magnus' Gewicht auf ihren freien Arm und zeigt aus dem Fenster. Dort, parallel zu dem ausgetretenen Pfad, auf dem wir aus dem Wald gekommen sind, gibt es eine asphaltierte Straße. »Da drüben, hinter dem Schwein«, sagt sie, als wären wir dumm.

Wir sind dumm, denke ich, *oder besser gesagt, Melissa ist es. Sie hat den Weg vorgegeben …*

»Oh! Richtig! Das Schwein haben wir gesehen.« Melissa nickt in dem verzweifelten Versuch, ihren Stolz zu wahren.

»Im Moment haben wir nur eines. Es waren mal elf, aber wir haben sie gegessen«, erklärt Inge schlicht, ehe sie sich an Magnus wendet und etwas sagt, das reichlich genuschelt klingt.

»Ich glaube, das ist *Dänisch«,* flüstert Tricia.

»Genau«, nicke ich.

Inge zieht die Augenlider ihres Gatten hoch, um seine Pupillen in Augenschein zu nehmen, dann sieht sie sich seine Zunge an, ehe sie ihn wie eine Bauchrednerpuppe hochzerrt und gegen die Wand lehnt.

»Nun, sie geht nicht gerade sanft mit ihm um«, murmelt Tricia, während ich bewundere, wie effizient sie den Kranken handhabt.

Ihre Ehefrau-Technik ähnelt sehr meiner Zahnärztinnen-Technik, denke ich.

»Wird er wieder gesund?«, fragt Margot besorgt.

»Natürlich. Ich mache ihm das Übliche«, sagte sie und greift in einen Schrank mit einer Ansammlung von Gerätschaften und Zutaten. Sie holt eine knorrige Ingwerwurzel aus einer Holzkiste und schält sie, ehe sie sie geübt hackt, bis sie gründlich zerkleinert ist. Dazu gibt sie etwas heißes Wasser aus einem Kessel auf dem Ofen und streut etwas Braunes darüber.

Melissa schnüffelt und versucht, das mysteriöse Pulver zu identifizieren, bis sie es zu wissen glaubt: »Das riecht wie Tacos!«

»Kreuzkümmel«, sagt Inge. »Hilft ihm, es auszuschwitzen.« Als sie fertig ist, liegt Magnus über ihrem Arm wie ein Wäschestück, und sie trägt ihn aus der Küche. Uns ruft sie zu: »Ich flöße ihm das nur kurz ein, dann können wir reden. Macht es euch bequem, in der Kanne ist Kaffee.«

»Kaffee?« Ich horche auf und kann spüren, wie mein Puls rast und meine Fingerspitzen erwartungsvoll kribbeln. »Wir dürfen Kaffee trinken?« Ich seufze fast vor Entzücken.

»Natürlich.« Inge zuckt mit den Schultern. »Wir sind Wikinger, keine Amish.«

Gutes Argument! Blöder Magnus mit seinen blöden Regeln, denke ich, bevor ich hastig hinzufüge: *Natürlich hoffe ich, dass es ihm gut geht …*

»Und nehmt ruhig von der gesalzenen Lakritze«, fügt sie hinzu, als ob das eine Sache wäre, die uns etwas sagen sollte.

»Wie bitte?«

»Habt ihr das bei euch zu Hause nicht? Sehr belebend. Ihr seht aus, als könntet ihr es brauchen. Wie dem auch sei, dort auf dem Tisch steht sie.« Inge zeigt auf eine kleine Glasschale mit weiß bestäubten Kügelchen, die ich ursprünglich für Ausscheidungen des Lamms gehalten hatte.

Melissa stopft sich sofort etwas davon in den Mund und erklärt, dass sie das Zeug von ihren vorherigen Abenteuern in Skandinavien kenne und dass es »total lecker« sei.

Ich bin nicht überzeugt, als die Schale herumgereicht wird, werfe ich mir aber dennoch todesmutig eines davon in den Mund und bereue es sofort.

»Meine Atemwege stehen in Flammen …« Der Geschmack ist abstoßend. *Als würde mir jemand in den Mund urinieren … jemand sehr Dehydriertes …*

»Ja, natürlich, gesalzene Lakritze wurde ursprünglich zum Abschwellen der Schleimhäute eingesetzt«, erwähnt Melissa wie nebenbei.

Schleimlösende Süßigkeiten? Unfassbar …

»Nun, das pustet definitiv alles durch …« Ich schlucke, so schnell ich kann, um das Grauen, das meinen Mund derzeit in Beschlag nimmt, so schnell wie möglich loszuwerden, und greife dann hastig nach dem Kaffee. Margot macht »Mmmmh«-Geräusche, aber ihr Gesichtsausdruck erzählt eine ganz andere Geschichte, während Tricia höflich ablehnt und von »Pissbonbons« spricht.

Margot zuckt bei dem Wort leicht zusammen, und mir wird bewusst, dass ich sie nie habe fluchen hören. *Interessant,* denke ich, *die scheiß perfekte scheiß Margot …* Dann beginnt sie zu husten, und mir wird klar, dass sie vielleicht nur wegen der Lakritze das Gesicht verzogen hat.

»Alles okay?«, fragt Melissa. Ohne eine Antwort abzuwarten, klopft sie ihr auf den Rücken, bis sich die störrische Süßigkeit aus Margots Luftröhre löst.

»Danke.« Sie nickt.

Kaum dass Inge aus dem Raum ist, kommt ein flachsblondes Kind aus dem Küchenschrank, in dem auch das Lamm lebt.

»Was zum …« Tricia ist verblüfft, doch dann verwandelt sich das Gesicht des Kindes in eine Maske puren Schalks, und es flitzt zum Küchentisch.

Es ist der Beerenspucker!, denke ich liebevoll und erinnere mich an den kleinen Jungen, der seinen Vater mit Hilfe erbrochener Früchte so schön zurechtgestutzt hat. *Ah, wie wunderbar …*

Der Beerenspucker erklimmt einen Stuhl, um an eine Schachtel Zündhölzer neben einem Leuchter in skandinavischem Schick zu kommen.

»Ist er alt genug für die?«, fragt Melissa zweifelnd.

»Äh, nein! Definitiv nicht!« Ich bin bereits in Bewegung, um einzugreifen. »Er ist drei, vielleicht vier.« Ich nähere mich ihm, strecke die Hand aus und hoffe, dass das die internationale Geste für »Gib mir die Streichhölzer, du kleiner Pyromane!« ist. Doch er antwortet mir mit einem Blick, der internationale Kindersprache für »Auf *gaaar* keinen Fall!« ist.

»Kinder und offene Flammen, was kann schon schiefgehen«, stellt Melissa fest.

»Steh hier nicht so rum, hilf!«, weise ich sie an, während das Kind zwei Streichhölzer hintereinander anzündet und dann jauchzend davonrennt.

»Okay, Zangenangriff!«, schlägt meine Schwester vor.

»Was soll das überhaupt sein?« Ich behalte den Mini-Prometheus genau im Auge und frage mich, von welchem Planeten Melissa stammt, wenn sie glaubt, jetzt sei der richtige Moment, um auf obskure militärische Manöverbewegungen Bezug zu nehmen.

In diesem denkbar ungünstigen Moment taucht ein weiteres Kind auf, ähnlich blond und kaum älter als fünf – so alt wie Thomas –, das etwas umklammert, das aussieht wie ein Bündel Messer.

»Herr im Himmel!«, keuche ich. Dann sehe ich ein oder zwei Gabeln blitzen, und mir wird klar, dass sie einfach nur Essbesteck in der Hand hat.

Okay, vielleicht kann man einer Fünfjährigen, die besonders weit für ihr Alter ist, die Verantwortung für das Familiensilber übertragen, aber deshalb ist es noch lange nicht okay, einem Kind Streichhölzer zu überlassen, oder? Selbst in Skandinavien nicht …

»Nehmt ihm die Streichhölzer ab!«

»Das ist wie ein Rudel Wildkatzen hüten«, jammert Tricia, während sie und Margot versuchen, den zündelnden Vorschüler zu umkreisen.

»Alles in Ordnung?«, fragt Inge, die Hände in die Hüften gestemmt, als sie zurückkommt.

»Gott sei Dank!« Tricia atmet auf. »Die Kinder sind einfach aufgetaucht und haben sich die Zündhölzer geschnappt … und Messer … und *Gabeln!*«, fügt sie unnötigerweise hinzu. »Und sie sind so schnell!« Sie versucht, unseren jämmerlichen Mangel an Kontrolle über die Situation zu rechtfertigen, doch Inge scheint nicht besonders beeindruckt.

»Wie ich sehe, habt ihr Villum und Mette kennengelernt«, sagt sie und winkt die beiden zukünftigen Meuchelmörder zu sich, die uns nun ihrerseits mit einem Winken begrüßen.

Villum?, denke ich. *Eher Villain, wie das englische Wort für Bösewicht.*

Die beiden Kinder sagen etwas auf Dänisch, das wir nicht verstehen, dann fährt Inge fort: »Beim Hereinkommen sind wir an Freja, unserer Jüngsten, vorbeigekommen.«

»Es gibt drei davon …?«, ruft Melissa aus und rechnet im Kopf. Bei all der Aufregung hatte ich den Säugling, der eine Kettensäge als Klettergerüst benutzt hat, schon fast wieder vergessen.

»Ja.« Inge nickt. »Aber jeder hilft mit«, erklärt sie, während Beerenspucker Villum auf den Tisch klettert, um die Kerze zu entzünden, und die Fünfjährige – *Mette* – Messer, Gabeln und Löffel verteilt. *Scheiße,* denke ich. *Thomas könnte mir noch nicht mal sagen, wo unser Besteck ist. Und Charlotte ist sieben Jahre alt und bekommt den Hintern nicht mal hoch, um einen Kissenbezug zu wechseln …*

Inge holt Freja und trägt sie wie einen Rugbyball. In der rundlichen Miniaturfaust des Kleinkinds befindet sich noch immer ein Küken. Das Gesicht und die freie Hand werden kurz für eine Katzenwäsche unter den Wasserhahn der Spüle gehalten, und dann wird sie in einen schlichten Hochstuhl aus Holz verfrachtet.

»Wir wollten gerade essen«, erklärt Inge und holt ein himmlisch duftendes Blech mit Brötchen aus dem Ofen, das sie zusammen mit Brot und Butter auf dem Tisch abstellt. »Wollt ihr mitessen?«

»Was ist mit Magnus?«, fragt Tricia und erinnert uns damit an den medizinischen Notfall, in den wir alle bis vor fünf Minuten verwickelt gewesen sind.

»Ach« – Inge wedelt abwertend mit der Hand – »dem geht es bald wieder gut, nur ein harmloser Fall von neurotoxikologischer Vergiftung.«

»Harmlos« und »neurotoxikologische Vergiftung« sind keine Wörter, von denen ich je gedacht hätte, sie im selben Satz zu hören, aber Inge erscheint vollkommen unaufgeregt.

»In ein paar Tagen lassen die Symptome nach. Er braucht nur einfaches Essen, Flüssigkeit und Erholung.« Sie wirft sich ein Küchentuch über die Schulter, stellt allen Teller hin und will sich gerade setzen, als sie die kleinen Pfützen bemerkt, die sich zu unseren Füßen bilden. »Oh, ihr seid ja nass! Ich bringe euch etwas zum Anziehen.«

Und schon ist sie wieder weg, gefolgt von drei wilden flachsblonden Kindern.

»Nun, ich denke, wir haben uns eine kleine Erfrischung verdient«, sagt Melissa, setzt sich und gießt sich Kaffee ein.

»Das ist alles andere als eine Grenzerfahrung«, sagt Tricia, fügt dann jedoch hinzu: »Aber ich mag es!«

»Himmel, das ist so gut.« Mehr bringe ich nicht heraus, während ich mir das intensive Aroma des ersten Kaffees seit Tagen auf der Zunge zergehen lasse und den verführerischen Duft einatme. Nie zuvor hatte ich die Zeit, dem ebenholzfarbenen Nektar so ausgiebig zu huldigen wie in diesem Moment. Er ist exquisit. Und schon nach dem zweiten Schluck fühle ich mich wie eine ganz neue Frau: durch und durch koffeiniert mit *Leben.*

Margot sinkt in ihrem Stuhl auf der anderen Seite des Tisches ein wenig zusammen und stopft das Essen in sich hinein wie eine Verhungernde. Mir wird klar, dass sie trotz ihrer Pfadfinderfähigkeiten und ihrer Sonnenschein-Ausstrahlung in den letzten Stunden den Hauptteil von Magnus' Gewicht gestemmt hat. *Sie muss wirklich erschöpft sein,* denke ich. *Kein Wunder, dass sie am Verhungern ist.*

Plötzlich wird mir bewusst, wie ungewöhnlich diese Gedanken sind. *Was ist das bloß,* überlege ich, *so ein fremdes Gefühl … beziehungsweise die Art von Gefühl, die sonst allein Thomas und Charlotte vorbehalten ist … so eine Art … Oh!* Und dann fällt es mir wie Schuppen von den Augen: *Das ist es! Es ist Anteilnahme-für-einen-Menschen-der-kein-Blutsverwandter/kein Opfer irgend-*

einer grässlichen Fernsehsendung ist und bei dem mich auch meine berufliche Verpflichtung nicht zwingt, nett zu ihm zu sein …

Offenbar muss ich noch ziemlich an mir arbeiten.

»Hier, trockene Kleidung.«

Inge ist zurück, auf dem Arm Berge von Kleidern ganz in Grau und Schwarz. »Die sollten sauber sein, oder zumindest so sauber, wie es mit drei Kindern im Haus geht. Vielleicht sind sie euch … ein bisschen zu …« Sie beendet den Satz nicht, und uns wird klar, worauf sie hinauswill: Keine von uns ist wie eine Amazonengöttin gebaut, und wir werden vermutlich ein bisschen wie verkleidet aussehen. Wir lassen es trotzdem auf einen Versuch ankommen. Melissa und Tricia ziehen sich noch an Ort und Stelle aus – die Kinder stört das sicher nicht … bye bye, Cary Grant, man sieht sich –, während Margot und ich nacheinander aufs Klo verschwinden. Nach einem nahtlosen textilen Workover tragen wir alle Inges ausrangierte Kleider in monochromen Farben und sehen ein bisschen aus wie eine experimentelle Frauen-Theatertruppe. Aber uns ist warm. Und wir sind trocken. Und meine Finger und Zehen kribbeln von einem neu zum Leben erwachten Blutkreislauf und vor Dankbarkeit – falls Finger und Zehen überhaupt zu derartigen Regungen fähig sind, was ich nach einem kleinen Wackeln relativ sicher mit Ja beantworten kann. So viel also dazu …

Unsere Kleider werden von ihren Pflichten als provisorische Trage entbunden, und Melissa nimmt dankbar das Angebot an, dass ihr kastanienbrauner Glückspulli gewaschen und ihr so bald wie möglich wieder ausgehändigt wird.

Wir essen mit Kardamom gewürzte Rosinenbrötchen, die wir mit Butter bestreichen – sogar ich. Dann weist Inge die Kinder an, den Tisch abzuräumen, was sie unglaublicherweise sogar tun.

Stehen sie unter Drogen?, denke ich und sehe, wie die Kinder begeistert zupacken und Teller aufeinanderstapeln. *Vielleicht stehen sie unter Hypnose? Wie ist das möglich?*

»Wenn man ihnen sagt, was sie tun können, muss man nicht so viel Zeit darauf verwenden, ihnen zu sagen, was sie nicht tun dürfen.« Offenbar liest Inge meine Gedanken.

Sie ist ein magisches Wesen … Ich versuche gerade, das Gefühl aufgedrehter Heldinnenverehrung, das in mir aufsteigt, mit der vernünftigen Alice mit den vier Jutetaschen in Einklang zu bringen, als Melissa mir einen schmerzhaften Tritt verpasst und sagt: »Siehst du? Ich habe dir gesagt, das wird ein Abenteuer!«

Inge erregt unsere Aufmerksamkeit, indem sie beide Unterarme auf den Tisch legt, als wäre jetzt Zeit, über Geschäftliches zu sprechen. Was tatsächlich der Fall ist.

»Okay, ihr bekommt natürlich die volle Summe erstattet – und ich werde heute Nachmittag noch mit der Fluggesellschaft telefonieren, damit wir eure Flüge vorverlegen können.«

»Warum?«, fragt Melissa und zupft sich eine versprengte Rosine aus den Zähnen.

»Damit ihr nach Hause könnt«, antwortet Inge.

»Nach Hause?«

Es ist, als wäre alle Luft aus meinen Lungen gewichen.

Melissa schluckt und versucht, diese Information zu verarbeiten, und Margot wird blass. Keiner von uns hatte die Zeit, die Sache zu Ende zu denken.

Kein Wikingeranführer, kein Wikingertraining.

Das ist ein Schock für mich. Denn obwohl ich in den letzten Tagen Melissa, Tricia, das ganze Universum und jeden, der es hören wollte, vollgejammert habe, wird mir bei dem Gedanken, in mein altes Leben zurückzukehren, übel.

Wir sind so weit gekommen, haben so viel gelernt. Zur Hölle, zwischen uns haben sich beim Bau einer provisorischen Trage tiefe Bande entwickelt, und es ist uns gelungen, unsere verschiedenen physischen Schwächen auszugleichen, um einen Mann sechs Kilometer querfeldein zu schleppen … Ich habe eine Käferbrosche gemacht, verdammt noch mal! Wir können jetzt nicht gehen!

Der Gedanke, in mein altes Leben zurückzukehren, erscheint mir unwirklich. Unwahrscheinlich sogar. Ich will schreien, irgendwie Widerspruch einlegen. Aber niemand sagt ein Wort. Niemand spricht aus, dass es eine wirklich schlechte Idee wäre, jetzt nach Hause zu fliegen. Außerordentlich schlecht.

Das war's, denke ich. *Es ist vorbei. Nichts wird sich ändern.*

Das bedeutet, ich sehe die Kinder früher wieder. Das ist doch toll. Sie fehlen mir nach den vier Nächten ohnehin schon sehr. Aber es bedeutet eben auch, dass ich zurück zur Arbeit muss. Und zurück zu Greg. Und falls ich es noch nicht erwähnt habe: *NICHTS WIRD SICH ÄNDERN!*

Plötzlich ist mir sehr heiß, als würde etwas in mir kochen …

»Nein!« Der Protest platzt förmlich aus mir heraus. Vier Paar Augen richten sich auf mich. »Ich meine, nun ja, vielleicht sollten wir erst einmal darüber diskutieren … unter uns vieren.«

Melissas Miene wandelt sich langsam von Verzweiflung zu so etwas wie Hoffnung/ihren üblichen Menschlicher-Labrador-Ausdruck. Ich sehe Margot nicken, und selbst Tricia scheint fröhlicher zu werden.

»Wäre das okay?«, fahre ich flehend fort.

Inge blickt mich ruhig an.

»Das wäre okay.« Sie nickt. »Ich gebe euch einen Moment, ich denke, Freja braucht ohnehin eine neue Windel.« Sie schnappt sich ihr jüngstes Kind und schnüffelt an seinem Po, ehe sie es wie einen Rugbyball ins Bad trägt. Sobald sie außer Hörweite ist, sehen wir uns an, keiner weiß so recht, wo wir anfangen sollen.

»Ich mag es hier«, sagt Margot schließlich. »Es gibt nichts, für das es sich lohnt zurückzukehren … ich meine, in dieser Woche …«

Melissa nickt. »Ich habe jemanden, der sich um die Hunde

kümmert, die Jugendlichen im Ort haben ein Auge auf die Pferde, die Hasen sind bei meinem Nachbarn – alles in trockenen Tüchern also.«

»Ich könnte nicht behaupten, jemals so viel Spaß dabei gehabt zu haben, einen bewusstlosen Wikinger durch einen Wald zu schleppen«, argumentiert Tricia. »Mich stört es nicht mal, dass es hier keine Single-Männer gibt. Es ist nett, mal eine kleine Verschnaufpause zu haben. Sich einen Vorrat weiblicher Hormone anzulegen. Ist fast wie Hormonersatztherapie, nur ohne die Blähungen!«

»Außerdem will ich unbedingt ein Boot bauen!«, fügt Melissa hinzu.

Über den Tisch hinweg spüren wir, wie sich ein Gefühl der Verbundenheit zwischen uns bildet, und ich erwische mich dabei, dass ich lächele.

»Wir sind uns also einig?«

»Ich glaube schon.«

Als Inge zurückkehrt, setzen wir alle unseren besten Hundeblick auf.

»Wir würden gern bleiben«, sage ich, begleitet von heftigem Nicken rund um den Tisch. »Können wir irgendetwas tun, damit das klappt – auch ohne Magnus?«

Es liegt eine erwartungsvolle Stille im Raum, die so intensiv ist, dass sie beinahe knistert – so gebannt warten wir darauf zu erfahren, was unsere Zukunft bereithält.

Schließlich beginnt Inge zu sprechen: »Nun … ich habe in der Vergangenheit bereits ein paar … als Magnus … nun ja, ihr wisst schon …«

»Als er besser Infokarten hätte benutzen sollen?«, fragt Melissa taktvoll, zumindest für ihre Verhältnisse.

»Genau. Also, ich denke, ich könnte euch ein bisschen was beibringen …«

»Zusätzlich zum Versorgen von drei Kindern, einem Lamm

im Küchenschrank und einem kranken Ehemann?« Ich will bleiben. Wirklich. Aber an den meisten Morgen komme ich kaum mit mir selbst klar, deshalb will ich Inge die Gelegenheit geben, noch einmal zu überdenken, was sie sich da aufhalst.

Vier bekloppte Britinnen zu unterrichten, während man eine Kind-Tier-Menagerie am Laufen hält und einen kotzenden Wikinger pflegt, das wäre zu viel für jede Frau, nicht wahr?

Margot hält sich nicht lange mit derartigen Bedenken auf.

»Das wäre wundervoll!« Sie strahlt, und Tricia klatscht in die Hände.

»Gut, also dann.« Inge nickt, als wäre es beschlossene Sache, fügt jedoch hinzu: »Ich kann allerdings nicht jeden Tag zur Unterkunft kommen – nicht mit Magnus und den Kindern hier.«

»Oh, ja, natürlich«, sage ich. »Na ja, wir könnten ja zu dir kommen?« Ich habe absolut keine Ahnung, wie wir zurückkommen, aber jetzt, da ich weiß, dass es eine Straße gibt, bin ich mir ziemlich sicher, dass sich mindestens eine von uns erinnern kann.

»Oder ihr könntet hier im Haus übernachten«, sagt Inge.

»Das ginge?« Tricias Augen werden groß. »Habt ihr so viel Platz hier?«

Hmmm, fließendes, warmes Wasser … Meine Fantasie geht bereits mit mir durch. *Laken …!*

»Klar«, sagt Inge, »die Kinder schlafen eh meistens bei uns im Bett …«

War ja klar …

»Ihr könntet also Mette und Frejas Zimmer haben«, sagt sie. »Ich habe ihnen letztes Wochenende Etagenbetten gebaut.«

»Ganz allein? Aus einem Bausatz?« Tricia ist beeindruckt.

Aber Inge wirkt verwirrt. »Nein. Aus Bäumen …«

Tricia muss schlucken angesichts einer Frau, die so geschickt und großartig ist, dass sie sogar »free style« Möbel bauen kann.

»Wow«, murmelt Melissa, während Inge sich erhebt und in der Gemüsekiste nach Zutaten für das Abendessen sucht.

»Ist sie wirklich echt?«, flüstere ich Tricia zu.

»Ich glaube schon …«

»Nun, das wird interessant …«

7

»Also, womit fangen wir an?«, fragt Margot.

Vollgepumpt mit Östrogenen und noch immer ganz aufgedreht wegen unserer gemeinschaftlichen Entscheidung, unser Abenteuer fortzusetzen, warten wir mit angehaltenem Atem auf die Antwort.

»Anfangen?« Inge schaut auf, eine Kartoffel in der einen, ein Geschirrtuch in der anderen Hand. »Nun, erst einmal räumen wir auf. Selbst Wikinger müssen die Spülmaschine einräumen.« Sie zeigt uns, wo wir unsere Tassen abstellen sollen.

»Oh. Ja, natürlich …«

Stuhlbeine quietschen, als wir auf die Füße springen und wie Besessene beginnen, den Tisch abzuräumen. Inge wirft jedem Kind ein Tuch zu, mit dem sie aufwischen sollen, dann drückt sie einer verwirrten Margot Kehrschaufel und -besen in die Hand.

Die jüngere Frau schaut drein, als wäre es Kryptonit.

»Du hast so was schon mal gesehen, oder?«, frage ich sie.

»Ja. Natürlich.« Sie schüttelt die beiden Teile aus geformtem Plastik und versucht dann, sie auseinanderzubekommen. Sie braucht mehrere Versuche, doch schließlich gelingt es ihr, den Besen zu lösen. Margot zögert und klopft flüchtig damit auf den Boden, ehe das Lamm sie vor einer größeren Blamage rettet, indem es aus seinem Schrank kriecht und den Rest der Krümel wie ein Staubsauger inhaliert.

»Als Nächstes kümmern wir uns um eure Betten.«

Das ist ein wahrer Segen, und ich platze fast vor Vorfreude darauf, a) in einem Bett zu schlafen und b) zu sehen, wie diese magische Lichtgestalt von einer Frau lebt.

Obwohl es nicht ganz die »Leben ohne modernen Komfort«-Erfahrung ist, die Melissa für uns gebucht hat, denke ich und mustere im Gehen ihren Gesichtsausdruck.

»Bist du damit einverstanden?«, frage ich sie. »Die Luftmatratze gegen Stockbetten einzutauschen?«

»Ja, ich denke schon …« Sie klingt mehrdeutiger, als ich es von meiner Schwester gewohnt bin. »Ich habe da ein paar Hintergedanken«, antwortet sie geheimnisvoll.

Hintergedanken? Die Frau hatte in ihrem ganzen Leben noch keine Hintergedanken!

Ich sage mir, dass sie wahrscheinlich das Wort verwechselt hat, also lächele ich einfach nur und gehe weiter, froh, dass der Trick mit den Betten geklappt hat.

Sieg!

»Lächelst du etwa?«, fragt Melissa und sieht mich an.

»Was? Darf ich nicht lächeln?«

»Schon, aber … das macht mich nervös.« Sie tut so, als würde sie schaudern. Ich schneide ihr eine sarkastische Grimasse, bevor ich interessiert feststelle, dass ich tatsächlich fast so etwas wie »glücklich« bin.

Seltsam …

Äußerst seltsam …

Wir werden durch die Küche in einen weiteren Flur geführt, vorbei an einem Zimmer, in dem der noch immer stöhnende Magnus liegt.

»Sollen wir …?«, beginnt Tricia. »Ist er …?«

»Der wird schon wieder«, sagt Inge. »Bettwäsche ist hier …« Sie hält sich nicht damit auf, nach ihrem kränkelnden Ehemann zu sehen, sondern setzt unseren Rundgang fort und führt uns in einen Raum mit einer Waschmaschine, einem Wäschetrockner und einer Gefriertruhe. Außerdem ist da noch ein zum Wäscheschrank umfunktioniertes Bücherregal voller frischer, weißer gefalteter Laken. »Arme ausstrecken«, weist sie uns an, und wir gehorchen. »Hier sind ein Laken und ein Bettbezug für jede, Kissenbezüge könnt ihr euch selbst nehmen.«

So muss es im Gefängnis sein, denke ich und stelle mich an, um meine säuberlich gefaltete Bettwäsche in Empfang zu nehmen. *Zwar ein sehr schönes Gefängnis, aber trotzdem …*

»Haben wir alles? Gut, dann lasst uns gehen«, sagt Inge und scheucht uns aus der Kammer. »Das ist das Badezimmer.« Sie weist in Richtung eines großen, weiß gekachelten Raumes, in dem eine einsame Kerze flackert.

Was ist das mit Wikingern und Feuer?

Wir gehen weiter, und mir fällt ein Bücherregal im Flur auf, das dieses Mal tatsächlich mit Büchern und einem Korb mit Mobiltelefonen gefüllt ist.

»Sind das …«, flüstere ich Tricia zu.

»Ja«, antwortet Inge, die mich gehört hat, »aber ich habe Vertrauen in euch, dass ihr sie bis zum Ende der Woche dort lasst.«

Tatsächlich? Na, da kennst du mich schlecht …

Mich überkommt der beinahe unwiderstehliche Drang, den Arm auszustrecken und mir das weiße iPhone zu schnappen, das die letzten weiß Gott wie viele Jahre außerhalb der Behandlungszeiten die Verlängerung meines rechten Arms war. Es ist faszinierend, wie drängend dieser Impuls ist – als hätte er gar nichts mit mir selbst zu tun, sondern wäre einfach nur eine weitere lebenswichtige Körperfunktion. Wie Atmen. Manchmal ignoriere ich meine Kinder, um mir Fotos von meinen Kindern auf dem Handy anzusehen. *Was mich wohl,* wie ich jetzt feststelle, *nicht gerade zur Mutter des Jahres macht. Trotzdem …*

Nein, Alice. Aus! Pfui!

Mein Arm zuckt unkontrolliert in Richtung Korb.

Ich bin so weit gekommen … Ich habe nicht meine Introvertiertheit überwunden, eine Nahtoderfahrung mit einer alten Socke überstanden und meinen Kohlehydrate-Boykott gebrochen, nur um jetzt einzuknicken …

Als könnte sie meine Gedanken lesen, zählt Inge uns ein paar Grundregeln für die nächsten Tage auf.

»Ihr seid mittlerweile mit dem Wikinger-Verhaltenskodex vertraut, nicht wahr? Die neun ehrenvollen Tugenden des Wikingerlebens: Ehrlichkeit, Ehre, Disziplin, Mut, Gastfreundschaft, Eigenständigkeit, Fleiß und Durchhaltevermögen?«

»Nein?« Melissa betrachtet stirnrunzelnd ihre Finger. »Ich zähle nur acht.« Sie hebt demonstrativ die Hände.

»Nun ja, die neunte ist Treue, aber wisst ihr, wir sind hier in Skandinavien ziemlich liberal unterwegs. Sagen wir einfach, es gibt acht *Haupt*tugenden. Worum es mir geht: Vertrauen ist der Kern der meisten von ihnen. Und Ehrlichkeit. Okay?«

»Okay.« Melissa nickt und sieht ein bisschen weniger verwirrt aus.

Auf Wiedersehen, Handy. Ich schenke ihm einen letzten sehnsuchtsvollen Blick, ehe wir weitergescheucht werden. *Ich werde dich nicht vergessen …*

»Das ist das Kinderzimmer«, erklärt Inge und zeigt auf einen weiteren in Weiß gehaltenen Raum mit hellem Holzboden. »Ich habe Stockbetten gemacht, weil das praktischer für Übernachtungen und so weiter ist.«

Herr im Himmel! Seit Jahren wehre ich Charlottes Bitten ab, die Zahl meiner Kinder temporär zu erhöhen. Ich finde es anstrengend genug mit zwei herumrennenden kleinen Menschen, die etwas von mir wollen. *Aber drei? Oder mehr?* Schon bei dem Gedanken daran fühle ich eine Migräne nahen.

Vielleicht bin ich einfach nur eine schreckliche, lieblose Mutter.

Vielleicht muss ich einfach lernen, mich zu entspannen.

Vielleicht muss ich mehr Wikingerin sein …

Flink ziehen Inge und ihre beiden Ältesten die Betten ab und bringen ihre Laken ins andere Zimmer, bevor sie uns bitten, es uns bequem zu machen.

»Sollen wir?«, fragt Melissa und weist auf das Bett gegenüber.

An der Wand hängen nicht wie bei mir zu Hause mit Tesa befestigte Kinderkritzeleien, sondern drei große Leinwände. Jede davon ist von Inge und Magnus' Nachwuchs bemalt, signiert und mit einem Datum versehen worden – und durch die Platzierung an der Wand wurden sie zu »Kunst«. *Verdammt, das sollte ich auch tun!,* denke ich. *Memo an mich: in dem rot markierten iPhone-Kalender auf die To-do-Liste »Familienangelegenheiten« setzen. Wenn ich wieder Zugriff auf mein Handy habe …*

»Das obere Bett gehört mir!« Melissa erklimmt bereits die Leiter und legt sich flach auf den Rücken wie eine Leiche, um die Matratze auszutesten. »Nicht schlecht«, sagt sie und beginnt zu wippen.

»Äh … ich bin nicht sicher, ob das klug ist … Die Betten wurden für Kinder konstruiert …«

Ich habe, seit ich elf Jahre alt war, kein Stockbett mehr mit Melissa geteilt. Zu dieser Zeit habe ich offenbar beschlossen, dass ich Privatsphäre brauche, und bin in das letzte leere Zimmer gezogen. Ich habe keine Erinnerungen daran, bis mich meine aufgedrehte kleine Schwester wieder darauf stößt, als sie die Stabilität von Inges selbst geschnitzten Latten testet.

»Das wird wie früher!«, beschließt sie, ehe sie den Kopf nach unten hängen lässt. Das Blut schießt ihr ins Gesicht, und ihr Haar fällt herab wie ein Vorhang. »Aber wehe, du furzt in der Nacht, heiße Luft steigt nach oben, und dann kommt es direkt zu mir …«

»Ich fu…«, beginne ich, dann wird mir klar, dass ich ihr damit genau in die Hände spiele. *Sie will, dass ich zu meinem elf Jahre alten Ich degeneriere.* »Ich tue … *so was* nicht …«

Wenn ich ehrlich bin, bei einer weitgehend vegetarischen Ernährung mit reichlich nahrhaften Hülsenfrüchten tue ich *so was* vermutlich sogar häufiger als die Durchschnittsfrau.

Aber natürlich binde ich ihr das nicht auf die Nase. Außerdem bin ich nach so viel Gebäck sicherlich ausreichend verstopft …

Margot steht schüchtern bei dem anderen Bett, das Bündel mit den Laken an die Brust gepresst. Ich nehme an, dass sie nach dem Kehrschaufel-Desaster nicht anmaßend erscheinen will. Glücklicherweise kennt Tricia keine derartige Zurückhaltung.

»Stört es dich, wenn ich unten liege? Ich muss in der Nacht öfter raus, und wenn ich oben bin, riskierst du einen Fuß im Gesicht«, erklärt sie Margot, die sich sofort fügt.

Danach kehren wir in die Küche zurück, wo das Schaf vor dem Holzofen döst und die Kinder mit Küken jonglieren, während Inge in einem Topf rührt. Sie leckt anerkennend an dem Holzlöffel, legt einen Deckel auf ihre Kreation und dreht die Hitze runter, ehe sie überprüft, an welcher Stelle des Wikinger-Lehrplans wir uns gerade befinden.

»Also, Magnus sagt, ihr habt Unterkunft, Sammeln, Handwerk und die Hälfte von Waffenschmieden bereits durch, richtig?«

Wir nicken.

»Und den Vortrag über Fitnessstudios und den ganzen Kram hat er euch auch schon gehalten? Ja? Gut. Dann mache ich jetzt noch schnell den Eintopf fertig, dann können wir uns dem Schwertschmieden widmen …«

Melissas Augen beginnen zu leuchten, und ein Lächeln umspielt ihre Lippen, als wäre sie eine Achtjährige, die es gerade mit einem Trick geschafft hat, länger aufzubleiben. Ihre Grübchen drohen uns zu verraten, aber Margot ist schneller. »Magnus sagt, wir dürfen kein Schwert machen!«

Warum kann das Mädchen nicht die Klappe halten?

»Keiner mag Petzen …«, murmelt Melissa, und Inge hebt eine Augenbraue.

»Er sagte, dass ihr nicht ›dürft‹, ja?«, fragt sie. Margot nickt. »Nun, Magnus ist damit beschäftigt, in einen Eimer zu kotzen. Also machen wir ein Schwert.«

»Jawoll!« Melissa reckt die Faust in die Höhe.

»An einem Nachmittag?«, fragt Tricia verwundert und greift damit meine Gedanken auf. »Geht das denn?«

»Natürlich.« Inge zuckt mit den Schultern, schaltet den Herd ab und geht zur Tür. »Steckt euch ambitionierte Ziele. Erklärt euch zu Siegerinnen, noch bevor ihr diese Ziele erreicht habt.«

»Ist das so was wie ein Meme?«, fragte Tricia, die mit Inges großen Schritten kaum mithalten kann. »So was wie diese ›*Keep calm*‹-Sprüche?«

»Es geht darum, so großes Vertrauen in sich und seine Fähigkeiten zu haben, dass es keine andere Option als den Sieg gibt«, sagt Inge. »Es ist eine alte Wikingerweisheit.«

Verdammt, denke ich. *So was kriegt man nicht mal auf Etsy …*

»Sind alle bereit?«

Wir tauschen letzte solidarische Blicke und nicken: Wir sind bereit. Wir machen uns auf den Weg, das jüngste Kind wird in einen Kinderwagen geschnallt und zum Schlafen draußen stehen gelassen. »Frische Luft ist gut für die Lungen, und niemand in Skandinavien stiehlt Babys«, versichert Inge uns. Und die anderen beiden Kinder werden angewiesen, »sich schmutzig zu machen und ein Abenteuer zu erleben«.

Zum zweiten Mal an diesem Tag betreten wir den rauchgeschwängerten Schuppen – obwohl es sich anfühlt, als wäre das erste Mal in einem anderen Leben gewesen –, und erneut sind wir nicht allein.

»Hi!«, ruft Inge. Ein großer Mann mit Bart nähert sich uns. Er trägt ein Karohemd und etwas, das verdächtig nach einer Latzhose aussieht, wie ich sie Thomas früher angezogen habe, bevor er mir im Alter von drei Jahren mitteilte, dass so was nur Babys tragen würden.

Nun, mein liebes Kind, da siehst du, was dir entgangen ist. Offenbar tragen auch stramme Wikinger Latzhosen …

Als der Mann näher kommt, erkenne ich, dass er auch große, braune Augen und lange Wimpern hat.

»Wer ist denn diese Sahneschnitte?«, fragt Tricia mit einer Stimme wie heiße Schokolade.

»Das ist Otto«, sagt Inge. »Mein Cousin. Otto? Kommst du mal und sagst hallo? Wir haben Gäste!«

»Ich könnte ihn im Ganzen vernaschen …«, seufzt Tricia.

Der bärtige Mann schlendert zu uns herüber, streckt eine große, rußverschmierte Hand aus und überlässt es uns, wer sie zuerst schütteln will. Tricia meldet sich freiwillig und muss dann mit etwas Nachdruck dazu bewegt werden, ihn wieder loszulassen, damit wir anderen auch an die Reihe kommen.

»Haben wir uns vorhin schon mal gesehen?«, erkundigt sich Melissa.

»Ja, das war ich.«

»Sie haben uns nicht begrüßt!«

»Ja.« Mehr sagt er nicht und überlässt Inge die Erklärung.

»Otto arbeitet am liebsten, wenn er weiß, dass Magnus nicht da ist.«

»Warum?«, fragt Melissa ungeniert. »Verstehen Sie sich nicht gut mit ihm?«

Wie macht sie das? Ich frage mich, wann meine Schwester so gut darin geworden ist, gleich zum Punkt zu kommen.

»Oh, er hat mir persönlich nie etwas getan«, sagt Otto. »Es ist nur … wie sagt man …« Er schaut auf seine Handflächen und überlegt eine Weile, bis er die beste Übersetzung gefunden hat. »Ich denke einfach, dass er irgendwie ein Arschloch ist.«

Hört, hört …

»Nun ja …« Inge wirft Otto einen leicht tadelnden Blick zu, muss aber gleichzeitig ein Lächeln unterdrücken. »Otto ist auch Isländer«, fügt sie hinzu, »wir sind also die ursprünglichen Wikinger, nicht wahr?«

»Genau.« Er lächelt.

»Und manchmal ist Magnus etwas …« Sie unterbricht sich auf der Suche nach einem passenden Wort. »Nun ja … *Magnus.*«

»Mmm«, stimme ich spontan zu und habe dann sofort das Gefühl, mich ausgiebig entschuldigen zu müssen, während ich erröte.

»Niemals entschuldigen«, weist Inge mich entschieden zurecht.

»Nein, natürlich. Tut mir leid. Nein, tut mir nicht leid …« *Scheiße, ich sollte meine Klappe halten,* beschließe ich.

»Wie dem auch sei«, fährt sie fort, »heute Nachmittag geht es nicht um ihn, sondern um euch. Ihr sollt Wikinger werden. Das Schwert, das wir gemeinsam schmieden, wird nicht perfekt sein. Es wird nicht schön sein, aber es wird eures sein, und ihr werdet es mit euren eigenen Händen geschaffen haben.«

Ich werfe einen Blick auf Margots perfekte Schaufensterpuppenhände – *Ha! Viel Glück dabei, mit diesen Händen Metall zu bearbeiten* –, und ich stelle fest, dass auch Inge Margot prüfend mustert.

»Womit fangen wir an?« Margot springt förmlich auf und ab, so sehr brennt sie darauf, anzufangen. Ein schiefes Lächeln erscheint auf Inges Lippen, das sie jedoch schnell unterdrückt, ehe sie zur Sache kommt.

»Also, zuerst formt man das Eisen zu einer flachen Stange und hämmert es dann. Hart. Wir schmieden eine Stahlklinge, und dafür brauchen wir viele Schichten. Dann klopft man es flach, faltet es und beginnt erneut.«

»Wie Blätterteig«, mischt Otto sich hilfreich ein.

Ich wusste doch, dass sich all die Jahre, in denen ich beim Wäschemachen Backshows im Fernsehen geschaut und so indirekt mein Bedürfnis nach Kohlehydraten gestillt habe, auszahlen würden, denke ich erfreut.

Wir beginnen. Und ich stelle beeindruckt fest, dass ich seit heute Morgen offenbar wikingermäßige Kraft entwickelt habe. Tricia hat weniger Glück. Wieder einmal. Und als Inge den Schuppen verlässt, um nach der wimmernden Freja zu sehen, beauftragt Tricia kurzerhand Otto, dem Schwert an ihrer Stelle ein paar Schläge zu verpassen, als sie an der Reihe ist. Inge kommt rechtzeitig zurück, um Otto dabei zu erwischen – und sie ist nicht begeistert.

»Wikingerinnen helfen sich selbst«, weist sie Tricia zurecht. »Du bist keine Jungfrau, die vor dem Drachen gerettet werden muss, du bist der Drache!«

Tricia verspricht, in Zukunft ihre Frau zu stehen, und ich erwäge ernsthaft, Inges Aphorismen auf Tassen drucken zu lassen und mit in die Praxis zu nehmen.

Inge entpuppt sich als ausgezeichnete Lehrmeisterin, sie formt den rot glühenden Stahl und schleift ihn dann, um ihm eine scharfe Schneide zu verpassen. Mühelos vollendet sie die Klinge, und wir beobachten sie mit offenen Mündern dabei. Das Endergebnis ist wahrhaftig ehrfurchtgebietend.

Es ist so schwer, dass ich die Fersen in den Boden stemmen muss, aber es gelingt mir, es über den Kopf zu heben und damit mehrere Tauben im Gebälk aufzuscheuchen. Meine Schulterblätter werden nach hinten gedrückt, mein Trizeps spannt. *Ich bin wirklich eine Wikingerin!,* denke ich. *Nicht schlecht für eine Zahnärztin aus Streatham …*

»Gut, als Nächstes eine Axt, wer ist dabei?«, fragt Inge.

Nun, wenn sie das so sagt … Sogar ich bin jetzt aufgeregt.

Wir »zaubern mal eben schnell eine«, wie Melissa sagt, indem wir eine »axtartige Form« (wieder: ihre Wortwahl) schleifen und dann geschmolzenen Stahl darüberstreuen, um die Klinge scharf zu machen.

Ja, ich weiß! Einfach so »geschmolzenen Stahl« streuen, als wäre es Kakao auf einem Cappuccino mit Vollmilch! Etwas, das ich niemals trinken würde. Außer manchmal …

Als wir alles geglättet und die Klinge in die schmutzigen Tiefen eines Behälters mit kaltem Wasser neben dem Ofen getaucht haben, um sie abzukühlen, lernen wir, wie man sie wirft.

Wir wechseln uns mit dem Tragen der Axt ab, bis wir in sicherer Entfernung zu dem Schuppen sind, dann erklärt uns Inge die Grundlagen des Axtwerfens.

»Der Baum dort ist unser Ziel.« Inge zeigt auf eine Tanne in mittlerer Entfernung. »Ihr setzt einen Fuß nach vorn und nehmt Schwung, als ob ihr einen Ball mit gestrecktem Arm werfen wollt, und lasst los.«

Sie demonstriert es, und die Axt wirbelt elegant durch die Luft, ehe sie mit einem hörbaren Krachen in die rechte Seite des Baumstamms eindringt.

Inge holt die Axt, setzt sie ab und erklärt: »Das Ziel ist, die Axt dazu zu bringen, dass sie sich um 360 Grad dreht, damit die scharfe Schneide das Ziel trifft. Das kann für einen Anfänger recht schwierig sein, aber wir sehen mal, wie ihr zurecht…«

Sie wird von einem dumpfen Laut unterbrochen, und wir sehen, dass die Axt genau ins Schwarze unseres Ziels getroffen hat.

Inge dreht sich um und entdeckt eine rot angelaufene Margot, die jetzt eine durchtriebene Miene aufgesetzt hat.

»Ich … ich habe mich hinreißen lassen …«, entschuldigt sich die jüngere Frau.

»Ihr sollt warten, bis ich ›Los!‹ sage …« Inge starrt Margot an.

»Ja. Aber habe ich es richtig gemacht?«, fragt Margot unschuldig.

»Ja.« Inge kneift die Augen zusammen und nickt. »Ja, das hast du.«

Melissa greift als Nächste zur Waffe und schlägt sich ziemlich gut – ihre Hand-Augen-Koordination auf die Ferne war schon immer besser als die meine.

Das liegt daran, weil meine Arbeit sich um kleine Details dreht, tröste ich mich, *während ihre Arbeit mit Vieh zu tun hat. Und … Feldern und Zeug …*

Ich treffe genau gar nichts, aber es ist dennoch ein guter Wurf. Die Letzte in der Reihe ist Tricia, die wie erwartet Probleme hat. Dieses Mal ist es ihre Wurftechnik.

»Ich glaube, meine Brüste sind im Weg.« Sie versucht, eine nach der anderen zurechtzurücken, und experimentiert mit verschiedenen Winkeln für mehr Armfreiheit.

Melissa fühlt mit ihr. »Kein Wunder, dass du Schwierigkeiten hast. Das ist ein ganz beachtliches Paar Möpse …«

Ich erröte. *Wir sind nicht verwandt, wir sind nicht verwandt, wir sind nicht verwandt …*

Tricia nickt. »Ich hätte einen Sport-BH mitbringen sollen. Irgendetwas, das sie aus dem Gröbsten raushält …«

Margot meldet sich zu Wort. »Ich trage oft gar keinen BH.«

Wir sehen sie alle an.

Ach, verpiss dich Margot!, schrei-denke ich und hasse ihre *kecken-und-doch-angenehm-vollen-B-Körbchen,* die KEINE STÜTZE BRAUCHEN!

Schließlich gelingt es Tricia, einen Baum zu treffen. Es ist nicht der richtige Baum, und die Axt gräbt sich auch nicht ins Holz, sondern prallt einfach nur ab und erschlägt beinahe ein verträumtes Eichhörnchen, aber Inge stimmt zu, dass Tricia sich redlich bemüht hat.

»Und wir haben das Ding selbst gemacht! Und ein Schwert! Und wir haben Magnus' Leben gerettet!«, prahlt Tricia. »Was für ein Tag! Dafür haben wir uns einen Abend in der Wanne verdient!«

»Gibt es hier eine Wanne?« Margot sieht hoffnungsvoll aus.

»Nein, hier in Skandinavien duschen wir meistens«, erklärt Inge.

»Das war nur so ein Sprichwort!« Tricia versucht, alle zu besänftigen. Aber um ehrlich zu sein, ist mir eine Dusche fast ebenso willkommen, und ich kann es kaum erwarten.

Zunächst werden wir jedoch eingespannt, beim »Leben auf

dem Gehöft«, wie es die Drehbuchschreiber von *Unsere kleine Farm* wohl genannt hätten, zu helfen.

»Das Schwein bekommt Reste aus dem Eimer unter der Spüle«, weist Inge uns an, während sie den Panzer von einem Kinderwagen über das unebene Gelände zurück zum Haus schiebt. »Die Hühner brauchen nur eine Handvoll Getreide aus einem Fass an der Hintertür, die Pferde versorgen sich selbst …«

»Ihr habt auch Pferde?« Melissa wirkt überglücklich.

»Isländer«, korrigiert Inge sie.

Nicht schlecht, selbst die Pferde hier sind Wikinger!

»Die Ziegen fressen so ziemlich alles.« Inge geht den Rest ihrer Liste durch. »Und um die anderen kümmere ich mich.«

»Es gibt noch *mehr?*«, fragt Melissa, die ganz aus dem Häuschen ist vor Freude, eine Frau gefunden zu haben, die genauso *»Doktor Doolittle«*-mäßig drauf ist wie sie.

»Ein paar Katzen und das Lamm. Und die Kinder natürlich. Und Magnus.«

»Ach ja, stimmt.«

Was dann passiert, könnte auch ein Outtake aus einem rein weiblich besetzten *Rocky II* sein – denn obwohl wir nicht versuchen, die Hühner zu fangen, haben wir nicht damit gerechnet, dass sie einen Fluchtversuch unternehmen würden. Zusammen mit dem – offen gesagt ziemlich furchterregenden – Schwein.

»Na los, hinterher!«

»Mach du doch!« Melissa und ich schreien uns an, damit man uns über den Lärm hinweg hören kann, während Tricia lacht und Margot versucht, das Schwein zu »decken«, als wäre das hier ein gesittetes Netzballspiel.

Der *Herr-der-Fliegen*-Statist entscheidet sich schließlich, Ball zu spielen, und rollt sich in einer frischen Schlammpfütze, während wir die Hühner umzingeln.

»Das ist so schwer«, protestiere ich mitten im Sprung, in dem Versuch, eine der geflügelten Kreaturen zu fangen.

»Stimmt«, keucht Tricia. »Aber ein verdammt gutes Workout.« Sie schnappt nach Luft und macht eine Pause von dem Versuch auszusehen, als würde sie die Hühner jagen, um ein paar Kniebeugen nachzuholen. »Wenn das so weitergeht, sieht mein Hintern am Ende besser aus als nach dem Ibiza-Bootcamp. Arschbacken. Aus. Stahl …«

In diesem Moment fällt mir auf, dass Inge uns zusieht, und ihr Blick ist missbilligend. »Es geht nicht darum, großartig auszusehen«, berichtigt sie Tricia. »Es geht darum, großartig zu *sein!*« Sie sieht ihre älteste Tochter an, um sicherzugehen, dass sie zugehört hat – beschränkte Englischkenntnisse stellen offenbar keine Barriere für frühkindliche Lektionen in Geschlechtergerechtigkeit dar. »Deine besten Eigenschaften sollten dein Herz und das, was du im Kopf hast, sein, nicht das, worauf du sitzt.« *Wobei sie über Letzteres auch nicht gerade klagen kann,* denke ich und bewundere Inges in Lycra verpackte Kurven, als sie mit ihrem Nachwuchs im Schlepptau zum Haus zurückkehrt. »Verstand ist der neue Hintern!«, ruft sie über ihre Schulter zurück.

Ich konzentriere mich wieder darauf, die Hühner zu jagen, als Tricia murmelt: »Ja, aber was für ein Hintern! Wenn ich einen Po wie sie hätte, dann würde ich die ganze Zeit arschfreie Chaps tragen. Wie so ein Biker. Oder Christina Aguilera …«[12]

»Klar!« Melissa lacht mit ihr.

»Bist du mit dem Werk Christina Aguileras vertraut?« Ich kann mir nicht verkneifen, das zu fragen.

»Halt die Klappe«, gibt Melissa in einem Tonfall zurück, den ich jetzt einfach mal als schwesterliche Zuneigung interpretiere.

»Wobei, gibt es überhaupt Chaps, die nicht arschfreі sind?«, überlegt Tricia laut.

Das ist eine gute Frage, und einen Moment denken wir alle darüber nach.

---

[12] … um 2002, als ihr Album *Stripped* erschien. Durchaus empfehlenswert.

»Das ist der Nebeneffekt an einem Leben ohne Google«, sagt Tricia. »Man ist wirklich gezwungen, nachzudenken …«

Wieder im Haus, werden wir vom seligmachenden Anblick einer Inge mit zurückgestrichenem Haar begrüßt. Sie trägt einen übergroßen Pulli, und im Arm hält sie das Lamm, das sie mit einer Flasche füttert.

Das ist wie eines dieser berühmten Athena-Poster!, denke ich voller Begeisterung.

»Nächste Woche wird es entwöhnt, aber für den Moment bekommt es noch die Zitze«, erklärt sie.

Wir nicken schweigend.

»Können wir irgendwie helfen?«, fragt Melissa.

»Ja, was kommt jetzt«, ergänzt Margot, die sehr angestrengt versucht, hilfsbereit zu klingen.

»Jetzt habe ich Arbeit zu erledigen«, sagt Inge.

»Ist das hier nicht Arbeit?« Tricia lässt sich auf einen Stuhl plumpsen. »Ich bin fix und fertig!«

»In der Kanne ist noch Kaffee«, lautet Inges Antwort.

Kaffee ist die Antwort auf alle Fragen.

»Aber nein, das hier ist keine Arbeit, das hier ist das *Leben.*«

»Oh, na klar. Also, was tust du sonst noch so?« Margot ist fasziniert.

Inge lässt das Lamm aufstoßen, legt es zum Schlafen in den Schrank und holt mit den Worten »Ich studiere« einen Aktenordner und ein Laptop aus dem obersten Fach der Anrichte. Ich erwarte, dass sie so etwas wie »Ich werde Teilzeit-Yoga-Lehrerin« oder »Personal Trainer« sagen wird – denn, im Ernst, dieser Hintern –, aber was tatsächlich aus ihrem Mund kommt, ist: »Psychologie. Ich schreibe momentan an meiner Doktorarbeit.«

Das hatte ich nicht erwartet.

»Zusätzlich zu« – Melissa wedelt mit der Hand in Richtung ein paar vorbeiflitzender wilder Kinder – »*all dem hier?*«

»Ja.«

»Wow.«

»Und worum geht es in deiner Doktorarbeit?«, will Margot wissen.

Selbst Margot hat keinen Doktortitel …

Inge blickt ihr ins Gesicht und sagt: »Die Psychologie von Overachievern.«

Margot muss bei diesen Worten heftig schlucken, hin und her gerissen zwischen Neugier und dem wachsenden Verdacht, als Teil eines wissenschaftlichen Experiments unter Beobachtung zu stehen.

Zumindest ich fühle mich so, deshalb übertreibe ich vielleicht etwas.

»Deshalb werde ich mich jetzt für eine Stunde zurückziehen«, verkündet Inge. Meine Schwester sieht aus, als würde sie sich gleich vor Angst in die Hose machen bei der Aussicht, zum zweiten Mal an einem Nachmittag auf drei Kinder aufpassen zu müssen. Das Engagement der lustigen Tante Melissa endet meistens nach der ersten Rangelei und dem Austeilen von Schokolade. Wenn die Kinder dann vollkommen aufgedreht sind, reicht sie sie an mich weiter, frei nach dem Motto: »Nicht mein Zirkus, nicht meine Affen …«

Und ich habe nur zwei! Vielleicht will meine Schwester ja wirklich keine Familie, denke ich. *Interessant.*

Inge hat nicht gefragt, ob jemand von uns Kinder hat. Oder auch nur eine Ahnung, was wir mit den drei Miniwikingern anfangen sollen, die gerade zwischen den Tischbeinen herumtoben.

»Kommt ihr zurecht?«, fügt sie nach kurzem Zögern noch hinzu, bevor sie sich zum Gehen wendet.

»Ihnen passiert schon nichts«, sage ich und hoffe, sie davon zu überzeugen, dass man mir jederzeit Kinder anvertrauen kann – ich bin die Frau mit den vier Jutebeuteln im Auto.

»Ich meinte *euch* …«

»Oh.« *Wie peinlich.* »Danke, ja.« Ich nicke.

»Geht ruhig duschen, Handtücher liegen auf euren Betten.« Und dann ist sie weg.

Obwohl man uns versichert hat, dass die Kinder – sogar das Kleinkind – allein zurechtkommen, sehen sie uns jetzt erwartungsvoll an. Entweder das, oder sie fordern uns heraus. Ich bin mir nicht sicher.

»Gibt es kein TV hier?«, will Tricia beunruhigt wissen. »T-V?«, fragt sie noch einmal, diesmal lauter und mit erhobenen Augenbrauen, der internationale Code für »Ich spreche eure Sprache nicht, weil ich eine verdammte Britin bin, aber ich stelle euch JETZT EINE FRAGE. LAUT.«

Zum Glück scheint es »TV« auch in der Wikingersprache zu geben, denn die Kinder verstehen, worauf sie hinauswill, und schütteln den Kopf.

»Keine iPads?«, frage ich, ernte aber nur schräg gelegte Köpfe, als hätte ich es mit einem Rudel verwirrter Terrier zu tun.

»Ich glaube, das heißt Nein«, sagt Margot.

»Nun denn, Zeit, ihnen eine ordentliche Portion Poppins zu verpassen.« Melissa stemmt die Hände auf die Knie und erhebt sich.

»Ich glaube nicht, dass Mary Poppins ein realistisches Vorbild für die aktuelle Situation …«, will ich sagen, doch Melissa unterbricht mich mit erhobener Hand, als hätte ich eine Grenze überschritten.

»Was?«

»Wer sich mit Mary Poppins anlegt, legt sich mit mir an.«

»Ach, komm schon!«

»Oder Maria von Trapp. Ein weiteres meiner Idole«, erklärt sie Tricia.

»Geht es dir mit allen Figuren so, die von Julie Andrews verkörpert wurden?«, fragt Tricia neugierig.

Melissa zuckt mit den Schultern. »Victor Victoria ist mir eher gleichgültig.«

»Was ist mit der, die sie in *Plötzlich Prinzessin* gespielt hat?«, mischt Margot sich ein.

»Was?«

Ich fühle mich verpflichtet zu erklären, dass Melissa sich weigert, etwas anzuschauen, das nach 1997 entstanden ist, ein Ein-Frau-Protest gegen die Absetzung von *Soldier Soldier* auf ITV.

Letztlich verpassen wir den Kindern keine Portion Poppins. Nach ein paar Minuten des Zauderns beschließt Melissa, dass die Kinder die perfekte Jane-und-Michael-bei-*Für-zwei-Pennys*-Imitation bereits draufhätten. Sie nimmt sich also Inges Empfehlung mit der »gesunden Vernachlässigung« zu Herzen, setzt sich rittlings auf einen Stuhl und verkündet, dass wir uns alle einfach entspannen sollten. Und das tun wir dann auch – nachdem wir auf mein Drängen hin die Messer versteckt haben. Wir trinken Kaffee, unterhalten uns, duschen abwechselnd, essen noch mehr Brötchen und fühlen uns unglaublich dekadent – zumindest ich –, weil wir um vier Uhr nachmittags an einem Donnerstag einfach so herumhängen und dabei zusehen, wie ab und an ein Kind vorbeiflitzt. Manchmal ein Tier im Schlepptau, manchmal die Haare eines Geschwisters in der Faust, manchmal ganz ohne etwas. Und niemand stirbt. Oder beschwert sich. Absoluter Babysitting-Erfolg.

Ich weiß nicht, wann ich das letzte Mal einfach nur dagesessen und nichts getan habe … ob ich das überhaupt schon mal getan habe. *Irgendwann muss ich das getan haben, oder?* Ich runzele die Stirn und versuche, mich zu erinnern. *Irgendwann in den späten 1980ern vielleicht, als ich Lungenentzündung hatte …* Oder damals, als ich mir ein Bein gebrochen habe. Wie dem auch sei, es fühlt sich … gut an. Ich lasse die Hände über die Oberfläche des Tisches gleiten und fahre die Linien der Baumringe nach. Er fühlt sich wie etwas an, das geliebt und auf dem gelebt wird – im

Gegensatz zu der ständig desinfizierten grauen Granitplatte in meiner Küche.

Der hier, denke ich, *ist wie der Tisch, mit dem wir aufgewachsen sind.*

Ich sehe Melissa an, die mir gegenübersitzt, wie sie es früher an unserem Familien-Küchentisch getan hat. Wir haben uns ständig darum geprügelt, wer an dem einen Ende bei der Schublade neben den Platzmatten sitzen durfte. Sie hat nie herausgefunden, warum ich dort sitzen wollte, aber die Tatsache, dass ich es wollte, machte diesen Platz unendlich erstrebenswerter als alle anderen Plätze. Ich sah zu, wie sie Teigtaschen oder Würstchen im Schlafrock oder Pudding von Portmeirion-Tellern aß. Dabei hielt sie das Messer wie einen Stift und sprach mit offenem Mund, während sie mit ungetrübter Begeisterung auf selbst gemachtem, schwer verdaulichem Essen herumkaute; zumindest so lange, bis Mom sie in die Abnehmklinik schleifte und ihre Kohlenhydratzufuhr halbierte. Wir veranstalteten Wettbewerbe, wer die meiste Mayonnaise in seine Ofenkartoffel matschen konnte oder die meiste Butter auf seinen Toast. Wenn es mir gelungen war, den Sitzplatz bei der Schublade zu ergattern, beförderte ich unauffällig mein Essen dort hinein, um es später zu entsorgen, wenn niemand mich beobachtete.

Zu Beginn ließ ich nur das Frühstück weg. Das störte keinen. Es war eine Sorge weniger am Morgen, und Mom war mir dankbar, dass ich mich um Melissa kümmerte und am Ende aufräumte. Als sie nicht mehr da war, verloren »Essenszeiten« ihre Bedeutung. Wir aßen immer öfter zu verschiedenen Zeiten – deshalb kümmerte es niemanden, wenn Melissa sich um drei Uhr nachmittags ein ganzes Grillhähnchen einverleibte oder Dad Cornflakes zum Abendessen hatte. Niemand achtete darauf, was ich aß. Oder nicht aß. Nachdem Mom weg war, wurde Melissa für ihren gesunden Appetit gelobt. Bye, bye Hay-Diät, hallo Süßigkeiten und Leckereien, die uns von besorgten

Nachbarn und Verwandten vorbeigebracht wurden, die alles in ihrer Macht stehende für den »armen Witwer« tun wollten. Irgendwie fühlten sie sich dann besser – stellten uns Lasagne auf die Türschwelle und machten sich dann hastig aus dem Staub, aus Angst, mit uns sprechen zu müssen, sollten wir sie dabei erwischen. Niemand wusste so recht, was er sagen sollte. Also bekamen wir weiterhin anonyme Fresspakete. Plötzlich erinnere ich mich, dass es einen Monat gab, in dem wir so viele Lasagnen bekamen, dass Melissa eine Tabelle erstellte, in der sie die milden Gaben auf einer Skala von eins bis zehn bewertete. Dad schloss sich ihr an, und irgendwie führte das dazu, dass auch er sich besser fühlte. Jeder brauchte dringend jemanden, den er umsorgen und füttern konnte, und Melissa stellte sich dieser Aufgabe. *Mehr als nur einmal,* denke ich rückblickend. Ich erinnere mich, dass ich mich geschmeichelt fühlte, als jemand meinte, meine Beine würden aussehen wie die »Stängel eines Schneeglöckchens«, wie sie im Sommer so aus meinen Shorts ragten. Und so ging es weiter.

Ich habe einmal gelesen, dass Erdmännchen-Schwestern Essen als eine Form von Wettbewerb betreiben. Die Alpha-Schwester frisst mehr und versucht zuzunehmen, um ihre Position zu stärken. Bei uns war es andersherum. Aber im Grunde funktionierte es ähnlich. Indem ich immer dünner wurde, »siegte« ich. Indem ich immer dünner wurde, gewann ich die Kontrolle.

Kaum dass die Tinte auf meinem Abiturzeugnis getrocknet war, noch vor meinem achtzehnten Geburtstag, verließ ich das Haus. Und ich bin nie wieder zurückgekehrt.[13]

Ich sah, dass meine Schwester nicht weniger unglücklich war

---

[13] Für jüngere LeserInnen: Das war zu dieser Zeit dank Universitätsstipendien möglich (Wie gesagt, ich bin alt). Außerdem kellnerte ich und hatte ein ausgesprochenes Talent für das Falten von Servietten und die Verwaltung der Würzsoßen. Was ein Gewinn für die Zahnmedizin war, bedeutete einen Verlust für die »Pizza Express«-Filiale in Plymouth.

als ich, aber ich konnte ihr einfach nicht die Hand reichen – oder vielmehr, ich wagte es nicht. Ich wollte nicht, dass sie mich zu sich und Dad hinabzog, in den Abgrund der Trauer, aus dem es kein Entkommen gab.

»Noch ein Brötchen?« Tricia hält den Teller in meine Richtung. Sie hat gerade erst geduscht und die Haare in einem Turban auf dem Kopf, sodass sie aussieht wie ein alter Hollywoodstar bei einem Fotoshooting in St. Tropez.

»Nein, danke«, antworte ich – aber nicht, wie mir interessanterweise auffällt, weil ich Angst habe, was das mit meinen Oberschenkeln anstellen wird. Ich lehne ab, weil der sachte brodelnde Eintopf auf dem Herd so lecker duftet, dass mir bereits das Wasser im Mund zusammenläuft. »Du kannst meines haben«, sage ich zu Tricia, und sie nimmt das Angebot sofort an.

Meine Muskeln schmerzen, als wären sie umfassend und wie von der Natur vorgesehen belastet worden. Nach der Dusche fühle ich mich wie neugeboren, und dann taucht Inge auf, verkündet, dass ihre Lernstunde vorbei ist, und fragt uns, ob wir vor dem Abendessen noch ein Bier wollen.

Normalerweise trinke ich kein Bier. *Bei zweihundert Kalorien und bis zu achtzehn Gramm Kohlenhydrate pro Flasche? Träum weiter.* Aber an diesem Abend denke ich: *Scheiß drauf!*

Melissa öffnet die Flasche mit den Zähnen, einfach nur, um mich zu ärgern. *Ich wünschte, du würdest das lassen. Etwas Schlimmeres könntest du deinen Zähnen kaum antun. Das ist noch schlimmer für deinen Zahnschmelz als Tesafilm mit den Zähnen abzureißen!* Wie man sieht, bin ich wirklich eine Stimmungskanone, was Small Talk angeht. Kein Wunder, dass ich mich selten damit abgebe … Doch schon nach dem ersten Schluck vergesse ich meine Verärgerung, denn es ist *grandios.*

Mmm … Bier, wenn das falsch sein soll, dann will ich nicht richtig liegen.

Es ist schäumend mit einer kühlen, leicht bitteren Note, und ich fühle mich schon nach dem ersten Schluck lockerer und ausgelassener.

Kurz darauf erscheint Otto und bringt noch mehr lokale Brauereierzeugnisse und Backwaren mit.

»Otto! Bier *und* Kuchen? Du verwöhnst uns aber heute!«, gurrt Tricia.

»Alles klar, Herr Botschafter«, witzele ich, und sie lacht. Margot sieht verwirrt aus.

Otto sieht wahrscheinlich ganz anders aus als die Botschafter, mit denen sie sonst so verkehrt.

»Wir dachten einfach nur, ihr könntet was im Magen vertragen.« Otto grinst liebenswürdig. Auch er hat die Anspielung auf den Ferrero-Rocher-Spot aus den Neunzigern vermutlich nicht verstanden.

»In der *Hávamál*-Saga gibt es einen Satz«, fährt Inge fort und rührt noch ein letztes Mal im Eintopf, ehe sie ihn auf den Tisch stellt. »Wenn Gäste kommen, sollte man vorbereitet sein. Und genau das sind wir. So ist das hier.«

Die einzige Saga, die ich je gelesen habe, ist *Sweet Valley High* – tiefgründige moralische Grundsätze oder Lebensweisheiten sucht man dort jedoch vergeblich. *Abgesehen vielleicht von »Habe immer einen Lippenpflegestift dabei«,* denke ich und berühre meine trockenen, aufgerissenen Lippen. *Das war gar nicht so dumm …*

»Es handelt sich um eine Sammlung von Geschichten, nach deren Grundsätzen die Wikinger lebten«, erklärt Inge, während sie den Tisch deckt.

»So was wie die neun ehrenvollen Tugenden?«, fragt Margot, die sich erhebt und versucht, nützlich auszusehen.

»Nein«, sagt Inge, »die wurden von Amerikanern erfunden, die eine Kurzversion brauchten, weil sie keine Lust hatten, die Geschichten zu lesen –«

»Amerikanern *und* Magnus?«, scherzt Otto und öffnet sein Bier, indem er die Hand gegen den groben Tisch stemmt, was ihm Melissas Bewunderung einbringt.

Inge geht nicht darauf ein, sondern erklärt weiter: »Aber mein Ding ist ohnehin eher Ásatrú, der altnordische Glaube. Ich bin eine *Völva.*«

Das Wort klingt ein wenig so wie die Bezeichnung für den äußeren Teil der weiblichen Genitalien – oder Tricias semi-erfolgreiches Handwerksstück. Vermutlich ist auch das ein weiteres Beispiel für skandinavisches Empowerment und den sehr liberalen Umgang mit Sex und dem Körper, für den sie berühmt-berüchtigt sind.

Das ist also die vierte feministische Welle? Ist das die nordische Version von Pussy Power?

Ich mache mir schon Sorgen, völlig hinter dem Mond gelebt zu haben, doch Tricia hakt weiter nach.

»Du bist eine *Vulva?*«, fragt sie. »Du meinst, du *hast* eine Vulva, nicht wahr?«

»Nein, ich bin eine«, sagt Inge einfach nur.

»Eine ›Vulva‹?«

»Eine ›Völva‹ – V-Ö-L-V-A.«

»Gibt es da einen Unterschied?« Tricia sieht Otto hilfesuchend an.

»Das Ö hat zwei Pünktchen obendrauf«, sagt er, als müsste uns jetzt ein Licht aufgehen.

»Im Grunde bedeutet es, dass wir an Thor und Odin und die anderen glauben, aber nicht erwarten, dass sie unsere Probleme für uns lösen – denn warum sollten sie auch?«, sagt Inge und nimmt einen Schluck Bier. »Völva sitzen nicht herum und warten auf ein Wunder.«

Subtil sind sie offenbar auch nicht gerade …

»Uns geht es darum, unser eigenes Glück zu finden – und um *Gastfreundschaft*«, sagt sie. »Würde ich einen Raum betreten, in dem es keinen Kaffee, kein Bier, keinen Kuchen gibt, dann wäre das sehr unhöflich.«

Melissa wirkt etwas weggetreten und murmelt: »Vielleicht bin ich auch eine Völva …«

»Beim Wikingersein geht es auch nicht ums Rauben und Plündern …«

»Es sei denn, es ist der Kühlschrank!«, scherzt Melissa, aber Inge ignoriert sie.

»Es geht darum, sich am Morgen ins Gesicht sehen zu können. Es geht darum, ein anständiger Mensch zu sein, der die Wahrheit sagt, andere gerecht behandelt und sich gut benimmt.«

Tricia rutscht ein wenig auf ihrem Stuhl herum.

Seltsam … Ich versuche, ihren Blick einzufangen, doch sie weicht mir aus.

»Man sollte sich bewusst sein, dass die eigenen Handlungen immer auch Auswirkungen auf jemand anderen oder etwas anderes haben – die Natur, die Gesellschaft oder einen anderen Menschen. Was man austeilt, kommt zurück zu einem. Es geht nicht um Qualifikationen, wie viele Stunden man arbeitet oder um die Karriere.«

Hallo? Hallo? Kein Anschluss unter dieser Nummer …

Es fällt mir schwer, zu verarbeiten, dass all die Dinge, nach denen ich mein Leben lang gestrebt habe, mit einem Schlag von Thors Hammer vom Tisch gefegt werden. »Wikinger *verdienen* sich Respekt durch ihr Verhalten. Jedes Mal, wenn man jemanden trifft, fängt man von Neuem an. Man nimmt nichts aus der Vergangenheit mit. Es geht nicht um Geld oder sozialen Status. Sogar wer mit einem gewissen Status geboren ist, muss sich seiner würdig erweisen.«

Jetzt scheint es Margot unbehaglich zu werden. Nur Melissa ist noch unbeschwert.

Wie aus dem Nichts tauchen die Kinder auf und setzen sich auf ihre Stühle um den Tisch. Otto hebt die Kleinste in ihren

Hochstuhl, als wäre sie ein Ballon, und dann erwartet uns ein Festmahl aus Hühnchen und Gemüse-Eintopf. Ein Essen, das Inge offenbar gezaubert hat, während sie gleichzeitig auf drei Kinder aufgepasst, Schwerter geschmiedet, Äxte geworfen, ein Lamm gefüttert und Wikingerweisheiten zum Besten gegeben hat.

Ich will so sein wie sie …

Ich schöpfe Eintopf in meinen Teller und umgehe dabei vorsichtig das Geflügel, bis es Otto auffällt und er etwas Hühnchen in meine Richtung schiebt.

»Nein danke, ich bin Vegetarierin«, erkläre ich. Melissa zieht eine Grimasse.

»Aber es ist doch nur Hühnchen?« Er wirkt verwirrt.

»Ja.«

»Das *zählt?*« Otto sieht sich in der Runde um.

Inge zuckt mit den Schultern.

Jetzt schaue ich mich um, für den Fall, dass ich was verpasst habe. *Nein? Sehe also nur ich das Problem?*

»Hühnchen ist auch Fleisch«, erkläre ich für jeden, der das möglicherweise infrage stellt.

»Oh. Okay.« Otto zuckt nun auch mit den Schultern, als wollte er sagen: Dein Verlust. Doch dann fügt er hinzu: »Aber es ist ohnehin schon tot.« Er hebt ein Stück Fleisch hoch und wackelt damit, um mir zu zeigen, dass es sich vermutlich nicht mehr erheben und davonflattern wird. »Also … kannst du es genauso gut essen.«

»Wir haben selten vegetarische Wikinger hier«, erklärt Inge. »Aber du darfst natürlich essen, was immer du möchtest.«

Otto stellt das Essen wieder ab, und ich will gerade sagen: »Danke, das werde ich«, als mir der Duft des warmen, saftigen Vogels in die Nase steigt.

Ach du meine Güte, wie das riecht …

»Hau rein«, fügt Melissa mitten im Kauen hinzu, eindeutig ihren eigenen Rat befolgend.

»Würde es dir helfen, wenn wir einfach nicht zu genau hinschauen?«, will Tricia wissen.

Sie wendet den Blick ab, nur für den Fall, und Melissa wirft ein Hühnerbein auf meinen Teller.

Kindisch, denke ich. *Andererseits, jetzt liegt es schon da …*

Ich esse es. Und es schmeckt göttlich.

Ich bin eine miese Vegetarierin, schelte ich mich selbst und sehe mich nach einer Ablenkung um, die den drittklassigen griechischen Chor aussperren soll, der in meinem Kopf *»Du bist das Letzte, Alice Ray«* singt …

Ich bin erleichtert zu sehen, dass Inges Kinder das Hühnchen mit den Fingern essen, nachdem sie wie kleine Wikingerengel zuvor den Tisch gedeckt und sich absolut makellos betragen haben.

Ha! Wenigstens haben sie nicht auch noch perfekte Tischmanieren!

Doch dann fängt unsere Wikingeranführerin meinen Blick auf und nickt in Richtung der Kinder.

»Wikingeretikette«, erklärt sie zwischen zwei Bissen Hühnchen. »Alles, was fliegt, darf man mit den Fingern essen.« Mit perfektem Timing greifen die Kinder zum Besteck, um Gemüse zu zerteilen … und meine kleine Blase überheblicher Genugtuung zerplatzt.

Mette, Villum und Freja essen reichlich, ohne sich zu beklagen und ohne Fischstäbchen oder Ketchup zu fordern.

Magie, denke ich. *Es ist definitiv Magie.*

Melissa mampft genüsslich, ehe sie sich noch mal den Teller füllt.

»Zweite Portion? *Dritte?*«, kommentiere ich. Sie sieht mich mit steinerner Miene an.

»Ich trainiere«, erklärt sie zwischen zwei Bissen Huhn, »für das Berserkern.« Sie erkennt natürlich, dass ich ihr das nicht abkaufe. »Was? In Texas gelte ich als schlank«, fügt sie hinzu und reißt Fleisch von einem Schenkel. Ich erwarte fast, dass sie den Knochen über ihre Schulter wirft, also bin ich überrascht – *oder enttäuscht?* –, als sie ihn gesittet am Rand ihres Tellers ablegt.

»Ah, ja. Okay …«

Nach dem Essen bietet Otto an, die Kinder beim Zähneputzen zu beaufsichtigen und sie ins Bett zu bringen, bevor er geht, wodurch wir uns, wie Tricia es ausdrückt, »ernsthaft dem Frauengesöff widmen können«.

»Ich dachte, das wäre Gin?«, fragt Margot unschuldig.

»Gin, Cava, Bier – geht alles«, stellt Tricia klar.

»Oh.«

Ich bin bei meiner dritten Flasche lokal gebrautem Pils, und mir ist bereits etwas schwindelig, als ich mich dabei ertappe, Inge sehr ernst zu fragen, »wie sie das alles schafft«.

Das ist eine Lüge.

Was ich eigentlich lalle, geht in die Richtung von: »Ich meine, isch bin sooo müüde. Immer! Und ich jammere. Ständig. Und du schaffst es, deine Kinder zu Hause zu erziehen, deinen Doktor zu machen, außerdem die vielen Tiere, das Kochen, das Schwertschmieden und Axtwerfen und Großziehen von Tierbabys, und dabei bist du auch noch ständig so *hübsch* …«

Inge ist bescheiden genug, den letzten Teil zu ignorieren, stattdessen sieht sie mich direkt an und fragt: »Bist du verrückt?«

Ja! Ziemlich wahrscheinlich sogar! Ich will zu ihr sagen: *Du hättest mich letzten Monat im* Premier Inn *mit dem freihändigen Wein sehen sollen! Ich esse Big Macs in meinem Renault Espace und rede mir ein, dass es kein »Drive Through« ist, sondern ein »Autopicknick«! Natürlich bin ich verrückt!*

Glücklicherweise ist Inges Frage rein rhetorisch.

»Die Kinder sind nur deshalb zu Hause, weil die Tagesstätte diese Woche geschlossen hat«, erklärt sie. »Irgendein religiöser Feiertag, den keiner mehr begeht, aber alles hat geschlossen, und es gibt speziellen Kuchen. Wir haben hier viele davon – freie Tage und Kuchen. Ich würde gar nicht wollen, dass die Kinder immer hier sind!« Dann fügt sie nach kurzem Nachdenken hinzu: »Außerdem ist es gut für sie, Zeit mit anderen zu verbringen. Es dauert noch ewig, bis sie in die Schule kommen, aber sie lernen durch das Spielen mit anderen Kindern. Abgesehen davon … Ich *mag* Tiere, ich koche gern, und den Doktor mache ich nur für mich. Das ist das Wichtigste. Es gibt einen Spruch hier, der lautet: Man muss sich selbst als Erstes die Sauerstoffmaske aufsetzen.«

»Ist das eine alte Wikingerweisheit?«, fragt mein Mund, bevor mein Gehirn anspringen kann.

»Nein. Die alten Wikinger hatten keine Verwendung für Sauerstoffmasken. Tatsächlich sind sie selten mal geflogen«, antwortet sie geduldig, während ich mir mit der Hand auf die Stirn schlage. »Es ist eine *moderne* Wikingerweisheit. Sie sagt aus, dass man sich erst um sich selbst kümmern muss, ehe man sich um jemand anderen kümmern kann.«

Es entsteht eine seltsame flüchtige Stille um uns herum, während ich versuche, das zu verarbeiten.

»*Das war's?*«, frage ich schließlich skeptisch. »Das ist der Schlüssel zu … alldem?«

»Das war's«, sagt sie.

»Du bist nicht perfekt …?«, nuschele ich. Wie eine Idiotin.

»Ich bin nicht perfekt. Niemand in der wirklichen Welt ist das.« Sie nimmt einen weiteren Schluck Bier und mustert mich. »Hör zu, ich sage nicht, dass es einfach ist – aber ich kann dir sagen, dass es sich lohnt. Wirklich zu leben, meine ich.« Dann steht sie auf und zieht eine Seite ihrer Lycra-Leggings herunter. »Schau.«

Huch! Das kommt unerwartet.

»Siehst du? Da?« Sie zeigt auf ein filigranes Netz silberweißer Linien, die ihren Oberschenkel zieren.

»Wow, du hast Dehnungsstreifen …«

»Nein, ich habe Kampfnarben«, korrigiert sie mich und streicht liebevoll mit den Fingern über das komplexe Birkenlaubmuster, das sie immer mit sich herumträgt. »Kampfnarben vom *Leben.* Darum geht es.«

Ich glaube, ich bin in sie verliebt …

Ich sorge mich, dass ich mich in Anbetracht meines momentanen Zustands morgen nicht mehr an alles werde erinnern können. *Ich frage mich, ob sie mir das vielleicht alles in einer E-Mail zusammenfassen könnte …*

Die Kerze vor uns beginnt zu zischen, und Inge streckt, ohne meinen Blick loszulassen, die Hand aus und erstickt die widerspenstige Flamme mit der flachen Hand.

Sie ist so was wie ein Wikinger-Pegahorn …[14]

Dann zieht sie ihre Hose wieder hoch, gießt den Rest ihres Biers in ein Glas und stürzt es hinunter. Sie nickt in Richtung Flasche und meint: »Vergiss nicht: Immer zuerst die eigene Sauerstoffmaske aufsetzen.«

Ich will es. Ich will es wirklich. Aber als eine Frau, die erschöpft ist, weil sie das letzte Vierteljahrhundert damit verbracht hat, eine Version ihrer selbst für andere zu schaffen, bin ich mir nicht sicher, ob ich überhaupt *weiß,* wie man sich um sich selbst kümmert.

Aber vielleicht bin ich gerade am besten Ort, um es zu lernen …

Ich beschließe, hier und jetzt, jeden Tropfen Weisheit aufzusaugen, den diese Frau mir anbieten kann.

»Wie wäre es mit Nachtisch?«, fragt sie dann.

Wir alle erinnern uns leicht unbehaglich an Magnus und die Beeren, bis Inge uns versichert, dass für diesen Nachtisch keine Beeren gepflückt wurden. »Otto hat einen Kuchen gebacken!«

»Er bäckt auch noch?« Tricia schlägt eine Hand auf ihr De-

---

[14] Das ist eine Mischung aus Pegasus und Einhorn. Ist doch klar.

kolleté und fügt dann hinzu: »Wartet, bis die Härchen an meinen Armen sich wieder legen …«

»Das Topping besteht aus Meersalz und Schokolade, außerdem hat er ein wenig mit Orangenzesten experimentiert«, fügt Inge hinzu und stellt den Kuchen auf den Tisch.

Das Ergebnis überzeugt. Sehr. Und es erinnert mich nur ein wenig an die Jumbo-Tafel Orangenschokolade, die ich ganz allein gegessen habe, als ich ein Weihnachten schluchzend auf dem Klo verbrachte. Eine vage Erinnerung an eine Kombination aus salzigen Tränen, billiger Schokolade und synthetischem Orangenaroma steigt in mir auf. Mom hatte mir gerade mitgeteilt, dass das ihr letztes Weihnachten sein würde und ich stark sein müsse – dass wir weitermachen müssten wie bisher und ich Melissa nichts erzählen dürfe. Deshalb vertraute ich mich stattdessen Süßwaren an.

Lasst uns froh und munter sein …

Ich habe die Szene so deutlich vor Augen wie kaum etwas aus jener Zeit. Oder davor. Oder danach.

Ich war traurig, wird mir klar, *sehr, sehr traurig. Und ich hatte niemanden, mit dem ich reden konnte.*

Sollte Charlotte in ein paar Jahren in so eine Lage kommen, dann würde ich sie in den Arm nehmen und ihr sagen wollen, dass alles gut wird. Dass ich dafür sorgen werde, dass alles gut wird. Aber damals hat das niemand für mich getan. Niemand ist gekommen.

Positiv an der Sache ist aber, denke ich, während ich den Kloß in meinem Hals mit dem letzten Bissen Kuchen hinunterschlucke, *dass ein halbstündiger Heulkrampf und zweihundert Gramm Schokolade dazu geführt haben, dass ich dieses »Salzige Schokolade«-Ding gute zwanzig Jahre vor allen anderen erfunden habe …*

Die Unterhaltung kommt kurz zum Erliegen, weil wir damit beschäftigt sind, zu verdauen, deshalb beginnt Tricia mit ihrer

Stille-Allergie Inge mit Kurzbiografien der Anwesenden zu versorgen.

»Melissa und Alice sind Schwestern«, erzählt sie Inge, während ich heftig blinzele, um mich wieder in den Griff zu bekommen. *Nicht heulen, nicht heulen, nicht heulen …* »Also, wie wart ihr zwei als Kinder so?«, fragt Tricia mich.

»Ah, na ja, du weißt schon«, murmele ich mit zugeschnürter Kehle.

»Nein, tue ich nicht.«

»Weißt du es denn?« Melissa betrachtet mich aufmerksam. »Alice hat eine mentale Blockade bis zu ihrem achtzehnten Geburtstag«, erklärt sie dem Rest der Gruppe.

»Das stimmt so nicht …«, widerspreche ich.

»Tatsächlich? Beweise es!«

Das würde ich gern. Ich würde wirklich gern einen Weg finden, meiner Schwester alles zu sagen, was ich ihr nie sagen konnte. Aber ich weiß einfach nicht, wie.

Es ist so lange her und fühlt sich so fremd an, und ich finde einfach nicht die richtigen Worte … und vermutlich empfinde ich das alles auch nur wegen des Biers so …

Ich blicke auf die Flasche in meiner Hand und versuche, meinen Kopf daran zu hindern, sich mit Watte zu füllen. Na ja, sich etwas weniger mit Watte zu füllen. *Also ich … kann einfach … nicht …* Stattdessen versuche ich, die Kontrolle über die Situation wiederzuerlangen, indem ich die physiologischen Prozesse durchgehe, die derzeit in meinem Körper stattfinden, denn Zahnärztinnen = Medizinerinnen. Tatsache.

… das Bier wandert jetzt in meinen Magen, und der Alkohol dringt in meinen Blutkreislauf ein – schneller als gewöhnlich wegen der Kohlensäure, und das erhöht den Druck in meinem Magen …

Ich nehme einen weiteren Schluck, während Melissa ihre Version unserer Kindheit zum Besten gibt.

»Und einmal habe ich eine streunende Katze gefunden und

sie mit nach Hause genommen, aber Alice hat es Mom erzählt, und ich musste sie wieder laufen lassen …«, sagt Melissa und sieht mich an, als wäre ich so eine Art Kinderfängerin. Also nehme ich ganz automatisch noch einen Schluck.

Verdammt!

… meine Leber wandelt den Alkohol nun in verschiedene Chemikalien um, damit das Gift mit … mit … Ich komme einfach nicht drauf. *Na toll, nun verliere ich mein Erwachsenengedächtnis auch noch …* Dann fällt es mir ein. »Enzyme!«, rufe ich erleichtert. »Sorry …«

»Das hätte mir nicht so viel ausgemacht, wenn ich nicht schon das Wiesel nicht hätte behalten dürfen, wegen ihrer ›Allergien‹«, fährt Melissa fort. Daran wiederum kann ich mich erinnern. »Ich habe Mom gefragt, ob nicht stattdessen Alice ausziehen kann, aber sie hat Nein gesagt.« Meine Schwester schnieft bei der Erinnerung daran. »Ich habe tagelang geheult.«

»Ja, wie damals, als Daddy mein erstes Pony erschossen hat«, nuschelt Margot. Tricia und Melissa sehen sie entsetzt an. »Aus Versehen!«, stellt sie klar. »Er ist während der Moorhuhn-Saison aus seiner Koppel entkommen. Also das Pony, nicht mein Vater …«

»Woah«, macht Melissa, knallt ihr Bier auf den Tisch und streckt den Arm nach Margot aus. »Hast du es gut verkraftet?«

»Ich war ziemlich traurig.« Sie nickt und dankt meiner Schwester für die Anteilnahme. »Aber er hat mir ein neues gekauft.«

Inge wirkt irritiert, wird aber dann von dem Lamm abgelenkt, das schläfrig aus seinem Schrank kriecht. Es will auf ihren Schoß, und sie hebt es hoch.

»Ich hab ja mal eine Kuh getötet«, sagt Tricia.

»Was?« Melissa wendet sich ihr zu. »Wie?«

»Nun ja, wie ihr vielleicht wisst, befand sich im Range Rover Sport früher einmal ein Kühlschrank zwischen Fahrer- und Beifahrersitz«, sagt Tricia, als hätten Kühe und Kühlschränke notwendigerweise etwas miteinander zu tun. »Das war vielleicht ein toller Geländewagen.« Sie schüttelt den Kopf.

»Und …?« Melissa versucht, sie wieder zum Thema zurückzubringen.

»Nun ja, ich fahre gern schnell«, sagt Tricia. »Oder besser gesagt: Ich *fuhr* gern schnell. Und dann wollte ich was aus dem Kühlfach holen. Ich habe nur für eine *Millisekunde* nach unten geschaut – und bin durch ein Weidetor gefahren. Ohne es vorher aufzumachen. Das war das eigentliche Problem«, erklärt sie. »Ich fahre nicht mehr.«

»Wow …« Melissas Augen sind riesig, und ich versuche, mein schwammiges Gehirn wieder auf Linie zu bringen.

Meine Leber nutzt jetzt ein Enzym mit dem Namen … mit dem Namen … Ich wühle durch die Aktenschränke in meinem Kopf, kann das Wort aber nicht finden … *nutzt jetzt irgendwas, um den Alkohol in etwas umzuwandeln, das mit einem A beginnt? Vielleicht ist es auch ein E … Verdammt noch mal!*

Ich komme einfach nicht drauf, also trinke ich noch einen Schluck Bier und stelle überrascht fest, dass die Flasche leer ist. Inge, die die ganze Szene mit einiger Belustigung beobachtet hat, schiebt nun ihren Stuhl zurück, um Milch für das Lamm und noch mehr Bier für uns zu holen. Sie wirft mir eine Flasche von Letzterem zu, und ich fange sie auf. Gerade so.

»Was ist mit dir?«, fragt Tricia an mich gewandt.

»Was soll mit mir sein?«

»Nun, beim Wikingersein geht es um Ehrlichkeit und ums Teilen, nicht wahr?« Sie sieht zu Inge, und die nickt leicht. »Also erzähl uns was, von dem niemand sonst weiß.«

»Nun, das sollte einfach sein. Wir kennen uns ja erst seit ein paar Tagen.« Melissa lacht. »Und wir reden hier über meine Schwester, die maulfaule Alice!«

»Im Gegensatz zu dir, die allen alles auf die Nase bindet, egal, ob sie es hören wollen oder nicht!« Ich versuche, das ähnlich scherzhaft zu sagen wie meine Schwester, aber es kommt schräg heraus, und ich spüre ein verletztes Beben von der anderen Seite des Eichentisches.

Tricia scheint davon nichts mitzubekommen und hakt weiter nach: »Aber ihr kennt euch doch seit eurer *Geburt!*«

»Geht so!«, schnaubt meine Schwester.

»Na dann, plaudert was aus! Das macht bestimmt Spaß!« Tricia klatscht in die Hände.

Nein, macht es nicht. Das spüre ich genau.

»Besser, wenn wer anders anfängt.« Mehr bringe ich nicht heraus.

»Also gut. Inge?« Tricia wendet sich unserer werten Gastgeberin zu.

Inge ist vollkommen ungerührt und verrät uns, dass ihre Erstgeborene auf einem Wikingerschiff gezeugt wurde, was uns sehr passend erscheint. Außerdem spricht sie fünf Sprachen und ist ausgebildete Tauchlehrerin.

Overachiever. Ich nicke. *Sollte die Dauer meiner Mandarin-Duolingo-Lektionen hochschrauben. Und irgendwann Spanisch lernen – wenn die Kinder auf der Uni sind vielleicht …*

Außerdem erfahren wir, dass Tricia mal einen Dreier hatte – was mich nicht im mindesten überrascht und doch eine Million Fragen aufwirft – und dass Margot allergisch gegen Ibuprofen ist.

Das war's? Mehr ist da nicht? Gott, perfekte Menschen sind so langweilig.

Melissa ist die »Siegerin«, als sie verkündet, dass sie nach dem Abitur mal für kurze Zeit die Frontfrau einer monarchistischen Punkbank mit dem Namen »Regal Gristle« war. »Wir haben ›God save the Queen‹ vollkommen unironisch gesungen …«

Davon wusste ich nichts.

»Aber du kannst doch gar nicht singen!«, platze ich heraus, und ein weiteres Beben wogt durch den Fußboden zu mir.

»Du auch nicht, aber ich weiß es wenigstens!« Das ist ein Tiefschlag: Meine eigene Gesangskarriere fand ein jähes Ende, als meine Schwester mich mit zwölf Jahren bei meiner besten Whitney-Houston-Performance unter der Dusche erwischte und dann jedem in der Schule erzählte, dass ich »trillere«. Bis zu diesem Punkt habe ich gern unter der Dusche gesungen, aber seitdem ist kein Ton mehr über meine Lippen gekommen. »Außerdem war es eh Punk. Keinen interessiert, wie das klingt – wobei, um ehrlich zu sein, es klang schon sehr so, als würde jemand einen Schuppen zimmern …«, fügt sie hinzu. »Aber der Hauptgrund, warum ich Frontfrau sein durfte, war ohnehin mein langer schwarzer Ledermantel …«

»Das war mein schwarzer Ledermantel!«, protestiere ich.

»Du hast schon nicht mehr zu Hause gewohnt. Du hast ihn nicht vermisst!« Das stimmt. Aber jetzt, da sie mich daran erinnert hat, bin ich wütend. Melissa starrt mich an, als wollte sie mich zu einem Duell herausfordern. »Nur weil du nie etwas getan hast, das *Spaß* macht!«

»Autsch!« Tricia tut so, als wäre sie empört, dann fügt sie hinzu: »Sorry, ich hatte nur einen Bruder, und der war ein Trottel, deshalb ist das alles neu für mich. Macht ruhig weiter …«, ermuntert sie uns.

Aber ich weiß nicht, wo ich anfangen soll. Denn abgesehen von den traurigen Dingen, ist das Einzige, woran ich mich erinnere, mein unbedingter Wunsch, möglichst schnell erwachsen zu werden, damit ich *da rauskomme*. Raus in die Welt, aber vor allem raus aus meinem Zuhause.

Melissa verliert die Geduld und spricht für mich: »Im Grunde hat Alice zu früh geheiratet und hätte vorher mit mehr Leuten schlafen sollen.« Eine schmerzhafte Zusammenfassung meines Erwachsenenlebens. »Aber ihr Ehemann ist ein Trottel, und sie ist unglücklich.«

Was? Das ist nicht fair! Warum darf SIE eine Geschichte über eine Schulband zum Besten geben, während ich zuhören muss, wie meine Ehe vor Fremden auseinandergenommen wird?!

»Schaut euch nur ihre Augenringe an!« Melissa lenkt die Aufmerksamkeit der Runde auf meine Tränensäcke. »Er hat ihr die besten Jahre ihres Lebens geraubt.«

»Du bist nicht glücklich in deiner Beziehung.« Inge nickt, bevor ich die Gelegenheit bekomme, mich zu verteidigen, als bestünde dafür gar keine Notwendigkeit, weil es so offensichtlich ist. »Warum trennst du dich nicht einfach?«

Weil die Dinge so nicht funktionieren! Weil unsere Wurzeln mittlerweile viel zu sehr ineinander verschlungen sind! Weil wir nächstes Jahr das Haus ausbauen wollen! Weil meine Familie die erste Sache in meinem Leben ist, auf die ich alles gesetzt habe, und weil ich Angst habe, zu verlieren. Denn dann müsste ich zugeben, dass es ein Fehler war.

Das ist es, was ich denke. Was ich sage, ist: »So schlimm ist es nicht. Es ist eben nur … keine neue, aufregende Beziehung mehr.«

»Was ist es dann?«, will Tricia wissen.

Ich denke einen Moment darüber nach. »Es ist … der müde Mittelteil …«

Tricia nickt wissend.

»Tut ihr etwas, um die Liebe am Leben zu erhalten?«, fragt sie. »Schickt ihr euch erotische Textnachrichten und so was?«

Ich sehe sie an, als wäre sie bescheuert. »Nein, wir sind verheiratet. Wir schreiben uns nur Nachrichten, wenn wir etwas aus dem Laden brauchen.«

»Ach, *dieses* Stadium …«, sagt Tricia nostalgisch.

»Was fühlst du, wenn du an deinen Ehemann denkst?«, fragt Inge mich ganz direkt.

Ich zögere, weil der Alkohol mir zu Kopf steigt, ehe ich testen kann, ob meine Stimme mir noch gehorcht: »Na ja … ich fühle mich …« Ich schinde Zeit, damit mir nicht herausrutschen kann, was ich wirklich denke, nämlich: *In der Falle! In Ketten! Als wollte ich aus einem Fenster sehr hoch oben klettern!*

»Manchmal geht er mir auf die Nerven«, sage ich schließlich. »Ihr wisst schon, wenn er schnarcht. Das hasse ich. Und wie er überall im Waschbecken Zahnpastatröpfchen hinterlässt und sie dann nicht wegputzt. Und wie er wegen seiner Zahnlücke beim Sprechen manchmal leicht pfeift. Und ich hasse, wie er kaut …«

»Kurz gesagt, du hasst ihn?«, fragt Tricia, als ich Luft hole.

»Nein!« *Ich hasse ihn nicht. Ich stelle mir nur häufig vor, wie er stirbt …*

»Ja, so sollte es nicht sein«, sagt Inge, als würde sie meine Gedanken lesen. *Schon wieder.*

»Aber wir haben zwei Kinder zusammen!«, erkläre ich, als wäre allein das ein ausreichender Grund.

»Ihr werdet noch immer zwei Kinder haben, wenn ihr euch trennt«, sagt Inge nüchtern. »Ihr müsst danach keine Freunde werden – ihr könnt es natürlich sein –, aber solange ihr euch gut genug versteht, um euch auf dem Venn-Diagramm der Elternschaft zu überschneiden, ist alles in Ordnung. Mit wem auch immer du dich entscheidest, dein Leben zu verbringen, er wird dich in den Wahnsinn treiben, deshalb solltest du die beste Wahl treffen. Aber wenn du danebengreifst, dann greifst du eben mal daneben.« Sie zuckt mit den Schultern und fügt dann hinzu: »Hier gibt es kein Stigma, wenn man sich trennt. Wikingerfrauen konnten sich von ihren Männern scheiden lassen, ohne dass es einen gewichtigeren Grund gebraucht hätte als ›Er zeigt zu viel Brusthaar‹.«

»Aber hallo!«, lallt Tricia, während Inge fortfährt:

»Es gibt ein Sprichwort hier: ›Man heiratet in erster Linie für Kinder, in zweiter Linie aus Liebe.‹«

»Oh, das ist fantastisch!« Tricia schlägt die Hände zusammen. »Ich liebe zweite Hochzeiten. Nervöser Bräutigam? Braut in cremefarbenem Hosenanzug? Schmollender Teenie-Nachwuchs?

Alle betrinken sich wegen der seltsam angespannten Stimmung? Wunderbar!«

Inge lächelt leicht, als würde sie sich langsam an britischen Humor gewöhnen.

»Und du und Magnus ...?« Melissa kennt keine Zurückhaltung.

Wahnsinn, die traut sich was ...

»Bestenfalls noch ein paar Jahre.« Das ist alles, was Inge sagt. Ihr Ton ist ruhig und sicher. Als ob das keine Katastrophe wäre, sondern ein Plan. »Und das nächste Mal suche ich mir einen Mann, der geräuschlos isst und nicht ganz so oft das Bedürfnis hat, seine Genitalien zurechtzurücken ...«, fügt sie hinzu, als wären diese Missstände inakzeptabel.

Tricia fährt mit der Zunge über ihre Schneidezähne, bevor sie hinzufügt: »Oh, das kann ich nachvollziehen – es ist besser, sich zu trennen, als dass sich die Probleme aufstauen. Mein Ex-Ex und ich haben durchgehalten, bis Ed das Haus verließ – ihr wisst schon, getrennte Schlafzimmer, E-Mail-Verkehr komplett in Großbuchstaben. Aber wenn wir uns rechtzeitig getrennt hätten, hätten wir unser Leben weiterleben können – hätten aufgehört, ein beschissenes Ehepaar zu sein, und angefangen, als zwei Menschen mit realistischen Teilzeit-Elternpflichten zu leben. *Et voilà!*«

Ich weiß nicht, wie ich Tricia auf taktvolle Weise erklären soll, dass ich Thomas und Charlotte nicht nur aufziehen, sondern sie auch lieben und für sie da sein möchte. Deshalb versuche ich es mit dem Argument, dass ich wahrscheinlich bei dem »geteilte Elternpflichten«-Ding nicht besonders gut wäre.

»Ich glaube, ich würde sie zu sehr vermissen.« Ich schüttele den Kopf.

Die Liebe, die ich für meine Kinder empfinde, ist über die Jahre immer größer geworden – und das rückt alles, was davor kam, in eine andere Perspektive. *Ich habe Greg nicht geliebt.* Das wird mir jetzt klar. *Zu keinem Zeitpunkt.* Er war einfach nur da. Praktisch. Zu einer Zeit, als ich mir an dem Kerl vor ihm die Finger verbrannt hatte und meine überaktiven Eierstöcke mich anschrien, Kinder mit jemandem zu machen. *Ganz egal, mit wem … Aber es war es wert, nicht wahr? Für Charlotte und Thomas?*

»Ich liebe es, Zeit mit meinen Kindern zu verbringen.« Das sind die besten Worte, die ich dafür finde, ehe ich es relativiere: »*Die meiste Zeit jedenfalls …* wenn sie nicht gerade kleine Monster sind.« Sofort erröte ich bei diesem Geständnis. »Tut mir leid.«

»Niemals entschuldigen!«, weist Inge mich an. »Es ist vollkommen in Ordnung, so zu empfinden.«

»Natürlich ist es das!«, stammelt Tricia. »Man kann nicht die ganze Zeit Mary Fucking Poppins sein!«

»Ich hab es schon mal gesagt: Lass Mary Poppins da raus!« Melissa mag mit Tricia in Bezug auf Greg einer Meinung sein, aber Julie-Andrews-Hatespeak geht selbst ihr zu weit.

Tricia hebt eine Hand, ehe sie fortfährt: »Ich will damit nur sagen: Elternsein ist hart!« Inge nickt. »Und das zuzugeben macht dich nicht zu einem schlechten Menschen. Bis sie sich um sich selbst kümmern können – ihr wisst schon, die Kaffeemaschine an- und ausschalten, Wählen und solche Dinge –, ist es wahnsinnig kräftezehrend! Und oft auch langweilig. Sie brauchen ewig, um ihre verdammten Schuhe anzuziehen, Unterhaltungen mit ihnen sind bestenfalls *schlicht,* und dazustehen und einem Kind auf der Schaukel zuzusehen?« Tricia wendet sich Melissa und Margot zu. »Langweilig! Das sagt einem keiner vorher, aber es ist stinklangweilig! Es geht immer nur entweder vor oder zurück. Wo ist das Drama? Wo ist die Spannung?«

Melissa reagiert mit einem bestätigenden Nicken.

»Sie sind fast wie Tiere«, sagt Tricia zu meiner Schwester. »Wenn ich einen Hund habe, kann ich ein paar Tage wegfahren, zurückkommen und ihm ein Leckerli geben, und er würde mit dem Schwanz wedeln und sich freuen, mich zu sehen – aber Kinder werden mürrisch. Mein Sohn meckerte ständig darüber, dass er sich sein Pausenbrot selbst machen musste …« Tricia schüttelt den Kopf, als wollte sie sagen: *Kinder ey* … »Und die Lautstärke!«, fährt sie fort. »Keiner warnt einen davor, wie laut sie sind! Und bei mir war es nur einer – ich habe keine Ahnung, wie du das mit zweien erträgst!« Jetzt sieht sie mich an. »Oder drei!« Sie quiekt beinahe in Richtung Inge. »An Eds sechstem Geburtstag habe ich den ganzen Tag Industrie-Gehörschützer getragen, die ich mal aus Anneka Rice' Haus habe mitgehen lassen.[15] Und nachdem du all das durchgemacht und dein Bestes gegeben hast, gehen sie einfach. Sie gehören dir nicht. Haben sie nie. Und dann sitzt du mit jemandem fest, den du nicht mehr leiden kannst, und das alles ist ziemlich traurig. Mein Ex-Ex und ich haben abends immer ferngesehen, um Zoff zu vermeiden. Aber als wir dann miteinander allein waren, konnten wir uns nicht mal mehr auf den Sender einigen. Also haben wir uns scheiden lassen.«

Ich setze meinen besten »Das tut mir leid«-Blick auf, aber Tricia lacht auf. »Nein, schaut nicht so traurig. Ich wünschte, wir hätten das früher getan. Es wäre auch besser für Ed gewesen. Mich von seinem Vater scheiden zu lassen, das waren die am besten investierten zwanzig Riesen meines Lebens …«

»Klar. Schön für dich«, sage ich und passe meinen Gesichtsausdruck entsprechend an.

»Du befindest dich gerade im Auge des Sturms – aber alles wird gut«, sagt Inge zu mir.

---

[15] »Challenge Anneka« war eine britische Show, die von 1989 bis 1995 auf BBC-1 lief. Moderatorin Anneka Rice stellte sich für einen guten Zweck jede Woche einer neuen Herausforderung, bis die Sendung gnadenlos abgesetzt wurde. Böse Welt. Seither hatte sie nicht viel Verwendung für feuerfeste Ganzkörperanzüge oder Gehörschutz, weshalb sie Letzteren wohl auch nicht vermisst. Noch nicht …

Woher willst du das wissen?, will ich rufen. *Ich bin nicht wie du! Ich kann nicht wieder Single sein … Dann müsste ich mich waxen. Oder habe ich etwas verpasst, und der Siebziger-Jahre-Busch ist wieder da?*

Noch gravierender als das Busch-Problem ist allerdings die Tatsache, dass eine Scheidung Versagen bedeuten würde. Und ich versage nicht …

»Zwischen Greg und mir ist alles okay«, beharre ich und überzeuge damit genau nicht eine Einzige.

»Das ist meine Schwester, immer ›alles okay‹«, lallt Melissa. »Selbst wenn nichts okay ist. Nennt sie einfach Robo-Alice.«

Ich beschließe, das als Kompliment zu verstehen.

»Nie jemanden an sich heranlassen, nie auch nur einen Hauch Schwäche zeigen. Immer den Schein aufrechterhalten – sogar wenn dein Ehemann ein Sitzpinkler ist und Bremsspuren in seinen Unterhosen hinterlässt.«

»Brems-was?«, fragt Margot verwirrt.

»Nichts!«, fauche ich, in dem Bestreben, dieses Thema definitiv nicht weiter zu verfolgen.

Aber bei Melissa gibt es kein Halten mehr. »Robo-Alice, immer die Aufrechte, immer korrekt.«

»Nicht *immer!*«, widerspreche ich.

»Ach ja? Wann hast du jemals etwas Falsches getan. *Irgendetwas?*«

Ich will laut auflachen, denn in letzter Zeit habe ich das Gefühl, immer das Falsche zu tun.

Als wäre ich in nichts gut – weder als Mutter noch in der Arbeit noch darin, eine gute Schwester zu sein, Freundschaften, soziale Interaktionen oder einfach nur die Grundprinzipien des Wikingerseins zu befolgen. Während Melissa all das, wie sie es ausdrücken würde, »rockt«. Sie hat eine Work-Life-Balance, wie ich sie nicht einmal in Erwägung zu ziehen wage; sie kann auf eine Art mit Menschen umgehen, von der ich nicht mal träumen kann; und sie hat einen Optimismus, den ich ohne den Missbrauch von Stickstoffoxid – auch bekannt als »Lachgas«, der Zahnärztin bester Freund – noch nicht einmal für möglich gehalten hätte.

»Ich mache ständig Dinge falsch!«, protestiere ich. »Ich bringe alles durcheinander …«, beharre ich und füge dann schwach hinzu: »Total viel.«

»Wann denn, bitte?«

»Erst vor Kurzem …«

»*Wirklich?*«, fordert Melissa mich heraus.

»Wirklich?«, echot Tricia, die Augen groß vor Aufregung. »Erzähl!«, drängt sie.

»Du bist dran«, bestätigt Inge mit skandinavischer Nüchternheit.

Mittlerweile fühlen sich meine Muskeln wunderbar schlaff an, und in meinem Kopf verschwimmt alles, also tue ich es.

»Nun …« Ich steigere die Spannung, indem ich das Wort so lang wie möglich ziehe, um Zeit zu schinden. Eine Art Galgenfrist, wenn man so will. Dann nehme ich den tiefsten Atemzug, den meine Lungen zu fassen in der Lage sind, und beginne langsam zu erzählen: »Weißt du noch, also du mich von diesem zahnmedizinischen Kongress letzten Monat im Premier Inn abgeholt hast …«

»Als du gekotzt hast?«, stellt Melissa klar.

»Ja, danke. Und weißt du noch, dass ich behauptet habe, mich mit einem Freund betrunken zu haben?«

»Ja?« Melissa sieht noch immer skeptisch aus.

»Nun, es war nicht wirklich ein Freund. Es gab da diesen Zahnarzt …«

»Was? Auf einem zahnmedizinischen Kongress? Was für eine Überraschung …«

Melissa verliert die Geduld mit mir und meiner Nicht-Geschichte und nimmt noch einen Schluck von ihrem Bier.

»Und ich glaube, dass ich … vielleicht … mit ihm geschlafen habe …«

Kaum dass ich die Katze aus dem Sack gelassen habe, wünsche ich mir, sie wieder hineinstopfen zu können.

Es herrscht allgemeine Stille. Melissas Gesichtsausdruck verändert sich, und ich spüre, wie meine Muskeln sich anspannen.

»Du hast *was* getan?«, sagt sie schließlich. »Spinnst du?« Sie wirkt abgestoßen.

»Nein!«, sage ich. *Nun ja … vielleicht doch …*

»Und? Wie war's?« Tricia will alle Details hören.

»Ich … ich …« Ich sacke zusammen. »Ich kann mich nicht erinnern.«

»Was hast du dir nur dabei gedacht?«, will Melissa wissen.

»Nichts, darum geht es ja.« Ich sehe mich um und hoffe auf Unterstützung.

»Was stimmt nicht mit dir?«, fährt meine Schwester fort.

So hatte ich mir die Unterhaltung nicht vorgestellt.

Tricia darf also einen Dreier haben, aber mir erlaubt man nicht mal eine kleine/mittlere Indiskretion in zwölf Jahren pflichtbewusstem Ehefrauendasein?

Zu spät wird mir klar, dass ich den Ton dieser »Mädelsrunde« falsch eingeschätzt habe.

Und das ist der Grund, warum du nie zu Mädelsrunden gehst, sage ich mir. *Idiotin, du bist dem hier nicht gewachsen.*

»Und, wie groß war er?«, fährt Tricia fort, die nichts von dem unterschwelligen Brodeln eines schwesterlichen Konflikts mitbekommt.

»I-ich weiß es nicht …«

»Von all den …« Melissa unterbricht sich und schüttelt stattdessen den Kopf. »Ich kann es einfach nicht glauben.« Ich hatte nicht erwartet, dass Melissa es so schlecht aufnehmen würde. Oder dass die rauen Kanten unserer zerrissenen Beziehung derart offen zu Tage treten würden. »Seit wann bist du so ein Moralapostel?«, erwidere ich und begebe mich damit auf unbekanntes Terrain. »Du konntest Greg eh nie leiden …«

»Ach, *Greg.*« Aus ihrem Mund klingt der Name wie ein Fantasiewort. »*Greg.* Keiner kann *Greg* leiden.«

»Wie bitte?«

»Dad mag ihn nicht.«

»Ach tatsächlich?«

»Letztes Weihnachten hat er ihn ein Arschloch genannt.«

»Hat er das? Wie nett …«

»Greg *ist* ein Arschloch.«

»Darum geht es nicht!« Jetzt schreie ich.

»Nein, um *Greg* geht es tatsächlich nicht!«

»Ist Greg ihr Ehemann?« Inge versucht stirnrunzelnd, der Unterhaltung zu folgen.

»Ja«, bestätigt Melissa. »Und er ist ein richtiger Gartenzaun-Anstreicher.«

»Er arbeitet als Gärtner?«, fragt Margot – und ich bin mir ziemlich sicher, dass sie glaubt, dass wir anderen alle Tagelöhner sind. *Handreicher und Diener in ihrem Leben und dem ihrer Sippe,* sinniere ich bitter.

»Nein!«, stellt Melissa klar. »Ich benutze das als abwertende Bezeichnung. Seine Vorstellung davon, sich zu amüsieren, ist, in einem abgedunkelten Raum zu sitzen mit nichts als Nachrichtensprecherinnen und Steinen als Gesellschaft. Er denkt, sich um Kinder zu kümmern bedeutet, sie vor einem iPad zu parken.«

»Es steht dir nicht zu, seine Qualitäten als Vater zu bewerten!« Das macht mich doppelt wütend, denn a) hat sie nicht das Recht, Kritik zu üben, und b) hat sie recht. Und das ärgert mich.

»Wie gesagt: Es geht nicht um Greg!«, schießt Melissa zurück.

»Nun, wenn es nicht um Greg geht, was ist dann dein Problem?«, frage ich verblüfft. »Warum verurteilst du mich?«

»Ich verurteile dich?« Melissa sieht mich ungläubig an. »Ausgerechnet du musst das sagen, Judge Judy?«[16]

»Das ist nicht mein Name.«

»Er sollte es aber sein.«

»Aber, aber, hebt euch das Haareziehen für später auf.« Tricia versucht, Frieden zu stiften, hat allerdings keinen Erfolg damit.

»Du sprichst übers Familienleben«, beharrt Melissa, »machst dir aber nie die Mühe, Dad zu besuchen …«

»Warst du *sehr* betrunken? Auf dem Kongress?«, fragt Margot, die nicht weiß, wie hoch sie ihre Stimme bei dieser Frage hinaufschrauben soll oder auf wessen Seite sie steht, aber dennoch Teil der Unterhaltung sein will.

»Was?« Ich wende mich ihr verwirrt zu und schüttele leicht den Kopf. »Nein, ich meine Ja.«

»Heuchlerin!« Melissa kostet das Wort voll aus und betont jeden Konsonanten einzeln.

Mir steht der Mund offen vor Bestürzung. »Warum macht dir das so viel aus?«

Melissa verengt die Augen, bevor sie zu sprechen beginnt: »Es macht mir was aus, weil du Jahre – eigentlich, seit ich mich erinnern kann – auf diesem riesigen, übergroßen Pferd …«

»Meinst du ein hohes Ross?«, bietet Margot hilfreich an.

»Hab ich doch gesagt!« Melissa hebt die Stimme. »Und ich hatte immer Angst, dir etwas zu erzählen, weil ich fürchtete, du würdest Judge Judy rauskehren …«

»Noch mal: Das ist nicht mein Name …«

»Die ganze Zeit kritisierst du alle und schaust sie mit diesem Blick an …«

»Was für ein Blick?«

---

[16] Judge Judy (Richterin Judy) war der Star einer bekannten amerikanischen Gerichtsshow und Autorin des Buches *Don't Pee on my Leg and Tell Me It's Raining* (Piss mir nicht ans Bein und behaupte dann, es regnet). Weise Worte …

»Der, den du auch jetzt gerade hast! Hab ich nicht recht?« Melissa wendet sich an Tricia.

»Na ja, du hast schon irgendwie eine ziemlich biestige Miene«, gibt Tricia vorsichtig zu. Ich drehe mich etwas, um sie in den Genuss einer vollen Portion meiner biestigen Miene kommen zu lassen. »Ja, genau die.« Tricia nickt und bedeckt theatralisch ihre Augen. »Oooh, ich kann es fühlen. Es ist der Blick einer Frau, die töten würde.« Sie wendet sich Melissa zu. »Ist das die volle Windstärke zehn, vor der du mich gewarnt hast?« Meine Schwester saugt an ihren Zähnen und nickt.

»Ihr habt über mich gesprochen?«

Das verletzt mich. Ich hatte gedacht, Tricia sei meine Verbündete hier. Der wie mir jegliches Wikingertalent fehlt. *Und die ganze Zeit über hat sie mit Melissa den Judas gegeben?* »Ihr beide habt euch über meinen *Gesichtsausdruck* unterhalten?«

»Bilde dir bloß nichts ein …«, beginnt Melissa, und Tricia sagt: »Ach, nur am Rande …«

»Sie haben das nicht mit mir beredet«, fügt Margot als Trost hinzu.

»Ach, schieb ab, Margot!« Ich wollte ihr das nonverbal, rein mit meiner Mimik zu verstehen geben, aber da waren mir die Worte schon aus dem Mund geschlüpft.

Ein weiteres Beben, die Spannung wird intensiver, und ich spüre, wie sich die tektonischen Platten verschieben.

Ich versuche, die Situation mit einem Lachen zu entschärfen, doch es klingt flach. Für einen Moment spricht niemand – oder atmet auch nur.

»Weißt du, für jemanden, dem es so wichtig ist, gemocht zu werden, hast du verdammt wenig dafür getan, keine so dumme Kuh zu sein.« Melissa schüttelt den Kopf und wirkt ernsthaft enttäuscht von mir. Eine Schale mit Chips hat sich auf magische Weise auf dem Tisch materialisiert, also stopfe ich mir eine Handvoll in den Mund, um mich davon abzuhalten, noch etwas zu sagen, das ich später bereuen werde. Aber Melissa gibt nicht nach. »Nun? Willst du dich nicht entschuldigen?«

Ich bin so müde. Und betrunken. Und voller Chips …

»Wir warten …« Melissa hört einfach nicht auf zu reden.

»Du kannst dich auch verpissen!«, pruste ich, den Mund voll mit halb zerkauten Chips.

»Wie ich gesagt habe«, sagt Melissa und lehnt sich zurück. Jetzt hat sie so richtig Aufwind. »Ist dir bewusst« – sie schnellt nach vorn und sticht mit dem Finger in meine Richtung – »dass ich etwas geahnt habe, als ich dich von der Konferenz abholte und du gerochen hast wie ein toter Dachs … Und du hast mir wegen … wegen allem möglichen Vorwürfe gemacht. Wie immer. Unglaublich! Kümmern dich die Gefühle anderer Menschen so wenig?«

»Im Ernst?« Ich pruste fast vor Empörung. »Ich denke *ständig* an andere!« Ich frage mich, ob jetzt der geeignete Zeitpunkt ist, meine vier Jutetaschen zu erwähnen. *Ganz abgesehen von dem Mundschutz-Vorrat, den ich immer bei mir trage, um sie an Patienten/Supermarktkassiererinnen/Lehrer/andere Eltern an der Schule der Kinder zu verteilen, wenn sie erkältet sind …* »Ich kümmere mich um *jeden!* Ich unterstütze monatlich Dentaid! ›Unser wichtigstes Ziel ist es, die Mundgesundheit aller Menschen zu verbessern.‹ Ich bin Vorsitzende des Elternbeirats! Ich löse immer ein Parkticket! Ich bin nie zu spät! Wenn überhaupt, dann bin ich zu früh.«

»Du bist nicht deshalb ständig zu früh, weil du dir um andere Gedanken machst«, schießt Melissa zurück. »Deine Pünktlichkeit ist ein kriegerischer Akt! Du willst die Oberhand. Du *musst* die Kontrolle haben!«

Ich sehe mich hilfesuchend um. *Passiert das hier wirklich? Wir zoffen uns? Wie im Reality-TV?,* frage ich mich schläfrig. Ich weiß nicht, wie man sich zofft. Wusste ich noch nie. Als Kind hat Melissa oft geschrien und getobt und manchmal auch getreten, wie mir jetzt wieder einfällt, während Dad ab und an beim Kricket die Stimme erhoben hat. Mum und ich blieben stumme Beobachterinnen. Melissa sagte oft, das sei schlimmer – warum konnten wir nicht einfach »alles rauslassen« und dann die Angelegenheit abhaken. Aber das war nicht unsere Art. Das Problem in sich hineinfressen. Deckel drauf. Nichts zugeben. Selbst zu meinen schlimmsten Zeiten mit Greg haben wir uns immer irgendwie schweigend gehasst. Eine keimfreie, vor sich hin köchelnde Feindseligkeit. Aber die Beherrschung verlieren? Nie. *Denn wenn man einmal die Beherrschung verliert, dann bekommt man sie vielleicht niemals zurück,* erinnere ich mich. Und doch sitze ich jetzt hier, gestikuliere wild und stoße Beschimpfungen aus wie eine verrückt gewordene Banshee.

»Stille Wasser sind tief«, witzelt Tricia, die, wie ich vermute, versucht, die Situation aufzulockern. Aber dafür bin ich nicht in Stimmung.

»Und das von einer Schnapsdrossel, die nicht aufhören kann, ständig über Gin Tonic zu schwadronieren!« Es kommt wie aus dem Nichts über meine Lippen, und ich presse mir eine Hand auf den Mund, in dem Versuch, es wieder hineinzuschieben.

Tricia wirkt einen Moment empört, und Melissa atmet hörbar ein. Die beiden tauschen einen Blick, ehe meine Schwester leicht den Kopf schüttelt. Daraufhin entspannt Tricia sich wieder und zuckt mit den Schultern. »Ich mache mir wirklich Sorgen, Malaria zu bekommen, deshalb Tonic mit Chinin gegen Fieber …«

Weiß Melissa etwas, das ich nicht weiß?

In mir wächst das Gefühl, dass die anderen sich gegen mich verschworen haben – oder mich zumindest aus etwas ausschließen. Das nagt an mir. Und mit jeder Welle mittlerweile volltrunkener Paranoia eskaliert das Ganze ein bisschen mehr.

Margot kichert immer noch über den Malaria-Kommentar, also wende ich mich als Nächstes ihr zu: »Und du mit deinem perfekten Kätzchengesicht und den Plastikpuppenhänden, die keinen Tag deines Lebens gearbeitet haben – wohingegen ich seit *Jahrzehnten* störrische Plaque entferne!«

Das ist nicht ganz richtig – genau genommen sind es eine und eine halbe Dekade, aber das klingt einfach nicht so gut.

»Jetzt reicht es!«, verlangt Melissa.

»Sagst du!«, blaffe ich zurück.

»Sei endlich still!«, sagt sie.

Aber das bin ich nicht.

Stattdessen setze ich mich zur Wehr.

»Du wirst mir nicht sagen, was ich zu tun habe! Was weißt du schon von irgendwas? Dein Leben ist ein verdammtes Teddybären-Kaffeekränzchen! Wir können nicht alle in den Tag hineinleben und uns die Zeit damit vertreiben, Bauernhof zu spielen – einige von uns müssen in der wirklichen Welt arbeiten und Geld verdienen und die Dinge irgendwie am Laufen halten. Wie Erwachsene …«

Noch während ich das ausspreche, ist mir klar, dass ich alles nur noch schlimmer mache.

»Entspann dich mal«, sagen sie ständig. »Lass mal die Sau raus«, sagen sie ständig.

Nun, das habe ich getan. Und was ist passiert? Ich habe meine Schwester zur Weißglut und an den Rand der Tränen gebracht. Ich verhalte mich wie ein in die Enge getriebenes Wildtier, und seltsamerweise scheine ich nicht in der Lage zu sein, damit aufzuhören.

»Du hast keine Ahnung von meinem Leben«, sagt Melissa in einem ungewohnt gefassten, nüchternen und eiskalten Tonfall. »Du hast absolut keine Ahnung.«

Das wäre er, denke ich, *der Moment, in dem ich mich entschuldigen und versuchen sollte, alles wieder ins Lot zu bringen. Und das sollte ich wirklich tun. Das würde jeder normale Mensch tun.* Aber ich bin nicht ganz bei Sinnen vor Zorn und Adrenalin. *Menschen sprechen nicht so mit mir, einer Erwachsenen. Niemand hat so mit mir geredet, seit … nun ja, Melissa. Zu Hause. In der Nacht, als ich ging.*

Statt mich also zu entschuldigen, hole ich zu einem erneuten Schlag aus.

»Machst du Witze? Du lebst ja kaum in der wirklichen Welt – zumindest nicht in der nach 1950. Ich meine, wer hat bitte kein Smartphone? Oder Wi-Fi? Oder verdammte Teebeutel? Es ist fast so, als ob du das nur machst, um Aufmerksamkeit zu bekommen! Du bist so eine Dramaqueen! Warst du schon immer!«

»Nun, und du bist eiskalt und hast einen Stock im Hintern!« Ihre Stimme klingt erstickt, und sie hat eine Hand an ihrem Unterkiefer, um den verdammten Weisheitszahn zu beruhigen, den sie *noch immer* nicht hat behandeln lassen.

»Nun« – mittlerweile lodere ich wie ein Waldbrand – »lieber das als emotional inkontinent! Schau in den Spiegel und bring erst mal dich in Ordnung, bevor du bei mir anfängst! Und investier vielleicht mal in eine elektrische Zahnbürste. Du Riesen*baby!*«

Melissa schiebt ihren Stuhl zurück, stürmt aus dem Raum und schlägt auf beeindruckende Weise die Tür hinter sich zu, sodass alles wackelt.

»Seht ihr!«, sage ich zu der Runde erstarrter Wikingerinnen. »Es kümmert sie nicht mal, dass hier Kinder schlafen und ein Mann mit Lebensmittelvergif…« Ich unterbreche mich, für den Fall, das man das hier als Schuldgeständnis werten könnte. *»Vergiftung« ist ein großes Wort,* denke ich. Ich habe sowieso schon die Sorge, dass alle sich von mir abwenden werden, auch ohne dass ich das Beerendesaster noch mal zum Thema mache, also formuliere ich es anders: »… ein sehr kranker Mann.«

Na also, so kalt und herzlos bin ich doch gar nicht, nicht wahr? Ich will jede von ihnen schütteln, damit sie mir recht geben: *Ich bin praktisch. Ich bin verlässlich. Ich bin ein guter Mensch. Oder etwa nicht?*

Die Tür knallt erneut. Es ist Melissa.

»Ich habe mich noch nicht beruhigt. Ich will nur meinen Sexpulli holen«, verkündet sie, zerrt die frisch gewaschene kastanienbraune Scheußlichkeit von ihrer Stuhllehne und schwingt sie sich über die Schultern wie ein Superhelden-Cape für Arme. Sie zögert kurz, dann nimmt sie die halbvolle Flasche Bier vom Tisch und stampft mit ihr erneut aus dem Raum.

8

»Ei? Ich habe eines für dich mit eingeplant. Willst du es?«, fragt Tricia, während ich mir den Schlaf aus den Augen reibe. Sie trägt ihr Haar wieder zu einem Turban hochgedreht wie ein Filmstar der 1960er, in der einen Hand einen Schaumlöffel, in der anderen etwas, das aussieht wie eine Bloody Mary, aber ich bin so erleichtert, dass sie noch mit mir spricht, dass ich mir jeden Kommentar dazu verkneife.

»Mmm, danke«, antworte ich belämmert.

Meine Glieder sind schwer wie Blei, und alles tut mir weh; ob nun aufgrund von Beanspruchung, Alkohol oder einer Kombination aus beidem, das kann ich nicht so genau sagen. Obwohl das Hämmern in meinem Kopf und der üble Geschmack in meinem Mund darauf hindeuten, dass »Bier« eine wesentliche Rolle gespielt haben könnte.

Margot dehnt ihren Quadrizeps an der Wand und scheint gerade vom Laufen zurückgekommen zu sein, woraufhin ich mich noch weniger frisch fühle. Inge hat ein klammerndes Kind an jedem Bein und eines, das Huckepack an ihrem Hals hängt. Mit einer Hand hebt sie das Lamm hoch, in der anderen hält sie eine Butterdose. Sie stellt Letztere auf den Tisch, ehe sie ihren Nachwuchs abschüttelt und ihn anweist, bei den Frühstücksvorbereitungen zu helfen. Die Kinder gehorchen pflichtbewusst und ohne Maulen, während Inge dem Lamm die Flasche gibt.

Die Psychologie von Overachievern. Ich versuche, mir diese Wörter durch den Kopf gehen zu lassen, doch das strengt zu sehr an und tut weh, also warte ich stattdessen dankbar auf mein Ei.

»Diesen Morgen gelegt!« Margot strahlt. »Ich habe sie eingesammelt, nicht wahr?« Sie blickt nach Bestätigung heischend zu Inge, bekommt jedoch keine Reaktion. Also fügt sie hinzu: »Sie haben sogar noch gedampft!«

Wenn ich ehrlich bin, finde ich die Vorstellung, dass mein weich gekochtes Ei erst vor gut einer Stunde oder noch weniger aus der intimen Körperöffnung eines struppigen Huhns gepresst wurde, etwas abstoßend. *Hör auf, so eine MIMOSE zu sein,* weise ich mich selbst wegen meiner Überempfindlichkeit zurecht. Und weil ich weder vor Inge noch vor Margot das Gesicht verlieren will, lächele ich einfach und klopfe die Schale auf. So leise wie nur möglich.

Die Kerzen wurden bereits entzündet – ihrer Länge nach zu schließen schon vor einer ganzen Weile –, und ich staune über die Tatsache, dass es Wikingern anscheinend unmöglich ist, sich zu einem Essen/Kaffee/kurzen Pause hinzusetzen, ohne dass sich eine offene Flamme in der Nähe befindet.

Als wäre die Elektrizität nicht erfunden worden …

»Frühstückt ihr immer bei Kerzenschein«, frage ich Inge.

»Ja«, antwortet sie schlicht, ehe sie hinzufügt: »Hast du schon mal von *hygge* gehört?«

»Wer hat das nicht?« Ich wollte das eigentlich nur denken, aber an Inges belustigtem Gesichtsausdruck kann ich ablesen, dass ich es laut ausgesprochen habe.

»Es geht nicht nur um Kerzen, aber sie sind ein guter Anfang«, sagt sie. »Den Rest musst du fühlen. Und das wirst du auch, wenn diese Woche vorbei ist.«

Obwohl der Kopfschmerz mir den Schädel spaltet, glaube ich ihr.

Eines der Kinder – *Villum war sein Name, oder?* – knallt ein Roggenbrot von den Ausmaßen eines Ziegelsteins und ein Messer mit gezackter Klinge vor mir auf den Tisch. Wie ich gelernt habe, scheinen Kinder und Messer bei den Wikingern eine akzeptable Kombination zu sein. Ich säble etwa fünf Minuten an dem Brocken herum, bis ich ihm eine Scheibe abgerungen habe, danach verbringe ich noch mal eine halbe Ewigkeit damit, sie in Streifen zu hacken, die ich dann in das feuerfarbene Eigelb tunke. Aber der Geschmack ist die Mühen wert, und ich schlinge alles hinunter.

Roggenbrot geht doch kaum als Kohlenhydrate durch, sage ich mir. *Es ist gut für mich … hoffe ich.*

»Wie geht es Magnus?«, nuschle ich durch einen klebrigen Mundvoll Brot.

»Ach ja … du weißt schon, wie Magnus eben«, antwortet Inge. »Noch ein paar Runden Kreuzkümmelsaft, und er ist wieder auf der Höhe.«

Ich nicke. »Und … wo ist Melissa?« Das obere Bett war heute Morgen leer, wie ich feststellen musste, nachdem ich mich endlich getraut hatte nachzusehen. Ich hatte angenommen, dass sie wie die anderen bereits wach sein würde. *Wie ich normalerweise,* denke ich ein wenig beschämt, aber auch mit einer Spur Rebellion: *Mein altes Ich kann mich mal! Die neue Alice trinkt Bier und schläft bis …* Ich sehe auf die Küchenuhr. *Oh,* es ist erst 7:15 Uhr. *Rock 'n' fucking Roll.*

»Melissa?« Tricia sieht auf. »Du weißt nicht, wo sie ist?«

»Nein?«

»Wir auch nicht!« Margot macht ein paar Ausfallschritte, um ihre rosige Gesichtsfarbe nach dem Laufen noch ein wenig beizubehalten. Sie sieht unverschämt schön aus und etwas zu glücklich über das sich um sie herum entwickelnde Drama.

»Ich habe sie gestern Nacht nicht zurückkommen hören«, bestätigt Inge, während in mir Furcht erwacht.

Shit …

Melissa war wütend, als sie ging, aber ich hatte angenommen, dass ihre Wut nach ein paar Minuten abkühlen würde. Buchstäblich, da die Nachttemperaturen der letzten Tage kein

Spaß waren. *Ich hoffe, sie hat keine Dummheiten gemacht,* denke ich. Denn meine Schwester hat für so etwas wirklich Talent.

Da war der Abend vor ihren GCSE-Testprüfungen, als Melissa in einer selbstzerstörerischen Stimmung war und sich mit zwei Flaschen von Dads selbst gebrautem Cider aus dem Staub machte, die sie zur Tarnung in eine Fanta-Flasche abgefüllt hatte. Ich musste alle Parks in der Umgebung durchkämmen und dabei Landstreichern und anderen betrunkenen Teenagern – in unserer Stadt betranken sich Minderjährige mit schöner Regelmäßigkeit – ausweichen, bis ich sie schluchzend unter einer Rutsche auf dem Kinderspielplatz fand. Ich schleifte sie nach Hause und ließ sie einen halben Liter Wasser trinken, ehe ich sie ins Bett steckte. Das alles natürlich leise, damit Dad nicht mitbekam, dass sie weg gewesen war. *Als ob er noch etwas bräuchte, um das er sich Sorgen machen muss.*

Mir fällt auf, dass ich Melissa nie gefragt habe, warum sie geweint hat. Ich hatte einfach angenommen, es liege am Prüfungsstress. *Aber jetzt bin ich mir da nicht mehr so sicher.* Oder damals, als sie ständig die Schule geschwänzt hat und ich zum Direktor gehen und mich entschuldigen musste. *Als ob Dad noch mehr Stress gebrauchen konnte!*

Ich unternahm detektivische Anstrengungen, das heißt: Ich habe ihr Tagebuch gelesen – was in dieser Situation natürlich vollkommen gerechtfertigt war und mir nicht zur Last gelegt werden kann – und fand heraus, dass sie als Freiwillige auf einem Gnadenhof für Esel arbeitete, statt zu ihrer Doppelstunde Erdkunde zu gehen. Ich drohte an, ihr die Charles-und-Diana-Gedächtnistasse wegzunehmen, wenn sie ihre Anwesenheitsstatistik nicht verbesserte. Ein Trick, der funktionierte, zumindest für eine Weile.

Aber ich musste mich noch nie in einem fremden Land mit ihren Spontanausflügen herumschlagen. Oder vor Fremden. Und ihr Verschwinden war nie zuvor *flüster* *meine Schuld …* oder etwa doch?

»Ich dachte, dass sie vielleicht auch Laufen gegangen ist«, fährt Margot fort, »aber das ist schon Stunden her. Ihr kennt ja den Spruch: ›Der frühe Vogel fängt den Wurm‹.«

Der frühe Vogel kann mich mal, denke ich wenig freundlich.

»Wenn Melissa also immer noch Laufen ist ... dann übertrifft sie mich bei Weitem!«

Wir wissen beide, wie unwahrscheinlich das ist. Also ringe ich mir ein schmales Lächeln ab und rolle kurz in Richtung Tricia mit den Augen, während Margot ihre Achillessehne dehnt.

»Deiner Schwester wird hier nichts passieren«, versichert Inge mir und legt mir einen Arm auf die Schultern. Ihr langes Haar ist noch feucht von der Dusche, und sie riecht nach sauberer Kleidung und Hoffnung. »Ich habe Mette mal einen ganzen Tag verloren, als wir das erste Mal umgezogen sind.«

Das soll mich beruhigen, tut es aber nicht.

Gerade als wir zu unserer Tag-5-Aktivität »Einführung in den Schiffsbau« aufbrechen, schwingt die Tür auf wie in einem Saloon im Western, und Melissa steht dort – der hellrote Morgenhimmel verleiht ihr ein rosiges Leuchten. Ihr Haar ist zerzaust und wird von etwas geziert, das sehr nach Stroh aussieht. Ihre Hosen sind ungleich hochgekrempelt, ein normaler Umschlag und etwas, das aussieht, als würde sie irgendeine Art Drogen verkaufen. Und sie hat sich ihren kastanienbraunen Sexpulli locker über die Schultern gehängt. Aber sie ... strahlt von innen.

Wenn ich es nicht besser wüsste, würde ich wirklich denken, dass sie Laufen war ... oder etwas anderes ...

»Okay, wollen wir los?«, wendet sie sich an Inge.

»Willst du kein Frühstück?« Inge zeigt auf den Tisch, auf dem noch immer Brotaufstriche, Brötchen und das Roggenbrot stehen, in das Freja gerade ihre nackten, pummeligen Fäuste bohrt. *Wikingertalente,* denke ich.

»Nein, danke.«

»Du willst kein Frühstück?« Selbst Tricia klappt die Kinnlade runter.

»Es gibt Zimtbrötchen!«, protestiere ich. »Du liebst Zimtbrötchen!«

»Ich komme schon klar.« Sie wirft mir einen zitronensauren Blick zu, der mich gleichzeitig beängstigt und zum Schweigen bringt.

Die Dinge zwischen uns stehen schlecht, schließe ich daraus.

»Hör zu«, beginne ich und eile zur Tür, um einen privaten Moment mit Melissa zu bekommen. »Es tut mir leid. Letzte Nacht meine ich …«

Aber sie ignoriert mich. *Sie ignoriert mich!* Ich kann es nicht glauben. *Sind wir wieder Teenager? Vielleicht hat sie es ja auch nicht gehört.* »Es tut mir leid, dass wir gestritten haben«, versuche ich es noch mal. *Wenn man das, was wir getan haben, so nennen kann …*

»Es tut dir leid, dass wir gestritten haben?« Jetzt stampft sie mit den Füßen auf und sieht mich an.

»Ja.«

»Dir tut nicht leid, was du gesagt hast?« Ihr Mund wird schlaff.

Ah … hm … was habe ich noch mal gesagt? Ich lasse meine pelzige Zunge über meine, trotz zehn Minuten gründlichen Zähneputzens, noch immer pelzigen Zähne gleiten. »Wir haben vermutlich beide Dinge gesagt, die wir bereuen …«, sage ich, werde aber unterbrochen.

»Vergiss es.« Melissa schüttelt den Kopf und wendet sich von mir ab, um weiter zur Küste zu laufen, wo sich die Werft befindet.

Ich stehe auf der Schwelle und fühle mich hilflos. In der Nacht hat es erneut geregnet, und auf allen Bäumen glitzern Wassertropfen im Sonnenlicht. Es riecht frisch – regelrecht belebend. Gar nicht so, wie ich es nach der Orgie mit geschmolzenem Metall und der Hühnerjagd von gestern in Erinnerung habe.

Alles wird gut, denke ich und nehme den wohltuenden Anblick in mich auf. *Wird es doch?* Ich weiß nicht mehr, wem ich diese Frage stelle.

»Du machst dir immer noch Sorgen.« Inge packt einen Picknickkorb – oder besser: einen picknick-grauen-Sack. Sie folgt meinem Blick zu der über die Felder stapfenden Melissa, die gerade von Tricia eingeholt wird. *Meine Verbündete und meine Schwester,* denke ich. *Na toll …*

»Die Aktivität wird dir heute guttun«, bescheinigt mir Inge und kippt eine Schale Äpfel in ihren Sack.

»Ja-a«, sage ich, und meine Stimme klingt dünner als beabsichtigt. Ich versuche es noch mal mit mehr Schwung: »Ich halte mich gern beschäftigt …«

»Nicht ›beschäftigt‹«, berichtigt Inge mich. »Aktiv.«

»Gibt es einen Unterschied?«

»Das wirst du noch feststellen«, sagt sie, doch als sie sieht, wie mein Hals sich zu röten beginnt und mir Tränen in die Augen steigen, lenkt sie ein und gibt mir noch ein bisschen mehr: »Wann immer du in den letzten Tagen etwas Neues gelernt – mit den Händen gearbeitet – hast, hast du kaum an zu Hause gedacht oder daran, wie sehr du deine Kinder vermisst, nicht wahr?«

»Ja …?«

»Du hattest keine Zeit für – wie sagt man – kreiselnde Gedanken?«

»Kreisende?«, bietet Margot an, die jetzt in Hörweite ist.

Verdammte Margot …

»Meinetwegen.« Inge zuckt mit den Schultern, als ob derartige Erbsenzählerei vollkommen am Punkt vorbeiginge. »Was du also beim heutigen Bootsbau nicht vergessen solltest«, sagt sie, während sie sich Villum auf den Rücken schwingt und Freja in den Kinderwagen legt, was bedeutet, dass Mette laufen muss, »ist, dass es *nicht* ums Bauen eines Boots geht.«

»Nicht?«

»Nein.«

»Oh.« Ich will nicht dumm klingen, aber ich bin mir nicht sicher, ob ich das verstehe. »Wenn es nicht ums Boot geht, worum, ähm, geht es dann?«

»Darum, etwas zu *tun. Irgendetwas.*« In Inges Stimme ist das höchste Maß an Genervtheit zu hören, zu der sie vermutlich fähig ist, und das bedeutet, dass sie für meine Verhältnisse noch immer verdammt hoch auf der Geduldsskala rangiert. »Hast du schon mal von therapeutischem Wandern gehört?«, fährt sie fort.

Habe ich nicht. »Ja«, lüge ich, weil ich das Gesicht wahren will.

»Außerdem gibt es ja zum Beispiel Tanztherapie und sogar Pferdetherapie …«

Was zur Hölle? Ich versuche, diese neue Information zu verarbeiten. *Melissa hatte RECHT? Mit ihrer verrückten Idee mit dem Bemalen von Ponys?!* Ich sehe sie vor meinem inneren Auge, wie sie triumphierend die Knöchel knacken lässt.

»Pferdetherapie?«, fragte ich Inge vorsichtig.

»Ja – die Art, wie ein Mensch auf Pferde reagiert, sagt viel über ihn aus.«

Okay, es geht also nicht ums Bemalen von Ponys …

»Pferdetherapie ist eine Technik, die wir in der Psychologie häufig einsetzen«, sagt sie.

»Bedeutet das … werden wir …?« Ich versuche, die Idee abzutun, noch bevor sie sich in meinem Kopf bilden kann, doch als Inge von einem ihrer Kinder abgelenkt wird, weil es mal muss, schaut Margot mich mit ihren großen Katzenaugen an, und ich frage mich, ob sie denkt, was ich denke. Also frage ich: »Denkst du, Inge psychologisiert uns?«

Margot errötet und korrigiert nicht einmal meine nicht ganz korrekte Wortwahl. Ich habe definitiv einen Nerv getroffen.

»Möglicherweise …«, sagt sie.

Eine Millisekunde gefalle ich mir bei der Vorstellung, dass ich das Untersuchungsobjekt für ihre Doktorarbeit sein könnte, aber dann fällt mir auf, dass Margot praktisch violett angelaufen ist. *Falls irgendwer als Overachiever beobachtet wird, dann ist es die verdammte Margot,* sage ich mir. Das löst gemischte Gefühle bei mir aus. Natürlich bin ich froh darüber, nicht im Rampenlicht zu stehen. Natürlich. *Obwohl …*

War ich nicht auch mal ein »high achiever«? Abgesehen von Podiumsdiskussionen bei zahnmedizinischen Kongressen. Ich habe das Gefühl, die letzten zehn Jahre so gestresst und müde gewesen zu sein, dass ich mich gar nicht mehr daran erinnern könnte, wenn es so gewesen wäre. Aber Margot ist sichtlich erschüttert.

»Ist das der Grund, warum du dich bereit erklärt hast, uns zu unterrichten?«, fragt Margot Inge besorgt, als sie mit umfassend erleichterten Kindern wieder in unserem Sichtfeld auftaucht. »Den Rest der Wikingerlektionen, meine ich?«, fährt Margot fort.

»Wie kommst du darauf?«, antwortet Inge mit unergründlicher Miene. »Ich möchte euch die *Wikingerkultur* erleben lassen«, sagt sie schlicht. »So wie Magnus es tut, beziehungsweise es tun wird, wenn er seine Gase los ist …« An diesem Punkt rümpfen wir alle die Nase und einigen uns darauf, nie wieder ein Wort über die alarmierenden Gerüche zu verlieren, die in letzter Zeit aus der Toilette des Elternschlafzimmers dringen.

»Wie geht es Magnus?«, frage ich vorsichtig.

»Wie dem auch sei … Was ich sagen wollte« – sie ist bestrebt, ein anderes Thema anzuschlagen – »es lohnt sich, sich auf eine Sache zu konzentrieren, das ›Kreiseln‹ abzustellen und seine Hände zu benutzen. Jeder sollte wissen, wie man der Kapitän seines eigenen Schiffes wird. Und derjenige, der weiß, wie man segelt, braucht sich nicht vor Stürmen zu fürchten.«

Herr im Himmel, sie ist gut, denke ich. *Sie schiffsmetaphert uns eine wichtige Lebenslektion.*

»Man lernt seine Stärken und Schwächen kennen«, fährt Inge fort, »die Dinge, die man beeinflussen kann, und diejenigen, die jenseits unserer Kontrolle liegen. Wie Wasser. Und Winde.« Damit setzt sie sich in Bewegung, Freja im panzerartigen Kinderwagen, Villum auf dem Rücken und Mette, die kaum nachkommt. Inge legt ein solches Tempo vor, dass selbst Margot und ich alle paar Schritte einen leichten Hopser machen müssen, um nichts von ihren erstklassigen *Völva*-Enthüllungen zu verpassen.

»Manchmal treibt man auf der Stelle, wird von den Wellen geschaukelt«, fährt Inge fort, und ich sehe Mette die Augen rollen, als ob sie diesen Vortrag bereits zur Genüge kennt – in mehr als einer Sprache. »Manchmal ist ein Boot mit Leck alles, was man sehen kann – ein Boot, das mit Wasser vollläuft. Manchmal befürchtet man, dass das Boot den Sturm nicht überstehen wird.« Jetzt sieht Inge mich direkt an.

Herr im Himmel, wenn selbst Ich-komme-mit-allem-klar-Inge denkt, dass ich mich in einem Sturm befinde, dann ist mein Leben vielleicht wirklich ein beschissener Autounfall …

Ich frage mich, wie weit sie die Bootsmetapher noch ausdehnen kann.

»Ihr müsst euch fragen: Welcher Aspekt meines Boots ist gerade der wichtigste?«

Oh, es geht immer noch weiter …

»Ihr müsst die Optionen vergleichen«, fährt Inge fort. »Zum Beispiel: Wie will ich, dass mein Boot aussieht? Wohin will ich mit meinem Boot? In eurem Boot werden – genau wie im Leben – manchmal Wellen über euch zusammenschlagen, und ihr werdet nasse Füße kriegen. Und wenn man erst mal nasse Füße hat, muss man zu schöpfen beginnen.«

»Klar …« Ich bin nicht sicher, ob ich ihr das alles abnehme, aber ein Teil von mir wünscht sich, Notizen gemacht zu haben. Margot runzelt ebenfalls die Stirn und versucht, diese neuen Gedanken zu verarbeiten.

»Magnus hat nie etwas davon erwähnt …«, sagt sie jetzt.

»Nun, nein, das hat er nicht.« Inge seufzt. »Für Magnus geht es eigentlich nur um den Bootsbau. Er mag die körperliche Anstrengung. Außerdem ist es Arbeit, bei der einem schnell heiß wird, das bedeutet, er kann sein Oberteil ausziehen. Wie euch vielleicht aufgefallen ist, liebt er es, sein Oberteil auszuziehen. Darüber hinaus habe ich den Verdacht, dass er ein wenig süchtig nach den Teerdämpfen ist …« Sie runzelt die Stirn.

Ich mache mir eine gedankliche Notiz, auf keinen Fall das Filzstift-Schnüffeln zu erwähnen, und werfe Margot meinen besten »Lass es!«-Blick zu, um sie zu ermuntern, es mir gleichzutun. Sie nickt zustimmend.

Haben ich und meine Erzfeindin gerade so etwas wie eine Beziehung aufgebaut? Das macht mich auf seltsame Weise froh, als wäre das der Beweis dafür, dass ich doch kein so schlechter Mensch sein kann. Auch wenn sogar Tricia mich verlassen hat. Den Rest des Marschs durch die atemberaubende Landschaft laufe ich beschwingten Schrittes. Gelegentlich mache ich eine kleine Pause, um mich Mette anzunehmen und sie ein Stück auf dem Rücken zu tragen, wenn ich das Gefühl habe, dass ihre Mutter zu weit vorn ist, um sie zu bemerken. »Wikingerkinder laufen zu Fuß«, kommentiert Inge uns gegenüber den Fünf-Kilometer-Marsch, den sie ihrer Tochter gerade zumutet.

Als wir die Küste erreichen, warten Melissa und Tricia bereits dort – lauthals lachend und in trauter Zweisamkeit plaudernd, als wären sie die ältesten Freundinnen. Ich sehe, wie Melissa ihr einen freundschaftlichen Schlag auf den Rücken verpasst. *Das hat bestimmt wehgetan,* denke ich und frage mich, ob Tricia sich gegen einen von Melissas »liebevollen« Schlägen gewappnet hat.

Weiter unten, kurz bevor der Sand sich ins Meer ergießt, ragt hinter Schilf und hohem Gras ein Stützrahmen mit dem Skelett eines mandelförmigen Holzbootes auf.

»Bauen wir nicht das ganze Boot?« Margot klingt enttäuscht.

»Nein«, erklärt Inge ihr. »Selbst für ein sehr kleines Boot braucht man gute zwei Wochen – zehn Tage Minimum, wenn ich nicht gerade die Kinder dabeihabe.«

Mir wird klar, dass sie »allein« meint. *Overachiever #101.* »Aber es ist noch mehr als genug zu tun«, erklärt sie uns, als wir bei Tricia und Melissa ankommen. Die beiden Frauen trennen sich hastig voneinander.

»Wir müssen die Stellen überprüfen, wo die Planken sich überlappen, und Wolle in alle Zwischenräume stopfen.« Inge zeigt auf drei volle Säcke – vermutlich von meiner Schaf-Nemesis und ihren Gefährten. »Dann schmieren wir alles mit Teer ein, um das Wasser fernzuhalten.«

»Ist das das Zeug, das Magnus so gern mag?«, fragt Margot. *Sie mag eine mit erstklassigen Genen gesegnete Superfrau sein, aber Taktgefühl hat sie keines …*

»Was?«, fragt Melissa perplex.

»Ja, genau.« Inge seufzt. »Das Zeug, das Magnus so gern mag. Wie dem auch sei, Teer wird gemacht, indem man Tannen- oder Birkenholz zersägt, Gras darüberbreitet und dann alles anzündet …«

»Irre ich mich, oder hat Wikingerkultur viel mit Feuer zu tun?«, fragt Tricia.

»Ja.« Inge versucht erst gar nicht, sich dafür zu rechtfertigen. Stattdessen weist sie in Richtung eines großen Ölfasses, unter dem die Glut eines Feuers glimmt, und sagt: »Ich habe da schon mal was vorbereitet.« Wir alle kichern.

Als wären wir in einer Kochshow gelandet …

»Werden wir denn alle in das Boot passen, wenn es erst fertig ist?«, fragt Tricia.

Das habe ich mich auch schon gefragt. *Es sieht ein bisschen mickrig aus dafür …*

»Offiziell ist das ein Zweimannboot«, antwortet Inge. »Aber das bemisst sich nach Wikingermännern. Ihr« – sie mustert uns von oben bis unten – »passt bestimmt zu dritt rein. Wir werden nicht alle zusammen rausfahren. Natürlich braucht man etwas Gewicht, aber das Wasser sollte niemals höher als zwei Finger unter der obersten Planke stehen.« Sie markiert mit den Fingern eine imaginäre Linie kurz unter der obersten Planke. »Ich empfehle immer, zwei Ruderinnen und eine Steuerfrau zu haben, die das Boot lenkt oder als Ersatzfrau fungiert, wie im Football.«

»Falls notwendig, kann die Ersatzfrau auch Wasser aus dem Boot schöpfen. Und unten im Boot gibt es einen Stöpsel, dort kann man das Wasser rauslassen«, weist Inge uns an.

»Ein Stöpsel?«, fragt Melissa. »Kommt dann nicht erst recht Wasser rein?«

»Nein.«

»Sicher?«, springt Margot ihr bei.

»Kommen Worte aus meinem Mund?«, schießt Inge zurück.

»J-ja …?« Margot klingt gar nicht mal so selbstsicher.

»Dann bin ich mir sicher«, sagt Inge.

Nun, das war deutlich …

Sie zeigt auf einen Gummistopfen unten im Boot und erklärt langsam, als wären wir Idiotinnen: »Der *Stöpsel* kommt zum Einsatz, wenn das Boot an *Land* ist, um Regenwasser rauszulassen. Wenn das Boot erst mal auf dem Meer ist, sollte man ihn niemals herausziehen. Versteht sich von selbst.«

»Klar!«, ruft Melissa erleichtert.

»Und brauchen wir einen Anker oder so was?«, fragt Margot noch immer voller Eifer.

»Das ist nicht die Art Schiff, mit der Wikinger sich abgeben – wir machen sie leicht genug, dass man sie an Land ziehen kann.« Inge demonstriert es uns, indem sie das Boot hebt und es ein wenig in die Luft schnellen lässt. Margot tut es ihr gleich, um sicherzugehen. Ich versuche es, und es bewegt sich keinen Millimeter.

Verdammte Armmuskulatur! Die blöde Margot mit ihren Mi-

chelle-Obama-Armen. Nur weil sie und Inge den DNA-Jackpot gewonnen haben …

Der Teil des Bootes, der bereits geteert ist – bei dem Begriff muss ich mich beherrschen, um nicht *»und gefedert«* hinzuzufügen –, fühlt sich an wie Metall, von der Sonne aufgewärmt, oxidiert und beinahe schuppig. Auch Melissa betastet die unregelmäßige Oberfläche.

»Wie ein Drache …«, murmelt sie leise.

»Dir ist klar, dass es keine Drachen gibt, ja?« Der Spruch ist mir über die Lippen gekommen, ehe ich weiß, was ich tue.

»Ja!«, faucht Melissa, aber sie sieht ein wenig enttäuscht aus.

Na toll, denke ich. *Weltall: nein, aber Drachen? Sicher …*[17]

»Okay«, ruft Inge. »Zeit, zu handeln.« Dabei sieht sie mich an. »Wir müssen den Rest teeren, dann können wir uns um Bänke, Ruder, Ruderdollen und einen Ruderrahmen kümmern – wir haben viel zu tun!« Jedem von uns wird eine Aufgabe zugewiesen, und als Erstes wuchte ich mit meiner wenig beeindruckenden Körperkraft Seile herum, die steif vom Meerwasser sind.

Ich will nach dem Streit letzte Nacht, dass Melissa wieder mit mir spricht, aber mein unglücklicher Drachen-Kommentar hat nicht gerade dazu beigetragen. Sie plaudert fröhlich lachend mit Tricia und Inge – selbst mit Margot, aber mich würdigt sie keines Blickes. Ich bin aus jeder Unterhaltung ausgeschlossen.

Sprich mit mir!, beschwöre ich sie, die Arme voll mit salzigem Hanfgeschlängel. *Mit mir!* Aber anscheinend sind meine Reserven schwesterlicher Telepathie aufgebraucht.

Ich beginne mich etwas besser zu fühlen, als die Sonne erneut auftaucht – ein weiß glühendes Orb, das sich westwärts über den Himmel brennt, während wir arbeiten. Hart arbeiten. Es ist

[17] Ja, ich weiß, ich habe Inge mit einem Pegahorn verglichen. Aber da war ich BETRUNKEN. STURZBETRUNKEN, das kann ich Ihnen sagen …

in einem Maß körperlich anstrengend, dass wir kaum sprechen. All unsere Energie wird aufgebraucht beim Schleppen von Holzplanken, dem Einschlagen von Nägeln, dem Füllen von Lücken mit Händen voll Wolle und dem Schleppen von Eimern mit lavaheißem Teer, mit dem wir das Boot beschmieren. Die Kinder spielen im hohen Gras, bringen uns hin und wieder etwas zu essen und bedienen sich an den Äpfeln im Picknicksack, bis Inge ihrer Jüngsten Einhalt gebietet. »Ich habe keine Lust, zusätzlich zu meinem Ehemann auch noch ein Kleinkind mit Durchfall am Hals zu haben«, erklärt sie eloquent. Irgendwann, als ich das Gefühl habe, keinen Finger mehr heben zu können, ohne umzufallen, oder mir wenigstens einen Platz im Schilf für ein Nickerchen zu suchen, sagt Inge: »Nun denn, probieren wir es aus.«

Soll heißen: Sehen wir gemeinsam, wie es schiefgeht …

»Sollten wir Rettungswesten tragen?«, frage ich, weil ich meinem eigenen Werk nicht ganz vertraue. Inge sieht mich an, als hätte ich vorgeschlagen, uns auf ihr Erstgeborenes zu erleichtern. Ich nehme das als ein Nein und erinnere mich an Magnus' Worte, dass Wikinger nicht viel mit Gesundheit und Sicherheit am Hut hätten. Ich bin allerdings nicht die Einzige, die Bedenken äußert.

»Erkranken wir an Leptospirose, wenn wir ins Wasser fallen?«, fragt Tricia ernsthaft, während sie sich mit teerverschmierten Händen die Haare aus dem Gesicht streicht.

Inge wirkt verwirrt.

»Vielleicht nennt ihr es anders hier?« Tricia wendet sich hilfesuchend an uns anderen, aber leider reichen meine medizinischen Kenntnisse nicht aus, um eine über den Urin übertragbare Infektionskrankheit zu erklären, an der hauptsächlich Nagetiere erkranken.

»Rattensyphilis?«, versucht Tricia es noch einmal. »Habt ihr das hier?«

Inge reagiert darauf mit zwei hochgezogenen Augenbrauen. »Ich? Nein, ich habe keine Rattensyphilis …«

»Nein, nicht du – ich meine das Wasser! Ist es sauber? Wenn wir da draußen reinfallen?« Tricia blickt besorgt zwischen Boot und Meer hin und her. »Oder … sinken?«

»Natürlich ist es sauber«, lautet die Antwort. »Das hier ist *Skandinavien!*«

»Das ist ein Argument.« Melissa schnieft und beginnt, das Boot allein in Richtung Wasser zu ziehen.

Selbst wenn sie mich wahnsinnig macht, ist meine Schwester immer noch ziemlich beeindruckend, denke ich und bin stolz auf sie.

Wir wechseln uns ab, immer zwei schnöde Sterbliche und Inge, damit wir unsere wertvolle Kreation nicht schon bei ihrer Jungfernfahrt versenken. Melissa entscheidet sich für Tricia, und das tut weh. Also bleibe ich mit Margot zurück. Mal wieder.

Die Gruppe mit meiner Schwester fährt zuerst hinaus, begleitet von begeisterten Jubelschreien – Melissas, und sogar vom Ufer aus kann ich sehen, dass sie den Spaß ihres Lebens hat.

»Ich bin der König der Welt!«, höre ich sie rufen. Sie steht auf, schwankt und wird sofort wieder von Inge auf die Bank gezogen. »Entschuldigung«, schreit sie. »Ich meine ›Königin‹. Oder besser ›Wikingerin‹!«

»Meine Schwester ist definitiv kein Leonardo DiCaprio«, murmele ich.

»Oh, ich kenne ihn. Ein Mädchen aus meiner Klasse ist mal eine Weile mit ihm ausgegangen. Sie hat ihn beim Modeln kennengelernt«, meldet Margot sich zwischen zwei Apfelbissen zu Wort.

Natürlich ist Margot mit Models zur Schule gegangen, die Hollywoodstars daten!

Das Prominenteste, was unsere Schule zu bieten hatte, war Geoff Capers, der Kugelstoßer, der einmal zu Besuch kam, um das Sommerfest zu eröffnen.

Ich kommentiere die Leo-Aussage nicht weiter und wate dem Boot entgegen, um zu helfen, es an Land zu ziehen.

»Das. War. Großartig!«, jubelt Tricia. »Und wir haben das ganz allein gebaut! Also fast!«

Das hatte ich nicht erwartet. Mal abgesehen von der Begeisterung für das Axtwerfen, waren Tricia und ich bislang immer vereint gewesen in unseren kläglichen Versuchen, die heiligen Wikingerkünste zu erlernen. *Aber ein paar Stunden mit meiner Schwester, und sie hat sich in eine Wikingerin verwandelt …?*

Ich spüre, wie mein Gesicht sich vor Eifersucht verzieht.

Melissa und Tricia fahren fort, sich High fives zu geben, und bieten selbst Margot einen an, als sie an ihnen vorbeigeht, um elegant in das Boot zu steigen. Aber bei mir? Nichts.

»Das sah aus, als hätte es Spaß gemacht«, versuche ich es, aber Melissa ignoriert mich und stabilisiert lediglich das Boot, während ich alles andere als elegant hineinklettere.

Inge sagt uns, wo wir sitzen sollen, und dann hängen wir uns in die schweren, frisch geschliffenen Ruder und legen ab.

Mit der Ruderbank, die ich aus dem Fitnessstudio – von damals, als ich noch Zeit dafür hatte – kenne, hat das nichts zu tun. Es ist echt. Und unheimlich. Und trotzdem …

Wir haben das gebaut!, sage ich mir bei jedem Zug. Trotz meiner Beklemmung beim Gedanken, das Ufer hinter mir zu lassen, und der leichten Übelkeit, die das Heben und Senken des Meers auslöst, hat diese Bootssache definitiv etwas Positives. Mir gefällt, wie die kühle Brise durch mein Haar streicht und wie mir manchmal frisches, salziges Meerwasser ins Gesicht spritzt. Es gibt auch ein Segel, wie ich herausfinde, als Inge auf ein großes, weißes Ding zeigt, das um einen Pfahl in der Mitte des Bootes gewickelt ist. Aber das heben wir uns offenbar für morgen auf. Wir fahren heute nicht weit genug hinaus, um weitere Highlights zu rechtfertigen, und obwohl Margot enttäuscht wirkt, stelle ich fest, dass ich vor Freude über unser kleines Abenteuer über das ganze Gericht strahle wie eine Verrückte.

Ich mag das! Ich könnte mehr davon vertragen!, denke ich und bin traurig, als Inge ankündigt, dass es Zeit wird, ans Ufer zurückzukehren.

»Ich sehe von hier, dass Mette mal wieder versucht, Villum den Hintern mit Schilf abzuwischen. Sie denkt, dass sie hilft, aber am Ende habe ich ein Kind, das mit Exkrementen und Schilf bedeckt ist. Sie ist eine kleine Schiefdenkerin …«, erklärt Inge. Ich frage mich, ob sie »Querdenkerin« meint, sage aber nichts. So oder so kehren wir in Hochstimmung zurück.

Ich bin nun eine seefahrende Wikingerin! Hört mein Brüllen!

Als wir wieder auf festem Boden stehen, sehe ich alles in einem positiveren Licht. Ich bin geradezu belebt. *Ich kann die High fives von vorhin nachvollziehen,* geht mir durch den Kopf, *und dass Tricia es mochte.* Sie und Melissa haben sich bereits auf den Nachhauseweg gemacht, als Margot und ich das Boot auf den Strand ziehen. Inge schnappt sich die jüngeren Kinder, und Margot bietet Mette an, sie Huckepack zu tragen, und klaut mir damit meine bisherige Rolle.

Mit Inge, die vorausgeht, und Margot, die Mette damit begeistert, dass sie so tut, als sei sie ein Pferd – etwas, in dem sie immer besser als ich sein wird, da sie selbst einige Pferde besitzt –, beginnt ein schier endloser Marsch nach Hause. Und für mich ist es auch ein einsamer.

Als das Adrenalin der Bootsfahrt abklingt, überkommt mich eine Welle der Müdigkeit. Ich fühle mich, als hätte ich heute viel Energie in den Versuch gesteckt, den anderen etwas vorzumachen, und wäre auf ganzer Linie gescheitert. *Buße ist nicht meine Stärke,* denke ich, *und Melissa ist immer noch total wütend auf mich … Mist …*

Ich will nach Hause und mich ins Schlafzimmer zurückziehen und die Welle der Erleichterung spüren, von der ich weiß, dass sie über mich kommt, wenn ich nur die Augen schließe. Wieder aufzustehen wird dann einen heldenhafteren Einsatz fordern, als ich im Moment leisten kann. *Aber ich tue mein Bestes. Wie ich es immer tue. Tue ich doch?*

Irgendwann bin ich endlich angekommen, und während der Rest von uns duscht oder isst, gehe ich in unser Zimmer, um mich – nur kurz – hinzulegen. Auf dem Weg dorthin schleiche ich am Hauptschlafzimmer vorbei, damit es gar nicht erst zu einem unangenehmen Zusammentreffen mit Magnus und einem Gespräch über wilde Beeren kommen kann. Doch dann streife ich das Bücherregal im Flur, und mein Ärmel verhakt sich im Geflecht eines Weidenkorbs. Es klappert, und ich begreife, dass das, was immer es war, sich gerade über den Holzboden verteilt hat. Ich bleibe stehen, will alles in Ordnung bringen, bevor mich jemand bemerkt, doch dann finde ich mich von Angesicht zu Angesicht mit meinem Handy wieder.

Ich sehe mich kurz um, ob ich unbeobachtet bin, und hebe es auf. Instinktiv schalte ich es ein. Mein Atem beschleunigt sich, und mein Herz hämmert, als ich den Bildschirm entsperre und mit ihren Gesichtern belohnt werde: Charlotte und Thomas, die mich angrinsen. Ein Erdbeben erschüttert etwas in mir; Platten schaben übereinander, und mir wird klar, dass ich sie tief in meinem Inneren vermisst habe.

Eigentlich hatte ich nur vorgehabt, mir kurz ihr Bild anzusehen, aber dann stelle ich fest, dass ich es nicht weglegen kann.

Ich kann nicht *nicht* hinsehen, keinen Moment. Die weichen, rosigen Gesichter dieser ganz besonderen menschlichen Wesen, die ich so gut wie allein auf die Welt gebracht habe.[18]

Ich schiebe das Handy in meinen Ärmel und räume die übri-

---

[18] Ja, »so gut wie«: Alles, was Greg tun musste, war, seine Gedanken für zehn Minuten von der Arbeitsgesetzgebung in Tschechien oder den Parkverboten in Brent loszureißen. Zweimal. Den Rest habe ich erledigt …

gen Geräte zurück in den Korb. Dann verziehe ich mich in unser Zimmer, um zu Hause anzurufen oder doch zumindest unter der Decke durch Bilder von meinen Kindern zu scrollen. Das ist ein bisschen wie das Lesen von *Sweet Valley High* unter der Bettdecke als Kind. *Das heißt, es hat sogar irgendwie etwas mit den Wikinger-Sagas zu tun,* denke ich und gehe großzügig über den Fakt hinweg, dass ich gerade Inges obersten Grundsatz und den Dreh- und Angelpunkt für das Wikinger- und Völva-Dasein verrate: Ehrlichkeit.

Andererseits habe ich es letzte Nacht mit Ehrlichkeit versucht, und das Resultat ist bekannt. Danke für nichts …

9

Zuerst versuche ich, Greg anzurufen. Nicht, weil ich so dringend mit meinem Ehegatten sprechen möchte, sondern weil ich hoffe, dass er den Hörer an meine Kinder weiterreicht.

Ich kann fragen, ob Charlotte ihren oberen mittleren Schneidezahn verloren hat,[19] *und in Erfahrung bringen, ob Thomas sich bei der Schulversammlung gut geschlagen hat.*[20]

Aber er geht nicht an sein Handy. Auch auf Facetime reagiert niemand. Oder auf Skype. Greg und ich haben gemeinsam, dass wir nicht besonders kommunikativ sind, verbunden mit einer unterschwelligen gegenseitigen Missachtung, deshalb überrascht mich das nicht. Es entspricht nicht unseren Gewohnheiten, unnötig zu einer Konversation beizutragen, geschweige denn, selbst eine zu beginnen. Außerdem habe ich ihm unmissverständlich klargemacht, dass dies meine »freie Woche« ist – frei von Kindererziehung, Ehefrauendasein, Zahnärztin sein, alles. Und Melissa hat ihn gewarnt, dass dort, wo wir hinwollen, möglicherweise keine ausreichenden »Telefonempfangswellen« vorhanden seien. *Ich habe es also in gewisser Weise selbst zu verschulden, dass ich jetzt keinen Kontakt zu meinen Kindern habe*, denke ich elend. Aber ich versuche es. Wieder. Und wieder. Bis ich es nicht mehr aushalte, bei dem Versuch, einen Videoanruf zu starten, ewig in mein eigenes Gesicht zu starren wie beim Friseur. Ich lege auf und bin niedergeschlagen.

Greg hat vermutlich einen anstrengenden Tag mit N24 und

---

[19] Der wackelige obere Zahn, der schon letzte Woche lose war

[20] Seine Klasse hält einen Vortrag über Dinosaurier = ganz große Sache

Toast … Stattdessen sende ich ihm eine Textnachricht, und mir wird klar, wie sehr ich das Pling-Geräusch vermisst habe, das erklingt, wenn man eine Nachricht in den Äther schießt.

Nicht so sehr wie die Kinder, NATÜRLICH … aber ein bisschen schon.

Ich habe es vermisst, die kleinen Pünktchen unter meiner blauen Nachricht zu sehen, die mir sagen, dass jemand gerade eine Antwort schreibt. Und dann …

Ich habe Pünktchen!

Greg scheint mir zu antworten. Die Pünktchen punkten weiter, während er schreibt … und dann: nichts. Nur meine Nachricht, die da irgendwo hängt.

Das ist nicht gut, denke ich. *Gar nicht gut … Aber wir können uns nicht trennen,* versuche ich mich immer noch selbst zu überzeugen. *Wir haben zwei Kinder! Wer will mich denn mit zwei Kindern?*

Ich sehe auf das Handy, wo sich nichts mehr tut. Keine Pünktchen. Keine Antwort.

Wer wird mich wollen? Offensichtlich nicht Greg …

Lieber Greg, will ich schreiben. *Fang nicht etwas an, das du nicht bereit bist, zu Ende zu bringen …* Aber dann wird mir klar, dass es eine deutlich erwachsenere und eine einer zweifachen Mutter mit vier Jutebeuteln im Auto würdigere Reaktion wäre, jetzt nicht passiv-aggressive Textnachrichten zu verschicken. *Begib dich nicht auf ihr Niveau … oder so was.* Ich atme tief ein und rufe noch einmal an. Keine Antwort. Erneut.

Er will nicht mit mir reden. Was bedeutet, dass ich auch nicht mit Thomas und Charlotte reden kann … Woran ich auch nicht ganz unschuldig bin. Ich fühle mich schlecht, und der griechische Chor wärmt sich schon mal für die Zugabe auf. Also beschließe ich, zur Ablenkung möglichst viel aus meiner unerlaubten Handybenutzung herauszuholen.

Ta-da! Und schon sind die schlechten Gefühle tief vergraben.

Ein paar Nachrichten aus der Praxis verleihen mir kurzzeitig ein Gefühl von Wichtigkeit und Bestätigung, ungeachtet der Tatsache, dass es vor allem Variationen von »*Wo bist du?*«-Nachrichten von Kollegen sind, die vergessen haben, dass ich im Urlaub bin. Aber mal abgesehen von der Arbeit hat niemand mich vermisst.

Niemand?, denke ich und fühle mich verletzt. Natürlich bin ich erleichtert, keine Nachrichten von der anonymen Nummer vorzufinden, von der ich mir mittlerweile zu neunundneunzig Prozent sicher bin, dass sie Mr Teeth gehört. *Aber wirklich … niemand? Keine Freunde? Gar keine …?* Wieder einmal wird mir klar, dass ich mein Privatleben in den letzten Jahren habe schleifen lassen.

Um mich über meinen Mangel an einem Leben jenseits der Arbeit und meinem unmittelbaren Familienkreis hinwegzutrösten, scrolle ich durch die Galerie mit Bildern von Charlotte und Thomas, die ich auf meinem Handy gespeichert habe. Meine Laune hebt sich, als bedingungslose Liebe meine Gesichtszüge glättet. Ich sehe meine Kinder an ihrem ersten Schultag; im Garten vor blauem Himmel; letzten Winter beim Spielen im Schnee.[21]

Eine weitere Runde Anrufe hat keine Reaktion zur Folge, also stöbere ich durch diverse andere Apps. Ich checke LinkedIn, schiebe ein paar Mails aus der Arbeit auf der Prioritätenliste nach hinten und versehe andere mit einer Markierung, um sie gleich nach meiner Rückkehr zu beantworten. Denn die paar Tage Pause haben mir eine neue Perspektive gegeben: Nichts ist so dringend, wie eine E-Mail mit dem Vermerk »DRINGEND« es vorgaukelt.

Abgesehen von Mrs Whites Zahnfüllung. Die muss so schnell wie möglich erneuert werden …

---

[21] Ich mag Schnee. Er ist sehr *sauber* …

Ich leite ihre Anfrage an den Empfang weiter und versehe sie mit einem feuerroten Ausrufezeichen, um ihr höchste Priorität zuzuweisen. Dann nutze ich das passwortfreie Wi-Fi[22] so richtig aus und stöbere noch eine Weile im Netz herum. Und bevor ich mir bewusst bin, was ich da tue, befinde ich mich drei Jahre tief in den Facebook-Fotos alter Schulfreunde und beneide sie um ihre perfekten Wohnungen. Ich spüre ein leichtes Ziepen des Mausarms, an dem ich regelmäßig leide. *Nicht gut,* ermahne ich mich. *Hör auf. Hör sofort auf zu scrollen.* Gerade als ich die App schließen will, sehe ich, dass Steve aus der Praxis ein »LOL«-Video gepostet hat, das offenbar schon einige hunderttausend Mal geteilt wurde. Der Titel lautet: »Irre! Frau rastet bei der Arbeit total aus!« und dazu der Hashtag *#dasistshowbusiness.* Steve hat einen eigenen Kommentar hinzugefügt: *Schaut es euch an – ich mag meinen eigenen Job jetzt ein bisschen mehr …! ;)* Und Beverly vom Empfang hat versucht, superlustig zu sein, indem sie hinzufügte: *Man muss nicht irre sein, um bei uns zu arbeiten, aber es hilft!*

Ohne darüber nachzudenken, klicke ich.

Der Link führt mich zu einer dieser Webseiten, wo es Paparazzi-Fotos von Frauen im Bikini zu sehen gibt, Männer mit dunkler Hautfarbe, die ein wenig verschlagen aussehen, und einen Artikel darüber, wie belgische Drag-Künstler auf Kosten der Steuerzahler die Jugend moralisch verderben. Ich rümpfe die Nase und will schon wegklicken, weil ich mich mit solchem Unsinn nicht abgeben möchte, als das Video automatisch abgespielt wird.

Ah, na ja, ist nicht meine Schuld, denke ich. Und sehe zu.

Zuerst wirkt es wie eine verpatzte Aufnahme – es sind lediglich Schuhe auf schmuddeligen blauen Teppichfliesen zu sehen, als hätte jemand versehentlich die Aufnahmetaste seines Handys gedrückt, ohne es zu bemerken. Ich gehe näher ran, um zu se-

[22] Siehe »Gastgeber und Vertrauen«

hen, ob ich etwas verpasse, und nehme eine gedämpfte Tonspur wahr. Also drehe ich die Lautstärke hoch, bis ich die Stimme einer Frau hören kann. Sie klingt aufgebracht. Wütend sogar.

»Warum sollte mich das *kümmern?*«, fragt sie. »Warum *kümmert* mich das?«, wiederholt sie in einem anderen Tonfall. »Sag es mir? Warum? Ich bin umgeben von Leuten, die seit Jahren keine Haarbürste mehr gesehen haben und die alle aussehen, als müsste man sie mal wieder so richtig mit einem warmen Seifenlappen abrubbeln, Leute, die nicht mal geboren waren, als ich meinen ersten Promi-Spendenmarathon moderiert habe, aber beschwere ich mich?« Sie wartet die Antwort gar nicht erst ab. »Das tue ich nicht.«

Jetzt kippt die Kamera ein wenig nach oben, wackelig und im Stile von *The Cook Report,*[23] als würde der Filmer an Selbstvertrauen gewinnen – er filmt ohne das Wissen der Protagonistin, will aber dennoch eine bessere Aufnahme. Ich sehe ein Paar Stöckelschuhe, aus denen die schlanken, braun gebrannten Beine einer Frau ragen. Sie steht an einem Wasserspender, wippt leicht und stößt hin und wieder eine zweite Person an – einen Mann in Jeans und Hoodie. Die Kamera wackelt so sehr, dass die Gesichter auf meinem kleinen Bildschirm verschwimmen, doch die Frau scheint zwischen den Sätzen immer wieder aus einer weißen Tasse mit Aufschrift zu trinken.

»Die eine Sache – die *einzige Sache* –, die ich erwarte, ist ein klein wenig Loyalität. Aber nein. Ich muss aus zweiter Hand – *aus zweiter Hand* – erfahren, dass dieser … *Embryo* … meine Show bekommen hat!«

»Sie meinten nur, sie wollten der Sendung einen jüngeren Vibe geben«, versucht Hoodie-Mann zu erklären.

[23] Eine Sendung über das aktuelle Tagesgeschehen, die sich auf Aufnahmen mit versteckter, ständig wackelnder Kamera spezialisiert hatte. Erstklassiger Journalismus: todsichere Übelkeit. Schöne neue Welt!

»Warum nicht einer der anderen? Wenn sie Jugendlichkeit wollen, dann sollten sie Marcus rauswerfen. Oder Nigel. Oder Doug. Ja, was ist mit DOUG!«, sagt sie und gibt ihm einen kleinen Stoß. »Ich meine, das hier ist *Radio*. Wie weit sind wir gekommen, wenn eine Frau über fünfzig« – sie unterbricht sich, um sich zu verbessern – »und sogar eine Frau über *fünfundvierzig* nicht mehr beim verdammten Radio arbeiten darf!« Sie nimmt einen Schluck aus ihrer Tasse. »Ich sage dir eines: Ich habe *genug!* GENUG! Hört ihr mich? Ich muss mir das nicht gefallen lassen. Ich habe bei *Celebrity Shark Bait* mitgemacht! Ich wurde von einer Frau mit drei Fingern ins Meer hinuntergelassen! Diese Oberschenkel?« Sie zeigt darauf. »In einem Neoprenanzug? Der Hai dachte, ich sei eine Robbe in Seenot! Hat sich sofort auf mich gestürzt, und ich bin TROTZDEM am Tag danach auf Sendung gegangen und habe meine Show durchgezogen. Das ist Showbusiness!«

Der Hoodie-Mann bietet ihr einen Plastikbecher Wasser an, aber die Tassenfrau, deren Stimme mir seltsam bekannt vorkommt, schlägt sie weg und fährt fort: »Ich bin aus Helikoptern gesprungen und habe Champagner mit den Darstellern der Krankenhausserie *Casualty* getrunken! Ich habe für eine Strecke in der *Sunday Times* Hummer in einem Jogginganzug gegessen!«

Jetzt wackelt die Kamera ein wenig, und mir wird klar, dass ihr Besitzer vermutlich kichert.

»Ist das …?« Die Tassenfrau dreht sich um und blickt in Richtung Kamera. »Filmst du mich etwa?«

»Nein …«, erklingt das Murmeln eines Mannes, um sie zu beruhigen/belügen, während die Kamera auf eine Reihe Plastikstühle schwenkt, wo ein Kurier, den Motorradhelm dienstbeflissen in der Hand, ein paar junge Pfadfinderinnen in Begleitung einer matronenhaften Frau und ein paar bärtige Männer mit Postkarten in den Händen sitzen. Durch eine Drehtür kommen zwei weitere Frauen und schütteln ihre Schirme aus. Eine von ihnen hat eine Brotzeittüte in der Hand, beide verstummen jedoch, als sie sehen, wer dort steht – und die Kamera schwenkt zurück auf das Gesicht der Tassenfrau.

Das ist doch nicht etwa … oder doch? Ich frage mich …

Etwas an dem übertrieben auftoupierten blonden Haar und den Manierismen der Tassenfrau kommt mir extrem bekannt vor. Ich weiß, ich könnte aufhören, das Video anzusehen. Ich will aufhören. Wirklich. Zumindest der gute Teil von mir will das. Aber ich stelle fest, dass ich mich nicht losreißen kann.

Ich kann nicht aufhören zuzusehen. Ich muss wissen, wie es endet … Ich muss herausfinden, ob sie diejenige ist, die ich zu erkennen glaube …

»Na, wen haben wir denn da!«, begrüßt die Protagonistin des Videos die Frau mit der Brotzeittüte, die jetzt dunkelrot anläuft und verlegen wirkt. Die Tassenfrau nimmt noch einen großen Schluck, dann lehnt sie sich an eine Wand neben einem Gestell, das, wie es aussieht, mit Postkarten, Broschüren und solchen Dingen gefüllt ist. Ich erkenne kleine Porträts, Bilder von Männern und einigen Frauen, die dümmlich grinsen. Unglücklicherweise überschätzt die Tassenfrau den Abstand zwischen sich und der Wand und prallt hart dagegen, was das Regal in Aufruhr bringt und dafür sorgt, dass sein Inhalt auf den teppichgekachelten Boden segelt.

Die Brotzeittütenfrau bleibt stehen, um die Postkarten aufzuheben.

»Ach, mach dir keine Umstände«, weist die Tassenfrau sie an, und stellt sich mit einem ihrer roten Pumps auf das Bild eines bärtigen Mannes. »*Doug* hat es nicht besser verdient!« Ihr fällt auf, dass noch einige Postkarten in dem Ständer verblieben sind, und mit einem irren Lachen schubst sie sie heraus. »Und Nigel! Und *Marcus!* Und bald auch *du!*«, teilt sie der Brotzeittütenfrau mit. »Ich war mal wie du! Als ich anfing, da war ich so jung, dass ich aussah wie ein geschrubbtes Knie …! Die ganzen Kritiker und Männer mit ihren fetten Rücken haben mir das Leben zur Hölle gemacht, aber ich hab mich nicht kleinkriegen lassen! Selbst als das HD-Fernsehen kam, das jeden Makel vergrößerte und die meisten von uns aussehen ließ, als würden wir für den London Dungeon vorsprechen – und natürlich war ich nicht mehr gut genug fürs Vorabendprogramm – im Gegensatz zu dem verdammten Gildes Brandreth, nur weil er im Gegensatz zu mir einen *SCHWANZ* hat …«

Die Kamera macht einen Schwenk, um die entsetzten Gesichter der Pfadfinderinnen einzufangen, von denen zwei mittlerweile zu weinen begonnen haben.

»Aber am Ende kriegen sie einen!« Sie fuchtelt mit der weißen Tasse vor der jüngeren Frau herum und verschüttet dabei einen guten Teil ihres Inhalts. »Ich hatte mal alles!«, fährt die Tassenfrau fort. »Ich meine« – sie lallt leicht – »ich habe *Pictionary* mit Robert Plant gespielt! Ich hatte Coq au vin mit Phil Collins! Das ist Showbusiness!« Noch mehr Flüssigkeit wird verschüttet.

Das IST sie! Das ist … Tricia!

Ich frage mich, über was zur Hölle ich da gestolpert bin – und ob es nicht eine Menge darüber erklärt, warum sie im Moment im tiefsten, dunkelsten Skandinavien herumkriecht, während das Drama vor meinen Augen seinen Lauf nimmt.

»Okay, lass uns alle ein bisschen runterkommen. Einfach mal *chillen«*, sagt der Hoodie-Mann, doch im gleichen Moment schüttet ihm die Tassenfrau – Verzeihung, Tricia – den Rest ihres Getränks über die Hose.

»*Chillen?* Du willst, dass ich *chille? Chill mal, Alter* und so?« Tricia beugt sich zur Seite und tut etwas, von dem ich nur vermuten kann, dass es die Imitation eines Jugendlichen sein soll. »Weißt du, was du kannst? Du kannst dich mal VERPISSEN!«

»Das ist unerhört!«, empört sich die Matrone, während die Kamera einen Schwenk macht. »Verzeihung, könnten Sie vielleicht jemanden rufen?«, verlangt sie von einer Rezeptionistin mit zu langen, türkis lackierten Fingernägeln, die theatralisch mit den Augen rollt, bevor sie den Hörer abhebt und langsam zu wählen beginnt.

»Du musst doch auch zugehen, dass die Show in letzter Zeit nicht ganz so toll lief«, fährt der Hoodie-Mann fort und schenkt seinem durchnässten Unterleib keine Beachtung.

»Na und, dann habe ich eben Cashewkerne im Radio gegessen. Ich mag Cashewkerne!«

»Es geht nicht um die Cashewkerne, Tricia …«, widerspricht der Hoodie-Mann.

»Oh, OKAY, dann habe ich mal EINE Nacht über die Stränge geschlagen«, kreischt sie als Antwort. »Vielleicht zwei, höchstens! Und vielleicht habe ich ein paarmal die ›Nachrichten‹ vergessen …« Sie versieht das Wort mit pantomimischen Gänsefüßchen, als wäre sie nicht ganz überzeugt von dem Konzept. »James Naughtie hat das N-Wort bei der *Today* Show gesagt und ist damit davongekommen. Tony Blackburn hat ›If You Leave Me Now‹ in Dauerschleife gespielt, und man hat ihn nicht so fertiggemacht.«

»Doch, ich glaube, das hat man«, kommt eine Stimme aus dem Off.

»Halt die Klappe, Patriarchat!«, gibt Tricia zurück.

»Das war Sheila …«, zischt die Brotzeittüte.

»Oh, tut mir leid, Sheila. Hoffe, das mit der Schilddrüse wird wieder …«

»Karen aus der Personalabteilung ist auf dem Weg«, donnert die gelangweilte Rezeptionistin mit den türkisen Krallen.

»Karen aus der Personalabteilung ist eine dumme Bitch, die das hier vom ersten Tag an wollte!« Tricia kennt kein Halten mehr. »Und ihr wisst alle, dass sie mit Doug gevögelt hat, ja?« Der Motorradkurier rechts schüttelt den Kopf, um anzudeuten, dass er das zum ersten Mal hört.

»Okay, OKAY – keinen Ausraster im Studio, bitte«, sagt der Hoodie-Mann.

»Du denkst, DAS ist ein Ausraster?« Zustimmendes Murmeln erklingt, und Tricia wirft den Kopf zurück und lacht laut, »Ha!«, auf eine Weise, die mir bekannt vorkommt. »Ihr habt nicht wirklich GELEBT! Das hier ist nichts! Ich habe nicht herumgeschrien, dass ich ›Tigerblut‹ habe! Ich habe niemandem ein Handy an den Kopf geworfen! Ich habe mir nicht den Kopf rasiert oder einen Affen nach Deutschland eingeschmuggelt, verdammt noch mal ... ICH TWERKE NICHT MAL!«

Nur dass sie es dann scheinbar doch tut. Oder es zumindest versucht.

»Ist es das, was ihr wollt? Ihr wollt, dass ich für euch twerke? Ein spezielles Tänzchen hinlege, damit ich wie die JUNGEN Moderatorinnen wirke? Soll ich einen Snapchat-Account starten? Eine Extremsportart anfangen? Ich zeige euch mal Extremsport ...«

Eine Frau mit steifer Dauerwelle – vermutlich Karen aus der Personalabteilung – marschiert auf die Rezeption zu. Sie schiebt mit dem Zeigefinger eine Brille mit runden Gläsern ihren Nasenrücken hoch, um zu signalisieren, dass es jetzt ernst wird, und wappnet sich für den Kampf, indem sie ihre Bluse glatt streicht. In diesem Moment verschwindet Tricia in einem kleinen, mit Glas verkleideten Raum und kommt mit ein paar alten Magnetbandaufnahmen wieder heraus.

»Das reicht, Patricia«, sagt Karen aus der Personalabteilung, die versucht, den Aufruhr zu beenden.

»Tut es das, Karen? Reicht es? Willst du nicht sehen, wie jung mein ›Vibe‹ sein kann?«, antwortet Tricia mit blitzenden Augen. Sie lässt die Tasse fallen, nimmt ein Band in die rechte Hand, holt aus und schleudert es gegen die Wand. Das braune Band flattert hinterher wie die Tentakel einer Qualle. »Seht ihr, der ultimative Frisbee!« Sie schleudert die nächste Spule gegen die Wand und verfehlt dabei nur knapp eine Pfadfinderin. »Wie gefällt euch das?!«

»Tun Sie was!«, schreit Karen aus der Personalabteilung einen großen Mann mit Jackett an, der gerade ins Blickfeld der Kamera geschlendert kommt. Er rückt ausgiebig sein Gemächt zurecht, dann packt er Tricia am Arm und zerrt sie rückwärts zu der Drehtür.

»Lass mich los!« Sie kämpft, schlägt um sich und verliert dabei einen Schuh.

»Lass es gut sein, meine Liebe. Er ist es nicht wert!«, ruft einer der bärtigen Autogrammjäger.

»Ja, du hast mehr Klasse als jeder Einzelne von ihnen, Tricia«, ermuntert ein anderer sie.

»Danke, Jungs«, sagte sie zu ihnen, ehe sie sich wieder ihren Gegnern zuwendet. »Seht ihr! Seht ihr? Ich habe noch immer FANS! Ihr sucht euch besser einen guten Advocatus!«

»Was bitte?«, ächzt der Sicherheitsmann.

»Das heißt Anwalt auf Latein!«, brüllt sie, bevor sie aus dem Gebäude gezerrt wird. »Das hier ist noch nicht vorbei! Ich habe einflussreiche Freunde! Habe ich erwähnt, dass ich Phil Collins kenne? PHIL ›THE FAX MACHINE‹ COLLINS! *Das ist Showbusiness!*«, sind ihre letzten Worte, ehe der Bildschirm schwarz wird – seltsamerweise kann ich sie trotzdem noch hören.

»Was, zur Hölle?«, ruft ihre Stimme noch immer. Ich starre auf den Bildschirm, erhöhe die Lautstärke, presse ein paar Knöpfchen und frage mich, was passiert ist.

Das Video erscheint wieder und startet noch mal von vorn: *Warum sollte mich das kümmern? Warum kümmert mich das?*

»Alice, was tust du?« Es ist die gleiche Stimme, aber sie kommt nicht mehr aus meinem Handy.

Ich sehe erschrocken auf. Und jetzt sehe ich sie. Ihre nackten Füße haben auf dem weichen Holzboden kein Geräusch gemacht, und ich war so versunken, dass ich meine Umgebung ganz vergessen hatte. Und dann ist da noch die Tatsache, dass ich das hier definitiv nicht hätte ansehen sollen. Und die Tatsache, dass der Star des Videos direkt vor mir steht.

»Tricia! Hi!« Ich versuche, fröhlich zu klingen und das Handy hinter meinem Rücken zu verstecken. Aber einfach wild auf Knöpfe zu drücken war keine meiner besten Ideen.

»Ich bin umgeben von Leuten, die seit Jahren keine Haarbürste gesehen haben!«

»O Mist, o Mist, o Mist …« Ungeschickt taste ich nach dem Handy, weil mir klar wird, dass ich lediglich erreicht habe, dass der Ton jetzt lauter ist,

»Ist das …« Tricia runzelt die Stirn. Oder besser gesagt: Sie versucht es.

»Leute, die nicht mal geboren waren, als ich meinen ersten Promi-Spendenmarathon moderiert habe«, fährt die Stimme fort, während mich eine heiße Welle der Scham überkommt.

»Wo hast du das gefunden?«, will Tricia wissen und stürzt sich auf mich. Da ist ein kurzer Aussetzer, als die virtuelle Tricia etwas über Embryos sagt und die echte Tricia versucht, mir das Handy abzunehmen.

»Ich habe bei Celebrity Shark Bait mitgemacht!«, heult die Video-Tricia jetzt.

»Es tut mir leid«, beginne ich. »Ich wollte nicht …«

»Gib mir das!« Tricia reißt mir das Handy aus der Hand und starrt es entsetzt an, während erklingt: *»DAS IST SHOWBUSINESS!«*

»Ich hatte keine Ahnung, dass du das warst, bis, nun …«

»Du hast mehr Klasse als jeder Einzelne von ihnen, Tricia …«

Die echte Tricia sieht mich voller Entsetzen an.

»Na ja«, fahre ich fort, »bis zu diesem Punkt, praktisch. Ich meine, ich dachte mir davor schon, dass da Ähnlichkeiten sind, aber, na ja.« Ich stammele, während die Scham mein Gesicht fest im Griff hat.

»Ich wusste, dass es eine Aufnahme gibt, aber mir war nicht

klar, dass es so schlimm ist«, sagt Tricia leise. Sie ist blass. »Oder, dass jemand danach suchen würde.« Sie blickt mich an, und ich fühle mich, als wäre ich im Büro des Direktors, um mich für irgendein Vergehen zu entschuldigen – üblicherweise eines, das Melissa auf dem Gewissen hat. »Nun, ich bin sicher, du hast dich köstlich auf meine Kosten amüsiert«, sagt sie, und ihre Stimme bebt. »Willkommen bei meinem Ausraster.«

»Es tut mir so leid«, stammele ich noch einmal.

»Hier steht« – sie zeigt auf den Bildschirm, auf dem jetzt zweifellos wieder Miezen im Bikini zu sehen sind – »dass *Das ist Showbusiness!* gerade auf Twitter trendet …«

»Aber diese Dinge sind so schnelllebig.« Ich bin jetzt auf den Füßen und versuche, ihr das Handy wegzunehmen.

»Und die Kommentare!« Sie schnappt nach Luft und presst eine Hand auf den Mund, während sie nach unten scrollt.

Nie nach unten scrollen! Selbst ich weiß, dass man ab einem bestimmten Punkt zu lesen aufhört!

»Mann, die Alte ist vielleicht dicht!« Tricia liest ein paar der schlauen Kommentare vor. »Und da ist noch einer: ›*Sicher hat Doug sie sitzenlassen.*‹ Scharf kombiniert, Poirot – oh. ›*Vergiss Doug – ich würd dich nicht von der Betkante stosen, Süße!*‹ Nun, das mit der Rechtschreibung üben wir noch mal, aber …« Sie driftet etwas ab, ehe sie sich zornig wieder der aktuellen Situation zuwendet. »Du hättest das nicht ansehen sollen!«

»Es tut mir leid. Ich weiß, ich hätte das Ding nie einschalten sollen und schon gar nicht auf das Video klicken …«

»Du und der Rest der Welt – hier steht, dass es dreihunderfünfzigTAUSEND Mal angeklickt wurde …«

»Echt? Also ich würde mir keine Sorgen machen. Die meisten Leute haben es sicher noch vor der Hälfte weggeklickt …«

»Genau wie du?«

»Äh … nein.« Mir bleibt nichts, womit ich mich rechtfertigen könnte.

»Ich dachte, du wärst meine Freundin«, sagt sie leise.

»Ich bin deine Freundin!«, protestiere ich.

»Freundinnen tun so was nicht.«

»Nein.«

»Nun, danke, dass du die Zuschauerzahlen für meine öffentliche Bloßstellung auf dreihunderfünzigtausendundeins erhöht hast«, sagt Tricia. »Melissa hat mich gewarnt, dass du gern schnüffelst …«

»Ich schnüffele nicht!«, versuche ich mich zu verteidigen.

»Ach ja? Du hast nie ihr Tagebuch gelesen?« Ich sage nichts. »Und in den großen Weiten des Internets stolperst du ausgerechnet über ein Video von mir?«

»Ja-a.« Mir wird klar, dass es nicht gut für mich aussieht.

»Deine Schwester hat recht, du bist dir selbst dein schlimmster Feind.« Sie gibt mir das Handy zurück und geht. Etwa dreißig Sekunden später höre ich eigenartige Geräusche aus der Küche, als mein Fauxpas – ist es denn einer? – den anderen vermutlich enthüllt wird.

Melissa hat zuvor schon nicht mit mir gesprochen, und ich habe die starke Vermutung, dass es ab sofort nur schlimmer werden kann.

10

»Ich habe zu ihnen *gesagt*«, höre ich Tricias von Schluchzern unterbrochene Stimme. »Ich habe zu ihnen gesagt: ›Ihr würdet auch schon mittags Gin aus einer Tasse trinken, wenn ihr während Sendungen wie ›Die besten Raststätten Großbritanniens‹ oder ›Die lustigsten Tiernamen‹ Zuhöreranrufe entgegennehmen müsstet. Ich hätte Wodka trinken sollen – dann hätte keiner was gerochen. So haben die Gerüchte angefangen.« Ich höre lautes Naseputzen und tröstendes Gemurmel. »Es war wirklich unvermeidlich«, fährt Tricia fort. »Ein Wunder, dass es nicht früher passiert ist. Ich bin allerdings stinkwütend, weil jemand das ganze Gin-Desaster aufgenommen hat. Und dass Leute sich das angesehen haben. Und es geteilt haben ... *Schweine ...*«

Ich drücke mich an der Türschwelle herum und spüre, wie die Temperatur im Raum von »unterkühlt« zu »Sibirien« wechselt, als die anderen mich bemerken.

»Ich sagte, dass es mir leidtut«, erkläre ich kleinlaut. Aber der Blick, den Melissa mir zuwirft, ist von einer ganz neuen Qualität, die ich bei ihr noch nie gesehen habe.

Es ist, als würde sie mich hassen. Als hätte sie mich aufgegeben ...

Ich frage mich, ob es das ist, was sie bisher in meinem Blick gelesen hat. Ich ziehe mir die Ärmel über die Hände und schlinge dann die Arme schützend um meinen Körper. Vielleicht ist es auch eine provisorische Zwangsjacke. *Beides wäre wahrscheinlich hilfreich,* denke ich.

»Was ist aus Wikingervertrauen geworden?« Melissa spuckt die Worte förmlich aus. »Was hattest du überhaupt mit deinem

Handy zu schaffen? Konntest du es nicht mal eine Woche ohne deine *Geräte* aushalten ...«

Sie schüttelt den Kopf, und ich senke meinen beschämt.

Stühle werden so gerückt, dass sie sich von mir abwenden, Blicke wandern zu Boden oder zur Decke, und wir wechseln kaum ein Wort, als wir uns zum Essen hinsetzen.

»Ich vertraue darauf, dass du das Handy wieder an seinen Platz zurücklegst«, sagt Inge, mit besonderer Betonung auf dem Wort »vertraue«, und sieht mich nach einer Zeitspanne, die sich wie eine Ewigkeit der Stille anfühlt, eindringlich an. Ich nicke kaum merklich, vermeide aber jeglichen Augenkontakt.

Kartoffelstückchen bleiben mir im Hals stecken, als ich versuche zu schlucken, und bekriegen sich mit dem Kloß, der sich dort gebildet hat. Also schütte ich so viel Wein in mich hinein, wie meine Speiseröhre verkraftet, um den Schmerz zu betäuben, und gehe gleich nach dem Essen wieder ins Bett. Das Handy lege ich allerdings nicht zurück. *Ihr seid alles, was mir noch bleibt,* denke ich, als ich die Bilder von Thomas und Charlotte anstarre und mir wünsche, jetzt bei ihnen zu sein. Ich schicke eine Textnachricht – eine, die ich schon vor Wochen hätte schicken sollen – und tue dann mein Bestes, einfach alles zu vergessen, ehe ich das Gerät abschalte, um die Batterie zu schonen.

Als ich Geräusche höre, die andeuten, dass die anderen sich die Zähne putzen, und als sich die Schlafzimmertür öffnet und schließt, tue ich so, als ob ich schliefe, weil ich ein weiteres Aufeinandertreffen heute nicht verkraften würde. Stattdessen vergrabe ich den Kopf im Kissen und weine leise – nur dass da dieses Mal keine Hand ist, die meine ergreift.

Am Morgen ist Melissas Bett erneut leer, und Tricia reagiert abweisend auf mich, obwohl ich mich noch einige weitere Male entschuldige. Sie sieht zudem ein wenig mitgenommen aus, und ich frage mich, wie viel Alkohol konsumiert wurde, nachdem ich letzte Nacht gegangen war. Ich koche mir selbst ein Ei, und sogar Margot bringt mir gegenüber nur ein gezwungenes Lächeln zustande.

Auch Inge ist nicht in bester Stimmung, nachdem sie einen guten Teil der vergangenen zwölf Stunden wach war, weil, wie sie erzählt, Freja gerade zahnt und der noch nicht ganz dem Töpfchen entwöhnte Villum um drei Uhr nachts einen »schmutzigen Protest« angezettelt hat. Außerdem ist da noch der stöhnende Magnus. »Selbst Wikinger haben mal eine schlechte Nacht«, fasst Inge zusammen, was nach einer kleinen Elternodyssee klingt. Dann holt Mette ihr einen weiteren Kaffee – *ich muss unbedingt Charlotte beibringen, wie man unsere Maschine bedient* –, und ihre Stimmung bessert sich ein wenig. Aber ich frage mich, ob Inge die Entscheidung bereut, eine bunt gemischte Truppe wie uns hierbehalten zu haben.

»Okay, na dann los«, sagt sie, leert ihre Tasse und gibt ihrer Ältesten zu verstehen, dass eine weitere Füllung nicht unerwünscht wäre. Mette gehorcht. »Heute soll es darum gehen, wo ihr hinwollt und wie ihr dorthin kommt«, fährt Inge fort und trinkt von der tiefschwarzen Batteriesäure. »Also esst ordentlich, trinkt viel und konzentriert euch: Denn diese Dinge sind scheißwichtig.« Margot zuckt bei der Wortwahl ein wenig zusammen, und Tricia starrt mit eiserner Miene zu Boden. »Also gut, wo ist Melissa?«, fragt Inge mich.

Ich hebe die Schultern und rüge mich dann selbst. *Sehr erwachsene Reaktion, Alice.*

»Nun, wenn sie nicht bald kommt, wird sie selbst zu uns finden müssen«, sagt Inge.

»Sie wird die Hindernisse des Weges umschiffen müssen!«, sagt Margot, zufrieden über ihren kleinen Wortwitz.

Ich rolle die Augen, aber dann wird mir klar, dass ich im Moment nicht gerade viele Verbündete habe. *Besser, ich gebe mich etwas netter,* denke ich. Also stoße ich ein halbherziges Schnauben aus, das ein Lachen ersetzen soll.

Wir ziehen später los als sonst, und Melissa taucht genau in dem Moment auf, in dem wir gehen wollen. Ihre Wangen sind gerötet, und sie hat ihr T-Shirt verkehrt herum an, sodass man das Label sehen kann – beste »Fruit of the Loom«-Qualität.

Als Tricia ihre Vertraute zu Gesicht bekommt, stopft sie sich ein letztes Toastdreieck in den Mund und schlüpft in ihre Strickjacke. Sie schiebt ihren Stuhl zurück, eilt grinsend auf Melissa zu und hakt sich bei ihr unter, ehe beide flüsternd nach draußen verschwinden.

»Es tut weh, nicht?«, fragt Inge leise.

»Ja«, flüstere ich, ehe ich darüber nachdenken oder eine Maske aufsetzen kann, die vorgibt, dass mich das alles nicht kümmert.

»Manchmal …«, beginnt sie.

»Ja?« Ich hoffe, dass sie mir einen weisen Rat geben wird oder doch zumindest ein klein wenig Trost, aber so läuft das bei den Wikingern anscheinend nicht.

»Manchmal ist das Leben einfach ein bisschen scheiße«, sagt sie und leert ihren Kaffeebecher in einem Zug. »Da hilft nur Weitermachen.«

»Klar. Danke. Toll.«

Ich könnte aber auch einfach den Kopf auf diesen Eichentisch knallen, sinniere ich und lasse die Finger über die hölzernen Unebenheiten gleiten. *Mich ausknocken, damit diese spezielle »Scheiße« ein Ende hat.* Ja genau, vielleicht habe ich nicht mehr alle Jutetaschen im Auto. Hier, in einem skandinavischen Bungalow, irgendwo im ländlichen Dänemark, umgeben von Overachievern, einer Schwester, die sich mir entfremdet hat, und einer Sonnenbanksüchtigen, die mittags Gin aus einer Kaffeetasse trinkt, verliere ich den Verstand.

»Kommt schon, lasst uns navigieren gehen.« Inge steht auf und »tätschelt« mir kurz den Arm – so hart, dass sie mir dabei fast die Schulter auskugelt.

Herr im Himmel, hat sie das von Melissa gelernt? Ich. Muss. Stärker. Werden.

»Es ist ein neuer Tag, und ihr lernt heute alle etwas Neues, also fängt jeder bei null an. Keiner von euch rudert normalerweise, oder?«, fragt Inge und räumt ihre Schale und den Löffel in die Spülmaschine. Margot wirkt unbehaglich. »Vielleicht doch?«

»Ich war im Sommer mal in einem Segelcamp«, beginnt Margot, »und Dad hat ein Schiff. Und in der Schule hatten wir Rudern …« Sie bricht ab.

Inge atmet tief ein. »Nun, dann eben für uns andere. Heute geht es darum, im Einklang mit seinen Sinnen zu sein.«

»Oh, *das* haben wir nicht gelernt …«, sagt Margot.

»Klar …«

»Wir haben viele Bücher gelesen. Routen geplant, Karten gezeichnet …«

»Nun, wir brauchen heute keine Karten.«

»Nicht?« Margot scheint besorgt zu sein.

»Nein«, sagt Inge bestimmt. Sie hält die Tür auf und scheucht eine etwas aus der Fassung geratene Margot hinaus in die frische Luft. »Sollen wir?«

Magnus geht es anscheinend wieder gut genug, dass er die Verantwortung für seinen Nachwuchs übernehmen kann, und mir fällt auf, dass Inge sich anders bewegt, wenn nicht an jedem ihrer Glieder ein Kind hängt oder sie einen Kinderwagen über unebenes Gelände schieben muss. Sie schreitet zielgerichtet, aber da ist auch eine Leichtigkeit an ihr – wie an einer natürlichen Athletin. Ich muss meine Schritte beschleunigen, um nicht zurückzufallen. Wir holen Tricia und Melissa ein, als sie sich der Küste nähern, und Inge erklärt, was uns heute erwartet.

»Wikinger-Navigation ist eine körperliche Angelegenheit«, sagt sie, »die sich auf Gefühl und Intuition gründet.« Margot und ich sehen sie ratlos an, also erklärt Inge weiter: »Es ist wie beim Arbeiten mit Holz oder Metall – man kann nicht einfach

Bücher darüber lesen und dann hingehen und es perfekt beherrschen – man muss es *tun*. Bei der Navigation ist es ähnlich: Man muss die Sinneseindrücke fühlen. Ich fühle sie hier« – sie wackelt mit den Fingern – »und auch hier.« Sie zeigt auf ihre Zehen.

I feel it in my fingers …, geht es mir durch den Kopf, und ich muss lächeln. Dann fällt mir auf, dass Melissa ebenfalls kichert. Ich fange ihren Blick ein, und für einen Moment frage ich mich, ob *Wet Wet Wet* es schaffen werden, eine Brücke über den Abgrund zu schlagen, der sich zwischen uns aufgetan hat.

»Was ist daran so lustig«, will Inge wissen.

»Nichts.« Melissa schüttelt den Kopf.

»Warum lacht ihr?«

»Es ist nichts. Tut mir leid, das war nur so wie in dem Song …«

»Welcher Song?«

»Spielt keine Rolle«, mische ich mich, noch immer lächelnd, ein.

Entsteht da … eine Verbindung zwischen uns? Wegen des alten Hits aus dem Film »Vier Hochzeiten und ein Todesfall«? In mir keimt Hoffnung, aber Melissa hat sich bereits wieder abgewandt.

»Also, wenn man instinktiv vorgeht«, fragt meine Schwester, die sich langsam wieder im Griff hat, »heißt das, dass man sich nicht verirren kann?«

»Nie«, sagt Inge mit absoluter Überzeugung. Ich starre sie ehrfürchtig an. *Ich habe nicht mehr so selbstsicher geklungen seit … quasi … immer.* »Ich kenne den Weg«, fährt sie fort. »Und wenn ich zweifle, dann schalte ich den Kopf ab und erinnere mich daran, eins mit meinem Körper zu sein.«

Ich lasse das auf mich wirken.

Das dauert eine Weile.

Den Rest unseres Marsches, um ehrlich zu sein.

Als wir beim Meer ankommen, bleiben wir einige Momente stehen und betrachten den verlassenen Strand vor uns.

»Also, was jetzt?«, will Margot wissen und nutzt die Gelegenheit für ein paar Squats.

»Jetzt sind wir *ruhig*«, antwortet Inge.

»Müssen wir nichts holen?« Margot gestikuliert in Richtung einer schiefen Hütte etwas weiter den Strand hinunter. Sie wirkt wie eine eng zusammengedrückte Feder, bereit, aufzuspringen und Aufgaben zu erfüllen. »Irgendwelche Ausrüstung?«, fragt sie.

Inge sagt nichts, sie zeigt einfach nur sehr langsam auf ihre Augen. Dann zeigt sie auf ihre Ohren. Und schließlich auf ihre Hände.

Margot wirkt enttäuscht. »Keinen Kompass?«

Inge schüttelt den Kopf.

»GPS-Plotter?«, fährt Margot hoffnungsvoll fort, doch sie erntet erneut ein Kopfschütteln. »Zirkel?«, versucht sie es noch mal. »Bewegungsmesser?« Ihre Stimme klingt immer verzweifelter. »Wasserfeste Trockenmarker?« Und schließlich, ein wenig atemlos: »Eine Trillerpfeife?« Sie sinkt erschöpft in sich zusammen: »Gar keine Gegenstände? Nicht mal ein einziger?«

»Keine Gegenstände«, bestätigt Inge. »Die Menschen nutzen heute all diese Ausrüstung, um sich zurechtzufinden – wie Mobiltelefone und Google Maps.«

Bei diesen Worten spüre ich das Handy heiß in meiner Tasche. *Niemand hat mit mir geredet,* gehe ich mental mein Verteidigungsplädoyer durch. *Es war meine einzige Gesellschaft, Euer Ehren … mein Ersatzfreund. Was ist schon schlimm daran, dass ich eine Nacht damit verbracht habe, die Urlaubsbilder/Kinder/Leben alter Klassenkameraden zu »liken«?*

»Wikinger jedoch sind sich ihrer Umgebung sehr bewusst. Sie wissen die Wellen zu lesen – sie können denken: ›Schlagen die Wellen noch immer im gleichen Winkel gegen das Boot wie vor einer Stunde?‹ oder ›Bläst der Wind noch immer in dieselbe Richtung?‹ Wenn man sich der Küste nähert, kann man sich das Wasser ansehen und feststellen, wie ruhig oder bewegt das Meer ist, um herauszufinden, wie flach es ist. Und dann gibt es natürlich noch Schwäne …«

»*Schwäne?*«, frage ich und überlege, ob ich mich verhört habe.

»Ja, ich navigiere oft nach Schwänen«, sagt Inge. Vier verständnislose Frauen starren sie an. Sie seufzt, als hätte sie es satt, sich mit Vollidioten wie uns herumzuschlagen, dann gibt sie jedoch nach und erklärt: »Also, Schwanenhälse sind etwa vierzig Zentimeter lang …«

Melissa wirkt beeindruckt. »Gut zu wissen!«

»Und viele Boote ragen bis zu vierzig Zentimeter unter die Wasseroberfläche«, fährt Inge fort. »Wenn also irgendwo Schwäne sind, und sie den Hintern in die Höhe strecken, dann weiß man, dass das Wasser tief genug ist. Ist der Körper noch sichtbar und die Schwäne tauchen einfach nur kurz die Köpfe unter, um Fische zu fangen, kann man daraus schließen, dass es zu seicht ist und das Boot auf Grund laufen wird. Auch andere Vögel können hilfreich sein – viele fliegen bei Sonnenuntergang in Richtung Land, und man kann immer einen Raben mitnehmen, um auf der sicheren Seite zu sein.« Sie sagt das so beiläufig, als ob sie gerade davon gesprochen hätte, ein bisschen Proviant für eine lange Reise einzupacken. »Raben können sehr hoch fliegen, und sie hassen es, draußen auf See zu sein. Wenn man also einen Raben auf einem Boot freilässt, wird er nach oben fliegen, bis er Land sehen kann. Dann hält er direkt darauf zu, und man kann ihm einfach folgen. Wenn er kein Land entdeckt, kommt er zurück zum Boot.«

»Und dann?«, frage ich.

»Dann ist man am Arsch«, sagt Inge schlicht.

Ah ja, die entspannte Einstellung der Skandinavier zum Fluchen, denke ich, während Margot sich neben mir bei dieser Obszönität versteift.

»Man kann sich auch an Wolken orientieren«, fährt Inge fort. »Schaut nach oben.« Wir wenden alle unsere Gesichter dem

Himmel zu. »Was seht ihr?« Wir schweigen. »Ich weiß: ›Wolken‹«, antwortet sie für uns. »Aber strengt euch noch etwas an.«

»Okay … ähm …« Tricia starrt mit halb zusammengekniffenen Augen nach oben, während Melissa ihre Augen mit der Hand beschirmt und sich weit nach hinten lehnt.

»Da ist eine, die ein wenig wie ein Drache aussieht.« Das ist das Beste, was sie beitragen kann.

Meine Schwester hat es aber echt mit Drachen …

Endlich lässt Inge Gnade mit uns walten. »Ihr achtet auf die Masse der Wolken. Über dem Land hängen immer mehr als auf See.«

»Ah! Natürlich.« Melissa nickt, als hätte sie das längst gewusst.

»Es lohnt sich also, nach oben zu sehen, um eine neue Perspektive zu gewinnen«, fährt sie fort. »Betrachtet die Natur und fühlt euch klein und unbedeutend.«

Ich weiß nicht, wie ich ihr sagen soll, dass ich mich ohnehin schon oft genug unbedeutend fühle – draußen, bei der Arbeit; sogar in meinem eigenen Zuhause …

»Ihr müsst auch zuhören«, sagt Inge. »Ihr könnt das Land *hören.* Zu Wikingerzeiten konnte man einen Schmied bis weit draußen auf dem Meer hören. Und dann waren da noch Gerüche – in der Regel Lagerfeuer und Exkremente.«

Entzückend …

»Navigieren bedeutet, mit allen Sinnen wahrzunehmen. Man braucht einfach nur auf dieses meditative Gefühl warten«, erklärt Inge. »Versucht es!«

Also versuche ich es.

Nichts.

Ich sehe mich um. Melissa, Tricia und Margot wirken ähnlich ratlos wie ich, und schließlich gibt Inge es auf. »Okay, nun, ins Wasser mit euch. Vielleicht versteht ihr es dann.«

Den Rest des Vormittags verbringen wir damit, das Boot für

eine weitere Fahrt vorzubereiten, danach legen wir eine kurze Pause mit Brot und Käse ein. Ich werde weiterhin ignoriert, bis Inge uns nach dem Essen in Paare aufteilt. Nachdem Melissa und Tricia mittlerweile offenbar an der Hüfte zusammengewachsen sind, bleibt für mich nur noch Margot. Schon wieder. Und wir sind als Erste dran.

Margot und Inge leisten die Hauptarbeit, als es darum geht, unser Wikingerschiff ins Wasser zu ziehen, während ich hinterher trotte und ein wenig an dem *Spitzen-Ding-dessen-Namen-ich-mir-einfach-nicht-merken-kann* schiebe.

Als wir drinsitzen und auf den Wellen schaukeln, konzentriere ich mich darauf, die erste Panik aufgrund der Tatsache, dass ich keinen festen Boden mehr unter den Füßen habe, unter Kontrolle zu bekommen, und ich erinnere mich daran, wie nett ich das schlichte Rudern gestern fand. Und schon kurz darauf fühle ich mich okay.

Als wir etwas weiter draußen sind und die See unruhiger wird, löst Inge den Knoten, der unser Segel am Mast festhält. Schon schwingt es nach außen und schnalzt und kracht, als es sich mit Wind füllt und uns vorantreibt. Mein Herz beginnt schneller zu pochen, und die kühle Brise, die mein Gesicht trifft, vermittelt mir ein Gefühl von Lebendigkeit. So sehr, dass ich für einen winzigen Moment vergesse, dass ich *ich* bin. Und das ist wirklich nett.

Inge hält einen Moment inne, schmeckt die Luft und wendet sich dann an Margot: »Ich weiß nicht, was man dich anderswo gelehrt hat, aber ich sage immer, dass man mit seinem Hintern segeln muss.«

»Verzeihung?« Margot wirkt besorgt.

»Ich kann es im Hintern spüren, wenn ich auf dem richtigen Kurs bin«, fährt Inge fort. Sie muss jetzt beinahe schreien, um über den Lärm hinweg gehört zu werden. »Es geht darum, mit dem Körper zu spüren, ob das Boot in Balance ist oder ob sich vorn oder an den Seiten etwas zu viel Gewicht befindet. Natürlich kann man dafür auch den Kopf benutzen, aber dabei geht es nicht ums Denken. Es geht darum, den Körper so zu bewegen, dass man den Wind gleichmäßig um beide Ohren sausen fühlt. Wikinger haben sich nie auf nur eine Sache verlassen, um ihren Weg zu finden – man muss sich ständig der Welt um einen herum bewusst sein.«

Ich fühle mich noch immer etwas albern, als ich den Kopf so ausrichte, dass ich den Wind um beide Ohren peitschen fühle. Mir fällt auf, dass die Wellen direkt auf uns zukommen und drohen, unser Boot zu überspülen, kurz bevor Inge ein Signal an das Ruder gibt und die Position des Segels verändert, sodass wir umdrehen und unseren Kurs ändern.

»Man nennt das ›Wenden‹, erklärt Margot mir selbstbewusst.

Das Boot schneidet mühelos durch das Wasser. Mehrere Minuten – Stunden? Tage? – sind wir schnell wie eine Rakete unterwegs und wiederholen das Manöver noch einige Male, ehe wir etwas durchlaufen, das man, wie mir fachmännisch mitgeteilt wird, eine »Halse« nennt, und wir uns auf den Weg zurück an Land machen.

»Wie hat es euch gefallen?«, fragt Inge schließlich.

»Eigentlich … gut!«, bringe ich hervor. »Danke.«

»Wirklich?«, fragt sie und scheint auf etwas anzuspielen, das ich nicht verstehe.

Sprechen wir noch immer über Boote? Oder werde ich psychologie-isiert?

Sie rückt etwas näher zu mir, damit Margot uns nicht hören kann. »Es gibt keine ›sichere‹ Methode, diese Dinge zu tun, weißt du – du musst sie einfach tun.«

Ich werde tatsächlich psychologie-isiert!

»Weißt du, was dein Problem ist?«, fährt Inge fort.

Das sollten Psychologen doch eigentlich nicht tun, oder? Das ist nicht das, was diese Frau in der Serie Die Sopranos *getan hat …*

»Sollte ich das nicht selbst ›herausfinden‹?«, frage ich sie.

»Normalerweise«, erwidert sie, »ja. Aber morgen ist euer letzter Tag, und du scheinst es einfach nicht zu kapieren. Außerdem denkst du wahrscheinlich jetzt an die ganzen amerikanischen Psychoanalytiker, die man im Fernsehen sieht. Wir ziehen es hier in Skandinavien vor, die Dinge beim Namen zu nennen.«

Ach, wäre mir gar nicht aufgefallen …

»Peitsche statt Zuckerbrot also?«

»Ich nenne es lieber Ehrlichkeit«, antwortet sie.

Du vielleicht, aber das ist kein guter Spruch, will ich sagen. Aber ich tue es nicht. Weil ich mitten auf dem Meer bin – mit einer Wikingerpsychologin und einer modelmäßigen Overachieverin – oder zwei.

»Aggressionsprobleme«, erklärt Inge mir jetzt.

Was, zur Hölle? »Ich?«, stottere ich ungläubig. *Die entspannte, ruhige Robo-Alice?* »Ich raste nie aus!« *Na ja, mal abgesehen von neulich Abend … aber sonst …* »Ich achte bewusst darauf, solche Gefühle im Zaum zu halten …«, sage ich zu meiner Verteidigung.

»Das ist das Schlimmste«, sagt Inge zu mir. »*Unterdrückte* Wut. Irgendwo muss sie hin, also richtet sie sich nach innen.«

Was, darf ich jetzt schon nicht mehr innerlich wütend sein?

»Man kann seine Gefühle nicht verleugnen: Man muss sich ihnen stellen. Das Gleiche gilt für die Vergangenheit. Was passiert ist, ist passiert. Aber man muss sich mit der Vergangenheit aussöhnen, ehe man vorwärtsgehen kann. Ich habe einen starken Seefahrerhintergrund«, fährt sie fort, und ich beginne mir zu wünschen, ich hätte auch eine Kaffeetasse Gin, auf die ich mich freuen könnte.

O Gott, noch mehr Boot-Metaphern.

»Und Wikinger waren lange hin und her gerissen zwischen dem Wunsch, zu bleiben, und dem Wunsch, zu gehen – der Wunsch nach etwas Besserem, das vielleicht in der Ferne zu finden ist, und der Trauer um das, was man zurücklässt.« Sie blickt in Melissas Richtung, und ich sehe meine Schwester und Tricia ausgestreckt nebeneinander am Strand liegen, wo sie lachen wie zwei Irre. »Manche Dinge kann man nicht beeinflussen – das Wetter, das Meer, andere Schiffe«, fährt Inge fort, »deshalb müssen wir lernen, ruhig und aufmerksam zu werden, wenn etwas schiefläuft.«

Ruhig sein, wenn etwas schiefläuft? Ich versuche, das zu begreifen, aber bei diesem Konzept streikt meine innere Software: *Wenn »etwas schiefläuft« ist es doch sicher viel besser, sich zu beschäftigen und zu versuchen, alles zu vergessen?* Mehr Arbeit, mehr Zeugs – mehr *irgendwas* einfach –, bis das Gefühl abgeklungen ist. Oder betäubt. Oder bis man so erschöpft ist, dass man gar nicht mehr merkt, was den Stress verursacht hat. *Ist das nicht der richtige Weg, mit dem nagenden Gefühl umzugehen, dass »etwas schiefläuft«?*

»Man muss offen sein für die Zeichen und lernen, sie zu lesen«, rät Inge.

Oder, denke ich, *man ignoriert sie einfach!*

Seit ich denken kann, war das mein Modus Operandi, und er hat mir wenn nicht »gute«, dann doch zumindest »ausreichende« Dienste geleistet. Oder?

Ein zuckendes Augenlid? Ignorieren. Ein Stressknoten im Magen? Nicht darauf achten und zuckerfreien Kaugummi kauen! Karpaltunnelsyndrom? Einfach kurz das Handgelenk ausschütteln und weitermachen! Spannungskopfschmerz? Kreisrunder Haarausfall? Nervenzusammenbruch bei einem zahnmedizinischen Kongress in einem Premier Inn in den Midlands? Vergraben. Ganz tief unten! Mit der Schwester zu einem Wikinger-Retreat aufbrechen und versuchen, alles zu vergessen. Ganz einfach, nicht? Oh … Oh, Moment mal …

In diesem Moment wird mir klar, dass mein altgedienter Bewältigungsmechanismus längst ins Stocken geraten ist.

Inge wendet sich Margot zu, hilft ihr, das Segel zu »reffen« – *seht mich an! Ein linguistisches Naturtalent!* –, und bereitet alles vor, um uns zurück an Land zu bringen. Ich sehe zu, wie ihre ruhigen, geschickten Hände komplizierte Dinge mit Seilen anstellen, während sie ihre Schülerin anleitet, was als Nächstes zu tun ist. *Ich wünschte, sie könnte mir sagen, was ich tun soll,* denke ich, *immer.* Aber ich weiß nicht, wie ich sie darum bitten soll. Und ich habe eine Ahnung, dass sie Nein sagen wird – dass sie vielleicht, nur vielleicht, mit dem Retreat, einer Doktorarbeit, drei Kindern und einem Magnus schon genug am Hals hat. Die Frau ist bestimmt fünf Jahre – *vielleicht sogar zehn?* – jünger als ich, aber ich kann nicht anders, als mir zu wünschen, sie wäre meine Mutter gewesen – ganz egal, wie sehr ich meine eigene vergöttert habe. *Außerdem hätte ich die Gene für diesen Hintern dann auch bekommen …*

Als das Wasser flacher wird und sich zu einem intensiven Türkis färbt, krempelt Margot ihre Hosen hoch und bereitet sich darauf vor, hinauszuspringen und uns auf den Sand zu ziehen. Bevor ich aussteigen kann, um es ihr gleichzutun, legt Inge eine Hand auf meine und rät mir leise, »einen Spaziergang« zu machen. »Denk nach und werde dir darüber klar, was du wirklich willst. Dann komm zurück und mach deinen Frieden mit der Sache.«

Also tue ich, wie mir aufgetragen. Während Melissa und Tricia noch immer kichernd das Boot besteigen, um ihre eigene Fahrt anzutreten, mache ich mich, wie mir verordnet wurde, auf den Weg und stapfe einen Hügel hinauf, bis ich zu einer Lichtung komme. Ich habe keine Ahnung, wo ich bin, aber von meiner erhöhten Position aus kann ich den Rauch aus dem Kamin des Hauses aufsteigen sehen. *Also kann ich mich nicht zu sehr verlaufen,* sage ich mir – selbst bei meinen vernachlässigbaren Navigationsfähigkeiten …

Ich setze mich auf einen Stein, sehe zu, wie das Boot aufs

Meer hinausfährt, und warte mit angehaltenem Atem auf den Moment, in dem das Segel gelöst wird und das Schiff mit einem Ruck zum Leben erwacht.

»Wunderschön«, murmele ich. »Einfach nur … wunderschön …«

Määäh! Ein Geräusch stört meinen Frieden.

»Was, zur Hölle?«

Määäääääh! Die Schallwellen versetzen die Luft um mich herum in Bewegung und durchbrechen meine Trance. Es raschelt in den Büschen, und ein Paar schwarzer Knopfaugen leuchtet im Laub auf. Fliegen beginnen zu summen, und ein Tier löst sich aus dem Gebüsch und kommt auf mich zu – ein großer, wolliger Körper auf spindeldürren Beinen.

Du!, denke ich. Oder treffender: *Schaf!*

Die Kreatur mustert mich aus Augen, die sicherlich schon *eine ganze Menge* gesehen haben, ohne auch nur zu blinzeln. Also starre ich zurück. Mutiger als das letzte Mal, schließlich habe ich mich bereits bewiesen.

Wie lange das her zu sein scheint …

Meine Schafs-Nemesis senkt den Kopf und zupft Gras vom Boden ab. Dabei atmet sie hörbar durch die Nase. Sie kaut mechanisch in typischer Wiederkäuermanier – Bewegungen, die beinahe so aussehen, als würde sie sprechen. Als könnte ich »Schafisch« und ihr von den Lippen ablesen, und sie könnte mir etwas erzählen …

Ich bleibe aufmerksam. Nur für den Fall. Aber nichts passiert.

Ich warte noch ein wenig.

Na komm schon, Schaf! Ich versuche es mit Telepathie: *Versuchst du, mich zu warnen, dass ich morgen zur gleichen Zeit als Teil meiner Berserkerlektion mit dir kämpfen muss? Denn wenn ja, wäre eine Proberunde vielleicht nicht schlecht …*

Ich weiß noch immer nicht, worum es bei der Aktivität geht,

deshalb versuche ich, auf alles vorbereitet zu sein. *Vielleicht habe ich ja auch etwas Falsches gegessen, und all das hier ist Teil eines ausgedehnten schamanischen Rituals? Damit kann ich umgehen. Wie gesagt:* Herr der Fliegen. *Ist das jetzt die Stelle, an der mir jemand – oder etwas tierischer Natur – sagt, dass ich mir »niemals entkommen kann« oder so was, und dann werde ich ganz aufgeregt und falle in Ohnmacht? Zumindest war das bei dem Jungen so … Simon hieß er, oder?* Ich beglückwünsche mich selbst, dass mir das noch eingefallen ist. Und dann werde ich wütend. *Dämlicher Simon. Typisch Mann! Eine Frau würde niemals mitten im Dschungel in Ohnmacht fallen, nur weil sie übermüdet ist und man Gedärm sieht. Ich bin zu beschäftigt, um einfach so umzukippen!*

Eine Mücke landet auf meinem linken Handgelenk, und ich erschlage sie mit der rechten Hand. Ich bin zugleich beeindruckt, aber auch erschrocken über meine Treffsicherheit und das Gewirr von Fliegengedärmen auf meinem Unterarm. Ich atme dreimal tief durch und versuche, die Übelkeit niederzukämpfen. Mein Körper ist steif von der Beanspruchung der letzten Tage, also setze ich mich bequemer hin, und dann wird mir klar, dass das Schaf sich nicht kooperativ zeigen wird und dass ich das hier wohl mit mir selbst ausmachen muss. Ohne Wein. Ohne eine meiner anderen gewohnten Krücken. *Prost, Welt …*

Okay. Ich beginne, über Inges Hausaufgaben nachzudenken. *Was will ich eigentlich?*

Ich #1: wartet auf eine Antwort, aber dann wird klar, dass die von … na ja … *mir* kommen muss.

»Himmel, das ist vielleicht anstrengend …«, wimmere ich, während das Schaf mich ungeduldig an-*mäh*-t, ich solle mal in die Hufe kommen.

Komm schon, Alice, denk nach: Was willst du?

Ich #2: Ich weiß es nicht, okay? Hör auf, mich zu drängen!

Ich #1: So einfach kommst du aus der Nummer nicht raus! Warum weißt du es nicht?

Ich #2: *zuckt die Schultern wie ein störrischer Teenager/der fünfjährige Thomas* *Ich hab mir darüber noch nie Gedanken gemacht …*

Ich #1: Was bist du? Blöde?

Ich #2: Warum bist du immer so gemein zu mir?

Ich #1: Ich bin nicht gemein! Ich bin … effizient …

Ich #2: SO nennst du das?

Ich #3: *betritt die Bühne zur Rechten, formt ein Time-out-Zeichen mit den Händen und versucht zu vermitteln* *Aber hallo! Das bringt uns doch nicht weiter –*

Ich #1: Ja, aber sie kann manchmal schon echt dämlich sein.

Ich #3: Das weiß ich doch. Und wie ich das weiß … *rollt mit den Augen* *Aber wir müssen ihr helfen.*

Ich #2: Ich kann euch beide HÖREN, ist euch das klar?

Ich #1 und #3: *murmelnd* *Tut uns leid.*

Ich #2: So wird das nichts. Ihr seid beide gefeuert!

Ich #1 und #3: Du kannst uns nicht einfach feuern!

Ich #2: Und ob ich das kann.

Ich kneife mir in den fleischigen Teil meiner Hand, um wieder ganz zu mir zu kommen, bevor ich den Simon mache und einfach umkippe. *Steh deine Frau,* sage ich mir. *Und denk nach.*

Ich weiß nicht, wohin mein Weg führt.

Ich bin mir nicht einmal sicher, das je gewusst zu haben.

Aber weiß ich, was ich will?

Im Grunde ja.

Ich will eine gute Beziehung zu meiner Schwester. Ich will, dass meine Kinder glücklich und gesund sind. Und Greg …? Nichts. Ich fühle *nichts.* Wenn ich mich zwingen würde, dann könnte ich vielleicht eine leichte Gereiztheit als Hilfsgefühl heraufbeschwören. Aber gleichzeitig ist mir klar, dass es nicht seine Schuld ist, dass meine Welt in letzter Zeit zunehmend aus den Fugen geraten ist. Ich habe mir das alles selbst ausgesucht. Und habe ich nicht tief drin immer gewusst, worauf ich mich einlasse?

Eine gewisse Zeit lang habe ich es genossen, die ernsthafte, erfolgreichere Hälfte des Pärchens zu sein. Diejenige, die alles im Griff hat. Aber dann war es plötzlich nicht mehr lustig. Vor allem nach der Geburt der Kinder. Greg war nicht das Gegengift zu meinem Leben, bis ich ihn geheiratet habe; er war die Fortsetzung davon. Es ist wie damals, als wir das Badezimmer renoviert haben, und als es fertig war, sah ich mich um und stellte fest, dass das Badezimmer nie das Problem war.

Der einzige Grund, warum ich mit Greg zusammen bin, sind Charlotte und Thomas, kann ich mir endlich eingestehen, *aber vielleicht würde es ihnen wirklich besser gehen, wenn sie zwei Eltern hätten, die sie lieben und nicht mehr unter dem gleichen Dach zusammen wohnen, als eine Mutter und einen Vater, die sich verabscheuen.*

Dieser Teil scheint, so kommt es mir vor, relativ simpel zu sein.

Schwieriger wird es schon, wenn es um Melissa geht.

Ich habe immer gedacht, dass ich mich auf diesen Urlaub eingelassen habe, um Greg und meinem Leben zu Hause zu entfliehen. Aber was, wenn ich eigentlich Zeit mit meiner Schwester gebraucht habe?

Das sind unerforschte Gewässer für mich, und ich bin mir nicht ganz sicher, wie ich sie durchqueren soll – und mit »nicht ganz« meine ich »überhaupt nicht«. Ich sehe der Sonne zu, wie sie ihre Bahn über den Himmel zieht und zu sinken beginnt, während ich versuche, dieses spezielle Dilemma zu entwirren.

Sie hat mich hergebracht, denke ich, *sie wollte das hier. Also ist das Mindeste, was ich tun kann, es ihr zu danken, indem ich die Sache durchziehe. Mich hineinstürze und mein gewohntes Zögern beiseiteschiebe und die nächsten achtundvierzig Stunden als eine Art … Wikingerurlaub betrachte. Nach einem ganzen Leben voller Skepsis.*

Das scheint mir eine beinahe unbezwingbare Aufgabe zu

sein. Aber ich muss es versuchen. Ich stehe auf, setze meine Füße fest auf den Boden und richte die Augen zur Sonne.

»Ich will in jeder Hinsicht mehr Wikingerin sein«, sage ich laut und mit so viel Ernsthaftigkeit, wie eine Frau mit nur einem Schaf als Gesellschaft sie aufbringen kann. »Ab jetzt. Oder ab der nächsten Sekunde …«

Ich ziehe das quadratische, metallene Objekt, das warm von meinem Körper ist, aus der Tasche und lasse die Finger über die Oberfläche gleiten, um jede verführerische Rundung zu spüren. Ich muss es zurücklegen, das weiß ich jetzt. Aber es gibt da eine Sache, die ich zuvor überprüfen muss.

Ich atme tief durch und schalte es, auf eine Vibration wartend – hoffend –, ein. Nach ein paar atemlosen Momenten kommt sie. Sie hat auf mich gewartet: Die Antwort auf die Frage, vor der ich mich wochenlang gedrückt habe. Und die Nachricht lautet:

Nein, das Glück war mir nicht vergönnt ;)

Ich atme erleichtert aus und sage zu dem Schaf: »Ich habe es nicht getan!«

Määäh!, antwortet es, als wollte es mir gratulieren.

»Ich habe nicht mit Mr Teeth geschlafen!«

Määäh?

Eine zweite Nachricht kommt an, und ich lese sie.

Oh, Mist verdammter …

»Okay, also, wir sind vielleicht doch ein bisschen intim geworden«, gestehe ich dem Schaf. »Was soll ›Fummeln‹ überhaupt heißen?«

Määä.

»Echt jetzt? O Gott. Nun, der Punkt ist, es hat kein richtiger …«

Määäh!

»Ich weiß, ich weiß, es hätte gar nicht erst passieren dürfen. Ich hätte mich nie in eine Situation bringen dürfen, in der es möglich gewesen wäre, dass ich es tue. Ich bin eine Idiotin. Trotzdem. Puh …«

Määäh.

»Danke. Ebenfalls.«

Ich schalte das Handy aus. *Auf Wiedersehen, Smartphone,* flüstere ich. *Du gehst dorthin zurück, wo du hergekommen bist. Nur für kurze Zeit …*

Ich blicke hinaus auf das beruhigende Blau vor mir, wo das Boot mit straffem Segel wieder auf die Küste zufährt.

Wenn ich mich beeile, dann kann ich zum Haus laufen und das Handy zurücklegen, bevor jemand es bemerkt. Ich versuche mich an einer Schätzung auf Basis der Zeit, die wir gebraucht haben, um zum Strand zu kommen, und der Entfernung der kleinen Rauchsäule von meinem aktuellen Standpunkt und teile das Ergebnis dann durch zwei. *Ich werde angetrieben durch meine neu gewonnene Entschlossenheit und Adrenalin, jenes Hormon, das als Reaktion auf Stress vom Nebennierenmark gebildet wird, das die Herz- und die Pulsfrequenz sowie den Blutdruck erhöht, außerdem steigt der Anteil von Glukose und Lipiden im Blut – all das kann die Leistung verbessern …*

Und dann wird mir klar, dass ich gerade wertvolle Zeit verschwende, also laufe ich einfach los. Ich danke dem Schaf noch einmal für seinen Rat und sprinte dann den Hügel hinunter auf das Haus zu. Dabei stoße ich folgenden Schrei aus:

»SCHEIIIIIIIIIIISSEEEEEEEE!«

Nur zur Information: Barfuß durch unbekanntes Buschland zu rennen, in dem rasiermesserscharfe Kieselsteine versteckt sind, ist ein bisschen *extrem* schmerzhaft.

Aber ich bleibe nicht stehen. Denn jetzt bin ich eine Frau auf einer Mission. Und mein Plan lautet: *das Handy zurücklegen, mich bei Melissa entschuldigen, vor Sonnenuntergang wieder bei den anderen sein, glücklich bis ans Ende meiner Tage leben.*

Ich wiederhole dieses Mantra – zum Teil, um mich von dem

pochenden Schmerz in meinem rechten Bein abzulenken, zum Teil, um motiviert zu bleiben.

Wenn ich schnell bin, bemerkt es keiner. Wenn ich schnell bin, dann wird Inge denken, dass ich einfach etwas länger auf Sinnsuche auf dem Berg bin. Wenn ich schnell bin, sage ich mir und versuche, das heftige Brennen zu ignorieren, das meinen Fußknöchel hinaufsteigt, *bleibt mir Zeit, im Haus nach Paracetamol zu suchen. Oder nach einem Pflaster. Und vielleicht sogar nach Schuhen für das Berserkertraining morgen …*[24]

Humpelnd – mein Fuß ist bedeckt mit getrocknetem Blut und Schlamm und schmerzt höllisch – komme ich zum Haus. Aus einem Geschirrtuch und einem Haargummi bastle ich mir eine provisorische Socke, um die Holzböden nicht vollzubluten. Der Gummi schließt etwas eng, aber ich sage mir, dass der Druck gut ist, da ich noch eine Weile nicht dazu kommen werde, das Bein hochzulegen oder mit Eis zu kühlen (Tag 1 jeden Erste-Hilfe-Kurses: EIS. Eis, Druck, Hochlegen – diese Aktionen retten Leben …). Als die Geschirrtuchsocke sitzt, humpele ich durch den Flur und lege mein Handy in den Korb, den unsere vertrauensvollen Gastgeber noch immer dort stehen lassen.

Kaum habe ich es aus der Hand, fühle ich mich irgendwie freier. Und auch ein wenig selbstzufrieden, weil ich endlich das Richtige getan habe.

Ich bin ein guter Mensch! Wusste ich's doch!

Ich bin gerade auf dem Rückweg zur Tür, als ich Magnus und die Kinder reinkommen höre.

Ich will nicht erklären müssen, was ich hier tue, aber ich kann auch nicht mehr unbemerkt durch die Vordertür raus. *Ich muss wohl warten,* sage ich mir, *bis einer von ihnen aufs Klo muss*

[24] Hey, keine Verurteilungen bitte … einen Wikinger-Schritt nach dem anderen. Man kann nicht einfach eine Frau von ihrem Smartphone trennen und ihr sagen, dass sie ihre Schuhe nie wieder sehen wird (oder zumindest für eineinhalb Tage nicht), und das alles innerhalb einer halben Stunde …

oder so. Ich schlüpfe in den Abstellraum, in dem die Küken und die Kettensägen zu Hause sind, und *Trommelwirbel* unsere Schuhe …

Voller Freude sehe ich mich zwischen einer Ansammlung von Kinderschuhen, modischen Stiefeletten, die vermutlich Inge gehören, und einem Haufen Turnschuhen um. Einschließlich … *meinen!* Ich versuche, nicht einzuatmen, während ich Melissas stinkige Treter zur Seite schiebe, und dann habe ich sie in Händen, meine noch immer bemerkenswert weißen Nike-Laufschuhe.

Da seid ihr ja!

Es ist ein emotionales Wiedersehen, bei dem ich sie in einer warmen Umarmung an meine Brust gedrückt halte.

Wenn ich euch irgendwo in Sicherheit bringe, wende ich mich im Geiste an meine Fußbekleidung, *und irgendwo so etwas wie eine Socke auftreibe, dann kann ich euch morgen anziehen! Sofern bis dahin die Schwellung zurückgegangen ist …*

Kurz darauf höre ich das Trappeln kleiner Menschen. Das Geräusch einer sich öffnenden Kühlschranktür, das Lamm blökt, und daraus schließe ich, dass sich alle eine Erfrischung gönnen. Nach ein paar Minuten das unvermeidliche Wimmern – der allgemein anerkannte Code für »Kleinkind muss jetzt wirklich ganz dringend aufs Klo«, und ich höre, wie sich die Gruppe den Flur hinunter auf den Weg in Richtung Badezimmer macht.

Puh!

Ich presse mich eng an die Tür und versuche, sie zu öffnen, ohne ein Geräusch zu verursachen, und plötzlich bin ich Auge in Auge mit einer Reihe von kleinen Fächern mit dem üblichen Allerlei des Familienlebens. Mehrere Schlüsselbunde, ein Legostein und ein einzelner Handschuh nehmen die obersten Fächer ein, darunter zwei Stapel ungeöffneter Briefe. Im ersten Stapel befinden sich frankierte und gestempelte Briefe mit wunderbar exotischen Eigennamen wie Stine Storm oder Lone Wolf. *Das klingt wie Wikinger-Westler!,* freue ich mich. Ja, ich bin neugierig – aber wer wäre das nicht bei Namen wie diesen? In dem anderen Fach befinden sich geschlossene Umschläge, die erst noch frankiert werden müssen. Ich bin gerade noch dabei, dieses System zu bewundern und mir zu überlegen, das auch zu Hause einzuführen, als ich im Fach mit den »ausgehenden« Briefen einen Umschlag mit meiner Adresse entdecke.

Im schwindenden Licht sehe ich ihn mir genauer an und erkenne ihn als den Brief, den ich mir am ersten Tag geschrieben habe – den, den ich in sechs Monaten lesen soll. *Soll ich ihn jetzt schon lesen?* Ich bereite mich auf peinlich berührtes Schaudern vor – peinlich berührt von meinem früheren Ich. *Weiß ich überhaupt noch, was drinsteht?* Ich erinnere mich beinahe liebevoll an diese ersten Stunden meines Wikingertrainings zurück und auch daran, wie fremd mir alles vorgekommen ist. *Ich hatte zuvor nie Roggenbrot probiert! Oder eine Trage aus Bäumen und einem Sexpulli gebaut! Oder gelernt, Nahrung zu sammeln, Boote zu bauen oder mit dem Hintern zu navigieren! Und jetzt habe ich das alles getan … dank Melissa.* Ich nehme mir vor, ihr dafür zu danken. Und mich zu entschuldigen. Noch einmal. Diesmal richtig.

Ich lege den Brief zurück, weil ich beschlossen habe, geduldig zu sein – zum ersten Mal in meinem Leben – und zu warten.

Es war wirklich alles nicht so schlimm, stelle ich fest, *nichts davon. Selbst Margot ist vielleicht ganz okay. Auch wenn sie viel zu hübsch ist und geradezu lächerlich privilegiert …*

Obwohl ich Melissa dafür gescholten habe, übermäßig beeindruckt von reichen Menschen zu sein, ist ein Teil von mir fasziniert von diesem exklusiven Leben, das Margot offenbar führt.

Ich frage mich, was ihre Eltern tun. Ich frage mich, wo sie wohnt.

Mir wird klar, dass es einen sehr einfachen Weg gibt, meine Neugier, was den letzten Punkt betrifft, zu befriedigen. Ich nehme mir den Stapel Briefe, blättere ihn durch, lese die Adressen auf den Umschlägen. Tricia wohnt nahe Brighton, stelle ich fest, obwohl ich das im Grunde bereits wusste … Und Margot? Ich finde eine Postleitzahl in Kensington – *Natürlich lebt sie in Kensington!* Ich will den Stapel gerade zurücklegen, da fällt mir etwas auf.

Moment mal …

Ich lege zwei der Umschläge ab und wühle dann in dem Fach herum, für den Fall, dass ich einen übersehen habe.

Nichts … seltsam …

Ich sehe mir die beiden verbliebenen Umschläge genauer an: Auf beiden steht mein Name. Aber während der eine meine Handschrift trägt, ist auf dem anderen ein großes, kursives Gekrakel zu sehen, das ich im Geheimen die ganzen letzten dreißig Jahre bewundert habe: Melissas Handschrift.

Der Umschlag ist adressiert mit *»Alice Ray c/o«* gefolgt von der Adresse meiner Schwester. Zuerst denke ich, dass sie die Aufgabe missverstanden hat. *Aber warum schickt sie ihn dann an ihre eigene Adresse? Hat sie meine vergessen?*

Ich bin nicht stolz auf das, was jetzt folgt. Und vielleicht haben Melissa und Tricia ja recht. *Vielleicht bin ich wirklich eine Schnüfflerin … Andererseits ist der Brief an mich adressiert. Also ist es im Prinzip meiner. Aber auch das Handy war meines, und man sieht ja, in was für Schwierigkeiten es mich gebracht hat …*

Gute fünfzehn Minuten, nachdem ich geschworen habe, eine bessere Wikingerin zu sein, mit dem ganzen Ethos und allem – Ehrlichkeit, Wahrheit, keine verdammte verstohlene Schnüfflerin zu sein –, finde ich mich hier wieder, reiße den Umschlag auf und falte die weißen Seiten darin auseinander. Atemlos beginne ich zu lesen:

»Liebe Alice …«

11

Liebe Alice,

die schlechte Nachricht ist, wenn du das hier liest, bin ich nicht mehr da. Entweder das, oder ich bin in einem so beschissenen Zustand, dass du die Dinge für mich regeln und die Hunde Gassi führen musst. Oder ich habe mich so an all die Weintrauben, diese coolen Krankenhausbetten (die, bei denen man nur einen Knopf drücken muss, um sich aufzusetzen) gewöhnt, dass ich einen Sit-in (oder einen »Lieg-in«?) veranstalte. In jedem Fall: Es tut mir leid.

Ich höre auf zu lesen und drehe das Blatt hin und her, um sicherzugehen, dass das hier kein Scherz ist – irgendein Streich, um die »steife« Alice noch ein wenig mehr zu reizen. *Was bezweckt sie hiermit?* Als ich jedoch auf keiner Seite des Blattes eine Antwort finde, fahre ich fort zu lesen:

Sollte es Option eins sein, dann hoffe ich, dass die Beerdigung eine Riesensause war und jeder sich ordentlich hat volllaufen lassen. Und dass sie The Clash gespielt haben. Und dass Dad betrunken war und Tante Jill einen ihrer wilden Tänze aufgeführt hat. Es gibt Dinge, die sollten sich niemals ändern. Aber, wie ich festgestellt habe, gibt es auch Dinge, die sich ändern sollten. Ich schreibe dir diese Zeilen nach der ersten Nacht in unserer eigenen Wikingerunterkunft. Wir sehen uns am Strand den Sonnenaufgang an, und du sitzt keine zwei Meter von mir entfernt, guckst mürrisch, runzelst die Stirn und gibst dieses Schnauben von dir, wie du es immer machst, wenn du konzentriert bist. (Wusstest du, dass du das tust? Ich wette, deine Patienten wissen es ...!). Ich weiß, dass ich dich aus deiner Komfortzone gerissen habe, indem ich dich in nordisches Nie-fraus-land entführte, aber es war die einzige Möglichkeit, die mir eingefallen ist, wie ich Zeit mit dir verbringen kann. Mit der echten Alice – nicht der Alice, die davon weiß. Ich wollte nicht, dass du mich bemitleidest oder diese bedauernde Miene aufsetzt, die ich von den Leuten kenne, denen ich bislang von dem Krebs erzählt habe ...

Ich strecke die Hand aus, um mich an der Wand abzustützen, während mein Magen sich zusammenkrampft.

Was passiert hier ...? Bitte sag, dass das ein schrecklicher, schrecklicher Scherz ist ...

Ich wollte nicht zu einer weiteren Verpflichtung in deinem Leben werden. Du erzählst mir immer, wie viele du davon hast – und ich glaube dir, deshalb wollte ich dich nicht mit dem hier belasten. Glaubst du etwa, ich wäre gern ein weiterer Punkt auf deiner To-do-Liste? Das will ich nicht. Also versuche ich, das allein durchzustehen. Ich versuche, mehr wie du zu sein. Ich ziehe dich gern auf, aber alles, was ich je wollte, war, meine große Schwester zurückzubekommen, damit ich wieder Zeit mit ihr verbringen kann. Ich werde dich vermissen.

Ich habe die Hoffnung, dass dieser Urlaub vor der Operation uns einander näherbringt. Sie sagten mir, dass der Knoten vielleicht größer wird, wenn ich noch eine weitere Woche verstreichen lasse, also wollte ich nur für eine Weile wie ein normaler Mensch leben.

Es tut mir leid, dass ich es dir nicht früher gesagt habe, aber nur damit du Bescheid weißt und für den Fall, dass ich nie die Chance habe, es dir persönlich zu sagen: Ich habe an Ostern einen Knoten ertastet. Er war wie eine Erbse unter der Haut –

dann zog sich meine Brustwarze leicht nach innen, als wäre sie schüchtern (und normalerweise ist keine von beiden jemals schüchtern!). Ich wollte es zunächst ignorieren – ich hatte viel zu tun und dachte: »Wie viel Schaden kann schon eine Erbse anrichten?«, aber dann dachte ich: WWAT? (Was würde Alice tun?) Also bin ich zum Arzt gegangen – ja, ich habe einen Mediziner aufgesucht. Bist du stolz auf mich?
Offenbar habe ich sehr feste Brüste, das sagte die Frau bei der Mammografie zumindest. Ich fragte sie, ob das etwas Gutes sei, und sie sagte: Nein – es bedeutete nur, dass sie sie fester zusammenpressen muss, um ein gutes Bild zu bekommen (was übrigens richtig wehtat). Wie dem auch sei, lange Rede, kurzer Sinn, es folgten Nadeln, süßer Tee in Wartezimmern, und dann sagte der Arzt eine Menge Dinge, die ich nicht verstanden habe. Er bot mir an, sie mir zu buchstabieren, aber mein Kopf war zu verwirrt, als dass ich ihm hätte sagen können, dass ich es mit Buchstabiren [sic] auch nicht so habe. Also bedankte ich mich und schüttelte ihm die Hand. Ich war nur mit meinem Geldbeutel und meinen Schlüsseln reingegangen und kam mit »Krebs« wieder raus.

Ab dieser Stelle sind die Worte nur noch verschwommen lesbar, weil die Tinte sich mit Tränen vermischt hat. Ihren oder meinen, ich kann es nicht sagen.

Ich fühle mich nicht »krank«. Ich fühle mich toll. Und doch muss ich mich operieren lassen, wenn wir zurückkommen, und danach drei bis sechs Monate Chemo. Sie haben gesagt, dass ich mich auf Haarverlust, extreme Müdigkeit und Dünnpfiff einstellen soll. Oh, und meine Periode wird vermutlich ausbleiben (wie bei dir!).

Ich hatte keine Ahnung, dass sie davon weiß …

Im besten Fall bekommst du diesen Brief gar nicht, dann ist alles gut gegangen, und ich bin auf Hormontherapie. Ich werde einfach nur für eine Weile verschwunden gewesen sein. Vielleicht ist dann alles gut. Oder man findet Metastasen, die sich bis in die Knochen ausgebreitet haben. Und wenn es erst mal in den Knochen ist, ist man praktisch am Arsch.
Ich werde alles in meiner Macht Stehende tun, damit es weggeht – Mastektomie, Chemo, Hormontherapie –, aber ich werde auf keinen Fall Veganerin, es gibt Grenzen. Scheiß drauf. Mum hat sich zum Ende hin unglücklich gemacht, und sie hat es auch nicht geschafft, nicht wahr? Also, wie sehr darf ich hoffen?
Ich bin ehrlich mit dir: Ich habe kein gutes Gefühl, was meine Chancen angeht, Al …

Diese Zeile gräbt sich wie ein Angelhaken in mein Herz. *Sie hat mich seit unserer Kindheit nicht mehr Al genannt,* wird mir plötzlich klar.

… und ich habe Angst. Aber Angst zu haben ist okay, oder? Man muss sich einfach nur etwas mehr anstrengen, damit zurechtzukommen. Man muss einfach weitermachen.
Wenn es nach Filmen geht, sollte ich in einem Brief wie diesem auch weise Ratschläge aus dem Jenseits geben – also lach nicht, denn genau das werde ich jetzt tun. Erstens: Versuch, ein wenig mehr Spaß zu haben. Verlasse Greg oder verlasse ihn nicht, aber werde glücklicher. Irgendwie. Es bringt mich fast um (der Wortwitz ist keine Absicht!), dich so zu sehen. Ich weiß, dass du nicht so leben willst wie ich – und das ist okay –, aber ich hatte immer das Gefühl, dass du auch auf deine Weise nicht lebst. Also, versuch es vielleicht einfach mal mit »Spaß«. Du sagst mir immer, ich solle Kohlenhydrate

reduzieren/eine Beförderung anstreben/dies und das entrümpeln/grundreinigen. Aber scheiß drauf. Du bist zu hart zu dir selbst – warst du immer. Lebe lieber ein wenig. Niemand von uns hat die Kontrolle über die Zukunft, aber was wir kontrollieren können, ist, wie wir jetzt leben. Das ist etwas, das ich erst kürzlich gelernt habe. Und das Leben ist ziemlich wundervoll – ich hätte gern mehr davon. Aber im Grunde habe ich mein Leben in vollen Zügen genossen, und ich bin glücklicher über die Dinge, die ich getan habe, als ich mich gräme, bestimmte Dinge nicht getan zu haben. Ich wollte nie Kinder – ich weiß, das glaubst du mir nicht, aber es ist wahr. Und ich bin glücklich.

Ich war nie gut darin, im Voraus zu planen – und jetzt will ich das Schicksal nicht herausfordern. Also versuche ich, alles »Neue« zu genießen. Neulich hab ich Sushi gegessen – und es war überraschend gut! Ich wette, du würdest es mögen.

Die Menschen verbringen ihr ganzes Leben damit, darüber nachzudenken, was sie nicht haben, statt darüber, mit wie viel Glück sie eigentlich gesegnet sind. Ich habe tolle Freunde, ein schönes Leben, ich kann jeden Morgen aufstehen und ein Sandwich mit gebratenem Ei essen, wenn ich es möchte (und du könntest das auch). Ich kann zufrieden sein. Ich weiß, was mich glücklich macht, und mich in winzige puppengroße Kinderklamotten zwängen zu können, das gehört nicht dazu. Ich gehe mit den Hunden raus und treffe mich mit Freunden – und mit dir, wenn du nicht gerade eine launische Kuh bist. Es sind die kleinen Dinge, die ich für eine Weile nicht werde tun können. Oder nie wieder. Einen winzigen Hintern oder ein riesiges Haus (Warum eigentlich nie andersherum? Man könnte ein kleines Vermögen bei den Möbeln sparen …) zu haben, ändert nichts daran.

Vielleicht ist es leichter für mich, das zu sagen, weil ich einen Arschtritt bekommen habe, der mich an diesen Punkt gebracht

hat. Shit happens – so ist das Leben. Und ich denke gar nicht daran, auch nur eine Minute davon mit Traurigkeit zu verschwenden. Und das solltest du auch nicht tun.
Ich habe fest vor, dich täglich »heimzusuchen«, deshalb ist das hier kein Abschied, nur ein »Bis später!«. Aber ich wollte das jetzt loswerden, für den Fall, dass ich nicht gut in dem ganzen Aus-dem-Jenseits-spuken-Ding bin (Man weiß ja nie, wie gut Geister darin sind, ihre Botschaft zu vermitteln. Patrick Swayze: kristallklar nach etwas Hilfe von Whoopy Whoopeeee Whoopi (?) Goldberg. Aber Scooby-Doo-Geister mit weißen Laken über dem Kopf? Unglaublich unpräzise …).
Ich weiß, du hast mich immer für eine Dramaqueen gehalten. »Überemotional«. Also strenge ich mich wirklich, wirklich an, das allein durchzustehen. Mich zu beherrschen – Deckel drauf –, und mich um meine eigenen Belange zu kümmern. Damit klarzukommen. Wie du. Ich schreibe das hier nur, damit du wenn/falls alles vorbei ist, hoffentlich verstehst, wie viel du mir bedeutest. Und wie sehr ich hoffe, am Ende der Schwester gerecht zu werden, die du immer haben wolltest.

In Liebe, immer
Melissa x

Ich zittere und muss mich daran erinnern, wie man atmet, als ich die Tür aufreiße, ohne darauf zu achten, ob mich jemand hören könnte, und hinausrenne.

Wie soll ich ihr nur sagen, dass ich unrecht hatte? Dass ich all die Jahre unrecht hatte? Dass ein Leben lang einen Deckel auf alles zu pressen und meine Gefühle zu unterdrücken, mich zu einer unglücklichen – wenn nicht regelrecht verrückten – Frau gemacht hat? Wer bitte spricht mit Schafen?

Ich muss meiner Schwester sagen, dass ich für sie da sein will. Dass ich auf sie aufpassen will. Dass ich nicht zulassen kann, sie zu verlieren, und nicht will, dass sie in ihrem Leben in Zukunft auch nur eine Sekunde Schmerz empfindet, ohne mich an ihrer Seite zu haben – sofern sie das noch will.

Ich muss meiner Schwester sagen, dass es mir leidtut.

12

Die Härchen in meinem Nacken richten sich auf, während ich in einem Wahnsinnstempo renne, und mein Herz schlägt wie ein Stroboskop. *Ich muss das mal anschauen lassen …*, denke ich. Auch mein Fuß pocht, aber das ist jetzt egal. Die Dämmerung ist gekommen und gegangen, und Dunkelheit macht sich breit, als ich ein unregelmäßiges Flattern höre. Flügelschläge direkt über meinem Kopf. *Eine Fledermaus? Eine Eule? Scheiß Natur …* Ich fluche, renne aber weiter.

Am Horizont kann ich Gestalten erkennen, und mein Herz macht einen Sprung, in der Hoffnung, dass Melissa bei ihnen ist.

Ich werde sie zur Seite nehmen, und dann werde ich mich entschuldigen. Ich wiederhole diesen Plan wieder und wieder im Takt meiner Schritte. Aber als ich näher komme, stelle ich fest, dass keine der Gestalten Melissaform hat. Stattdessen kommen Inge und Margot auf der malerischen Route um den Hügel herum, ein Stück hinter ihnen entdecke ich eine Tricia-große Gestalt.

Melissa ist nicht bei ihnen.

Ich hoffe, es geht ihr gut, denke ich und quäle mich mit der Erinnerung an all die Momente, in denen ich sie im Stich gelassen habe. Damals, als sie an meinen Armen hing, bis sie vor Schweiß und Tränen klebten, weil sie nicht wollte, dass ich ausziehe, bis ich sie schließlich von mir abschälen musste. Die gemeinsamen Weihnachtsfeste nach Mums Tod, aus denen ich mich herausgewunden habe, weil ich sie lieber mit Freunden, meinem festen Freund und einmal sogar allein verbrachte. Alles, um nicht zu Hause sein und mich mit dem auseinandersetzen zu müssen, was passiert war. Als Kind hält man seine Eltern für absolut unsterblich. Aber nach Mums Tod musste ich schnell erwachsen werden. Gefühle, so sagte ich mir, sind gefährlich. Die einzigen Gefühle, die ich kannte, waren Furcht und Traurigkeit – es war wie eine Übelkeit. Also schien es besser, nichts zu fühlen. In mir fand eine seltsame Verhärtung statt, und so blieb es. Ich konnte es nicht riskieren, eventuell wieder weich zu werden oder meine Abwehr zu lockern, denn wenn ich es getan hätte, hätte ich mich möglicherweise verloren.

Ich habe keinen einzigen Gedanken auf Melissa verschwendet, erkenne ich jetzt beschämt.

Manchmal hat sie das Telefon im Flur meiner Uni angerufen und gemeint, dass sie jetzt wirklich ein Gespräch brauchen könnte. Also tat ich, was jede normale, sich sorgende Schwester tun würde: Ich setzte mich im Schneidersitz auf den Flur, stellte sie laut, fuhr mit der Arbeit für meine Kurse fort und warf zwischendurch ein paar Mal »Oh« und »Wirklich?« ein, damit sie den Eindruck hatte, als hörte ich zu. Oder ich ließ sie einfach mit dem plaudern, der zuerst abhob. Oder ich sagte: »Du, ich muss los!«, und ging einfach. Sagte, ich sei wahnsinnig in Eile. Und irgendwie war ich das tatsächlich immer.

In den letzten Jahren habe ich immer wieder Ausreden erfunden, warum ich sie nicht auf der »Farm der Tiere« in den Midlands besuchte. So habe ich es oft genannt, als wäre es ein fremder Ort, eine ferne Insel, die ich nicht besuchen konnte, ohne schon Monate vorher unangenehme Impfungen über mich ergehen zu lassen.

Ich bin ein schrecklicher Mensch, sage ich mir erneut, als der Regen einsetzt. Schon wieder. *Was stimmt nicht mit diesem Land?!*

Mir wird klar, dass Melissa kaum Zeit mit meinen Kindern verbracht hat. Es ist ein Wunder, dass sie so vertraut mit ihr umgehen und sie so sehr mögen, trotz der seltenen Besuche. Auch das ist meine Schuld – ich habe sie nie eingeladen. Und sie besuchen Melissa auch nicht. Weil *ich* sie nie besuche. Sogar die teuren Geburtstagsgeschenke, mit denen ich Melissa – vor allem aus schlechtem Gewissen – überhäufte, bestanden aus Dingen, von denen *ich* dachte, dass sie sie haben sollte. Nie waren es Dinge, die sie tatsächlich wollte. Woher hätte ich auch wissen sollen, was sie sich wünschte. Ich habe sie ja nie gefragt. Offenbar habe ich es mir zu einer Art Lebensinhalt gemacht, meiner Schwester gegenüber niemals nachsichtig zu sein, und wenn ich zurückdenke, kann ich mich an keinen Moment erinnern, an dem ich dabei gescheitert wäre. Ich habe sie ständig verurteilt.

In vielerlei Hinsicht sind meine Schwester und ich Fremde.

Ich will das nicht. Ich humple weiter, blinzle eine Mischung aus Tränen und Regen weg. *Ich will mehr Zeit mit ihr verbringen.* Ich will sie richtig kennenlernen – als Erwachsene –, genau wie sie es in ihrem Brief gesagt hat. Ich will Zeit für schwesterliche Gewohnheiten – wie die Kinder in den Büchern sie haben. Ich will in der Lage sein, Dinge zu sagen wie: »Oh, das? Das ist typisch für meine Schwester!« Oder: »Meine Schwester liebt es zu … [hier Lieblingsaktivität oder Manierismen einsetzen]« und dann ausgelassen zu lachen. Ich will, dass wir gemeinsame Traditionen haben und die emotionale Sicherheit, die Charlotte und Thomas bereits teilen. Denn wenn sie mal so enden, wie Melissa und ich heute sind …: dann wäre ich darüber sehr, sehr traurig.

Wasser stürzt aus dem Nichts herunter, am tiefschwarzen Himmel sind keine Wolken zu erkennen.

»Scheiß skandinavisches scheiß wechselhaftes Scheißwetter«, fluche ich.

Der Wind scheint an Stärke zuzunehmen und weht mein Haar gegen meine Wagen, während ich zum Dock renne. Ich vermute, dass sie noch immer dort ist. Zumindest hoffe ich es. *Ansonsten,* denke ich und zucke zusammen, weil der Schmerz in meinem Fuß sich verdoppelt hat, *habe ich einen langen Weg über die Insel vor mir.* Zum Glück wird meine Ahnung belohnt.

Ich bleibe torkelnd stehen, als das Schilf sich zum Strand hin öffnet. Eine kleine Gestalt, kaum erleuchtet vom Licht der schmalen Mondsichel, versucht, das Boot in das sich schnell zurückziehende Wasser zu schieben.

Ich sehe ihr eine Weile zu, während sich kleine Teiche zwischen meinen Zehen bilden. Ich sage nichts, aber Melissa scheint mich zu spüren, denn sie hält inne und sieht auf.

»Alice?« ruft sie. »Bist du das?« Sie muss mein blinzelndes, verängstigtes Gesicht erkannt haben, denn sie ruft noch einmal meinen Namen. »Alice?« Kummer schnürt mir die Kehle zu, und ich bringe kein Wort heraus. Es ist nicht so, dass ich nicht will, so wie sonst. Ich … kann einfach nicht. »Wenn du nach Tricia suchst, um dich noch mal zu entschuldigen, dann hast du sie verpasst …«

»Nein, ich wollte zu dir …«

»Zu mir?« Sie zeigt auf sich. »Was für ein Glückspilz ich doch bin. Wirst du versuchen, mich ›in Ordnung‹ zu bringen? Denn im Moment bin ich beschäftigt.« Mit einer theatralischen Geste weist sie auf das Boot in seiner ganzen Länge. »Dinge zu tun, Orte, an denen ich sein muss, keine Zeit für einen Vortrag …«

»Ich bin nicht gekommen, um dir einen Vortrag zu halten.« Ich trete zögerlich einen Schritt auf sie zu. »Darum geht es nicht. Ich … ich … ich …« Die Worte sprudeln aus mir heraus, überschlagen sich: »Ich habe den Brief gelesen. Ich weiß, dass du krank bist. Es tut mir leid. So leid. Und ich will helfen …«

Sie legt das Ruder aus der Hand und wendet sich mir direkt zu: »Was? Das war ein persönlicher Brief!«

»Er war an mich adressiert …«

»Aber erst für in sechs Monaten!« Melissa wirkt wütend.

»Nun, ja, aber …«

»Was ist dein *Problem?*«, fragt Melissa und schüttelt den Kopf. »Alte Schnüfflerin.«

»O ja, und Judge Judy?« Das rutscht mir einfach so raus, bevor ich es verhindern kann.

»*Ja!*«

»Ich kann nicht glauben, dass du es mir nicht gesagt hast«, sage ich leise.

»Ich will nicht darüber reden«, faucht sie.

»Aber du hast *Krebs* …«

»Ja, danke, Medizinfrau Dr. Quinn. Ich *sagte,* dass ich nicht darüber reden will!« Melissa wirkt aufgebracht.

»Aber der Brief …«

»Du hättest das noch nicht lesen sollen!«, schreit sie.

»Nun, aber ich bin froh, dass ich es getan habe«, schreie ich zurück, dann in einem versöhnlicheren Ton: »Schau mal, ich bin gekommen, um mich zu entschuldigen, okay? Für alles. Ich werde mich so lange jeden Tag entschuldigen, wie es nötig ist …«

Melissa winkt ab. »Es ist zu spät. Vergiss, was ich in dem Brief geschrieben habe.«

»Was?«

»Ich wollte bei diesem Ausflug Zeit mit dir verbringen, aber weißt du, was? Du bist ziemlich schwer zu ertragen. Du hast nichts anderes getan, als dich zu beschweren. Du hebst immer hervor, dass du die Einzige bist, die ihr Leben unter Kontrolle hat, verbringst die meiste Zeit damit, uns zu verachten – behaupte nicht, dass du das nicht tust, ich sehe, wenn du mit den Augen rollst –, und du hast wirklich ein Talent dafür, Leute zu verletzen …«

»Das ist nicht fair …«, beginne ich, doch dann fällt mir meine endlose Litanei an Beschwerden wieder ein und auch, wie Tricia letzte Nacht geweint hat. Margot habe ich ebenfalls nicht mit offenen Armen empfangen.

Oh …

»Aber ich bin deine Schwester …« Mehr bringe ich nicht heraus.

»Nun, ich habe dich gerade von deinen Pflichten entbunden«, lautet ihre Antwort.

Das schmerzt. Aber ich werde mich jetzt nicht zurückziehen. Ich werde nicht gehen.

Nevertheless she persisted ...[25]

»Ich weiß, ich kann das nicht mit einer regennassen Entschuldigung geradebiegen. Ich weiß, dass es Zeit und viele kleine Gespräche, Reflexion und Bemühen braucht. Aber ich werde es versuchen«, sage ich zu ihr.

Ihre Miene ist entschlossen, die Lippen zusammengepresst.

»Geh einfach, okay?«, sagt sie schließlich.

»N-nein ...«, stottere ich.

»Was?« Melissa wirkt überrascht. Ich bewege mich auf sie zu und bemühe mich verzweifelt, etwas zu finden, das meine Schwester dazu bringt, sich mir zu öffnen. »*Was* hat du gesagt?« Sie starrt mich mit halb zusammengekniffenen Augen an.

»Ich weiß, ich war eine beschissene Schwester – aber glaube mir, ich denke nicht, dass ›meine Art‹ die beste ist, und ich denke auch nicht, dass ich mein Leben im Griff habe.«

Wenn sie wüsste. Wenn ich es sie nur hätte wissen lassen ... Oder zugelassen hätte, dass sie das Mädchen sieht, das jahrelang immer wieder in der Praxis oder bei irgendwelchen Events auf der Damentoilette die Hände unter den Trockner gehalten hat, damit niemand hört, dass sie weint ...

»Ich fühle mich total unzulänglich ...«

»Du?« Sie klingt misstrauisch.

»So gut wie immer! Aber du ... du bist so toll.« Das meine ich ernst. »Du kommst mit jedem klar. Du kannst mit allen reden. Und ich ...« Ich zerre an meinem nassen Haar, das in sträh-

---

[25] »She was warned, she was given an explanation, nevertheless she persisted«, sagte der republikanische Mehrheitsführer Mitch McCornell über Senatorin Elizabeth Warren, die auch nach Ermahnungen und Belehrungen standhaft blieb und sich sogar nach einem Redeverbot im Kongress gegen den für seinen Rassismus bekannten Jeff Sessions als Justizminister aussprach. Noch ahnte er nicht, dass sein Zitat bald auf T-Shirts für Feministinnen gedruckt würde ...

nigen Rattenschwänzen herabhängt, als könnte ich die richtigen Worte herausziehen. »Ich kann nicht mal zum Friseur gehen …«

»Ich habe mir schon gedacht, dass deine Haare für eine Vierzigjährige etwas lang sind …«

»Ja, danke auch …« Das habe ich verdient. Und sie hat recht. Denn abgesehen vom Geräusch der Schere finde ich auch die totale Stille, nachdem alle Punkte abgehakt sind – Schnitt, Wochenendpläne, Urlaub –, absolut unerträglich. Sobald ich all meine »Hmm« und »Ach echt?« aufgebraucht habe, habe ich ein Problem, bis der schöne Teil mit dem Föhn kommt, der keine Konversation verlangt. »Aber du kannst jedem ein gutes Gefühl geben«, sage ich zu Melissa. »Das habe ich immer an dir bewundert … und … und … noch so viel mehr … und ich wünsche mir ein engeres Verhältnis zwischen uns.« Sie sieht mich zweifelnd an. »Ehrlich! Ich will für dich da sein!« Sie anzusehen verursacht mir bereits ein Reißen in der Brust, aber ich kann den Augenkontakt nicht abbrechen.

Schließlich ist sie es, die wegsieht und sich die Hände an der Hose abwischt, in dem vergeblichen Versuch, sie zu trocknen. »Bitte hör auf, mit mir zu reden.« Sie klingt müde, ihre Worte sind beinahe ein Seufzer, dann wendet sie sich wieder dem Boot zu.

»Nein.«

»Was?«

»Ich werde nicht aufhören, mit dir zu reden«, sage ich zu ihr. »Niemals.«

Ich habe in meinem Leben eine ganze Menge Dinge aufgegeben – Dinge, die zu schmerzhaft waren oder sich zu anstrengend anfühlten. Jahrelang war ich ruhelos: Ständig in Bewegung, ständig in Veränderung, auf mein nächstes Ziel fokussiert, alles, um mich beschäftigt zu halten und den Dingen, die mir Angst machten, aus dem Weg zu gehen. Aber dieses Mal werde ich das nicht tun.

»Ich werde warten«, sage ich zu ihr. »So lange, wie es nötig ist.«

Unsicher, wie ich die Situation handhaben soll, humple ich zu ihr und lege die Hände auf das nasse, kalte Holz unseres Wikinger-Langschiffs. Melissa versucht, mich zu ignorieren und das Ding allein von der Stelle zu bewegen, doch auf dem nassen Sand rührt es sich nicht vom Fleck. Außerdem, das wird mir jetzt klar, halte ich das Ding sehr, sehr fest.

Melissa versetzt ihm einen frustrierten Stoß und sagt dann: »Nun, du kannst so lange warten, wie du willst. Ich gehe.«

Shit. Jetzt bist du dran, Alice …

»Okay, dann komme ich mit dir«, sage ich.

Sie stößt einen unbestimmten dumpfen Laut aus, der mir sagen soll, dass sie mich gehört hat, dann versetzt sie dem Boot einen mächtigen Stoß, während ich vor Angst bebe.

»Ich meine, ich bin mir ziemlich sicher, dass ein Sturm heraufzieht«, sage ich und blicke zweifelnd nach oben. »Und es ist sehr dunkel … bist du dir sicher, dass wir jetzt da rausfahren sollten?«

»Oh, also ich auf jeden Fall«, teilt sie mir mit und entreißt das Boot mit neuer Kraft meinen Händen. *»Jetzt.«* Sie schiebt es, schleift es über den nassen Sand auf die unruhige See zu.

»Solltest du das bei deinem Zustand überhaupt machen?« Kaum habe ich den Satz gesagt, ist mir klar, dass es vermutlich keine gute Idee war.

Melissa sieht aus, als würde sie mir gleich eine reinhauen.

»*Echte* Ärzte haben mir ›anstrengende Tätigkeiten‹ vor meiner Behandlung ausdrücklich erlaubt, vielen Dank auch. Ich brauche keine medizinischen Ratschläge von einer *Zahnärztin.*«

Touché.

Ich starte einen neuen Versuch und zeige auf die schwarze Wasserwüste. »Aber schau doch nur, es ist nicht sicher!« Es geht nicht darum, dass ich Angst habe – obwohl, doch, eigentlich schon –, ich habe nur nicht vor, meine Schwester zu verlieren, jetzt, wo ich so kurz davorstehe, sie zu finden. *Da draußen braut sich ein beschissenes Unwetter zusammen …* »Warum verschieben wir das nicht auf morgen, wenn es wieder hell und das Wetter besser ist?«

Aber Melissa hört nicht zu. Die Sturheit der Ray-Familie hat sie fest im Griff. Sie ist bereits ins seichte Wasser gewatet und versucht, mit einem Manöver ins Boot zu steigen, wie es nur eine untersetzte eins sechzig große Frau unter widrigen Umständen zustande bringt – und scheitert. Dreimal.

»Ich schaffe das«, murmelt sie und versucht es noch auf diverse andere Arten. Unsere Kleidung ist tropfnass, und ich bin mir zunehmend sicher, dass das hier von jedem unbeteiligten Beobachter als »ganz schlechte Idee« klassifiziert würde. Aber welche Wahl habe ich? *Ich muss mit ihr gehen,* sage ich mir – das ist eine Feststellung. *Ich kann sie nicht hier zurücklassen.*

Ich hoffe einfach nur, dass zwei Ray-Schwestern im Schlamassel sich besser schlagen als nur eine.

Ha! Träum weiter, denke ich, während der Wind mir ins Gesicht peitscht. Mit so viel Würde, wie es einer Frau in nassen Yogapants nur möglich ist, schwinge ich ein Bein über die Seitenwand des Boots und ergreife fest entschlossen ein Ruder. »Okay«, sage ich zu ihr, »ich bin dabei. Gib mir deine Hand, dann helfe ich dir rein, und wir können los …«

»Warte!«, ertönt eine Stimme aus der Dunkelheit. »Halt!«

Es ist nicht Melissa.

Es ist auch nicht, wie ich heimlich gehofft hatte, Inge, die kommt, um uns zu befehlen, diese eindeutig tollkühne Mission abzubrechen.

»Tricia?«

»Hi!«, keucht sie, beugt sich nach vorn und hustet jeglichen in ihren Lungen verbliebenen Teer hoch, der sich dort nach einer lebenslangen Leidenschaft für Marlboro Lights möglicherweise noch befindet.

»Einen Moment!« Sie hebt eine Hand, den Kopf hat sie noch gesenkt, und hustet noch einmal kräftig. »Nur kurz … so, jetzt ist es besser. Also …«

»Geht es dir gut?«, fragt Melissa besorgt.

»Alles gut.« Tricia winkt ab, ringt aber noch immer um Luft und hustet erneut auf raue und alarmierend »produktive« Weise, ehe sie weiterspricht. »Alles okay. Ich habe noch eine Lunge, sollte ich sie brauchen! Inge sagte, dass ich euch vermutlich hier finde. Dachte, wir sollten uns vielleicht mal aussprechen …« Tricia lässt offen, ob sie oder Inge das gedacht hat. »Und hier bin ich!«

Ich bin froh, dass sie in Erwägung gezogen hat, wieder mit mir zu reden. Und ich will das wieder in Ordnung bringen. *Aber genau jetzt? Ernsthaft?*

»Weißt du, Tricia, was gestern Abend passiert ist, tut mir sehr, sehr leid, aber ich muss dringend mit meiner Schwester sprechen. Könntest du uns vielleicht einen Moment allein lassen?«

Die Feuchtigkeit hat es mittlerweile bis zu meiner Unterwäsche geschafft.

Ich wusste, dass ich wieder einen nassen Hintern kriege. Ich wusste es einfach …

»Es gibt nichts, was du mir nicht auch vor Tricia sagen könntest«, meint Melissa entschlossen.

Soll das ein Witz sein?

»Ich weiß, du bist wütend auf mich, Melissa«, beginne ich und füge dann hinzu, »und du auch, Tricia«, ehe ich mich wieder meiner Schwester zuwende. »Aber wenn wir reden könnten, nur wir zwei?« Sie reagiert nicht, also wende ich mich noch einmal an Tricia. »Und wenn du zurück zum Haus gehen könntest, Tricia …«

»Warum gehst *du* nicht zurück …«, setzt Melissa an.

»Was?«

»Du sollst zurückgehen! Falls es dir nichts ausmacht, *Alice.*«

Und ob mir das was ausmacht …

»Geh einfach, wenn es das ist, was du willst, *Alice*«, fährt Melissa fort. »Darin bist du doch gut: wegzugehen …«

Der Mund bleibt mir offen stehen, und ich ringe um eine Antwort. *Das ist wie ein Workshop in passiver Aggressivität. Sie wird zu MIR … Ich habe ein Monster geschaffen!*

»Alles klar, ich verstehe«, sage ich zu ihr. »Passiv-aggressiv-Korrespondentin Alice meldet sich zum Dienst. Ich verstehe, dass du sauer auf mich bist, aber ich werde nirgendwohin gehen.«

»Nun, ich auch nicht«, sagt Melissa.

»Ich auch nicht«, fügt Tricia hinzu, ehe sie sich zweifelnd umsieht. »In erster Linie, weil ich nicht sicher bin, ob mein Körper noch einen zweiten Dauerlauf durch den Regen mitmacht …«, sagt sie, ehe sie auf das Boot zustolpert, um sich »kurz hinzusetzen«.

»Okay.« So hatte ich mir meine große Versöhnungsszene nicht vorgestellt. »Und Inge hat kein Problem damit?« Ich versuche es noch mal anders. »Dass jeder einfach so geht? Vor dem *Abendessen?*« Ich habe noch immer die Hoffnung, die beiden von ihrem Vorhaben abzubringen, indem ich an ihren Anstand appelliere – oder an ihren Magen. Außerdem muss ich daran denken, wie sehr es mich stört, wenn ich zu Hause gekocht habe und jeder sich irgendwohin verzieht.

»Nö.« Tricia hebt ein Bein, sodass ich freien Blick auf ihren Zwickel habe und ihren Hintern fast ins Gesicht bekomme, als sie sich an Bord schwingt – mit überraschender Gelenkigkeit für eine Frau in den … *Fünfzigern? Sechzigern?* »Magnus hat gekocht, und es war alles ein wenig … *braun.* Wir haben ein bisschen was gegessen, dann sagte Inge, dass wir jetzt unserer Wege gehen könnten. Und dann hat sie uns noch zugeflüstert, dass sie uns etwas Brot und Käse für später rauslegt.«

Ich bin ehrlich: Diese Aussicht muntert mich, ganz unabhängig von unserem aktuellen Dilemma, ungemein auf. *Meine Welt droht, in Stück zu zerfallen, und ich freue mich auf Käse? Ich habe mich definitiv verändert.*

»Dann hat Inge die Kinder gebadet. Und Magnus. Was wirklich seltsam war …«, fügt Tricia irritiert hinzu. Es scheint, als wäre sie über ihre Schwärmerei vom Anfang dieser Woche vollkommen hinweg.

»Na, dann los«, sagt Melissa schnell.

»Willst du uns verraten, wohin es geht?«, frage ich, aber sie schüttelt den Kopf.

»Nein, so läuft das hier nicht. Steig ein oder nicht, aber vorher erfährst du nichts.«

»Du willst also, dass wir mit dir mitten nach Skandi-nirgendwo rudern?«

»Nein«, berichtigt sie mich, »was ich will, Alice, ist, dass du aus dem Boot steigst und nach Hause gehst, aber da du das ja nicht tun willst, fahre ich einfach trotzdem raus. Okay?«

»Okay«, murmele ich.

»Gut. Dann alles einsteigen!«, ruft sie, taucht ein Ruder ins Wasser und weist mich an, es ihr gleichzutun.

»Sagt man das nicht eigentlich bei Zügen?«, frage ich. Sie wirft mir einen Blick zu, der besagt, dass es noch »zu früh« für so was ist. Also halte ich den Mund und rudere.

Auch Tricia schweigt, obwohl das weniger damit zu tun hat, dass sie die Spannung zwischen uns spürt, als eher damit, dass sie noch immer außer Atem ist. Doch dann greift sie mit überraschender Leichtigkeit nach dem Steuer und geht so geschickt damit um, dass ich mir sicher bin, dass sie das schon einmal getan hat. *Als ob sie sogar wüsste, wohin wir wollen.*

Die See ist unruhig, und das Boot schaukelt viel mehr als zuvor.

Es ist außerdem schwieriger, die Ruder durch das Wasser zu ziehen, und der Regen – sowohl in akustischer als auch in quantitativer Hinsicht – macht es schwer, seine Sinne zu benutzen, wie Inge uns angewiesen hat. *Wasser,* stelle ich fest, *ist laut* – sowohl das Zeug unter uns, das manchmal über die Seite des Bootes schwappt, als auch die eisigen Tropfen, die auf unsere Köpfe prasseln. Was meine Sinne vor allem wahrnehmen, das ist »Kälte«, aber ich rudere trotzdem, so schnell ich kann, und wir entfernen uns ruckartig immer weiter vom Strand.

»Okay, lasst uns das Segel … äh … öffnen«, sagt Melissa, die einige der Fachbegriffe vergessen hat. Dem folgt eine Diskussion mit Tricia, wie das am besten zu bewerkstelligen sei, begleitet von einigem Gurgeln und Japsen. Eigentlich hatte ich beschlossen, mich aus der Diskussion herauszuhalten, den Kopf einzuziehen und mich auf meine Aufgabe zu konzentrieren: Ironischerweise die, für die man die meiste Körperkraft benötigt, nämlich mit zwei Rudern zu rudern, während die anderen beiden sich mit dem riesigen weißen Stück Stoff abmühen. Doch als die Schreie deutlicher und verzweifelter werden, erlaube ich es mir, den Blick ein klein wenig zu heben. Ich sehe mich um und stelle alarmiert fest, dass die Geräusche nicht von uns kommen.

»Hört ihr das auch?«, frage ich besorgt.

»Was?« Melissa sieht mich verärgert an.

»Hilfe!«, erklingt eine erstickte Stimme, die gerade so über das Tosen zu hören ist.

»Jemand ist da draußen!« Ich starre übers Meer, suche das Wasser nach … irgendetwas … ab.

Tricia beugt sich über die Seitenwand, um besser sehen zu können. »Ich glaube, sie hat recht …«

Melissa blickt mit halb zusammengekniffenen Augen über das Wasser und brüllt: »GEHT ES IHNEN GUT?«

»N-nein«, ist die einzige Antwort.

»Verdammt …«, murmele ich.

»WER IST DA?«, schreit Melissa.

Nichts. Kein menschlicher Laut ist zu hören, und ich frage

mich, ob wir vielleicht einer kollektiven akustischen Halluzination erlegen sind.

Entweder das, oder die Person ist nicht länger über Wasser …

»Hallo?«, versuche ich es noch einmal.

»Hilfe!«, japst die Stimme. »Ich bin es! Ich kann nicht …« Erneut brechen die Worte ab, doch dann entdecken wir jemanden im Wasser.

13

»Ich bin es!«

»Wer ist ›ich‹?« Es kommt keine Antwort, aber die Person schlägt weiter um sich.

»Wisst ihr«, sagt Tricia, »das klingt ein wenig wie …«

»Margot?« Melissa starrt stirnrunzelnd in die Dunkelheit.

»Ja!«, ruft Tricia. »Bist du das, Margot?«

»Ja«, schreit die zappelnde Person, bevor sie einen Mundvoll Wasser schluckt und untergeht. Sie taucht wieder auf und ruft erneut: »Ja!«

»O mein Gott«, quiekt Tricia.

»Es IST Margot!« Melissa versucht, diese neue Information zu verarbeiten.

»Steht hier nicht rum und schaut zu«, rufe ich. »TUT was! Melissa, kannst du das Segel so einstellen, dass wir uns schneller bewegen? Und, Tricia, kann man mit dem Ding da nicht wenden?« Ich zeige auf das Steuerdings, das man, wenn ich mich richtig erinnere, Steuerruder nennt, und beginne, mit aller Macht zu rudern, um unseren Kurswechsel zu beschleunigen. Es ist nicht leicht, die See ist aufgewühlter als normalerweise, der Wind hat aufgefrischt und scheint jetzt aus allen Richtungen zu kommen. Die Strömung ist stark und zieht uns hinaus aufs Meer, obwohl ich mit aller Macht dagegen anrudere.

Aber wir sind noch nicht weit draußen, überlege ich. *Ein normaler Schwimmer sollte eigentlich keine Probleme haben …*

Wir kommen der prustenden, tropfnassen Gestalt nahe genug, dass ich ein Ruder ausstrecken und sie zu uns ziehen kann. Doch die Anstrengung, sich über Wasser zu halten, hat unsere jüngste Wikinger-Adeptin ausgelaugt, und sie ist nur noch ein Schatten ihrer selbst.

»Geht es dir gut?«, frage ich, als ich Margots Torso über den Bootsrand wuchte und dann bei ihren endlos langen Beinen helfe.

»Mmmmh-nnn …« Sie zittert zu sehr, um antworten zu können, und ihre Zähne klappern, also gehe ich in den Mediziner-Modus. Wir reiben ihr abwechselnd Hände und Füße, die sich sehr viel schneller als bei uns in verschrumpelte Eisklumpen verwandeln. Wir haben nichts Trockenes, in das wir sie einwickeln könnten, und wir sind selbst vom Regen durchnässt, deshalb ist das Einzige, was mir einfällt, um eine Unterkühlung abzuwenden, menschlicher Kontakt.

»Du meinst so was wie Gruppenkuscheln?« Tricia wirkt überrascht, als ich es vorschlage, und selbst Melissa mustert mich skeptisch.

»Ja.« Ich seufze. »Ich fürchte, das meine ich.« Also fügen sie sich. Es resultiert in einer kollektiven Vernachlässigung unserer Pflichten, als wir uns alle wie Pinguine in der Antarktis um Margot drängen. Gute fünfzehn Minuten bleiben wir so, bis unser jüngstes Mitglied ein bisschen weniger tiefgefroren ist. Das Ganze scheint Margot beinahe ebenso unangenehm zu sein wie mir, und als wir sie schließlich aus unserer gemeinsamen Umarmung entlassen, kann sie sich nur ein nervöses Lächeln abringen.

»Also, was ist passiert?«, frage ich, so sanft ich kann.

Margot schiebt sich nasse Haarsträhnen hinter die Ohren, als würde ihr Leben davon abhängen, und wirkt tief beschämt.

»Wärst du beinahe ertrunken?« Melissa geht gleich zum Kern der Sache über, und ich sehe, wie Margot sich versteift, obwohl das auch an der Kälte liegen könnte.

»Du schienst richtige Probleme zu haben«, erklärt Tricia, »fast so, als ob du nicht …« Der Satz bleibt unvollendet, bis Margot die Schultern sinken lässt und die Hände öffnet, sodass ihre Handflächen nach oben weisen. Es ist ein seltener Moment der Verletzlichkeit.

»Ja«, sagt sie, »ich wäre … ich meine. Und nein, ich kann nicht …« Sie beendet keinen ihrer Sätze. »Aber der viermalige America's-Cup-Gewinner Dennis Conner kann es auch nicht, und bisher ist das auch nie ein Problem gewesen … Ich … dachte einfach nicht, dass es so schnell tief wird …«

»Was? Du kannst nicht *schwimmen?*« Melissa fühlt sich genötigt, dies klarzustellen. Egal, ob taktvoll oder nicht.

»Nein«, sagt Margot, den Blick gesenkt, »kann ich nicht.«

Keiner von uns weiß, was er sagen soll, aber mein innerer Monolog geht in etwa so:

Margot kann nicht schwimmen? Margot kann nicht schwimmen!

Margot hat eine Schwäche? Margot hat eine Schwäche!

Wie gesagt, ich bin nicht stolz darauf.

»Aber warum warst du überhaupt im Wasser …?« Tricia sieht sie an, als wäre sie verrückt geworden. Fairerweise könnte man das mittlerweile über jede von uns sagen.

»Ich … ich wollte nicht zurückgelassen werden«, sagt Margot, als sie wieder atmen kann. »Bei Magnus und dem braunen Essen, ich meine, ich wollte dabei sein. Sehen, was ihr vorhabt. Nicht außen vor sein …« Wir anderen tauschen Blicke. »Nun?«, fragt Margot und hustet ein letztes Mal eine Mischung aus Seegras und Schleim – und vermutlich auch braunem Essen – hoch. »Was habt ihr vor?«

»Ach, nicht viel«, sage ich instinktiv und spüre dabei, dass ich mir das Vieraugengespräch über die Krankheit meiner Schwester wohl endgültig abschminken kann.

»So ganz stimmt das nicht«, berichtigt Melissa mich.

»Nicht?«

Ernsthaft? Sie will das hier tun? Sie erzählt nicht mal ihrer eigenen Schwester, dass sie Krebs hat – aber jetzt will sie vor ein paar

Frauen, die wir vor einer Woche noch gar nicht kannten, darüber diskutieren?

Ich muss sie echt schwer enttäuscht haben.

»Nein!«, fährt sie fort. »Du wolltest dich bei Tricia *entschuldigen.* Noch einmal. Dafür, dass du geschnüffelt hast. Und dafür, dass du generell einfach eine blöde Kuh bist …«

»Ich kann mich nicht erinnern, Letzteres gesagt zu haben …«, beginne ich zu protestieren, doch Melissa bedenkt mich mit einem derart finsteren Blick, dass ich mich zustimmen höre. »Ja, das ist richtig.« Meine Bestrafung ist – zu recht – noch immer nicht vorbei, also sage ich: »Es tut mir sehr, sehr leid, Tricia.«

»Ist okay.« Die ältere Frau zuckt leicht mit den Schultern und fügt dann hinzu: »Ich wollte ohnehin erklären, wie es dazu gekommen ist. Ihr wisst schon, Doug, Mittags-Gin in einer Tasse … deshalb bin ich hierhergekommen.«

»Ja.« Ich nicke. »Klar.«

»Und wo willst du hin?«, fragt Margot Melissa vernünftigerweise. Ich sehe meine Schwester an, die sich angesichts dieser Frage ahnungslos gibt und lediglich mit halb zusammengekniffenen Augen in den Regen starrt.

Ich versuche, ihrem Blick zu folgen, und wische mir mit der freien Hand das Wasser von der Stirn, in der Hoffnung, dass ich dann in der Lage sein werde, zwischen den Tropfen tatsächlich etwas zu erkennen.

Nö. Nichts.

Also wiederhole ich Margots Frage: »Ja, Melissa, wo wollen wir denn nun hin?«

»Wo gehen wir alle hin?«, imitiert sie Magnus' ärgerliche Antwort vom ersten Tag.

Das kaufe ich ihr nicht ab …

»Schon klar, aber ich meine im Speziellen. Also im Prinzip genau *jetzt?*«, will ich wissen, als eine beträchtliche Woge uns erfasst und das Boot zum Schlingern und Rollen bringt. »Wir scheinen ja alle dorthin zu wollen, da wäre es doch eigentlich nur fair, wenn du uns wissen lässt, wo ›dort‹ ist …«

Melissa saugt an ihren Zähnen und macht ein Gesicht wie ein Mechaniker, der einem erklärt, dass er das Auto theoretisch reparieren könne, dass das aber auch seinen Preis habe. »Um ehrlich zu sein, weiß ich das auch nicht mehr so genau.«

»Was?«, frage ich scharf.

»Nun«, fährt meine Schwester fort, »in dem ganzen Durcheinander bei Margots Rettung …«

»Tut mir leid«, schnieft Margot.

»Schon okay.« Melissa nickt. »Aber in dem ganzen Durcheinander … und bei der Pinguin-Umarmung … habe ich *vielleicht* ein wenig aus den Augen verloren, in welche Richtung wir müssen. Oder, in welche Richtung wir unterwegs sind … oder sogar« – und hier zuckt sie leicht zusammen – »welche Richtung wir einschlagen sollten, wenn wir zurück an Land wollen.«

Das Herz rutscht mir schnurstracks in die Hose – zusätzlich beschleunigt durch das Schlingern des Bootes –, und ich kann die zwischen uns aufsteigende Angst förmlich fühlen. Wir sehen uns abwechselnd um, um zu prüfen, ob Melissa recht hat, und erkennen … absolut gar nichts. Keine Lichter, kein Land, *nichts.*

Wir befinden uns in fremden Gewässern. Wir haben uns verirrt. Wir sind nass. Und uns ist kalt. Unfassbar kalt.

Der Mond ist eine schmale Sichel, halb von Wolken bedeckt, die uns auch die Sicht auf die Sterne verwehren, die wir vielleicht als Orientierung hätten verwenden können.

Sofern jemand von uns weiß, wie man nach den Sternen navigiert. Obwohl Margot vermutlich einen Duke-of-Edinburgh-Schnupperkurs oder so was absolviert hat …

Was sie aber offenbar nicht belegt hat, ist der »Grundkurs Schwimmen«, und keiner von uns hat ein »Wie ich nachts im Sturm wieder nach Hause finde«-Pfadfinderabzeichen.

»Wir haben uns also verirrt?«, fragt Tricia ängstlich. Ferner Donner antwortet ihr.

»Gut möglich«, gibt Melissa zu. »Das war wirklich ein sehr ausgedehntes Gruppenkuscheln!«, verteidigt sie sich und wischt sich mit dem Ärmel Regen aus dem Gesicht, als das Boot von der nächsten Sturmbö durchgerüttelt wird.

»Stimmt …« Ich habe keine Ahnung, was ich sonst sagen soll. *Was würde ein Wikinger jetzt tun?* Ich zermartere mir das Gehirn, aber mir fällt nichts ein. Meine Schwester missinterpretiert mein Schweigen als Feindseligkeit.

»O ja, ich weiß, was du jetzt denkst«, sagt sie zu mir. »Du denkst: ›Melissa hat schon wieder Scheiße gebaut‹ und dass alles meine Schuld ist …«

»Nein, das denke ich nicht …«

»Dass ich die Verantwortungslose bin, neben dir, der ›perfekten Alice‹, die nie etwas falsch macht …«

»Nein! Ehrlich, das …«

»Werden wir alle sterben?«, unterbricht uns Tricia, deren Lippen bereits bläulich geworden sind.

»Nun, irgendwann müssen wir alle sterben«, sagt Melissa trocken. Als sie meinen Blick auffängt, fügt sie hinzu: »Was? Spoilerwarnung: Niemand von uns kommt am Ende mit dem Leben davon.«

»Meinetwegen, aber keiner stirbt genau jetzt«, beharre ich und wende mich dann direkt an meine Schwester. »Hör zu, ich habe nie behauptet, perfekt zu sein! Ich weiß nicht, woher du das hast …«

»Von dir! Du hattest schon immer dieses Regelwerk, von dem wir anderen kein Exemplar abgekriegt haben und auch keine Chance hatten, es je einzuhalten! Als wir noch klein waren, warst immer du diejenige, um die sich alles drehte! Mamas Liebling, die zu den Klavierstunden gefahren wurde …«

»Oh, ich habe Geige gelernt!«, meldet sich Margot zu Wort. »Und Cello …«

Halt die Klappe, Margot! Aber sie plappert einfach weiter über musikalische Leistungen, und dann beginnt auch Tricia wieder zu sprechen, und es ist, als wären wir alle mit unseren privaten Unterhaltungen beschäftigt. Unserer privaten Hölle.

»Ich habe das Gefühl, dass Reden hilft, wenn ich Sorgen habe«, fährt Tricia fort und starrt in die Dunkelheit, während Furcht in ihre Stimme kriecht. »Ihr wisst ja, wie man sagt: einmal Moderatorin, immer Moderatorin!« Sie lacht nervös, während meine Schwester ihre Tirade fortsetzt.

»Hast du eine Ahnung, wie es war, aufzuwachsen und nicht so schlau oder dünn oder ›talentiert‹ zu sein, wie Mum mich gern gehabt hätte? Wie du es warst? Ich wuchs in der ständigen Angst auf, zu viel Raum einzunehmen. Ich hatte sogar Angst, Menschen auf der Straße anzurempeln – habe mich ständig geduckt und zwischen den Leuten hindurchgeschlängelt. Ständig. Das war anstrengend! Einmal beschloss ich, eine Woche lang nicht immer allen aus dem Weg zu gehen, und bin mit gut zweihundert Leuten zusammengestoßen. Bin direkt in sie reingelaufen – weil niemand mir Türen aufgehalten hat oder zur Seite getreten ist, um mich durchzulassen, oder mich zum KLAVIERUNTERRICHT gefahren hat.«

Ich hatte keine Ahnung, dass der Klavierunterricht so eine große Sache für sie war. Ich kann mich nur erinnern, dem Instrument derart jämmerliche Laute entlockt zu haben, dass Mum und Dad schließlich übereinkamen, dass ich außerordentlich untalentiert war und aufhören solle. Dass es besser wäre, mich »auf etwas anderes zu konzentrieren«. Zum Wohle aller. Was mir irgendwie entgangen war, ist die Tatsache, dass eine jüngere Schwester mich sehnsüchtig beobachtete und darauf wartete, irgendwann selbst an der Reihe zu sein, ein Instrument zu erlernen und all die elterliche Aufmerksamkeit zu bekommen. Doch dazu kam es nie, denn dann brach die Tragödie über uns herein, und Dad versank in seiner Dekade der Trauer.

»Warum hast du mir nie was davon gesagt?«, will ich wissen.

»Das hätte nicht nötig sein sollen«, erwidert Melissa. »Du hättest merken müssen, dass etwas nicht stimmte.«

»Aber du sahst aus, als ginge es dir gut«, sage ich.

»Es ging mir aber nicht gut!«

Ich versuche das zu verarbeiten und antworte einfach: »Es tut mir leid, dass ich es nicht *kapiert habe* …«

Tricia kapiert es offenbar auch nicht. »Ich denke, ich sollte auch ein paar Dinge erklären«, sagt sie zu mir. »Wegen dem Video …«

Ausgerechnet jetzt, Tricia? Wirklich? Timing ist echt nicht die Stärke dieser Frau …

»Nun, das war so: Ich bekam nicht mehr so viel Arbeit wie früher, und da hat mir ein alter Hase geraten, dass ich mal an den Strand gehen solle, was Knappes tragen, Make-up auflegen, das nicht aussieht wie Make-up – du weißt schon: volle Lippen, große Augen und so weiter und so weiter. Ich tollte am Strand herum, leckte verführerisch an einem Eis am Stiel, das Übliche. Dann haben wir eine Freundin überredet, die Paps anzurufen, und haben miteinander rumgeknutscht, als ob mich eine Seemöwe attackierte. Ich dachte, das ist willkommene Publicity vor meinem Auftritt bei *Let's Da…*«

»Paps?«, fragt Melissa.

»Paparazzi. Fotografen. Wie dem auch sei, er hat mich so richtig verrissen. Hat behauptet, ich hätte … *kosmetische Hilfe* in Anspruch genommen … Ich meine, im Ernst!« Tricia klingt empört. »Und dann habe ich halt mal eine Nacht einen draufgemacht – maximal zwei Nächte –, ein paar schlechte Shows. Der Sender hat behauptet, ich lalle – was immer *das* heißen soll! Und dann war da das Theater um die Cashews … Nach einem heftigen Streit in einem Baumarkt in Burgess Hill habe ich mich von Doug getrennt. Und dann wurde meine ehemalige Co-Moderatorin auf ein Seminar zum Aufbau des Selbstvertrauens geschickt und gefiel sich danach ein wenig zu gut. Bekam neue Haare. Und eine neue Show. Und Doug, obwohl sie den, ehrlich gesagt, gern haben kann. Aber das mit der Show tat weh. Ich meine, sie hat noch nicht mal einen eigenen Eintrag bei Wikipedia! Jetzt ist mir klar, dass es nicht ihre Schuld ist, nichts davon. Sie ist einfach nur ein Mädchen, das versucht, in der Welt voranzukommen. Schuld ist das System. Nieder mit dem Patriarchat! Wie dem auch sei, ich weiß nicht mehr genau, wo in meinem Kreislauf aus Pillen, Wein und Kaffee ich war, aber in diesem Moment hatte ich einfach genug. Und deshalb der Tonband-Frisbee…« Ein Schwall baltisches Meereswasser spritzt ihr ins Gesicht und unterbricht sie.

Das wird mir hier zu viel, denke ich, als Melissa wieder das Wort ergreift.

»Und nach Mums Tod, da bist du einfach gegangen!«, japst sie gegen die Kälte und wendet sich mir anklagend zu. »Du hast nicht auf mich gewartet. Nicht einmal mit mir *geredet.* Und ich war traurig – ganz allein. Du bist gegangen und hattest Spaß …«

»Es war kein Spaß«, sage ich zu ihr und erinnere mich an das erste Jahr weg von zu Hause: allein, einsam, pleite[26] und ein Jahr jünger als alle anderen, sodass ich oft so tun musste, als ob ich wüsste, was gerade passiert. Als wüsste ich irgendetwas über irgendetwas. »Zumindest nicht die ganze Zeit«, füge ich hinzu, für den Fall, dass sie mir nicht glaubt.

Sie glaubt mir nicht.

»Es tat weh. Richtig weh. Und du solltest das wissen«, sagt sie zu mir. »Ich bin darüber hinweg«, fügt sie hinzu. »Ich bin über *dich* hinweg. All diese Jahre habe ich es versucht und versucht, und dann wurde mir wieder alles zurück ins Gesicht geworfen. Ich habe diesen Ausflug als einen letzten Versuch geplant, etwas

---

[26] Stipendien: rückblickend betrachtet sehr großzügig, zu der Zeit jedoch ziemlich mager.

zwischen uns zu retten – irgendetwas. Aber du behandelst mich *immer noch,* als wäre ich ein Witz. Dein Plan B. Nun, ich bin niemandes verdammter Plan B«, schreit sie.

»Es tut mir leid.« Mir ist nicht klar gewesen, dass sie das so empfindet. Mir ist nicht klar gewesen, dass sie mich so deutlich *lesen* konnte – und das schon seit Jahren. All die Mutmaßungen und Vorurteile, von denen ich gedacht hatte, ich würde sie geschickt mit einer »beschäftigten« Fassade tarnen, waren für sie anscheinend so offensichtlich gewesen wie ein Pfau in vollem Federkleid. *Ich bin ein abstoßender Mensch.* »Du … du warst so gut zu mir«, sage ich und ringe um Worte. »Ich weiß, dass ich es dir oft nicht leicht mache.« Ich will sie umarmen. Und sie nie wieder loslassen. Also tue ich es einfach. Zuerst scheint sie davon nicht besonders begeistert, doch schließlich gibt sie nach und schlingt ihre feuchten, in Sexpulliärmeln steckenden Arme auch um mich.

Ich verstehe, warum sie so besessen von diesem Polyethylenterephthalat-Reißverschlusspulli ist, denke ich und bewundere, wie sehr die Synthetikfasern sie vor dem schlimmsten Auswüchsen des Wetters geschützt haben und dabei noch relativ flauschig geblieben sind. Und auch wenn mir jetzt nicht warm ist, fühlt sich die Kälte nicht mehr so an wie die Kopfschmerzen, die man bekommt, wenn man zu schnell Eis isst. *Meine Schwester ist eine gute Umarmerin …*

»Weißt du noch, was du in dem Brief geschrieben hast, darüber, einen Deckel auf die Dinge zu machen? Nun, tu es nicht«, murmele ich in ihr Haar, das ziemlich nach nassem Hund riecht. »Deine Methode ist besser. Du hattest recht damit, offen und ehrlich mit deinen Gefühlen umzugehen. Traurig zu sein, wenn dir danach war. Es tut mir leid, dass ich dich daran habe zweifeln lassen. Ich bin diejenige, die im Unrecht war. Ich habe mich fast umgebracht in dem jahrelangen Versuch, alles zu unterdrücken – aber das funktioniert nicht. Irgendwie kommt es immer wieder hoch.«

»Du meinst, wie auf dem Klo des Premier Inn?«, fragt Melissa.

Ich nicke. »Unter anderem, ja.«

Ich schließe die Augen, um die Tränenflut in unserer ohnehin schon äußerst wasserreichen Situation zurückzuhalten, aber ich kann Tricia weiterhin über das Tosen des Wassers hinweg hören.

»Wirklich jeder sagt, ›Tricia‹, sagen sie, ›du machst das doch schon seit Jahren! Du musst doch reich sein!‹, sagen sie. ›Warum verbringst du dein Weihnachten in Hull und spielst an einem Drahtseil hängend die böse Königin in einem Theaterstück für Kinder?‹ Und dann sage ich ihnen: ›Weil ich es liebe, das zu tun!‹ Aber natürlich liebe ich es, verdammt noch mal, nicht. Ich verbringe Weihnachten in Hull. An einem Drahtseil! Die Einzigen, die mich über Ostern gebucht haben, waren die Veranstalter einer Katzenshow … alle waren am Fauchen und machten einen Buckel – und das waren nur die Besitzer … Aber das ist eben Showbusiness! Wenn du nicht Gyles Brandreth oder Sue Perkins bist, kann dir dein Agent um diese Zeit des Jahres nichts anderes beschaffen«, erzählt sie mit klappernden Zähnen.

»Mmm«, antwortet Margot höflich als Tricias einzige Zuhörerin, und endlich lösen meine Schwester und ich uns wieder voneinander. Melissa starrt mich an.

»Weinst du?« Sie wirkt erfreut.

»Nein!«, rufe ich halb lachend, halb schluchzend. »Es regnet … mir nur aufs Gesicht.«

»Ja, mir auch«, sagt sie und tupft an äußerst feuchten Augen herum. Dann schnäuzt sie sich in die Hand und wischt sich das Resultat an ihrer Cargohose ab.

Das ist meine Melissa, denke ich voller Liebe.

Das Boot schlingert und bäumt sich auf wie ein bockendes, noch nicht eingerittenes Pferd, als eine Ladung »Wetter« darauf einstürzt. Wir sind gezwungen, uns hinzusetzen, und erschrocken stelle ich fest, dass mein Hintern noch nässer wird, weil ich im eiskalten Meerwasser sitze, das über den Bootsrand schwappt. Wir scheinen zudem tiefer im Wasser zu liegen als bei der Testfahrt heute Vormittag.

Oh, oh, das ist nicht gut. Das ist gar nicht gut …

»Hat Inge nicht was darüber gesagt, dass das hier ein Zweimann-Boot ist?«, frage ich und fürchte mich gleichzeitig vor der Antwort.

»Sie meinte riesige Wikinger, nicht wahr …?«, beginnt Melissa. »Drei von uns sollten kein Problem sein.«

»Ja, aber wir sind jetzt vier …« Ich blicke mich im Boot um und sehe, wie der Mund meiner Schwester sich bewegt, als sie nachrechnet. Ich beuge mich über die Seitenwand. »Und ich bin mir ziemlich sicher, sie sagte etwas darüber, dass das Wasser nicht höher stehen sollte als zwei Fingerbreit unter der obersten Planke …« Ich taste mich nach unten, fasse jedoch schon in eisiges Wasser, ehe ich eine einzige Rille erfühlen kann.

»Himmel, heißt das, wir …«, murmelt Tricia.

»Sinken?« Margot wirkt besorgt. »Wir treiben nicht nur ziellos auf dem Meer, wir sinken auch noch?«

»Möglich ist es.« Ich fröstele. Um meinen Blutkreislauf in Gang zu bekommen, beginne ich, mit beiden Händen so schnell ich kann Wasser aus dem Boot zu schöpfen. Ich entdecke den Stopfen am Grund des Bootes, verzerrt und vergrößert von der schieren Masse an Wasser darüber, als verspottete er uns: *Ha! Und ihr dachtet, ich funktioniere wie der Stöpsel in der Badewanne! Ihr Narren!*

»Bescheuerter Stöpsel«, murmele ich.

»Was?« Melissa runzelt die Stirn. Sie hat mittlerweile ebenfalls begonnen, mit den Händen Wasser zu schöpfen.

»Nichts.« Ich schüttele den Kopf und suche nach dem richtigen Schöpfeimer, von dem ich sicher bin, ihn heute schon irgendwo gesehen zu haben.

»Verdammte Axt, wie weit ist es gekommen?«, fragt Tricia, die eindeutig Panik dem Schöpfen vorzieht. »Ich bin noch nie bei einem dieser Retreats in Gefahr geraten! Ganz egal, wie sehr ich mich beschwert habe, als wir dieses Zirkeltraining mit Liegestützsprüngen in Ibiza machen mussten!« Jetzt heult sie. »Ich will nicht hier sterben! Ich wäre lieber in einem John-Lewis-Kaufhaus! Beim Ladendiebstahl!«

Das ist eine ganz neue Information.

»Du wirst nicht auf dem Meer in einem Wikingerboot sterben«, sage ich bestimmt. »Nicht, wenn ich dabei bin! Wir müssen uns jetzt konzentrieren und RUHIG BLEIBEN! Zunächst müssen wir mehr Wasser aus dem Boot schöpfen als hereinkommt und daran arbeiten, unser Gewicht zu reduzieren …« Melissa blickt empört auf. »Ich meine Wasser und … äh … überflüssige Fracht«, stelle ich hastig klar und sehe mich nach etwas um, auf das die Beschreibung passt.

»Wie *das hier!*« Tricia hebt einen Eimer in die Luft und will ihn über Bord werfen.

»Nein! Warte!«, rufe ich. Doch es ist zu spät: Ein fernes Klatschen ist über das Heulen des Sturms hinweg zu hören, und unser Schöpfeimer schaukelt davon ins kalte, schwarze Nichts. »Toll. Hat jemand eine Idee, womit wir jetzt schöpfen sollen?«

Ich mache mit den Händen weiter, und Melissa tut das Gleiche, doch als sie nahe genug ist, dass die anderen sie nicht hören können, sieht sie mich flehend an und flüstert: »War's das jetzt?«

»Ich weiß es nicht«, gebe ich zu. Wir könnten schwimmen, denke ich. Aber jemand müsste die Nichtschwimmerin Margot schleppen. Und die Einzige von uns, die stark und fit genug wäre, Margot mitzuziehen, wäre … Margot. Außerdem haben wir keine Ahnung, in welche Richtung wir schwimmen sollen. Und das Wasser ist kalt. So kalt, dass wir vermutlich innerhalb von fünfzehn Minuten geschwächt wären. Nach etwa einer halben Stunde würde die Unterkühlung einsetzen. Ich habe schließlich *Titanic* gesehen.

Ein tiefes, schweres Gefühl übernimmt mein Innerstes bei diesem ernüchternden Überlegungen. Ich schöpfe weiter Wasser, so schnell es meine mittlerweile tauben Hände vermögen, aber rückblickend betrachtet hatte ich in diesem Moment vielleicht noch nicht aufgegeben, mich jedoch mit allem abgefunden, was kommen mochte. *Wenigstens sind wir zusammen,* denke ich, während wir alle schweigend schöpfen.

Kälte ist etwas, das man aushalten kann, wenn man weiß, dass einem bald wieder warm sein wird. Oder man bald ins Trockene kommt. Ich war lange ein Fan kalter Duschen, um die Blutzirkulation anzuregen, die Haut zu straffen oder mein Haar mehr glänzen zu lassen – zumindest behaupten das die Zeitschriften immer. Ich kann selbst jene bitterkalten Wintertage ertragen, an denen man sich dick anziehen muss, bevor man das Haus verlässt, um es ohne Frostbeulen zum Auto oder zur U-Bahn zu schaffen. In erster Linie, weil ich weiß, dass der heiße Schwall eines Heizlüfters auf mich wartet oder die Ausdünstungen und die ausgestoßene Atemluft der Mitreisenden. Aber das hier? Ohne ein Ende in Sicht? Ich weiß nicht, wie lange ich das noch aushalte. Ich habe Angst, dass jetzt wirklich alles vorbei sein könnte.

»Wartet!« Tricia setzt sich ruckartig auf und beginnt, die Arme in ihren tropfnassen Pulli zurückzuziehen.

»Was tust du?«

»Das hier!« Sie lässt einen ordentlich großen gepolsterten BH vor meiner Nase baumeln.

»Was?«

»Da kommt nichts durch.« Tricia zeigt darauf und beugt sich dann nach unten und beginnt zu schöpfen. »Seht ihr?« Sie schaufelt mit ihren DD-Körbchen gute zwei Liter Wasser aus dem Boot und wiederholt dann das Manöver. Es ist besser als das

Schöpfen mit den Händen, und ich stelle fest, dass mein Sport-BH sich auch nicht allzu schlecht schlägt, wenn ich schnell bin. Melissas Baumwoll-BH ist jedoch nicht wirklich von Nutzen, und Margot, wie sie sich nicht nehmen lässt, uns noch einmal mitzuteilen, trägt keinen BH. Wir haben also zwei Unterwäsche-Schöpfer weniger, aber zumindest fühlt es sich so an, als würden wir etwas tun. *Irgendetwas …*

Ein Blitz durchzuckt den Himmel, und dann donnert es, näher diesmal. *Vielleicht wäre es besser, an einem Blitzschlag zu sterben … zumindest schneller. Und uns würde sicher wärmer,* sinniere ich, als ein weiterer Blitz das Schwarz erleuchtet und Tricia erschrocken kreischt. Aber dann fällt mir etwas auf.

Ist es …? Könnte es sein …?

Es ist unsere einzige Hoffnung. Ich sage nichts, doch als der dritte Blitz kommt, bin ich bereit, mich für den Bruchteil der Sekunde, in der elektrostatische Entladungen den Himmel erhellen, in alle Richtungen umzusehen. Direkt vor mir erkenne ich eine gerade Linie, wo das Meer in den Himmel übergeht, aber zu meiner Linken ist der Horizont getüpfelt und gespickt mit … *Bäumen.*

»Land!«, japse ich, und ein Schwall Meerwasser dringt mir im gleichen Moment in den Mund. »Dort ist Land! Da drüben!« Ich zeige in die entsprechende Richtung. »Und Bäume!« Die anderen Frauen starren in die Dunkelheit, unfähig, meinen Enthusiasmus zu teilen, bis ein weiterer Blitz kurzzeitig den Lichtschalter drückt und die Welt einmal mehr erhellt.

»Land!«, wiederholt Melissa. »Verdammte Scheiße, ich liebe Land!«

»Ich auch!« Nicht mal die obszöne Ausdrucksweise kann Margots Enthusiasmus etwas anhaben.

»Wir schaffen es, wir können das schaffen!«, sage ich zu mir selbst genauso wie zu den anderen.

Was hat Inge gesagt? Ich denke an die letzten Tage zurück

und beginne hastig, die erforderlichen Informationen herunterzuladen. »Okay, wir brauchen zwei Frauen an den Rudern, eine Steuerfrau und jemanden, der schöpft. Margot, du bist die Stärkste von uns, wenn du und Melissa zuerst rudern, dann können Tricia und ich steuern und schöpfen, um uns über Wasser zu halten. Und dann wechseln wir uns ab, bis wir nahe genug sind, um an Land zu waten.«

Es entsteht ein kleines Gedränge, als wir unsere Positionen einnehmen, um uns den Elementen für einen letzten beinharten Kampf unter dem Gefrierpunkt zu stellen.

Wir wechseln uns mit Rudern und Schöpfen ab, bis die Bäume größer werden und wir Lichter zwischen einem dichten Tannenteppich funkeln sehen. Wir stemmen uns in die Ruder, bis wir nicht mehr können und der Kiel des Schiffes auf eine willkommene Sandbarriere trifft.

»Oh, Gott sei Dank.« Tricia bricht zusammen und beginnt dann, sich vor Erleichterung zu übergeben – genau dorthin, wo Melissa gerade noch gesessen hat.

»Danke auch«, keucht Melissa und weicht dem Schlimmsten aus, ohne sich jedoch in ihrer Mission beirren zu lassen, das, was von dem Boot noch übrig ist, den Strand hinaufzuzerren.

Gemeinsam schleppen wir das Holzboot an Land. Und während ich im Stillen die nächsten Optionen durchgehe, die Beinahe-Schiffbrüchigen zur Verfügung stehen – mein spärliches Wissen stammt ausschließlich aus Kinderbüchern mit tropischen Stränden, Kokosnüssen und Affen –, scheint Melissa reichlich … zuversichtlich.

»Kommt«, sagt sie und wischt ein paar hartnäckige Reste von Tricias Magenschleimhaut von ihrem Sexpulli. »Hier entlang.«

Tricia scheint mit ihrem Mageninhalt auch ihre Anspannung losgeworden zu sein. Sie wringt ihren Schöpf-BH aus, schwingt ihn sich über die Schulter und folgt Melissa die nassen Dünen hinauf in Richtung eines Lichts in der Ferne.

Margot und ich sehen uns an, noch immer im Dunkeln – mit allen Sinnen. Aber nachdem uns nicht viel anderes übrig bleibt, uns kalt bis auf die Knochen ist und wir – insgeheim – auch neugierig sind, machen wir uns auf, ihren matschigen Fußstapfen zu folgen.

14

Auf den Bäumen glitzern Wassertropfen, in denen sich das in der Ferne schimmernde Licht bricht. Margot läuft vor mir her und hält einen buschigen Tannenzweig über sich, der nicht lang genug ist, dass ich auch darunterpassen würde, sodass er immer wieder nach hinten in mein Gesicht wippt und mich jedes Mal von Neuem mit eisigen Tropfen überschüttet.

Verdammt noch mal … Ich blicke nach oben: *Ernsthaft? Ist das wirklich nötig, dass ich jetzt noch nasser werde?*

Zitternd und noch immer ziemlich salzig – meine Lippen, Finger und im Grunde auch alles andere sind vom Seewasser verschrumpelt –, bin ich jedoch nicht in der Lage, etwas anderes zu tun, als meinen Anführerinnen zu folgen.

Melissa und Tricia sind jetzt weit vorn, puppengleiche Gestalten, die in den Wald verschwinden, während Margot und ich uns abmühen hinterherzukommen. Doch nachdem wir die Mauer aus nach Kiefern duftendem Grün überwunden haben, erwartet uns ein wahrhaft himmlischer Anblick: ein ausgeblichenes Holzhaus, mit einer Terrasse, die sich auf einer kleinen Felserhebung erstreckt. In den Fenstern flackern Kerzen, und der Rauch, der sich aus einem kleinen Kamin tapfer durch den Regen kämpft, weist auf ein Feuer im Inneren hin.

Wärme!, schreie ich innerlich. *Wenn wir es schaffen, hineinzugelangen, dann können wir uns aufwärmen!* Das ist alles, woran ich denken kann, während ich einen Fuß vor den anderen setze und jede Faser meines erschöpften Körpers antreibe.

Durch das Prasseln der Regentropfen kann ich plötzlich Musik hören – fröhlich und poppig mit einem Bass, der die Erde zum Beben bringt und mit dem Gamelan des Wetters konkurriert, sodass es mir vorkommt, als würden meine Füße vibrieren. *Entweder das, oder ich habe noch immer Seebeine,* denke ich ein wenig schwankend.

»Alles okay?«, fragt Margot und streckt die Hand aus, um mir bei den letzten Schritten zu helfen.

»Ja, alles gut«, behaupte ich, nehme aber trotzdem ihre Hand, denn angekratzter Stolz ist ein kleiner Preis dafür, schneller im Warmen zu sein.

Außerdem, denke ich, *wurden in den letzten vierundzwanzig Stunden bei uns allen einige Illusionen zerstört. Ich bezweifle, dass irgendjemand von uns im Moment besonders viel Stolz empfindet.* Nichts davon scheint jetzt noch wichtig zu sein, denn goldenes Licht zieht uns immer näher auf die majestätische Zitadelle vor uns zu. Auf einem Holzschild, das im Wind schwankt und quietscht, steht:

Welcome to Valhalla

Wir stoßen die goldenen Türen auf und kommen in einen Raum mit vielen Menschen, der von einer riesigen steinernen Feuerstelle (*Wikinger und ihre Obsession für Feuer, Ausstellungsstück 9*), in der Holzscheite knistern, dominiert wird. Weiß getünchte Wände gehen in grob gehauene Balken über, an denen man tief hängende Lampen befestigt hat. Ein gutes Dutzend unverschämt fotogener Wikinger – die alle aussehen wie einem Katalog entsprungen – lehnen an Wänden oder sitzen auf mit Schafsleder bezogenen Bänken. Schlanke, gebräunte Hälse verschwinden in den Kragen strahlend weißer Baumwollblusen, wunderschöner gestrickter Pullover oder einfacher weißer T-Shirts. Wie ein Mann wenden die Gäste sich uns zu, um die beiden jämmerlichen Gestalten zu begutachten, die gerade einen Schwall eiskalter Luft hereingelassen haben.

»Äh, hi!«, versuche ich in meinem besten »pan-nordischen«-Akzent – soll heißen: langsam, laut und mit dem singenden

Tonfall aus der Serie *Borgen*. »Hat jemand meine Schwester gesehen?«

Ich suche ihre Gesichter nach Melissa ab – oder besser gesagt, die Lücken zwischen ihren Gesichtern, denn meine Schwester ist geschätzt einen guten Kopf kleiner als jeder von ihnen. Meine Glieder brennen vor Erleichterung, der Kälte entkommen zu sein, und ich streiche mein Haar zurück, in dem Versuch, etwas präsentabler auszusehen, scheitere jedoch gnadenlos. *Ich bin nicht cool genug für diesen Ort,* muss ich zugeben.

Aber meine Schwester ist es offenbar.

»Ist das da … Melissa?« Margot streckt den Arm aus, und ich schaue in die angezeigte Richtung. Als ich genau hinsehe, entdecke ich zwei kleine Gestalten inmitten des Skandi-Pulks, die man willkommen heißt wie alte Freunde. Man legt ihnen Decken um die Schultern, drückt ihnen Getränke in die Hand, und Melissa – ich kneife die Augen zusammen, um sicherzugehen, dass sie mir keinen Streich spielen – Melissa wird *geküsst*. So richtig auf den Mund.

»Ist das nicht … Inges Cousin?«, stellt Margot, offenbar ein regelrechtes Orakel, fest. Ich versuche, einen genaueren Blick auf den Mann zu erhaschen, mit dem meine Schwester gerade Mund-zu-Mund-Sex hat, aber alles, was ich erkennen kann, ist Bart und eine Masse braunen, gelockten Haars. Ich versuche, mich genauer an den Mann zu erinnern, den Margot identifiziert hat.

Haben wir ihn nicht an dem Tag getroffen, als Magnus krank wurde? Der Tag, an dem es den Orangen-Schokoladen-Kuchen gab? Der Tag, an dem ich all das Bier getrunken und mich bezüglich Mr Teeth verplappert habe? Der Tag, an dem Melissa offiziell aufgehört hat, mit mir zu reden? Eine ganze Menge ist seitdem passiert. Da kann man es mir verzeihen, wenn mein Gesichtergedächtnis mich im Stich lässt, oder?

Ich sehe noch einmal hin. Es ist ein Schock, meine Schwester in flagranti zu erwischen. Zudem fällt es mir schwer zu glauben, dass so ein ungleiches Paar zusammenfinden kann.

»Er? Wirklich? Der Typ, der Peter Jackson ähnlich sieht und nach Brötchen riecht?«, murmele ich, während ich noch immer meine Schwester anstarre, die sich jetzt auf Zehenspitzen reckt und Stirn an Stirn vor diesem Bär von einem Mann steht und ihm in die Augen blickt.

»Ja, das ist er«, bestätigt Margot. »Otto? Hieß er nicht so?«

»Ja, ich glaube schon ...«, antworte ich, ehe mir jemand beherzt auf die Schulter schlägt.

»Da seid ihr ja!« Es ist Tricia, die sich von dem Pärchen gelöst und ganz offensichtlich ein paar von Melissas Manierismen angenommen hat.

»Hier.« Sie reicht Margot und mir jeweils eine Decke. »Dann wollen wir euch beide mal aufwärmen. Ich lasse meinen BH am Feuer trocknen, soll ich deinen dazuhängen? Nein? Okay, wie wäre es dann mit einem Drink?«

Ich brauche eine Weile, um das alles zu verarbeiten. »Wo *sind* wir?« Ich sehe mich verwirrt um. »Und was passiert *hier* bitte schön?«

»Hier?«, echot Tricia und schließt mit einer Geste den Raum ein. »Oder *hier?*« Sie zeigt auf die Szene, die sich vor unseren Augen abspielt und die man überschreiben könnte mit: *Riesiger Wikinger knutscht Melissa.*

»Beides?«, antworte ich. »Aber vor allem *das.*« Ich weise auf meine Schwester.

»Richtig. Okay. *Das hier* ist unsere Stammkneipe, für den Fall, dass du dich das gefragt hast. Es ist toll hier, nicht wahr? Und *das*« – sie zeigt auf Melissa – »nun ja, zähl einfach eins und eins zusammen ...«

Nein, irgendwie will noch immer nichts zusammenpassen. Vielleicht hat die Kälte mein Gehirn gelähmt und meine geistigen Fähigkeiten beeinträchtigt.

»Hast du schon mal den Begriff *knullruffs* gehört?«, fährt Tricia fort.

Worauf will sie hinaus?, denke ich. *Hat sie auch Gefrierbrand im Gehirn?*

»Keine Sorge«, versichert Tricia mir. »Wusste ich vor dieser Woche auch nicht, aber offenbar ist das ein schwedisches Wort, das die Haare nach dem Sex beschreibt. Haben Skandinavier nicht einfach die besten Wörter? Wusstest du, dass die Finnen einen Begriff für ›nur mit Unterwäsche bekleidet allein zu Hause trinken‹ haben?«

»Das wusste ich nicht«, gebe ich freimütig zu.

»Ja! Es lautet *Kalsarikännit.*«

»Ah, okay.« Ich versuche, zum Thema zurückzukehren: »Aber was hat das mit meiner Schwester zu tun?«

»Na ja. Was ich meine, ist … Ist es dir nicht aufgefallen? Melissa kam morgens meistens mit ziemlich beeindruckenden *knullruffs* zurück …«

»Oh?«, sage ich, als die Krone fällt. »*Ooooooh* …« Ich ziehe die Silbe in die Länge.

Wie konnte ich so begriffsstutzig sein? Meine Schwester? Und der Wikinger? Machen »es« miteinander, wie sie in Charlottes Klasse immer sagen? Meine kleine Schwester hat Sex …?

Meine SCHWESTER hat SEX.

Ich wiederhole die Wörter noch einige Mal in meinem Kopf und versuche, sie mir einzuprägen. Irgendwie kommt es mir unglaublich vor, dass die jüngere Schwester, die ich seit einer Ewigkeit kenne – meine Schwester, die Pferde, alte Schwarz-Weiß-Filme und Enid Blyton mag –, auch gern mal den Matratzenmambo tanzt. Und zwar mehr als einmal, wenn man Tricia Glauben schenken darf. Ich frage mich, ob ich einfach blind für die Anzeichen war – die Hinweise darauf, dass meine Schwester jetzt schon eine ganze Weile ein vollwertiges »sexuelles Wesen« ist. Und komme zu dem Schluss, dass die Antwort Ja lautet.

Plötzlich sehe ich den Sommer, als sie sich ständig für längere Zeit mit einem Poster von Jeff Goldbloom in ihrem Zimmer einsperrte und behauptete, die Wäsche zu machen, in einem neuen Licht. Oder damals während ihrer GCSE-Prüfungen, als sie behauptete, die Nacht bei ihrer Freundin Jodie zu verbringen, und als Jodie dann vor unserer Tür auftauchte … Rückblickend betrachtet war das nichts als ein schlecht geplantes Alibi. Wie es scheint, habe ich mich absichtlich blind gestellt.

Dieser Tag ist voller neuer Erkenntnisse …

»Drink?«, fragt Tricia, als wüsste sie, dass ich einen brauchen kann.

»Ja«, sage ich mit Nachdruck, »bitte.«

Margot, die praktisch so etwas wie meine Flügelfrau ist, nickt ebenfalls, und so führt Tricia uns, dick in Wolldecken eingepackt, zu einer Wand mit Holzregalen in der hinteren Ecke der Kneipe.

Es sieht aus wie eine aus einem Dickens-Roman entsprungene Apotheke, voller alter Glasflaschen mit braunen Schildchen und etwas, das eine Auswahl an Rotweinen zu sein scheint, die bereits in Karaffen »atmen«. Hinter einer niedrigen Wand aus sandgestrahltem Holz steht ein so atemberaubender Mann, dass ich nicht weiß, wo ich hinsehen soll. Aber Tricia begrüßt ihn mit einer vertrauten Geste und wendet sich dann uns zu, um zu flüstern: »Ist dieser Ort nicht *Zum. Sterben. Schön?* Es ist wie ein Baumhaus für Erwachsene, aber voller attraktiver Menschen und Alkohol!« Sie dreht sich wieder um und schenkt dem Barmann das gewinnendste ihrer gewinnenden Lächeln.

»Also, was darf's sein?«, fragt sie uns, während sie ihn immer noch anstrahlt.

»Was haben sie denn?«, antworte ich etwas – sehr – überwältigt. Ich fühle mich, als wäre ich in einer Szene aus einer Sprachlernkassette der Achtzigerjahre und sollte einfach nur nach »Drei

Gläser Alkohol, bitte« fragen. Zum Glück ist Tricia eine erfahrene und willige Führerin.

»Nun, ich finde den Aquavit hier ganz gut«, sagt sie zu mir. »Das ist ein skandinavischer Schnaps, der aus Kartoffeln hergestellt wird …«

In mir kommen Erinnerungen an eine besonders strenge Detox-Diät hoch, bei der man nur Kartoffelsaft trinken durfte (wirklich einer meiner Tiefpunkte), deshalb frage ich, ob es vielleicht noch etwas anderes gibt.

»Bier oder Wein oder … ha! Ich hab's. Es gibt da etwas, das *müsst* ihr einfach ausprobieren«, ruft Tricia und bestellt für uns gleich mit. Mir wird klar, dass das vielleicht nicht so gut war, als man uns zwei Gläser mit einer braunen Flüssigkeit reicht.

»Was ist das denn?« Margot rümpft die Nase.

»Das ist Gin Tonic, aber sie machen ihr eigenes Tonic aus Chinarinde!«, jubelt Tricia.

Natürlich tun sie das! Das ist hier wie eine Lehrstunde für Hipster … Ich wette, dass sie mir alle ansehen, dass meine erste Platte Stars *von* Simply Red *war.*

»Chinarinde?«

»Ja! Der Besitzer hat mir erklärt, dass man dann billigeren Gin nehmen kann«, fügt Tricia hinzu, während ich fast an dem Gebräu ersticke.

Heilige Maria Mutter Gottes …

»Stark?«, fragt Tricia mit Unschuldsmiene.

»Das ist wie *Feuerzeugbenzin*«, keuche ich mit einer Stimme, die nicht meine ist. Nach einem weiteren Schluck fühle ich mich wie mit einem Taser attackiert. »O Gott, das brennt …« Ich presse die freie Hand auf meinen Mund und lisple: »Ich glaube, meine Zähne schmelzen. Das kann nicht gut sein …«

»Nicht zu viel denken, einfach trinken! Das wärmt euch wieder auf. Ich habe auch Essen bestellt«, versichert Tricia mir. »Als Grundlage. Also los, hoch die Tassen!«

Margot tut, wie ihr geheißen, ehe ein Holzbrett mit eingelegtem Fisch, Roggenbrot und knubbeligem Gemüse vor uns auf den Tisch gestellt wird.

»Das bringt uns wieder auf den Damm«, verkündet Tricia und stürzt sich auf das Essen. Sie hat recht, das tut es wirklich. Als ich außerdem etwa bei der Hälfte des zweiten Glases mit braunem Feuerzeugbenzin bin, kehrt so eine Art Ruhe ein, mir ist nicht mehr so kalt, und ich habe keine Angst. Das ist ungewohnt. Noch mehr Europop wird gespielt, und die coolen Kids beginnen damit, in losen Formationen zu pogen.

»Ich liebe die Musik hier, ihr nicht auch?«, fragt Tricia und zappelt wild herum. »Sie spielen ausschließlich skandinavischen Pop.«

»Und das ist was Gutes?« Meine Augenbrauen heben sich.

Möglicherweise würden sie mein Simply-Red-Geständnis ganz einfach schlucken. Ich könnte sogar meine Billy-Joel-Sammlung erwähnen …

»Natürlich!« Tricia schnaubt, als ob das offensichtlich wäre. »Nur wir in der UK würdigen seinen Charme nicht richtig.«

»Wirklich?«

»Ja«, erklärt sie mir sehr bestimmt, »das ist so. Als ABBA 1974 den ESC mit Waterloo gewannen, bekamen sie null Punkte aus der UK. Und schau, was aus ihnen geworden ist. Wer weiß also mehr über Musik?«

Mir ist klar, dass ich diese Diskussion nicht gewinnen kann, also esse und trinke ich und stelle bald fest, dass es mich nicht mehr kümmert.

»Seid ihr oft hier?«, frage ich Tricia.

Sie wiehert los. »Fragst du mich gerade, ob ich öfter hier bin?«

Ich schnaube siebzigprozentigen Alkohol und braunen Baumsaft aus meiner Nase, bis es wehtut. »Tue ich wohl«, antworte ich, als das Brennen nachlässt.

»Vielleicht haben wir ja letzte Nacht einen Abstecher mit

dem Boot hierher gemacht …«, sagt Tricia mit geübter Nonchalance und nimmt einen Schluck aus ihrem Glas.

»Und seit wann geht das so? Mit Otto, meine ich. Und wie habt ihr diesen Ort überhaupt entdeckt? Wusste *jeder* davon, nur ich nicht?«

»Ich wusste es auch nicht«, meldet sich Margot, und mir wird klar, dass ich mit »jeder« Tricia und Inge gemeint habe. Dass Melissa einem zehn Jahre jüngeren, nahezu fremden Model so etwas nicht anvertraut, ist eine Sache. *Aber dass Melissa es ihrer eigenen Schwester nicht anvertraut? Schon wieder? Das ist ein starkes Stück.*

Natürlich verblasst es hinter dem, was ich heute in dem Brief gelesen habe. Trotzdem …

Ich will doch, dass sie mir alles anvertrauen kann, oder etwa nicht?

Genau in diesem Moment erreicht das Feuerzeugbenzin/braune Gebräu meine … meine … *waren das Neurotransmitter?* Also kippe ich den Rest der scharfen Flüssigkeit hinunter, bis es von meiner Speiseröhre bis in den Unterleib kribbelt, und beschließe, selbst herauszufinden, was passiert ist.

Ich will zu meiner Schwester, aber Tricia, die wild zu Roxette tanzt, steht im Weg. Nach einem kleinen Handgemenge kann ich mich ihren Versuchen, mich in ein Duett zu verwickeln, entziehen und überlasse Margot sich selbst. Ich bahne mir einen Weg zwischen all den schönen Menschen hindurch, bis ich nahe genug bin, um Melissa zu sehen. Mir fällt auf, das sie beschäftigter ist als erwartet. Die Arme meiner Schwester enden an den Handgelenken, der Rest verschwindet in Ottos Hosen.

Ach du meine Güte, denke ich und überrasche mich dann selbst mit einem: *Schön für sie!*

Melissa drückt ihm noch einmal den Hintern – zumindest hoffe ich, dass es sein Hintern ist –, ehe sie sich von ihm löst. Sie bahnt sich schwankend einen Weg durch die Menge in Richtung von etwas, von dem ich annehme, dass es das Damenklo ist, zumindest lässt ein Holzpfeil mit eingeschnitzter Wikingerin das vermuten.

Ich hoffe, sie hat sich keine Blasenentzündung eingefangen, ist meine unmittelbare, ungefilterte Reaktion. *Das kalte Wasser, nasse Hosen und die »Action« mit Otto.* Ich frage mich, ob ich noch Natriumcitrat in meinem Kulturbeutel habe, um ihren Urin weniger säurehaltig zu machen. Und dann wird mir klar, dass das unglaublich unromantisch ist und vermutlich mehr über meine eigenen enttäuschenden sexuellen Erfahrungen aussagt als über den Zustand der Harnröhre meiner Schwester.

Ich versuche, Melissa zu folgen, ohne mir groß Gedanken zu machen, was dann kommen soll. Ich schlängele mich durch die Menge, so gut es eine verkrampfte Britin vermag, die noch immer unter den Nachwirkungen eines Schocks/Unterkühlung/selbstgemachtem Tonic und billigem Gin leidet. Irgendwann gebe ich das gestelzte »Verzeihung?« und »Darf ich bitte durch?« auf, lalle ein untypisch flegelhaftes »OI!« und drängele mich zu den Toiletten durch, wo ich Melissa gerade noch vor der Kabine erwische.

»Hi du!«, sage ich und hoffe, locker zu klingen.

»Oh, hallo!« Melissa deutet auf die freie Kabine. »Willst du zuerst? Ich kann warten.« Sie weist auf eine weitere besetzte Kabine. »Bis die frei ist.«

»Oh, nein!«, sage ich. »Ich bin wegen dir gekommen.«

»Und das ist auch gar nicht seltsam …«, antwortet sie sarkastisch.

»Ist es das?« Ich bin mir ehrlich nicht mehr sicher. *Ich sollte anfangen, eine Liste zu führen. Vielleicht könnte ich in der Notes App meines iPhone ein Dokument eröffnen: »Seltsame Dinge, die ich tue, die offenbar sozial nicht akzeptabel sind.«*

»Ja«, versichert Melissa mir, »ist es. Menschen aufs Klo zu folgen, wenn man selbst gar nicht muss, ist definitiv seltsam …«

»Stimmt«, gebe ich meinen Fauxpas zu. »Ich hab es verstanden, tut mir leid. Ich wollte dir nur … gratulieren.« *Ist das das richtige Wort? Die richtige Reaktion darauf, dass man herausgefunden hat, dass die jüngere Schwester ordentlich von Thors Hammer rangenommen wurde?* »Ich meine, ich wusste nichts von deinem *Freund* …«

Wer oder was bin ich bitte? Eine alte Jungfer aus dem neunzehnten Jahrhundert?

»Gratulieren? Zu was?«

»Otto?«

»Ach so.« Mehr sagt sie nicht.

»Also, seid ihr zwei … *zusammen?*«, frage ich, aus unerfindlichen Gründen mit einem amerikanischen Akzent. Als würde ich irgendwie versuchen, mich von der Banalität dieser Frage zu distanzieren. *Ich bin wirklich fürchterlich, was dieses »Reden« angeht …*

»Schwer zu sagen, es sind ja bislang nur ein paar Tage. Sicher, dass du nicht musst?« Sie deutet auf das Klo.

»Nein, danke«, sage ich zu ihr. In der Hoffnung, irgendwie eine Geständnisse fördernde Stimmung aufzubauen, füge ich hinzu: »Ich bin ein wenig im Wasser gewesen, bevor wir an den Strand kamen – hat geholfen, mich aufzuwärmen.«

Sie stößt ein leises lachendes *Pffft* aus. »Okay macht's dir was aus, wenn ich gehe?« Noch während sie das sagt, schält sie sich aus ihren Hosen und beginnt, bei offener Kabinentür zu pinkeln.

Sie setzt sich einfach hin und legt noch nicht mal vorher Klopapier auf die Brille! Ich schüttele den Kopf ob der Unerschrockenheit meiner Schwester. *Ich habe seit 1998 keine Schüssel mehr berührt – und schon gar nicht den Rand einer öffentlichen Toilette! Hat sie denn keine Ahnung, wie viele Keime da lauern?*

»Also«, frage ich, während ich den Blick abwende und ihn durch den weiß gekachelten Waschraum schweifen lasse, »geht es dir gut?«

»Mir? Ja, mir geht es gut, ich muss nur mal …«

Das war es nicht, was ich meinte. Obwohl … *oh, oh.* In meinem Kopf meldet sich eine Sirene. *Hatte gerade Geschlechtsverkehr? Schwierigkeiten beim Wasserlassen? Achtung, Achtung, Infektion des Harntrakts! Ich muss dieses Natriumcitrat finden …*

»Ich meine wegen dem, was passiert, wenn wir zurückkommen. Hast du schon einen Termin für die Operation?«

Sie nickt.

»Kommst du damit klar?«

»Ja, mir geht es wunderbar.« Sie zieht eine sarkastische Grimasse. »Man wird mir ein Stück aus meiner rechten Brust schneiden. Die nie meine Lieblingsbrust war, aber trotzdem.«

Ich weiß nicht, was ich darauf sagen soll.

»Haben sie dir Tipps gegeben, was man vermeiden sollte?« Mehr fällt mir nicht ein.

Sie geht in eine Verteidigungshaltung. »Es liegt nicht daran, dass ich dick bin, falls du das denkst …«, beginnt sie.

»Nein, das meinte ich nicht!«, protestiere ich.

»Anscheinend hat Deo auch nichts damit zu tun. Oder das Weltall. Oder Wi-Fi … Tatsächlich scheinen die Hauptrisikofaktoren für Brustkrebs Dinge zu sein, die keiner von uns beeinflussen kann«, fährt sie fort. »Wie das Älterwerden, Gene und Brüste zu haben – Letzteres scheint der Hauptfaktor zu sein, was wirklich der Clou ist.«

Das ist mir bereits bekannt, weil ich nach Mums Diagnose in der Bibliothek recherchiert habe. Das und all die Fragen, die ich den Ärzten gestellt habe, weil Mum zu niedergeschlagen und Dad zu aufgewühlt war, daran zu denken. Ich habe damals alles in ein gelbes Notizbuch gekritzelt, das mir immer viel zu fröhlich aussah – geradezu unangemessen heiter –, wenn ich es im Krankenhaus rausholte.

»Im Grunde wird alles für eine Weile scheiße sein«, fasst Melissa zusammen.

»Ja, tut mir leid«, stottere ich. Ich wünschte, wir wären beide etwas nüchterner bei dieser Unterhaltung. Andererseits ist das vielleicht genau das, was wir brauchten, um loszulassen. »Haben sie einen Therapieplatz für dich? Brauchst du eine Chemo?«

Sie nickt. »Und Hormontherapie und der Rest …«

»Gut«, sage ich, und Melissas Augenbrauen schießen in die Höhe. »Ich meine nicht ›toll‹. Was ich meine, ist, dass ich froh bin, dass es bereits einen Plan gibt. Für das, was als Nächstes passiert. Und ich bin für dich da, bei was auch immer du mich brauchst.« Sie nickt. »Es ist okay, Angst zu haben, weißt du …«

»Gut, denn die habe ich!«, erwidert Melissa mit unsicherer Stimme. »Ich habe Angst davor, eine Glatze zu bekommen. Ich habe Angst davor, dass ich hinterher seltsam aussehe. Ich habe Angst davor, mich nicht mehr wie ich selbst zu fühlen.«

»Es tut mir so leid«, sage ich noch einmal, und das Herz steckt mir im Hals.

»Nein! Schau mich nicht so an.« Sie zeigt auf mein Gesicht. »Deshalb wollte ich es dir nicht erzählen und dabei zusehen, wie sich dein Gesichtsausdruck verändert. Ich wollte dir nicht die Gelegenheit geben, dich wieder in der Falle zu fühlen. Ein Opfer bringen zu müssen …«

»Es ist kein Opfer!«, sage ich zu ihr. »Du bist meine Schwester!« Sie blickt zu mir auf. »Was? Ich meine das ernst«, versichere ich noch einmal. »Ich vermisse dich. Ich vermisse es, nicht zu wissen, was in deinem Leben passiert. Ich erfahre nie etwas über deine Beziehungen oder was sonst noch …«

Melissa schüttelt erst den Kopf, dann den Hintern, um vor dem Wischen die Tröpfchen loszuwerden. *Sehr effizient,* denke ich beeindruckt. Sie zieht die Hosen hoch und sagt: »Ich erzähle dir nichts über mein Leben, weil es dich jahrelang nicht zu interessieren schien!« Sie spült und sagt dann: »Ich erzähle dir nichts, weil du nie fragst. Weil du es nie wissen wolltest!« Sie erhebt die Stimme, damit man sie über das Wasserrauschen hinweg hören kann.

»Es tut mir sehr leid. Wirklich«, sage ich zu ihr und füge dann hinzu: »Ich war eine beschissene Schwester.«

Darauf folgt eine lange Pause.

»Falls du darauf wartest, dass ich dir widerspreche, dann kann ich dir versichern, dass das nicht geschehen wird …«

»Nein, okay, das ist nur fair.« Ich nicke. Ich habe noch immer das Gefühl, mich erklären zu müssen. »Ich wollte dich nicht ausschließen. Es ist nur … du warst … du schienst immer etwas gegen Mum zu haben. Und als sie starb, war ich so schrecklich traurig …«

»Das hast du dir nicht anmerken lassen …«

»Nein, ich war dumm.«

»Du warst kontrolliert«, korrigiert Melissa mich und wiederholt damit die Phrase, die ich die ganzen letzten Jahre zu meiner Verteidigung benutzt habe.

»Ich war dumm.«

»Ich habe sie auch vermisst, weißt du«, sagt Melissa und wischt sich die frisch gewaschenen Hände an ihren noch immer nassen Hosen ab. »Ich habe auch meine Mum verloren, obwohl sie manchmal ziemlich, nun …« Sie unterbricht sich. »Und ich habe es gehasst, Dad so traurig zu sehen. Es hat sich angefühlt, als hättest du uns aufgegeben. Als gäbe es nichts, was dich noch bei uns halten könnte – als wäre ich nicht gut genug.« Dann fügt sie leise hinzu: »Genau das Gefühl, das Mum mir immer gegeben hat.«

»Das hat sie?«, frage ich überrascht.

»Immer!«, sagt Melissa. »Mit dir war sie anders. Ob sie das bewusst getan hat oder nicht. Ich habe sie geliebt, aber sie war nicht immer … *nett* zu mir.«

Etwas in mir sträubt sich bei diesen Worten. Denn meine idealisierte Sankt Mum war immer gerecht und gut. Ich habe sie immer verteidigt – gegen Melissa, Dad, einmal sogar gegen Greg.

Den Fehler hat er nur einmal gemacht …

Hatte ich etwa auch was sie betrifft unrecht? Oder vielleicht nicht vollkommen recht? Skandinavien hat mich bereits gelehrt, dass es verdammt viele Graustufen gibt.

Vielleicht befand sich Mum ja am »geschützgrauen« Ende des Spektrums … Vielleicht war sie nicht nur gut? Vielleicht war sie einfach nur ein Mensch? Wie wir anderen auch?

Ich erinnere mich, als kleines Kind nach dem Baden, eingehüllt in ein Handtuch, auf dem Schoß meiner Mutter gesessen zu haben. Sie sang mir Lieder vor, die sie gerade erst für mich erfunden hatte, und ich fühlte mich wie in Liebe eingehüllt. Aber bei dieser Szene fehlt Melissa. *War sie nicht dabei?*, denke ich. Also frage ich nach.

»Himmel, nein. Ich kann mich nicht erinnern, dass sie so etwas je mit mir getan hätte«, schnaubt Melissa. »Vielleicht war sie auch bereits etwas erschöpft. Fertig. Oder sie mochte mich nicht so sehr.«

»Was, habe ich etwa den besten ›Teil‹ von Mom abbekommen?«, frage ich sie.

»Vielleicht ist das so ein Erstgeborenen-Ding.« Sie zuckt mit den Schultern.

Ich denke darüber nach. *War ich netter zu Charlotte als zu Thomas?* Ich gehe einen Zusammenschnitt der Highlights meiner Mutterschaft durch. Endloses Windelwechseln. Abstillen. Der ewige Kampf, Charlotte und Thomas aus dem Bad zu bekommen, als sie noch klein waren und sich dagegen wehrten, sich abtrocknen und anziehen zu lassen. Die ganze Zeit über zappelten und schrien sie, und das trieb mich fast zum Wahnsinn. »Wie Krokodil-Ringen«, beschrieb Greg einmal meine Nach-dem-Bad-Technik. Ich bin mir nicht sicher, wie sanft und fürsorglich ich mit beiden umgegangen bin.

Ich erinnere mich an Mum als dieses strahlende Signalfeuer der Mutterschaft, aber ich bezweifle, dass meine Kinder mich je so sehen werden. Das wird mir jetzt klar. *Vermutlich werden sie sich erinnern, dass ich immer schlecht drauf, beschäftigt und ein bisschen nutzlos war …*

Ich habe nie mit ihnen eine Rakete aus Klopapierrollen gebastelt oder irgendetwas mit Joghurtbechern gemacht. Oder Schlaflieder erfunden. Oder versucht, einen von ihnen dazu anzuregen, verdammte Klavierstunden zu nehmen. *Ich habe versagt. Absolut versagt.*

Ich versuche, das Melissa anzuvertrauen. »Ich glaube, ich war ähnlich schlecht bei beiden von meinen Kindern.«

Sie widerspricht mir nicht, sondern sagt: »Nun, aber du hast noch Zeit, etwas zu ändern.«

»Das habe ich, nicht wahr? Mit deiner Hilfe?«

»Du meinst, wenn ich mein Bestes tue, nicht zu sterben?« Sie sieht mich an, so ernst und ehrlich, dass ich das Gefühl habe, dass sie direkt in meine Seele blickt. Dann macht sie *pfft*. »Ich verarsche dich nur!«, ruft sie und versetzt mir einen Schlag gegen den Arm. Es tut weh, sehr, aber ich weiß, dass das in Melissas Welt bedeutet, dass zwischen uns alles gut ist.

»Was auch immer ich tun kann, worüber auch immer du reden willst – über die Diagnose, die Behandlung oder irgendwas –, ich bin für dich da«, erkläre ich. »Das meine ich ernst.« Ich verkrampfe mich in Erwartung eines weiteren Schlags. Aber der kommt nicht. Stattdessen sagt sie: »Danke.«

»Ich will aber nicht, dass die Leute um mich herum total vorsichtig sind oder diese eine Sache tun, bei der sie den Kopf schräg legen, als wäre ich ein Kleinkind, das sich eingeschissen hat und abgewischt werden muss«, fügt Melissa hinzu.

»Nein. Natürlich. Natürlich willst du das nicht.« Ich halte meinen Kopf unnatürlich aufrecht. »Aber ich kann zu deinen Arztterminen mitkommen und dir im Haushalt helfen – was auch immer du brauchst.«

»Einverstanden«, sagt sie und fügt mit einem Funkeln in den

Augen hinzu: »Aber es könnte sein, dass du dich um die Kaninchen kümmern musst. Und mit den Hunden rausgehen.«

Ich schlucke.

»Das ist okay. Charlotte und Thomas helfen sicher gern mit den Hasen.« Ich hoffe, dass das wirklich so ist. »Und ich kann ›Wie man am besten Hunde ausführt‹ googeln.«

»Es geht nicht darum, es ›am besten‹ zu machen.« Sie sieht mich belustigt an. »Es geht darum, dass sie Bewegung bekommen und einen Haufen machen können.«

»Alles klar.« Ich nicke.

»Und darum, eine Warnweste und eine Gürteltasche mit Hundeleckerli zu tragen«, sagt Melissa und klingt ein bisschen überheblich.

»Okay.« Ich ergebe mich in mein Schicksal.

»Ich mache nur Scherze – du musst nur eine Warnweste tragen und Hundleckerli mitnehmen, wenn du es willst!«

»Oh! Na klar!« Ich atme erleichtert auf – während Melissa beinahe vor Vergnügen überquillt.

»Ha! Du solltest dein Gesicht sehen! Jetzt hab ich dich drangekriegt! Wow, es tut dir echt leid.«

Ich sehe sie mit feuchten Augen an und versuche zu lächeln.

»Und du weinst!«, stellt Melissa fest.

»Ich weine nicht, *du* weinst«, sage ich lachend. »Und ich gehe nirgendwo mehr hin – jetzt hast du mich am Hals.« Dann füge ich hinzu: »Also lass mich nicht mit der verdammten Margot zurück, während ihr, du und Tricia, mit Jungs redet und in Kneipen rumhängt!«

»Schon gut, schon gut«, stimmt Melissa zu. »Aber dir ist schon bewusst, dass du Margot nur deshalb nicht leiden kannst, weil ihr euch in vielerlei Hinsicht zu ähnlich seid.« Sie sagt das, als wäre es ein Fakt – unverrückbar und völlig klar für jeden außer mir.

»Wie bitte?«, entfährt es mir. »Nein, das sind wir nicht!«

»Doch, das seid ihr«, behauptet Melissa.

»Sind wir nicht!«

»Seid ihr wohl!«, bekräftigt sie. »Margot ist kein schlechter Mensch: Sie ist nur eine heißere, schlauere, *jüngere* Version deiner selbst – natürlich hasst du sie!«

»Ich *hasse* sie nicht!«, widerspreche ich und füge dann »jedenfalls nicht mehr so sehr« hinzu. »Egal, ich bin auf jeden Fall nicht wie Margot!« *Oder etwa doch?*

Könnte es sein, dass sie alles verkörpert, von dem ich einmal gehofft habe, es zu sein?

Mich überkommt der schreckliche Verdacht, dass meine Schwester einmal mehr recht hat. »Nun, vielleicht habe ich in der Vergangenheit etwas zu oft versucht zu *gewinnen*«, gebe ich zu und lasse dabei weg, dass »in der Vergangenheit« im Grunde »einschließlich der letzten Stunde« bedeutet. »Aber ich bin nicht die mit dem ererbten Anspruchsdenken, die keine Ahnung von der richtigen Welt hat und Titten, die so straff sind, dass sie keine Stütze brauchen!« Ich versuche, das in einem lockeren Tonfall zu sagen, um meine Schwester zum Lachen zu bringen und wieder dorthin zu kommen, wo wir noch vor ein paar Augenblicken waren. »Ich bin keine unerträgliche Nervensäge und Little Miss Perfect bei wirklich *allem* – die aber nicht schwimmen kann und wegen der wir beinahe abgesoffen wären!« An diesem Punkt beschließe ich, unsere jüngste Wikingeradeptin schlecht nachzuäffen: »*Oh, ich bin Margot! Seht mich an! Hilfe, Hilfe! Ich kann nicht schwimmen!*«

In diesem Moment wird der Skandi-Pop im Hintergrund für einen Moment leiser, und man kann aus der Kabine hinter uns ein Schluchzen hören. Und jetzt erinnere ich mich, dass die Kabine seit unserer Ankunft hier besetzt war und die Person darin mittlerweile wirklich schon *ganz schön lange* da sitzt.

Melissa löst sich von mir, zögert und klopft dann an die Tür. »Alles okay?« Statt einer Antwort folgt ein unterdrückter Laut, und Melissa, die – wie immer – keinen Sinn für Privatsphäre oder Diskretion hat, stellt sich auf den Sitz der benachbarten Kabine, um über die Sperrholzwand zu spähen. Da sie aber feststellen muss, dass sie zu klein ist, um etwas sehen zu können, winkt sie mich herbei.

»Auf keinen Fall!«, zische ich.

»Aber doch!« Melissa lässt nicht locker.

Das Heulen geht weiter, und das Schluchzen nimmt sogar noch an Intensität zu.

»Jetzt komm schon!«, drängt meine Schwester. »Wer immer das ist, könnte Hilfe brauchen!«

Ich bin noch nicht überzeugt, dass das eine kluge Entscheidung ist, will aber unsere neu gewonnene schwesterliche Harmonie nicht aufs Spiel setzen, also tue ich, was sie von mir verlangt.

Du stellst deine nackten Füße auf einen Klositz, tadelt mich meine innere Stimme. Doch Melissa scheint sich nicht darum zu scheren, sie macht etwas Platz auf dem ovalen Thron, um meinen Füßen besseren Halt zu ermöglichen, bis ich die Finger ausstrecken, das obere Ende der Kabine ergreifen und dann endlich meinen Kopf hinüberstrecken kann, um zu sehen, was sich auf der anderen Seite befindet.

Scheiße …

Mir rutscht einmal mehr das Herz in die Hose, nicht zum ersten Mal in den letzten Tagen.

»O Gott«, sagt Melissa, »sie ist es, oder?«

In das offene, faltenlose Gesicht unter mir tritt zunächst der Ausdruck von Schock, bei meinem Anblick dann Bestürzung, und schließlich verzieht es sich zu einem weiteren Heulkrampf.

»Tut mir leid, Margot.« Das ist alles, was mir einfällt.

15

»Jedes … Mal« – Margot schluckt, um die Worte zwischen den Schluchzern herauszubekommen – »wenn ich Zeit … mit Menschen verbringe … die *ich* mag« – sie bekommt einen Schluckauf und schnieft mehrmals laut, ehe sie ihren Satz beenden kann – »mögen … *sie* … mich nicht.«

Angespannte Stille tritt ein, zumindest von meiner Seite. Dann meldet sich Melissa zu Wort. »Natürlich *mögen* wir dich!« Sie piekst mich in den Oberschenkel, damit ich mich ihr anschließe.

»Ja!«, platze ich heraus. »Ich meinte das nicht so, diese Sachen, die ich gesagt habe – da hat der Gin aus mir gesprochen.«

Aber Margot lässt sich nicht beruhigen. Ihre Unterlippe bebt, und sie kämpft jetzt mit dem Rotz, also reiße ich etwas Klopapier ab, mit dem sie sich die Nase putzen kann. Nachdem ich mich über die Toilettentür gebeugt und mein Geschenk in Form von mehreren Blättern zweilagigem Toilettenpapier abgegeben habe, stupse ich Melissa an.

»Mach weiter«, sage ich zu ihr.

»Was?«, zischt Melissa mir zu.

»Sag noch was! Sag was Nettes! Bitte?«, bettele ich. »Du bist gut in diesen Dingen.«

»*Was?*«

»Du weißt schon, reden und so – Wörter, die aus deinem Gesicht kommen …« Ich gerate ins Schlingern.

»Nein!«, zischt sie. »In diese Scheiße hast du dich selbst reinmanövriert, also bringst du sie jetzt auch selbst wieder in Ordnung!« *Muss alles, was meine Schwester sagt und tut, mit Exkrementen zu tun haben? Es scheint so …*

»Margot?«, versuche ich es noch einmal und spähe wieder über die Sperrholzwand. »Margot! Hör mal – was du da gerade mitgekriegt hast … achte nicht auf mich. Vergiss es. Ich hätte das nicht sagen …«

»Aber du hast das so gemeint!«, heult sie.

»Nein! Nicht wirklich.« Ich blicke zu meiner Schwester und hoffe immer noch, dass sie mir beistehen wird. Sie macht ein V-Zeichen mit den Fingern und deutet dann auf mich und danach auf die andere Kabine. *Was?* »Was soll mir das sagen?«, zische ich. »Ich habe keine Ahnung, worauf du hinauswillst!«

Melissa schüttelt verzweifelt den Kopf. »Rede einfach weiter! Mit *ihr!*«, flüstert sie zurück.

Also tue ich das.

»Ich habe das nicht so gemeint«, fahre ich fort. »Es ist nur so, dass du manchmal ein bisschen sehr … *perfekt* … rüberkommst. Mit deinen Haaren und deinem Gesicht und deinem winzigen Hintern und den schönen Armen und deiner Kein-BH-Regel.«

»Was?« Margot legt die Hände verteidigend auf ihre Brüste, und Melissa schneidet sich pantomimisch die Kehle durch, was mir wohl sagen soll, dass ich gerade alles nur noch schlimmer mache.

»Sorry, ist gerade eigentlich auch nicht so wichtig«, sage ich und versuche, damit meinen vorherigen Satz zu annullieren. »Du bist außerdem schlau und in allem gut und *jung*. So jung …« Für einen Moment verliere ich den Faden.

»Das ist aber doch nicht meine Schuld …«, erwidert Margot ziemlich zutreffend.

»Nein, ist es nicht«, sage ich. »Ich denke, ich war einfach« – ich atme tief durch, bevor ich mich überwinden kann, es auszusprechen – »ein bisschen *eifersüchtig.*«

»Eifersüchtig?« Sie blickt mich mit großen Augen an. »Auf mich?«

»Mmm«, murmele ich beschämt. »Als würden wir irgendwie

konkurrieren …« Ich höre auf zu sprechen, weil mir klar wird, dass ich mir selbst damit schmeichele, so etwas überhaupt in Erwägung zu ziehen.

»Ich denke, im Grunde wäre meine Schwester gern wie du.« Melissa formt ihre Hände zu einer Flüstertüte und spricht in die Wand hinein. *Oh, JETZT will sie doch mitmischen? Danke auch …* »Nicht wahr, Alice?« Melissa hebt die Augenbrauen und sieht mich aufmunternd an.

Ernsthaft? So vollkommen soll meine Demütigung sein? Ein Glück, dass ich so viel Gin intus habe, denke ich. *Nüchtern wäre das definitiv zu viel für mich …*

»Ja«, bringe ich zwischen zusammengebissenen Zähnen hervor, »ja, das stimmt.«

»Siehst du?« Melissa strahlt. »Das war gar nicht mal so schwer, oder?« Sie springt vom Klositz herunter, zufrieden mit sich und der Welt.

Ich steige zögerlich auch herunter, und gemeinsam locken wir Margot aus der Kabine. Ihre katzenhaften Augen sind rosa vom vielen Weinen, und sie runzelt verwirrt die Stirn.

Und doch … ist sie immer noch hübsch! Wie macht sie das?

»Komm her, komm zu Mamabär«, sagt Melissa, mit einem Mal auf unerklärliche Weise mütterlich. Sie streckt die Arme aus und schließt Margot in eine ihrer besten Umarmungen, während die junge Frau versucht, ihre Fassung zurückzuerlangen.

»Es tut mir leid«, sage ich noch einmal – bestimmt das zwanzigste Mal an diesem Tag.

»Ist okay«, murmelt Margot und wischt sich die Tränen weg. »Aber ihr würdet es mir sagen oder?«, fragt sie. »Wenn ich Dinge tue, die für andere Menschen unangenehm sind. Denn das passiert mir ziemlich häufig …« Sie weint wieder. »In der Schule …« Sie schnieft. »An der Uni …« Der Satz wird durch Naseputzen unterbrochen. »… selbst bei den Duke of Edinburgh Awards! Obwohl Phil nie etwas zu Daddy sagen würde …«

»Natürlich würde er das nicht.« Melissa streichelt Margot über die Haare und tröstet sie, während ich dem Drang widerstehe, die Augen zu rollen. »Aber vielleicht«, schlägt meine Schwester vor, »könntest du dich … mal ein bisschen entspannen?«

»Mmm.« Ich gebe ein zögerlich-zustimmendes Geräusch von mir und versuche dann, mich an dem Umarmen und Kopfstreicheln zu beteiligen.

Tun Frauen so was für gewöhnlich in solchen Situationen?

Doch Melissa löst sich, und beide Frauen starren mich an.

»Dich meine ich damit auch«, sagt Melissa zu mir. »Niemand mag Klugscheißer, und es gibt keinen Grund, aus allem einen Wettbewerb zu machen.«

Oh …

»Nein …«, sagen Margot und ich im Chor, beide noch mit diesen Lebensweisheiten kämpfend.

»Aber es ist nie zu spät, sich zu ändern.« Melissa wendet sich wieder Margot zu. »Siehst du meine Schwester? Sie ist seit siebenunddreißig Jahren verspannt …«

»Bin ich nicht!«, widerspreche ich reflexhaft.

»Doch«, korrigiert Melissa mich.

»*Nein …?*« Plötzlich bin ich mir nicht mehr so sicher.

»Okay, was war die letzte Party, auf der du warst und auf der du dein zu langes Haar herabgelassen hast?«, fragt sie.

»Die letzte *Party?* Das ist dein Kriterium? Was sind wir? Fünfzehn?« Ich schenke ihr meinen besten Teenagerblick und frage mich laut, ob ein zahnmedizinischer Kongress zählt. Melissa schüttelt den Kopf und bekommt einen mitleidigen Gesichtsausdruck. »Dann weiß ich es nicht«, gebe ich zu. *Um ehrlich zu sein, könnte die zum Millennium gewesen sein.* »Irgendwann konnte man Spaß mit mir haben, nicht?« Schweigen. »Und dann, eines Tages, bin ich aufgewacht und hatte zwei Kinder und einen Renault Espace …«

»Ihr beide müsst einfach … etwas lockerer werden«, fährt Melissa fort und illustriert uns das mit einem – vermutlich betrunkenen – Hüftwackeln.

»Wie genau?«, frage ich vorsichtig.

»Wie …« Melissa denkt über ein passendes Beispiel nach, ehe sie sich entscheidet. »Wie Tricia! Kommt, ich zeige es euch.« Und damit stößt sie mit dem Fuß die Toilettentür auf, hakt sich bei jeder von uns unter und führt uns zurück in die belebte Kneipe, wo man einen voluminösen blonden Bob inmitten einer Schar von jubelnden Wikingern sieht. Sie steht dort, Beine breit, die Brüste mit einem feuerwarmen BH hochgeschnallt und zusammengepresst wie zwei Brötchen, etwas Besteck in der einen und ein Glas mit »brauner Flüssigkeit« in der anderen.

»*Tricia?*«

»Da seid ihr ja!«, begrüßt sie uns begeistert. »Habt ihr Spaß? Ich habe unglaublichen Spaß! Ich habe herausgefunden, dass ich Dänisch sprechen kann, wenn ich betrunken bin!« Sie lallt einem vorbeikommenden Wikinger etwas Unverständliches zu, und er sieht sie perplex an.

»Was willst du damit?« Ich zeige auf die Messer in ihrer Hand.

»Ah. Nun.« Sie wirkt erfreut, dass sie die Gelegenheit erhält, ihr ausgefuchstes Spiel zu erklären. »Ich habe mit den Einheimischen gesprochen und mit Hilfe meines Push-ups einen Deal ausgehandelt, dass wir alle ein freies Getränk unserer Wahl bekommen, wann immer ich die Pinnwand dort drüben« – sie kneift die Augen zusammen und blickt zum anderen Ende des Raumes – »treffe. Ich habe allen von unserem Axtwurf-Unterricht erzählt, und dann dachte ich: ›Warum es ihnen nicht zeigen?‹ Hier, haltet mal meinen Drink …« Meiner Schwester wird ein Glas in die Hand gedrückt, und Tricia beginnt zu zielen, bevor auch nur einer von uns sich Worte zurechtlegen kann, um sie davon abzubringen. Wie in Zeitlupe strecke ich die Hand aus, um ihren rechten Arm zu ergreifen, als sie ausholt, um ihre Waffen in Richtung argloser Gäste zu schleudern, als eine Stimme vom Eingang Tricia Einhalt gebietet.

»Stopp!«

Ein herabzuckender Blitz in der Außenwelt zeichnet die Silhouette einer statuengleichen Gestalt in der Tür: Ihrem glänzenden Haar scheinen die Elemente nichts anhaben zu können.

Geschmeidig schreitet Inge in die Kneipe, und eine Welle der Aufmerksamkeit folgt ihr. Selbst die katalogmodelgleichen Gäste verblassen vor ihrer Amazonengestalt und ihrer selbstbewussten Präsenz. Einer nach dem anderen begrüßen sie sie, heischen nach ihrer Aufmerksamkeit. Doch Inges Blick ist allein auf Tricia gerichtet. Die Menge teilt sich, als sie zu uns marschiert und Tricia das Besteck abnimmt.

»Ich nehme das an mich, danke«, sagt Inge und legt es zurück an seinen angestammten Platz hinter der Bar.

»Tut mir leid«, murmelt Tricia.

»Niemals entschuldigen.« Inge hebt die Hand. »Heb dir das Axtwerfen einfach für draußen auf.«

»Ja, klar. Verstanden.« Tricia nickt. »Aber auch dafür, dass wir alle weggerannt sind … und das Boot genommen haben …«

»Ja, das war ein bisschen dumm«, gibt Inge zu. »Während eines Sturms. Wenn keine Chance besteht, einen Schwan zu erkennen … Aber ich muss euch zu eurer Abenteuerlust und eurem Seefahrergeist beglückwünschen.«

»Musst du?« Ich bin verblüfft.

»Obwohl wir beinahe ertrunken wären?«, fragt Margot.

»Keiner von euch ist gestorben, oder?«, stellt Inge klar und zählt kurz noch einmal durch.

»Aber wir wären es beinahe. In meinem Fall sogar zweimal …«, beginnt Margot erneut, ehe Melissa ihr einen Blick zuwirft, der besagt: *Erinnerst du dich noch, als wir darüber gesprochen haben, dass du manchmal eine totale Oberstreberin sein kannst, die die Dinge zu wörtlich nimmt und ihre Umgebung nervt? Ja, das ist einer dieser Momente. Hör auf zu reden. Jetzt.*

»Ihr wart *Wikingerinnen*«, erklärt Inge uns. Als wir das hören, richten wir uns alle ein bisschen auf. »Ihr habt überlebt. Otto hat mir gesagt, dass ich euch hier finden kann – und dass ihr es gemeinsam geschafft habt. Und das bedeutet, dass ihr bereit seid – für morgen. Für die letzte Lektion eurer Ausbildung. Ihr seid bereit« – noch bevor sie es aussprechen kann, verkrampfe ich mich – »zu Berserkern zu werden!«

Galle steigt meine Kehle hoch. Denn trotz allem, was wir durchgemacht haben und was ich gelernt habe, habe ich noch immer nicht das Gefühl, als würden »ich« und »Berserker« in irgendeiner Art zusammenpassen. *Wie soll ich denn siebenunddreißig Jahre »Verklemmtheit« – wie Melissa es nennt – einfach so ablegen, um das Rennen, Schreien und Nacktsein in ein paar Stunden zu überstehen?* Ich bin ein bisschen panisch, deshalb ist es eine Erleichterung, als Inge sagt, dass es zuvor noch eine Stufe gibt, die wir gemeinsam beschreiten müssen.

»Obwohl ich stolz auf euch bin, dass ihr es allein hierher und durch die Woche geschafft habt, haben wir in Sachen Ehrlichkeit noch einiges zu tun, denkt ihr nicht?« Sie sieht jede von uns an. »Es gab Geheimnisse. Lügen. Dinge, die ihr verheimlicht habt – sogar vor euch selbst. Um Wikingerinnen zu werden, müsst ihr ehrlich zu euch selbst sein. Um zum Berserker zu werden, müsst ihr wissen, wer ihr seid und wofür ihr steht.«

Das klingt alles etwas ernster, als mir normalerweise angenehm ist. Aber aus irgendeinem Grund fällt mir kein zynischer Spruch ein. Vielleicht liegt es am Gin. Vielleicht am Chinin. Vielleicht auch an ABBA in Dauerschleife … oder vielleicht, vielleicht liegt es daran, dass ich heute bereits damit gerechnet habe, meine Schwester zu verlieren, mich wieder zu ihr durchgeschlagen und Stürmen – buchstäblichen und metaphorischen – getrotzt habe und auf Arten gedemütigt wurde, die ich noch heute Morgen für unmöglich gehalten hätte. Es ist, als hätte man mich in Stücke zerlegt, nur um mich wieder zu einer besseren Version meiner selbst zusammenzusetzen. Wenn es also jemals einen guten Moment gab, meine »innere Wahrheit« zu umarmen und meine Seele in der denkbar unbritischsten Weise bloßzulegen, dann ist er jetzt gekommen, denke ich.

»Ich möchte, dass ihr euch alle auf das konzentriert, was euch zurückhält und was ihr dagegen zu tun gedenkt«, erklärt Inge uns, lässt sich am Kopf eines Tischs nieder und gibt uns ein Zeichen, uns zu ihr auf die Holzbänke zu setzen. »Denn wir alle müssen eine Welt teilen. Wenn euch etwas im Inneren beschäftigt, dann ist jetzt der Zeitpunkt, es rauszulassen. Stellt ihm euch hier, heute Nacht, damit wir weiterziehen können.«

»So was wie eine Ehrlichkeitsamnestie?«, fragt Melissa.

»Ein bisschen, ja«, stimmt Inge zu.

»Oooh, können wir ein Mantra haben?«, bittet Tricia. »Ich liebe es, wenn es auf einem Retreat ein Mantra gibt. Oder ein Manifest!«

»Die Wikinger-Konvention!«, meldet sich Margot zu Wort. »Wie die Genfer Konvention«, fügt sie für den Fall hinzu, dass wir es nicht verstanden haben.

Ich kapier's, Margot, denke ich. Aber ich lass es gut sein. *Denn ich bin die NEUE, bessere Alice!*

»Meinetwegen.« Inge zuckte mit den Schultern, als würde sie sich bewusst machen, dass sie uns nur noch weitere vierundzwanzig Stunden ertragen muss. »Nun denn, *Die Wikinger-Konventionen, Protokoll eins.«*

»Ich habe vor, keine – wie war das, Alice …?« Margot sieht mich an und erinnert sich dann: »Oh, keine ›unerträgliche Nervensäge‹ mehr zu sein. Und ich werde versuchen, mich etwas mehr zu entspannen.«

Sie sagt das so unschuldig, dass sie sich anscheinend wirklich nicht bewusst ist, dass sie mich noch tiefer hineinreitet, als ich das selbst schon getan habe.

Inge ist irritiert, und selbst Tricia sieht aus, als versuchte sie sehr angestrengt, die Augenbrauen an den Stellen zu heben, wo ihre letzte Botoxinjektion bereits am Abklingen ist.

»Ich SAGTE, dass es mir SEHR leidtut«, stelle ich noch einmal für den Rest der Gruppe klar.

»Nein, ist schon okay«, versichert Margot mir mit großen Augen. »Feedback ist ein Geschenk, wie sie mir bei den goldenen DofEs sagten.«

Wir anderen starren sie verständnislos an.

»Oh, tut mir leid, bei den Gold Duke of Edinburgh Awards – am Ende bespricht man noch einmal gemeinsam, was man getan hat und was man in der Zukunft verbessern kann. Ein bisschen wie das hier. Nur mit weniger Nahtod-Erfahrungen. Normalerweise.«

Margot, das sehe ich jetzt, ist kein schlechter Mensch. Sie weiß nur noch nicht, wie die Welt jenseits ihres 36 000-Pfund-pro-Jahr-Internats und ihres elitären Zirkels funktioniert. Und ja, ich weiß so genau, was ihre Schule kostet, weil die *alte* Alice es gegoogelt hat. Als sie noch ein verbotenes Handy besaß und noch nichts über Dinge wie Ehrlichkeit, Demut und Graustufen wusste.

»Wie dem auch sei, ich werde lockerer werden«, verkündet Margot mit einer ausladenden Geste, die einen atemberaubend schönen Barmann mit einem Tablett Aquavit herbeiruft, von dem sie schnell hintereinander zwei Gläser hinunterstürzt. »Mmmm, *umami* …«

»Sehr gut!« Melissa versetzt Margot einen Klaps auf den Rücken, der dazu führt, dass sie sich beinahe an ihrem Aquavit verschluckt, ehe sie hinzufügt: »Und wenn du das nächste Mal nahe offenem Wasser bist, erzähl den Leuten vielleicht, dass du nicht schwimmen kannst, ja?«

»Oh, ja, genau.« Margot errötet.

Inge wirkt für einen Moment überrascht. Dann nickt sie und murmelt etwas auf Dänisch.

»Was heißt das?«, will Melissa wissen.

»Ich sagte ›wie aus dem Lehrbuch‹«, erklärt Inge. »Das ist der klassische Overachiever: Gehemmt, was scheinbar einfache Fähigkeiten angeht, die er oder sie noch nicht beherrscht. Sehr viele äußerst erfolgreiche Menschen können zum Beispiel nicht Auto fahren ...«

Für einen Moment bin ich leicht enttäuscht, weil ich sowohl schwimmen als auch fahren kann.

»Oder kochen«, fährt Inge fort. Sofort verspüre ich so etwas wie Stolz und frage mich, ob ich meine unterdurchschnittlichen Kochkünste darauf zurückführen kann, dass ich in anderen Lebensbereichen überdurchschnittlich gut bin. »Obwohl es natürlich auch einfach Faulheit sein kann«, fährt Inge fort.

Oh ...

»Nun, sobald ich wieder zu Hause bin, werde ich mich zu einem Schwimmkurs anmelden«, verkündet Margot. »Und ich werde aufhören, das Leben als einen einzigen großen Wettbewerb zu betrachten, bei dem es darum geht, wer die meisten Punkte für sein Haus holt ...« Sie schweift in Gedanken ab zu etwas, von dem ich vermute, dass es die Erinnerung an die goldenen Zeiten an ihrer Schule ist. *Vermutlich hat sie ihre Tage mit Lacrosse-Spielen verbracht und ab und an ein Brötchen aus dem Gemeinschaftszimmer der Vertrauensschülerinnen gemopst,* denke ich. Obwohl es auch möglich ist, dass ich meine eigenen *Dolly*-Fantasien auf sie projiziere. Melissa ist nicht die Einzige, die Enid Blyton mochte, das kann ich jetzt zugeben.

»Sehr gut«, sagt Inge und wendet sich der Nächsten zu. »Und was ist mit dir, Tricia?«

»O Gott, *ich* ...« Tricia bläst die Wangen auf und rückt ihren BH zurecht. *Diese gepolsterten T-Shirt-BHs brauchen ewig zum*

Trocknen. Wenn sie nicht aufpasst, erkältet sie sich noch, sorge ich mich. Dann halte ich inne: *Halt die Klappe, Alice! Du langweilst dich selbst …*

Der wunderschöne Barmann kommt mit einem weiteren Tablett Aquavit vorbei, also nehme ich einen, um meinen inneren Monolog zum Schweigen zu bringen. Der Kartoffelschnaps ist exakt der Angriff auf meine Sinne, den ich erwartet hatte. *Er ist fast … zähflüssig.* Ich versuche, nicht zu würgen.

»Ich werde mir darüber klar werden, was wirklich wichtig ist, statt ständig wegzulaufen«, beginnt Tricia. »Nach Ibiza oder Arizona oder … na ja … hierher. Vielleicht höre ich einfach ganz auf zu rennen – tut meinen Knien in diesem Alter ohnehin nicht gut. Außerdem will ich mich die meiste Zeit übergeben, und ich bin mir ziemlich sicher, dass es dazu beigetragen hat, dass mein Gesicht ohne ›Hilfe‹ aussieht wie ein eingestürzter Minenschacht«, fügt sie hinzu, tippt auf den Bereich unter ihren Augen und fährt mit dem Finger über Stirn und Wangen, die noch immer unheimlich glatt sind. »Die ganzen letzten dreißig Jahre habe ich malocht und versucht, in den Dunstkreis der Stars zu gelangen – Phil Collins, Anneka Rice, etcetera – und die Trockeneismaschine auf Anschlag gedreht. Aber alles, was ich davon habe, ist, dass man mich aus einem Job gefeuert hat, den ich hasste, und dass ich von einem Mann mit behaartem Rücken verlassen wurde – und ich meine so richtig haarig, als ob er einen Pulli trüge. Ständig war die Dusche verstopft, als hätte sich ein Geschöpf des Waldes im Abfluss eingenistet. Wie dem auch sei, der Punkt ist, es war nicht toll. Insgesamt, meine ich. Vielleicht ist es also Zeit für eine Veränderung. Dafür, nachzudenken, was danach kommen soll.« Wir nicken bekräftigend. »Ich brauche Beschäftigung. Nach der *Seewettervorhersage* dann die *Gärtnerfragestunde,* wo die ganze Zeit über den Busch eines Pensionärs schwadroniert wird? Nein danke. Ich muss arbeiten. Ich werde irgendwo einen anderen Job finden. Und er wird geringfügig interessanter sein als mein letzter. Aber ich werde aufhören zu rennen. Mehr Zeit mit den Hunden verbringen. Und mit meinem Sohn.«

»Ja, genau«, sage ich in einem so bekräftigenden Tonfall, wie ich nur kann, und versuche zu ignorieren, dass der Sohn auf der Liste von Tricias Prioritäten erst hinter dem Hund kommt. Schon wieder.

»Natürlich ist er bereits erwachsen. Und verheiratet. Nettes Mädchen, schöne Augen. Arbeitet als Buchhalterin.« Sie zieht eine Grimasse. »Aber im Großen und Ganzen ein famoses Mädchen. Und er ist trotz seiner Eltern zu einem ziemlich angenehmen menschlichen Wesen herangewachsen. Es wäre also nett, mehr Zeit mit ihm zu verbringen …« Sie wirkt wehmütig, und Inge legt ihr eine Hand auf den Arm.

»Ein besseres Verhältnis zu deinem Sohn aufzubauen, das ist ein sehr guter Plan«, sagt sie. »Egal, wie sehr sie uns manchmal auf die Nerven gehen, Kinder hat man fürs Leben, und Familie ist wichtig.« An dieser Stelle wirft Inge mir einen Blick zu. »Deshalb müssen wir an diesen Beziehungen arbeiten«, fügt sie hinzu.

Melissa schlägt mir gegen den Arm. »Denkst du, sie meint auch uns?«

»Aua! Ja, ja, das denke ich.« Ich seufze. »Aber du solltest wirklich damit aufhören – es *tut echt weh!*«

»Ach komm schon! Bau eine Brücke. Komm drüber weg!«, spottet Melissa, während ich beschließe, an meiner ganz eigenen Melissa-Begrüßung zu arbeiten. *Ein »Brennnesseln« unter Schwestern? Ihr ganz schwesterlich die Unterhose hochziehen?*

»Melissa? Meldest du dich freiwillig als Nächste?«, unterbricht uns Inge.

»Ich?«, fragt Melissa.

»Ja, sag: Was willst du tun, um voranzukommen?«

»Ähm …« Sie zögert einen Moment, ehe sie sagt: »Weiterhin eine Legende sein?«

»Versuch es noch mal«, sagt Inge zu ihr, streng, aber nicht unfreundlich.

»Ähm, okay … also.« Melissa runzelt die Stirn. »Nun, ich denke, ich werde versuchen, nicht so sehr in der Vergangenheit zu leben. Bei dem, was mich erwartet« – bei diesen Worten sieht sie mich an – »muss ich besser darin werden, jeden Tag so zu leben, wie er kommt. Im Jetzt zu leben.«

Inge hat einen Gesichtsausdruck, als hätte ihr gerade jemand Alexander Skarsgård vor die Nase gesetzt, splitterfasernackt – eine Flasche Schnaps in jeder Hand. »Genau *das!*«, sagt sie zu Melissa und haut triumphierend auf den Tisch. »Gut gemacht.«

»Haben wir jemanden ausgelassen?«, fragt Melissa und sieht sich um, während ich tiefer rutsche, um ihrem prüfenden Blick zu entgehen.

»Ah ja, Alice!« Inge wendet sich mir zu. »Was möchtest du uns mitteilen?«

Ich habe in den letzten Tagen so viel gelernt. *Womit soll ich anfangen?*

»Ich werde aufhören, eine Idiotin zu sein. Ich werde mir zuerst die Sauerstoffmaske aufsetzen.« Ich nicke Inge zu und sehe dann zu Melissa. »Und ich werde mehr Zeit mit den Menschen verbringen, die mir wichtig sind.«

»Und vergiss deinen Perfektionismus«, fügt Inge hinzu und schüttelt ihre Einhornmähne.

Margot verschüttet bei diesen Worten etwas von ihrem Kartoffelsaft: »Du hast leicht reden …«, nuschelt sie, als vier überraschte Augenpaare sich bei diesem unerwarteten Ausbruch auf sie richten.

Inge lächelt. »Ah, du und Alice und euer Perfektionismus!« Sie schüttelt den Kopf. »Ich habe es ihr gesagt, und ich werde es auch dir noch einmal sagen: Es gibt keine Perfektion.«

»Zeig ihr deinen Hintern!«, rufe ich dazwischen, weil ich mich daran erinnere, was mich zu Anfang an Inges Art zu denken, überzeugt hat. Dann wird mir klar, wie unpassend meine Worte waren, und ich rudere zurück. »Tut mir leid, tut mir schrecklich leid, ich …«

»*Niemals entschuldigen!*«, fahren mich die anderen Frauen im Chor an.

»Ach ja. Nein. Na dann – Hintern raus! Oder auch nicht, was immer du willst …« Ich bin verwirrt und beschließe, einfach mehr zu trinken – während Inge meiner Aufforderung nachkommt.

Sie steht auf, um uns in den Genuss ihrer ganzen eindrucksvollen Statur kommen zu lassen, dann lässt sie die Hosen fallen und beugt sich ein wenig nach vorn, um Margot ihren nackten Hintern zu zeigen.

»Kriegsnarben!«, erklärt sie ihr. »Wir alle haben sie, ob man sie nun sehen kann oder nicht. Und wir alle müssen sie mit Stolz tragen.« In diesem Moment kommt erneut der unglaublich heiße Barmann vorbei und füllt unsere Gläser auf, ihm folgt Otto mit Snacks für uns alle und Knutschern – nur für Melissa. Inge zieht gemächlich die Hosen wieder hoch, als wäre es das Natürlichste der Welt, seinen Arsch in der Öffentlichkeit zu zeigen, und setzt sich dann langsam, während Tricia, Margot und ich unsere Gläser leeren.

Die Haut von Bartstoppeln gerötet und die Augen vor Lust verschleiert, verspricht meine Schwester, dass sie Otto vor ihrem Aufbruch noch einmal besuchen wird, und wendet sich dann der Gruppe zu.

Wir trinken noch eine letzte Runde in gemütlicher, kameradschaftlicher Stille, während jede von uns an all das denkt, was passiert ist, und ihr Gelöbnis für die Zukunft zementiert: ehrlicher zu sein. Mehr wie eine Wikingerin zu sein.

»Das habt ihr alle gut gemacht.« Schließlich erhebt Inge sich und verkündet, dass es Zeit ist zu gehen. »Morgen ist ein großer Tag, und ihr solltet euch erholen.« Sie teilt uns mit, dass Magnus – bei seiner Erwähnung ziehen wir alle eine Grimasse – wieder auf den Beinen ist und deshalb den Teil mit rennen und uns antreiben übernehmen wird. »Also kommt, ich fahre uns nach Hause.«

»Sagtest du fahren?« Tricia ist baff. »Sind wir nicht auf einer Insel?«

Inge sieht sie an. »Nein.«

»Was?« Melissas Kopf ruckt hoch. »Aber wir sind mit dem Boot gekommen ...«

»Ich dachte, dass ihr das nur des Abenteuers wegen getan habt«, sagt Inge stirnrunzelnd. »Wir sind keine richtige Insel, es gibt eine Tombolo.«

»Eine Tom... was?«, fragt Tricia, während Margot sich die Hand auf die Stirn schlägt.

»Eine Tombolo! Natürlich!«, ruft Margot, glücklich, dass ihr Ehrenabschluss in Geographie endlich zum Einsatz kommen kann. »Eine Landzunge oder ein Dünenstreifen, der eine Insel mit dem Festland verbindet.«

»Moment, das heißt, wir hätten gar kein Boot gebraucht?«, versichert Melissa sich noch einmal ungläubig. Inge schüttelt den Kopf. »*Scheiß die Wand an ...*« Melissas unmittelbare, ungefilterte Reaktion. Ihre Augen weiten sich, als sie sich uns anderen zuwendet. »Tut mir leid ...«, sagt sie, ehe Margot sie mit einem Schlag gegen den Arm unterbricht.

»Niemals entschuldigen!«, erklärt sie und fügt hinzu: »Ich hätte diesen Abend um nichts auf der Welt verpassen wollen!«

16

Tröt-tröööt-trööööt! Tröt-tröööt-trööööt!

Ein unerträglicher, durchdringender Lärm. Ich drücke mir das Kissen auf den Kopf.

TRÖT-TRÖÖÖT-TRÖÖÖÖT!

Während ich langsam aus den Tiefen des Schlafes auftauche, explodiert ein Schmerz in meinen Schläfen, und die fürchterliche Blech-Kakophonie scheint meine Seele zu versengen.

Mach, dass es aufhört, bete ich leise: *MACH, DASS DAS AUA AUFHÖRT!*

Blinzelnd spähe ich unter meiner Gänsedaunenrüstung hervor, um gleich darauf die Augen wieder zuzukneifen, in dem Versuch, das Schreckgespenst eines Magnus zu vergessen, der mit dem Wikingerhorn in der Hand auf unsere Betten zukommt.

Lieber Gott, nein …

Sein Männerdutt ragt stolz auf; sein Bart steht nach den Flechtexperimenten der letzten Tage wild ab wie eine Wolke, Hei-Matau-Kette und Lochstein baumeln auf einer entblößten Brust.

Igitt …

»Morgenstund hat Gold im Mund!«, ruft er fröhlich.

Ich will ihm sagen, dass er sich verpissen soll und dass ich jetzt lieber Koffein im Mund hätte und die Morgenstund und das Gold mich mal können, aber ich muss feststellen, dass meine Zunge noch nicht aufgewacht ist. Ich fühle mich ausgedörrt, dehydriert, tränenleer und – vermutlich – noch immer betrunken. Unsere holprige Heimkehr aus Valhalla ist gerade erst drei Stunden her, und unser offenbar vollständig genesener, sadistischer Anführer trötet voller Freude in sein Horn.

TRÖT-TRÖÖÖT-TRÖÖÖÖT!

Tricia sitzt kerzengerade im Bett gegenüber, sieht zerzaust und verstört aus und hat etwas von *Hellraiser* an sich.

»Bist du okay?« Margot schwingt sich aus dem oberen Bett. Sie scheint als Einzige relativ munter zu sein.

»Ja, ich bin okay … Ich hatte nur gerade einen *schrecklichen* Traum.« Tricia vergräbt den Kopf in den Händen, um ihn vor dem Lärm zu schützen.

»Du Ärmste!« Margot wirkt besorgt. »Was ist passiert?«

»Wir sollten ohne Frühstück barfuß durch den Wald rennen.« Tricia erschauert bei der Erinnerung daran.

»Nun, dann hast du heute Pech.« Magnus grinst. »Denn heute ist dein persönliches Halloween! Und jetzt auf, auf! Nicht reden! Nur bewegen! Ihr alle!«

Ich rolle mich aus dem Bett, doch meine Beine sind unsicher wie die eines jungen, verkaterten Fohlens.

»Nein!« Aus dem oberen Bett ertönt ein Grummeln, und die Decke erwacht zum Leben und enthüllt meine Schwester.

»Es ist Zeit für die letzte Lektion eures Wikinger-Unterrichts, meine Damen. Zeit, zum Berserker zu werden!«, informiert Magnus uns, der tatsächlich wieder unverschämt munter und ganz der unverwüstliche Altbekannte ist.

Wo sind die wilden Beeren, wenn man sie braucht?, denke ich düster. Aber es bleibt keine Zeit zum Überlegen. Wir werden aus dem Haus gescheucht, gerade als Inge und die Kinder langsam wach werden, dann lädt man uns wie Vieh auf den zerfurchten Anhänger der Familie.

Unsere rumpelige Fahrt über die Straße zum Wald wird vom Knurren leerer Mägen begleitet. Margot übergibt sich über die Seite des Wagens und wischt sich dann den Mund mit einem Ärmel ab.

»Jetzt geht es mir besser«, sagt sie, während der Rest von uns sie alarmiert anstarrt.

Tricia beginnt, nach etwas in ihrer Hosentasche zu kramen, und fördert einen kleinen goldenen Zylinder zutage, den sie aufdreht, um einen karmesinroten Wachsstift zu enthüllen.

»Du trägst *Lippenstift* auf?«, fragt Melissa fassungslos.

»Das ist kein Lippenstift, das ist Kriegsbemalung«, erklärt Tricia, ehe sie die Lippen spitzt und eine dicke Schicht aufträgt. »Wenn man älter wird, braucht man etwas mehr davon …«

»Wikingerinnen!« Ein Brüllen vom Fahrersitz unterbricht sie. »Seid eins mit euren Gedanken!«

»Bitte was?«, brüllt Melissa zurück.

»*Schsch!*«, macht Magnus.

»Oh! Okay, tut mir leid!«

Wir fügen uns und tauschen lediglich ein verkrampftes Lächeln oder ein kameradschaftliches Kopfnicken. Gespannte Erwartung prickelt übermächtig in uns, als wäre jetzt tatsächlich der Moment gekommen, auf den wir uns die ganze Zeit vorbereitet haben – nicht nur während dieser Woche, sondern unser ganzes Leben. Als wäre es tatsächlich der reinste Ausdruck unseres Selbst und der Sinn unseres Daseins, zum Berserker zu werden.

Jede von uns soll an einer anderen Stelle des großen Waldes »ausgesetzt« werden, mit der einfachen Anweisung, einander zu finden und damit auch den Weg nach Hause, indem wir das »intensive psychische und mentale Training« anwenden, das wir bisher erhalten haben.

Heute zählt es, denke ich. *Heute testen wir unseren Urinstinkt, laufen um unser Leben. Oder zumindest zu unserer nächsten Mahlzeit …*

Heute werden wir zu Berserkern!

»Also gut«, verkündet Magnus und bringt den Truck mit einem Quietschen zum Stehen. »Stolze Brust? Du bist die Erste!«

Tricia erhebt sich wackelig und beginnt, sich aus ihren Leggins zu schälen. Magnus sieht sie entsetzt an.

»Was tust du da?«

»Mich ausziehen?«, flüstert Tricia, als wäre sie sich bewusst, dass sie eigentlich noch immer nicht sprechen soll. »Tun wir das hier nicht nackt?«

»Nein!« Er blinzelt mehrmals.

»Nein?«

»Nein!«

»Oh.«

»Warum glauben die Leute immer, dass Skandinavier sich ständig ausziehen wollen?« Magnus wirkt verwirrt.

»Ist es nicht so, dass …«, protestiert Tricia, und ich denke: *Ja, genau das ist es.* »Ich meine« – sie wendet sich der Gruppe zu – »hat Inge nicht etwas von Nacktsein gesagt?« Wir nicken zustimmend.

»Nun …« Magnus schlägt einen sanfteren Ton an. »Es gibt da vielleicht ein *Element,* bei dem Nacktsein eine Rolle spielt. Aber Inge kann einfach nicht aufhören, über das Nacktsein zu reden …« Er schüttelt den Kopf, als wäre das ein Thema, das in ihrer Ehe regelmäßig zum Streit führt. »Aber es ist nur ein Zusatz. Das kommt später.« Mehr will er nicht sagen. *Zusatz-Nacktheit? Das ist die beste Nacktheit …* »Fürs Erste bleiben die Kleider an. BEI EUCH ALLEN«, weist er uns streng an, für den Fall, dass es eine von uns überkommt und wir ihm unbedingt unsere Intimregionen zeigen wollen.[27] »Und nicht reden!«, fügt er hinzu, obwohl es dafür, fürchte ich, ein bisschen spät ist. Angesichts der Tatsache, dass es so kalt ist, dass ich meinen eigenen Atem sehen kann, bin ich erleichtert, dass noch keine Nacktheit von uns erwartet wird. »Macht euch bereit und rennt, und wir sehen uns wieder, wenn – oder sollte ich sagen, für den Fall, dass – ihr zurückkommt!«

Wir schlucken hörbar.

»Viel Glück …«, flüstert Melissa, als Tricia aus dem Wagen

---

[27] Wollen wir nicht.

klettert und mir zum zweiten Mal in vierundzwanzig Stunden ihren Hintern präsentiert. »Oder besser gesagt: Sei deines Glückes Schmied, wie die Wikinger es tun!«, fügt sie hinzu und missachtet dabei Magnus' Regel. Tricia schenkt uns ein schmales Lächeln und lässt sich auf den Boden hinunter, dabei teilt sie uns ernst mit, dass wir uns auf der anderen Seite wiedersehen.

»Renn! Renn, als ob du was geklaut hättest!«, brüllt Melissa hinter Tricia her, als diese im Laufschritt in den Wald verschwindet.

»Schsch«, zischt Magnus.

»Tut mir leid!«, dröhnt Melissa und wendet sich wieder uns zu. »Tut mir *nicht* leid!«

Als Tricia außer Sicht ist, dringen wir weiter in für uns unbekanntes Terrain vor. »Nachtwolf« ist als Nächste dran. Margot springt mühelos über den Rand des Wagens, läuft mit gereckten Daumen los und verschwindet im Dunkel des Waldes.

»Jetzt sind es nur noch wir zwei«, flüstert Melissa und legt einen Arm um meine Schultern, während wir für ein paar weitere Minuten übers Land holpern.

Schließlich wird der Truck langsamer, und Magnus dreht sich zu uns herum. »Starke Beine? Bereit?«

»Ich wurde schon *bereit* geboren!«, lautet Melissas selbstbewusste Antwort. »Los geht's!« Sie macht eine raffinierte Rolle vorwärts vom Wagen herunter, springt dann vom Waldboden auf und boxt ein paarmal in die Luft, um sich selbst anzufeuern.

Sie hat einen Knall, aber ich liebe sie. Ich sehe zu, wie meine Schwester lossprintet, und hoffe unwillkürlich, dass wir alle in einem Stück aus der Sache rauskommen.

Und dann bin nur noch ich da.

Licht beginnt sich durch das Laub der Bäume zu bohren, und ich nehme tiefe Atemzüge kühler Morgenluft, um meine von Reisekrankheit/Alkohol verursachte Übelkeit loszuwerden, ehe wir an meinem Startpunkt ankommen.

»Du bist an der Reihe, Aslög!«, sagt Magnus und wirft mich kurzerhand aus dem Wagen.

***

Zweige knacken unter meinen Füßen, während ich Äste zur Seite schlage und renne. Richtig renne. Mein Herz rast so schnell, dass ich befürchte, es könnte jeden Moment aus meiner Brust schießen und mich überholen. Mein Orientierungssinn ist seit dem Beginn unseres Wikinger-Trainings etwas besser geworden, allerdings scheint der Kater meinem räumlichen Empfinden eher geschadet zu haben. Ich pralle gegen Bäume, und das Adrenalin rast durch meinen Körper, bis es beinahe sticht wie ein Sonnenbrand. Und dann … und dann …

Dann passiert etwas Wunderbares.

Der Impuls erfasst mich, und obwohl meine Schultern schrecklich schmerzen, meine Füße aufgerissen sind und ich Wadenkrämpfe habe, renne ich einfach weiter, als könnten mir die Hindernisse auf meinem Weg nichts anhaben. Meine Beine lösen sich unter mir auf, und mit einem Mal fliege ich. Plötzlich befinde ich mich in einer ergreifenden Szene am Ende eines Films: Der Held, der durch das Gedränge eines Flughafens rennt, um das Flugzeug zu stoppen, in dem seine Liebste sitzt; ein Junge, der zum Mann wird und sich vom seinem Elternhaus löst; Butch Cassidy und/oder Sundance Kid in vollem Lauf mit funkelnden Pistolen. Ich bin Forrest Gump. Ich bin Rocky I, II, III und IV. Ich bin der gesamte Cast von »Die Stunde des Siegers«. Ich bin … *Moment mal, warum sind das eigentlich immer Männer?*, denke ich empört. *Rennen Frauen in Filmen etwa nicht? Außer wenn sie von einem Serienkiller gejagt werden? Wo sind die toughen Frauen?* Erbost darüber, dass mir nicht ein einziges Filmbeispiel einfällt, in dem Frauen nur für sich selbst rennen, spüre ich, wie mich die Wut über diese

Ungerechtigkeit zusätzlich antreibt, bis ich eine Kugel reinster kinetischer Energie bin.

Der Wald kann mich nicht mehr schrecken, und das verängstigte Mädchen, das sich vor vielen Jahren im Wald verlaufen hat, ist einfach nur noch das: ein Mädchen, das sich in einem ihr unbekannten Wald nicht zurechtfindet und das Angst bekommen hat. Wie jeder andere in ihrer Situation. Sie ist noch immer ein Teil von mir, doch jetzt hege ich ein beinahe mütterliches Gefühl für sie. Ich ergebe mich der Furcht von damals und dem Hochgefühl dieses Moments und – irgendwie – gelingt es mir, beides in Einklang zu bringen.

Weil ich eine Wikingerin bin!

Ich renne und renne und bleibe nicht stehen, sogar dann nicht, wenn Steine, Nacktschnecken und Gott weiß was zwischen meinen Zehen stecken bleiben. Zweige schlagen mir ins Gesicht, und Brombeergestrüpp attackiert mich von allen Seiten, aber ich lasse mich nicht aufhalten.

Kommt doch und holt mich, Dornen!

Ich kann das Blut in meinen Ohren rauschen hören, und ich spüre das Flattern meines Herzschlags. Zeit verliert jede Bedeutung, mir ist lediglich bewusst, dass ich das hier schon seit einer gefühlten Ewigkeit tue, als ich plötzlich auf einer Lichtung vor mir zwei Gestalten sehe. Da sind brennende Fackeln und unter schweren Atemzügen stoße ich ein *»Hallo?«* hervor.

Dann »schreie« ich »meine Wut heraus«, wie man es mir aufgetragen hat.

»Arghhh!«

»Arghhhhh!«, schreit Melissa zurück. Sie ist rot im Gesicht, und eine Strähne klebt ihr auf der verschwitzten Stirn, meine Schwester vibriert förmlich.

»Das war *irre!* War das nicht irre?« Sie zerrt an ihrem T-Shirt, um einen kühlen Luftstrom hindurchzuleiten. »Ich meine, wow! Ich habe mich gefühlt wie Kate Bush, die sich durch den Wald kämpft! Oder Bilbo Beutlin, der es dem Düsterwald so richtig zeigt. ICH LIEBE berserkern! Ich will es noch mal tun! Gleich jetzt! Ich will los und … und … Steine zerschmettern oder so was!«, erklärt sie mir aufgeregt, während ihr Regen von der Nase tropft.

Margot ist ähnlich euphorisch und schafft es dabei noch, auszusehen wie ein Filmstar, obwohl sie mit Schlamm bedeckt ist. *Wie macht sie das nur?* Und dann humpelt eine dritte Frau in mein Blickfeld.

»Ich glaube, ich habe so laut geschrien, dass ich mir eine Zerrung in der Leistengegend zugezogen habe …«, verkündet Tricia und reibt sich die Beckenknochen, ehe ein Hustenanfall sie schüttelt.

Die Berge sind erfüllt vom Klang des Keuchens, denke ich nostalgisch. *Einmal mehr.*

Wir hören ein langsames Klatschen, dann taucht ein Mann mit breiter Brust und nichts als Haremshosen am Leib auf. Mit affengleicher Grazie schwingt er sich aus den Ästen und schreitet über die Lichtung, während wir einhellig mit den Augen rollen.

»Die Kinder haben zu euren Ehren ein Feuer entfacht«, erklärt er uns, als wir aus dem Wald hinauswandern. Er beschleunigt seine Schritte, um mit uns mitzuhalten, erpicht darauf, sich sein Publikum zurückzuholen. »Es ist riesig!« Seine Stimme wird vor Verzweiflung ein gutes Stück höher. »Und feurig!«

Ah … Wikingerpyromanen … wie ich euch vermissen werde!

Wir streben auf eine Rauchwolke in einiger Entfernung zu, bis wir ein riesiges Feuer am Strand sehen, das knisternd in die Luft leckt und Licht und Wärme viele Meter weit in die Umgebung abstrahlt. Die Kinder übertrumpfen sich gegenseitig damit, Kleinholz auf den brennenden Haufen zu werfen. Dabei schleudern sie ihre hölzernen Wurfgeschosse eher auf gut Glück, bis zwangsläufig – wie bei einer hochriskanten Runde Jenga – eines herabfällt, woraufhin sie hastig den Rückzug antreten und wie kleine Verrückte kichern.

Inge ist damit beschäftigt, Birkenzweige abzureißen und sie mit Zwirn zusammenzubinden, aber als sie uns sieht, legt sie ihr Bündel auf den Boden, breitet die Arme ganz weit aus und empfängt uns mit ihrer Kriegerinnen-Umarmung.

Zweimal Gruppenkuscheln in zwei Tagen, und ich zucke nicht mal zusammen!

Die Wärme von Inge auf der einen und die meiner Schwester auf der anderen Seite fühlt sich tröstlich an.

»Meine Wikingerinnen! Ihr habt es geschafft«, sagt sie. Das ist genug. Das ist alles, was wir von unserer *echten* Anführerin hören mussten – der Person, die uns mehr übers Leben gelehrt hat, als wir in diesem Moment begreifen. Aber da gibt es noch einiges. »Jetzt feiern wir.« Sie holt Eimer mit Wasser und zeigt auf eine kleine, würfelförmige Hütte den Strand hinauf, die ich bislang einfach nur für einen weiteren Schuppen gehalten habe. »Wer will in die Sauna?«

»Wikinger machen Wellness?«, fragt Melissa ungläubig.

»Natürlich!«, lautet Inges Antwort. »Wärme ist gut für die Muskeln nach dem Sport, außerdem haben die Wikinger Saunas erfunden – wo immer wir auch waren, haben wir welche gebaut. Heiße Steine? Wasser? Gemeinschaftliches Schwitzen? Das ist praktisch unsere Religion! In Saunas werden mehr wichtige Entscheidungen getroffen als in Meetings!« Ich habe Inge noch nie so lebhaft erlebt. »In Finnland gibt es sogar eine Burger-King-Sauna! Sich mit jemandem eine Sauna zu teilen, das bedeutet, sich seine Essenz zu teilen! Echte Wikinger *schwitzen«*, fasst Inge für uns zusammen.

»Ich schwitze schon an einem Wintertag in Kidderminster!«, ruft Melissa aus. »Ich wusste schon immer, dass ich ein Wikinger-Herz habe!«

»Bist du sicher, dass du in die Sauna darfst?«, frage ich und mustere meine Schwester beschützend.

»Jetzt hör mir mal zu, *Zahnärztin:* Mir geht es gut«, sagt sie grinsend, »ich habe wegen Spa-Behandlungen gefragt, weil du nicht aufhören konntest, über fluffige Handtücher zu quatschen, deshalb: Ja, ich bin mir sicher. Los geht's!«

Magnus treibt die Kinder zurück zum Haus, und kaum dass er außer Hörweite ist, weist Inge uns an: »Ausziehen!«

Dieses Mal ist es ernst gemeint, und Tricia ist keine Frau, die man diesbezüglich zweimal bitten muss. Sie schält sich aus Lagen schlammigen Lycras, und wie angekündigt erstreckt sich ihre Bräune bis in jede Falte, in die das ultraviolette Licht ihres Solar-5000™-Standsolariums vordringen konnte. Ihre vergrößerten Brüste sind so straff, dass sie aussehen, als wären sie von einer jüngeren Frau geliehen, außerdem ist sie komplett glatt … *da unten …*

Sie fängt meinen Blick auf und erklärt: »Mein letzter Kavalier bevorzugte eine aufgeräumte Arbeitsfläche …«

Wie erwartet sieht Margot aus wie das lebendig gewordene Cover eines *Women's-Health*-Hefts, und Inge ist genauso straff und atemberaubend, wie ich es mir vorgestellt habe – trotz der Kriegsnarben. Und dann bin da noch ich.

Für gewöhnlich bin ich mir meines Körpers übermäßig bewusst – denke darüber nach, wie meine Oberschenkel wohl aussehen, wie steif meine Arme sind und wie meine Hände … einfach da hängen. Aber zum ersten Mal seit der Pubertät wehre ich mich nicht gegen den Gedanken, mich auszuziehen. *Das hier ist okay,* denke ich, *diese Frauen sind meine Freundinnen. Wir sind gemeinsam dem Tod von der Schippe gesprungen. Wir haben Äxte geworfen. Wir haben mehr miteinander geteilt, als ich es je mit einem anderen menschlichen Wesen getan habe. Das hier fühlt sich also absolut okay an.* Etwas, das mir zu Beginn der Woche noch solche Angst gemacht hat, kommt mir nun völlig irrelevant vor. Nicht ungehörig und unanständig, es ist einfach nur Kleidung, die nicht da ist. Also ziehe ich mich aus.

Ich pelle mich gerade aus einem durchnässten Ärmel, als ich

eine Beule an meinem rechten Arm bemerke, die sich bewegt und wächst, wenn ich den Ellbogen anspanne. Zuerst denke ich, dass es einfach nur eine weitere Prellung ist, die ich mir beim stundenlangen Rennen durch den Wald und bei den vielen Stürzen zugezogen habe, oder dass ich mich verletzt habe, als ich bei meiner Ankunft ganz kurz das Bewusstsein verlor.[28] Doch dann entdecke ich das gleiche Phänomen an meinem rechten Arm.

Könnte es sein, dass …? Habe ich vielleicht … einen BIZEPS bekommen?!

Erfreut und entzückt spanne ich diese neuen Körperteile an und lasse wieder locker.

Ich habe Muskeln! Meine ganz eigenen Muskeln. Nimm dich in Acht, Michelle Obama, hier komme ich!

Nach dieser Entdeckung ziehe ich mich schnell vollständig aus, gespannt, ob sich da vielleicht noch weitere Muskeln verbergen – leider nicht, aber es ist trotzdem geradezu lächerlich aufregend.

Hier bin ich, Welt! Und ich genieße den Wind, der um meinen Hintern bläst! Den Wind um meine Nippel! Den Wind um meinen BIZEPS! Ich bin eine Wikingerin! Fürchtet mein Gebrüll!

Ich wende mich wieder meiner Umgebung zu und höre, wie Tricia jedem erzählt, dass sie mal für eine Reihe von Nudisten-Videos moderiert hat. »War ein großer Auftrag an der Costa del Sol«, erinnert sie sich. »Man kann noch immer ein paar Videos davon auf YouTube finden. Obwohl, wenn du mal so viele nackte Körper gesehen hast, wird dir klar, dass sich niemand wirklich für deinen eigenen interessiert. Gott sei's geklagt …«

So habe ich das noch nie gesehen, aber als wir uns dem Saunaschuppen nähern, stelle ich fest, dass ich tiefenentspannt bin. *Inge hat recht,* denke ich. *Es ist irgendwie befreiend.* Wenn man von vier anderen nackten Körpern umgeben ist, die sich alle auf

---

[28] Ich bin trotzdem tougher als Simon aus *Herr der Fliegen.* Tatsache.

ihre eigene Art bewegen und wackeln, ist es leichter, eine Perspektive zu gewinnen. *Seht nur, wie weit wir alle gekommen sind!* Liebevoll blicke ich mich in unserer kleinen Gruppe um.

Die Sauna ist nur spärlich beleuchtet, kuschelige Handtücher sehe ich auch keine, und von Walgesängen gibt es definitiv keine Spur. Aber ich stelle fest, dass mir das nichts ausmacht – tatsächlich amüsiere ich mich sogar.

»Heiß …«, murmelt Melissa, und blinzelnd treten wir ein und nehmen auf den Holzbänken Platz.

»Entspannt euch«, weist uns Inge an. »Die Hitze zwingt euch, langsamer zu werden.« Sie gießt eine Kelle Wasser in den Ofen, und ein warmer Dampf entweicht, bis ich mich fühle, als würde ich bei lebendigem Leibe gegrillt. »Denkt nur daran, viel zu trinken«, fügt sie hinzu.

In einer Ecke der Hütte entdecke ich eine Kühlbox. »Ist da Wasser drin?«

Inge hebt den Deckel und enthüllt ordentlich aufgereihte Flaschen, auf denen Kondenswasser glänzt. »Besser als Wasser«, sagt sie zu uns. »Bier!«

Ich bin mittlerweile so durstig, dass ich praktisch alles trinken würde, also nehme ich dankbar an. Innerhalb weniger Minuten werden meine Muskeln – und mein Kopf – angenehm locker.

Und … atmen …

Ich wiederhole das so lange, bis mich ein wunderbares Gefühl der Entspannung überkommt. Es ist, als würde ich ein neues Empfinden für die Welt entwickeln. Erinnerungen und Emotionen, die ich für Dekaden weggeschlossen hatte, scheinen um mich herumzuwirbeln, wieder »nach Hause« zu kommen.

Ich erinnere mich an damals, als ich so viel geweint habe, dass ich mich übergeben musste.

Und … atmen …

Ich erinnere mich an die Nacht, in der ich mich nüchtern getrunken habe.

Und … atmen …

Ich erinnere mich an den Sommer, in dem ein französischer Austauschstudent mir das Herz gebrochen hat.

Atmen …

Ich erinnere mich an den Morgen, an dem Charlotte geboren wurde. Und Thomas. Selbst an den Tag, als Mum und Dad Melissa aus dem Krankenhaus mitbrachten.

Ein Zuhause ist nichts, vor dem man sich fürchten muss, das erkenne ich jetzt – und es ist auch kein Gebäude. Es ist in uns. *Und es war immer da.* Ich fühle mich, als würde ich endlich nach Hause in meinen eigenen Körper kommen. Zu mir selbst.

Ich stelle fest, dass ich weine: dicke, fette Freudentränen, die sich mit dem Schweiß vermischen, der mir mittlerweile übers Gesicht rinnt. Ohne ein Wort rückt Melissa näher, und eine Hand schiebt sich in meine. Ich blicke zu ihr auf und sehe, wie ihr Mund formt: »Alles ist gut.«

Inge schöpft noch einmal Wasser in den zischenden Ofen und dann – als ich ziemlich sicher bin, dass meine Lider abzufackeln drohen – führt sie uns hinaus in die kalte Abendluft, den Pier hinab und sagt uns, wir sollen springen.

Noch vor einer Woche hätte mich das in Panik versetzt. Aber nach unserem großen Abenteuer letzte Nacht und unserer Abschlussprüfung nach sieben Lektionen Wikinger-Training kommt mir ein kurzer Sprung in die eisige Nordsee einfach vor.

Inge ist die Erste, die springt, gefolgt von Tricia, dann Margot – die vernünftigerweise beschließt, sich hineingleiten zu lassen und sich dann am Pier festzuhalten, um nicht das dritte Mal in vierundzwanzig Stunden das Ertrinken zu riskieren. Melissa und ich beschließen, als Tandem zu springen, und als unsere Zehen das Wasser berühren, stoße ich unwillkürlich einen Schrei aus. Wir brechen in hysterisches Gelächter aus, während wir wie im Fieberwahn strampeln, ehe wir aus dem Wasser waten und unsere von der Kälte weinrote Haut abrubbeln.

Nach einer weiteren Runde in der Sauna wiederholen wir das Ganze, und bei unserem dritten Bad fühlt sich das Meer nicht einmal mehr kalt an.

Gemeinsam unterstützen wir Margot, und mit einem seltsamen, äußerst uneleganten Schwimmmanöver locken wir sie von ihrem hölzernen Sicherheitsrand weg und hinaus ins Wasser.

Und dann lassen wir uns einfach treiben wie Blätter im Wind oder wie Tiere, die endlich ihr richtiges Zuhause gefunden haben.

Wir verlassen gemeinsam das Wasser, glänzend, Schmetterlinge aus ihrem Kokon: neu geboren.

Und dann kommen die Birkenzweige zum Einsatz.

»Ach, du meine Güte!«, rufe ich unwillkürlich, und selbst Melissa scheint überrascht.

»Die Haut zu peitschen macht sie weich«, erklärt Inge und schwingt ihre selbst gemachte Gerte.

»Ich benutze immer Peeling-Handschuhe unter der Dusche.« Margot klingt besorgt. »Reicht das nicht?«

»Nein«, beharrt Inge.

Tricia meldet sich mutig als Erste und schlägt vor, dass wir alle die »Neunschwänzige« mal testen sollten – sowohl in austeilender als auch in empfangender Funktion. Also tun wir genau das. Man muss sich etwas an das Klatschen von Birkenzweigen auf nackter Haut gewöhnen, aber nach etlichen *Shades-of-Grey*-Sprüchen und einigen Schreien, die Frankie Howard vor Neid hätten erblassen lassen, werde ich langsam mit der Sache warm.

Liebe Leser: I whipped a girl and I liked it.

Hinterher vergleichen Margot und Tricia die Sanftheit ihrer Haut, während Inge mehrere große Folienpakete aus der Kühlbox holt und sie auf einen Rost über den heißen Kohlen stellt. Einige Minuten später ist das Essen fertig. Für Frauen, die den ganzen Tag lang nichts gegessen haben, gibt es keinen schöneren Satz. Einige Minuten später wickeln wir verkohlte Aluminiumbündel auf, um dicke, brutzelnde und lecker riechende … Würste zu enthüllen.

»Ich bin noch immer Vegeta…«, beginne ich, und dann denke ich: *Scheiß drauf.* Ich vergesse meine vorherigen Diät-Jugendsünden und falle über das saftige Essen her (#issedve).

»Ist das hier so üblich?«, fragt Melissa durch einen Mund voll halb zerkautem Schwein.

»Verzeihung?«, fragt Inge.

»Saunawürste?«

»Oh, ja«, sagt sie. »Auf traditionelle Weise über den Kohlen gekocht und gleich an Ort und Stelle gegessen.«

»Nackt?«, frage ich überrascht.

»Natürlich.« Inge nickt und nimmt einen weiteren Bissen.

Als wir uns angemessen mit Würsten vollgestopft haben, werden wir wieder in die Nachtluft entlassen, und eine bärengleiche Gestalt mit grauer Mütze taucht aus der Dämmerung auf: Otto.

»Oh, Otto, schön, dich hier zu sehen …« Melissa grinst, ehe sie ihn bei der Hand nimmt und in den Wald abschleppt, um ein letztes Mal ihren Spaß mit ihm zu haben. Otto fügt sich bereitwillig, und am Ende rennen die beiden beinahe, um schneller dort zu sein, wo sie hinwollen.

Inge und Margot plündern gerade die Tiefen der Kühlbox, als Tricia mit einem Ghettoblaster auftaucht, einer von der Art, wie er vermutlich das letzte Mal in den 1980ern verkauft wurde.

»Hab ich in der Holzhütte gefunden!«, ruft sie freudig. »Sollen wir?«

Als wir bei dem klobigen Kassettenrekorder auf »Play« drücken, werden wir mit fünfundvierzig Minuten des besten skandinavischen Retro-Pops belohnt, über den jemals jemand das Glück hatte, zu stolpern.

Splitterfasernackt führt Tricia uns einige ihrer besten Tanzbewegungen vor, inklusive »Luftliegestütze« und – einer ihrer persönlichen Langzeitfavoriten – dem »zweifingrigen Zeigetanz«.

All das passiert so voller Freude und derart ungehemmt, dass ich mir ein Lächeln nicht verkneifen kann – und den anderen geht es nicht anders. Als Inge und Margot sich mit einigen ähnlich ungeübten Tanzbewegungen zu ihr gesellen, folge ich ihnen. Nie zuvor habe ich mich so frei gefühlt.

Melissa kommt mit ausgeprägten *knullruffs* zurück, und ihr ganzes Gesicht schreit Sex. Sie trägt jetzt wieder ihren Fleece-Pulli, aber nicht viel mehr. Sie pflückt sich imaginäre Flusen von einem imaginären Revers, um anzudeuten, dass die Erfolgsrate ihres Polyesterpullovers noch immer unvermindert hoch ist. Ich schenke ihr ein anerkennendes Nicken und ein Grinsen. Nachdem sie ihre Freude darüber zum Ausdruck gebracht hat, dass die Party »abgeht wie der Frosch in der Socke«, schließt sie sich dem wilden Tanzen an und wirbelt herum wie eine betrunkene Biene. Auch Gesang ist an diesem Abend zu hören, und Inge verkündet, dass das eine absolut Wikinger-typische Betätigung ist. Ich fühle mich sicher, ruhig und zugleich lebendiger, als ich je war, also öffne ich den Mund und beginne zu singen – das erste Mal seit meinen Whitney-Houston-Duschkonzerten als Kind. Meine Stimme ist … laut, stelle ich fest. Und, wie ich jetzt zugeben kann, ziemlich mies. Bei den hohen Tönen ist möglicherweise etwas zu hören, das Melissa seinerzeit als Trillern bezeichnet hat. Wir singen und tanzen und drehen uns, bis wir halb hysterisch und mit vom Lachen schmerzenden Wangen im Sand landen.

»Hattest du eine gute Zeit?«, frage ich Melissa. »Du siehst in jedem Fall so aus.«

»Ich hatte eine sehr gute Zeit, danke.« Sie nickt, und ich lächele. Ich freue mich für sie. Und gleichzeitig wird mir bewusst, dass ich schon sehr lange nicht mehr so gestrahlt habe. *Etwas, an dem ich arbeiten sollte,* denke ich insgeheim.

»Wirst du Otto vermissen?«, frage ich.

Meine Schwester zuckt mit den Schultern. »Ja. Aber es ist schon okay.«

Und ich glaube ihr. Ich umarme sie, und kurz darauf wird aus der Umarmung ein wildes Gerangel – ihre Idee, nicht meine –, bis mindestens eine von uns einen Mundvoll Sand abbekommen hat – ich.

Während Inge die Schiedsrichterin bei einem Radschlag-Wettbewerb gibt, den anscheinend Margot ins Leben gerufen hat – der alte Wettbewerbsgeist ist schwer totzukriegen –, hake ich mich bei Melissa unter. Ich nutze die Gelegenheit, um sie zu einem längst überfälligen Schwester-zu-Schwester zur Seite zu ziehen.

Das Feuer ist vom lodernden Inferno-Jenga zu einem sanften Glühen heruntergebrannt, also setzen wir uns, um uns braten zu lassen. Wir fühlen uns schwindelig und ziemlich dehydriert, aber an Körper und Seele gereinigt.

Im unsteten Licht der leckenden Flammen sieht Melissa irgendwie anders aus. Als ob ich sie nie wirklich gesehen hätte. Ihre Pupillen drohen größer als ihre Iris zu werden, und ihr Haar ist mittlerweile praktisch ein Haufen Stroh, aber ich sehe jetzt auch, dass sie nicht die gleiche kleine Schwester ist, die ich all die Jahre für selbstverständlich genommen habe. Ich mustere die Schatten unterhalb ihrer Wangenknochen, direkt unter den klaren Konturen ihres Gesichts. Und jetzt erkenne ich, dass sie eine erwachsene Frau ist. Und dass sie schön ist.

Melissa erwischt mich dabei, wie ich sie ansehe, und meint schwesterlich liebevoll, dass ich aufhören solle, mich wie eine »seltsame Irre« zu benehmen. Ich sage zu ihr, dass mir langsam klar wird, dass Vernunft überschätzt wird.

»Da gebe ich dir recht.« Sie zuckt mit den Schultern, und wir denken darüber nach. »Sollte ich sterben«, sagt Melissa und starrt ins Feuer, »dann will ich eine ordentliche Wikinger-Bestattung. Mit Feuer und Booten, heißen Männern mit Bärten – so was halt.«

Sie so reden zu hören versetzt mir einen Stich ins Herz, also nehme ich ihre Hand und spreche es direkt an: »Glaub mir, wenn ich sage, dass alles gut wird. Und wenn nicht, dann sorge ich dafür«, verspreche ich.

Melissa treten Tränen in die Augen, und sie schnieft laut. Sie will sich die Nase mit dem Arm abwischen, aber weil ich noch immer ihre Hand halte, zieht sie mich mit und hinterlässt salzigen Schnodder auf meinem Handgelenk.

»Oh, tut mir leid!«, sagt sie.

»Macht nichts«, sage ich, während auch in meinen Augen jetzt Tränen brennen und meine Nase zu laufen beginnt.

»Du siehst aus wie eine verheulte Meerjungfrau.« Halb lacht Melissa, halb schluchzt sie. »Du, mit deinen viel zu langen Haaren …«

»Danke«, lach-schniefe ich.

»Ich meine, eine, die ein ziemlich hartes Leben hatte und ihren Muschelkamm verloren hat, aber trotzdem eine Meerjungfrau.«

Ich zucke mit den Schultern. »Besser als nichts.«

»Meine Wikingerinnen!« Inge gesellt sich, die schwankende Tricia und Margot im Schlepptau, zu uns. Sie kommt mit den vorsichtigen, sehr bewussten Schritten einer leicht alkoholisierten Frau auf uns zu, und ich bin mehr als glücklich festzustellen, dass auch Amazonengöttinnen manchmal die Kontrolle verlieren. Sie setzt sich zu uns und reicht einen Beutel Nüsse herum, die irgendwie aus den Tiefen ihres Snack-Vorrats aufgetaucht sind. »Das ist übrigens ›hygge‹«, erklärt sie uns. »Ich habe euch gesagt, dass ihr selbst dazu finden werdet: gemeinsam entspannen.«

»Und das Nacktsein?«, nuschelt Margot.

»Das ist optional«, antwortet Inge.

»Und der Alkohol?«, will Tricia wissen.

Inge denkt kurz darüber nach. »Empfohlen. Das oder Kaffee. Und Snacks. Versteht sich von selbst.«

»Sehr gut.« Tricia klatscht ungeschickt in die Hände.

»Also, seid ihr glücklich?«, fragt Inge uns alle. »In diesem Moment, meine ich?«

»Ja.« Melissa nickt, und ich stelle fest, dass ich zugeben muss, dass ich es trotz allem – der Krankheit meiner Schwester, Greg und der Frage, was aus uns wird, wenn ich zurückfahre – auch bin. Hier. Jetzt.

»Das ist alles, was zählt, oder?«, sage ich. »Das hier. Genau jetzt. Wir bestehen alle im Grunde nur aus Kohlenstoff. Wir bekommen ein Leben, und dann zerfallen wir zu Staub und werden etwas anderes …«

Bei diesen Worten muss Inge lächeln.

»Was?«, will ich wissen.

»Es gibt nichts mehr, das ich euch beibringen müsste! Meine Arbeit ist getan.«

Mit einem Mal fühle ich mich friedlich und … schwer. *Glücklich … schwer,* denke ich und presse die Hände in den Sand unter mir, um mich zu erden. Dann versetzt Melissa meinem Arm einen Schlag, und ich mache bei ihr die »Brennnesseln«, bevor ich mich nach hinten in den Sand lege, um mir den Baldachin aus Sternen über uns anzusehen, während ich eine seltsame, tiefe Zufriedenheit verspüre. Irgendwo tief in mir lässt die Spannung nach – eine Spannung, deren Ausmaß mir zuvor nie bewusst war, bis sie schließlich ganz weg ist. Eine nach der anderen legen sich auch die anderen hin, bis wir fünf Frauen sind, die ausgestreckt unter den Sternen im Sand liegen, nackt bis auf einen Sex-Pulli, eine grobe Decke und einen Sweaty-Betty-Hoodie. Gemeinsam liegen wir in der Wärme des Feuers, reden und lachen, bis unsere Rippen schmerzen und ich schwöre, diesen Moment niemals zu vergessen. Was auch immer passieren wird.

Am nächsten Morgen erwachen wir mit Kopfschmerzen und Haaren wie Dreadlocks, unsere Gesichter sind schmutzig, und Margot hat ein Stück verkohlter Wurstfolie an der linken Wange kleben, und doch sind wir seltsam gelassen.

Ich blicke in den Spiegel und lächele die Frau an, die mich daraus ansieht. Sie hat eine aufgerissene Lippe vom übermäßigen Berserkern, wirres Haar und Augenbrauen, die dringend mal gezupft werden müssten. Ihre Augen jedoch leuchten und sind voller Leben. Und sie sieht *glücklich* aus. Es ist die Art Frau, die ich immer sein wollte, als ich noch ein junges Mädchen war. *Da bist du ja!,* sage ich zu mir selbst und dann: *Hier bin ich. Mitsamt meinen Kriegsnarben und allem anderen …*

Wir packen unsere verbliebenen Habseligkeiten, waschen uns und ziehen uns an. Es ist seltsam, meine Wikinger-Schwestern in ihrer Alltagskleidung zu sehen. Tricia trägt Riemchensandalen mit Keilabsatz und weiße Caprihosen, die in dem skandinavischen Bauernhaus etwas fehl am Platz wirken. Und meine Skinny-Jeans mit dem dunkelblauen Blazer lassen mich aussehen, als wäre ich »einem Versandhauskatalog entsprungen« oder würde »die Filiale einer Reinigungsfirma leiten«, wie Melissa netterweise anmerkt.[29]

Wieder Schuhe zu tragen ist eigenartig, so, als wären meine Füße eine Nummer gewachsen – vermutlich eine Schwellung aufgrund der Verletzungen –, sodass mir das Schuhwerk einengend vorkommt und ich ständig mit den Zehen wackele, die nach Freiheit flehen. *Vielleicht ziehe ich sie auch einfach wieder aus,* denke ich. Wir bekommen unsere Handys zurück, und das sorgt für weit weniger Begeisterung, als wir alle erwartet hätten, hätte man uns vor einer Woche gefragt.

Inge schenkt uns allen unseren eigenen grauen Beutel aus

---

[29] Sie ist ein steter Quelle der Freude, meine Schwester …

Sackleinen als Erinnerung, in dem sich eine Kerze und ein Stück Roggenbrot als »Wegzehrung« befinden.

»Reise mit wenig Gepäck – aber niemals hungrig«, erklärt sie uns.

»Und verbrennt Dinge auf Wikinger-Art?«, fragt Melissa und hebt die Kerze hoch.

»Immer!« Inge grinst.

Im nächsten Moment leitet Melissa eine neue Runde Gruppenkuscheln ein und zieht mich so heftig an sich, dass beinahe meine Lungen zerquetscht werden. Das Übliche.

Nach dem Frühstück und mehreren Tassen starkem Kaffee – was auch sonst? –, schickt Inge die Kinder mit Magnus ins Freie, damit wir uns »richtig verabschieden« können. Sie spricht mit jeder Einzelnen von uns, übermittelt uns ihre letzten, ganz privaten Worte der Weisheit und Ermutigung.

Als sie mich an den Schultern hält, habe ich das Gefühl, dass ich gleich anfangen muss zu weinen. Ich kann es nicht erwarten, Thomas und Charlotte wiederzusehen, aber ein Teil von mir will diesen Ort nicht verlassen.

»Du bist stark«, sagt Inge zu mir. »Du bist bereit.«

»Sicher?«, frage ich, und ihre Miene verändert sich, und ich sehe einen Funken der stählernen Sicherheit, die ich so sehr an ihr bewundere.

»Ich spreche, nicht wahr?«, sagt sie.

Ich nicke. »Ja.«

»Dann bin ich mir sicher.« Sie lächelt.

Und ich glaube ihr. Denn jetzt bin ich eine Wikingerin.

EPILOG

Sechs Monate später …

Ich stoße die schwere Tür auf und bin mir nicht sicher, was ich dieses Mal auf der anderen Seite vorfinden werde. Der Flur riecht stark nach Desinfektionsmittel und Schweiß. Doch dann wird mir klar, dass ich vermutlich der Ursprung von Letzterem bin. Ich bin außer Atem, weil ich im Regen hierhergerannt bin, aus Angst, zu spät zu kommen. Ich verspäte mich noch immer nicht gern.

Und doch bin ich jetzt hier.

Zu spät.

Blöder Greg, denke ich. *Das ist Gregs Schuld.* Er hat mir versprochen, die Kinder um neun Uhr abzuholen – was mir mehr als genug Zeit für den Weg hierher gelassen hätte. *Aber war er um neun da? Oder wenigstens um halb zehn?*

Ich habe noch immer das eine oder andere »Aggressionsproblem«, wie Inge es nennen würde, aber dieser Tage trage ich sie offen mit mir aus. Ich fresse die Dinge nicht mehr in mich hinein, ich lasse Dampf ab. Und ich habe damit aufgehört, mich ständig an andere Menschen anzupassen und immer darauf zu achten, was ich sage oder tue, nur um meiner Umgebung zu gefallen. Dank meiner Wikinger-Ausbildung lerne ich langsam, offener und entspannter zu sein. Denn eines ist mir klar geworden: Welchen Hintergrund wir auch immer für uns konstruieren, was wirklich zählt, das ist unser Handeln und dass wir nach vorn schauen.

Als ich von dem Retreat nach Hause kam, unternahmen

Greg und ich noch einen letzten Versuch, unsere Ehe zu retten, indem wir offen und ehrlich miteinander redeten. Ich wollte definitiv keine dieser Frauen sein, von denen man immer in den Zeitschriften liest. Die, die nach einem Wochenende in Magaluf oder nach einem aus der Midlifecrisis heraus unternommenen Pilztrip ihre Ehe wegwerfen – und es dann die nächsten zehn Jahre bereuen. Als ich diese Befürchtungen allerdings Melissa anvertraute, lachte sie fast eine ganze Stunde lang.

»Kennst du dich selbst?« Sie merkte an, dass ich, abgesehen von Mr Teeth, in meinem ganzen Leben nichts Überstürztes getan habe. Das hat mich etwas beruhigt. Greg und ich beschlossen, die Ausbaupläne für unser Haus zu vertagen, und starteten für unsere Ehe eine testweise Trennungsphase. Wir haben sogar eine Paarberatung aufgesucht, aber die Frau dort riet uns unverblümt, dass wir besser dran wären, wenn wir die Sache beendeten. Und seltsamerweise herrscht seitdem allgemeine Erleichterung. Ich mag es, allein zu leben, beziehungsweise allein mit den Kindern. Ich kann den Kühlschrank füllen und sicher sein, dass am Abend nicht alles aufgegessen ist. Außerdem gibt es niemanden, der mich dafür kritisiert, wie viele Kissen ich habe. Seitdem fühle ich mich gut zehn Jahre jünger und drei Kilo leichter – auch wenn die Badezimmerwaage etwas anderes sagt.

Erst heute Morgen habe ich meinen zukünftigen Ex-Mann ein »Pupsgesicht« genannt – eine wunderbar infantile Beleidigung, die Charlotte auf dem Spielplatz in der Schule gelernt hat. Ich habe so getan, als wäre das ein Wort, das sie nicht benutzen soll, aber insgeheim fand ich es großartig. Greg machte den Eindruck, als tue es ihm aufrichtig leid, und er sagte, es tue ihm »sehr, sehr leid«, dass er so spät dran sei und dass er nächste Woche ein Vorstellungsgespräch habe. Das war so etwas wie ein Durchbruch, und ich habe mich ehrlich für ihn gefreut. Hätte ich eine Tröte zur Hand gehabt, ich hätte sie betätigt. Aber das hatte ich nicht, also haben wir einfach nur gelacht. Greg und ich verstehen uns als Elternteile, die nicht zusammenleben, besser, als wir es je als Nachrichten-Junkie und verkrampfte Ehefrau getan haben. Deshalb sagte ich auch »Ja, gern«, als er anbot, an diesem Morgen die Kinder zu sich zu nehmen. Ich habe Thomas und Charlotte zum Abschied geküsst und sie in eine dicke Umarmung gezogen, die »ausreicht, bis ich wieder da bin«, und dann bin ich aus der Tür gestürmt.

Dann fuhr ich los. Schnell. Die M40 hinauf, ohne auch nur eine Pinkelpause zu machen. Ich habe keinen Parkplatz gefunden, also musste ich das Auto ewig weit weg parken und durch den Regen rennen. Ich hatte nicht einmal Zeit, zuvor mit den Hunden rauszugehen. *Ich hoffe nur, sie haben nicht überall hingekackt,* denke ich. Sie sind gut auf diesem Gebiet.[30] Aber ich kann mittlerweile mit solchen Dingen umgehen. Weil ich eine Wikingerin bin. Ich kann mit allem umgehen.

Melissa sagte mir, ich solle mir keinen Stress machen, ich müsse heute nicht unbedingt kommen – »Ich weiß mittlerweile, wie das hier läuft. Ich weiß, wo die Klos sind und wo es die besten Zeitschriften gibt.« –, aber ich weise sie nur auf die *Wikinger-Konventionen Protokoll II* hin. Nämlich die Vereinbarung, die wir beide miteinander geschlossen haben, unter allen Umständen füreinander da zu sein – egal, ob wir um Hilfe bitten möchten oder nicht.[31]

Außerdem weiß ich, wäre ich an ihrer Stelle, würde ich ehrlicherweise jemanden bei mir haben wollen. Und das ist etwas, das ich physisch für sie tun kann, zusätzlich dazu, emotional –

---

[30] Ich weiß nicht, wie Melissa die Hunde dazu bringt, sich nur im Wald zu erleichtern, in jedem Fall scheint es ein Kunststück zu sein, das sie nicht gewillt sind zu wiederholen. Es ist, als spürten sie, dass jetzt die Aushilfslehrerin die Verantwortung hat, und als müssten sie sich nicht mehr gut benehmen.

[31] *Protokoll I* beinhaltet unseren Schwur, ehrlicher mit uns selbst zu sein und uns nicht mehr ständig selbst zu sabotieren. Keine geheimen »Auto-Picknicks« um drei Uhr morgens mehr …

wie sie es in der Selbsthilfe-Community nennen – für sie da zu sein. Ich will mich bei diesem Wort noch immer ein wenig übergeben, aber nur noch *ein wenig*. Und das ist ein Fortschritt. Dad war gestern bei ihr, und das letzte Wochenende haben wir alle gemeinsam verbracht. Es zeigt sich, dass die Kinder es lieben, Zeit mit ihrem Opa und der lustigen Tante Melissa zu verbringen. Und ich tue das auch. Dad und ich haben einen Plan ausgearbeitet und eingeteilt, wer sich wann um Melissas Tiere und das Haus kümmert. Und wir lassen unsere Schichten gern überlappen, damit wir ein wenig Zeit füreinander haben. Wir haben sogar – richtig – über Mum gesprochen. Darüber, wie er sich gefühlt hat und wie ich mir nicht erlaubt habe, mich zu fühlen. Es war großartig. Ich wünschte nur, wir hätten das früher getan, und es tut mir leid, dass ich alle Beteiligten so lange um die Gesellschaft des jeweils anderen gebracht habe. Aber es macht keinen Sinn, mich jetzt deshalb schuldig zu fühlen. Ich erinnere mich an Inges Worte: *Niemals entschuldigen.* Stattdessen nehme ich mir vor, es in Zukunft besser zu machen. Von jetzt an.

Eine Frau mit roten Wangen, die ständig schnieft, kommt im Krankenhausflur an mir vorbei, und wir lächeln uns kurz zu – auf die Art und Weise, die Briten, die sich ein paarmal gesehen haben, einander aber noch nicht offiziell vorgestellt wurden, perfekt beherrschen. Und dann beginne ich damit, den Flur nach meiner Schwester abzusuchen.

Ich sorge mich, dass ich sie vielleicht nicht erkenne. Ich sorge mich, dass mein Gesichtsausdruck, wenn ich sie sehe, mich verraten könnte, bevor ich ihr versichern kann, dass sie immer noch aussieht wie sie selbst.

Die letzte Runde der Behandlung hat ihren Tribut gefordert, und sie hat mir den »verwirrenden Nebel« ihres »Chemo-Hirns« beschrieben. Melissa erzählte mir, dass sie das letzte Mal den Geruch von Abfalleimern nicht mehr ertragen konnte und sich beim Ausräumen der Spülmaschine, die ich ihr gekauft habe, explosionsartig übergeben musste. »Auf die sauberen Teller?«, konnte ich mir nicht verkneifen zu fragen. Meine hartgesottene Schwester braucht jetzt jemanden, der ihren Müll ausleert, bevor er »kotz-voll« ist, und sie spült wieder per Hand.

Ich passe so oft wie möglich auf die Tiere auf, und mit mir eine ganze Schar Anteil nehmender Nachbarn, die auf mehr Arten geholfen haben, als ich erwartet hätte. *Meine Schwester ist beliebt,* denke ich stolz. *Sie ist ein guter Mensch, den andere Menschen in ihrer Nähe haben möchten.*

Ich versuche, mehr wie sie zu sein.

Und ich glaube, ich werde besser darin. Ich habe eine der Mütter in der Schule auf einen Kaffee zu mir eingeladen und diese Woche zweimal mit dem neuen Zahnarzt in der Praxis zu Mittag gegessen – Tapas –, es zählt also definitiv. Außerdem hat er wirklich schöne Zähne. Und Hände. Und er hat immer einen Jutebeutel im Auto – nur einen, aber dennoch beeindruckend. Ich habe sogar wieder Kontakt mit einer alten Schulfreundin aufgenommen. Ich »rocke das Ding«, wie Melissa sagen würde. In jedem Fall ist es ein Anfang. Ich versuche, auch ein wenig verträglicher zu sein. Obwohl ich noch immer denke, dass Menschen mit Haremshosen Vollidioten sind. Wie Melissa immer sagt: Manche Dinge sollten sich niemals ändern.

Ich glätte mein vom Regen verklebtes Haar und halte weiter Ausschau nach meiner Schwester.

Es kann natürlich auch sein, dass sie gar nicht bemerkt, dass ich noch nicht bei ihr bin, erinnere ich mich. »Ich mache gern ein Nickerchen, während ich angestöpselt bin«, erklärte sie mir das letzte Mal, bevor sie wegschlummerte wie eine Katze. Ich habe die Zeit damit verbracht, mich durch Mails aus der Arbeit zu wühlen, dann habe ich mein Handy weggelegt und ein Buch gelesen. Das erste Mal seit Jahren. Ich musste feststellen, dass viel Zeit einfach mit Herumsitzen vergeht. Was sie einem in den Soaps im Fernsehen nie vermitteln, ist, dass eine Krebsbehandlung ein bisschen so ist, wie auf seinen Flug zu warten. Aber nicht heute.

»Hey! Hierher!«, ertönt eine vertraute Stimme.

Ich kneife die Augen zusammen, um zu sehen, wo sie herkommt, und stelle fest, dass es Zeit ist, mir einzugestehen, dass ich für alles, was weiter weg ist als der Mund eines Patienten, eine Brille brauche. Schließlich entdecke ich zur Rechten ein paar sitzende Menschen. Die meisten haben Zeitschriften auf den Knien. Manche unterhalten sich, und einige schlafen leise schnarchend. Meine Schwester und die Frau neben ihr haben etwas auf dem Kopf, dass aussieht wie ein Astronautenhelm, aus dem ein Schlauch zu einer aufwendig wirkenden Apparatur führt.

»Hey, du siehst ja aus wie ein nasser Rettungshund!« Eine blasse, aber fröhliche Melissa begrüßt mich unter dem Helm hervor.

»Hey, du siehst ja aus, als würdest du in einem Friseursalon der Siebziger sitzen.« Ich zeige auf die Apparatur. »Was ist das?«

»Da ist Eis drin, damit mein Kopf kühl bleibt; angeblich kann das helfen, ein paar Haare zu retten. Andernfalls« – sie zeigt auf den Stoffbeutel zu ihren Füßen – »bin ich auf das hier angewiesen.«

Sie holt etwas heraus, das ich im ersten Moment für ein Meerschweinchen halte, aber dann schüttelt sie es wilder aus, als eine Tierfreundin es je tun würde. Schließlich erkenne ich, dass es sich um eine kastanienbraune, gelockte Perücke handelt, über die selbst Cher sich lustig machen würde.

»Ta-da!«

»Verdammt.«

»Jep. Ich habe ihnen gesagt, dass ich gern mal was anderes ausprobieren würde. Nun ja, es gibt anderes und …«

»Ja. So könnte man es ausdrücken.«

»Aber sie eignet sich sicher gut, um die Hunde damit zu verkleiden. Letzte Woche habe ich ihnen die Wikingerhelme aufgesetzt!«

»Mochten die Hunde es, verkleidet zu werden?«

»Mag das nicht jeder?«

»Nein?« Meine Schwester und ich sind noch immer sehr verschieden. In vielerlei Hinsicht. Aber ich lerne langsam, dass das eine gute Sache ist. Und ich bin erfreut, dass die Hunde eine Verwendung für die gehörnten Helme gefunden haben. Ich entschuldige mich für das Zuspätkommen und reiche ihr einen kühlen Beutel Weintrauben, die ich für sie eingefroren habe.

»Falls mir noch nicht kalt genug ist?« Sie blickt nach oben.

»Ich habe gelesen, dass sie gut gegen Übelkeit sind«, erkläre ich ihr. Beim letzten Mal hat Melissa Geschwüre im Mund bekommen und geklagt, dass ihre Zunge sich wie Watte anfühlt. »Und ich habe noch mehr Zeitschriften mitgebracht.« Ich leere meinen Einkauf aus einem der Jutebeutel, den ich zu diesem Zweck gefüllt habe. »Feuchtigkeitscreme, Snacks, frische nicht stinkende Socken …« Ich werfe einen Blick auf die »Glückssocken«, auf die Melissa noch immer besteht, und rümpfe die Nase. »Und natürlich den bissigen Humor, den nur eine Schwester wie ich dir bieten kann …«

»Natürlich! Wie menschliches Schmirgelpapier.« Sie lächelt, und ihre Grübchen kommen zum Vorschein, und dann schlägt sie mir gegen den Arm.

»Aua!« *Wie ist es möglich, dass meine kleine Schwester, die derzeit eine Chemotherapie macht und deren Kopf auf minus vier Grad heruntergekühlt ist, mich noch immer verprügeln kann?* Melissas Körperkraft = eines der Mysterien des Lebens. »Und, wie geht es dir jetzt?«

»Ehrlich?«, fragt sie.

»Ehrlich.«

»Ich bin ziemlich fertig. Ich habe es satt, mit einem großen, glänzenden Mondgesicht herumzulaufen, schmerzende Knochen und ständig Sodbrennen zu haben. Aber das ist okay. Er ist raus. Der Krebs, meine ich. Und das hier ist nun mal für eine Weile mein Leben«, sagt sie. »Es könnte schlimmer sein. Ich habe mit einer Frau namens Barbara gesprochen, die sagte, sie habe die Art Chemo gehabt, bei der dein Urin rot wird. Und siehst du die Frau da in Lila?« Sie zeigt auf eine schlafende Gestalt mit einem Turban auf dem Kopf. »Sie hat alle Haare verloren – Wimpern, Augenbrauen und so weiter. Selbst da unten«, fügt Melissa mit einem viel zu lauten Flüstern hinzu und zeigt auf ihren Intimbereich. »Sie hat es uns neulich mal gezeigt – vollkommen kahl.«

»Ziemlicher Mitteilungsdrang«, ist alles, was mir dazu einfällt, bevor mir klar wird, dass das vermutlich eine beschissene Antwort ist.

»Und mir sind die Nägel nicht ausgegangen«, fügt sie hinzu. »Das ist doch schon mal was. Außerdem habe ich jetzt ein Tattoo – noch mehr wikingermäßige Kriegsnarben!«

»Wie bitte?« Ich runzele die Stirn.

Melissa legt die erbeuteten Magazine hin, um ihren weiten Pulli vorn herunterzuziehen. »Sie tätowieren einem Punkte für die Laser bei der Bestrahlung, um sicherzugehen, dass sie nicht die falsche Stelle grillen. Einer in der Mitte und einer in jeder Achselhöhle. Ziemlich cool, nicht?« Sie strahlt.

Meine Schwester ist unglaublich.

Wäre ich an ihrer Stelle, dann würde ich die meiste Zeit damit verbringen, mir selbst leidzutun. Aber nicht Melissa. Nach anfänglichem Gejammer zu Beginn der Chemo darüber, wie unfair das doch alles ist – »Ich habe mich *gut* gefühlt! Dann sagten sie, ich sei krank und gaben mir eine ›*Behandlung*‹, durch die ich mich krank fühle! Ich weiß schon, warum ich Ärzte hasse!« –, versöhnte sie sich schnell mit dem Gedanken, dass es sich um Spezialisten handelte, die versuchten, ihr zu helfen. Seitdem hat sie sich mit »Wissenschaft und Medizin und dem Kram« ausgesöhnt.

Der nächste Schritt ist dann das Weltall, denke ich. *Die letzte Grenze …*

Es geht schneller voran mit ihrer Behandlung, als sie erwartet hatte. »Solange ich immer einfach weitermache, werde ich okay sein«, sagte sie bei meinem letzten Besuch. »Ist doch so, oder?«

»Das wirst du«, erwiderte ich so überzeugend, wie ich konnte. Denn die Alternative ist es noch immer nicht wert, überhaupt darüber nachzudenken. Also tue ich es nicht. Stattdessen beginnen wir unser routinemäßiges Geplauder – über andere Patienten, Hunde, jedermanns Verdauungstrakt (ihrer: weil die Therapie offenbar seltsame Dinge mit den Exkrementen einer Frau anstellen kann. Und meiner: weil bei mir nach unserem Wikinger-Retreat alles viel regelmäßiger und entspannter ist – zu Melissas endloser Faszination und Freude). Dann hole ich mein Buch raus und lese, während sie in dem Wissen einschläft, dass ich neben ihr sitze und auf sie aufpasse.

Danach rasen wir nach Hause, um ihr so schnell wie möglich Medikamente gegen die Übelkeit zu geben und uns dann beide in Pyjamas aufs Sofa zu verfrachten, wo ich über Nacht bei ihr bleiben werde. Offiziell geht es darum, auf die Tiere aufzupassen und die Hunde Gassi zu führen. Aber in Wirklichkeit, das wissen wir beide, geht es darum, ein weiterer vertrauter Körper im Haus zu sein.

Es hat aufgehört zu regnen, als wir langsam und unter einer schwachen Sonne das Krankenhaus verlassen. Nachdem wir schließlich das Auto in den vielen Reihen von Blechbüchsen gefunden haben, zieht mich Melissa damit auf, dass es aussieht, als wäre ich direkt aus einem Showroom gekommen.

»Ich bin überrascht, dass keine Plastikhüllen über den Sitzen sind, für ein Extra an Sauberkeit«, sagt sie, und ich muss lachen. Was ich ihr nicht sage, ist, dass ich den größten Teil der letzten Nacht damit verbracht habe, das Auto zu reinigen – und zwar mit einer Hingabe zur Desinfektion, die man nur selten außerhalb einer Zahnarztpraxis erleben wird. Ich habe gelesen, dass Melissa nach der Behandlung ein höheres Infektionsrisiko hat, und trotz meiner Obsession für antibakterielles Handgel und Latexhandschuhe scheinen meine Kinder ein Magnet für Schlamm, Ringelflechte und – seit Neustem – Kopfläuse – Karma! – zu sein. Kinder zu haben ist nichts für Schwächlinge.

Melissa wiederum könnte sich nicht weniger um Schmutz scheren, trotz der warnenden Informationsbroschüren von »Profis« – Infobroschüren, von denen ich ein paar aus dem Krankenhaus habe mitgehen lassen, um sie wie zufällig in ihrem Haus zu verteilen. Ohne Erfolg. Deshalb putze ich jetzt heimlich für sie.

»Wie geht es den Kindern?«, fragt sie, nachdem sie flüchtig das Handschuhfach nach Süßigkeiten durchwühlt und mit einem *Hmpf* festgestellt hat, dass sich dort keine verbergen.

»Den Kindern geht es gut! Also im Prinzip …«, sage ich. »Ich meine, sie hassen mich noch immer dafür, dass ich ihnen das iPad weggenommen habe, und denken, dass es bei ihrem Dad schöner ist, weil er sie den ganzen Tag fernsehen lässt, wenn sie bei ihm sind. Aber sie helfen mittlerweile beim Tischdecken und können sich morgens sogar selbst ihre Cornflakes holen! Das mit der Wäsche ist immer noch ein Kampf, aber seit ich ein Trampolin im Garten aufgebaut habe, sind sie an den meisten Tagen so erschöpft, dass sie keine Energie mehr haben, sich gegen mich aufzulehnen. Und sie haben jetzt diese rosigen, runden Wangen wie die Kinder in den Bilderbüchern!«, erzähle ich stolz.

»Wow!«

»Ja, nicht wahr?«

»Nein, ich meine, geht es ihnen gut?«

»Oh, na klar – ich denke, es liegt einfach nur an der frischen Luft und der Bewegung. Keine Ringelröteln«, sage ich selbstsicher, denn vor meinem letzten Besuch habe ich das ausgiebig gegoogelt, aus Angst, Melissa anzustecken.

»Huh. Und du hast das Trampolin ganz allein aufgebaut?« Sie mustert zweifelnd meinen zugegebenermaßen noch immer ziemlich unwikingerhaften Körperbau.

»Ja!«, antworte ich. »Ich habe wirklich trainiert!« Sie nickt beeindruckt. »Ich denke auch, dass der Trampolinzusammenbau möglicherweise eine meiner geheimen Spezialfähigkeiten ist«, teile ich ihr mit.

»Wie Schwertschmieden?«, scherzt sie. »Oder Axtwerfen?«

»Ha ha! Sehr witzig – nein. Aber weißt du was? Ich kann jetzt die ideale Zugfestigkeit eines Trampolins bestimmen, einfach nur, indem ich es anschaue!« erkläre ich begeistert. »Ich habe das auch bei Freunden überprüft«, füge ich stolz hinzu, denn ich habe jetzt *Freunde!*

»Optimale Zugfestigkeit, ja?«, spottet Melissa, aber es kümmert mich nicht.

»Ja! Ziemlich spannende Sache! In jedem Fall etwas, auf das man achten sollte, sonst landen die Kinder in Nachbars Garten …«

»Hast du das auf die harte Tour gelernt?«

Ich konzentriere mich stark auf die Straße vor mir.

»Al?«

»Ja. Ja, das habe ich … egal …«, versuche ich abzulenken, »… bist du stolz auf mich?«

»Das bin ich«, bestätigt Melissa großzügig. »Du bist praktisch eine Wikingerin. Was kommt als Nächstes? Baust du ihnen ihre eigenen Stockbetten wie Inge?«

»Wer weiß?«, sage ich begeistert. »Vielleicht.«

Wir halten vor ihrem Cottage, und die Hunde begrüßen uns mit einer Kakophonie aus Heulen und Bellen, bevor ich auch nur den Schlüssel ins Schloss stecken kann.

»Mama ist zu Hause!« Melissa zerzaust ihnen das Fell und erlaubt ihnen, sie zu malträtieren, ehe sie bei der begeisterten Begrüßung eines der größeren Hunde leicht zusammenzuckt.

»Versucht Silas da gerade, dich zu rammeln?«, frage ich stirnrunzelnd.

»Nur ein bisschen …« Sie winkt ab.

»Okay, okay, runter jetzt«, sage ich streng zu ihm, während wir uns durch die Eingangstür kämpfen. In Melissas Haus herrscht heiteres Chaos: Es beheimatet ein Sammelsurium des Landlebens, überall sind kleine Muschelstückchen, Steine und das, was sie ihren »Krimskrams« nennt, verteilt. Obwohl ich vor Kurzem aufgeräumt habe, liegen ständig Kleidungsstücke auf dem Boden herum. Ich bin mir noch immer nicht sicher, wie viel der Unordnung den Krankenhausbesuchen meiner Schwester zuzuschreiben ist und wie viel davon schlicht ihrem persönlichen Ordnungs- und Sauberkeitsstandard entspricht. Zum Glück sind die Hasen sicher in der Küche der Nachbarn untergebracht, wo sie nach Herzenslust Stroh und zerfetztes Zeitungspapier verteilen können. Es hat sich herausgestellt, dass Charlotte meine Allergien geerbt hat und Thomas »den Hasen, der mich komisch anguckt« vom ersten Moment an nicht leiden konnte. Aber wir haben es versucht. Und von dem schmutzigen Protest einmal abgesehen, kommen die Hunde und ich überraschend gut miteinander klar, wenn ich sie besuche und Stöckchen für sie werfe.

Wenn überhaupt, dann ist Silas fast ein wenig zu eifrig …

Ich nehme Melissa an der Hand und helfe ihr ins Haus und die Treppe hinauf, um sie in einen Pyjama zu packen und sie rundherum fertig für eine Sofa-Session zu machen. Ein flüchtiges Wühlen im Bett fördert einen akzeptabel sauberen Pyjama zutage, und wir machen uns wieder auf den Weg nach unten. Ein paar der kleineren Hunde rollen sich eng auf ihrem Schoß zusammen, als sie sich in die – von mir – frisch gewaschenen und aufgeschüttelten Kissen sinken lässt.

Ich entzünde Kerzen, weil das, nun ja, etwas ist, das wir mittlerweile beide mögen, weil man sich gleich zu Hause fühlt, dann setzte ich Wasser in einem Kessel auf, bis er laut pfeift.

»Tee?«, frage ich, und sie nickt. »Willst du was essen? Ich habe Misosuppe und Grünkohl dabei.« Ich habe gelesen, dass diese Lebensmittel heilende Wirkung haben sollen, doch Melissa lässt sich davon nicht beeindrucken.

»Wääh, nein danke.« Sie zieht eine Grimasse. »Ich bin nicht hungrig.«

»Okay …« Ich hatte schon erwartet, dass die Antwort so ausfallen würde. Zum Glück habe ich einen Plan B. »Nicht mal auf Nudelauflauf mit Thunfisch und Käse?«, frage ich und ziehe eine angenehm schwere Pappschachtel aus meinem zweiten Jutebeutel.

»Oh … nun …« Ich sehe ihr an, dass sie in Versuchung gerät. »Ja, doch. Danke.«

»Ich mache ihn nur schnell heiß«, sage ich zu ihr und bin stolz auf mich, weil ich beim gestrigen Einkauf daran gedacht habe, ein paar ihrer Lieblings-Fertiggerichte auf Vorrat zu kaufen. *Ich habe eine gute Tat getan,* denke ich, und mir fällt auf, dass der Rest des Kühlschranks leer ist bis auf ein paar Flaschen Bier und ein paar Schalen mit … irgendetwas, das übrig geblieben zu sein scheint. Ich hebe die Alufolie auf einem davon an, um daran zu riechen, und zucke zurück. So weit wie möglich von mir gestreckt, lasse ich es stillschweigend im Müll verschwinden. Nachdem ich den Rest des Essens verstaut habe – *vielleicht hat sie ja später Lust auf Grünkohl,* belüge ich mich selbst –, stecke ich das Fertiggericht in die Mikrowelle, eine moderne Gerätschaft, mit der Melissa sich schließlich angefreundet hat, denn schließlich hat sie »ja eh schon Krebs«. Während ich darauf warte, dass das Essen warm wird, sehe ich mir die aktuellen Postkarten von Freunden und Bekannten an, die mit den verschiedensten Magneten in Hunde- und Pferdeform am Kühlschrank befestigt sind.

Da ich jetzt eine Wikingerin bin, frage ich Melissa erst um Erlaubnis, bevor ich sie lese – anscheinend zählt es dann nicht als

Schnüffeln, und ich kann meine Neugier mit reinem Gewissen befriedigen.

»Klar«, murmelt sie schläfrig. »Wenn ich mal an dein Handy darf?« Meine Schwester hat erst kürzlich die Freuden von Online-Solitaire entdeckt – praktisch zwei Dekaden nach allen anderen. Obwohl ihr die quadratischen Icons und Geräusche noch immer suspekt sind, nimmt sie mein Handy zur Hand, öffnet die App und beginnt, fieberhaft zu spielen.

Spinnerin …

Eine der Postkarten zeigt türkisblaues Meer, weißen Sand und reich aussehende Menschen, die komplett in Beige gekleidet sind. Sie stammt von Margot, die in St. Barts einen Schwimmkurs macht.

Nobel geht die Welt zugrunde, denke ich, doch dann berichtige ich mich. *Weißt du was? Schön für sie.*

Wir haben vereinbart, uns nächsten Monat noch vor unserer Wikinger-Reunion später im Jahr zu treffen. Margot wächst mir zunehmend ans Herz, und ich werde nie ihre Abschiedsworte in Dänemark vergessen: »Du bist wirklich eine ältere Version von mir!« Und dann fügte sie ähnlich unschuldig hinzu: »Also werde ich deine Freundin sein, ob du das willst oder nicht.« Ich konnte nicht aufhören zu lächeln. Und ich fühlte mich seltsam geehrt. *Ich habe jetzt also Tricia, Margot, den neuen Zahnarzt (Ben), die Mutter aus der Schule (Sara) und die ehemalige Klassenkameradin (Emily)* … Ich zähle sie zusammen: *FÜNF Freunde!*

Die zweite Postkarte stammt von Tricia und zeigt einen Strand in Brighton. Sie erzählt, dass sie jetzt Ed – ihren Sohn – häufiger sieht und ein wenig »Erziehungsarbeit« leistet. Außerdem hat sie am nächsten Dienstag ein Vorstellungsgespräch und sich einer lokalen Häkelgruppe mit dem illustren Namen »The Happy Hookers« angeschlossen.

Eine dritte Postkarte stammt von Otto und ist in sauberen

Blockbuchstaben beschriftet und mit einer dänischen Briefmarke versehen. Ich fühle einen seltsamen Anflug von Scham, als ich sie lese, aber er schreibt einfach nur, dass er sie vermisst, dass er ihr zu Ehren ein Schwert schmiedet und hofft, dass sie eines Tages wiederkommen und ihn besuchen wird. Und das war es auch schon.

Ich frage mich, ob es Melissa etwas ausmacht – ob sie auf mehr gehofft hätte. Deshalb frage ich sie vorsichtig danach, als ich mit den Nudeln zurück ins Wohnzimmer komme.

»Otto? Nein, nein! Alles gut«, versichert sie mir. »Er ist toll und alles, aber ich habe dafür gerade keinen Kopf. Fernbeziehung ist da genau das Richtige. Außerdem hat er mir letzte Woche zwei Pakete mit selbst geräuchertem Schinken geschickt.«

»Ist das etwas Gutes?«, frage ich vorsichtig.

Jetzt sieht meine Schwester mich an, als wäre ich die Spinnerin. »Hast du nicht gehört, was ich über den Schinken gesagt habe? Natürlich ist das gut! Wenn überhaupt, dann ist er vielleicht etwas zu übereifrig, oder?«

»Was, wegen einer Postkarte und etwas gepökeltem Schwein?«

»Übertrieben, oder?« Melissa rollt mit den Augen. »Aber vielleicht lade ich ihn demnächst mal hierher ein«, sagt sie etwas milder. »Vielleicht …« Dann streckt sie die Arme aus und nimmt ihren Nudelauflauf entgegen. »Wie dem auch sei, schnell! Los, her damit!« Sie schaufelt sich hintereinander zwei Gabeln voll in den Mund und murmelt dann leicht weggetreten: »Mmm, Penne. Die sind wie schleimige Panflöten«

Ich bin froh, dass ihr die ganze Otto-Situation nicht zu schaffen macht. Ich bewundere es, wie sie stets entspannt bleiben kann – und ich lerne jeden Tag von ihr. Aber weil wir gerade bei »entspannt« sind …

»Macht es dir was aus, wenn ich mir ein Bier nehme?«, frage ich beiläufig, als wäre das nichts Besonderes.

Ja, ich trinke jetzt Bier. Und esse Nudeln. Und mein Leben

ist um gute dreißig Prozent besser. Im Grunde scheiße ich einfach auf wesentlich mehr …

»Gern!«, stimmt Melissa zu. »Machst eine Pause davon, eine Erzperfektionistin zu sein?«

»So was in der Art«, antworte ich. Sie weiß mittlerweile alles über meine »Probleme« mit dem Thema Essen. Und auch wenn Melissa vielleicht nicht der Inbegriff der Unterstützung für eine ehemalige Magersüchtige ist, hat es mir definitiv geholfen, mit ihr zu sprechen. »Eigentlich will ich ja nur nicht, dass die Brauereien bankrottgehen, jetzt, wo du eine Weile nichts trinken darfst …«

»Das ist sehr nobel von dir, vielen Dank.«

»Gern geschehen.«

Mit tröstlich warmen Schalen Nudeln in der Hand kuscheln wir uns aufs Sofa und essen – auf eine Art und Weise, die ich Charlotte und Thomas zu Hause nicht mehr erlaube. Heißes Wachs rinnt weiße Kerzen hinunter und sammelt sich in dem geometrischen Bronze-Kerzenhalter, der Melissa bei unserer Rückkehr am Flughafen so sehr gefallen hat. Ich habe sie abgelenkt, indem ich ihr erzählte, dass es im Laden nebenan ein Lego-Modell eines Hundes gebe – die Wahrheit –, dann bin ich schnell in den Laden geschlichen und habe den Kerzenhalter als Dankeschön für die Reise gekauft. Das war das erste Mal, dass ich ihr etwas geschenkt habe, das sie wirklich wollte – und das war ein gutes Gefühl. Ich habe beschlossen, so etwas öfter zu tun.

Nachdem wir uns in Decken eingewickelt haben, sitzen wir mit zueinander passenden Wollsocken, die ich uns gekauft habe (gutes Geschenk #2), auf dem Sofa, sehen uns Filme an und quasseln wie Teenager. Etwas, das wir in unserer Jugend nie getan haben.

Wir entwickeln uns nicht zurück, sage ich mir. *Wir holen die verlorene Zeit nach.*

Man sagt, nach einem Verlust würde das Leben stehen bleiben, bis man seinen Frieden mit seinen persönlichen Ängsten gemacht habe – und die haben wir alle. Sogar Wikinger und Wikingerinnen.

Für uns steigerte sich der Schmerz in jenem Sommer, als ich sechzehn und Melissa vierzehn Jahre alt war, zu einem Höhepunkt. Alle anderen hingen im Park herum, lernten das Rauchen und hatten gelegentlich Sex, aber wir blieben im Haus und verarbeiteten den Tod unserer Mutter *nicht,* jede auf ihre eigene Weise. Ohne zu sprechen – ohne etwas zu fühlen, in meinem Fall. Bis zu unserem Wikinger-Frühlingserwachen.

Ich beobachte Melissa, die sich eingerollt hat wie eine Katze und die Nudelröhrchen so schnell inhaliert, dass sie quasi keine Gabel mehr braucht. Hin und wieder lacht sie über etwas im Fernsehen, spricht mit vollem Mund, wann immer es ihr möglich ist, und krault einen der Hunde mit dem Fuß. Ein anderer ihrer Hundegefährten lässt einen fahren, während ein dritter zufrieden seinen Penis leckt. Und doch … erfasst mich eine Welle der Liebe, wie ich sie verspüre, wann immer ich Charlotte und Thomas sehe oder auch nur an sie denke. *Das ist es,* wird mir klar. *Das ist das, was wichtig ist. Meine Schwester jetzt hier bei mir zu haben – hoffentlich kurz vor dem Ende ihrer Behandlung –, dass meine Kinder glücklich und gesund sind und ich einen Beruf habe, den ich mag. Mehr braucht man nicht.* Dass ich auch noch ein meisterhaft gespanntes Trampolin im Garten stehen habe, ist nur das Sahnehäubchen – das ich jetzt übrigens auch esse, nur zur Information.

Melissa reißt mich aus meinen Gedanken, indem sie mich in eine hitzige Debatte darüber verwickelt, ob *Zurück in die Zukunft I* viel besser ist als *Zurück in die Zukunft II,* Antwort: ja, *definitiv*, ehe sie die Diskussion auf so essenzielle Themen ausweitet wie die beste Art, Eier zu essen (Ich: »Pochiert.« Melissa: »Bist du verrückt? Natürlich *gebraten!*«), und »Wenn du für den Rest deines Lebens nur eine Sorte Kohlenhydrate zu dir nehmen dürftest, was sollte es sein?« Die Jury ist sich diesbezüglich noch nicht einig, aber »Kartoffel« hat definitiv gute Chancen. Wir sprechen über alte und neue Freunde, Familie, Arbeit und die Eckpunkte, die wir im Leben der jeweils anderen verpasst haben. Es macht mich traurig, dass wir so lange gebraucht haben, um zueinanderzufinden, aber ich bin auch dankbar, dass ich die Gelegenheit erhalte, es nachzuholen. Hier und jetzt. Mit meiner wundervollen, fürsorglichen, mutigen und chaotischen Schwester, die irgendwie alle meine rauen Kanten glättet.

Draußen verblasst das Licht, und die Luft wird dunkler, sodass eine Million winziger Pünktchen sichtbar werden, glühender Staub, der den Himmel erfüllt und durch jedes von Melissas Fenstern zu sehen ist. Sie meidet jetzt Rollläden und Vorhänge, weil sie es wie die Wikinger halten will, und behauptet, dass sie lieber die Welt um sich herum sieht als irgendein Blumenmuster. Die Folge davon ist etwas zugig, aber damit kann ich leben. Die Natur ist irgendwie doch nicht so schlecht. Deshalb schalten wir nach einigen Stunden auch den Fernseher aus und blicken lieber in die Nacht hinaus. Und reden noch ein bisschen. Und dann noch etwas mehr. Denn wir haben mehr als zwanzig Jahre nachzuholen.

DANKSAGUNG

Als ich dieses Buch schrieb, wurde ich von innen heraus mit vier Füßen ans Ende der Welt und zurück getreten. Menschen, da bin ich mir ziemlich sicher, sind einfach nicht für »2 für 1«-Angebote gemacht. Zum Glück liebe ich sie sehr, obwohl eines davon mir gerade auf den Pulli gespuckt hat und das andere mich mit einem Blick anvisiert, der sagt: »Mach dich schon mal auf eine weitere Ladung Wäsche gefasst …« Aber etwas zu tun, das ein wenig schwierig und schmerzhaft ist, macht einen in der Regel stärker – vielen Dank also an die beiden Mini-Wikinger, die jetzt auf der Welt sind und stolz und laut ihre Umgebung unsicher machen. Hört, wie sie brüllen, alle zwei Stunden (nachts mit zwei zusätzlichen Dezibel). Mein Ehemann, der Lego-Mann, hat erstklassige »Latte-Papa«-Arbeit geleistet, damit ich die Zeit hatte, dieses Buch zu schreiben, und unser Kleiner, Little Red, hat sich als unersetzlich erwiesen, aus dem Drucker »warmes Papier« zu holen (obwohl es ihm noch immer stinkt, dass es in diesem Buch nicht um Bagger geht).

Der größte Dank gebührt dem Team bei Ebury dafür, dass sie *Zwischen mir und dem Glück steh nur noch ich* möglich gemacht haben: Emily Yau, Gillian Green, Steph Nallus und Tessa Henderson.

Wie immer bin ich meiner großartigen Agentin Anna Power dankbar für ihre Unterstützung und ihre allgemeinen Superwoman-Fähigkeiten.

Meine traditionelle Wikinger-Ausbildung verdanke ich dem Kongernes Jelling Museum in Jütland, außerdem Diana, Karen, Gudrun, Bjarne und dem Team des Ribe VikingeCenter, die alle ungemein geduldig dabei waren, einer hochschwangeren Britin Axtwerfen und die Herstellung traditionellen Wikinger-Teers beizubringen. Die Segellehrerin und Navigationsexpertin des Wikingerschiff-Museums in Roskilde, Karen Andersen, öffnete mir die Augen für eine ganz neue Welt, im Einklang zu sein mit der Natur, und ist zudem die Quelle für meinen Lieblings-Schwanen-Fakt. Geht los und besucht diese Orte. Sie sind faszinierend, und ihr werdet eine Menge ausgezeichneter Bärte zu Gesicht bekommen.

Ich bin den Pflegerinnen bei Cancer Research UK ungemein dankbar dafür, dass sie meine Fakten geprüft haben. Meine Unterhaltungen mit Alexandra King von Cancer Research UK waren essenziell – und sie ist eine Inspiration (#Wikingerin).

Und wie immer vielen Dank an meinen Stamm, dafür, dass er mir gezeigt hat, wie moderne Wikinger drauf sind. Dafür, dass ihr mir Isländer und Schafe in Küchenschränken nähergebracht habt (Katie); für Informationen zur Zahnmedizin (Jill); dafür, mir die Augen für aktuelle Retreat-Variationen zu öffnen (Matthew); und für die essenzielle Hilfe beim Finden von Namen für meine Charaktere (Rob, der ein wenig vergrätzt ist, weil er in vorherigen Büchern nicht genannt wurde. Deshalb hier: R.O.B.). Danke an Emily, Chrissy, Caroline, Sarah und Joe für eure unermüdliche Unterstützung aus der Heimat und an meine Mutter, die mich zu der Überzeugung erzogen hat, dass Mädchen alles tun können. An Tara und Fen für das Brainstorming bei Gin; an Frauke und Jackie, die mir manchmal den Verstand gerettet haben, und an all die krassen Wikinger und Wikingerinnen, die mich während der fünf Jahre in Dänemark inspiriert haben: Ihr rockt.